蒋子龙文集

庞志亚 题

第 3 卷

人气

人民文学出版社

前　言

　　五十年代初，我从农村考到天津来上中学。住在哥哥借来的一间"篱笆灯"式的小平房里，那间小屋给我的感觉是除了能挡风和遮露水，没有任何安全感可言。惹急了一脚就能踹个窟窿，甚至连声音都挡不住，或许还能从里向外扩音。因为无论我在屋子里做什么，比如说了什么话，哼了什么歌，哪个同学来找过我，乃至夜里起来几次……左邻右舍无不一清二楚，洞若观火。旁边就是我一个同学的家，他经常拿我夜里的活动取笑：昨天晚上你又说梦话了不是？白天你就不能少喝点水，昨儿个夜里起来一趟又一趟，搅得我妈妈一宿没怎么睡！

　　原来我这位同学的母亲神经衰弱，晚上关了灯就专听着我的动静。当时我正是生龙活虎的年龄，一间小屋子哪够我折腾的，于是就成了她老人家的"好莱坞"。

　　从那时起，我就体会到在城市里没有安全感，随时都有"小打听"、"小报告"……

　　当时我的许多同学都住在这样的平房里，分布在天津西站附近：西城庄、邵公庄、同福庄、西北角……我刚到天津的时候还好生奇怪，这大都市里的地名怎么跟农村一个样，不是这个"庄"，就是那个"角"？其实这些地方并不是市郊，而在市区内。

　　我对城市的同情也是从那个时候开始的。城市里有着繁华的大街、堂皇的商店和大电影院，然而城里人却住在与他们说话的神态和穿着打扮很不相称的地方，说实话还不如他们鄙视的农村人的牲口棚宽敞。

　　刚开学的时候,天津市的学生往往都瞧不起从农村来的学生,他们根据我说话的口音给我起外号,"小侉子"、"小沧州"等。我在他们面前却有自己的骄傲,一是入学的考分比他们高,这是老师在开学第一天指派班干部时讲的,因为我的考分最高才让我当班长。另外就是我在老家住的房子比他们好,这就是农村的优势,他们城里的学生又怎么会知道。

　　就说我们家,有前后两个院子,光是正房就有十几间,高房大炕,随你怎么折腾都要摆得开。即便是放粮食、堆柴火、养牲口以及磨面的南房,都比我现在住的这间小破屋强多了。难怪农村学生的考分普遍都比城里的学生高,城里人住在这样的破房子里,你听我的墙根儿,我扒你的窗户眼儿,心里能清静得了吗? 心里不清静又哪来的健康心理?

　　难怪城里人的心眼儿都曲里拐弯的花活那么多,是是非非也特别多。听说谦德庄有条胡同,住着不足百户人家,却有二十多个在精神上和智力上有缺陷的人:疯子、傻子、抽羊角疯的、得撞客的……人的变异,在一定程度上跟居住条件有关系。

　　当我正年轻、敏感、记忆力最强的时候,却在那间小平房里一住就是三年,给我留下的记忆太深刻了。只有在放寒暑假的时候才能回到农村老家,于是每学期从一开学就盼着放假,放假了则希望永不开学。经常想家就会经常在梦中回家,久而久之竟养成了一个做梦还乡的习惯。不想这个习惯一直陪伴了我大半生,至今我做梦最容易梦到的还是家乡的事情,极少会梦见城里的景象。除非是做噩梦,故事才会发生在城市里。

　　我想这就是当年住"篱笆灯"的后遗症。但,对个中的缘由却想不透彻。因此,关于那段住平房的生活,我一直封存着没有使用。

　　一晃四十多年过去了,我看到了城市里大面积的平房改造,要拆掉的大片大片的棚户区,正是当年我住过的那种"篱笆灯"。想不到我的感受竟是那么强烈,外部刺激和内心积存的东西相呼应,勾起了对过去住平房的回忆,结合长期以来对城市和城市人的思考,找到了一个使自己迷恋的故事……这就是"人气"。

居住着近百万城市最底层居民的一个个平房区,像一摊摊膏药贴在城市的各个部位上。你不揭它,虽然难看、有时还会难受,由于时间太长了大家就都能忍受,见怪不怪的也都能看得下去。一旦揭下这一帖帖的老膏药,便露出了发炎、发黑、肿胀变形、甚至还在流脓流血的地方。一片片几万、几十万平方米的平房,住着人的时候再难看也还是房子,一旦人搬走,偌大的一片住宅区立刻就不再像房子了……这让我无比惊奇:到底是房子护着人,还是人护着房子?

明明是人需要遮风蔽雨才搭建了这些"篱笆灯",可是人气一散,房子不拆自毁,变成一个个巨大而阴森的垃圾场。这似乎是在证明,人需要房子,但房子更需要人。

人气,人气。我们在生活中,能一场场地度过许多灾难,原来是靠磅礴的人气在支撑。恰恰正是棚户区这些人的生存状态、生存勇气和韧劲儿让我感动,让我看到了最普通人的生命的壮阔和悲怆。

就在那一刻,我获得了一种内在的激情,给自己的小说定名为《人气》。

《人气》,是一种生命的旋律。

我想写一部属于现实、属于生活的小说。实实在在地写点实实在在的东西,有真切可感的情节,有别于当下流行的"软性小说"。倘若虚虚乎乎地编织一些男人和女人的流行故事,恐怕撑不起这样的题材。

这就需以诚恳的态度进入生活,我自己首先要被说服。写作需要想象力,也需要判断力,先要能看得见自己的思想。假如你有思想,并能赋予思想以血肉。

我希望自己的小说能有这样的厚重:有底层群众的至苦至乐,也有各类官员和商人的命运冲撞。他们都有自己的弱点和强大之处,像普通人一样会想些只属于自己的奇奇怪怪的事情,同时还有相当多的人相当困难地干着自己应该干的事情。现代人并非如民谣中所挖苦的那般消极和不可救药。

3

然而，现实又有其飘忽不定和难以捉摸的一面，从不同的角度和不同的人眼里会看到不同的现实，得出相反的结论。有时还很容易被迷惑，把事实看歪了、看浅了，甚或看不懂。因此我也写了一些自己不理解和不能接受的人物，就像现实生活本身。你既然生活其中，就很难回避一些问题，看明白了要活着，一时看不明白也还得要活着。

现实不像历史那么善恶分明，却有一份切己的意蕴。

于是在小说完成后我郑重声明:《人气》是一部纯虚构的小说。我写的是"人物"，而不是生活中的某个人。无论小说中的人物身上有着怎样的缺点乃至罪过，无论他们比生活中的人更坏或更好，他们都是我的创造，骨血和肌肉都是我给的。

小说中的空间是主观的，尽管看起来很像现实的世界，其实它只是作家想象的舞台。

我一向是同情现实的，从不推卸自己对现实的责任。很高兴现实的包容性也在增大，没有腰斩《人气》，让对它有兴趣的人读到了它。我也由衷地对现实生活说声谢谢，谢谢它赐给我创作长篇小说的缘分。

我一直认为，长篇小说不是想写就能写得出来的，是不能靠硬憋而写长篇的。一个作家能否写出长篇小说，能写出几部长篇小说，是命中注定的，要靠命运或者说是生活的恩赐，向他提供了这种缘分。

《人气》是如此，我的另外几部长篇小说也莫不如此。从触发灵感得到创作启示，直至最后小说完稿，仿佛都得自于一种命运般的机缘。所以，我写长篇从来不强迫自己，有这份缘，写起来顺畅自如，整个过程是一种享受。没有这份缘，便不强求。

蒋子龙

2012 年 2 月 25 日

第 1 章

　　房亮大败而归。

　　当今城市里无非是两种战争:男女之战和金钱之战。金钱之战的胜利者才会在男女之战中所向披靡,正因为他最近在金钱之战上屡屡失手,才导致在男女之战中也惨遭败绩。商品社会惟金钱最有力量,只有那些最会赚钱的男人才是性能力最强的男人,不然为什么各种漂亮女人都喜欢大款……

　　这令他颜面扫尽,眼中闪着阴寒的光波,一路上满脑子里还是刚才跟那个女人大战的情景……他是心烦无法排解才把她招来的。女人心烦逛商店,男人心烦买女人,不管是哪种购买都是一种逃避,会令人兴奋。那女人不能说不美,身条儿楚楚盈盈,堪称人间尤物,可他使尽各种招数,折腾出满身臭汗,始终不能成交,虽心有不甘最后也只好主动放弃。那女人由对他的千般崇拜万般娇媚立刻化为刻毒的不屑,全不遮掩满脸的讥讽。幸好他腰包还挺得住,甩出一大笔让他自己也肉疼的钱,那女人才又肃然起敬,称谢不已。老板——这也是他魅力的一部分。会赚钱的男人一切都应该是强大的,即使性能力出了问题也可以用钱买回男人的尊严。但他没有买到快乐。紧跟着又安慰自己,性就是性,不过是花钱也可以买到的东西,今天没有买到明天还可以再买,总会买得到合适的令自己满意的,用不着赋予它太多的意义和联想,那会自寻烦恼,让自己灰心丧气甚至会心理失衡。他回公司路过传达室的时候,拿上了当月的迟到人员登记簿——每天上班铃响过之后,凡来晚的人都要登记下姓名和迟到的时间,然后方可进楼。

1

快发工资了,他要参照每个人的出勤情况确定奖金数额,如果发电厂的工程再拿不到手,还要考虑裁掉一批人……他心里很明白自己这是在找茬儿。回到自己宽大的办公室,信手翻开迟到登记簿,见迟到者的姓名一栏里填写的没有一个是本公司的职工,想必是看传达室的老头只管让迟到者登记,却并不检查他们往登记簿上写了些什么,在那里面登记的迟到者竟然是克林顿、姜文、刘晓庆、巩俐、泰森、乔丹……还有不少人填上了他房亮房老总的名字。他把登记簿往写字台上一摔:"这帮王八蛋!"骂完后随即又笑了,揽不到工程,大家没有事干,迟到不迟到又有什么意义?他的公司名为民信实业发展有限公司,实际是以经营房地产业为主,前些年他曾大出过几年风头,也算是梨城数得上号的私营企业家。近几年他的身体像气吹的一样成了大胖子,刚才的失败也跟这副体型有关,隔山掏火多有不便,影响正常发挥。可惜他的事业远不像外表这样让人一看就是发了大财的派头,其实他的公司却正在走下坡路。对一个男人来说,事业失败比阳痿更惨!

他刚坐下没多久,就有人敲门,进来的是公司开发部经理林洪仁,三十多岁,有着一张消瘦、苍白和神经质的脸,委靡不振地在他对面坐下来。一看林洪仁这副鸟样子房亮心里就凉了多半截,但还是有点急不可耐地问了一句:"怎么样?"林洪仁应了一声:"没戏。"房亮不耐烦:"我知道没戏,最后到底是谁中了标呢?""还能有谁?当然是杜觉的土木集团了!""他妈的!"房亮猛起身,一拳砸在自己的大肚子上,哎哟一声弯腰又坐回到椅子上。"肥肉都叫他们吃了,我们揽不到工程,喝西北风呀?这里肯定有鬼……"这还用说吗?谁都知道有鬼,有鬼又能怎么样?房亮像是自言自语,又像是给自己打气,"告他!他们不让我活,我也不能让他们好受!"林洪仁不以为然:"怎么告啊,杜家有权有势,我们又没有抓到人家的把柄……"这越发激怒了房亮:"告不了杜觉就告简业修,姓简的小辫子不是抓在我们手里吗?他们穿的是连裆裤,姓简的一被抓进去,准得把姓杜的抖搂出来!"

林洪仁发噤。房亮站起来,在屋里转磨磨,他可真是个肥硕的大胖子,整个体型如同一粒巨大的枣核儿,两头小,中间大,两条细腿岌岌可危地支撑着滚圆而又庞大的身躯,肚子比胸部粗,胸部比脖子粗,脖子比脑袋粗,脸上的肥肉硬得像石头,脸以下的肥肉又软得像凉粉,层层叠叠,松松垮垮。他走到窗前,窗外一座巨型建筑物如同一座黑糊糊的大山向他压下来,挡住了他的视野,使他这间原本亮堂堂的大房子变得幽暗阴森了。在夕阳的余晖中对面的大楼流光溢彩,玻璃的反光刺得他眼睛迷离,心旌摇动,肥胖的身躯感受到一种强力的挤压……他知道造成他阳痿的原因就是对面这幢大楼,是简业修的大楼! 当初这幢大楼就应该由他承建,可简业修把工程给了他上司的儿子。为此房亮一直耿耿于怀,从那时候起,他的民信公司就开始走背字。过去在整个河口广场,数他的民信大厦最堂皇、最抢眼,好风水让他占尽,好事他想挡都挡不住。自从简业修的大楼建起来,在方圆这一带数它最高最大最巍峨,地气都叫它吸走了,阳光被它采走了,人们一走到这儿最先注意到它,人心被它夺走了,民信大厦被压在它的阴影里,怎么能不倒霉? 有简业修的大楼在,他的民信公司就永无出头之日! 房亮越看越气,越想越恨,林洪仁知道他在想什么,就劝他:"房总,把我们这幢大厦卖掉吧,另找一个好地方再重建一栋小点的楼,或买一个现成的地方办公,可以省出一大笔钱,正好可以解决眼前资金紧张的问题。俗话说民不跟官斗,我们惹不起还躲不起吗!""什么?"以房亮的性格当然不会认头躲走,他也绝不会承认自己已经穷到了卖楼的地步,一对大眼珠子瞪成了牛眼,恨恨地说,"就是把简业修赶走,我也不能走。他妈的,我房大胖子跟他没完,先告他!"林洪仁一惊,愣了一阵试着给老板另出主意:"房总,要不请个风水先生给看看吧,最近有个新加坡的风水大师闹腾得挺火,他也许有破解的办法。"房亮随口一问:"他要多少钱?""出场费五万。""他妈的,还不知灵不灵,就要这么多钱!"林洪仁赶紧解释:"五万只是出场费,以后再置办什么还得另花钱,这种人当然要价很高啦,谁叫你信啊? 你既然信他就要舍得花钱,钱花到了才会灵。"房亮看看自己的部下,心里说这家伙鬼精鬼灵,可就是揽不来工程,连看风水的行情都这么清楚,是不是也有回扣? 但他还是下了决心:"五万就五万吧,不过要快,一定要赶在简业修的大楼剪彩以前想出对付他的办法。"

几天后的正午,阳光暴烈,新加坡的风水大师景道中指挥几个人把一尊大腿粗的铸铁大炮,架在了民信大厦楼顶的墙围子上,黑洞洞的炮口直指对面简业修的建委大楼。在烈日下,对面的大楼如同包裹着一团金光,耀人眼目。房亮吃力地爬上楼顶,累得大汗淋漓,腰带吊在滚圆的大肚子下面,需不停地往上提腰带——这是他的一个习惯性动作。当他抬眼看到大炮的时候也不免吃了一惊:"怎么是一架大炮?"林洪仁急忙解释:"这叫'大将军',里面有一道符,炮口里面藏着一个像弹头一样的凸镜,它比炮弹还厉害!"景道中把话接过来:"从你们架好'大将军'的这一刻起,对面的大楼实际上已经不存在了,那幢大楼的主人就等着倒霉吧,快了十天半月,迟了一年半载,一准应验,从此再也不会影响你们的财运了。"房亮将信将疑:"这家伙真有那么灵?"风水先生看看他,满脸傲慢,不说话就转身离去。林洪仁埋怨自己的老板:"这种事信则灵,不信不灵,我们钱已经花了,'大将军'也装上了,您这又是何苦呢?"房亮有一种上当的感觉,一肚子邪火往外蹿:"放屁,灵就是灵,不灵就是不灵,他这玩意儿要是真管用,我信不信它都得应该灵!"他又指示林洪仁,"不能光指望这尊大炮,你明天到检察院举报简业修,还要找几个记者吹吹咱的大炮,管用不管用的先气气对方再说!"

决定都市面貌的似乎不是城区规划、高楼大厦和抵押贷款,而是汽车和道路。当黄昏降临华灯初上,几百万下了班的人心急火燎地要回家里或赶奔其他能吃饭和娱乐的地方,凡被叫做路的地方都成了停车场,塞满花花绿绿大小不等形状各异的铁壳虫,它们比人更焦躁,打亮灯光,怪声鸣叫,颤抖着,蠕动着,越挤越紧,道路变成光和铁的死河。路的左边一半是金黄的光带,因为迎面来的车都打亮前灯,迸射着刺眼的光芒。右边一半则壅塞着血红的灯流,因为要向前去的车都亮着通红的尾灯,像刚从火山口奔涌出来的岩浆。通衢大道变成一道道墙,交而不通是为祸,车到车前没有路。无论是被堵在路上的人还是被塞到车里的人,其情绪也的确跟火山的熔岩差不多,他们咒骂为什么会有这么多人,为什么会有这么多车,路为什么这么窄,交通为什么这样乱,城市的管理为什么这样差……对社会时尚极为敏感的心理医生测出来,人在这种时候身上会产生一种毒素,如果将这些毒素集中起来足可以毒死一只老鼠。呜呼,整个城市就弥漫在这浓浓的毒素里。

千不该万不该,梨城市长卢定安此刻也被塞在他的奥迪车里。他的车上有警笛,遇有紧急情况警笛一响,诸车让道……现在不要说响警笛,就是扔炸弹也不管用了!他懊恼不迭,前面就是红庙区大水泥的铁道口,像瓶颈般卡住了车流,他为这个道口说过两次话了,可就是没有人动。他要赶到河口广场参加一项国际授奖活动并为一幢梨城新的标志性建筑剪彩,事后还要在新的大楼里接见国际建筑师学会的代表,幸好时间还有富余。可他心里老像还被什么更着急的事催着,却又想不起是什么事……想不起的事就不是急事,说不急又恍恍惚惚心神不定,像五脏六腑都放错了位置一样难受。也许是叫天气闹的,他家里养的大花猫这几天就一夜夜地嚎叫,那样一只温驯的百灵百乖的小动物,发起情来竟是这般张扬自己的疯狂,叫得人都受不了!春天是世间万物发情催生的季节,惟独人在春天里却格外懒散,幸好梨城的春天非常短暂,今年的气候似乎又不同往常,按节令应该春暖花开了,却一场寒潮接着一场寒潮,就是不让城里人脱下毛衣毛裤,娇气一点儿的还离不了防寒服。昨天夜里突然一场东南风,气温又急剧升高了十几度,大自然为梨城省去了原本就是短脖子的春天,由冬天一下子直接进入了夏天。但是许多单位的暖气还没有停,用煤球炉子或蜂窝煤炉子取暖的人家还照样生着炉子,大家不信任这种突来的暖和,心里仍旧防备着寒冷。惟女人们则急不可耐地换上了鲜艳的薄透露服装,年轻人甚至穿起了短袖衬衫——大街上的风景热闹了,有穿棉的,有穿皮的,有穿毛的,还有大量穿着单衣短裙的。卢定安是属于那类穿衣服比较保守的男人,中规中矩的西服里面套着羊毛衫、棉毛裤,被汗溻得贴在了身上。他脸色黑黄,一副心力交瘁的样子,坐在车里无须再注意形象保持市长的精神头,不是睡觉就是不停地拨电话,和在家里一样是他最真实自然的时候。车被塞住他反而睡不着了,也像其他人一样身上积存着塞车的毒素,只有不停地拨电话才能释放这些毒素,转移难挨的气闷和无奈。他首先拨通了副市长金克任的电话:"克任,我得到消息,国家有可能让大陆的股票到香港上市,你牵头找人策划一下,把我们的强项组织起来,比如城建、市政、化工、机械……香港这么好的资本市场不能放弃!""老姜吗,我是卢定安,你那儿的进展情况如何……"姜明是滨海新区规划局的局长,不知他在电话线的那一端说了一句什么话冲了卢定安的肺管子,被劈头盖脸地教训了一顿:"什么叫全面看问题?人怎么可能全面呢?只有神才能全面。讲究全面就是什么事都不想干,我们现在最需要的是片面而深刻,管好你自己那一片的事就不错!你能不能不说这些空话废话套话和大家都知道是正确的话,一个时期干好一个重点工程,办好一件实事,就很了不起了!"卢定安像有病一样,突然就发作了,发作完又后悔,觉得不值得。他再拨电话,却怎么也拨不通了,生气地放下了手机,又闭上眼睛。

　　他的狭长脸瘦精精的,额锐角方,双颊总是发青,还显得略有一点浮肿。他闭了一会儿眼睛仍旧无法睡着,倒闷出了满头大汗。他睁开眼看看前面两个年轻人,司机刘晓亚,花格短袖T恤衫。秘书罗文,白衬衣的袖子挽着……不禁愤愤:"你们两个换季都不提醒我一声。"这叫歪词儿,市长穿什么衣服还得需要下边人提醒吗?司机抱怨:"谁叫您不听天气预报,今儿个白天可是26度。"秘书也反问:"您不是最怕热吗,为什么还穿这么多?""我不是怕热,而是怕夏天……"卢定安抱起肩膀,恶狠狠地下令:"开空调,冻冻你们这两个小子。"刘晓亚不听指挥:"对不起,市长,今年热得太突然,还没得空去灌氟利昂哪,您就凑合着热一会儿吧。我给您放带子,一听戏您心里立马就凉快儿了。"他随便拿盘磁带捅进收录机,车厢里立刻响起河北梆子的乐声……卢定安喜欢听戏,无法忍受通俗歌曲,所以刘晓亚的车里就只有河北梆子、京剧和豫剧的磁带。

卢定安按下车窗，一股热风扑进来，顺手一按又关上了车窗。他坐车是从来不开窗的。前面堵死的车阵有些松动，卢定安的车也随着车流缓缓地向前磨蹭，车一动心情立刻也跟着好多了——人就是这么容易绝望又这么容易唤起新的希望。当汽车穿过高楼林立的市中心时，卢定安看到在一处非常显眼的地方挂着一条大标语："热烈欢迎全国城市卫生检查团莅临指导"。他指示秘书："小罗，想着通知各部门，把这些玩意儿都拿下来，这些东西本身就不卫生。"罗文记在小本子上，市长发令随意性太大了，手中有权力真好，可随心所欲地就自己的所闻所见所思所悟发号施令——如果下面的人知道了他们传达、学习和贯彻的文件是怎么产生的，会作何感想呢？罗文的手机响，他哼啊哈地应了几声就把手机递给了市长："是简业修。"他告诉卢定安，河口广场出事了，请市长剪彩和接见外宾的活动取消，由于国际建筑师学会的代表明天就走，授奖仪式改在梨城大学进行……简业修还说了一些为耽误了市长的时间赔罪道歉的话。卢定安一听到"出事"两个字就头皮发乍，呵斥简业修先不要说废话，河口广场到底出了什么事？简业修简要地介绍了广场上的情况，民信大厦楼顶上架起一门大炮，炮口瞄准了简业修新建成的大楼，成了轰动梨城的一个事件，看蹊跷凑热闹的群众挤满了广场……卢定安恼火："你剪彩、发奖还怕人看吗？不是人越多越好嘛！"简业修解释无法维持秩序，怕有人起哄捣乱，让外国人难堪，给市长丢脸……他说得也有道理，卢定安放下手机问罗文："你们知道民信公司搞了个大炮事件吗？"秘书点头，又把房大胖子架炮的过程叙述了一遍，卢定安两眼气凛凛地盯着车外，眼皮急速地跳动着："真是胡闹，企业搞不好倒有心思弄这种玩意儿！越是这样剪彩越要照常进行，好让房亮看看他的大炮不灵嘛……"堂堂一个市长兴致勃勃地来剪彩来接见外宾，竟被一门什么大炮给轰跑了，这成何体统？同时也让他心里感到不安，梨城出了这么大的新闻，他这个当市长的居然不知道。司机问他要不要掉头，他说要到河口广场转一圈儿，看看那里到底是什么阵势。汽车还离着河口广场老远就又被塞住了，他们在车里看到行人一群群地拥向广场，有成双成对的青年男女,有带着小孩儿的整家子的人,连骑自行车下班的人流也停下车观望广场上的景致。房亮的大炮在下面看不到,却仍然有许多人站在民信大厦下面仰着脸往上看,更多的人是看那栋河口区建委新落成的大楼。城里人还没有看见过大楼吗?但这个大楼不同于别的楼,在落日的余霞和过早放亮的霓虹灯光里,样子怪异,别有一种动人心魄的壮硕和辉煌。

卢定安弯下身子,向外张望:在大清河、子牙河和北运河三水交汇的椭圆形河口广场的东端,矗立起了一座造型新奇且气象非凡的大楼,在房亮架起大炮之前就已经吸引了许多人来看新鲜,"大炮事件"又等于给它做广告,使这栋大楼更出名了。表面上看城市人的生活是这般花花绿绿,五彩斑斓,其实是很枯燥乏味的,不然怎么会对一栋大楼就这么感兴趣?他没想到把楼盖好了也能引起老百姓这么大的震动,卢定安有了感触,应该给城市不断增添新的风景,一座好看的建筑,一项大的工程,都是一种风景,能振奋人心,凝聚人们的热情。罗文回头问他:"市长,您看它像个什么?"卢定安一时还真说不出这栋楼像什么。没有人能说得上来它的造型像什么……初看它像一个精美的翘沿儿水果盘托着个大鸭梨——这座城市不就叫"梨城"吗?故而最容易引起人们关于梨的联想。再看它又像一颗长着连鬓胡子的大脑袋,露出了滑稽、嘲弄和充满智慧的神情,像在诉说什么或逗弄什么。或者说它像一颗天外飞来的大炸弹,溅起冲天的烟尘和泥土正要爆炸却最终未能爆炸。还可以说它是一个含苞待放的巨大蓓蕾,细润鲜嫩,凝固着一种高洁、温婉的神韵……总之,越端详得时间长就越说不出它像什么,越是看它什么都不像就越感到它有味儿。这座大楼之所以吸引人,还因为它是本市惟一一座在世界上获得了设计大奖的建筑。它的样子虽然怪异,以一种全新的方式,自由地不受任何拘束地处理建筑空间。但结构均衡稳固,外形轮廓完整有力,简洁明亮。它的建造没有毁坏广场的绿地和全市仅存的几百棵古树,相反倒充分利用了这些树木、草地、阳光和河水,形态统一,与周围环境有一种和谐的通融感,又起伏有致,富有动感。大楼仿佛是从广场绿地上自然竖立起来的,把广场自然而然地拉入楼内,又提供了与广场相配的全新的建筑结构,稳健地与四周景色浑然一体,相辅相成,相映成趣。但和广场四周的建筑一比,它就显得太突出、太傲慢,难免让周围的建筑自惭形秽,纷纷低头退让。建造者偏偏又给这样一座现代得令人看不懂的建筑起了个正统得有些古怪的名字:"公共服务大楼"。

学冶炼的硕士罗文禁不住赞叹:"真漂亮,简业修这个人干什么都能干出点绝的来!"刘晓亚表示异议:"这得说是人家夏尊秋设计得好。"罗文冲他一笑:"我知道你崇拜夏教授。"刘晓亚反唇相讥:"爱美之心人皆有之,你不崇拜漂亮女人说明你不正常,要不就是虚伪,心里暗暗崇拜嘴上不说。"罗文可不想当着市长的面在这种敏感的问题上跟心直口快的司机斗嘴,赶紧把话岔开:"过去这一带最高的建筑就是民信大厦,让新的公共服务大楼一比,你现在再看民信,是不是有点寒酸了?低矮瘦弱,一副小家子气,难怪房大胖子会心怀嫉恨,火冒三丈!"作为秘书,罗文最大的优点是知道许多卢定安不知道的事情。作为秘书,罗文最大的缺点是知道许多不该知道的事情,而且有一般的聪明人容易犯的毛病——爱说。

卢定安眼睛看着窗外的广场和大楼,默默地听着前面两个年轻人的对话,他倒真没有想到围绕着简业修这栋大楼还有这么多故事……也许这是有人故意散布的,有了故事就更吸引人,来看楼的人也会更多,一个好的风景不能没有传说。一个城市的特点取决于它的建筑,一栋好的建筑提升了城市的品位,从它一诞生就成了城市不可缺少的象征。公共服务大楼居然引发了一场"大炮事件",足见这幢建筑已经在改变着梨城,改变着人们对梨城的印象,或者说给了梨城一些什么……卢定安一时却想不明白公共服务大楼给梨城带来了什么。刘晓亚突然冒冒失失问了一句:"市长,听说简业修小时候是您的跟屁虫?"卢定安脸露满意之色,不知是对公共服务大楼,还是对简业修:"是的,我们过去是邻居,他父亲是我的师傅。"他直起身子,同样愣愣怔怔地问两个年轻人:"明天不会下雨吧?"他问得没头没脑,司机回答得也没头没脑:"难说。"卢定安的脸色莫名其妙地阴沉下来,似有一种不祥之感。

他神经质地惧怕夏天,怕热,怕下雨,嘴里嘟囔着:"今天热得邪乎……"秘书和司机都没有应声,他们都知道市长的情绪就像夜里的彩灯一样五颜六色,说变就变,正说说笑笑间忽然就走神儿了,显得心事重重,也许是故作深思熟虑,或者刚才还是晴空朗日,没有任何过渡就突然雷霆震怒——这就是当头头的无名火!他只有在群众面前,在镜头面前才是安全的。罗文不止一次地抱怨,自从他给市长当了秘书,才真正相信了伴君如伴虎的古训,他认为这是"小马拉大车"的结果,卢定安才具不够,而担子又过重,造成压力太大,压得他喜怒无常。这恰恰又正是卢定安的可爱之处,如今的头头脑脑有几个是才具配得上责任的?大家还不都是自我感觉良好,谁还真的把工作压力当回事。刘晓亚驾车终于慢慢地绕开了河口广场,进入疾驶的车流,他问市长是回市政府还是回家?卢定安说:"当然是回办公室了,晚上还要招待甘肃的省长,大概八九点钟能结束,然后去串个门。"他沉了一会儿又问秘书:"明天还挤得出时间来吗?"小罗回答:"不行啦,这一个星期的日程都安排得满满的啦!""那就明天下班后,六点钟,通知各区负责城建的副区长到我办公室来,研究一下防汛的事。"秘书答应着记在本子上,心里却说,这才什么时候就防汛哪!但卢定安一旦决定了一件事,脸色立刻就放晴,说话也和气多了:"你是不是想说我神经过敏?你是没在小平房里住过,那真是我的一大块心病,旱了是蒸笼,下雨就泡汤。"

晚上,于敏真拉着儿子去看望感冒发烧的婆婆,她每到同福庄来最担心两件事:一是怕自己的车被弄坏,二是怕宁宁跟同福庄的孩子在一块玩儿,沾染上贫民区习气。在她眼里同福庄就是个杂巴地,流氓无赖成群成伙。儿子宁宁在车里矮下身子仰头看着窗外的夜空,城市一片灯海光域,霞彩纷披,好像天上星河在地上忙,万象宝幢,楼随影动。惟冷落了头上一片高阔的暗空,一团漆黑,沉沉若坠——下面就是老城厢的平房区。汽车拐了两个弯,没有开出多远,就觉得灯光黯淡下来,高楼不见了,透过不知从什么地方发出来的黄色电灯光看见远处一大片黑糊糊的平房。这儿也算是城里,却更像农村,甚至在当初给它起名字的时候就带有农村人的自卑,不敢理直气壮地叫街、叫里、叫胡同……却叫了个"庄"。而于敏真可知道同福庄并不是安静的村庄,这黑沉沉一片巨大的暗影里布满凶险,只要看看硕果仅存的几个路灯就明白了,大部分路灯全被打碎了,即使换上一批新的灯泡紧跟着又会再被打碎……

城市总是要分出许多区域,不是行政规划出来的,而是历史自然形成的。在字面上很难看出这些区别,河口区、城厢区、红庙区等等,六区四郊五县,好像都是平等的,但在梨城人的心里却分得清清楚楚,哪儿是繁华区,哪儿是落后区,哪一块是高级住宅区,哪一块是平民聚集区,高级地段里有商业街、娱乐城、过去外国人留下的租界地。就是平民区也分成三六九等,有的以脏闻名,有的以乱著称,有的紧挨着工业区。各个区贫富也不均匀……偌大的一个都市就这样变得神形散乱,光怪陆离。这些不同区域的划分,构成了这个城市的特点,一个区域就是一个范围、一个圈子,各有自己的色彩,组成了梨城的花花世界。不同的人生活在不同的区域,属于不同的圈子,带着自己那个圈子的地域色彩。过去同福庄是贫民区,著名的落马湖、蓑草地等妓院就在这一带,是妓女聚集区,隔一条胡同就是旧工厂集结的石板街,这里的色彩无论白天黑夜永远是乌黑、昏暗,空中烟雾弥漫,街面上浮落着厚厚的一层煤灰烟尘。街口铺的青石板已经被磨损得坑坑洼洼,缺角少棱,七扭八歪的小胡同两旁全是低矮破旧的老平房,高高低低参差不齐,离住人的房子不远就发出轰轰隆隆铿铿锵锵七丘八叉叮叮当当的响声,过去工人关了饷,过条街就是妓院,送过去很方便。所以梨城的老平民区都跟工厂连在一起……

于敏真驾着自己的白色宝马车钻进了同福庄,东绕西绕地想尽量靠近婆婆家的胡同停车,一是可以照应自己的车,二是避免徒步多穿胡同。在这个季节女人走过平房区的胡同是一件很难堪的事,每个胡同里堆满破烂儿,磕磕绊绊,狭窄又曲里拐弯,里里外外还都坐着人,一个人体就是一个小火炉,显得平房区里的气温又比大街上高了几度——这是平房区的一大特点:屋子里比院子里热,院子里比胡同里热,

11

胡同里比马路上热,所以天气刚有点热就都逃出屋子、院子,到胡同和马路上占据凉快的地方。许多人家还点着烧煤取暖的炉子,有的男人却已经穿上了大裤衩,光着膀子——这就是在这个季节平房区里特有的景致。他们在胡同里或蹲或坐,或躺或站,三五成群地凑成一堆儿聊大天……这种聊天以讲稀奇古怪的新鲜事和骂大街为主,为的是逗乐、出气、打发时间。个个都高腔大嗓,不避讳,不在乎,什么话都敢往外抡,住在这种地方的人除去脑袋顶上撂原子弹,不知道还会怕什么! 你只要进了胡同想不听都不行,听得于敏真几乎都能背得下来,他们骂得最多的是当官的,说现在压在老百姓头上的三座大山是什么? 孩子上学、看病吃药、当官儿的胡闹。说现在当官儿的有三大美:升官、发财、死老婆……一个人骂完大家都跟着嘿嘿哈哈地一阵爆笑。于敏真的丈夫恰恰也是个不大不小的官,对这些骂官的话就格外敏感。现在还有谁不敢骂当官儿的呢? 他们对头头又真正知道多少呢? 越是知道得少的事情越是敢骂,人们谈论得最多的往往是自己知道得最少的。现在的人骂起当官儿的来,什么话都说得出口,可如果认为哪个官儿好,又会把什么功劳都记到他的账上……这就看领导者是否有本事、有幸运在老百姓中间形成佳话流传,就像盖一幢好楼或建一处胜景一样。住在这些旧平房子里的人,从天气稍微有点暖和一直到上大冻,基本上就呆在房子外面,只有到睡觉的时候再进屋。尤其是男人们,一到晚上,各家的女人们都要擦洗身子,男人们就到外面去找个地方呆着,没有地方呆的就到大街上去溜达。

同福庄里还有一景也是令于敏真发憷的,那就是胡同口。平房区的胡同口永远都站着一群半大小子,神头鬼脸,面目邪恶,用阴毒的挑衅的眼光盯看每一个进出胡同的人,尤其是女人经过,会有被扒掉一层皮的感觉——这是平房区最恐怖的一景。平房区的孩子分两种,没有事就到胡同口站着的,十有八九是学习不好或已经退了学的,早早地就学会抽烟喝酒,而后是打架偷盗,甚至奸淫妇女。正派的人家就是紧紧地把住孩子,没事绝不让他们到胡同口去凑热闹。简业修就跟她讲过,不管天气多热,父亲也不许他出屋,最多是在自己的屋门口站一会儿。比简业修大几岁的卢定安,由于是从农村来的,被同福庄的孩子叫做"小侉子",住了许多年了,进出胡同的时候还常常会被推一把或搡一下……她感到奇怪,人在一茬茬地长大,社会在不断地变化,胡同口的传统却一代代地保留下来,一拨一拨总是有一些游手好闲的青少年霸占着胡同口。她找到了自己准备停车的地方,看见几个小子嘴上叼着烟卷儿,又在拿一个傻子寻开心,他们把傻子围在中间,推过来,搡过去……她犹豫着又躲开胡同口一段距离才停稳了车,打开车门,看到那帮小子在逗弄傻子:"傻狗顺儿,今天是不是又跟对象见面了?"狗顺只是嘻嘻傻笑。"摸了对象的大波没有?"一个把头发染得火红的小子抓住了狗顺的前胸,不住地摇晃,"说啊,摸了对象的什么地方了?"别的人都跟着一块儿起哄:"告诉他,摸屁股了。"狗顺跟着学:"摸屁股了。"半大小子们一阵哄笑。红毛又问:"还摸什么地方了?"狗顺磕磕巴巴:"没,没摸什么地方。""脱没脱对象的裤子?"有人教导:"告诉他,脱了。"狗顺抹抹鼻涕:"脱了。"又是一阵尖笑。这时候他们看见了于敏真漂亮的宝马车,立刻放弃傻子走过来围住了汽车,被叫做红毛的小子,用力在汽车顶上拍了几下,其他的半大小子在一边叫好:"红毛,你敢上去跳舞吗?"

于敏真心疼,浑身起栗,变腔变调地尖声质问:"你们要干什么?"红毛嬉皮笑脸:"哎哟,这不是嫂子吗?"简业修的儿子宁宁,反而不怯阵,怀里抱着两盒补品之类的东西,挺身站到前面保护自己的妈妈:"红毛,你要干什么?"红毛翻翻眼,阴损出邪:"呀,茬子够硬的,简宁宁也充个人啦!你妈这车真漂亮,能让我们上去兜一圈儿吗?"简宁宁尖着嗓子回答:"不行!"

于敏真慌乱无措,拉着儿子回到车里,宝马一阵抖动,愤怒地绝尘而去。半大小子们在后面哈哈大笑,有人捡起小砖头向宝马车扔去。

这真叫越怕什么偏偏就有什么,于敏真在从同福庄回来的路上不仅没有表扬儿子的护驾之功,反而把儿子审了个底儿掉,问他是什么时候认识胡同口那帮小流氓的?是不是每次到爷爷家来都偷着跟他们玩儿?然后对儿子千叮咛万嘱咐,以后不许他单独去同福庄,不许跟那帮孩子往一块凑,她也暗暗给自己立了一条规矩,以后管住儿子不许他单独去同福庄,非去不可由自己带着去,管紧了把严了,只许看爷爷奶奶,不许到外面乱跑乱闹。

她回到家就开始忙饭,把炒好的菜端上饭桌,一样样用大碗和碟子扣好,免得凉了,儿子在自己的房间里写作业。她住着一套以眼下的标准衡量可算相当高级的房子,有三室一厅,并排两间朝阳的大房子,一间是简业修和于敏真的卧室,一间给了儿子,一个十来岁的小学生就有一间属于自己的房子,在梨城能有这样条件的人家不多。阴面的一间做了简业修的书房,连接每一间房子的中心是客厅,足有三十多平方米,宽敞透亮,气派豪华。整套房子装修考究,每间房子根据不同的用途摆放着不同风格的高档家具,精致隽雅,舒适宁谧,处处都漫溢着女性情韵——这一切显然都是出自于敏真的设计。简业修是个雄心勃勃且深信自己会前途无量的人,他少年得志,很会做人,还不想在住房上过于张扬,因为单位里的人免不了会常到他的家里来,何必惹得他们妒忌或胡乱猜疑呢?然而于敏真是日本森洋药材梨城公司的经理,需要这种体面,有理由也有条件在回到家以后得到和她的现状相匹配的享受,便坚持把河口区建委分给简业修的偏单元和自己原有的独单元加在一起,换成了这套房子,她有钱,理直气壮地按自己的心意装修了房子。简业修不操心、不出力,再若横加干涉就未免太不近情理了。但他给河口区建委、甚至给整个河口区政府里熟识他的人造成了这样一种印象:他沾了老婆的光。于是便就坡下驴地接受了妻子安排的这个舒舒服服的现实。待到于敏真把饭菜都准备好,却还不见丈夫回来,就坐在沙发上抱过电话机开始拨电话……

她精于修饰,容貌丰艳,对着话筒讲话也很讲究音调、音质的美感,抑扬顿挫舒缓悦耳,脸上笑容灿烂。但一连打了几个电话都找不到简业修,立刻有乌云赶走了满脸的阳光,说话的声调里也有了铁质:"杨静,你知道简业修现在在哪儿吗……不知道?你们建委今天下午有什么活动吗?……没听说?"对方问她有什么事要帮忙,她客气地回绝了人家,然后又找到另一个可能会知道丈夫去哪儿的人:"叶华,我是于敏真,你知道简业修在哪儿吗?……不知道?你从下午就没有看到过他?不用,谢谢……""河口区政府吗?区建委的简业修主任在你们那儿开会,我有点急事,麻烦您叫他接个电话好吗?……什么,你们那里没有会,全都下班了?"不对呀,简业修身边的人都不知道他去了哪儿,不是大家故意瞒着她,就是简业修有意瞒住了大家,背人没好事,好事不背人。她继续拨简业修的手机,仍然关着机,她生气地摔掉电话,儿子从书桌上抬起头看看她。电话铃响,她故意沉了一会儿才拿起听筒,是大姐简业青,也从下午就找不到简业修,打电话是问他回来了没有。这正勾起了于敏真的怨气:"没有啊,他能去的地方我都找遍了,就是找不到他,带着手机却不打开,也不给家里打个电话,饭菜都凉了,您说气人不气人?他忙,谁不忙呀?打个电话通知家里一声也费不了多少时间,不知他脑子里有什么病!"大姐只好在电话里劝解她:"别着急,他又不是小孩子,出不了事,反正早晚会回来的。他回来后你告诉他,咱妈的烧还是不退,你姐夫刚又给打了退烧针,想送她老人家去医院,老太太说什么也不去,就是想孙子。你知道,咱们家几辈单传,两个老人一有点不舒服,孙子才是最好的灵丹妙药。等业修回来,叫他务必带着宁宁来看看咱妈。"于敏真把刚才带着儿子去看奶奶碰上流氓砸车又折回来的事叙述了一遍,还说了些让姐姐、姐夫多受累的话。于敏真放下电话就招呼儿子吃饭。儿子问:"不等我爸了?"于敏真说:"不是我们不等,是等不来,谁也不知道他干什么去了,谁也不知道他什么时候回来。"

　　宁宁看看妈妈阴沉沉的脸,没有再多嘴,起身来到饭桌前,其实他早就饿了。于敏真又逼他去洗了手,才开始动碗筷。于敏真几乎没怎么吃东西,只忙着给儿子夹菜,她平时就很注意不让自己吃得太多,今天赶上心里有事,想吃也吃不下了。她心里的这件事积存了可不是一天两天了……女人嫁给了自己找的男人,时间越长对这个男人就越依恋。男人即便高攀了一位公主,一旦成了正式夫妻就不会再珍惜对方。她在生意场上见过的和经历过的,让她不能不时时刻刻地留神,看紧自己的丈夫,这两年简业修长了点肉,骨架发起来了,身躯伟岸,相貌清朗,往人堆里一站是很招眼的。每逢那样的场合,于敏真对周围人的眼光,特别是对女人的眼光就格外敏感。更何况简业修又身处眼下是大热门的建委系统,别看他只是个区建委的主任,却有许多价值数千万乃至几个亿的工程都抓在他的手里,多少人想接近他,想巴结他,只要他不是非常清醒地抵制,就会滑到"工资基本不动,老婆基本不用"的那一堆人中间去……在这方面女人靠的是直觉和本能,尤其是妻子的直觉,往往非常灵验。她伺候儿子吃完饭,将碗筷草草地收拾一下,还有好多事要干却没有心思干了,心里长草又百无聊赖地打开电视机,顺手翻开刚才上楼时带上来的报纸,在《梨城晚报》的第一版上有一通栏的大标题:《公共服务大楼获国际建筑学会设计金奖》。下面是一幅清晰的彩色照片,一外国人双手向夏尊秋颁奖,夏尊秋含笑接过,姿容宛如峙玉,朗然照人。她身后站着简业修,眼睛正盯着夏尊秋,双手在鼓掌……于敏真心头倏地一跳,想看又不愿意看地浏览着照片旁边的文字,越看脸色越难看,突然一甩手把报纸摔到桌子上,心烦地把吵吵闹闹的电视机也关掉了。参加夏尊秋的颁奖会为什么要瞒着建委的人?为什么要关掉手机?外国人发个奖很简单,仪式简单,讲话简短,绝用不着耗这么长的时间……

宁宁来到客厅打开了电视机,她没好气地问:"作业写完了吗?"宁宁伸个懒腰打个哈欠:"写完了。""那就刷牙、洗脸,快点去睡觉。""这才几点呀?我就看一会儿还不行吗?""不行,都十点多啦!"于敏真关了电视机,拉着儿子进了卫生间,她给儿子的牙刷挤上牙膏,儿子不情愿地刷着牙,她还站在一边看着,"洗个澡吗?"儿子摇脑袋。"今天有体育课吗?"儿子还是摇头。"你踢球了吗?出汗了吗?"不管她问什么,儿子的小脑袋一个劲儿地摇,摇得牙膏沫子乱飞,她躲避着,拍了儿子脑袋一下,嘱咐着:"那就把脸和脚好好洗一洗。"

等她一出来,儿子草三了四地往脸上淋了点水,胡乱抹了两把就跑出来钻进了自己的被窝,于敏真追进来:"呀,这么快?又糊弄我?"她只好打了多半盆热水端到儿子的房间,把儿子从被窝里拉起来,用热毛巾从头到脚给儿子擦洗了一遍,擦得儿子忽而龇牙咧嘴,忽而叽叽嘎嘎……她的心情似乎也因之转好了,在儿子身上亲一口,拧一下,拍一掌。伺候儿子睡下后,她来到厅里,无精打采地将还摆在饭桌上的饭菜放进冰箱,松开头发,想去洗澡,迟疑一下又坐到沙发上打电话,仍然没有打通,便又翻开那张报纸……此时听到了钥匙开门的声音,忙把那报纸叠起来放到墙角的袋子里,头往后倚假装睡着了。简业修进了屋,大高个子,神姿俊飞,显然心情不错。他走到妻子跟前,用手摸着于敏真的头:"嗨嗨,怎么又在沙发上睡?醒醒,到床上睡去。"于敏真睁开眼,打掉他的手:"你这个脏手刚在外面摸完了野女人,回到家里别乱碰!"简业修打哈哈:"这是什么话呀,请注意一点语言美。"他这种漫不经心地嘻嘻哈哈更激怒了于敏真:"谁美你找谁去,还回来干什么?""又怎么啦?""你说呢?现在是几点啦?""还不到十一点嘛,这个钟点回来不是很正常吗,你就值当发火?""正常?正常为什么要关手机?为什么去哪儿要瞒着家里和机关?你从下午就失踪了,你知道有多少人在找你,你知道家里出了什么事?"简业修一愣:"家里有什么事?""问你呀,你还记得这是你的家吗?是不是走错门啦?""胡搅蛮缠,你是不是在撒癔症?"简业修想走开。

于敏真腾地站了起来:"你给我站住,一下午一晚上你都干什么去了?""嘿,我去干什么还得向你汇报啊?""不错,这是规矩,别忘了你是有老婆孩子的人,为什么不回答我刚才的问题?""什么问题?""手机为什么老关着?你在什么地方鬼混才怕人找到你?""我在会场上关的,以后就忘记开了。""别编瞎话了,建委、政府我都找过了,今天根本就没有你可参加的会!"简业修的气有点软:"我在接待国际建筑学会的代表,主持授奖仪式。"

"得奖的是夏尊秋,接待是梨城大学的事,跟你有什么关系?"于敏真把报纸摊开,"看看你这个样子,像个小丑,色眯眯地盯着姓夏的女人,你还知道自己是谁吗?就为了这个连给家里打个电话的空都没有,你说你心里还有这个家?我们娘俩叫流氓欺负你可以不管,别忘了你还有老爹老娘哪!"于敏真说着说着竟抽抽搭搭地哭起来了……

简业修没有招儿了,只剩下认错一条道:"对不起,我不回来吃饭的确应该给家里打个电话……"于敏真顺势拿出纸和笔,放到桌子上:"写下来,免得日后不认账。"简业修有气却不敢发,无奈地装糊涂:"写什么？难道你要让我给你写保证书？""给家庭一个保证有什么不可以,我也可以写。难道就只能对外面的人山盟海誓？"

简业修不想也不敢激化矛盾,只能一忍再忍,一退再退:"好,你说吧,写什么？"他越是这样迁就就越令于敏真生疑:"第一,必须保证随时让家里人知道你在哪儿,能够找得到你。第二,晚上必须回到家里吃饭。""必须呀？那怎么可能,只能尽力。"

"尽力是多少？儿子只能在晚上见到你一会儿,你难道连晚上尽一点做父亲的责任都办不到？要知道我在工作上的压力并不比你小,凭什么从管这个家到管孩子都是我的事？我们难道是单亲家庭吗？这样对孩子的发育成长有好处吗？我不相信你对自己的儿子连这点责任感都没有。"简业修无言以对:"好好好,我写。你以为我愿意在外边吃饭呀？有些特殊的情况没有办法。"

"行啦,你不用拿特殊情况唬人,现在连老百姓都知道越特殊越没有好事。不管你有什么事,也不管你特殊不特殊,总之不回家就要提前告诉我一声。""我一直就是这样做的嘛。""今天是怎么回事？情况特殊？一跟夏尊秋有关系就特殊？""这是哪儿对哪儿,你为什么老是吃人家夏教授的干醋？第一,她是我的导师。第二,她是我们公共服务大楼的设计者,也可以说是我们的合作者。"

于敏真收敛了吵架的锋芒,语气变得恳挚而严肃:"业修,你真的以为我是吃醋？我相信以前没有看错你,今后也不会看错你,你自己也不想在这个区建委主任的位置上就打住吧？你年龄占着优势,能力是明摆着的,谁都看得到,上边又有关系,现任市长过去是个可以当你大哥的人,正是一通百通,一顺百顺的好时候,决不能因为招腥惹臊一失足后悔一辈子！"

理是这个理,话也是几句好话,但是从妻子嘴里说出来就让简业修打心里不自在,女人过于看重丈夫的升迁,处处算计得太精,任何一个男人都受不了！他敷衍着:"好啦好啦,你操这么多心累不累呀？"他顺便把写好的保证书推给了于敏真。于敏真看着丈夫的保证书,脸上总算云开雾散:"我累呀,累极了,家里外边都累,真想能靠在你身上跟你诉诉苦,让你像从前那样给我通身到下揉巴揉巴……哦对喽,妈感冒发烧,你过去看看吧。""嘿,妈病了你还不早点说,啰唆了这么多闲白儿。"简业修是孝子,赶紧找东西,一眼发现茶几上放着于敏真刚才拿去又带回来的两盒补品,伸手抄起来。于敏真说:"你现在怪谁?大姐和我从下午就找你。"简业修已经急匆匆地摔门而去。

他一溜小跑地下了楼,在楼前找到时用时不用的自行车,拍拍车座上的灰尘,打开锁骑上就猛蹬,他身高腿长,从后面看像马戏团里的狗熊骑小车。一提去同福庄,简业修就跟妻子的感觉大不一样,于敏真每次都是被逼到非去不行了才捏着鼻子硬着头皮去一趟,到了同福庄也是站没处站,坐没处坐,吃饭更是做做样子,基本是不吃什么,一句话——嫌脏。而简业修一回到同福庄,就全身心地放松,吃得饱睡得着,哪儿都能坐,跟谁都能搭嘎老半天,如鱼得水,自由自在。他回到这个简陋、拥挤和不干不净的环境里如同回到童年,回到过去,而每个人对自己的童年和过去总是怀恋的。社会就像海洋,每一种鱼都活在自己的层面上,尽管他现在能游到更深的海域安身立足,原本却是属于同福庄的……他叽里咣啷地骑到同福庄,把自行车扔在胡同口,熟门熟路地钻进胡同,推开自己家的门。低矮的小屋子里满满登登,门后还生着蜂窝煤炉子,姐姐、姐夫挤站在屋子中间,卢定安和简业修的父亲简玉朴坐在床边上,简业修着实没有想到地叫了一声:"市长!"卢定安也就老实不客气地充老大:"你这家伙跑哪儿去了,老人病了到这个时候才露面儿。"简业修脸上挂火,自我解嘲地凑到床上去摸母亲的额头,大姐简业青说:"刚睡着,烧有点退,不像白天那么高了。"简业修问爸爸有没有事?老人摇摇头说自己没事。简业修稳住了神,这时候出于礼貌也得跟市长搭嘎几句了:"怎么把您也给惊动来了?"

卢定安说:"没有人惊动我,是我自己赶巧了,来同福庄转转,顺便进来看看两位老人,有个难题老拿不定主意,想听听师傅的意见。"

简业修大惑不解："您的难题？"

卢定安苦笑一下，没有作答。简玉朴瞅个空插进来说："定安想拆咱这儿的老房子。业修，天太晚了，你陪着定安走吧。"简业修看看炉子："煤拿进来了吗？我把炉子给封好，夜里可凉啊。"

简玉朴说："你快走吧，我还不会封炉子吗？"

"要指着你来捅炉子，俩老人早就冻坏了。"卢定安说着站起身和简玉朴握手，"您多保重。"简业修原想跟父母多坐一会儿，却也不得不站起来陪着卢定安走出父亲的小屋。胡同里的人少了，平房区安静下来。他们默默地走了一段路，卢定安突然问他："你相信——有预感吗？"简业修摸不着头脑，只好含糊其辞："有时候信。"卢定安解释自己的想法："天气这么突然一变热，我心里就打鼓。"简业修笑了："这算什么预感？是住小平房养成的后遗症，怕热、怕夏天、怕下雨……"

"你也这样？""一样，这也叫危房综合征。这些破房子的确该拆了，我既留恋这个地方，又憎恨这个地方。"卢定安转头看着简业修："你想过怎么拆这些旧平房吗？"

简业修老老实实地承认没有认真想过，同福庄又不在他的河口区里，即使在河口区这也不是一个区能办得到的，区里还没有这样的条件。卢定安说："条件什么时候有呢？住在这儿的百姓还能等吗？以前我们不在位子上，想这件事情不现实，着急也没有用。现在我们有了这个权力，我就想干成这件事……你认为怎么样？"

简业修有点吭吭哧哧，卢定安不再是儿时的大哥，而是一市之长，他正经八百地向你征求意见，你说得对不对，符不符合他的心思，都关系非轻。但他最后还是把自己的意见表达清楚了："这可是大动作，以您的年龄也许要在市长任上干两届，总得要干点让梨城人忘不了的大事。只要您下了决心，我在下边会全力以赴地贯彻执行。您要是想听我的真实想法，最好给我一周的时间，我给您拿出个关于平房现状的详细报告来。"

"好，我等你的报告。"卢定安心情忽然开朗起来，他和简业修这样悠闲地在同福庄到处转悠，好像又回到了三十年前……那时每到晚上,男孩子们都不许喝水,一摸水碗大人就斥责,你不怕夜里尿尿吗?尿尿成了一件无法避免又非常可怕的事情。住在老平房里的孩子,必须从小就锻炼憋尿。但无论怎样锻炼,尿泡总是有限的,孩子们在临睡前要结伴跑老远去厕所,先把尿泡打扫干净,恨不得将尿泡里的水分一滴不剩地全挤出来。每天清晨,这些小家伙们睁开眼后的第一件事就是往胡同外面跑,手捂着小鸡,跑急了尿会拉拉出来,又赶紧蹲下……跑跑停停,等跑到厕所,尿也拉拉得差不多了,有的甚至把裤子都尿湿了。大一点的孩子憋得住,好不容易跑到厕所,掏出就放,常常会尿到里面正在蹲茅坑的人头上,免不了要挨一顿臭骂。厕所外面还蹲着一溜儿等着方便的大人,孩子们抖搂净了出来,一身轻松,一脸得意,为了回报刚才挨骂便齐声高喊:“憋老头,憋老头!”“小王八羔子!”老头们起身想追,又赶紧捂着肚子蹲下了。以后他们上学了,有了学生汽车月票,一早一晚就坐两站路的汽车去干净一点的厕所,坐着汽车去尿尿,很是神气了一阵子……

卢定安站在一个滴滴答答漏水的水龙头前,用手使劲想拧紧水龙头,谁知用劲过大,水龙头反而漏水更急了。他只好悠着劲儿将水龙头调整到跑水最少的程度,却依然滴滴答答。这一点几乎和三十年前没有什么变化,仍旧是整条胡同共用一个水龙头。那时简业修的年纪比卢定安小得多,却从十岁就开始替父亲挑水。到冬天,木筲里外都是冰,一担上肩就压得简业修一溜歪斜,只要卢定安看见就把扁担接过来。后来卢定安用很薄的白铁皮做了一副水桶,送给了简业修,他担在肩上就轻松多了……那时两家人处得跟一家人一样,简业修就直呼卢定安为大哥。

夜已深,气温转凉。篱笆灯的房子不保暖,外面有多冷屋里就有多冷。没有拆炉子的人家是有远见的,在这静静的深夜里,响起了叽里呱啦捅炉子的声音……马路上行人稀少了。始终不见市长出来,司机刘晓亚缩肩弓背,坐在道边上睡着了,卢定安喊醒了他,也让简业修上了自己的车一块走了。

进入深夜的平房区并不安静,从房子里发出各种奇奇怪怪的声音

——打呼噜的,说梦话的,咬牙吧唧嘴的,还有咯吱咯吱床铺扭动的声音……虽然家家门窗紧闭,"篱笆灯"的房子并不隔音,甚至谁家有人往尿盆撒尿,四邻八居都听得到。每间低矮的平房檐下,都伸出半截黑糊糊的烟筒,有的烟筒里还一阵阵地冒出些许黄烟……到下半夜,七十岁的简玉朴,被一种窒息般的难受折磨醒了,他推了推老伴儿,老伴儿没有动静,他自知不妙,想起身却一阵头晕目眩,浑身疼痛。便慢慢蹭到床边,摔倒床下,一点点爬到门口,想推开门,但没有推开,由于用力过猛自己也昏过去了。

同福庄一个个黑洞洞的烟筒口,显出一种狰狞与恐怖。

第 2 章

电子钟报了晚上十二时。梨城的副市长金克任,显然也刚从外面回来不久,像熊一样强壮的身躯,像熊一样轻手轻脚,看见夫人又躺在沙发上睡着了。他正四十多岁,仪观壮硕,放下手里的皮包,替夫人脱下皮鞋,然后抱起夫人进了卧室,轻轻放到床上,盖上被子,蹑手蹑脚地再退出来,关上卧室的门。他脱掉外衣,换上拖鞋,立刻浑身轻松,打开厅里的电视机,到厨房找了个西红柿,一边往嘴里填着一边来到女儿的房间,轻轻推开门,正在读大学的女儿背对门口,戴着耳机叽里咕噜地大声读外语……他走过去摘掉女儿的耳机:"都几点了,还不睡觉。"女儿反唇相讥:"都几点了,您才回来?"他把剩下的半个西红柿递给女儿,女儿娇声娇气:"谢谢。"他走到门口又回头叮嘱一句:"早点睡!"女儿冲他挤挤眼:"晚安。"金克任开始洗脸、漱口,额头饱满而舒展……眼睛却不肯漏过电视屏幕上的足球比赛。一只手还翻弄着信件、报纸,同时干着几样事,眼睛里映出电视画面上的快乐,显得心绪畅达而精力旺盛。夫人许良慧还是被他折腾醒了,也许她经常躺在沙发上睡着就是为了得到丈夫回家后的一抱,换了睡衣出来招呼他:"快点吧,你看看都几点了?"这自然是抱怨。金克任却有本事把夫人的所有抱怨都听成是鼓励,磨磨蹭蹭地对付着:"马上就完。"许良慧又躺回到床上,长发浓密,状似水波。金克任嘴里说着"马上就完",却摸摸索索地没完没了,他在外面神仙老虎狗、天地君亲师,像模像样地撑持了一整天,回到家是最惬意的了。有人说家是男人的城堡,是亲缘的欢乐,是无法逃避的责任,是琐细,是坟墓……他一概不信,全是故作惊人之语。在他看来,家就是最自由自在的地方。他一直耗到球赛结束,才关电视机上床,随手又抱起一本书。许良慧是一位律师,正处于人生的巅峰时期,脸庞充满灵感,用很强的眼神看着丈夫:"早晨的红烧肉是不是还有几块没有消化完?"她说完随手把灯给关了。

"哎,关灯可是一种暗示啊……"金克任扔掉书,将妻子揽进怀里。

就在此时电话铃响了,金克任打开台灯,拿起听筒,是卢定安的声音:"睡觉了?""刚躺下。""对不起啊。""市长有什么吩咐?""全国十大城市卫生检查团什么时候来?""下周二。""明天上午原来安排的活动取消了,你跟我到几个老大难的死角先看一看。""好,我立刻通知下去。""刚才我到同福庄看了看,这些破房子的存在就是最大的不卫生,我们得从根本上解决问题了,你说呢?""我知道您的意思,也征求过一些人的意见,但没有人认为能行得通……""凡是说这也不行那也不行的人,都是不干活的人,站着说话不腰疼,他不干,也不让你干。可你若真的什么事都不干,他又会说你无能!"

许良慧扭过脸去,背对丈夫和灯光。金克任听出市长的谈兴很浓,也只好奉陪,好在他也是个能熬夜的人,就下床提起电话机,关了台灯,重新回到卧室外面的厅里。为了应付这一手他的电话线拉得特别长,还可以提着电话机一边说话一边在房子里走来走去,或做别的事情。由于这样的事情不是一次两次,许良慧已经习惯于在丈夫谈论工作的时候自己先睡。中国的"打官司热"已经热了好几年了,律师可不清闲,其实每天一回到家她就累得抬不起个儿来啦!等到许良慧再一次被电话铃吵醒的时候,墙上的电子钟正指向早晨五点一刻。金克任练就了一种本事,明明是刚从沉沉睡梦中被惊醒,一拿起电话就好像是从来没有睡过觉一样:"喂,哪一位?"

"克任同志吗? 我是来明远。"声音谦和而清醒,就好像现在已经到了正常的工作时间。天哪,这是市委书记,如果说金克任刚才的清醒还有点装,现在可是彻底醒过来了:"来书记有事啊?"

"你今天上午有什么安排?"从声音里都能感到来明远在笑,永远都是询问、商量的口吻。

　　金克任却不敢怠慢："陪市长下去检查市容卫生。"

　　"哦,最近我接到的举报材料越来越多了,反映咱们市的基建热就是冷不下来,一个河口区的建委居然就建了一栋全市最豪华的大楼,这正常吗?"市委书记的声调还是那么亲切,也还是商量的口气,其话里的分量却足够金克任大吃一惊。有人告到书记那里去了?是他分工抓这一块的,怎么连一点风声都没有听到?对河口区公共服务大楼的建造他是支持甚至是很欣赏的,书记大清早的质问是不是对着他来的?金克任应声诺诺,试着解释几句:"那个大楼我知道,未必是最豪华的,但设计和建筑质量确实是一流的。"

　　"克任同志,我对这方面的情况不是很了解,"来明远在所有场合、对所有的人都一律称同志,正派而自然,"一个区的建委用得着那么一栋大楼吗?这会不会滋生腐败?或过多地占用资金,从而影响咱们梨城的经济发展?你是分管城市建设的,这几年咱们市到底建了多少空楼?还正在建设中的高楼有多少?"

　　金克任赔着小心:"一座城市有一定数量的控制房是正常的,我们市的空房子和其他大城市相比不算多,不过近百万平方米左右……详细情况是现在在电话里说,还是找个时间当面向您汇报?"来明远考虑着:"也好,当面可以谈得更透彻些。""我等您的通知。"听到书记放下了电话,金克任的心里却放不下了,来明远这是什么意思?要知道他可是出了名的"欢喜佛",爱笑,笑起来也好看,在官场蹭蹬大半生,没听说他干过什么坏事或整治过谁,可也没有多少人能记得他有过什么政绩,快到六十岁的时候才扶正当了市委书记,似乎全梨城的人都认为他只是过渡性的人物,轻松愉快地活在上一任的阴影里,不会有太大的作为。尽管如此,金克任却不敢有丝毫的怠慢和失礼之处。在当今社会上弥漫着一种没上没下、没大没小、普遍对领导人物尊重不起来的风气,但在真正的官场中,却越发地官大一级压死人,没有几个人敢当面藐视自己上司的权威。别看大家背后都称来明远是"欢喜佛",见了面却没有人敢像对待"欢喜佛"那样嘻嘻哈哈、随随便便。是谁到他那里去告状了?大早晨的,他扭住了哪根筋呢?俗云"听话听音",

听市委书记的话却不能光听音,他的声音永远都是一团和气,要仔细咂摸他话里的味道,刚才话里的味道显然不善,又是冲着谁来的呢?金克任检点自己以往跟市委书记打交道的所有细节⋯⋯

许良慧调侃道:"你们的市长、书记是不是有病?一个是夜猫子,三更半夜不睡觉。一个是属公鸡的,天不亮就打鸣叫早,还叫人睡觉吗?"

金克任拨浪拨浪脑袋,似乎一下子把来明远所造成的不快全给甩跑了,乐乐呵呵地说:"是啊,你说要不吃红烧肉行吗?根本顶不住!"他学着鲤鱼打挺的样子,将头放到地板上,双腿搭在床铺上两脚高高跷起——这等于倒立,血液急速涌向大脑,五脏六腑倒挂⋯⋯这样倒控了大约有五六分钟,又躺到地毯上做了一通仰卧起坐,才收腿起身。他习惯性地一起床随手就打开电视机,在洗漱和忙活清晨该忙活的事情时,间或扫一两眼电视屏幕。等他坐到饭桌跟前的时候,立刻眉开眼笑,一小碗红烧肉,两碟小菜,大饼,豆浆。他每天从早晨出门到晚上回来,中午连打个盹儿的空儿都没有,一整天不拾闲儿地摸爬滚打,不吃一碗肥肉就大葱就顶不下来。他说肥肉、大葱、大蒜、生姜都是养脑子的东西。他对着钻鼻子的肉香哼哼起一种怪调:

早晨吃老婆一碗红烧肉,一天精神抖擞有劲头。

电视播音员在报告早间新闻:"梨城电视台,现在是早间新闻节目,今天凌晨,我市平房区发生大面积煤气中毒⋯⋯"金克任站起身走到电视机跟前,"发生煤气中毒的主要原因是由于天气突然转暖,大地返潮,气压变低,住在平房里的居民大都用烧煤的炉子取暖,烟筒饿风,煤气倒灌,导致中毒。根据今天早晨的统计数字,全市有数百人有程度不同的煤气中毒反应,已死亡十一人,仅城厢区的同福庄就有二百多人被送进医院抢救。河口区的三义里、红庙区的铁山工人新村也都有大批中毒者正在医院接受治疗。全市各大医院已经紧急动员,组织医护人员全力以赴救护中毒者⋯⋯"金克任放下刚拿起来的筷子,打电话叫来自己的司机,然后又给罗文打电话,问市长在哪里,他对着电话答应说马上赶到……急匆匆穿上外衣,拿起皮包就向门外走,许良慧从卫生间赶出来在后边喊:"应该多少吃一点再走……"

全市惶惶。当天《梨城日报》第一版的通栏大标题是:《全市大抢救!》,各机关单位都打开电视机收听关于抢救煤气中毒者的消息,从各个出租汽车里也传出这方面的广播……人们免不了也跟着议论纷纷:"老天爷发疟子,专跟穷人过不去!"

"富怕招贼,穷怕生病,越怕什么越来什么。"

各医院都拥挤不堪,还有的家属在医院的走道里大放悲声……

卢定安满面焦虑,到梨城最大的中心医院看望中毒者,各部门的头头向他报告着抢救情况……他只是听着,很少说话。在拥挤混乱的楼道里不经意地一瞥,却看见了简业青,眼睛哭得红红的,尽力护着身子下面的担架床。卢定安慌忙分开众人走过去,见床上躺着简玉朴,面色苍白,双眼紧闭,胳膊上打着吊瓶,他凑近了呼喊几声,老人不应,似毫无感觉。便对跟在身边的院长说:"这是简老师傅,咱们市工业战线上的功臣,解放后的第一代劳动模范……病房里就没有地方了?"院长紧张不安:"所有病房都住满了。"卢定安盯问:"他老人家有没有危险?"院长哪记得住每个中毒者的具体病情,只能含糊其辞:"目前还很难说……"卢定安眼睛发红,口风凌厉:"你们要千方百计地留住老人……这楼道里风硬,能不能把他挪到屋里去,病房里没有空地方,能不能先在你院长办公室里加张床?"院长答应着招来医生、护士,推床的推床,举吊瓶的举吊瓶,把简玉朴推走了。卢定安也在后面跟着,顺嘴问简业青:"大姐,师母没有事吧?"

简业青忽然眼泪又下来了,哽咽着几乎无法说话,她的丈夫田超代为回答:"她老人家没有被抢救过来。""啊……"卢定安愣住,"现在人在哪里?"简业青说:"太平间里没有地方,送到家里去了,业修在守着。"卢定安眼里有了泪:"我得去看看,给她老人家送行啊!""谢谢,您现在可千万不能去,等我娘火化的时候会通知您……"简业青求助似的看看市长身后的人,她似乎对金克任还有点面熟,就走过去小声问,

"您是金副市长吧？您可要劝住市长别到同福庄去,去了也进不去,进去可就出不来啦!昨天夜里同福庄死了好几个人,哭的闹的,这时候正乱,市长可不能去惹那个麻烦!"

金克任冲着简业青一个劲儿地直点头,这种时候她还能替市长想得这么周到,足见简、卢两家的关系的确非同一般。他挤到卢定安跟前轻声说:"到别的病房再看看吧,等一会儿您不是还得赶到三义里吗?让罗秘书代表您去看看简师母吧。"卢定安转身吩咐罗文,再替他买个花篮送去。

这一天,卖花圈、花篮的商店发了,罗文排队买了个大号的花篮,双手托着来到同福庄。同福庄确像简业青说的那样乱套了——有的小矮房子里办不了丧事,只好搬到胡同口来办,在一条胡同口就停放着三具尸首,旁边放着纸糊的大房子,还有三层高的楼房,生前住不上大房子,死后无论如何也要带走一幢新楼。死者的家人们各哭各的,却汇成哭丧的交响,相互激发,相互仿效,悲上加悲,像在举办集体丧礼。但哭声决不只在胡同口有,胡同深处也传来女人低一声高一声的悲号,异常凄厉……罗文走进去才看到死的是一壮年男人,屋子很小,僵硬的尸体斜楞着堵住门口,根本无法让死人平着躺舒服——真不知他活着的时候是怎么在这样的房子里睡觉的?女的哭得死去活来……一个亲戚模样的年轻男人发话了:"干脆也像别的人家那样把他抬到胡同口去发送吧。"有人提出异议:"那合适吗?露天发送可叫暴尸啊!那就成了无家可归的孤魂野鬼啦!"

"你以为这间破屋子也算是家吗?这跟没有家还不是一样!走,弄出去。"

"怎么弄?你说得轻巧,胡同那么窄,且曲曲弯弯,一个人过得去,两个人挤不下,怎么能将一具僵硬的尸体抬出去?"那个愣头青亲戚脖子一梗:"我把他背出去,你们拿床板、拿凳子。"他低下头对死者说,"三姐夫,对不起了,屋子里放不下你,只好到胡同口去发送你,你要怪也别怪我们,别怪你的老婆孩子,你有灵就怪那些当官的吧,是他们让你在这样的破房子里憋屈了一辈子,到死了还伸不开腿!"

　　这年头,什么坏事都往当官儿的身上推!别人帮着把硬邦邦的死人放到那小伙子的背上,他弯腰用双手兜住死人的大腿,一步步向胡同外面挪。死者的妻子抓住丈夫的裤脚撒泼大哭:"志强啊志强啊,你死得好惨哪!一辈子没住过能伸得开腿的房子,死了还不能躺下,还没有一块遮脸的地方,我对不起你呀⋯⋯"旁边的男人气呼呼地插嘴:"你有什么对不起他的?是他对不起你!"

　　那女人一口气没上来,昏死过去,亲戚们趁机扳开她的手,赶紧掐人中⋯⋯家属们排成单行,呼天抢地地走出胡同。

　　只隔了几个门口,简家的屋子里却死沉沉、静悄悄⋯⋯无法按老规矩在屋子中间搭床板,只好让闭上了眼的简母还躺在原来的床上。简业修这个身材丰伟,气势犷悍的汉子,挺身直立在老娘床头,显得房子更小更矮了。他傻傻地看着母亲焦黄的被皱纹切破了的脸⋯⋯简家的邻居、外号叫"小洋马"的杨美芬走进来,仰着脸用手轻轻擦擦简业修脸颊上的一片泪水,下命令一般:"好兄弟,还傻站着干吗?有泪就趴下哭啊!"她自己也忽然坐到地上,拍打着床板放声大哭起来:"婶儿啊,我的好婶子,您老可走得太急啦,这一辈子没少照应我,我还没有来得及报答您老人家呢⋯⋯"办丧事必须有女人,女人不仅自己敢哭、会哭,其滔滔不绝的"哭词儿"也最富感染力和煽动性,能制造哭丧的悲切气氛。杨美芬尖利的哭声立刻通报给周围的四邻八居,刚才还静悄悄的简家也死了人,已经开始治丧啦,想吊孝的就会走过来。她的哭声还像刀子一样刺疼了简业修,捅开了堵在他喉头的悲痛,如同被放倒的柴火垛,突然趴倒床边,抓住母亲的手大哭起来。他的哭声嘶哑沉闷,没有词句,却痛彻心脾,双肩剧烈地抽动。这一男一女的哭声立刻引来了吊孝和帮忙的人,也引来看热闹的孩子,在门口扒头探脑。

　　胡同内外哭声阵阵,此起彼伏,整个同福庄陷于一片悲戚之中。

　　杨美芬听到了哑巴哇啊哇啊地说话声,便适时地止住了自己的哭声,用熟练的手语吩咐四十多岁的建筑工人、大哑巴王宝发去买寿衣。简业修从口袋里拿出钱塞到大哑巴的手里。

　　这时候罗文托着花篮来得正是时候,将花篮往老人面前一摆,房子里立刻有了色彩。有了这搭配着各色鲜花和绿叶的色彩,反而更像个办丧事的样子了。他向简母遗体四鞠躬,梨城的习俗是人三鬼四:办喜事的时候新人对拜,或者向主婚人、证婚人行礼要鞠三个躬,大凡在丧事上向死者行礼要鞠四个躬。这就是说梨城人死后都得成鬼,没有人能得道成神成仙,也没有人继续转世为人或转为畜生。罗文给老人行礼毕,向简业修转达了卢定安的问候,并从自己口袋里掏出二百元钱塞给简业修。这也是规矩,够朋友的不能不给,丧事的主家也不能不接下。简业修让罗文坐下,两个人唉声叹气地从老人的死谈到煤气中毒,又从煤气中毒谈到梨城的几百万平方米的老房子,在同一时间里有这么多人煤气中毒,以前闻所未闻!简业修情绪激烈,跟罗文说自己是搞建筑的,却眼睁睁看着老娘在这样的破房子里被煤气熏死,于公于私都说不过去。其实他完全可以让父母搬过去跟自己一块住,由于老婆不愿意,自己请老人过去的口气就不坚决,老人自然也就百般推辞,才酿成今天的大祸!昨天晚上市长还问我相信不相信预感,他有预感了,我却没有预感,我算是什么东西!

　　罗文百般安慰,人在这时候容易自责,这自责也让人感动。但这时候旁人的一切劝慰都显得软弱无力。他看到大哑巴买来了治丧用的全部行头,就起身告退,他还要赶到三义里,并说如果不是老人出事,简业修也应该去三义里参加市长的现场会。罗文一走,杨美芬先抖开一幅黄布单子盖住简大婶儿的身子。然后开始指挥简业修和大哑巴进进出出地正式进入治丧程序,她把白布剪开,做成孝衣、孝帽,在给简业修的衣服上挂孝的时候,她非但不劝解,反而悲上加恸:"你说这叫什么事?家里挺着一个,医院里还躺着一个⋯⋯像我们这些没有本事的人,住在这样的破屋子里是没有办法,你一个堂堂的大建委主任,干的就是盖房子的事,愣让老人死在这样的房子里!哭吧,哭吧,你不哭老姊子不走!"

　　这又捅到简业修的疼处,悔愧无比,不禁号啕:"妈,儿子对不起你⋯⋯"

　　他一哭,杨美芬又跟着眼潮,她抹抹自己脸上的泪,反过来又劝解简业修："行啦行啦,人已经走了,就别再卖后悔药了。天气太热,一会儿给简婶儿穿好衣服你就得早拿主意,是在家里发送,还是送到殡仪馆去?"

"还去殡仪馆吗? 妈在这儿住了一辈子,死在了这儿,我也应该在这儿送她老人家上路。"

于敏真这时候走了进来,见这样一个阵势,虽然满面凄楚,眼泪直淌,却不知该怎样哭? 是趴倒婆婆身上哭,还是跪倒地上哭? 简业修嫌她来晚了,顺势就把一肚子的悲痛和愧疚都撒到她头上:"你出去,我妈不能再见你。当初要是依我的主意把爸妈接到咱们家去住,怎会有今天这样的事? 妈昨天一准是有预感,想在死前见孙子一面,你连这个都不成全她老人家!"

于敏真本来就手足无措,再被丈夫这样兜头一骂,有口难辩,气急而泣,转身要跑。杨美芬手疾眼快张开胳膊把她抱住了,急鼻子快脸地数落简业修:"哎,老兄弟,这是怎么说话? 别人没事你倒想闹丧啊? 简婶儿尸骨未寒,你可不能闹得她老人家闭不了眼!"她拉于敏真坐到床边,一边给她戴孝一边劝解,"弟妹呀,这种日子你可不能跟他致气,你是儿媳妇,给婆婆跪下磕个头,愿意怎么哭就怎么哭,把满肚子的委屈向婆婆说,都可以哭出来,这时候你说什么简婶儿都听得到。"

于敏真再也忍不住了,跪在地上放声大哭。女人一撒泼哭出了前几声,冲破了矜持,后面就会哭了,就无所顾忌了,连哭带诉,长声短调,旁边的人只防备她哭得背过气去。她来晚了是因为她要伺候儿子吃早饭去上学,并答应儿子中午放学后去接他来跟奶奶告别,然后到公司又处理了一些非处理不可的事情,再到医院看看公公,死的已经死了,总得先看还活着的吧? 总不能把一切都不顾了吧? 简业修怎么可以在这样的时候、这样的场合、这样对待她? 她越想越冤,越冤越哭……

简业修也跪直了:"妈,是儿子不孝,做不了老婆的主,悔不该没有把您二老接到我们那边去住,才出了今天这样的大祸。您临走前想见一眼孙子,她都没有让您见到……如果我爸再救不过来,我发誓再不许她进简家的门!"

于敏真终于忍无可忍大哭着跑了出去。杨美芬起身去追,追了几步没有追上,便回来责备简业修:"这就是你的不对了,丧事里不能吵架! 再说这种事你怎么能怪弟妹呢? 是人家让你们家住这样的破房子吗? 你不怪国家,不怪自己,倒把气往老婆身上撒!"

她还真把简业修数落得无言以对,看上去也有些懊悔……她看看屋里没有人又用自己衣襟为简业修擦泪,状极亲密。简业修却不自在地躲开了。杨美芬检查了寿衣,叫哑巴打一盆热水来,然后又赶开哑巴,对简业修说:"来,给简婶儿擦身子穿衣服。"

阳光强烈,天气燥热。

卢定安、金克任率领着市内几个区的区长来到河口区三义里的街口,河口区的区长杜华正、副区长李强,还有一干人等,也刚刚赶过来,今天这个日子让所有的大小头头都不好过。杜华正迎上去,看看市长的脸色,大家都没有笑容,也省去了寒暄,只握了握手,然后就往平房区的纵深处走。他们见到的是上身光着、下身只罩着个大裤衩或小裤衩的男人,女人们上身只穿件松松垮垮的背心,有些年轻的女人裸露着乳房给孩子喂奶……红庙区分管城建的副区长袁辉,年轻没有分寸,明知故问:"天气刚刚有点热,他们就这副打扮,到三伏天该怎么办呢?"大家心情不对,没有人接他的话茬儿。他有些尴尬,自以为说话俏皮,想幽默一下给自己解嘲:"杜区长,我给你们出个主意保证能赚钱,在这儿开个商店,专卖内衣内裤,一定会买卖兴隆。"杜华正只是看看他,仍然没有接茬儿,袁辉一脸没趣。三义里的人表情更冷淡,不回避也不欢迎这些高级人物。水龙头前边一个外号叫"大鞋底子"的女人在刷尿盆,既泼野又懒洋洋地现出一种粗犷豪逸。在她旁边还有个女人在洗菜,一群孩子在争着洗脸冲脚。洗菜的女人骂骂咧咧:"你快懒得屁股眼儿里生蛆了,这都什么时候了才起床,晚上都干吗了?"

大鞋底子满不在乎,声音更大:"晚上干吗你还不知道吗? 是眼馋,还是没人弄你痒痒得难受?"

"你个不要脸的,就缺德吧,人家洗菜,你刷尿盆!"

"这有什么办法? 谁叫你就爱闻老娘的臊气味儿呢!"

"呸! 你没看见检查卫生的正在这儿吗?"

"谁爱查就查呗,都是不干正事! 卫生还要他们检查,谁家不愿意收拾得利利索索的? 住的是狗窝,怎么打扫也成不了金銮殿!"

卢定安面沉似铁,气氛严肃得令人紧张。多亏金克任说话,缓解了这太过沉重的气氛:"我有点明白为什么有人憎恨现代大楼了,写字楼建得再漂亮也跟这些人没有太大的关系。摩天大楼建得再多,跟这么多的烂平房反差就越大,像一块块疮疤,城市永远也漂亮不起来。"卢定安喑哑着嗓子说:"鸟有巢,虫有窝,人更应该有个像样子的安身立命之所。"身为区长杜华正似有些尴尬:"请市长再到里边看一看吧。"

卢定安目光冰冷:"看不看都是这个意思了,这里卫生不了,讲卫生对这样的居民区还是一种奢侈,这里其实还不具备现代人的居住条件,说得严重一点是有伤风化,有碍观瞻。但责任不在这里的居民,而在我们。"

杜华正不服:"市长,这大概不是我们一个街或一个区独有的现象,就是我们有心想改变这种状况,也不是一个区一个街所能办得到的。"

卢定安眼里有了凝聚力:"不错,那怎么办呢? 每一个街每一个区都这样认为,都不采取行动,难道就永远这样下去了?"杜华正应对及时地耍了个滑头:"我们希望市里有个统一的部署。"卢定安像是自言自语:"是得下决心啦。"杜华正偷觑一眼市长:"就怕决心好下,事情难办。""你认为最难的是什么?""恐怕首先是资金问题……"

杜华正竟然跟市长一句对一句地叮叮当当,令同行的人吃惊不小……

卢定安沉吟了一会儿:"下了决心也许就有办法,不想干的事就永远不会有办法。许多事情是越想越难,有些看来是难以干成的事,一旦真的动手干了,还可能会发现并不像原来想象的那么难。"阳光给卢定安的脸上涂了一层铜色,他用手摸一根电线杆,电线杆上却挂着一层绿毛,不觉皱了皱眉。金克任解释:"在三义里西边的上风头,有一家泰和染整厂,他们染什么颜色,三义里就是什么颜色,今天肯定是染绿色,把整个三义里都染得绿糊糊的。"杜华正原本的白脸却急得通红:"我们正打算把这个厂迁走。"金克任无意让他难堪,就又夸了一句:"这个厂生产的阳光牌毛线可是有点名气。"

大家都看看一言不发的市长,猜不透此时他心里在想些什么。

第 3 章

于敏真连续有好长一段时间睡不好觉了。

她越是夜里没有睡好,到白天就把日程安排得越是紧张,上午驱车近百公里到药材种植基地,检查种药、晒药、筛选以及粗加工的情况,下午又到药库安排收药、装箱、发货。医家有言:天有三宝日、月、星,地有三宝水、火、风,人有三宝精、气、神。人只有在忙起来的时候才有精气神,那种雷厉风行又虑事周备的做派,又可驱散她内心深处的郁悒和睡眠不足的倦怠。她喜欢在生活的位置里永远居于主动,确保不被牵制和淘汰。也许正是这种脾性保证了她的成功——在大学的外贸专业刚刚走俏的时候她考取了中国经贸大学,在中国的外贸行业热得烫手的时候她分配到梨城对外经济贸易局,在中国开始兴起合资企业热潮的时候她放弃了优越的机关工作,来到中日合资的梨森药材公司,当合资企业合出许多毛病,外商独资企业趁风而起之时,她又成了日本独资公司的代理……她创造了一个神话——使人迷恋她又钦佩她,爱慕她又惧怕她。女人的智慧和强悍如一阵惊雷闪电,袭击了传统的呆板、苍白与生活的平静、单调,并照出了男人们的平庸和猥琐,瓦解了男人统治的世界。正像许多成功的女人一样,她理所当然地被看成是女强人,因为她战胜并领导着许多男人。而这类女强人又恰恰最容易被自己的丈夫欺骗或背叛——这也正是她最近失眠的原因。她几乎浏览所有能买到手的女性杂志,对太多的所谓女强人的悲剧知道得太多了,成功女人的不幸刺激了她,也提醒了她,她极端厌恶女强人这个称号,她从穿衣打扮到行为谈吐都极力回避强人色彩。

到快下班的时候她赶回办公室,洗过澡之后换上灰绿的亚麻上衣,雪蓝的一步长裙,轻盈素雅,一身流淌的温柔,恰到好处地勾勒出丰腴圆润的身材曲线。她在办公桌前坐下准备处理完一点杂事就回家,黑村正树的秘书走进来说董事长请她过去一下,她跟着被中国员工称作"黑秘"的家伙来到董事长办公室,黑村正树正低头看公司的报表……他慢慢地抬起眼睛盯着于敏真,这个一向冷漠、矜持,时时处处不忘显示其优越身份和良好修养的日本人,一声不吭地长时间死死地盯着于敏真。于敏真也大大方方地看着他,黑村身材壮硕,皮肤微黑,但黑得细腻,说话低声低气,一副敦厚刻板的样子,却又带着居高临下的固执,于敏真渐渐地被他看毛咕了……

"您真漂亮!"黑村难得恭维一位中国女子,即使他在说着恭维话的时候表情仍然是非常严肃的。他慢慢地站起身,身材不高,但很座实,似乎承袭了人们印象中的日本先人的体态和力量,不慌不忙地走到于敏真面前,向她深深地鞠了三个躬。共事这么多年他才发现自己漂亮,这让于敏真觉得可笑、可悲,又有点不知所措:"黑村先生,您这是……"黑村声音略带暗哑:"于小姐,感谢您把公司管理得这么好,我报请东京总部给您加薪,已得到批准。"黑村从西服口袋里掏出一个大信封双手奉上。于敏真接过来,双颊泛红,姿容越发灿烂动人,轻声说了句谢谢。黑村继续说:"总部批准以梨城公司为龙头,在上海、武汉成立子公司,总称森洋药材(中国)有限公司,我想建议您担任中国公司的总经理,如蒙不弃,将立即提请森洋总部的董事会批准,我真诚地希望您不要拒绝。"

于敏真出乎黑村意料地只说了句:"容我想一想。"

又加薪又提职,她居然没有表现出黑村希望看到的惊喜和感激之情,这令他稍稍有点意外,也有些不安。因为梨城公司的成绩全赖她一力料应,也正因为这成绩才使他成了森洋总部的董事会成员,今后在上海、武汉一成立新公司,他呆在梨城的时间就更少了,梨城公司的经营与管理更要全部依赖于敏真,那两个新公司的筹办也得靠她在前面为他搭桥铺路……他不担心于敏真会偷奸要滑、作假捣鬼,却担心她被别的公司挖走或辞职去自己开公司,她具备这样的能力——森洋(梨城)公司的前身是梨森合资公司,梨城外贸局占大股,因此总经理是中国人,副总经理是他黑村。中方的这位总经理是蹲机关出身的老官僚,把主要精力下在跑关系和怎样欺上瞒下、弄虚作假地跟日本人分账上,却不知该如何经营好中药材的出口,致使企业连亏三年。于敏真在这三年里不仅练了手,还看出了门道:世界因受化学污染的困扰,正逐渐掀起吃绿色食品、服天然药物的浪潮,中国的草药就是绝妙的天然药物,在日本、韩国等东亚国家有牢靠的市场自不必说,就是在德国、美国等许多西方国家也稳步地形成了中药热,中药材的需求量急剧增加,她四处筹集资金,想辞职自己开一家小公司。黑村正树得到这一消息后,立即报告森洋药业的日本总部,并说服总部斥资两百万美元买下了梨城外贸局在梨森公司的股份,更名为森洋药材(梨城)有限公司,成了日本的独资企业,黑村正树自任董事长,聘请于敏真为总经理。一种内藏的蓄势使她做得惊天动地,梨城公司不算基地、药库的工人和药农,共有职员不足百名,六年来竟为森洋盈利五千多万美元。无论是在森洋药业内部,还是在梨城的外贸界,想打于敏真主意的可是大有人在……这样一个韵致动人的女人却有着强硬的意志,为外商做事又坚决保持独立,而女人的独立与强悍是一种永远的神秘,对男人尤其具有深沉持久的魅惑力。黑村生出一种崇敬坚持说:"于小姐,今天晚上我要请您吃饭,表达我个人以及代表森洋总部对您的感谢之意,也是给您庆贺。"

这让于敏真没有想到,黑村是很少请人吃饭的,即使有饭局的应酬他也往往重礼节少热情,谦恭得傲慢,随和得格格不入……说他是"中国通"还远远不够,他干脆就像个中国人,只要他愿意,不仅普通话说得比许多中国人还标准,就是思维方法、表达习惯也能地道地中国化,可以完全像个中国人一样看问题想问题和处理问题。令人费解的是其他所谓"中国通"式的外国人,都有意无意地喜欢炫耀自己的中国化,而黑村却精心掩饰自己的中国化,平时总是端着十足的日本人做派,在一些隆重的场合只说日语,不露一句中国话。他精明苛刻,掩藏很深,从不讲自己的经历,其他日本职员私下里传说他的父亲跟中国有特殊渊源,在日本侵华战争中服役于军需部门,惟一的收获就是亲眼见到了世界著名的贫穷落后的中国是多么意想不到的辽阔深广、丰裕富饶,好东西取之不尽,人又好打交道,日本人发财的捷径就是到中国来。后来黑村的父亲作为外交官又在中国呆了许多年,黑村生在日本,却长在中国,毕业于南开大学中文系……于敏真非常清楚这位日本上司身上的这股"日本气",跟他在一起吃饭是很累的。今天黑村对自己算是给足了面子,可她沉吟着想推辞,倒并不是因为讨厌黑村身上的"日本气",她毕竟是黑村赏识和提拔上来的,并给了她应有的权力和自由,从不对她轻慢、放肆或乱发日本老板的脾气。但她实在没有情绪,跟丈夫闹别扭好多天了一直没有化解,或者说是简业修不想化解,夫妻间的冷战是一种消耗,一种疾病,甚至可以说是一种阴险,让她蒙羞膺耻,焦苦难言,哪有心思陪黑村下馆子呢!她斟酌着措词刚说了一句"实在对不起……"黑村就赶紧打断她:"请务必不要拒绝。"脸上还挂出一副牢固而温馨的微笑。于敏真无奈,莞尔一笑:"好吧,既然您这么客气,我就恭敬不如从命。"

她回到自己的办公室简单地收拾一下,拿起电话想告诉丈夫一声却又迟疑了,最后还是给家里拨了个电话,嘱咐儿子:"妈妈要晚回去一会儿,告诉爸爸你们爷儿俩自己弄饭吃,不想做就到外边去吃,你如果饿了想吃什么就自己拿。"她来到停车场,黑村已经在等候,他没有上自己的车,而是上了于敏真的宝马车,坐在她身边。天已变长,太阳还悬在西城的楼尖上,许多重要街道、超级市场以及高大建筑物上的灯光却迫不及待地开亮了,闪闪烁烁,溢彩流光,他们开始在市内繁华的大道上游车河。从大道两旁的商店里传出各种各样的乐声,在空中汇成震耳欲聋的交响,现代文明汹涌张扬,浸淫着整个城市和城市人。于敏真按着黑村的意思把车开到梨城饭店,黑村先在大门口下了车,等于敏真停好车回来,他已经选好了一个豪华单间,房间高大轩敞,电视画面上一对青年男女在树林里追逐,音响里播放着轻柔的流行音乐,脚下铺着厚厚的长绒地毯,惟中间一块滚圆的地方露出光洁的白色大理石——这是供客人们在酒酣耳热后站起来手舞足蹈或耳鬓厮磨的地方。两边摆着长沙发，房间太大了，两个人在里面显得空空荡荡，黑村让服务小姐把吃饭的大台子换成小桌，他让于敏真点菜。于敏真感到奇怪，黑村一向是个勤谨节廉的人，特别愿意给中国职员尤其是她这个总经理作出忠诚俭朴的榜样，他们完全可以在大餐厅里找一个清静的两人座位，为什么要丢瞎钱占这样一个华而不实的大房间？她投黑村所好点了几样日本菜，自己反正是吃不了多少，无所谓。黑村看过菜单之后又补充了菜胆鲜鲍、鱼子和两吃龙虾。上菜的速度很快，精致而丰盛，烫热的清酒也端上来了，于敏真借口开车，为自己要了一杯鲜橙汁。黑村不饶，一定要给她斟上一杯清酒："吃生海鲜不喝点酒可不好，开不了车一会儿把我的司机叫来送你，实在不行还可以不走了，就在楼上开个房间嘛。"黑村今天像换了一个人，名义上是给于敏真贺喜，看上去更像是给他自己贺喜。他先举起杯，"来，于小姐，先为您祝贺，用中国话说叫升官发财！"于敏真也随着举起杯："谢谢，也祝贺您荣升森洋总部的董事！"

"这是因为梨城公司业绩出色，还要感谢于总跟我合作得好！"黑村惬意万种，如沐春风，"对了，今天晚上得订个规矩，过去我们在一起吃饭的时候不少，没有一次不是为了谈工作，今天晚上不谈公司，不谈赚钱，只谈一些轻松愉快的话题，先祝您永远这么漂亮！"黑村每喝必干，于敏真每次端起杯只是用嘴唇轻轻一碰，象征性地应付着，她在黑村面前从来都警惕自律，也正因为如此才赢得了黑村的尊重。一小长壶的清酒下肚，黑村的话就更多了："于小姐，今天《梨城日报》上有篇文章，说中国目前正掀起第三次离婚高峰，原因是情人大潮的冲击和性消费的普及，您赞成这种观点吗？"

于敏真用一双没有表情的眸子盯着黑村："老实说我对这类消息不是很有兴趣，离婚率提高是世界性的问题，比较起来中国可能还算是低的。"黑村紧盯不放："您怎么看待情人现象？"

于敏真看出黑村有了几分酒意，也知道他想把话题往哪儿引，但她又不能回避，她如果不正面回答更容易让他往别处想，便斟酌着词句说:"地球是圆的,有正有反,有阴有阳,对一方是好的事情,对另一方可能就是坏事,因此可以说情人也最无情。一个女人和一个男人如果没有婚姻作承诺,最好还是维持一种简单的关系。否则,吃亏的多数是女人,且没有岁月可回头。"黑村笑了,露出整齐结实的白牙。他平时不苟言笑,喜欢在中国员工面前显示自己才华和修养的丰赡,今晚却像吃了春药,容光焕发,眼神强烈,双手配合嘴巴比画着:"您认为结了婚就牢靠吗? 纽约去年成立了一家忠诚调查侦探所,一年内就接受了四百余名女子的委托,对她们的丈夫进行忠诚考查。于是,侦探所就雇佣了三十名年轻美貌的女模特做诱饵,展开行动,其结果,没有一名男士能经受得住女模特美色的考验,他们或与主动前来搭讪的女模特调情,或留下电话号码要求再约会,甚至还有的提出了上床的非分要求……我相信,倘若梨城也有一家这样的侦探所,像于小姐这样有钱有貌又有一个幸福家庭的人多半也会去光顾的。"

于敏真不悦,脸色冷了下来,但没有接茬儿。黑村倒越说兴致越高:"这是女士们闲着没事干自取其辱,知道了男人们都花心,又能怎样呢? 女士们难道能齐心终身不嫁,绝不接触男人? 中国的柳下惠早就死了,即使他能再生,现代女人会喜欢他吗? 今年2月号的《人口统计学》上发表了有关美国人的性趣调查结果,学历低的比学历高的性欲更旺盛,喜爱爵士乐、拥有枪支以及对总统不满的人,大都好色。最令人感到意外的是那些工作狂,原应没有时间谈情做爱,可他们的性需求反而较常人更多。像我们这样的人算不算工作狂呢?"

"黑村先生,您喝多了!"于敏真顶了他一句就不再搭腔,不再看他,她喜欢龙虾熬的白米粥,就低头喝粥。"酒是情中物,多多益善,"黑村意犹未尽,乘着酒兴继续贩卖他的性知识,"还是东方女人现实,不用花钱请侦探雇美女地去跟踪、考验,也不必劳心费神地作什么调查,凭自己的直觉和别人的一两个眼色就知道自己的男人是不是有了外心、打了野食。去年夏天,台北出现过一次太太大游行,举出的标语牌上赫然写着反对一国两妻制! 这些女人都是老板的妻子,她们的丈夫钻台湾现行法律的空子,台湾目前不承认大陆的法律,当然包括婚姻法,于是就利用到大陆办公司的方便养二奶甚或公开娶二房。许多的中国女人或日本女人还有个特点,闹归闹,并不主动撤出竞争,闹过之后仍然希望跟花心的丈夫在一个锅里搅马勺。有些女人自认是看透了世上的臭男人,与其大闹一番之后还不得不睁一只眼闭一只眼,就不如提前把另一只眼闭上,还省得动肝火,伤和气……"

于敏真知道不能再让他顺着这个话题胡嘞嘞下去了,否则真不知还会扔出什么。她敛容打断他:"黑村先生,不要忘了坐在您对面的也是个女人,这就是您要谈的轻松愉快的话题吗? 我并没有感到有什么愉快。"黑村立即正色:"对不起,我并不想得罪您。""不,还没有那么严重。"于敏真俏丽中含着端庄,她想笑一笑,但有点勉强,原本澄净无波的一张脸却被这强笑扭歪了。黑村开始劝酒布菜,于敏真却吃得很少。黑村勤谨讨好:"其实我是真心想让您高兴,看您心事重重的样子,几乎什么都没有吃,恕我冒昧,难道有什么让您为难的事吗? 我可以帮上忙吗?"

于敏真心猛地一沉:"没有,您别误会,我的胃口本来就不大。"黑村仰头直盯着于敏真的眼睛:"刚才我没有把话说透,惹得您误会了,您能让我把话说完吗?"

"您请自便。"于敏真安之若素,还能让她怎么办呢? 再一次让他闭嘴,或是自己起身离去? 她只后悔不该接受黑村的邀请,在这样的场合可不就是说话嘛,话是最好的下酒菜,不论男人想勾搭女人或女人想勾搭男人,都是需要说话的。如果一对男女呆在一起不说话,那会更危险!

黑村得到允许仿佛就是得到了鼓励,情兴盎然:"一个人生活在现代社会如果太过忠贞,就会迟钝或多疑。一桩婚姻有百分之二十的爱情就足够了,百分之百则不会幸福。当前日本女人奉行一个公式,找个有实力的丈夫,再找个有钱又肯出钱的情人,从丈夫那儿得不到的情人给,情人没有的丈夫有。情人使男女在心理和生理两方面都很愉悦,是一种和谐的人际组合,从人性完美的角度衡量,情人关系应该是合乎道德的。"

于敏真不再回避:"您所说的这种关系是精神层面上的,还是情人面具下的性消费?""顺其自然,不要错过缘分。""到目前为止人类还无法证实缘分的存在。""也不能证实缘分的不存在。"

"所谓缘分不过是巧合、碰撞、一念之间,可能带来美好,也可能制造罪孽,几率相等。"于敏真脸上还凝着笑容,却令黑村愣怔有顷:"您知道吗? 您的强大魅力就是坚定的意志力和独特的个性,人们总是格外欣赏独立的个性,但这样的人痛苦也最深。可叹哪,善于约束自己是人类高贵的标志,也许是人的最大虚伪。"

于敏真反唇相讥:"野兽不会约束自己,即使它不虚伪终究还是野兽。"

黑村举手做投降状:"我说不过您,但我为您抱不平,像您于小姐这样的人品,这样的容貌,这样的才华,竟然还有人不珍惜、不崇敬有加……可见生活就是这般不公正。"于敏真突然眼圈红了,泪光在眼睑里晶莹闪动。黑村站起身:"不谈了,我们跳个舞吧。"于敏真迟疑了一下:"对不起,黑村先生,我该走了,我丈夫和孩子还在家里等着我呢。"

黑村一愣,眼里有了怯意:"时间还早嘛……我没有得罪您吧?"

"没有,您想到哪里去了。"于敏真站起身,去意已定,"谢谢您的盛情,是我送您回公司,还是打电话叫您的司机来?"

黑村愀然:"您不用管了,我还要再呆一会儿,别忘了我的建议。"

"我会考虑的。"于敏真直到出了饭店还在想黑村正树今晚的情状,他显然是看出来她出了什么问题,也毫不掩饰对她的欣赏和欲望,他是诚心想对她好,安慰她,让她开心,还是想趁机跟她发生点什么事情? 她已经离开了,剩下他一个人还留在饭店里干什么? 难道会一个人喝闷酒? 于敏真停了脚,犹豫着要不要回去把黑村拉走……尽管他今天晚上说了许多不得体甚至是轻薄的话,但他也是人,老婆又不在身边,对自己喜欢的女人有点想入非非或走火入魔不也是很正常的吗? 他向来对自己不错——于敏真对这一点绝不怀疑,没有黑村她就成不了梨城森洋的总经理,在别人还都没有注意到她的时候黑村却已经在暗暗地赏识她了。但她并不感激他,她为日本人赚了那么多钱常常心里不平衡,如果不是黑村,她早就有自己的公司了,几千万美元也就属于自己了……正因为她一直要报答黑村的知遇之恩,就迟迟没有离开森洋,但至今也没有彻底死了自己办公司的念头,却又觉得没有前几年的锐气了……她忽然脑子一转,黑村一个人留在饭店,既不叫她送,又不叫司机来接,一定是打歪主意找其他女人,今晚说不定还要在饭店开房间,这家伙平常装得道貌岸然,很可能也是一个在灯红酒绿的风月场中摸爬滚打的老手……商界成功的男人中还有干净的吗?从怔怔中憬悟过来,她头也不回地上了自己的车,看看表时间还早,就绕到超市买了鲜菜、鲜鱼才回家。刚才听黑村讲了那么多情呀爱的,她觉得似乎有点对不住丈夫和孩子,一丝情缕摇入魂魄,她渴望与丈夫和好,让他哄哄自己,听他在失去控制时呢喃着爱与慰藉的胡言乱语,彼此地放松和自然,酝酿和期待……她想象着,脸颊都热了。

于敏真回到自己的楼下,停好车拿出买的东西,心急火燎地往楼上奔,开门进屋,看见简业修父子已经快吃完了,简业修听到她回来连眼皮都没有撩,放下碗筷,抹抹嘴,拿起自己的包,嘱咐儿子:"宁宁,你收拾桌子。"宁宁不情愿:"你干吗走这么早?""今天晚上我上课。""下了课回来吗?""不回来,我得在医院守爷爷。"

于敏真低着头让开门口,简业修出门走了。她将手里的东西扔到地上,无力地坐下,看到餐桌上是从外面买的大饼、火腿和咸菜,碗里泡着方便面。宁宁担心地看着她:"妈妈你吃了吗?""……没有。"于敏真对儿子撒了谎。"还剩下一点方便面,你吃吗?"

"你别管了,快去写作业吧,妈妈来收拾。"她嘴上这样说着,坐到餐桌前的椅子上以后,浑身却忽然就像散了架,再也不想动弹。原来女人能干的动力来自家庭的亲密关系,一旦失去这份亲密,就会变得脆弱无比。她在外面扮演强悍,张扬个性,在家里却渴望能表现脆弱,甚至是处心积虑地滋养自己一直压抑在心底的脆弱,女人最大的幸福莫过于脆弱地被男人强大的温情所呵护。她就是这样来塑造简业修的,也是这样塑造了自己……在女性杂志的指导下培养他晚上离开她就睡不着觉,一年四个季度里他得有三个季度抱着她入睡,天气最热的时候也得摸着她的手才能睡得着,她亲热地嘲笑他一到晚上就像个吃奶的孩子……以前就是两个人吵了架,上床关灯以后她总有办法使两个人和好,而且有了吵架的刺激会更来劲,简业修说这叫"一通百通"。不管她白天多么累多么烦,却拥有整个夜晚的满足,使她的身心得到彻底的恢复。她对简业修的身体状况了如指掌,精细地控制着他的情爱节律,他有一点不正常都瞒不过她,不可能再在外边打野食,即便有那个贼心也没有那多余的精力。她原以为把自己的一生已经设计得好好的了,谁料这一次简业修是动了真怒,竟然这么长时间冷冻她,甚至不给她想和好的机会,她快要受不了了! 在人的生命中,亲人之间的亲密关系不亚于空气和水,简业修的母亲并不是她害死的,只是死前未能见上孙子一面,即使是这点事也不能全怪她,简业修怎么可能记恨她这么长时间? 莫非他是以此为借口想跟她了断? 她在他身上下的工夫都成了他去讨好别的女人的技巧? 于敏真酸酸楚楚,忧伤像雾一样在周身弥漫开来,泪光在眼睑下晶莹闪动……

凌晨四点钟,简业修在办公室改完《梨城市危陋平房调查报告》的最后一页,把笔一扔,对站在身边的程蓉蓉说:"就是它了,你改完后打印一份清楚的,上班后我得给市长送去。"还没等程蓉蓉应声他就趴在桌子上睡着了。

这些天把他熬坏了。哀伤近似仇恨,简业修因母亲去世窝在肚子里的火气,一部分撒在了妻子身上,一部分就撒在给卢定安起草的这个关于平房改造的报告上了。他从梨城市图书馆、梨城大学图书馆搜集了足够的资料,研究了城市史,把凡是能推给别人处理的事都推出去,白天写,晚上写,在医院里守护老父亲的时候也在本子上划拉……他划拉出一页,程蓉蓉就给打印出一页,他以前没有想到这个貌不起眼的打字员居然是个人物,不论他的字迹多么潦草,有时简直就是鬼画符,她也能认得出来。有时他太累了不想动手,就半躺在椅子上闭着眼说,他说一句程蓉蓉打一句,两个人经常是一干一个通宵,他困坏了可以坐在椅子上打个盹儿,程蓉蓉则守在旁边等他醒来再接着咬文嚼字……就这样把高高大大的简业修熬趴下了,她还是原先那副平平常常、矮小轻捷的样子。她站在简业修跟前盯着他看了老一会儿,毅然转过身把简业修的胳膊搭在自己肩膀上,想把简业修背到里间的床上去,以她的身量又怎么能背得起人高马大的简业修呢?反倒把人给鼓捣醒了。他"腾"地站直了身子,迷迷瞪瞪地看着程蓉蓉:"你要干什么?"程蓉蓉不好意思:"对不起,把您给弄醒了。"他问:"哪儿有问题?"

程蓉蓉笑:"哪儿也没问题,我想把您背到里屋床上去。""什么,你能背得动我?""我背得动,不信就试试!"程蓉蓉认真起来,转过身子让后背贴紧简业修的前胸,"来!"这让简业修觉着新奇好玩儿,恶作剧般地弓起身子往下一趴,双脚还没有离地,两只手臂却过长地压在程蓉蓉的胸部,温润挺实,突突跃跃,令他全身倏地一拱一热,愣愣地不敢再动了。两人都穿得单薄,他感到程蓉蓉的身子也一阵颤栗,在他的怀里似要瘫了下去。他想抽出胳膊,程蓉蓉却抓住他的手顺势一转身,正面将身体投进他的怀抱,脸紧贴在他胸前,双手箍住他的腰。简业修血脉贲张,双臂一用力,程蓉蓉的双脚离开了地面:"就你这点分量还想背我?"程蓉蓉通身绵软温热,一声不出。他抱了一会儿放下她,她却不松开箍着他的手,在他怀里仰起脸,轻轻呢喃:"吻吻我……"

简业修慌慌忙忙,似乎在给自己寻找退却的理由:"你还是小姑娘。"

程蓉蓉反倒期期切切:"我二十六岁了,是成年女人。"

他吻了她,轻轻探求,却猛烈地点燃了饥渴,深入,交融,越发地不满足……简业修体内热流暴涨,有了刀锋想寻找伤口的痛楚和欲求,想突进,又畏怯,在迟疑中最终还是断然推开了程蓉蓉,语气倒极温和:"快去改报告吧。"

他进了里间,关灯躺到床上——在中国看一个官员有没有实力,或者说是势力,就看他的办公室装备:一类官员的办公室里会带一间卧室和功能齐全的卫生间。简业修级别不高,但建委有实力,他的办公室里没有卫生间,却分里外两间,里边的小间里摆着单人床,供他中午休息或晚上加班回不了家的时候睡觉。他舒舒服服地躺下,睡意却没有了,浑身燥热,情欲难抑,体内似有波浪起伏,一阵阵涌上来……程蓉蓉是怎么回事?在这次修改报告之前他还真没有特别注意过这小个子姑娘,她正式的职务是河口区建委办公室的机要员,负责收发和保管文件,身材娇小,长得肉鼻子肉眼儿,全身都肉肉头头,在建委的女人堆里算是丑小鸭了,也是最容易被忽视的人,一贯地不声不响,即便说话也是温声温气,柔柔和和地乐于听从所有人的指使。在任何一个单位里都是一样,你只要好说话,支使你的人就特别多,各科室有打字的活儿或其他一些零七八碎的活儿就都找上了程蓉蓉,久而久之,该她干和不该干的事她都不能不干了,她如果离开办公室一会儿,就不知有多少人像叫魂儿一样地满世界喊她。谁都可以支使她,也可以理解为谁都得需要她,一个最容易被忽视的人同时又被许多人所需要,这给她一种安全感和满足感,建委如果要裁员的话不会先想到她。在写这个平房改造报告之前,简业修跟她说话超过五句的时候大概只有一次。那是有一天的晚上,他下了课绕到建委来拿份材料,因为明天一早外出就不到机关来了。他叫开大门看见办公室还亮着灯,以为是有人加班,上楼后便先敲办公室的门,等了好一阵子门才打开,站在门口的是程蓉蓉,神色有点慌张。他觉得奇怪:"这么晚了你在这儿干什么?"程蓉蓉低头不语,这就更引起了他的猜疑,用眼在屋里踅摸,一眼搭上两张对摆的办公桌上格外干净,下面的椅子上放着卷起来的被褥,这大概就是程蓉蓉刚才迟迟不开门的原因。堂堂建委怎么能允许干部把办公室当宿舍?他问:"你在加班?"程蓉蓉老实地摇头否认。他继续追问:"不加班为什么要睡在这里?跟家里吵架了?"程蓉蓉又摇摇头。他有点动火:"嘿,你到底是怎么回事?说话呀!"程蓉蓉低着头像蜜蜂叫:"我没有家。""没有家?那以前你住在哪里?"程蓉蓉见不讲出实情是过不去了,便羞羞愧愧,用词矜吝地讲述了自己的故事:在她父亲没有去世之前,她家在西大湾子有一间小平房,她姐姐结婚没有房子,两口子便也挤在那间小屋里,姐姐、姐夫两口子占了一大半,中间挂个布帘,程蓉蓉跟她爸爸占一小半,虽然挤一点倒也相安无事。在她父亲死了之后程蓉蓉的日子就不好过了,姐夫成了那间小屋里的惟一男人,每天晚上都要喝酒,喝了酒之后就不是人了……简业修太了解那种状况了,平房里的规矩是挂帘为界,掀帘算犯规,按梨城的习俗,小姨子有着姐夫的半个屁股,程蓉蓉的处境可想而知了。简业修问她来建委几年了,她说四年。简业修没有再说别的就退出了办公室。梨城各单位分房子有个约定俗成的规矩,给男不给女。简业修在建委废除了这条规矩,建委就是建房子的,如果连自己的干部职工都住不上房子,还有什么资格叫建委?程蓉蓉很快分到了一套独单元的房子,她心里也许明白是怎么回事,也许不明白,简业修从来没有跟她提过这件事,自那次办公室考问之后,简业修再见到她时仍然只是点点头或简单地打声招呼……从今天晚上发生的事看,她是明白的了,不然她对自己哪来的好感?没有好感又怎会那么大胆、那么主动?幸好他在男人最容易失去控制的时候管住了自己,简业修对自己的理智向来是比较满意的。一个不自爱的男人能成事吗?还会值得女人爱吗?他不能允许自己出丑闻,为这种事栽跟头不值得,何况自己还在服丧期。特别是不能占像程蓉蓉这种姑娘的便宜,会让人误解也会让自己产生错觉是以大欺小,以强凌弱,论情不合,论理不通,对事有悖,于法不容。

　　——简业修想着女人的美妙,在对自己的赞赏中睡着了。只可惜没有做美梦,他睡得很沉。猛然被"当"的一声惊醒,仿佛是从非常遥远的天际传来的钟声,紧接着有个姑娘向他报时:"现在的时间是早晨七点三十分……"他一激灵睁开眼,发现耳边那姑娘清亮甜美的声音是从一块崭新的精工牌闹时表里发出来的,桌上放着一杯热牛奶,一份还冒热气的煎饼油条,外面糊着一层鸡蛋,一沓清清楚楚的平房调查报告放在旁边——他当然知道这一切都是谁干的了,姑娘的心思真是精细又奇怪,给他买来早饭的时候就完全可以把他喊醒……他只能等以后有时间再慢慢仔细回味这件事,匆匆洗脸漱口,一边吃着早饭,一边浏览打印清楚的报告,一共三份。很好,自己留一份,给卢定安和金克任各一份。

他几乎是踩着上班的铃声走进了市政府大楼,在没有事先约好的情况下来找头头,只有在刚上班的这一会儿兴许碰巧能堵得上。在楼道里他看见罗文提着暖瓶刚打水回来,便高声打着招呼,先进了罗文的办公室:"那个报告写好了,你先看看吧。"罗文正往嘴里塞着油条,急忙拨浪脑袋:"别,你就饶了我吧!""你给把把关哪。""用不着,这是市长亲自布置的,你老兄毛遂自荐,错不了。快去吧,市长正等着看你的报告呢。"简业修半真半假:"罗秘你可不够哥们儿!"罗文忽然挺严肃地盯着他:"这下你可给市长找到事干了。"简业修听出话里有话,迈出的脚又收回来:"嘿,这事可不是我给市长找的,是市长自己想干。为官一届总得留下点什么,让老百姓记住你点什么,就跟你写文章一样得找到自己的主题,最好是永恒的主题……依你说市长该不该干这件事?""问题是有了好主题未必就能做出好文章……我们还是找时间再谈吧,你快把报告送去,等一会儿市长要出去。"

简业修告别罗文,熟门熟路地来到卢定安的办公室门前,举手敲了门,但不等里面应声就推门而入,卢定安正在接电话,用手指指自己对面的椅子,很随意地示意简业修坐下。简业修将手里的报告放到他面前,卢定安左手举着电话,右手当即翻开报告,注意力一下子被眼前的文字所吸引,嘴里吐出的话语变成哼哼唧唧的应付:"哦……哦,哦,我看今天就先说到这儿吧。"他放下了电话,低头专心看简业修的报告,并念出了声,"从梨城解放到一九五二年,全市建了七个工人新村,盖成住宅五万多间,总计九十余万平方米。从一九五三到一九五七,建成住宅楼一百八十五万平方米。从一九五八年开始,把城市当做单纯的生产工具,梨城的发展出现了严重的病态……"卢定安抬起头,"不错,下了工夫!"

简业修为自己这些天没有白辛苦而高兴:"就等您下决心了。""差不多啦,宁可把有些项目停下来,也要把平房改造推上去!你在报告里引用的这些数字都是靠得住的吧?""那是当然。""好!"卢定安却突然转了话题,"师傅的病情怎么样?"

简业修不尽兴,还想跟卢定安再多谈一会儿关于自己这个报告的事,但看到卢定安改了话题,眼神开始分散,他知道自己该走了,便站了起来:"快好了,我想这两天就让他老人家出院。""着什么急呀,等彻底养好了再说嘛。""医院那种地方不能呆得太久,我爸的生日快到了,正好借这个机会出院。"

"哦……"卢定安嘴里一出这个声儿就等于是下逐客令了,简业修想起刚才自己进门的时候卢定安就是用一连串的"哦"把在电话那头纠缠他的人给打发了,赶紧告辞,逃也似的离开市长办公室。

第 4 章

现代政治撒风漏气,没有什么事情能真正瞒得住人。关于平房改造的事还没有提到议事日程,在梨城上下已经传得沸沸扬扬了,说好话的不是没有,阴阳怪气泼冷水的也不少。如今社会偏偏又是好话难出门,坏话传千里,卢定安怕夜长梦多,一些大人物如果望风扑影提前表了态就不好办了。同时他也怕自己变卦,就在市政府的大会议室里召集了一个会议。请来了各局、委、办的负责人,各区的区长、分管城建的副区长,以及市建委的中层干部和一些平房区的街道办事处主任……

卢定安的面前放着一个装满茶水的阔口大玻璃瓶子,这是用大号水果罐头改成的茶杯,外面套了一个手织的红色的塑料隔热网,他手扶罐头瓶子亲自主持会议:

"这个会我们酝酿了好长时间,也等待了好长时间啦……梨城这么大一座城市,不能像摊煎饼一样再向四外无规则地乱铺摊子了,要把人疏散出去一部分,还商于市,还绿于民,城市就应该有集中的大绿地,并趁机改造危陋平房,这是我们梨城一个沉重的大包袱。今天,我们就先务虚,请梨城大学建筑系主任夏尊秋教授,从宏观上讲讲现代城市的规划布局,以及老城改造的趋势。夏教授在芝加哥大学获得了建筑学的博士学位以后,又做了两年的博士后,可以说是这方面的权威了,大家欢迎。"

夏尊秋白额细肩,自然而清灵,一身淡茶色,长上装是西服领收腰身,下身配不开衩的一步裙,携带着一份矜持,一份庄重。讲课是她的职业,优雅而从容地开场了:"市长出了个大题目,这个题目在大学里至少要讲一个学年,我尽量把话说得简单明了,争取在四十五分钟之内,也就是用一堂课的时间交卷。许多具体问题以后我们还有时间讨论……现代国际大都市,是以有现代化的人为主旨。现代化的人除去知识、观念上的条件以外,还要有现代化的办公条件和现代化的生活居住环境,改善居住环境也是改变人,环境变了人必然也跟着变,所以城市无时无刻不在建设和改造之中。但并非摩天大楼越多越好,发达国家一些著名的城市也不都是高楼林立,有的甚至把高楼集中在一个区或几平方公里的范围内,如纽约的曼哈顿。其基础设施也可相应地集中搞成大管道、大容量,节省能源消耗,便于配套和管理。然而在我们南方的一些城市,却出现了忽视城市规划,忽视城市长远利益,忽视城市的文化价值,迁就房地产开发商,盲目扩大土地批租,见缝插针、随心所欲地建高楼,布局不合理,后患无穷,加大能源消耗,增加交通流量,破坏城市生态因子,甚至会产生城市热岛效应。"

　　参加会议的大小官员们都大大方方地不错眼珠地盯着夏尊秋,不管你眼睛多馋、多奸、多贪、多毒都没有关系,这是官的。开长会的时候前边有个赏心悦目的女人在讲话真是幸事、乐事。无法知道这些人当中有多少人认真地听进了夏尊秋的话,有多少人在欣赏夏尊秋的容貌,开官会并不是经常能有这样的机会,因为官场里好看的女人本就不多,能够坐到前面长篇大论讲话的更是凤毛麟角……开官会的时候思想开小差也是官的,不开小差的人倒是不多。就说眼下,会场上得有多少人在回味有关夏尊秋身世的种种传说? 梨城官场里盛传她是前任市委书记兼市长杜锟的私生女,大家借这个机会正好可以仔细比较他们长得像不像。杜锟的儿子,应该算是夏尊秋同父异母的哥哥、河口区长杜华正也坐在下面,这时候他的心里在想些什么呢? 是感到难堪,还是感到自豪? 卢定安不可能不知道夏尊秋的故事,为什么偏偏让她来讲这一课? 不错,由她来讲这个内容比较合适,但梨城大学的教授那么多,市建设委员会优秀的工程师也不少,能讲这个课题的人并不是只有夏尊秋,这是有意给杜锟难看,还是巴结杜锟并得到了老头儿的支持？

给这些人讲课也真是难为讲课者了，深了不行，太浅了也不行，眼下这却是一种潮流，表明领导干部是多么的谦虚好学，甚至也可以算是一种开明和美德。好在夏尊秋出于职业习惯，往前面一站就极端敏感，谁在听课，谁走神儿了，谁信服自己，谁反感自己，都了然于胸。她未必不知道这些人会怎样想她，也未必感觉不出来下面各种目光的含义，但她无须交流和提问，自己的眼睛不在任何一张脸上特意地停留，也不放过任何一张脸，似看非看，视而不见。她额头光洁高阔，把高雅和睿智袒露无遗，且有自己的思想和久经训练的口才，足以镇住听讲者：

"建筑是人类一切造型创造中最庞大、最复杂、也最耐久的一类，因此它所代表的民族思想和艺术就更显著、更多面、也更重要。建筑的本质是人性，在大地之上，苍穹之下，是人类生活发生的空间。城市的建筑，应该照顾到现代人的生活需求，城市的文化内涵，经济效益，环境观念，群众意识，空间变化，节能措施等等多元并存。好的建筑要体现'六缘'：地缘——建筑的地域性；血缘——建筑的民族性；人缘——建筑的社会性；史缘——建筑的传统性；业缘——建筑的技艺性；学缘——建筑的时尚性。鉴于目前每个城市都面临着巨大的经济压力，对旧城区的改造更是迫在眉睫……旧城区，应该是土地利用率最高，能产生最高的经济效益。可我们许多城市的旧城区恰恰是最糟的。比如城厢区的同福庄，可以说是我们梨城的梨核，谁都知道这个梨核似乎有点烂了……如何提高中心区的经济效益，标志着一个城市的建设水平。应该让能够产生高效益的行业占据中心，一方面拆旧，一方面建新，土地利用结构的调整，必然会带动产业结构的调整。"

会议室里的大部分头头们，渐渐被夏尊秋的话而不是她这个人的身世故事所吸引，但不像听上级领导讲话那样做记录。官员们开会做记录首先是做给比自己大的官员看的，其次是回去传达时作参考，或出了问题时便于核对。对一个教授就用不着装样子，更没有传达任务，就轻轻松松地只是眼看耳听了。倒是市长卢定安不停地往小本子上写着什么,不知他是在记下夏教授讲的知识,还是在为自己等一会儿的讲话准备草稿。

夏尊秋顺手在大黑板上画出一个图形:一个狭长的直角三角形,在直角处写上三个英文字母CBD,她嘴里咕哝出一串英语单词,然后用普通话解释,底边这条线代表城市、建筑物和地域。她在直边顶端画出一个箭头,干脆不再写英文字母,直接标出汉字"土地效益(地租)"把三角形分成四份,在最里边的一份内写上"商业",在第二份内标上"工业",第三份是"居住区",第四份是"农业"……她对着图形讲解:"这是目前我们这个城市的布局,中心区里应该以商业为主,现在却拥挤着太多的破旧平房,应该按规划在市外建几个大的新型住宅区,在居住条件和居住环境上要更具诱惑力,吸引大批居民疏散出去。大家看到的第二个格,紧挨着中心区分布着许多工厂,是城市噪音和各种污染的根源,也应该迁到规划的工业区去,腾出地方让第三产业进来,比如服务业、保险业、金融业等等,这就是所谓的'退二进三',也有人把它形象地称为'腾笼子换鸟'。"应该说大家听得正在兴头上,夏尊秋却收住了自己的话头:"感谢大家听得这么认真,我占大家的时间已经够多了,就此打住。"

梨城多种级别的领导干部们,听惯了上传下达的套话,不管原先怀着什么样的心态,却不能不为夏尊秋的风度、智慧和谈吐所折服,掌声也是由衷的。卢定安拿过了话筒说:"有人还想提一些问题,只能等下次讲课的时候再请夏教授回答了。等一会儿学校里还有她的课,我们就不能不放她走了,我们也休息一刻钟,再一次感谢夏教授。"

夏尊秋向大家点点头,由金克任陪着从前门走出会议室,她来到市政府的院子里,从手包里掏出遥控器,"吱扭"一声打开了汽车门,向金克任伸出手:"再见。"杜华正意外地从楼上追下来:"夏教授。"夏尊秋不解地看着他。杜华正也含笑对视,他风度修洁,脸孔白皙,带着一种喜欢与人比肩的自信:"我是河口区的杜华正,感谢您给我们河口区设计了一栋全市最漂亮的大楼,我还有一些事情想求助于您,但约了您几次都没能约上……"杜华正彬彬有礼,满脸诚意,连对他怀有深刻偏见的夏尊秋,此时也不能不客客气气:"您真是礼貌周全。"杜华正不想就这么被打发了:"您什么时候方便我去当面请教。"

夏尊秋立即警觉:"我一个教书匠,能帮上您什么忙呢?""当然是您能办的。""最近不行,我带的研究生要毕业了,还有一个国际会议要在我们系里召开,我得做些准备工作。""我可以给您打电话吗?""当然。""那我们电话里再约时间。"

夏尊秋上了汽车,轻快地消失在大门以外。杜华正咂咂嘴,像是对金克任说话,又像是自言自语:"自己有车,自己驾驶,这样的大学教授当得真够潇洒。"

金克任看看他,没有搭腔,也算是默认了他的话,两人一块儿转身进了楼。在他们身后又有一辆汽车开进政府大院,从汽车里下来的是杜锟,须发斑白,却面色红润,深目高颧,腰挺背直,仍然带着梨城顶尖人物的沉重威仪,由秘书搀扶着进了楼。参加会的人又都回到大会议室里,卢定安正要宣布继续开会,却看见杜锟从门口走进来,只好迎过去问候。前面的人"杜老、杜老"地喊着,对杜锟十分客气和尊敬。更多的人则是小声在议论:"杜头儿来了,今天是什么日子?"即便是那些当面喊他"杜老"的人,背后称呼他的时候也都冠以"杜头儿"。在姓的后面加个"老"字,显得谦和平易;在姓的后面加上"头儿",就给人以活力和权威感,尽管他已经退休,好像仍然是这个城市的头儿。称呼表达了一种现象:梨城市重要部门的高中级干部,都有杜锟的部下,或经他一手提拔起来的,或经他推荐而被提拔起来的,包括现任的市长卢定安和市委书记来明远。在官场中,这套由上下级关系组成的纵横交错的网络非常重要!

杜锟虽然年近七十,却精神健旺,气派威严,不矜而重,走进这样的会场,没有丝毫的怯意或不适,仍像一市之主那样顾盼生威。他心不在焉地应答着别人的问候,眼睛向四周逡摸,似乎是很随意地问卢定安:"我听说今天有大学的教授讲课啊?"

卢定安不无遗憾地告诉他刚讲完,于是,许多人都明白"杜头儿"突然出现的目的了。杜锟却立刻改口:"怎么,明远同志不在这儿?我来是找他有点事。"卢定安问:"要不要派人把他找来?""不用,看这意思你们的会还没有完,那我就不打搅了。"杜锟跟大家点点头,在人们的簇拥下又走出了会议室。

卢定安重新坐回位子,沉了有好一阵子会议室里才安静下来,他宣布继续开会:"在简陋平房里住过的人,请举手。"他自己先带头把手举了起来,竟无人响应。他又重复:"不论时间长短,住过一天也算。"经过如此启发,稀稀拉拉,全场响应者也不过三五个人。红庙区年轻的副区长袁辉,今天穿得格外朴素,迟迟疑疑地把自己的手举起来。卢定安又问:"进过简陋平房的人,请举手。"举手的人略多了一些,都相互看看不明究竟……卢定安让人们把手放下后才开始了他的正题:"世界上的许多事,怕调换个位置设身处地想一想,如果让我们这些人也住在那样的危陋平房里,我们会怎么看待现实社会,怎样考虑问题?对危房的改造着急不着急?现在不是提倡城市要有城市的素质、现代人要有现代素质吗?我看作为一个干部最基本的素质,就是有真心有热情为老百姓解困救急,办点实事,办点好事。现代城市的人口密度应该是一平方公里一万人,我们梨城却平均每平方公里两万人,简陋平房区则平均五万人,老城厢一点五五平方公里居住着十万人,平均每平方公里七点八万人。市内的六个区我都跑过来了,把各区向我报告的数字加在一起,全市共有成片的危陋平房七百四十万平方米,里面住着六十万户,大约有一百八十万人。诸位,我们新中国成立四十多年了,这是我们政府欠下老百姓的一笔大债!市政府的年年问卷调查,反应最强烈的一直是房子问题。也许我们还能说出上百条不改造这些破平房的理由,但非改造不可的理由只有一条——老百姓太苦了,绝不能让这一百八十万人住在这样的房子里进入下一个世纪!市长办公会已经开过了,市政府下了决心,从今天起,用五到七年的时间改造完这些危陋平房。今天就请各区区长,当众讲一讲你们区的危陋平房的情况,并跟市政府签下责任书。"

各区的头头们交头接耳……红庙区的女区长钟佩问袁辉:"我们是一百三十五万平方米,这个数儿出入不大吧?"袁辉自作聪明:"这个数只少不多,应该再多报一点,我估计哪个区报得多,市里给的钱就多。"钟佩摇摇头,没有吭声。她面容温和端秀,在一片流行的官脸中显得格外的明慧恬淡,让人更容易想到贤淑的大嫂、坐冷板凳的女学究之类的人物……

杜华正当仁不让要打头一炮:"大家都知道河口区是梨城发展的摇篮,文化沃土积淀很深。梨城的第一所小学、第一所中学、第一所大学和第一条商业街,都诞生在河口区。只是到了清朝后期,帝国主义列强从海上入侵梨城,占了东部和南部,划分租界地,修建小洋楼,市中心开始向南移……惟河口区始终是地道的中国地,走土路,吃井水,住土房。附近几个省份的农民,遇有饥荒,就顺着几条河和官道来到梨城的河口一带,搭个棚子就安顿下来,慢慢就形成一片片的棚户区。所以我们区的危陋平房格外多,一共一百八十万平方米,三义里只是其中比较大的一片。市长到我们区调查的时候我已经表过态了,在市政府的领导和支持下,准备用六年时间改造完这些平房。"

袁辉有意说给钟佩听:"听听人家多有气魄!"钟佩没有理他,兀自开口了:"市长,我说吧?"卢定安:"好,红庙区。"钟佩气质沉静,说话低调:"我们是工业区,那些四十多年前的工人新村,早就成了旧村、破村了,实在是不能住人了。刚才市长说,这些旧平房是我们政府欠下老百姓的一笔债,一点不假,我们区欠下的是建设我们这个国家的工人阶级的债。刚解放的时候,咱们梨城的第一任市长,对工人们说,我们打了这么多年的仗,该恢复战争创伤了,可是还得拿出大批财力抗美援朝,国家经济面临着严重困难,只能给你们盖这些简易的平房当宿舍,先暂时住着吧,十年后推倒重盖,盖大楼!到了社会主义社会,楼上楼下,电灯电话!十年以后,赶上三年自然灾害,国家又进入困难时期。到了第二个十年,'文化大革命'开始了,是砸烂和毁坏的运动,不是建设的时期。一耗就又是十年,现在已经进入第五个十年了,这笔债该还了。我们区应该改造的房屋面积是一百三十五万平方米,我对所需的资金心里没有一点底,能在七年里完成就不错。"

这个低调的表态竟惹得区干部们为她鼓起掌来。不甘寂寞的副区长袁辉高声补问一句:"市长,没有人认为老平房不应该改造,您就说市里给多少钱吧?"

卢定安反问:"你们想从市里拿到多少钱?"会场上立即静了下来,一时没有人能听得出这句话是什么意思。卢定安又补充了一句:"如果市里有足够的资金,分给各区建委盖房子就是了,还把你们招呼来干什么?"

"啊?"会场上不约而同地发出一片惊讶之声,"这是什么意思? 市里不给钱?"袁辉小声嘟囔:"这不等于什么都没说吗?"

卢定安提高声音:"但也不是把任务交给你们就不管了,人是活的,钱也是活的,能搞到资金的办法很多,下面就请克任副市长讲一讲关于怎样筹措资金的一些想法。"

尽管金克任提出了不少解决资金问题的办法,但坐在下面的人已经无法集中精神听他讲了。一听说市里不给钱,各区、局的头头们理所当然地认为这只是一个征求意见的会,甚至是一个圈套,军令状无论如何不能签,便各想各的退路,于是就在下面交头接耳,小声议论:"有办法不等于有钱,上下嘴唇一碰办法就出来了,谁都能说出一大堆办法,可钱哪? 那是下决心说大话都弄不来的,当今世界千难万难最难的就是搞钱,千好万好最好的就是有钱……"参加会的人对卢定安还不敢太放肆,对金克任可就随便多了,到落实具体责任的时候都要滑头,往后捎,当第一个慷慨激昂地表态要支持危改的杜华正又被点到名字的时候,一下子变得缩头缩脑、油嘴滑舌了:"得了,金副市长,你就饶了我们吧,我得回去好好商量一下再定,你算过没有,这几百万平方米的破房子拆了,光是把废土拉出去,没有千八百万都不行,要再想建起新房子谈何容易? 有高人早就说过了,钱就是人的第六感觉,没有了它你就没法使唤其他的五个感觉。你金副市长的大名还不是先得有金子,然后才能克服困难胜任工作嘛。"大家哄堂一笑,不了了之。前面的讲课、务虚都很成功,到最后却未能落到实处,即使卢定安还想硬逼也逼不上去了,只有先散会。

卢定安一宣布散会,头头们呼啦一下都走了,生怕走慢了被市长拉住就不好办了。大会议室里很快就只剩下了卢定安和金克任两个人，卢定安怒从心起，脸孔铁青，额头阴云密布，双手用力抓着自己的大茶杯，身为一市之长，为危改做了那么多大量的调查研究，为这个会也做了最充分的准备，居然就推不下去，愣是被下面给顶住了！这样的市长还当个什么劲儿？表面上看是因为没有钱，实际上是他缺少应有的权威……他只顾呆坐着，回想今天这样一个如此重要的会却没有开好的原因。金克任见市长不走自己也不敢动弹，只有默默地陪着市长——金克任暗想，谁能想得到呢？堂堂梨城的正副市长竟对屈服于金钱魔力的部属无计可施，只剩下感叹和无奈。金钱是盛世的膜拜，这个会再典型不过地暴露了现代人跟金钱之间又渴望又恐慌的关系，不管他们愿意不愿意，将要推行的危改工程都要置于金钱的风险之下了！

——这一对搭档并没有想到一块去，卢定安想的是人跟人的关系，金克任想的是人跟钱的关系。卢定安按着自己的思路开口了："克任，看来我们得成立一个危陋平房改造办公室，选个能干的人上来，负责协调、推动各区的危改工程，必要的时候就先打开局面，给各区做个样板。"

金克任赶紧调整自己的脑筋以跟上市长的想法："今天连我们都推不动，这得调个什么样的人上来才能打开局面？""简业修怎么样？"金克任暗骂自己一声太笨了，他早就应该想到这一点。如果说卢定安相当于过去的元帅，简业修就是他的急先锋，一有大仗、硬仗，就想起自己的哥们儿来了。他当然不会反对："简业修这个人行，又懂行，脑瓜儿也好使。""让他当危改办的副主任，干具体事，主任由你兼着。"

金克任身为常务副市长，当然不愿意再兼这种属于自己下面的职能部门的小头，却又不敢公开推辞："还用我兼吗？让业修当主任也可以嘛。"

"不行，你得兼。"卢定安口气生硬，也不多说理由，好像就这么定了。

梨城市委书记来明远,已经六十岁出头了,看上去和跟在他身后的才四十多岁的副书记常以新差不了多少,标准的身材,合体的浅色西装,白面含笑,风神挥洒。常以新手里提着一大兜时令水果,两个人一前一后走进梨城著名的黄埔花园——这是一座充满神秘色彩、有着诸多传说的旧宅院,里面确有一个花园般的巨大庭院,红墙绿瓦,花木扶疏,充盈着曼妙春色。几十棵参天大树中掩映着一幢欧式小楼,幽静典雅,在早晨的霞光里如金装玉裹。杜锟穿一身考究的休闲服,正在一株杨树底下的台子上作画,看见来明远略感意外,放下画笔相迎……来明远来看老上级,神色谦恭,老远就拱手:"杜老,您好,没有打搅您的休息吧?"

杜锟也笑逐颜开:"我今生只剩下休息了,欢迎你们这样的稀客来打搅。"常以新把水果递给女佣,但没有忘记加上一句:"这是来书记给买的。"杜锟道谢。来明远走近台子看画,宣纸上一团大红大绿的牡丹。他顺嘴称赞:"杜老的牡丹名动梨城,听说收藏者们把价格抬得很高。"谈画显然是搔到杜锟的痒处,他哈哈大笑,连连摆手:"没有的事,纯属谬传。我这个人不喜欢运动,不过是借画画健身磨性子。"他声音沉厚有力,说得自己脸上放光。来明远适时地再搔一下:"您看上去的确显得年轻,充满活力。"这是老头子们最爱听的话,虽明知是恭维,当不得真,也高兴,又何必认真呢? 只要觉得受用就行,杜锟得意:"这就叫手舞足蹈,七十不老。"来明远继续凑趣:"如果我厚着脸皮讨一幅您的牡丹,舍得吗?"杜锟脸色清朗,精神畅旺:"不胜荣幸,你显然也听我那个孙子说过,要想哄我高兴,就是见面要画,哪怕拿到门外再扔进垃圾桶呢!""没有,没有,我可没有听到这样的笑话。"来明远对杜锟的诙谐机敏感到吃惊,庆幸自己来对了,这位梨城市的老一号人物仍未失去智慧、深度和凝聚力。他也变得轻松多了,"那天听说您去了市委,正赶上我不在,不知您有什么事情,今天特意来看一看,没有影响您作画吧?"杜锟收敛了笑容:"别客气,那天是路过,什么事情也没有,感谢你们来看我,到屋里坐吧。"来明远拦住:"这儿不是很好吗? 又凉快,又干净。"花坛旁有一小圆桌,桌上放着茶壶茶杯,桌旁还有几把椅子,杜锟喊来用人沏上新茶,给来明远和常以新换上新杯子。杜锟问:"明远同志,你们二位肯定还有别的事情吧?"

真厉害!想瞒住杜头儿的眼是不容易的,来明远自愧不如,立刻严肃下来,甚至面有难色:"是有件非常重要的事情向您汇报,前几天定安同志下了死命令,还让各区局的领导同志当场签署军令状式的责任书,要展开全市性的平房大拆迁。这如同一场大的运动,涉及到要拆除七百四十万平方米的旧平房,要重建两千七百万平方米的新住宅,在五到七年里先后将有一百八十万人口没有栖身之所……"

杜锟点点头:"我听说了。"来明远有些意外:"定安同志事先跟您商量过了?"杜锟脸上无波无浪:"没有,是来串门的人讲的。"来明远又叮问:"您支持这项计划?"杜锟非常富有特点的哈哈一笑,带着一种金属音:"我已经退下来了,不在其位不谋其政嘛!"来明远也笑了:"杜老,我说句不客气的话,您可不要不爱听,您是人退责任退不了,我和定安同志都是您提拔起来的,我们有了难题还得找您,惹出麻烦也得请您出来给坐镇。您长期担任梨城市的党政领导工作,政绩有口皆碑,不论是市委、市政府的干部,还是梨城的老百姓,仍然把您当成最有权威的老领导。"杜锟严肃地摆手:"哎,不能这样说。"

来明远则语气诚挚:"自从我和定安同志主持梨城市委和市政府的工作以后,自信两个人配合得还不错,可他做这么大的决定,竟然不跟市委正式地打招呼,也不拿到常委会上讨论一下,那天就是在楼道里跟我简单地说几句,我当时也没有表态,可定安同志就真的干起来了,市委这边议论纷纷……"

杜锟恢复了顶尖人物的敏感和气势:"都议论些什么呢?"

来明远看看常以新:"以新同志,你跟杜老讲讲吧。"

常以新看着老头儿的脸色,说话气很冲,口气也比来明远激烈得多:"用来书记的话说,解放四十多年来,梨城的哪一届领导班子都比我们这一届资历深,水平高,有魄力,有号召力。以市长为例,在曾经当过梨城市长的人中,有才子型的,有德高望重的,有开国元勋式的人物,有后来成了国家领导人的,但谁也没有在平房问题上大动干戈。

实在是动不起,七八百万平方米的旧房子,是历史遗留下来的一个大火药库,里面住着一百多万人,而且都是最底层的收入最少、怨气最多的一部分群众,你再把他们的房子拆了,这么多人怎么安置? 各种矛盾借机大爆发,惹出了事端怎么向中央交代?"

杜锟若有所思,半天没有出声。他对来明远是没有戒心的,但关系并不是很亲近,原因就是无论是谁跟来明远这样的人也不可能发展朋友关系,但也不会成为仇人,只能是工作关系,而且是那种枯燥的工作关系,没有甘苦与共的默契和创造的大快乐。这个人本事不大,但坏心眼儿也不多。论感情,杜锟似乎觉得跟卢定安更近些,卢定安这个人还有其朴实的一面,能让人抓得着,知道他心里想什么。实话说他对常以新还没有给予足够的重视,但刚才这番话实在说得他心里舒服,禁不住点点头:"你的担心不是没有道理,'文革'刚结束的时候中央派北京的市长来梨城当市委书记兼市长,他只想在任期内建三百万平方米的房子,他想这么大一个城市建三百万平方米的房子还会有问题吗? 最后就真的没有建起来,计划中途流产,搞得灰头土脸,无功而返。"杜锟的话里留有很大余地,他的身份在这儿,不能偏听偏信或太过偏激。退一步说,他也不想搅和到现在领导班子间的矛盾中去,往后他光剩下求他们照顾自己了,得罪了谁都不好。

来明远暗暗透了一口气,接过话茬儿说:"自古土木不可擅动,何况眼下国家对泡沫经济格外警惕,不是大兴土木的时候。"杜锟问:"定安是怎么考虑的呢?"

来明远不知是格外敏感,还是天生好脾气,一提到卢定安语调立刻就变得温婉了:"不知道啊,他没有跟我详细谈过,摸不清他的真实想法,其实谈不谈倒也无所谓,我担心的是闹出大乱子,所以想来听听老领导的意见。现在知道了您的想法,心里就有底了,也只有您说句话定安同志才肯听。"

杜锟终于明白了来明远和常以新的来意,或者说就是常以新的来意。因为在他的印象里,以来明远的性格是不大会站出来对市长的工作提出异议的……他们想让他说服卢定安放弃危改工程,而卢定安是出了名的犟眼子,气死他爹都不戴孝帽子,又是已经公开讲出去的事情,能听他一句话就改变计划吗?杜锟犹豫了,开始说卢定安的好话:"定安是个老实稳重的人,也许相当一部分人觉得他的工作水平不是很高,但他踏踏实实不会出大格。怎么突然想起要捅这个马蜂窝呢?"

他在问来明远,回答他的却是常以新:"有人称他为'平民市长',这是一句好话。但不能变成'平房市长',更不能搞大跃进那一套,以为人有多大胆,地就有多大产啊!老书记再不出头,我怕定安同志将来收不了场。说到底我们还不都是为了他好?"

杜锟精明一世,看出来是在被人利用,可手里没有权了想不被利用也不行。他故作爽快地说:"你们正副书记交办的任务,我哪能推辞,可以先跟定安同志谈一谈,听听他的想法,你们最好也当面跟他交换一下意见,该批评的批评,该支持的支持,不要因此生出嫌隙。我们党在这方面的教训太多了,两个党政一把手起了摩擦,受损失的可是工作。"

来明远忙不迭地点头,常以新随声附和:"好的,有您的支持我心里就有底了。"

看来他是决心要把杜锟套住。杜锟看着他们,身上有了一丝冷意,这位锋芒外露的市委副书记似已羽毛丰满,看来雄心不小,是个厉害角色,他不同意卢定安的危陋平房改造肯定只是个借口,那么他的真实动机是什么呢?梨城要多事了……杜锟暗暗提醒自己,不管他们怎么斗也不关你的事了,千万不要蹚了浑水。得机会还要告诫儿孙,要有所防备才好……

第 5 章

　　天气阴沉,闷热而潮湿,城市人清晨一起来就有了黏糊糊的感觉。今天的日程够简业修忙活的,他急匆匆先赶到梨城中心医院,走进父亲的病房,老人还相当虚弱,但原定今天出院,大姐简业青又有点犹疑了,简业修看着姐夫,希望他能拿个主意。黑黑胖胖的田超却就是不吭声,这是当医生的特点,不爱多说话,莫测高深地板着面孔,看谁都有病,对有病的人问十句也未必肯回答一句,这就叫藏拙——因为病人对医生的话最为敏感,听得最认真,分析得最透彻,联想最丰富,倘若当医生的有一句话说得跟实际情况不符,就会引起病人的猜忌,造成心理负担,甚至会对医生失去信任。所以聪明的医生不多说话,以沉默掩饰自己的不懂和没有把握,非讲不可的时候也只讲自己精通的有把握的医学知识,或者贩卖医学常识,不涉及具体细节,不打赌,不猜测,也就不负责任……简业修知道自己的姐夫就不缺少这样的聪明,现在只好自己下决心了,便劝父亲:"爸,这个地方呆长了,没病也会呆出病来,今天是您的生日,咱不如出院,回家好好给您祝寿。"

　　简玉朴提不起精神:"咳,你妈走了还没过七七,祝的什么寿!"简业修给老人强打精神:"越是这样越要祝寿,借您的福气冲一冲咱们家的晦气。"老人叹气:"我有什么福气,有福气还会这样吗?""您大难不死,必有后福!"简业修吩咐姐姐收拾东西,他拉着姐夫一块去结账,有本院的医生跟着结账可以不排队,田超再滑,这点忙还是肯帮的。

　　说来也怪,等他用车把父亲送回家,再急急忙忙赶回机关的时候,原是阴沉沉的天又慢慢放晴了,阳光分外暴烈,在烈阳下远看河口广场,如同包裹着一团金光,耀人眼目。河面波光粼粼,岸树绿影匝地,草坪修剪精雅,整个椭圆形的河口广场清荫敷秀,空翠怡人。乳黄色的蓓蕾状公共服务大楼,凝固着一种高洁、温婉的神韵,披红挂彩,大旗猎猎。上面气球悬空,楼前人头攒动,两排礼仪小姐笑面如花,站立楼前。原定的剪彩时间已过,仪式却迟迟不开始,站在前面、胸前戴着鲜花的嘉宾们,不停地看表,交头接耳,人们的心里还留着"大炮事件"的阴影,不知道今天的剪彩还会不会出事……袁辉西装挺括,花格真丝领带异常醒目,他只是在参加有市领导召集的会议时才特别穿着朴素,坐低档次的车,有时还故意骑自行车,以示节俭勤勉。但他毕竟年轻,对所有能干的人和自己没有赶上的好事,都难以控制地表现出一种本能的妒忌,小声对身边的城厢区区长顾全德说:"简业修今天可真是大出风头。"城厢区长倒是一副厚道相,没有随声附和,袁辉继续发牢骚:"不是说开始了吗? 要不干吗把我们都从里边叫出来?"随和喜兴的河口区副区长李强本是主人,站在人堆里却像客人一样,对所有牢骚和疑问一律笑而不答。在他们的对面,拥挤着一大群花花绿绿看热闹的人——在城市里,什么时候都不用犯愁会没有闲人和爱看热闹的人,爱看热闹的人又往往是爱说闲话的人,这些人喜欢议论闲事闲非,也决不放过骂闲街帮闲腔的机会:

"这帮白吃包,黄花菜都放凉了,怎么还不开始?""人家拿剪子的不着急,你看热闹的着哪门子急?""没有咱看热闹的,他们也热闹不起来!""光有咱看热闹的,头头不来,就没有热闹好看。""看这阵势不像是头头没有来,恐怕是头头来得太多了,你看前边站着的那一大排……听说现在的规矩是,要给剪彩的头头发一把金剪子,今天八成是来的头头多,金剪子准备少了……"

原来安排的第一把剪刀、副市长金克任,和第三把剪刀、公共服务大楼的设计者夏尊秋站在一起,他们也在交谈,礼貌、亲切又显然不能集中全部精神。在这样的场合他们不能傻站着,必须得说点什么,以打发这尴尬的等待,有话说在看热闹的人面前也会自然一些。他们的话题从眼前的公共服务大楼谈到当今世界城市建筑的最新潮流——

金克任先开口:"我们终于有了一座可以拿得出去、能够经得住看的标志性建筑了,这要感谢您这位设计师。"

夏尊秋风度娴雅:"金市长太客气了。"

"这不是客气,您看这个河口广场,有了这幢大楼似乎就有了灵气,整个风景都活起来了。"

夏尊秋不无惊异地看看金克任:"好眼力,您真是大行家。建筑=人+自然+人对自然的理解。风景由生态决定,自然万物无不处于相互联系相互影响的过程中。乾隆曾写诗解释'互妙楼',山之妙在拥楼,楼之妙在纳山,映带气求,此谓'互妙'之由。"

金克任受到夏尊秋的称赞心里很舒坦,两个人原本是无话找话说,却突然有了交谈下去的欲望:"正由于大量建筑缺乏特色,才使城市的个性在一点点地消失,变得越来越平庸无奇。原因就在于越来越平庸的建筑堆砌得太多,湮没了城市,僵化了城市。"

夏尊秋知道金克任是分管城市规划的,不妨说得深一点:"世界上没有其他东西改变自然的面貌如建筑这么厉害,建筑所表现的历史艺术意义也最多和最为丰富。在城市,社会环境的初创者和保健医生就是建筑师和规划者,他们负责创造城市的容貌和品格。"

金克任也愿意在一个聪明的女人面前发点感慨,卖弄一下自己的知识:"好的建筑不只是满足人们的物质需求,还应该成为立体的文献,是一个地区历史的综合载体。然而许多年来,我们只是在盖窝,没有装饰,没有感情和性格,没有精神和文化,千篇一律的或大同小异的方盒子,像装人的机器,甚至是今天建,明天拆,建造了一些短命建筑……"

夏尊秋轻笑:"建筑都是有寿命的,无非是长短而已。埃及的金字塔,历经数千年,斯芬克斯的鼻子也没有了,希腊神殿也破败不堪了,我们的长城经历过修复,故宫也经历过重建。凡有价值的东西必有时限,永恒只是一种理念,它真正的含义恰恰是虚无。"

金克任继续发挥夏尊秋的观点:"阿房宫,建成后没有存在多少年就被烧毁了,但至今还存在于历史里,存在于人们的记忆和怀想里。

建筑就得有意境,如同人不能没有灵魂一样,就说这栋公共服务大楼,说不出它是个什么形状,但外行人一看都觉得特别有味道……"

夏尊秋点头:"现代人的思想不是越来越单纯,而是越来越复杂,建筑就要适合这种现实。"

金克任问:"现代人的概念太广泛了,怎样体现不同地域的不同历史文化的区别呢?"

夏尊秋答:"事实上,地方的民族的差异在缩小,但建筑的个性突出了。"

金克任会意:"哦,还是以这栋楼为例,看上去有点怪,但和这一带的环境非常协调,这就是所谓的建筑意境吧?"

夏尊秋点头:"意,就是体现建筑师的创造精神、气质、观念和追求。境,是客观对象的旨趣。意境在于意的确立与境的实现,以期达到情与景合,情景交融。"

和一个漂亮女人交谈是愉快的。和一个不仅漂亮,还落落大方并有着非凡智力天赋的女人交谈,就是难得一遇的享受了,金克任连连称是:"真是听君一席话胜读十年书啊! 今天的这段时间没有白白地浪费。"

"应该说彼此,彼此。"夏尊秋有些不好意思,便转了题,"我们在等谁呢?"

金克任以上等下,修养再好此时也有了明显地不屑:"杜华正。"又是杜华正,他是主人,原定是要拿第二把剪刀的,却迟迟不露面。最着急的当然是大楼实实在在的主人、河口区建委主任简业修。他走进走出,不停地打电话接电话,还要不失礼节地照应副市长和自己的导师夏尊秋——他是梨城大学建筑系在职的硕士研究生,已经就读两年多了。他焦躁地吩咐自己的副手孙石再去催一下杜华正,矮壮壮的孙石一溜小跑地去了……

杜华正的儿子、土木集团的总经理同时也是公共服务大楼的承建商杜觉,被几个手下人前呼后拥着来了。他白面黑发,丰神俊爽,一身名贵服装,却又穿得很随意,因而风度格外抢眼。出身名门,少年得志,难免带着一种现代宠儿的骄矜和玩世的洒脱,看热闹的人群里立即就有人对他指指戳戳……"快看,就是这小子,听说他吃人不吐骨头,比他老子和爷爷还损!""他是谁呀?""你连他都不认识?杜家的公子,杜锟的孙子……""哦,就是他啊?""爷爷是老市委书记,儿子是区长,孙子是杜家集团的总经理,整个梨城没有外卖,全是他杜家的了!""这叫什么玩意儿?"

大家议论的杜家,就是指杜锟家族——自从共产主义诞生之日起,"家族"这个词似乎是属于资产阶级大家庭所专有,一个共产党的高级官员的家庭,居然也被称为"家族",可见其势力浩大。杜觉听不到这些议论,像他这样经常要站在人群前面的人,看到自己的出现在群众中引起这样的反应,很容易会往好处想,误解为是自己名气太大造成了群众的好奇。他应付着主动和他搭话的人,眼睛却不离开夏尊秋,他先跟副市长打了招呼,然后对夏尊秋说:"您好,夏大姐。"

夏尊秋早就看见他了,却等到他问话时才转过脸来:"您是在叫我吗?"语调柔和,面带微笑,却拒他于千里之外,令杜觉尴尬和自知说话失当。然而他是何等人物,很有教养地赔着笑,眼睛却直视着夏尊秋:"对不起,我是晚辈,论理应该叫您姑姑才对。"

夏尊秋的脸上仍然挂着笑,有几分好奇地打量他:"不敢。"他抬头望着公共服务大楼:"怎么样?我把您的设想变成了现实,您还满意吗?"杜觉文质彬彬又厚颜无耻,夏尊秋收敛了笑容:"设想和现实之间是永远有差距的,构成一座建筑的不朽,有显形因素,也有隐形因素。"准备为夏尊秋解围的金克任,也不禁点点头,这回答太妙了,既不失身份,又杀了杜公子的霸气。杜觉仍不放过:"夏教授,今天晚上我想在梨城大酒店为您的成就庆祝一下,不知您肯不肯赏光?"

"谢谢,我晚上要给研究生班上课,很抱歉。"

杜觉自搭台阶:"那就再订日子。"

夏尊秋没有再搭声。

身材敦敦实实的孙石,一溜急跑钻进了斜对面的河口区政府办公楼,满头大汗地跑上三楼,敲开了区长办公室的门,杜华正神态悠闲地在打电话:"……老兄你可要注意影响啊,难道你还没听到顺口溜是怎么编的吗?套话就是全对,勤政就是开会,协调就是喝醉……"好不容易等杜华正放下电话,孙石赶紧禀告:"区长,下边都急坏了,就等着您去剪彩呢!"杜华正先"嘿嘿"笑了两声,又陡然变色,声狠气暴地说:"还剪彩呢,不报丧就是好事!我得立马去见市委书记,简业修惹下大麻烦了!"孙石一下子傻眼了。杜华正指指对面的椅子:"你坐吧。"孙石愣愣怔怔,没有坐。杜华正摇头叹气,耸人听闻:"来书记发了大脾气,他问我一个区的建委值当盖这么堂皇的大楼吗?我无言以对,南方的经济泡沫就是因为盖了许多大楼晾在那儿没有用,我们市的空房子已经不少了,国家正在紧缩银根,压缩基本建设的投资,你们偏偏在这种时候添乱……"

孙石无法相信区长会说出这样的话,情不自禁地想辩解:"当初建这栋大楼的时候,区……"下面的"长"字还没有吐出口,情急之下改成了"区政府不是同意的嘛"!

"不错,区政府同意你们建楼,可没有叫简业修这么折腾,是他个人有什么打算吧?还是借机想掩盖什么?惹得告状信、举报信一大堆,谁知道你们建委,或者说是简业修,在建这幢大楼的过程中有什么把柄叫人家抓到了?反正市里指示一查到底,查到谁算谁。我得给你们去擦屁股,能不能擦得干净还很难说哪!"

孙石犯难:"我回去怎么跟简主任说呢?""就说我去市委了,等会儿自会有人向他解释的。"孙石神色狐疑,抽身出了区长办公室,他没有再跑步,而是低着脑袋走回剪彩现场,将杜华正的话对简业修学说了一遍。简业修气得脸色煞白,转身对杨静等几个手下干部下令:"开始!"

霎时鼓乐齐鸣,人群开始集中注意力……待场面安静下来,简业修自己主持开幕:"各位领导,各位来宾,大家都看到了,眼前这座公共服务大楼,刚刚获得了世界建筑学会的设计金奖,它也是我们这个城市里惟一一座在国际上获奖的建筑。我从小住在老城厢低矮简陋的平房里,所以选择了干建筑这一行,想多盖房子,盖好房子,应该承认我确实建过不少房子,但从现在起,希望能够建造自己喜欢的房子。建筑是文化的表现,反映一个时代的形象,我们应该建造一些无愧于这个时代、无愧于后代子孙的建筑,如果我们建委都建不出好房子,还有脸叫建委吗?我们为什么要给它命名为公共服务大楼呢?这座大楼里集商场、餐饮、娱乐、办公于一体,它将成为河口区的标志。我们这个城市就是从这个三岔河口发源的,过去皇帝由京杭大运河南巡,第一站往往是在这儿弃船登岸。所以我们有责任把这儿建成世界级的景观,甚至比纽约的曼哈顿和香港的中环还要更漂亮。现在请负责城建的副市长金克任同志和梨城大学建筑系主任、也是这栋大楼的设计者夏尊秋博士,为公共服务大楼正式开业剪彩!"

掌声和乐声一同响起,鞭炮轰鸣,烟雾腾腾,红绸拉开。

在斜对面楼上的一个窗口里,有一个脑袋晃来晃去,时隐时现,他就是杜华正。他并未去见市委书记,而是想临窗凭眺剪彩现场,苦于看不清楚,就打开存放礼品的大柜子,里面应有尽有,高档东西不少,他从中翻出一个包装精美的盒子,一层层打开来,里面是一架望远镜。他重新站到窗前,调好镜头,剪彩现场如在眼前。当他搜索到夏尊秋,视点便盯在她身上,他自己脸上的表情也开始变得复杂了。终于,他看见人群里有两个身穿制服的检察官,眼睛一直在盯着简业修,趁剪彩的热闹劲走到他跟前,跟他说着什么……简业修震惊、激愤,正在人们为剪断红绸鼓掌的时候,简业修满脸恼怒地被押进了警车。

现场大乱,众皆愕然。群众起哄,围观警车。建委的几个年轻干部杨静、叶华、程蓉蓉等救护着副市长、夏尊秋进了大楼。在场的各路来宾和河口区建委的人都惊诧不已,纷纷猜测,说什么的都有,惟孙石一言不发。

站在窗前的杜华正收回望远镜,嘴角留着一丝冷笑,但他并不快乐,转身回到座位前躺在高背椅上,心事重重……门被猛然推开,杜觉闯了进来,一脸阴沉:"爸,简业修被抓您事先知道不知道?"杜华正看着儿子,没有马上回答。杜觉继续质问:"他是共产党的处级干部,检察院要抓他事先不可能不跟你们区里打招呼？"杜华正缓缓地说："我知道这件事。"儿子焦虑地几乎嚷了起来："那您怎不保住他？您保不了给市长打个电话，也能把他保下来！""为什么？"

"哎……"杜觉一时语塞，"您就不能多想一点，这多不吉利，人们很自然地会把抓他跟我土木集团联系起来……也许检察院就是冲着我们来的，您把简业修交出去，岂不是让他们正好抓着了一个突破口。"

"你能想到这一点还不错，可我不把他交出去，就得把你交出去！"杜华正从抽屉里拿出一个大纸袋摔在桌子上，"这都是举报你的材料，我这儿有这么多，相信检察院和市信访办公室也少不了。"杜觉不屑地瞥了瞥那个黄纸袋，大模大样地坐下了："举报我？恐怕是举报您吧？"杜华正叹了一口气："有些事你就不能做得聪明点，比如那片杜家花园，现在闹得全梨城的人几乎都知道你用给建委盖大楼的钱给自己盖了一片私人别墅。为什么要这么张扬呢？还叫什么杜家花园，就不能起个别的名字吗？""我起的名儿是土木花园，即便就叫杜家花园谁又能怎么样？那是我土木集团赚的钱，我愿意盖什么就盖什么！""要知道你那个集团打的是国营的旗号，谁都明白你赚的也是国家的钱……"

"不错，国家有钱别人能赚我为什么不能赚？无论是中国的商人还是外国的商人，谁不赚国家的钱？我赚国家的钱还给国家干了点事哪，有不干事的，甚至是干坏事的人，还不是照样狠掏国家的口袋嘛！"

杜华正摇摇头，他是个能言善辩的区长，在儿子面前却经常处于下风："别人不管那么多，就是咬住了你不放，你怎么办？"

"那又怎么样？谁还能给我咬下一块去！爸，我的事不用您操心，俗话说，前三十年父教子，后三十年子教父。可以改成前三十年父保子，后三十年子保父。没有您和我爷爷，土木集团戳不起来，爷爷只要三寸气在，就永远是梨城的一号人物。现在，土木集团也成气候了，我相信梨城眼下没有，将来更不可能有人敢把我杜家怎么样。'梨'字的下面是靠'木'托着，'城'字的半边是'土'，也就是说，梨城离不开我土木集团，必须得依靠我土木集团。'梨'靠木，'城'靠土，梨城至少有半壁江山是属于我杜家的。"

　　这一番解释突然又把杜华正说乐了,他面露欣喜和赞赏之色,却有意考问:"那你刚才为什么对简业修被抓那么着急呢?""我担心人一被关进那种地方,连打带吓唬,就会胡咬乱扯。""你有大的把柄抓在简业修的手里吗?""……那倒不一定有,他骨子里对我们杜家好像有看法,也许是受夏尊秋的影响,跟我的关系总是不即不离,不得罪我,也不跟我近乎,所以我也一直防着他。"杜华正脸色总算缓了过来:"那就好,这次检察院也算帮了我们一个忙。""您是什么意思?"

　　"简业修野心勃勃,如果不被抓,再换届的时候,就不是当个副区长能满足的了,凭他跟卢定安的关系,卢已经决定调他到市政府当危房改造办公室副主任,实际上就是副市长的架势了。我说话就到五十岁了,换届的时候必须得到市里去,干一届副的,然后才能扶正,简业修岂不是一个潜在的威胁?""您太多虑了,简业修不过是小菜一碟。至于卢定安,是我爷爷一手提拔起来的,老爷子叫他往西,他绝不会往东。"

　　"你是这样看?"杜华正摇头,他看出了儿子在政治上的幼稚。

　　"就算社会主义体制的规律是学生当权要打倒老师,卢定安可以不听爷爷的,那他也得听我的。""凭什么?""我有钱,我可以给政府拉来投资,当今世界上还有金钱买不动的政治吗? 您就把心放到肚子里,洒洒脱脱、风风光光地当您的官儿,您的政治前途就包在我身上。如果您要真想找乐儿,就想办法治治夏尊秋,她似乎对我们杜家怀有一种天生的敌意,刚才我仔细端详她,那模样还真有点像咱们家的老爷子……"

　　杜华正恼怒:"闭嘴!"

　　杜觉嘻嘻哈哈:"这有什么,全梨城的人还有谁不知道她是我爷爷的私生女? 老一辈做得,为什么我们小一辈说不得?""小觉,你现在也是有头有脸的人,说话还是要有个尊卑长幼。""认下夏尊秋也不辱没我们杜家嘛,根据她现在的样子可以推断出当年她母亲的确是倾国倾城,不然怎么能让我爷爷那种坚定的革命派走火入魔……""你还有完没完?""好,我这就走,再提醒您一次,对简业修要保,不要推。"

杜华正:"想推他的不是我,下面有人告他,上面有更大的人物想在他身上做文章。"

杜觉不满:"你们这一辈人只知道用这一套整人,要知道现代社会整人可以有许多更高明的办法,下等人是人踩人,中等人是人不理人,上等人是人捧人。目前捧简业修比整简业修对我们更有利……"他发现杜华正对自己深为得意的见解根本听不进去,愣愣神,摇摇头,向门口走去。待杜觉走到门口,杜华正喊住了他:"小觉,以后再到这儿来找我,先打个电话。"

"是,杜区长!"

得到简业修被抓走的消息,于敏真的第一反应是不信,这怎么可能? 为了什么? 有没有搞错? 没有一个向她通报消息的人说得出简业修被抓的理由,没有理由人又是怎么被抓走的呢? 但是,报信的人一多,说得有鼻子有眼,至少确定了一个事实,简业修的的确确是出事了,不信也得信。她的头像受到重锤的猛击,顿时一片空洞,没有思想,不知自己该怎么办,脸灰唇青,浑身瑟瑟发抖。她没有吃中午饭,待到脑子能想事情了,作出的第一个决定是去简业修的单位问个究竟。

天刚下午,却黑如夜晚,电闪雷鸣,暴雨将至,莫非是天怒人怨? 可就在简业修主持剪彩仪式的时候天还是响晴响晴的……于敏真把车开得飞快,如一道白色闪电。她眼泪汹涌,汩汩而下,却并不去擦抹,紧紧把着舵轮的双手在微微打哆嗦。她原以为自己还在生简业修的气,还在恨他,现在感到就从来没有真正记恨过他,或许在夫妻感情里就包含了这样的气和恨,这是一种自然,一种规律,你爱他的同时就在恨他,不这样情感就没有深度,婚姻也就缺乏张力。如果简业修从此回不来了,她会后悔死的,后半生都不会原谅自己……人一摊上事先是不相信,一旦相信了又容易往最坏的方面想。她几乎是不顾一切地横冲直撞地把车开进河口区建委的院子,停在楼前镇定了一下情绪,用绵纸擦了擦眼角眼眶,才下车进了楼。

　　整个建委机关没有几个人还在工作,干部们都在议论,都在猜测,怎么想的都有,但往好处想他、并坚信他的清白,认为是检察院抓错了的人却微乎其微——这就是人,不管简业修平时对大家多好,或者大家对他多好,到了这时候大都往坏里想他:干了那么多工程,结交了那么多溜须拍马贪奸刁钻的家伙,怎么可能下水不湿鞋? 表面看不出,瞒得可真严啊,可一旦出事就是大事! 这种种合理想象胡乱猜疑都通过眼睛化作信息投给了于敏真,楼上楼下,所有的人都在看她,这众多眼光都聚集在她身上,就如同杨三姐告状必须要滚过的钉板——她身上的血突然变冷,头如针刺,脊背发凉,极度的屈辱和愤怒使于敏真反倒冷静下来,她神色凄绝冷傲,目光凌厉,壮起胆如入无人之境,也不回答任何人的问话,即便是好奇的和同情的话此时也让她受不了,闹不好她会大哭,那又有什么用? 给简业修丢人、让幸灾乐祸的人看热闹吗? 她一直找到孙石,孙石非常紧张,说话也变得结巴了,他怕于敏真跟他撒泼,向他要人,便一问三不知,一推六二五:"你不想想,简主任是我们的领导,检察院要抓他怎么会告诉我们?"孙石的神态甚至让于敏真怀疑就是他使坏害了简业修,但他说得也不是没有道理。于敏真知道自己到这儿来是来错了,他们就是知道原因也不会告诉她。她提出要清理一下简业修的私人物品,孙石说检察院翻过之后贴了封条,任何人都进不了简主任的办公室! 于敏真扭头走了出来,程蓉蓉要拉她到自己的屋里去坐,财务科长叶华和技术科的杨静请她留一会儿,想给她出点主意,商量一下怎么办,都被她拒绝了。她出楼上了车,迎着雷电又冲进沉沉的黑暗之中。

　　于敏真回到家,坐下来定住了神,开始打电话,先调动娘家的力量,父亲是杜锟时代的梨城市经委主任,大哥于振乾是声名远播的东方电子集团的老总,还有大嫂钟佩……接下来又找了金克任的夫人许良慧、卢定安的夫人宋文宜、秘书罗文……她本来还可以给卢定安打电话,又觉得还是让公公跟他说分量会更重一些。她翻着电话本,凡是应该找的人都找了,述说简业修的冤枉——她坚信自己的丈夫是清白的。该说的说，该求的求，该哭的时候就在电话里啜泣抽咽不止……目前她所能做的也就是这些了。沉了一会儿又给正在上海的黑村正树拨通了电话，两天前黑村从上海来电话，让她明天飞到武汉跟他会合，她一直没有拿定主意去不去，简业修的突然被抓促使她下了决心，她告诉黑村自己家里出了点事情她不能去武汉了，同时正式通知他，经过考虑她目前只想管好森洋的梨城公司，不想担任森洋（中国）公司的总经理。黑村却不想放弃自己的想法，请她再慎重考虑一下，他还可以等待，实际是他还没有找到更合适的人选……于敏真看看表，又急忙下楼，驱车来到儿子的学校，等他放学。

儿子放学后跑出校门，欢蹦乱跳地打开前门坐在副驾驶的位置上："妈，咱们还回家吗？"于敏真几乎又要哭出来："不回了，直接去你爷爷家。"儿子问："给爷爷买生日蛋糕了吗？""还没有，我先把你送去，然后再出来买。"宁宁感到母亲情绪异常，说话的声调也不对，他扭脸看看母亲，眼睛红红的，脸上有泪斑，他神色惶恐，首先想到的是妈妈跟爸爸又吵架了，便没有再多声。于敏真把车停在远处的停车场上，天阴得更沉，黑得更重了，母子下车步行了很长一段路才进入一片迷魂阵般的平房区——同福庄对她来说永远像个迷魂阵。她和儿子七拐八绕地来到公公家，简业青和田超已经回来了，家里却没有过生日的样子，冷冷清清，像外面的天气一样沉闷、焦虑和布满难以预测的凶险。一见到于敏真，自然都向她打问，到底是为什么要抓业修？于敏真见到家人抑制不住地放声大哭，哭了一阵之后才抽噎着说："我问了好多人，谁也不知道为什么抓他，也不知道关在哪儿……"简业青说："得托托人啊。"于敏真说："该托的我都托了，金副市长的夫人答应去打听，她是全市最好的律师了。我看还是请爸爸给卢市长打个电话，市长下个令也许立刻就能把业修先放出来。"

老人迟疑："抓业修定安不会不知道吧？"

简业青："是啊，我一整天都在琢磨这件事，且不说业修是堂堂建委主任，检察院也不可能不知道卢市长跟咱们家的关系，当年他们一家逃荒流落到梨城，是咱爸收留了他们，还帮他父亲在工厂里给找了个饭碗,以后卢定安进厂后郑重其事地拜咱爸为师,那时候收徒弟是要订师徒合同的,师徒如父子嘛,没有当初也不会有卢定安的现在。他们要逮捕业修还敢不跟市长打招呼? 若是打了招呼,是卢定安点头抓的人,那可怎么办呢?"于敏真急切:"先打个电话问问不就明白了吗?"

简玉朴老实一辈子就是憷头求人,尤其憷头求当了大官儿的徒弟:"他来找我容易,我要想找他可就难了,如果他爹还活着,我们老哥俩倒还好说话……"于敏真拿出手机:"我拨通了,您跟他说话。"简业青拦住:"万一真是市长下的令,你叫爸怎么说?"

于敏真气极了:"那就骂他一顿,叫他放人,他还能把曾经救过他的恩人怎么样?"

"闹僵了不好,将来再求他还怎么张口?"大姐劝说于敏真,"你们外资企业不是经常能见到市里的头头脑脑吗? 你认识的人多,能不能先找找关系摸清了缘由再说。"

于敏真生气:"有现成这么硬的关系你们不用……好吧,既然你们简家不管,我说什么也要把他救出来!"她说完便摔门而去。简业青跟出去在后面喊了几声,又怕让邻居们笑话,就没有再追。田超不知是装傻还是清高,听着妻子一家人着急吵闹,站在一边始终木讷无语。也许他在简家的地位原本让他尴尬,老岳父明明有儿子,他扮演的却是倒插门女婿的角色,按老习俗只有没有儿子的人家才招倒插门的女婿。造成这种尴尬的原因是房子,他跟简业青结婚的时候没有房,内弟结婚的时候有房,其结果就是现在这个样子:有房的儿子搬出去了,没有房子的女婿留下来了。这又怎么能让他适应自己的处境呢? 他见妻子和孩子的舅母都出去了,才开口劝解岳父:"您别往心里去,摊上这种事不能怪敏真着急。"

老人撞头,满脸凄苦:"唉,祸不单行啊,祸不单行啊!"

简业青回来,田超又劝妻子:"你又何必激火呢? 等一会儿不是能够见到市长吗?"简业青没有好气儿:"你去见他?""你怎么忘了,年年爸爸过生日卢定安都来,今年老人家捡回一条命,又是七十大寿,他能不来吗?""对呀,他如果不来,就是心里有鬼。""等市长来了再给敏真打电话。""像这么重要的话,刚才敏真在这儿的时候你怎么不说?""得得,你别又冲着我来,再说你们说话的时候哪有我插嘴的份儿……"窗外骤然劈下一道闪电,惊天动地的一个炸雷仿佛丢进了屋里,打断了田超的话,震得他们耳朵嗡嗡作响。

黑云翻墨,憋闷了许久的大雨终于下来了,从天空到地面一片浑浊,水滔滔,雨浪浪。雨一逞威,雷电反而退走了,城市安静了,天地间只有一种单调而恐怖的从空中往地面上倒水的声音……

几个小时之后,梨城就变成了水城,大雨却没有停歇的意思。

卢定安穿着雨衣,手里提着一个包裹着白色塑料袋的蛋糕盒子,在这样的大雨中一个塑料袋怎么能包裹得住蛋糕,纸板盒子变形,蛋糕变成黏糊糊的东西顺着天上的雨水流进地上的雨水里,很快那蛋糕盒子便被雨水浇成了烂团,卢定安却没有意识到地仍旧提在手上,他顶着雨艰难地走进巷子,其实就是蹚进一条条曲曲弯弯的小河,眼前的棚户,如同一片倒伏在大水里的庄稼地。雨注在屋顶上激起团团水汽,像着火后升腾而起的白烟。他愣愣地站在没膝深的雨水里,感到自己是如此的微不足道和软弱无能……

同福庄并非没有好一点的房子,在北头临街有两间高大敞亮的青砖瓦房,如鹤立鸡群般挺立于风雨之中。但也因年久失修,上面漏雨,下面渗水,房子里除去床铺和一两件放了太多东西的旧家具没有被水漂起来,其余的小东西都在屋子里的水面上漂来荡去。房主人是前不久因煤气中毒刚死了老伴的崔娘——那老头儿据说并不是她的老伴,而是她既不同父又不同母的哥哥——她是母亲带来的女儿,他是继父原来的儿子。他们并没有结婚,只是住在一起。既然住在一起必然就有故事发生,他们有两个孩子,第二个儿子叫"傻狗顺",跟崔娘住在一间屋子里,看上去二十岁上下,躲在床角一个不漏雨的地方,看着屋外的大雨嘿嘿傻笑,崔娘似乎对屋里进大水并不惊讶,也早就准备了一套对付大水的办法,自己安安稳稳地坐在一个小船似的大木盆里,漂浮在水面上，头上戴着一顶草帽，手里紧攥着一个银行的存折，那存折上有几百块钱是从历年的救济金里省下来的。老人双眼微闭，状似入定，无动于衷地听着屋外哗哗啦啦的下雨声。她无论活着还是死去，这个世界上都没有什么事情能让她惊慌失措的了！另一间屋子里住着她的大儿子，大号齐老大，随那老头儿的姓，三十多岁，也是半傻半愣的样子，站在齐腰深的水里，直勾着眼睛盯着屋外。老大娶了个农村的瘫媳妇，奇丑无比，坐在床上一副无动于衷的样子，他们生了个傻闺女扣子，趴在床边，用小手搅荡着差不多快跟床铺一样高的雨水……既然说崔娘跟齐老头儿没有血缘关系，为什么生出的孩子都有毛病呢？据说崔娘年轻的时候给同福庄煤场的老板当过用人，被老板睡了几年，就生过一个非常伶俐漂亮的孩子……又是据说，是的，在同福庄有说不完的"据说"。大家都是从外地流落到这儿来的，同福庄是块福地，收留所有的人，南腔北调融会了各种各样的口音，谁的家都有自己的故事，谁也都可以传说别人的故事，每一家的故事就是周围邻居的兴奋点，"据说"就是同福庄人经久不衰的娱乐内容。同福庄有许多人就是靠"据说"合理合法地生存下来……

　　放眼看去，同福庄人在风雨中就干两件事，男人们踩凳子爬梯子，拿着油毡、塑料布、砖头、铁丝，修补和加固屋顶；女人们用各式各样的盆从屋内向外舀水。大哑巴王宝发，顶着大雨站在梯子上正替杨美芬家苫盖房顶，他看得见雨，却听不见声，神情镇定自若，动作熟练有力。看上去可比贵为市长的卢定安豪壮勇迈多了。杨美芬的丈夫刘玉厚，是老翻砂工，矽肺病几近晚期，躺在床上闭目养神，对眼前的一切不管不问。屋里稍微值点钱的东西都搬到了床上，他们有个十几岁的儿子，帮着妈妈向屋外淘水。大哑巴是瓦工，早帮着杨美芬把门槛垒得特别高，苦的是从房子的后面往屋里灌水，尽管她们母子拿着钢精盆拼了命地向外淘，屋里屋外的水位仍然差不了多少。

　　旁边紧挨着的就是大哑巴哥俩的家，房间很小，却还搭了一个小阁楼，下面一层，人坐上去可以挺直了身子，上面一层就只能爬上去睡觉，坐起来则需要低着头。哥俩手巧，也算是"楼上楼下"了，而且把小屋子弄得很结实,上面不漏雨,下面不渗水。大哑巴的弟弟王宝光,长脸淡眉,长得文文静静,外号叫"老蔫儿",坐在下铺上正翻看一本相册,那里面有许多他和女友黄丽金的照片,下雨天沉浸在恋情里,倒不失为一种很浪漫的排遣……

梨城并不是都像同福庄,下雨也可以成为一种风景,提供一种便利。在河口区一家并不起眼的医院里,却有一间特殊豪华的病房,杜华正身着华丽的睡袍,半躺半倚在可以摇起来的一张按摩床上,康复科漂亮的女医生何月琴正为其按摩足部。他不错眼珠地盯着女医生的脸,女医生也含笑看着他,这种天气,又是下班以后了,连急诊室里都没有人,外面的大雨反而给舒适的病房里制造了一种特殊的静谧和惬意,杜华正非常轻松:"月琴,劲儿再大点……好、好……哎哟——把我骨头都捏酥了!""你的骨头还用捏吗?早就酥了。""行喽,别拿我找乐儿了。人家这时候都泡在山珍海味里,轻歌曼舞,拥红揽翠,洗药浴玩儿三陪,你看我过的是什么日子?白天工作,业余时间看病。""你有什么病?不就是一身痒痒肉嘛!""痒痒也是病,不然你这专治痒痒的医生怎么拿钱?""讨厌!"女医生脸红了,"就是你会享受,全市恐怕再没有第二个人能有这样的条件了,知道你刚才输的营养液多少钱一瓶吗?恐怕雇五个三陪小姐都用不了。又卫生,又安全,神不知,鬼不觉,你还好意思得便宜卖乖。""这不都得感谢你嘛!"

女医生说着手上又加了劲儿,杜华正也跟着虚张声势地叫唤起来:"哎哟,你温柔一点好不好?我的脚不用按摩了,你顺着大腿往上摸,我想叫你摸摸小肚子。"他一按开关,按摩床自动放平了,"我看过一本书,说男人的大腿根一带有个穴位,杭州有位年轻的护士给八十多岁的老人家按摩,三下五除二就能把老人家的圣器给搞硬了,你知道那个穴位吗?""怎么,刚吃完又饿了?""我只是问你知不知道那个穴位?""只要是由年轻的护士小姐按摩,你浑身都是那样的穴位!"女医生在说着笑话的同时,双手已经摸到了杜华正的大腿根……杜华正惊呼:"哦呀,真灵啊!"他坐起身一把抱住何月琴。恰在此时此刻电话铃响了,杜华正松开手去掏手机:"都怪你,一看见你就没有魂儿了,连手机都忘了关啦。"他拿起手机:"喂,哪位? 哦,卢市长……"

他刺棱坐了起来,从卢定安的口气里听出市长的气不顺:"你不是说简业修是你们区里的干将吗? 怎么今天又把他送进班房里去啦?"杜华正脸上挂着笑意,嘴上却在辩解:"市长,简业修可不是我送进去的。"

卢定安自然不信:"他是你们区的建委主任,你不点头检察院怎么能抓他? 你明明知道他要调到市里抓危陋平房改造工程,为什么不提前跟我打个招呼?""哎呀,市长,等我得到信的时候简业修已经被押上警车了,民信公司举报他受贿五万元,是来书记亲自下的令,当做大案要案来抓,突破城建系统的腐败大网。"

"腐败大网?"杜华正听出卢定安也被镇住了,他越发得意:"来书记批示的意思是把简业修当做突破口,彻底查清城建系统的腐败之风!"卢定安挂断了电话,杜华正看着手机,突然大笑起来:"月琴,接着来。"

这场大雨阻遏了许多人,也把许多人提前赶回了家。金克任就比往常早回家许多,却没开电视,没吃零食,不像往常折腾得那么欢,到一家三口坐下吃晚饭的时候,许良慧随意问了一句:"今天怎么啦? 好像叫大雨浇得没精神了。"金克任用筷子挂着饭桌:"是啊,冷水浇头令人心寒哪!"女儿小洁调侃他:"哎哟,我老爸向来雄心万丈,意气昂扬,怎么可能被一场雨就能浇灭热情呢?"

金克任不答理女儿,仍然对妻子说:"你们这些执法部门也太过分了,简业修又不是刑事犯,手里没有枪,身上没有绑着炸药,是一个很能干、而且也为国家做了许多工作的处级干部,即便他犯了错误,甚至是犯了罪,就不能等到剪彩仪式结束,回到办公室再抓他? 非得要在大庭广众之下故意羞辱他,制造轰动效应,激化群众情绪? 难道不知道,眼下党群关系、干群关系不用刺激就已经够紧张的了!"

许良慧眼含笑意:"哎哎,请注意两点:一、吃饭的时候不能生气;二、副市长大人讲话要注意措词,不是我们执法部门,而是你们政府的执法部门……"

小洁一脸清爽:"三、吃饭是解决私人饥饿,请不要在家庭饭桌上辩论公事!"恰在这时门铃响……金克任指着女儿:"四、你去开门。"

小洁嘟起嘴:"下着这样的大雨谁还会来?"许良慧匆忙喝下最后一口汤,站起身:"我去,是我约的客人。"她打开门,是于敏真。"不好意思,这样的天气还来打搅您。""别说这个。"许良慧拉她来到客厅,金克任也走出来与于敏真打招呼,原本姿采娟秀的于敏真,眼圈发黑,脸上不打一点妆,身上有些地方湿漉漉,眼睛里也是湿漉漉。许良慧先安慰她:"你别着急,我搞清楚检察院抓简主任的原因了。"于敏真紧张:"业修没有什么大事吧?"许良慧介绍她打听来的情况:"当初建造公共服务大楼招标的时候,民信公司一心想揽到这项活儿,派开发部部长和另一个人给你们家送去五万元现金。但他们最终并未得到这个项目,是他们的竞争对手土木集团中了标。谁料这个大楼的设计后来还在国际上得了大奖,对一个承建这栋楼的企业来说,这将有丰碑式的广告效应。他们不服气,又根据土木集团的总经理是河口区区长的儿子,他们猜测这里边一定有鬼,杜家不管搞什么鬼,都瞒不过建委主任简业修,他们怀疑简主任绝对干净不了,肯定是收了土木集团更大的好处,因此就起诉了。"于敏真辩解说:"这不可能,业修从来不干这种事,既然钱是送到家里来的,我为什么不知道? 我们家并不缺那五万块钱……"许良慧盯着于敏真的眼睛:"他在别处有没有急需用钱的地方?"于敏真坚决地摇头:"没有!"许良慧显然并不像于敏真那样信任简业修:"你这么自信? 他没有任何想瞒你或能瞒住你的事情?"于敏真不喜欢或者说有点害怕许良慧的眼光和说话的口气,她犹豫了一下,最后还是很肯定地说:"没有。"许良慧:"现在社会上腐败成风,干他这一行,尤其是发包工程,很难让人不往别处想。"

于敏真有点急赤白脸:"许律师,不怕您笑话,我平时对他管得特别严,他身边的几个年轻干部都叫我给买通了,他有什么出圈的事绝对瞒不过我。因为我特别在乎他的前途,我父母生了我们姐妹三个,我最小,两个姐夫的级别都比业修高,我不能让娘家人瞧不起他,就得保证他不能出事,平时不管谁给我们家送什么东西,我都给退回去,业修就常说他家里有个纪检委书记。"于敏真言辞恳切,许良慧似乎相信了她。金克任听得也直点头。于敏真恳求:"许律师,您能接这个案子为业修辩护吗?"

许良慧:"恐怕不接不行了,即便把别的无论多么急的事情放下,也得先办这个案子,刚才老金还为这事发火哪。"于敏真敏感而小心地问:"刚才金市长为什么发火?"

"咳……没什么,你必须得配合我,跟我绝对要说实话,我只有知道实情才好为他辩护。"许良慧不想多说,却让于敏真更多疑了:"我真怕您不愿意接这个案子,听说抓业修是市委来书记下的令,当作大案要案来办,所以卢市长为了避嫌就不敢过问这件事……"

"这些闲话不能听,关键是事实。"

第 6 章

　　洪流如大山崩溃，滚滚压下。惊涛骇浪似陡直的崖壁，须臾间将梨城西面四十多个县城、集镇、村落化为乌有……水库里波涛翻腾，水位似淹非淹地在最高的红色警戒线上跳动。所有河流都沟满壕平，处于三河下梢的梨城，如汪洋大水中一艘摇晃的大船，歪歪斜斜，起伏颠荡。大暴雨一拱劲尽兴地倾泻了四天四夜，这几天来卢定安的脑袋都叫水给泡大了，他带着一帮人从河口蹿到海口，从河堤蹿到水库……四面八方不断有告急的电话打来，哪儿告急他就往哪儿跑。市区几个平房区被淹已经顾不过来了，眼下十万火急的事是怎样保住整个梨城。他在梨城最远的一个县——玉州大浪淀水库堤闸上已经蹲了两夜一天了，尽管他穿着厚厚实实的军用雨衣，身上却没有一块干爽的地方，秘书罗文还得为他打着伞，那伞主要是为了保护市长手里的电话，他的电话不停地响，他对着电话不停地叫喊："大堤，大堤，大堤的作用是绝对的，只要地球存在，河流存在，就得护好大堤！"别看他对着别人大喊大叫，他现在真正想骂的是自己，他拿不准主意是炸堤放水，还是再熬一熬？如果放了水，雨又停了，梨城今年就没有水用了。如果不放水，不知什么时候，也许下一分钟，也许下一个小时，大堤决口，近千万立方米的水居高临下地砸下去，梨城顷刻间就消失了……这么大的责任都压在他一个人身上，就等他一句话，他感到不公平，觉得自己真的担不起来，太多的责任导致负不起责任。他几次想要跟杜锟商量一下，他是自己的老上级，以前可能也经历过这样的时刻。他还想跟来明远商量一下，他是市委书记，在这种时候理应对梨城负起责任，凭什么把责任都推给他卢定安？但他又憎恶自己在紧要关头缺乏构成一个领导者的那种钢铁般的意志，他就要坚持不住了，权衡两害取其轻，他决定放水，梨城人没有水吃总比整个城市被冲毁了要好。问题是决堤把水一放，就不会再有人相信梨城曾经有过毁灭的危险，将把缺水的责任都推到他的身上，将由他一个人承担所有的骂名……

他的身后站着几位跟水有关的负责人，鹄立待命——市里的防汛办公室主任和节水办公室主任，由于真正的责任并不在他们身上，他们反倒敢表态，装得挺负责任，挺有气魄，争论不休。梨城防汛办公室主任说："市长，别再犹豫了，气象台预报明后两天还有大雨，先炸堤放水保住梨城再说，留得青山在不怕没柴烧。"负责节约用水的主任则说："你为什么只想到死不多想想生？把水放掉岂不是生不如死！""你没看新闻，我们周围已经有四十多个县被洪水冲跑啦！水火无情，但动了天怒，水患更甚于火灾，火灾一次能烧掉四十个县、烧掉一座城市的时候很少，大水就不同了……""你们防汛办公室也得转变观念，不要一提洪水就当成猛兽，现在的水可是宝贝，比油值钱，以前世界上老是为抢油打仗，今后就会为争水打仗，因为全世界都缺水，我们缺的还最严重！""得了，别吵吵了！"卢定安一会儿看看天，一会儿看看波涛汹涌的水面，警戒线已经看不见了，他的脑袋晃得像个瘦鸟，心智像风一样摇摆不定，这时候他缺少的不是夸夸其谈的理论，而是良策和忠告。就在他撒手闭眼准备下令决堤的时候，忽然发现西北天空灰浑浑瓷实而均匀的雨云裂开了一道缝隙，他的手在半空中停住了，又熬了一个多小时，雨势果然逐渐缓了下来，雷电开始变得软塌塌皮条条，失去了应有的张力，天空的灰色雨云有的变黑，有的变白，现出疲乏，开始游动。在游动的过程中还时不时地洒下阵阵零星细雨，但很快就飘过去，卢定安双腿一软顺势坐到泥水里。

罗文招呼旁边的人一起把卢定安架到看守水库大坝的小屋里，让他喝水，吃了点东西，卢定安嘱咐罗文一个小时后将他喊醒，脑袋一歪就睡着了。他一睡，其他人也都东倒西歪地打起盹来……还没有到一个小时，金克任来了，向守堤人打听："看到卢市长了吗？"

卢定安激灵一下子站起来,冲出小屋,先习惯性地抬头看看天,厚重的云层在疏散,在变薄,见金克任疾步走过来,心随即又提到嗓子眼儿,不知哪儿又出了什么事? 急问:"市里怎么样?"金克任苦笑:"出事的地方多了,市内的几大平房区都泡了汤,最要命的是水排不出去,我担心水库这里再出事,那可就真完啦。另外,中央报道了咱们邻省的灾情,您看我们是不是得过去慰问一下? 如果早晚都得去,那就宜早不宜晚,赶在后面不如赶到前面。"卢定安连连点头:"对,对,你提醒得好,赶快去安排一下,如果我抽不出空来,就由你带队去,钱不能带少了,东西不能带少了,这次他们淹了四十多个县,受的灾可不轻!"金克任犹豫了一下:"我把东西都准备好,最好您亲自出马,无非就占用您一天的时间嘛。既然我们真心实意地多给钱多给物,干吗不做成最高规格,有粉擦在脸上,人家接待起来也是最高规格,便于宣传和感动群众。"卢定安又抬头看看天:"看这意思天要晴,天晴了我就去,天不晴咱自身难保,我哪还有闲肠子去慰问别人。"金克任:"刚才气象台预报今明两天没有大雨,您看水库的警戒线不是都露出来了吗。""哼,气象台、气象台,说有雨的是他们说没有雨的也是他们! 不过还是要谢天谢地,再有大雨这座水库就顶不住了……"卢定安可以松口气了,于是就有闲肠子操心别的事了,"简业修是你管的那个系统的干部,被抓之前有人跟你打过招呼吗?""没有,我就在现场!"金克任猜得到市长心里是怎么想的,见卢定安不再吭声,他也就不便说破,大家只好心照不宣,简业修事件成了横亘在他们心头的一块病。金克任问市长还有什么吩咐? 卢定安说他自己也要马上赶回市里,金克任就先下堤走了。

卢定安留下防汛办公室主任继续监护水库,他带着其他人也往堤下走,并小声对罗文说:"你给简业修的家里打个电话,这两天我泡在大雨里实在分不开身,一得空就去看望简师傅。"罗文答应着,似欲言又止。卢定安看着他:"你想说什么?"罗文小声试探着:"简业修的事全城轰动,下面的议论太多了。""主要议论什么?"罗文透出冷静和机警:"有人说抓简业修是因为他向您提供了一个有关平房改造的详细报告,也有人说这一手太厉害了,表面上是抓简业修实际是冲着您来的,简业修如果真有问题很可能还牵扯到杜家集团,害了简、打击了您、连带着削弱了杜家的势力,可谓一石三鸟。"卢定安沉陷在神思怅惘中,以前他还真没有想这么深……大雨没有冲垮梨城,也没有冲走所有烦心的事。雨停了,城毁人亡的危险过去了,新的旧的烦恼又来了,哪有好受的时候啊!

　　卢定安回到市内,先去看低洼的危陋平房区。也怪了,越是房子差的地方地势也越低,排水功能也最差,只要下雨就积水,何况是这样连续的滔天大雨! 有些地方成了坑,有些地方成了湖,胡同成了小河,没心没肺的人们把正处于灾难中的梨城当做了水上游乐场,划着木板、洗脸盆、救生圈、气床垫……凡是能在水上漂着的东西都当成小船在水上划着玩儿,孩子们在水里打斗、嬉戏。城厢区的区长顾全德,带领街道干部蹚着淹到大腿根的水,推着木盆、大钢精锅,给同福庄泡在水里的孤老户送大饼、咸菜。这本来不是什么值得高兴的事,可偏偏大家干得很高兴,弄得浑身湿淋淋,却都嘻嘻哈哈,情绪高涨,一群半大孩子跟着他们在水里扑腾……人似乎不光是惧怕灾难,还从骨子里欣赏灾难,特别是对别人的灾难,或者在自己平安无事的时候回顾灾难——看打架的嫌架打得小,看着火的嫌火烧得小。只有崔娘那张苍老而孤寂的脸,接过了食物竟连感激的表情都做不出来。大哑巴对着顾全德哇哇大叫,谁也不知道他想说什么。老顾把大饼递过去,哑巴摆摆手,躲进屋里。有人在窗口大喊:"你们不应该只送大饼,还应该多送几台大水泵来!"顾全德也大声回应:"弄来水泵也没有用,到处都是水,往哪儿排?""那就叫太平洋保险公司来,这儿真的成了太平洋啦!"
　　到下午,太阳竟破云而出,光芒刺眼,真可谓"云里的日头,后娘的拳头"! 气温立刻升高,城市也开始恢复生机,繁华区主要街道上的积水已经排净,空气温湿,街面清洁。经过彻底地冲刷和浸泡,人们对自己的城市生出一种新鲜感,还有一种莫名的兴奋……几十名带着雨衣的,拿着雨伞的,脚蹬胶鞋的梨城中层干部——他们被大雨浇怕了不再相信气象台,也不相信太阳,不嫌麻烦地随身带着雨具。他们挤站在铁山工人新村的一座大工棚里开现场会。大雨使大家五六天没有开会了,如劫后重逢,相互多了一种少有的亲切感。又有会可开就说明一切都恢复正常了。卢定安两眼通红,整个人仿佛又瘦了一圈儿,发青的双颊往里凹得更深了,声音也有些嘶哑:"……转了这一圈儿,大家对这场大雨给我们市造成的损失心里有个底了吧? 主要是平房区,全市差不多有四百多万平方米的平房还泡在雨水里,我们一方面采取紧急措施救助住在危陋平房里的群众,同时这场大雨也让我们不能不痛下决心了,必须刻不容缓地改造危陋平房,从根本上解救正处于'水深火热'之中的近二百万老百姓。现在他们是'水深',太阳一出来就是'火热'。我们开现场会的这间大房子,原是纺织厂的仓库,比一般的平房可强多了,高大,透亮,现在又门窗大开,还这么热得喘不上气来,你们想想此时住在低矮破旧的小平房里会是什么滋味? 中午我跟市政工程局的人在三义里排水,那个烂水泵还是前清时期铸造的,那个时候梨城的人口,多说也不过几十万人,现在单是市内人口已达到八百多万,前清时候的水泵怎么能担负得了现代城市的排水任务。要让那儿的群众离开'水深火热'的居住环境,就得从基础建设着手,彻底改造那些危陋旧平房……"

参加会的各区头头们交头接耳:"怎么又拉到危改上来了?"

卢定安赤脸暴筋,神情格外严厉:"市长办公会已经定了,危改刻不容缓,我已经跟房管局长通了气,自我算起,谁若对危改推三阻四,就收回他的住房,让他到平房里去住两年,写出体会,什么时候支持危改了再把房子还给他,因为大小干部住的都是公家的房。我还了解到,反对危改的有两种人,一是住房条件好的,二是收入高的。"

会场里非常安静,干部们悚然动容,没有人再敢掉以轻心或窃窃私议了。但卢定安自己意识到走题了,赶紧再把话拉回来——他召集这个紧急会的目的是汇报各区的灾情,布置救灾措施……他有一点还没有想明白,这几年为什么灾害特别多? 是他的官运不好,还是梨城进入了多灾多难的阶段? 煤气中毒事件之后报纸上正在宣扬中国已经进入了热灾害频发期,却突然又来了这么一场大雨! 真是人算不如天算,天怒激起人怨……

　　染整厂下了早班的姑娘黄丽金,洗换完毕,穿戴整齐,人不算漂亮,却身材纤细,衣服光洁鲜亮,散发着青春的热力,来到机修车间找男友王宝光。王宝光是车间的巧人,手灵嘴慢,凝重内向,正为一个要结婚的同事写大红“囍”字。青年工人们给他打下手,有的铺纸,有的倒墨,嘻嘻哈哈:“老蔫儿,什么时候也为自己写两幅‘囍’字呀?”有人起哄:“快了,快了!”老蔫儿用心写字,一声不出,门外有一女工大声喊叫:“老蔫儿,我车子的后带没气儿了,你快来给看看。”老蔫儿随和厚道,有求必应,他放下毛笔,出去又为那女工补好了车胎,这才洗手换衣服,同女朋友高高兴兴出了厂门。黄丽金脸上有盈盈喜气:“咱昨天可说好了,今天下了班到你家去。”王宝光有些胆怯:“你非要去?”

　　“那当然了,”姑娘有些不快,“你这人怎么这样? 别人都是主动邀请女朋友到家里去,我上赶着要去,你还老是推三阻四的。”“我住的那个地方实在是没法叫你看。”“你能住我为什么就不能去看? 连你的家里是什么样都不让我去看一看,将来怎么办?”女朋友说的“将来”就是指结婚,现在他住的地方将来就是他们的家。按梨城的习俗,一对年轻人确定了恋爱关系之后,就得到双方的家里去看一看,相人已不是主要的,重要的是相房子。老蔫儿害怕的正是这一条,他不可能在自己那个坐着连腰都直不起来的小阁楼上跟黄丽金结婚,也不可能拆了阁楼重搭两张床,跟大哥挂帘为界。即便是他独占那间小屋跟黄丽金结婚,也够委屈人家的,可把大哥赶到哪儿去呢? 他又不会说话,做弟弟的怎么忍心欺负这样一个哥哥? 老蔫儿王宝光一想到“将来”就挠头,他赔着小心说:“你看了我的家可别嫌弃。”“瞧你说的,我是那种人吗?”老蔫儿满脸诚恳却不无疑虑:“我怕真的吓着你。”他这样一说更激起姑娘的好奇心:“哟,有那么厉害吗? 你住在龙潭虎穴里?”

　　王宝光神情紧张,却无法解释。看着他那神神经经的样子,黄丽金笑了:“放心吧,吓不着我,不就是有个哑巴大哥吗? 谁还没见过哑巴。”老蔫儿不再解释,嘴角露出一抹苦笑。热恋中的姑娘却显得格外兴奋:"哎,我问你,平时你们哥俩怎么交流呢?""连比画带说。""你会哑语?""从小就在一块儿还能不会嘛。""这也是一种特长,我就喜欢你这股蔫琢磨劲儿,老有叫人想不到的地方。"姑娘想起了言情小说里的爱情格言,不断地发现对方的神秘之处,才会惊奇,才会长久相恋。老蔫儿感到一种甜蜜,心也似乎放下了不少。姑娘脸一红,又问:"我爱你——这三个字的哑语怎么比画?"

老蔫儿突然有了灵感,对着自己的女友连比画带说:"我爱你!"

黄丽金眼波流盼,看看四周没有人,凑上去吻了他一下,然后又慌忙分开。他们脚步轻快,周身洋溢着一种爱意,抄近路走进了三义里的主街,大水退去后的痕迹还在,临街的房子在一米左右的高处留着水印,地上白花花,乱糟糟,跟一片垃圾场差不多。下雨时遮盖在屋顶上的塑料布都掀开了,为的是把屋顶晒干。屋里所有稍许值点钱的东西都搬到胡同口翻晒,衣服被褥不说,有的把床板都拆了,拿出来过风,见阳光,免得长绿毛。能搬动的柜子也都搬出来了,每样家具的腿儿上都缠着塑料布,防水又防潮……这景象真如大劫过后一般。更甭问,今天染整厂是漂染黄色,因为整个三义里也是一片黄澄澄。

染整厂一辆运原料的卡车,在街心被一粗壮的妇女拦住了:"今天得跟你们说个清楚,你们的车打这儿一过就震得我房子直颤悠,一颤悠就往下掉灰,一年到头没黑没白地这么糟害人,还有个完吗?"司机满不在乎:"我们从打建厂的那一天就从这儿走车,你怎么到现在才想起房子会颤悠?"

旁边站着个斜披着短衫横抱着肩膀的年轻人,胸前和双臂上刺满青色的海蝎子(又称琵琶虾),令人毛骨悚然,脸上长满红疙瘩,目光阴沉地盯着司机,突然插了嘴:"你这是人话吗?"司机一愣:"你这又是怎么说话?"年轻人叫赵勇:"我这样说还算是客气的呢!"司机见对方面目不善,没有再吭声。那拦车的女人见赵勇给撑腰,更来了精神,挺着波涛汹涌的大胸脯又往前凑了一步:"我跟你们厂交涉过好多次了,你睁开眼看看,你们厂染什么颜色,我们晾的衣服就是什么颜色,你说你们厂缺德不缺德?"

"有什么事你去找我们头儿去,别挡我的道,我完不成任务可要扣奖金。"司机打着了火。

"我才不找你们头儿哪,叫你们头儿来找我吧。"女人名叫李素娥,就是三义里著名的"大鞋底子",她往卡车前面的轱辘底下一躺,"有种的你就往老娘身上轧!"

当地居民围了一大帮,神头鬼脸,起哄叫号:"对,叫他轧!""小子,你敢轧吗?""没尿了吧?"

目睹了这一场好戏的黄丽金,拉着王宝光赶紧绕道走了。进了老城厢的平房区,黄丽金的神情有点紧张,胡同又窄又乱,地上有水,有时须踩着砖头走过去,从低矮的旧房子里发出各种奇怪的响声,令第一次到这种地方来的姑娘精神紧张……她对王宝光说:"难怪你不骑自行车,这种地方也实在是骑不了车。"

王宝光领女友来到自家门前,拉开门让姑娘先进。姑娘走到门口,往里一探头立即被吓傻了:在极狭小的屋子里,搭着双层床,在下层床上有一对男女正赤裸着身子扭动颠簸。压在上面的是大哑巴王宝发,由于他的世界只有色彩没有声音,在做爱的时候他眼睛看到的只是自己身子下面的女人,黑发飞旋,白光耀眼,汗珠迸射,他眼睛兴奋得灼灼如电,整个世界都不存在了,只有自己的渴望和狂烈,极其投入,极其自然。再加上他身体好力气大,那真是无所顾忌,地动山摇,干得惊世骇俗,真活活羡慕死和嫉妒死有声世界的男人们!被他压在身下的是小洋马杨美芬,大概也正处于灵魂失火,熊熊燃烧的境界,竟然没有听到门响,当老蔫儿变腔变调地喊出"二姐"的时候,她才转头向门口看……听不见声音但极端敏感的大哑巴也跟着扭过头来,随即"哇"的一声怪叫,急忙把脸转向墙壁,哇哇乱叫。小洋马并不慌乱,只是略有一点歉意:"你看这是怎么说的,老蔫儿的对象来了,我这就给你们腾地方……"

黄丽金从惶遽和羞涩中惊醒过来,转身就跑,她跌跌撞撞,鞋和裤脚都脏了。王宝光在后面追赶,急得变了腔调:"丽金,丽金!"

第 7 章

民信房地产公司的总经理房亮是个大块头的胖子，一般的胖子都性格随和，有副好脾气。房亮却不然，他胖得暴躁，胖得凌厉，一张点点坑坑的大宽脸冷漠而傲慢，对进出他办公室的属下连眼皮都不抬，用鼻音就打发了。他正在翻找一件什么重要的东西，一会儿翻腾抽屉，一会儿倒腾硕大的写字台，累得他大汗暴流，不停地提裤腰带。因为他的裤腰带吊在滚圆的大肚子下面，每直一次腰就得提一次腰带——这是他的一个习惯性动作，每逢抬脚动步或张口说话之前，必先提提裤腰带。刚才出去的人没有给他关门，他的开发部经理林洪仁径直走了进来，随手将门关死，脸上有一种奇怪的表情，神秘、兴奋、紧张，抑或是不安，急不可耐地凑近房亮小声问："您听说了吗？简业修被抓走了……"房亮却有几分不耐烦，连头也没有抬："我听说了，现在抓人可真容易，也不找咱们核实一下就下家伙！"林洪仁说话一惊一乍，表情也有些夸张："咱们的'大将军'还真灵，龙大师确实神了！"房亮倒没有显示出应有的兴奋："这是不是有点太缺德啦？""您后悔了？"林洪仁眼睛盯着自己的上司，"商场如战场，不毒不丈夫。"房亮心不在焉地应了一声："也对，这是他活该，他先不仁，咱才不义。"林洪仁说出来意："肯定会有人来调查简业修的事，您可得咬死了……"外面又有人敲门，房亮火气很大地喊了一嗓子："进来！"

推门进来的是位四十岁上下的女人，白衣黑裙，容貌靓丽，透出一种过人的灵敏和睿智。林洪仁见有漂亮女人找老板便不出声地点点头，知趣地退出去了，来人也没有急于说话，站在旁边静静地观察房亮。低着头在瞎翻腾的房亮半天没听到动静,感觉奇怪才抬起头,眼前一亮,转瞬间露出了对漂亮女人的热情和好奇,而且,他丝毫不想掩饰这种热情和好奇,顺手关上抽屉,要找的东西此时已经变得不那么重要了,他一张嘴瓮声瓮气:"找我有事?"

没有事到这里干什么?对方笑了:"我是梨城第一律师事务所的许良慧,为简业修的案子而来,昨天咱们约好了的。"房亮的神色里现出戒备:"对对对,我正在找那个记事本哪⋯⋯"许良慧问:"找到了吗?"房亮的眼睛里重新恢复了热情和活气:"没有呢,知道你是大律师,得认真接待。""谢谢,那我就开门见山了?"许良慧收起了笑容,眼睛逼视房亮,"是你们控告简业修受贿?""不错,是你替他辩护?""是的,据你们公司开发部经理林洪仁讲,他是受你的指派向简业修行贿五万元的?""他怎这么说?这话听起来挺刺耳的,"可房亮又不能不承认,"⋯⋯我知道那件事。"

"仅仅是知道,还是你下的令?"他抹抹脸上的汗珠子:"好吧,是我下的令。""在此之前,简业修有没有向你索要过这五万元?""没有,反正我不知道他张口要过钱。"许良慧对他的正直和敢负责任表示出赞许:"这就是说,是你们违反国家法规,主动向他行贿?"房亮有点不悦,这个娘儿们,你对她有好感,她却对你步步紧逼:"你究竟想问什么问题?""我想问,你在控告简业修之前,知不知道行贿也是犯法,在法院量刑的时候应该和受贿罪是一样的。"房亮站起身提提腰带,眼眉立了起来:"这怎么可能,送钱的和收钱的是一个罪?"这回轮到许良慧对这位总经理先生的无知摇头了:"关于这件事,在以后判决的时候法院会向你解释清楚的。我再问你,向简业修行贿的事为什么要等到已经过去了两年多才想起控告?""若依着我,一知道工程拿不到手了就告他,是林洪仁老压着,他劝我说这种事只能吃哑巴亏,就算认倒霉得了。"

"嗯?"许良慧眉心动了一下,"林洪仁为了表示不是他没有把事情办好,应该最气愤、最着急才对,为什么反而能冷静地劝你息事宁人呢?"房亮又不耐烦了:"我若成天光去猜测别人的花花肠子里在转悠什么,就别干正事了。"

"这倒也是,你们行贿没有达到目的就打官司,闹得你们的关系户都知道了,就不怕人家都不敢跟你们打交道了吗?""大律师这张嘴可真厉害,告诉你,我现在已经揽不到好活儿了,好事都叫杜家那个小王八蛋给占尽了!他不让我好活,我也不让他痛快,简业修肯定是和杜家的势力勾着……""哦……你能提供证据吗?""我有证据也要交到法院,不能给为受贿者辩护的律师!"

许良慧起身告辞:"谢谢你的时间,以后我们还有机会再谈的。"等许良慧出了门,房亮几乎骂出声,这是个什么女人?话还谈完她说走就走了,说什么以后,以后你再找我谈,我还不一定跟你谈呢!是他觉得话没说完,人家许良慧认为话已问完才走的。她离开民信公司后又找到简业修的家,于敏真正在等她,许良慧进门就问:"宁宁回来了吗?"

"回来了,"于敏真把儿子喊出来,并嘱咐他,"叫许阿姨,"不知于敏真提前跟儿子说了些什么,宁宁有点紧张:"许阿姨好。"

"你好,"许良慧对于敏真说,"让我单独跟宁宁谈。"她进了宁宁的房间:"想爸爸吧?"宁宁点头,眼里有了泪。"许阿姨是律师,帮着爸爸打这场官司,你也要帮助我,我才能为爸爸辩护。"宁宁点头。"你只要好好想一想,两年多以前了,有一天也是这个时候,有两个人送来一个黑包,为这件事你爸爸批评了你,也许你还记得……"

"我记得,"宁宁说,"妈妈已经问过我好几遍了,那天放了学我刚开门进来,就有人敲门,我开了门看见是两个人。他们问我爸爸在不在,我说不在。他们问什么时候回来?我告诉他们马上就回来,因为那天晚上爸爸要去上课,每逢他上课的日子就回来得早。那两个人又说不等了,就放下一个黑包,留下一张纸条,还嘱咐我好几遍,说那个包多么重要,不得让别人看,只能亲手交给爸爸。爸爸进门后看了那纸条就发了脾气,当时还给我订了两条规矩:一条是父母不在家的时候不给不认识的人开门,第二条是在任何情况下都不得接受不认识的人的礼物。那天我被爸爸说哭了,从那时候起,我就一直遵守着这两条规矩。"

"真是好孩子!"许良慧疼爱地摸摸孩子的头,"你打开那个黑包看了吗?""没有,我不知道那包里是什么东西,爸爸也没有告诉我。那天他连晚饭也没吃,提着那个黑包就走了。""以后你又见过那个黑包吗?""没有。"许良慧听到门铃响,紧跟着客厅里有了说话声,她结束了对宁宁的询问,走了出来。是杨静、叶华和程蓉蓉下班后来看于敏真,顺便交换有关简业修的消息。于敏真向他们介绍了许良慧,叶华说:"法院在我们那儿查了几天账,今天收摊了。"

自称对丈夫最了解的于敏真也最急切:"结果怎么样?"

"还能怎么样,建委的账都在我心里装着哪,绝对没有问题。"叶华看看许良慧,"简主任要想在钱上做手脚就瞒不了我,我是他提起来的,他把整个建委的财务都交给我了,跟他打交道也这么多年了,我看他是个有大想法的人,绝不会因为贪点小钱毁了自己的前程。所以我不相信他会收下民信的那五万块钱。实话说,他如果真想弄钱,有的是机会,又何至于蠢到让人攥住自己的把柄。"

杨静很想从许良慧嘴里听到点新消息,可许良慧只是听他们说,自己却一直不吭声,就问:"许律师,简主任现在怎么样?"许良慧说:"由检察院转给法院了,很快就要开庭。"叶华又问于敏真:"区里的头头谁来了?"于敏真摇头:"谁也没有来。"杨静不屑:"头头们到这时候躲还来不及哪,杜华正尤其不会来,这事牵涉到他和他的儿子。"

坐在角落不被人注意的程蓉蓉突然插进来:"梨大的夏教授来过吗?"

于敏真警觉:"你怎么会想起来问她?"

程蓉蓉:"梨大是设计单位,法院很可能也要找她去调查。"

坐在程蓉蓉旁边的叶华,从后面用手悄悄地掐了一下她的屁股,这是责怪她不该提到夏教授。程蓉蓉低下头又一语不发了,谁知道这个小丫头的脑子里在打什么转转,也许是她自己想知道在这次事件中夏尊秋和于敏真之间是一种什么样的关系……

夏尊秋不如他们,可以随意聚集到于敏真这里打听消息,发泄牢骚。几乎就在相同的时间里,夏尊秋把自己关在办公室里写讲稿,却总是无法集中精神,咖啡喝了一杯又一杯,坐下——起来,起来——坐下,在电脑上敲出几个字,紧跟着又抹去!她的眼睛经常瞄向电话机……黑色的扁体电话机却始终静静地趴在那儿,像一只死了的蝙蝠。她拿起桌上的一根教鞭,轻轻地捅那架电话机,电话机慢慢地向桌子边移动,她使的劲很均匀,电话机已经滑到桌子边了她仍不停手,呱啦一声,电话机掉了下去,被电话线扯着悬挂在半空。话筒离开话机,发出嗡嗡的响声……她翻出名片簿,慢慢地走过去,一只手拿起话筒,另一只手把电话机重新摆到桌子上,按着一张名片拨了号:"喂,是张沪同志吗?""是啊,你是哪位?"话筒里传出的声音很大,夏尊秋不得不让话筒远离自己的耳朵,"我是夏尊秋,你好。""夏老师,您好。您是不是想问简业修的事?""是啊,他现在怎么样?""挺麻烦的,简业修搅到一种复杂的权力斗争中去了,他身后既站着市长卢定安,又跟杜家的利害相关连,市委书记来明远本来是个平庸的好好先生,但官场中有一条规律,大凡干事不行的人往往整人都很有一套,他下台前突然回光返照,开始大抓工作,也许想通过抓这个案子树立自己的威信。听说卢定安关于平房改造的具体方案是简业修给提供的,来明远又反对平改,对简业修的不满可想而知了。不管人们怎样议论,这一招儿都够狠的,借着惩治腐败查简业修,为了避嫌谁都不敢对这个案子多插手。"夏尊秋愤愤不平:"头头间的斗争再复杂,如果简业修并没有贪污受贿,也不能把他老关着!""这种事很难说,只要上边想查你,还愁查不出事来吗?""我们同学当中还有谁跟检察院或法院有联系呢?""哎呀,这可说不太清楚……""好了,谢谢你。"

夏尊秋再拨电话,"金副市长吗?我是夏尊秋,您好……我想打听一下简业修的情况如何。"金克任迟疑着:"我想没有太大的问题吧……""最近有个国际建筑师年会要在我们学校举行,届时与会代表肯定要去看公共服务大楼,简业修能出来接待一下吗?""噢……我把这个情况跟市长讲一声。您还好吧?""还好。"夏尊秋听到金克任岔开了话题,就结束了谈话,"打搅了,再见。"

　　她挂了电话,在电话机前站着愣神儿,有个人也许能对简业修的情况说得清楚,即使他现在不清楚也能打听得来最新情况……这个人是杜华正,恰是她最不愿意找的人。最后她犹疑着拨通了另一个人的电话:"是简主任的家吗?""你是谁?""我是梨城大学的夏尊秋,您是他的夫人吗?"于敏真的声音里没有热情:"是的,您有什么事?""我想您一定知道简主任最近的情况吧?""他是为了盖您设计的那栋大楼而遭人诬陷,法院没有找您调查核实这件事吗?""没有,如果是为完成我的设计而害他遭此不白之冤,我感到很抱歉。不知道我能做些什么?怎样帮助他恢复自由?""如果您真想帮助他,就从他的生活里消失。他的所有麻烦都是从认识您以后开始的,你们的关系已经成了要追查他的一个问题,如果不是您施加影响,简业修有什么理由非要得罪那么多人,只把工程交给杜锟的孙子!"夏尊秋惊愕:"您是说这一切是由于我造成的?"

　　对方却咔嚓一声挂断了电话,话筒里又传出刺耳的嗡嗡声。

　　夏尊秋慢慢放下话筒,她坐下来,用双手捂住了自己的脸……在中山大道街口搭起的高台子上,一个非常美丽的女人被强按着跪在砖头上,脖子上吊着一串各式各样的破鞋,长辫子被撕开,披散开来的长发眨眼间被铰得狼咬狗啃,乱七八糟。人们啐她、骂她、打她,问她跟多少男人睡过觉?问她的野种是跟谁生的?被称为野种的女孩作为罪证就站在她身边,已经吓得闭紧了眼,死死地抓住那女人的衣角,却一声不敢哭。那个女人叫夏秋之,她的父亲是梨城参政院的最后一任院长,一九四八年举家迁往印度尼西亚,六年后在一股新鲜的爱国热情驱动下,夏秋之又回国读大学,毕业后分配到梨城机械局下属的机械设计研究院当工程师。当时的机械局长就是杜锟,英姿挺秀,气度不凡,权力和地位更加助长了他的魅力,夏秋之的美貌又调动了他的魅力,她是他见过的最美的女人,为得到这样的女人可以不顾一切,作出怎样的牺牲都值得。当时对他来说想征服一个孤孤单单的归国姑娘是太容易了……当夏秋之怀孕的身子再也掩藏不住的时候他离开了她,再美的女人一旦得到了,还要让他为此身败名裂,他就不干了。

她默默地一个人承受了一切,周围遍布凶险,什么事情都会发生,而女儿还太小,把她一个人丢在空荡荡的小屋子里实在是太危险了,在梨城又没有一个亲戚朋友可托,只有带着她一站站地跟着挨批挨斗——自小有着这样经历的夏尊秋本能地或者说是刻骨地戒备、蔑视和仇恨周围的人,不允许任何人靠近自己。她有孤独、软弱的时候,有需要朋友需要男人的时候,但很难让她完全地信任一个人或爱上一个人。表面上看她风姿柔美,雍容静雅,女人能有的一切她都具备,但心理上却有无法弥补的缺陷,她活着是因为仇恨,她生命的动力是报复,她想过许多报复杜锟的办法,却没有一项得以实施。她读书读得好也是因为要给母亲争气,要报仇,可她成了教授之后却感到要报复杜锟更困难了,如果她是普通的女工,早就豁出去了,有的是报复杜锟的办法……但,她知道自己的心再不可能被温暖过来,有意或无意地抗拒友情或爱情,人们怎么会说她跟简业修有了非同寻常的关系?难道她在不自觉地重蹈母亲的覆辙?她不能否认喜欢简业修,否则就不会为他的被抓这么焦虑不安。也许是喜欢简业修看她的眼神,崇拜而胆怯,疯狂地暗恋着她,见了她又拘谨得手足无措。她是非常清醒的,时时都在防备着这种崇拜背后的贪欲,自己一旦被他得到,男人眼里崇拜的光就会消失。当年杜锟肯定也用这种眼神看过母亲,母亲的悲剧就在于没有抵御住他最初的崇拜。简业修这个举止犷悍的小官儿出身平民,在他眼里自己就是高不可攀的女神,她喜欢被人当成女神一样崇拜和供奉,她喜欢有权有势的人围着她转,供她差遣……在这种差遣中她确实对简业修有了好感,他非常能干,在自己的领域纵横捭阖,顶天立地,却又不失下层人的朴厚和忠诚。

许久,她才抬起头,又拿起话筒熟练地拨了一个号码,话筒里传出一个男人厚重的声音,先是英语,后是广东腔的普通话:"这是吴虚白的录音电话,此时他不在家,听到嘟的一声请留言。"夏尊秋哐当一下把话筒放下了。过了一会儿她又拨通了这个电话,待吴虚白的那一套废话说过之后她开了口:"虚白,我是夏尊秋,今天晚上本应该把在建筑师年会上的讲稿写好,可是被一种无名的孤独缠扰,很想你……"她突然又生气地把电话撂了！她在办公室里走动着,抑郁而困厄……她出了办公室,楼道里亮着灯,各个办公室却都漆黑一片,只在楼道尽头还有一间屋子里亮着灯,她敲敲门,里面有人应声:"请进。"她推开门,本系的教授田才清正在电脑上画着建筑图形……她问:"田先生有烟吗?"田才清发愣,老先生留着一寸长的小平头,花白的眉毛却又浓又长,眼有精光,面色细润,一副老少年的劲头,用疑疑惑惑的眼光盯着自己顶头上司:"你是不吸烟的呀?""现在想吸。"田才清拿出烟,递给夏尊秋,并为她点上火。问:"要不要再来上一杯葡萄酒?"夏尊秋反常地爽快:"好啊!"田才清从柜子里拿出一瓶红酒,为夏尊秋倒了一杯,也给自己倒了一杯,两人碰了杯,各自都饮了一大口。

　　天,比地阔,比地高。一飞冲天,既能扶摇直上九万里又可随心所欲地翱翔于白云紫气之间,可谓最清高自由、豪放无羁了——飞禽中的霸主,可数鹰。制服鹰的办法就是"熬"——抓住生性凶悍的野鹰,至少要熬它七天七夜,不许它闭眼睡觉,前几天也不给它东西吃,待到快要将它饿坏了,饿得它不那么狂暴躁烈了,就喂它裹了肉的麻团,麻团不能消化,在排泄的过程中刮掉鹰肚子里的一部分油。它饿了不能不吃,吃进粗麻又不能不拉……就这样,把鹰身上的脂肪一点点地刮净了,再加上长期不让闭眼的煎熬,鹰驯服了——审问犯罪嫌疑人,最古老最常用也被视为最有效的办法就是"熬鹰"。

　　也许此时是深夜,也许正是当午,几个一百多瓦的灯泡从不同的方向照射着简业修,他已经记不得在这间分不出夜晚和白昼的房间里呆了有多长时间了。四面八方满眼都是"坦白从宽、抗拒从严"的大标语,这对一个刚走进这种地方的人造成极大的威压,简业修刚来时的无比愤怒渐渐被恐慌所替代,还没有听说过有进到这种地方来还能清清白白走出去的人,欲加之罪何患无辞,哪个庙里没有屈死的鬼?这种沮丧的紧张感非常之强烈,像虫子爬满全身,一点点往他的骨头里钻,挥之不去,比他面临的实际危险本身更让他受不了。审讯员的鄙视、厌恶和蛮横让他相信抓他是有来头的,不仅不是误会,他已经成了十足的人渣,不再是国家的处级干部,也好像从来没有做过一点好事……再这样熬下去连他自己都会怀疑自己有罪,人大概就是在这个时候最容易胡说八道,能把是自己的和不是自己的问题都揽到自己头上。他记得读过一篇文章,文章里说越是有身份的平时活得体面的人,比如领导干部、风光体面的企业家,一旦被抓进来精神崩溃得最快,坦白交代得最彻底,甚至胡攀乱咬。因此简业修讲明自己的冤枉之后,对审讯员那些根本不着边际的怀疑和提问就不再吭声了。审讯他的人采取车轮战法,轮班休息,却不让他休息,也不给他饭吃,不给他水喝,他从被抓进来就没有吃过东西,饿得已经没有饥饿感了,开始还出虚汗,由于身上的水分一点点地在熬干,渐渐也无汗可出了,他疲惫地闭上眼睛。

审讯员走近了用脚尖踢踢他:"哎,醒醒!你到这儿是睡觉来啦?"简业修睁开眼睛,他怎么可能睡得着?他拼命想算出被抓进来多长时间了,他是在剪彩现场,当着副市长、夏教授和一大片看热闹的群众被抓的,会成为梨城一件轰动性丑闻,即便卢定安在事前不知道,事后也不可能不知道了。依照卢定安跟他的关系,知道了不可能不过问,他至今还呆在这里边,就是说连市长也救不了他,他还能指望谁呢?最苦的就是老爹了,不知他老人家还能不能经得住这次打击?这一下把于敏真也给治了,你不是要闹别扭吗?闹吧,把老公闹到班房里来了。简业修后悔,早知有今天两口子又何必怄气,于敏真精明能干,人样子也足拿得出手,其实是个挺好的女人……好又有什么用?他简业修自信也是个好干部,有许多机会他可以贪、可以占、可以拿、可以胡乱糟蹋,他没有贪、没有占、没有多拿、没有任意糟蹋,结果又如何?早知今日他当初为什么不贪不占不拿不糟?倘若他真贪真占真拿真糟了,现在也许还什么事都没有哪!所谓好人,不一定其人的心真好,或一直好,好人不过是一种色彩,一种标签,它会推动你帮助你强制你去做好事,于是好人就一直当下去。直到有一天就像他一样好得翻了船,被人陷害,或好心不得好报,大伤了好人的心。如果这个好人还有机会重新选择,他就会成为坏人,至少不再轻易做好事,这便恢复了人的另一面,开始扮演坏人……

审讯员见他痴呆呆一语不发,就问:"又饿又困,是不是?"简业修看着他,不知该不该实话实说,也许这又是一个圈套,就反问:"所有到这儿来的人都要受到这样的待遇吗?""你觉得这待遇怎么样?滋味儿不错吧?"审讯员一指墙上的大标语,"简大主任,你如果嫌这儿的待遇比你在外边的花天酒地差了一点,就来个痛快的,把问题一下子都说清楚,回去踏踏实实地吃饭睡大觉,等待宽大处理。"

简业修无话可说了。审讯员又叮问一句:"怎么样?说吧!"简业修有气无力:"该说的我都说过了。"审讯员突然大喝一声:"你跟夏尊秋是什么关系?"简业修被吓了一大跳:"夏先生?""什么先生,别装傻,就是梨大那个娘儿们,她很漂亮是不是?你们这些人利用手里的权力,吃着碗里的,还占着盆里的,想着她的人不少,还有比你官更大、权力更大的……说吧,为什么你能得手?"

"得手?"简业修看到一脸邪恶,他试着咬咬自己的舌头,武侠小说里写过处于绝境中的人可以咬舌自尽,此时如果能痛痛快快地一死了之,也许是最好的选择,以死抗议对自己的诬陷,洗刷清白,不失豪壮。更要紧的是避免挺不住的时候胡说八道,千万不能给夏先生泼一身脏水,她太优雅、太干净了,她如果因他而受到玷污,他还真不如死了好!她身上集中了他对女人的所有梦想,因为他出身贫贱,就格外倾慕雍容华贵的女人,而且天生喜欢比自己年龄大或身份高的女人。当初他选择于敏真做妻子就是因为她出身高级干部家庭,年龄也比他大半年,这跟他从小常和比自己大的女孩儿在一块玩儿有关——简玉朴不许他跟小无赖们往一块凑合,而同福庄跟简业修年龄差不多的半大小子不是无赖的还真不多,他就只好跟大自己几岁的邻居杨美芬玩儿,当父母发现有点不对劲的时候,他已经说不清道不明地迷上了丰满成熟的小洋马,大人叫苦不迭,都说是小洋马诱惑了他,把他教坏了……事实证明,他并没有学坏,倒是杨美芬后来嫁给只有半条命的刘玉厚未免就太惨了!夏尊秋大概也大他一两岁,但她是博士生导师,他崇拜她,从不敢对她有非分之想,只有在睡着了的时候,才做过一些跟夏尊秋有关系的美梦。如果他从此再不能有自由了,此生最大的遗憾可能就是没有向夏尊秋表示自己的心迹,他相信夏尊秋对他也有好感,他把所有大工程的设计项目都交给了夏尊秋,不仅成全了她自己,也成全了在她领导下的整个建筑系,建筑系一年级的学生就可以画图挣钱,老师和学生像供神一样供着他们的夏主任。因为夏主任可以揽来设计项目,有项目就有收入。对这一切夏尊秋心里不可能没有数,她有才华,有美貌,还应该有与之相匹配的钱。他的项目给谁都是给,为什么不给自己的老师呢……万一在控制不住的时候把这一切以及心里对夏老师的渴念或者说是暗恋都说出来,那就不是人了!既臭了自己,又脏了老师。可他用门齿下力一咬,嘴里有了血腥味,疼痛也立即使他清醒了,看来断舌自尽是不可能的。他只能闭着嘴咬舌尖,如果想咬舌根就得张嘴使劲向外吐舌头,那审讯员就会看见加以阻止。审讯员见他表情怪异,嘴里乱鼓游却不出声,就下手掰开他的嘴,简业修满嘴是血,审讯员吓了一跳:"你怎么回事?"简业修的舌尖还没有咬断,说话仍然不成问题:"没事,是牙龈出血。"

审讯员当然不信:"看不出啊,你这个人还够艮的!是不是有点饿了?好吧,我给你拿点吃的东西来。"审讯员可能以为他咬舌是为了饮血解渴,到隔壁什么地方端来一碗面条,上面没有菜码却插着一双筷子,送到简业修跟前,"吃吧。"

简业修不大相信审讯员真的会把这碗面条给他,试着伸手去接,面条真的到了他的手上,他赶忙说了一声:"谢谢。"然后拔出筷子挑了一口送进嘴里,还没有嚼就张嘴皱眉险些又把面条吐到碗里。审讯员问:"怎么啦?"简业修勉强把嘴里的面条咽下去:"没什么。"审讯员笑着说:"简大主任就别太挑剔了,不过多放了一点盐嘛。凡是刚到这个地方来的人,都心虚出汗,多补充点盐分免得虚脱。"也许他说得有道理,简业修实在是饿坏了,低头把那碗冰凉而齁咸的面条一会儿就扒拉到肚子里,不用细嚼地囫囵往下吞,凉和咸也就无所谓了。很快,他就知道又上当了,吃完了咸面条口渴难挨,忍不住对审讯员说:"能不能给我一杯水喝?""想喝水?你可真够讲究的,到了这个地方还摆谱儿！"审讯员又到隔壁端来一杯水放到自己眼前的桌子上，"看见了吗，水就在这儿，你讲完了就可以喝。""讲什么？"

审讯员突然暴怒："简业修，别傻了，讲你没有把活儿交给民信，却收了人家五万块钱，最后你把活儿给了土木集团，他们到底给了你多少好处？"

简业修耐不住干渴，也大声为自己辩解："我跟你们说过好多遍了，我没有收民信公司的一分钱，林洪仁送到我家的那五万块钱当时就给退回去了，我不想再重复这个过程。至于土木集团，我本意并不想把建造大楼的工程交给他们，因为我不信任他们的总经理，但我又不能不同意把活儿给他，因为他的父亲是我的区长，大楼是区里批准建造的，交给谁干并不由我一个人说了算，直接领导我的是管城建的副区长，还有区里上上下下许多人都要买区长的好，我怎么能左右得了局面？我建造这栋大楼的目的只有一个，就是尽量完美地体现导师完美的设计，为这个城市立一座丰碑，树立一个建筑学的样板。在这个过程中我问心无愧，没有丝毫见不得人的勾当。如果说我有错误，就是不该建造这样漂亮的大楼，应该多建住宅楼，我的母亲就是在老平房里被煤气熏死的，老天已经惩罚了我……你们粗枝大叶，草菅人命，抓我当替罪羊，就不想想这会把我给毁了吗？我的一生叫你们几天就给葬送了……"

他说着说着觉得头疼欲裂，先是用手抓，用拳头打，越抓越打疼痛越烈，眼晕地旋，突然从小板凳上跌落到水泥地上，身子打着滚儿，狠命地以头撞地，头脸开始出血……审讯员开始以为他在演戏，冷眼旁观，后来见他真的要寻死，两个人跳过来把他掐巴住。"你怎么了？"

"我的头疼得像要炸开一样。"他脸色焦黄，大汗珠子哗哗往下掉，显然不是装的。"你以前有这种毛病吗？""……没有。"简业修疼得睁不开眼睛，渐近疯狂。

审讯员找来医生，给他吃了止疼片，用绷带包扎了脑袋，然后把他送进了监号。

这是一间大关押室，里面关着四五十个人，或躺或坐，几乎没有简业修可呆的地方。这不是正式的监狱,没有床铺,墙边有个茅坑和水管。简业修的头疼有所减轻,但仍旧发沉发木,稍一动弹里边好像有个铁球在滚动,疼得他一阵阵眼前发黑,就在门口站脚的地方抱着头强挤着蹲了下去。他连好奇心都没有了,低头闭上了眼睛,就在他这一闭眼的工夫从四周飞来一阵拳脚,兜头盖脸地一通猛揍,把他打趴下了。他护着脑袋从地上挣扎着站起来:"你们要干什么?"

他眼前一片丑陋、邪恶、讥讽和麻木的脸:"你还问干什么?你懂这儿的规矩吗?进门就想坐下,这里面有你坐的地方吗?""对,老老实实地站在门口交代罪行,你得过这道鬼门关。""我们都是鬼,鹰头就是我们的阎王爷!"

简业修好像记得听人讲过,犯人打犯人比警察更厉害……他有点发蒙,还没有想好怎么应付,同室的人一边逗弄、嘲骂着他,一边就这个打一拳,那个踢一脚地又攻上来了……"你小子是干什么的?怎么也到这里边来啦?""看你这个白白净净的样儿,像个知识分子,要不就是个当官的……""你也有今天啊,你们这种人更坏!""对,老七,替我踹一脚!"

简业修被打急了,发疯一般地抡起拳头,对着眼前的丑脸乱打。他身高力不亏,又是一副不要命的架势,还真给自己打出了一块空间,并恶狠狠地说:"我在外边也听人讲过,新来的犯人要受老犯人的气,告诉你们,我不是犯人,不受警察的羞辱,也不会受你们的羞辱,反正我是不想活了,你们要想在我身上找乐子就下狠手,三下五除二地把我弄死,也算帮我个忙,我谢谢你们。但别想在我身上取乐,别跟我逗愣,那我就跟你们拼命,直到拼死为止。来吧!"满屋的嫌疑犯都被他说愣了:"呀,还挺硬。""看着像个当官儿的,实际不是。""对,当官的进来没有俩小时就尿了,肚子里有什么就会吐露什么……"堵在门口自称是鬼的这一帮人,回头看看坐在里边的一个威猛的疤瘌脸,疤瘌脸显然就是这个号子里的鹰头了,他锥子似的目光死死地盯着简业修,号里其他人都不再吭声。每进来一个新人,就是给号子里送来一场节目,如果小鬼们治不了的,最后鹰头就得亲自出面。僵持了一会儿,鹰头紧绷绷的疤痢脸松弛下来:"进来,到里边坐。"

城厢区区长顾全德看上去是个非常强壮的人,大头阔脸,背宽腰粗,也许就因为本钱雄厚平时不在意,才落下了一种叫"老寒腿"的病。他皱着眉,咬着牙,一瘸一拐来到机关的小医务室,男医生还在吃饭,屋里坐着几个中午休息来聊闲天的人。一见区长的样子,医生赶紧放下筷子,拿针具,顾全德从牙缝里往外挤字:"你吃完饭再说……"

"您这个样子还让我吃得下吗?"医生拿出像铅笔一般上方下圆的银色粗针,扎进他的小腿里,还要不停地在肉里拨弄……有两个人看得眼晕,扭过头去。另一个人问:"我说大夫,你这是扎针还是捅炉子? 怎么还在肉里搅和?"医生回答:"刺激神经。"

顾全德的头上冒汗了,医生用问话转移他的注意力:"昨天怎么没来扎?""在外边赶不回来。""那夜里能扛得住吗?""靠止痛片眯瞪了一会儿,不光是疼,有时候两条腿还没有知觉。""我可不是吓唬您,再不坚持治疗,这两条腿可有保不住的危险。""有时疼得我真恨不得锯掉它,换双假腿就一劳永逸地解决问题了。""到什么时候假的也不如真的好。"顾全德摇头:"难说,如今假情假意有时候比真心实意还奏效,假话比真话吃香,假发比真头发时髦,假酒打败真酒,你嘴里安一颗假牙,早晚会把真牙都磨活动了,最后还是假的战胜真的。"

屋子里的人都笑了:"区长您是怎么琢磨的?"

医生拨弄完左腿,扎上四五根颤巍巍的银针,又开始拨弄右腿……一会儿工夫顾全德就又挺起来了,向医生说了客气话就赶紧回办公室。两点钟,他和房管局长周原陪着一群特意请来的房地产开发商考察同福庄,其中有民信公司的林洪仁,最招眼的是杜觉,他的衣着、神态就如同羊群里的一只骆驼。顾全德边走边说:"感谢诸位老总能赏光到城厢区来,危房改造是民心工程,也是体现党心的大动作,你们提出什么样的要求都可以商量,别看眼下这儿破破烂烂,同福庄可是老城的中心,过去曾经是黄金地段,改造好了仍然会寸土寸金。"大家都看杜觉的眼色,他不说话,谁也不愿意先表态,林洪仁打破了沉闷："顾区长,你那个管城建的赵副区长呢?""到党校学习去了。"
"哎哟,平房改造这么大的工程就得靠您一个人顶着啦!""全仰仗各位老
板来投资开发。""您能拉来杜总就可以大放宽心了,土木集团财大气
粗,河口区一百八十万平方米都不够他吃的,一个小小的同福庄算什
么?"杜觉不予理睬,皱着眉头走到前面,顾全德跟上去,其余的人也在
后面跟了上去,杜觉不说话,大家却七言八语地不谈正题。顾全德试
探杜觉:"杜总是不是在暗自算账?"

杜觉好似很不情愿:"怎么算怎么不划算,人口密度太大,容积率
上不去,怎么算都算不下来。"他从口袋里掏出计算器边算边对顾全德
讲,其实是讲给所有的人听,"四万平方米的平房,一千七百五十户,规
划建筑面积十五万平方米,还迁八点九万平方米,剩余六点一万平方
米,出房率百分之四十一。每平方米成本一千一百元,要投入一点
六五亿,余房出售按每平方米一千六百元,可收回九千七百六十万,还
亏六千七百四十万……亏得太多,谁也贴不起。"在场的人全听傻了,
从心里服了——杜觉不光是会算,算得精,算得细,更惊人的是算得
快,其他人连听还没有听明白哪! 林洪仁叫人感到奇怪和别扭,杜觉
本是他民信公司的冤家对头,今天他却总是上赶着杜觉说话:"不服不
行,杜总这脑瓜儿真好使,钱就应该叫人家赚!"

杜觉仍然不屑于答话,只对顾全德说:"顾区长你放心,河口区的
事我可以不管,因为我父亲在那儿当区长,我就是赔了钱,别人也会以
为我赚了大钱,我在河口区办了好事,人家也不往好处想。但城厢区
的平房改造我一定会参与,我想办法拉几个外商来,再让他们自己算
算看,说不定就有人会看中这块地方。"

"谢谢。"顾全德点点头,心里却不甘心,他们好不容易把各路神仙
请来,老希望能签个意向书,不能就这么让杜觉用冷水给泼散了,他带
着开发商们转遍了同福庄,嘴里老说,"钱的事好办……"开发商们都捧
着杜觉,杜觉矜持一会儿也就当仁不让了:"区长,现在最不好办的事就
是弄钱,钱就是力量,有了它才能畅行无阻,没有它民心也好、党心也罢
都是有心无力。"周原插嘴:"我们有最优惠的政策,政策也是钱。"

杜觉有一种近乎冷酷的精明："前几年还行,现在到处都想用政策换钱,闹的政策不值钱,空有一堆政策却换不成钱。"

周原看不惯杜觉的傲慢和张口闭口就是钱,抢白了一句:"金钱真是罪恶之源!"

顾全德赶忙把话接过来:"哎,世界上没有任何一种东西是罪恶的根源,全在人怎么看它。"

杜觉拍手:"还是顾区长英明,金钱从来没有像现在这样已经成了人们心理和灵魂的航标,金钱的亮光越来越强烈,正在掩盖现代人生命本身的色彩。"

顾全德厌烦这些空论,几次想把话题拉到平房改造的具体问题上来,都很快就被岔开,因为老板们还没下决心,缺少诚意。他甚至后悔组织这次活动,快天黑了只好带他们在同福庄找一家有特色的饭店用餐,一下午毫无收获,还得赔上一顿好吃好喝!

晚上的同福庄,比白天还要活跃。只有十二岁的姚雷,对一个年龄比他更小的男孩儿一晃手里的钥匙:"刘志!"叫刘志的男孩儿看见钥匙眼睛一亮,立刻跟上了他。姚雷又来到另一排房子前,对另外两个在胡同里晃荡的男孩儿同样显摆一下手里的钥匙:"二虎、李小朋!"那串钥匙就如同迷魂药一样,二虎和李小朋便也同样兴致勃勃地跟上了他。姚雷带着三个小伙伴走出胡同,站在胡同口逗傻子的红毛问了一声:"姚雷,干吗去?"姚雷不回头,只是扬了扬手里的钥匙,红毛也随即跟了上来。他们来到道边"天福时装店"门口,旁边停着一辆蓝色大发面包车,姚雷熟练地打开车门,坐到驾驶员的座位上,发动汽车,那几个小子嘻嘻哈哈地上了车,打开车窗,面包车晃荡几下便跑了起来。红毛掏出烟卷儿,给每个小家伙发了一支,一个个都像模像样地抽起来。姚雷驾驶着大发车像疯了一样在城里较清静的大道上兜风,窗外忽明忽暗,各色霓虹灯一闪而过……兜了几圈之后,红毛招呼姚雷:"姚雷,在河滨公园的南头停一下。"

寿河自北到南纵穿梨城市中心,到城南端向东拐去,直奔大海,拐弯的地方已经出了市中心,非常清静,到晚上便是情人们的世界,俗称"情人弯"。车停下来之后,红毛向几个小家伙布置任务:"等一会儿我带你们去个好地方找点乐子,现在得先去搞点钱!"他们下了车,走进狭长的公园,花丛、草边和树下的长凳子上,依偎着一对对情侣。姚雷、刘志一拨儿,二虎、李小朋一拨儿,他们突然出现在一对相拥的情侣面前,一个向男的伸出手,一个向女的伸出手,开口唱道:

> 大哥大姐河边抱
> 河水也在哈哈笑
> 一笑大哥多英俊
> 二笑大姐模样俏
> ……

情侣先被吓了一跳,然后嘻嘻笑着赶紧给了他们一张票子。他们收起钱又往前走,碰到了一对中年男女,唱词又变了:

> 叔叔阿姨河边逛
> 恩恩爱爱好风光
> 天上比翼双飞鸟
> 人间织女配牛郎

中年男人也慌乱地塞给他们一张票子……姚雷、刘志也在另一团暗影里唱了起来:

> 大哥给张十元票
> 积德行善盖了帽
> 日后遇到麻烦事
> 小弟为哥肋插刀

他们看到一对年龄不相称的男女,唱道:

> 不是夫妻是情人
> 情人更比夫妻亲
> 谁敢多嘴坏好事
> 叫他生疮烂舌根

那男的突然恼了:"你怎么知道我们不是夫妻?"姚雷挤咕着眼睛伸出手:"是不是夫妻先给十块钱吧。""你们是干什么的?""要饭的。""要饭的一张嘴就敢要十块!"红毛从黑影里走出来,用恶毒的眼神看着情人们:"在你们这种幸福的时刻,这俩钱还不是小意思嘛! 快给他们吧,别搅了你们的好事。"那年轻的女人胆小怕事,赶紧掏钱……

他们就这样一对对地要过去,凡有一男一女在一起就决不放过,许多男人都愿意在女友面前充"大头",忙不迭地交了钱。也有的男人要在女友面前逞能充英雄,非但不给钱,还厉声呵斥:"小流氓,滚开!""哎,不给就不给,别骂人,我们是流氓流到你女友的哪儿啦?""你找死呀?""我们这臭要饭的,死了也没人心疼,你要死了,这女孩儿可就归别人了!""我叫警察了!"一提叫警察,就说明那男的尿了。"警察是你爹呀?"

红毛骂骂咧咧地领着小家伙去找下一对倒霉的情侣。他对姚雷说:"凡是实在不给的,咱们也不强求,等一会儿再收拾他们。"几个小家伙在"情人弯"搜刮了一遍,最后把钱都交到红毛手里,红毛数了数,喜笑颜开地放进口袋,却发着狠说:"走,去收拾那几对不给钱的。"他们每人都在地上抓了两把石子、土块,进了花园躲在灌木后面,向着没有给钱的情侣一通乱砸……情侣们大呼小叫:"哎哟,这是谁呀,这么缺德?"偷袭的人并没有停手,石子、土块仍像冰雹一样劈头盖脸地砸下来,情侣们知道来者不善,赶紧抱头鼠窜。给了钱的情侣感到庆幸:"你看,刚才多亏给了钱!"

他们把不给钱的情侣打跑了一对又一对,最后一对要跑的时候,红毛走出去拦住了女的:"你不能走。""你们要干什么?""跟你玩玩儿。"
"我给你们钱……""现在想给已经晚了,瞧你交的那个倒霉朋友,先是
小气,十块钱都不肯替你出,然后是一出事自己先脚底抹油——溜啦,
丢下你就不管了,你跟这种男的有什么好? 还是跟我们到歌厅好好乐
呵乐呵吧。"那女孩子哭了。刘志几个年龄小的有点害怕,拉拉姚雷:
"咱们走吧。"红毛拉住那个女孩子的手:"走!"

第 8 章

　　早晨,卢定安一上班先顶着门找到了市委主管政法的副书记常以新。常以新觍着一张公事公办的官脸,表情生硬,从卢定安一进屋,他就猜到极少光顾他办公室的市长是为什么事而来了,但他不吭声,直愣愣地看着卢定安,就是要等他自己开口。说心里话,连卢定安也有点憷头跟常以新打交道,他甚至感到这有点荒唐——恐怕没有人知道眼前这个人有过什么业绩,却当了这么多年的副书记。大概就凭着他这张拒人于千里之外的四棱子脸、一身死板僵硬并带有几分土气的装束和满嘴外地口音——大家愿意相信这样一个人适合搞政治,适合管组织和管政法……这是谁的错? 既然已经来了,憷头也得张口,卢定安说:"以新同志,我想请你亲自过问一下简业修的案子……"

　　"不过问也不行了,"常以新硬邦邦地顶了回来,顺手把桌上的一份材料推到卢定安眼前,"来书记作了批示,一查到底,查到谁算谁!"常以新眼睛直视卢定安,一副无所顾忌的样子,好像手里抓住了什么足以致命的东西,这就使得他的话格外刺耳,令人不寒而栗。

　　卢定安身上有股巨大的轻蔑和怒气在颤动,不得已也摆出了架子:"好啊,现在查到了谁? 查出了什么?"他真的一掉脸子,常以新又有点怯:"还正在查着……""那你就好好地查,我等你查到底,看你能查到谁? 但我要提醒你,在事情还没有查清之前,先不要定框框,胡乱猜疑,尤其不要借机挑拨市委和市政府的关系,制造书记和市长的矛盾,这个责任你可担不起!"

　　常以新蒙了,卢定安居然说自己跟书记之间的矛盾是他挑唆的,在梨城常以新还从没有遇到过敢这样跟他说话的人,这才叫横的怕愣的,愣的怕不要命的! 这位在梨城被称为"比法还大"的人物不由自主地从沙发椅子上站起来,愣愣地无言以对。不是他没有词儿,是怕再继续激怒卢定安,至少目前还用不着自己单独站出来跟卢定安公开干……想到这儿,他指指办公桌旁边的沙发说:"市长别着急,坐下说。"

卢定安没有坐,但缓和了一下口气:"法的生命是理、是证据,如果是凭空陷害,到最后你什么东西都查不出来怎么办呢?""市长的意思……""应该实事求是,就事论事,查不出问题就立刻放人! 不要先定罪后抓人,上纲上线,屈打成招。"

常以新直眼看着卢定安,从心里倒生出几分佩服,他原以为一搬出书记的批示,卢定安为了避嫌,证明自己不是简业修的后台很可能就掉头而去,从此不再过问这个案子。孰料他的火气更大,居然冠冕堂皇地站出来保护自己的哥们儿! 有种,给这样的人当兵还值得,但跟这样的人作对可就要小心了。卢定安见真的把常以新镇唬住了,他倒没有完了,又逼问一句:"我什么时候听你的信儿?"常以新口是心非地应付着:"我马上去法院,一有消息就向你汇报。"

"还有,以后你们再抓重要岗位上的干部,请提前跟我打个招呼,至少要跟主管的副市长通个气。市政府刚决定提拔简业修到危陋平房改造办公室担任副主任,这你也不是不知道,紧跟着你们就抓他,是什么意思? 是冲着政府来的,还是想拆危改的台? 我希望你们是就案办案,不要因人立案。"

常以新再不吭声了,双唇噘起,不阴不阳地干笑,他不知眼前的这位市长大人还会扔出什么话来。卢定安怪里怪气地盯着他,突然转身走了。他上午的日程安排是去滨海新区和经济技术开发区,他上了车却对司机说:"小刘,先到钢铁总厂打个晃。"罗文拿出手机:"要不要通知他们的头头?""不用,直奔高炉车间。"钢铁总厂坐落在红庙的居民区里,当年时兴把工人新村建在工厂旁边,为的是让工人上班方便,工厂出了事故找工人也方便,便于培养"以厂为家"的主人翁精神。现在却给工厂的发展造成大不方便,污染、噪音干扰了居民生活。居民包围着工厂,工厂无法扩展,工人和家属进出工厂方便,以厂为家,到厂里洗澡,到厂里灌水,孩子们到厂里玩耍,厂里有什么往家里拿什么。眼看工人新村越来越拥挤破旧,工厂也一天天地萎缩,失去了钢铁企业原有的轰响、火爆和热烈。但卢定安是从这里出去的,对这个日见破败的老厂却有一种特殊的感情,有事没事地总想往这儿跑。司机熟门熟路,把车一直开到高炉车间门口,卢定安下车先围着车间转了一圈儿,然后才钻进车间,边看边和工人交谈。有人认识他,赶紧告诉车间主任,主任又给厂部打电话,厂长苏敬联带着几个人急忙往高炉车间赶……卢定安问一个工人:"别的车间都吃不饱,就你们这儿还不错嘛。"

工人高声回答:"是啊,风水轮流转,也该我们高炉车间威风一下了。""这车间里哪还有地方再建一座高炉?"车间主任走近了把话接过来:"把车间打开,向外扩展一块。"卢定安仍是怀疑:"外面也没有多少地方呀?"苏敬联一伙人赶到,一一和卢定安握手,带着应有的客套和无由的崇敬:"市长来也不提前打个招呼。"卢定安回到自己的老厂尽量表现得自然和随便:"我见到你们的报告了,今天从这儿路过先进来看看。"苏敬联抓住机会赶忙提要求:"请市长快点批,我们还指望再上一台高炉,增强点竞争实力。"卢定安却直截了当:"恐怕不能批,居民区里不能再发展重工业和化学工业,这纯属短期行为,即便我让你们把高炉建起来,过不了几年还得拆,不拆就得遭后代子孙的咒骂。"苏敬联焦急:"眼前几万名职工和家属的吃饭问题最要紧,以后的事只能到以后再说了。"

卢定安不想掩饰自己的失望:"吃饭有各种各样的吃法,饭的质量和品种也大不一样,要出去参与国际竞争,不要退到家里来搞低层次的竞争,那会越竞争越退步。"厂长继续叫苦:"以我们的条件出去竞争谈何容易!"卢定安摇摇头走出车间,他隔几天不来就想自己的老厂,来了看到这个破烂样子以及厂里头头们的窝囊相,禁不住又会生气,生气也不敢批评得太多,这些人毕竟都是他过去的老同事。他耷拉着脸和大家握手告别,似乎听到后面有人出言不逊,即使听不清他也能猜得出那些人在说什么,也肯定会埋怨他是从这个厂出去的却不给这个厂面子,吃里爬外,翻脸无情,人一当官儿就是这副德行……那干什么还要到厂里来呢?卢定安给他个不听不想,低头登车,扬尘而去。

滨海新区——这是卢定安的眼珠。由原来梨城的东湾区,再加上经济技术开发区、保税区、港口,组成一片临海的新城区。大道格外宽阔,纵横交汇处牵引着一座座高架桥,在近千平方公里沿海平原上织成立体道路网。这里基础设施完备,服务功能齐全,展示了现代人在一片开阔地上可以任意规划自己未来的能力,体现了现代科学技术所给予人们的想象力和对完美主义的追求。新区重点发展现代工业、交通、能源、电子以及诸多外向型产业,以外资、中外合资、新兴的国有大企业为主,每一家企业的厂房都漂亮得像一道景观,工厂主们争相在企业外观上标新立异,争雄斗富,成为梨城人的经济生活中一道亮彩。往常,卢定安一直抱怨自己不会笑,在会议上,在电视上,他总是板着那张长脸。长脸人本来就不大讨人喜欢,而一个市长是不能不关心自己公众形象的,他很希望新闻记者们能把他拍得好看一点,笑容可掬,亲切自然。可惜,梨城的记者多粗心,他们如果观察得仔细一点就会发现,卢定安一来到新区常会情不自禁地发笑,有时还会满脸开花。但今天例外,他从早晨就心气不顺,来到新区仍旧是一脸冰霜,疾步如飞,新区规划局局长姜明,跟在他屁股后面,喋喋不休地解释着什么……

卢定安忍无可忍,终于停住脚:"你别说那么多废话了,我只问你,寰球公司是怎么被放走的?""我们的地皮要价太高了,光想着寰球是世界上著名的大公司,他们有钱,谁料青岛不知怎么得到消息,提出地皮不要钱,无偿供给寰球使用,所以美国人就去了青岛……""嘿……叫我说你什么好啊?我苦口婆心磨烂了嘴皮子,好不容易拉来的项目却叫你又生生给挤对跑了!你就不想一想,你一亩地多要一万,一百亩才有多少钱?寰球公司的第一期工程至少就得投几千万美元,整个公司建起来要几个亿,他们的工厂不是建在我们的土地上吗?他们不是给我们的政府交税吗?更不要说还会给我们提供几千个就业的机会……"姜明被骂得大汗淋漓,低头无语。卢定安却仍不解气:"你不要像个土财主一样,见了外国人就想扒人家一层皮! 要不怕外国人到梨城来赚钱,要让人家来了有钱可赚,有利可图,人家才会来嘛。邢主任,你给他讲讲,你们开发区是怎么做的。"梨城经济技术开发区的主任邢力站到前面,却有些尴尬,难以开口。这有点像小学生背书,一个学生背不下来,老师就让另一个学生背出个样子。卢定安催促:"讲啊,我告诉他的他不一定信,信了也不服,服了也记不住,现在你当面讲给他听。"

别人也幸灾乐祸地在旁边鼓动……邢力只好开始背书:"我们始终坚持的宗旨是视投资者为帝王,项目是生命,为投资者提供方便,让投资者赢得利润……"卢定安:"还有哪,继续说下去。"邢力:"想投资者之所想,急投资者之所急,把问题留给自己,把方便让给企业,为投资者提供快节奏、高效率的服务,加快项目成熟。"

卢定安看着姜明:"听到了吧? 国家考核所有省市级开发区,在十二项指标中我们的开发区有十一项是第一,现在你明白是什么原因了吧? 姜大局长,请你去把寰球公司给我请回来,请不回来就请你也别再回来了。"

在场的人全都一惊,这等于撤了姜明的职! 卢定安总是发青的双颊开始泛出红潮,鬓边的红筋绷得老高——他只有在遇到大事、真动了肝火的时候才会这样。今天该下面的人倒霉,早晨一上班就为简业修的事发了一通火,刚才在钢铁总厂又气得长脸青里泛紫……他加重语气再一次强调:"告诉你们,今后谁把项目放走,我就跟谁没完! 谁对该承担的事不尽责,我会记你一辈子。我说过多次了,随着世界经济增长重心的转移,在经济增长区域必然会出现一大片城市群,这是世界各国城市发展的一条基本规律。如英国的伦敦地区、英格兰中部地区,法国的大巴黎地区,德国的莱茵—鲁尔盆地,美国东北沿海地区、五大湖地区、洛杉矶—旧金山都市带、达拉斯—休斯顿都市带,日本京滨、阪神都市带,等等。中国目前已经在珠江三角洲、长江流域和环渤海地区,先后形成三大经济增长带和新兴的城市群落,在这种经济增长带上又势必会出现经济中心城市,梨城最有资格担当此任,若是因人为的失误错过这种难得一遇的历史机遇,你们谁能兜得起这个责任?"

人一握有重权,就有了说话让人听的权力,还可以时时处处随心所欲地、堂而皇之地发火骂人。此时罗文的手机刺耳地响起来,他赶紧离开人群去接电话,是于振乾打来的,他告诉对方市长正发火,你是报喜还是报忧? 于振乾说是报喜,罗文就叫他快一点来,市长十一点在开发区会议室有个会,在会前能给他安排几分钟。

接近中午,当卢定安来到开发区会议室的时候,东方电子集团的总经理于振乾也正好赶到,此人额广目深,气度豪华,一派大企业家的风度,兴致勃勃地把几张纸送给市长看:"这是我们和荷兰FLP公司合资的意向书,他们很有诚意,同意让我们占大股……"市长不说话,只是低头看意向书。于振乾则抓紧时间提他的要求:"您也知道,外国人对我们的体制了解得很清楚,找市场更得找市长,他们把钱投到梨城,不见见市长,没有听到您是怎么说的,人家不放心,无论如何您得抽点时间见一见FLP的总裁。"

简业修坐在被告席,胡子挓挲,头发蓬松,衣饰不整,整个人已面目全非。他身后站着两个警察,警察的后面,隔着一个过道是简业修的姐姐、姐夫和妻子,以及河口区建委的一批人在旁听。他感到自己的后背一热一热地像火炙炭烤,那是于敏真的眼睛? 还是姐姐的眼睛? 进门的时候他没有看到夏尊秋,她是不会出现在这种场合的,也许她不知道今天开庭,或者根本不关心对他的审判结果会如何? 他看到了叶华和程蓉蓉,程蓉蓉的眼睛瞪得像个孩子,眼睑抖动,惊恐不安……他奇怪,自己在监号里竟没有太清晰地想到过她。林洪仁坐到证人席,正接受许良慧的提问:"林洪仁,在一九九二年六月八日下午六点钟左右,你行贿给简业修的那五万元现金,在当天下午七点钟的时候,简业修又原封未动地送到你家,当着你妻子姚兰的面退还给你,这是不是事实?"

"没有的事,他这是诬赖,"林洪仁显得异常气愤,"我给简业修送钱的时候有人证,是我的同事陈祥跟我一起去的,把钱交给了他的儿子,两个人空着手一块离开的。他说把钱又退给了我,谁见证? 他从来就没有去过我的家,我想那时候他也不知道我住在哪儿,我妻子是搞销售的,经常出差,那天她根本不在家。"

"林洪仁,我到你妻子的单位调查过了,你妻子确实经常出差,一年中差不多有一半的时间在外面,这是两年多以前发生的事,你怎么能张口就说得出你妻子哪一天在家,哪一天不在家呢?"林洪仁支吾:"……因为,因为那天我给简业修送去五万块钱。"

许良慧逼视着林洪仁:"你是民信公司开发部的经理,跟别人金钱上的交往很多,你都能记住每一个给别人送钱的日子吗?""当然能了。""去年你们承建了光大中学的主楼,给中介人送去十二万元现金,是哪一天送的?"

"啊……"不仅林洪仁张口结舌,坐在原告席上的大胖子房亮也被吓了一跳,这个律师把他们公司的"猫腻儿"是不是都查得一清二楚了?

许良慧:"审判长,我有林洪仁妻子姚兰的单位和姚兰本人的证明,证明一九九二年六月八日下午六时左右,林洪仁的妻子姚兰在家,并证实简业修在那个时间去过林洪仁的家。"许良慧把证据交给一名法警,由法警传送给审判长,并徐徐说道:"林洪仁,让我告诉你,你为什么会不假思索地脱口而出,说两年前的那一天你妻子不在家? 其实你并不记得具体日子,但你不会忘记那一天把简业修退回去的钱据为己有,还跟你妻子商量了销赃的办法,因为你要说谎,才那么急于否认你妻子在家里。"

林洪仁急赤白脸地举起手:"我抗议!"

审判长:"林洪仁,请你实事求是地回答被告律师的提问!"

许良慧眼睛里闪出犀利的智慧:"好吧,让我把过程详细地叙述给你听。那天傍晚,简业修下班回到家,见到你们送去的装着钱的黑包,和你们写的纸条,最初想送到你的公司里去,担心已经过了下班时间找不到你,这种东西是不能留在自己家里过夜的,便只好往你家送。他只听你谈过住在玉华里,却不知具体楼号门牌,只有先到居民委员会打听,是居委会派人把简业修领到你的门口,玉华里居委会和给简业修带路的人都出具了证明,证明简业修进你家的时候带着一个你所说的那种黑包,再出来的时候手里已经没有黑包了。"林洪仁开始出汗。许良慧:"你一定也想问,你的家里断不了有客人上门,居委会的人怎么会记得住两年前的某一天打听你家地址的人呢?那一天的上午,在你们楼里抓住了一个入户行窃的惯偷,居委会有记载。因此那一天进出你们楼的生人,都要经过盘问,对认为可疑的人还要登记,所以大家对简业修的印象也就格外深刻,当我拿着简业修的照片请他们辨认的时候,他们很快就想起来了。"许良慧又把证据之二让法警传送给审判长。坐在原告席上的房亮,怒形于色,狠盯着林洪仁。林则低着头,不敢看任何人。当律师的都是得理不让人,许良慧继续往墙角上挤对林洪仁:"还有,林洪仁,当你起了贪心之后,就跟你妻子商量怎样藏匿那五万元现金,办法有两条,或存进银行,或藏在家里,我们在玉华路工商银行查到了一九九二年六月九日,以你妻子姚兰的名字存进了五万元现金,存期为三年。如果你不是贪污了行贿的款,能说出那五万元是从哪儿来的吗?"

她把证据之三让法警传送给审判长,林洪仁神色大变,精神完全垮了。许良慧说话的节奏有急有缓,此时已控制了局面,胜券在握,眼光和口吻都变得平和了:"审判长、审判员,至此所谓简业修受贿一案的全部事实都非常清楚了,我的当事人简业修是清白的,并证明他是一名经得住审查和诬陷的优秀干部。但是,也不能不指出,林洪仁的诬陷,给简业修的精神和身体造成了极大的无法弥补的伤害,我强烈要求法庭,追究民信公司以及林洪仁的行贿、贪污和诬陷的刑事责任,并由民信公司向我的当事人赔偿精神损失费五十万元。"

法庭上起了一阵轻微的骚动,旁听席上被告一方的亲属朋友面露笑容,叽叽喳喳,房亮则瞪大眼珠子,这个许大律师可真敢开价,简业修的精神会值这么多钱?但在法庭宣判的时候给他省下了三十万,他一下子又觉得捡了个大便宜。自作聪明的林洪仁被判了七年徒刑,却是不轻……向来喜欢快刀斩乱麻的房亮,此刻的心情却是复杂的,制裁了林洪仁让他出了一口恶气,可赔给简业修二十万元的精神损失补偿费,在梨城的历史上也是从来没有过的,又让他感到丢了面子……

于敏真扶着形容消瘦的简业修走出法庭,亲属和同事们在后面簇拥着。于敏真的手机开始忙起来,有人知道今天上午决定简业修的命运,打电话来询问结果,她简单地应答着,一出法院大门,于敏真就抓住许良慧的手:"不知该怎么感谢您,是您救了业修。"

许良慧充满自信但并不炫耀自己:"别这样说,是业修自己行得正做得直,谁为他辩护都会胜诉的。"简业修也对许良慧感激不尽。许良慧安慰他:"这样一折腾也有好处,把所有别人对你的猜测和怀疑,以及泼在你身上的脏水,全都洗干净了,我想很快就会官复原职,别人说不定都会高看你一眼。"

杨静在后边插了嘴:"复不了原职啦,区里已经任命孙石当了建委主任。"

于敏真惊栗,简业修似无动于衷,叶华愤愤:"区里也太性急了,我看他们怎么安排简主任? 按理说今天是给简主任恢复名誉的日子,区里的头头应该来接一下。"

简业修示意他们不要再说了,大家都看见一辆蓝色的卡迪拉克轿车,风驰电掣地奔到高等法院的大门前,在高台阶下很有气派地停下来,杜觉抱着一大束鲜花,走出卡迪拉克,来到简业修近前把鲜花递上:"简主任,祝贺您洗清耻辱,载誉而归。"

简业修一辈子都不想再见到杜觉,更不想在这时候让他看见自己这副样子,极不情愿地应付着:"不敢,只是无罪释放,何誉之有?"杜觉非常诚恳,语气里带着由衷的钦敬:"我全都知道了,您刚出来的那个地方,能清白地进去,清白地出来,多少年来只有您简主任一人,真是顶天立地大丈夫!"

简业修和在场的许多人都听出了杜觉话里的意味,简业修在被关押期间没有不负责任地咬扯土木集团……杜觉是来感谢的,他能来,能说出这样一番话,让在场的人都对他生出了好感。于敏真知道丈夫的心意,立即把话题扯开:"杜总,谢谢你这么漂亮的鲜花。"杜觉继续发挥:"鲜花献英雄,如果在战场上简主任肯定是英雄,如果在敌人的监狱里也肯定是烈士。"简业修越发地不自在:"言重了,言重了!"杜觉一心想把好人做足:"简主任,我欠您的情,公共服务大楼剪彩的那一天我就说在梨城酒店为您摆庆功宴,结果没有摆成,今天中午能请在场的所有人到酒店为您压惊吗?"

简业修不想再站在法院的高台阶上亮相了,他们已经开始吸引过路人驻足观望,就拒绝道:"谢谢你的美意,我心领了,你看我这个样子,难登大雅之堂,只想洗个澡睡上两天再说。"于敏真也为他解围:"谢谢杜总,以后找个机会我做东,请杜总一聚。"

杜觉欣然一笑:"那就恭敬不如从命了,改日再聚。"

许良慧刚想先走一步,听到后面有脚步声铮铮而近,房亮从法庭跑出来喊住了她:"许大律师,等等。"许良慧满脸惊诧,简业修迎住房亮肥壮的身躯,杨静、叶华、程蓉蓉等都站到许良慧的身边,以防不测。房亮着急:"你们这是干什么,以为我打输了官司想报复大律师?"杨静带着明显的不信任:"看你这架势不是没有可能。"房亮绕过简业修的身子,盯着许良慧说:"大律师,咱们是不打不相识,您能不能当我们公司的法律顾问?"许良慧笑着摇头:"谢谢您这么看得起我,但我不能答应。"房亮大脸一沉:"这就不对了,我不记仇,您哪能记仇呢?""我记的是什么仇?""别不告诉您,这场官司输在您手里我输得痛快,输得心服口服,我还应该感谢您把我身边的定时炸弹给挖了出来,花几十万元,认识自己身边的一个小人也算值得,我若是早有您这样的法律顾问,也绝不会闹出这样的事。""房总,我不是驳您的面子,实在是精力顾不过来。"房亮甚感失望,一张大发面饼似的脸白了又红,红了又白,许良慧不忍:"这样吧房总,我不挂名,您有了事可以随时找我。"房亮伸出大手:"一言为定!"

于敏真把自己的白色宝马车也开到法院的大门前,简业修和众人告别,要拉简业青和田超一块上车,被姐姐拒绝了,他们要赶快回去给老人送信。于敏真从里面打开车门让简业修上来,然后缓缓驶去。在汽车里于敏真的移动电话仍然响个不停,她一边开车一边接电话,不断地重复着简业修被释放并得到赔偿的消息和大致相同的感谢话,对方也说着大致相同的宽慰和劝勉的话……简业修对这种关心他的电话突然产生了莫名的厌烦:"把手机关了。"于敏真顺从地关了手机,心疼地斜睫一眼丈夫,一只手伸过来抚摸简业修的手。简业修用两只手回应妻子的爱抚,然后把妻子的那只手送回方向盘上:"好好看着前面。""我现在只想看你……瞧你都瘦成什么样了!"于敏真说着说着竟眼泪汪汪的了。简业修也眼窝发热,这场牢狱之灾冰释了他和妻子之间的种种不快,又何尝不想抱着亲人痛痛快快地哭一场。他从口袋里掏出手绢,那手绢黑糊糊的比抹布还要脏,生气地丢在脚下,但车里比他的身上还要干净,又弯腰把手绢捡起来,照旧放进自己的口袋,于敏真破涕为笑。简业修:"得,你认真把好舵轮儿吧,我看你开车是越来越油儿了。"

于敏真集中精神在自己的住宅楼前停好车,儿子从窗户里已经看到他们,早打开房门等着了,简业修一把抱起儿子,儿子的眼里却有一种陌生。他问:"怎么,不认识爸爸了?"儿子有点不好意思:"认识。""这回你爸爸是不是有点像个强盗了?""强盗都是真正的男子汉!"

简业修感到儿子非常亲:"哦?我儿子也是真正的男子汉!"

于敏真在卫生间里大声喊叫:"你们爷俩等会儿再亲热,先把身上的衣服脱下来!"

简业修松开儿子:"想不想我?""想。""我也是,这回我才体会到什么是想家,什么是想亲骨肉,当意识到有可能再也见不到你们的时候,跟平常出差想家就不一样了。""爸,我们想你也跟你出差时想得不一样。""是啊?宁宁长大了,是哪本书里有这样的话,灾难使人成熟得快。你的老师知道我被抓走的事吗?""知道。""同学们知道吗?""有的知道。""有人为了这件事欺负你吗?""没有。"

简业修轻舒一口气。于敏真又在催促:"你快去洗个澡,饭马上就做好。"

　　饭菜都是早就准备好了的,做起来很容易,不一会儿工夫开始一样一样地往桌上摆,等到饭菜摆好了,简业修还没有出来。于敏真推开卫生间的门,丈夫躺在浴盆里睡着了,她愣在那儿,眼睛又湿了——今天她的眼泪格外多。她擦了把眼泪,转身出来对儿子说:"爸爸在里边睡着了,你自己先吃,吃完快去上学。"

　　她回到卫生间,脱去自己的衣服,也进到浴盆里,轻轻地给丈夫搓身子,柔柔地由上到下……

第 9 章

　　利用中午吃饭的机会,钟佩终于在餐厅里堵上了袁辉。尽管天气很热,袁辉的衣着却一丝不苟,鲜亮的短袖衬衣板板正正,新潮领带也系得无可挑剔,白皙秀逸得有几分女气的脸,熠熠生辉,好像有什么喜事,或是刚从一个授奖场合满载而归,在热乎乎闹嚷嚷形神松散的人堆里格外招眼。钟佩却不无抱怨:"好几天不见人影儿,你在忙什么?"袁辉是机灵人,几乎可以说一见区长的神色就知道她心里在想些什么,一听钟佩开口就能猜到她下面要说些什么,随口应道:"您想问关于平房改造的事?""是啊,怎么听不到你的消息?""都是坏消息,怕您听了不高兴。""看你的样子,我还以为有好消息哪!"

　　袁辉转瞬变得愁眉苦脸了:"我把所有能联系上的房地产开发商都找了,一听说咱这个地方,都摇脑袋,不要说来投资,连来看一看的兴趣都没有。"

　　钟佩心实:"别的渠道呢?""我想起南方的几个特区,在开发初期都得益于原籍在本地的海外华侨回乡投资,于是我也让公安分局查了一下,看看祖籍是红庙区的人有没有在海外发了财的……"钟佩苦笑:"结果呢?"袁辉一脸沮丧:"一个都没有,穷区住穷人,也只有穷亲戚。"

　　钟佩用一种诧异的眼光望着袁辉,这家伙似乎是在欺负她,欺负她是个女人对副手说不出重话来,便临时编出一套花里胡哨的鬼话糊弄她。袁辉见区长现出不悦,眼睛一眨又想出了新招儿:"区长,如果请人把我们区要改造的平房区规划设计好,做出模型,印成精美的样本,到香港去招商,说不定会拉来一部分资金。"钟佩讥讽:"你的脑子可真好使,下午你有什么安排?"袁辉反问:"看样子您有了想法?""我的想法就是到工人新村找最关心平房改造的人谈一谈,听听他们的意见。"

袁辉对这种"发动群众、相信群众"的老套子极不以为然,躲之惟恐不及:"我已经说好了下午召集建委、房管局、街道办事处三家的中层以上干部,联合召开个神仙会,看能不能想出点高招。"钟佩喟然叹道:"好吧,你去开你的神仙会,我去新村。"

午后,阳光火辣,天气闷热,钟佩满胸气闷来到铁山工人新村——这名字起得真好!四十多年前刚建村的时候叫"新村",现在旧得不能再旧了,还是叫"新村"。最早的砖墙已经粉化,外面又糊上一层泥巴,两排房子之间的过道上都搭满了各式各样的小屋,高高低低,或圆或方,所用材料更是五花八门,有砖的,有泥的,有苇帘扎成的,有铁皮组装的……有的在里面做饭,有的也在里面住人。钟佩直奔新村居民委员会。居委会在新村中部,占据了两间普通的居民房,门窗大开,里面摆着几张麻将桌,正打得热火朝天,噼里啪啦,烟气腾腾,真像顺口溜里说的"祖国山河一片麻"呀!轧钢厂退休工人郭保民,神情郁闷,呆坐在居委会门口的阴凉地儿里,钟佩躬身上前:"这不是郭师傅吗?"郭保民有点愣神儿,一时没反应过来。钟佩笑了:"不认识我了,去年您不是全区的十大标兵之一吗?在大会上我给您授过奖,过春节的时候还到您的家里去慰问过……"郭保民忽地站起来:"哎哟,是钟区长,怪我眼拙。"

钟佩顺手拉个小板凳在他对面坐下来:"今天怎这么闲着?""退休啦。""看上去还是蛮年轻的嘛。""不年轻了,一过五十五,就是半截入土的人啦。""现在有新说法,三十岁的男人是成品,四十岁男人是精品,五十岁的男人是极品,六十岁的男人是神品。"

郭保民忙不迭地摆手:"我是废品,没有事干就等于什么用处都没有了。"钟佩安慰他:"为国家干了一辈子了,好好自在几天吧。""自在不了,天天闲得难受。""我也遇到一个大难题,您能出来帮着做点工作吗?""您有什么指示尽管吩咐。""我没有指示,更不敢吩咐,是市政府下了死命令,用五到七年的时间,也就是说在二○○○年之前,把全市的危陋平房都改造完,也包括咱们铁山工人新村。"

"这可是大好事!"郭保民立刻来了精神,可着嗓门一喊,屋里打麻将的人也停了手,悄悄挤到门口听……钟佩索性就提高嗓门对大家说:"好事可不好办,政府没有钱,再像以前那样由国家全包起来,盖好新房子分给大家,恐怕是行不通了。由于咱们这个地段周围都是工厂,地皮不值钱,这些天区里找了不少房地产开发商,谁也不愿意到这儿来投资……这几天真把我愁坏了,就想跟你们住在新村的人商量一下,这里住的是地道的产业工人,是历来国家所依靠的对象,也许你们会有好主意。"

屋里屋外,没有一个人吭声。沉闷了好一阵子,一个老大妈开口了:"政府说要改造危陋平房,给我们解决住房困难,又说政府没有钱,这不等于放空炮吗!"钟佩解释:"这不是放空炮,如果是空炮又何必放呢? 又不是老百姓逼政府,是政府主动提出来要给老百姓改善居住环境。"郭保民说话还带着工人的爽快:"钟区长,您说我们该怎么办吧?"钟佩试着先亮一张牌:"我倒是想了两条办法,还没有考虑成熟,想听听你们的意见,新村里大部分房子的产权属于企业,我们区里去做各个企业的工作,你们居委会也发动群众,让大家分头去做自己企业领导的工作,让各企业都出点钱就好办了,俗话说谁家的孩子谁抱嘛。第二条,叫众人拾柴火焰高,刚才我跟建行的领导通了电话,他同意我们搞住房储蓄,每家每户多少都有点存款吧? 把这些存款取出来,再以住房储蓄的名义存到建行去,利息只会高不会低,钱放在国家的银行里也永远是你的,我们区政府把这笔款贷出来用于平房改造,这就需要居委会做好说服动员工作,如果大家不把钱存到银行,我们也就无钱可贷了。"郭保民首先表态:"我看这事不错,大家并没有损失什么嘛。"紧跟着就有人响应:"我说嘛,区长来了哪能会没有主意……"

在城厢区政府的小会议室里,也有一批人正为钱发愁。正面墙上映出一张巨大的投影图像——是全区的行政区划,急需改造的平房区,用红色标出,强烈而醒目。图像的四周以及其他三面墙上,贴满了各种字体各种颜色大小不等的"钱"字,有楷书,有草写,有魏碑,有篆体,有的正贴,有的倒挂,有的向东歪,有的向西斜……区长顾全德走进来,无法不被墙上的怪景吸引:"这是谁的把戏?"

有人眼睛瞄着城厢区房地产管理局局长周原,周原神情怪异地看着顾全德。顾全德却并不看他,眼睛依然盯着满墙的钱字问:"是咱城厢区政府叫钱给困住了? 还是咱城厢区的干部们都抠着钱边钻钱眼儿,心里想着的眼里盯着的都是钱了?"

周原三十多岁,精悍外露:"都差不多,这叫急百姓之所急,为党为国分忧。"

顾全德一晃脑袋:"别来空的,急出点道道来了吗?"

周原倏忽又变得满脸严肃:"墙上的每一个钱字代表一千万,谁找到一条能进来一千万的渠道,就摘下一个钱字,等到把墙上的钱字都拿掉了,我们区的平房改造工程就可以启动了。""这么说还没有人想出一条来钱的道儿?"

"我有一条道,一下子至少能摘下两面墙上的钱字,就不知区长有没有气魄干?"周原精神盛壮,咄咄逼人。

顾全德坐下,右手掌习惯性地揉捏着双膝:"我这个人向来胆子小,但是这几天把我憋得有点胆子了,除去杀人放火抢银行咱不干,别的道儿都可以试试。"

"好,有您区长这句话,咱区的平房改造就算拿下了!"周原喝了一口水,"这些天不光是您区长着急,我们也愁得睡不好觉,偏巧现在哪里都是罗锅上山——钱(前)紧,而我们改造平房所需的钱数又太大。别看老百姓现在哭着喊着叫你给改造老房子,你真要动他的破房子,他会讹死你,一间小破屋会跟你要一座金銮殿的价钱,这就是俗话说的,想改造盼改造,改造来了讹改造。到分房子的时候还要更麻烦,房间小了不行,朝向不满意不行,楼层太高了不行,太低了也不要,非得把人脑子打出狗脑子不可! 我们都是多年做群众工作了,这点规律谁心里都跟明镜似的,别看我们是为群众做好事,到那时候就变成政府欠老百姓的了,我们得求群众,群众还得把我们给骂死。"

顾全德不耐烦:"你少发牢骚卖关子,快说你来钱的道儿!"

周原:"所有这些麻烦都可以说是我们政府自找的,困守一个老观念,房子是国家的,分给百姓住,象征性地收取一点房费,叫只租不卖。这都什么年月了,国家要这个鸡巴产权干什么?不是累赘嘛!叫我说翻个个,来个只卖不租。我拆房子,给你拆迁费,等我盖好了新楼,你用钱来买我的房子。我的钱从这个口袋出去,从那个口袋收回来。当然,在这一出一进的过程中我们也还得往里搭钱,搭的这个数目就小多了,我周原就能筹措。关键是只要我们下了这个决心,房地产开发商们不请就会找上门来……"

顾全德猛一拍桌子,大家吓了一跳。沉了好半天,顾全德才开口:"周原哪,你这回可是立大功了!"他从口袋翻出二十块钱,交给身边一个年轻小伙子,"去买个西瓜,大家降降温,然后好好商量一下。"

通讯员将一沓报纸放到常以新的办公桌上,副书记立刻放下手里的材料,打开当天的《梨城日报》,第一版头条位置有一张卢定安的大照片:《滨海新区——梨城的希望》。他顺手又从桌子角上拿过几份《梨城日报》,这显然是他特意留出来的,在桌上摊开,每张报的头版上都有卢定安的照片:身穿雨衣在河堤上视察汛情;听夏尊秋的讲课;在医院慰问煤气中毒者;在铁山工人新村的大棚子里召开危陋平房改造的现场会……每张卢定安照片的旁边都有用红笔画的大问号。常以新一只手抓挠着刚刚刮完的泛着青光的下巴,表情疑忌,眼睛眨巴着,另一只手抄起电话,他懒得浪费时间自己查号摁码,就让交换台的接线员立刻找到宣传部长胡光,请他马上到自己的办公室来。胡光正在一个小型会议上,听到副书记传唤立马赶过来了,他年近六十,相貌古怪,尖下颏、尖嘴、尖鼻头、瘪腮、瘪耳、瘪眼窝,神情紧张,小心翼翼,大概是副书记的脸色吓着他了。不等他把气喘匀,常以新就阴着脸发问了:"胡部长,你每天看《梨城日报》吗?"

"看哪,每天都看……"本来心里就打鼓的胡光变颜变色,声音又尖又细,还是一副公鸭嗓。常以新觑着眼盯紧胡光那张老女人般的脸:"那你发现有什么问题没有?"

胡光仍是不得要领:"没有发现什么问题呀……"

常以新指指桌上摊开的报纸:"再仔细看看,特别是近一两个月的《梨城日报》,它是我们市委的机关报,是党的喉舌,可你们把它办得只见政府,不见市委,突出个人,不见组织,有些事情市委还没有讨论过,比如平房改造的问题,报纸上就大肆宣传,这要把全市人民引导到哪里去? 来书记谦虚宽厚,不愿意批评我们,但我们的脑瓜也不能太迟钝啊!"胡光恍然大悟,汗也随着下来了:"我查一查,立刻改正!"

查一查——是他的口头语,一出事就查一查,经常地要查一查。这年头大气污染严重,普通人的喉舌还最容易出毛病呢,何况是党的喉舌? 电视、报纸天天让他提心吊胆,哪敢掉以轻心! 这一段时间他还在转脑筋,从宣传部退下来以后还指望常以新能让他到市政协或人大去当个常委或委员什么的……常以新又提醒他:"你查什么? 不要又查出一堆闲言碎语,以为是市委和市政府争版面儿。不必打市委的旗号,就以你宣传部的名义去端正办报方向。"

"是,我明白。"胡光诺诺,他还没有坐下就又退出了副书记的办公室。

同样都是找人来谈话,市委书记来明远的风格就不一样,一般情况下不让接线员传话,都是亲自给自己要找的人打电话。但在工作时间要想找到金克任就不容易了,他办公室的电话铃声响了很长时间没人理睬,最后还得学常以新的办法请接线员代劳……这么长时间以来,来明远觉得自己一忍再忍,一让再让,眼下到了想装傻都没法装,想当好人也当不成的地步——市委跟政府的矛盾越来越明显,为分房子、为汽车配给都要相互攀比,吵个不可开交,他每天都能听到一些闲话,市委上上下下的干部似乎都认为他这个书记太软弱无能了,身为梨城的第一把手却完全沦为市长的配搭,或者说是可有可无的摆设。如果拿他跟上一任书记相比,也许会显得魄力小一点,但是,如果因卢定安的偏执狂傲、胆大妄为,根本不把他放在眼里,从而就认定是他这个当书记的平庸无能,那就大错特错,让人无法忍受了。应该给卢定安提个醒,让他知道不能依仗自己下面有一帮子人,就可以无视市委书记才是梨城第一把手的规矩。他相信卢定安通过各种渠道早已经知道了他对平房改造的态度,却不理不睬,继续我行我素,甚至变本加厉,作各种重大决定完全把他这个市委书记抛开,一个人独断专行,大出风头。在发生了大中毒、大洪水这样的重灾之后,仍不顾老百姓的疾苦继续大兴土木,搞劳民伤财的大拆迁,这不仅是不顾原则的一意孤行,很明显是不拿书记当回事了……大家都在官场蹭蹬多年,谁还看不出这点意思?他来明远再不想点办法还怎么在书记的位子上呆下去呢?就说眼前,他找一个副市长谈话,过去这么半天了,金克任既不露面也不打个电话来,连接线员也不向他报告一声让她找的人是找到了还是没有找到?上行下效,市长能够藐视书记,副市长们就不会尊重书记,下边的人就敢拿书记的话不当一回事!他决定哪里都不去,就在办公室等,看看金克任到底什么时候来……

　　直到下班后很久,金克任才回来。天将黑,灯乍亮,市政府大楼里很安静,他几乎是踩着电话铃声进了自己的办公室,拿起听筒,是总机接线员,告诉他市委来书记找他多半天了,还在办公室等着他哪。金克任略一愣怔,想起他们之间曾经有过的约定,大概是谈平房改造的问题……他用湿毛巾擦了把脸,端起桌上的水杯喝了几口冷茶,坐到桌前看那一堆文件,却有点心不在焉,他在猜度来明远可能会提哪些问题,该怎样回答……他磨蹭了好一阵子才走出办公室,梨城的市委办公大楼和市政府的办公地点相距不是很远,金克任很快就找到了来明远的办公室,正要敲门,听到从里面传出激愤的呵斥声:"当初你们没有把握为什么要先抓人?还印材料上简报,我既然在简业修的材料上作了批示,你们又怎么可以稀里糊涂地把人给放了?难道这是儿戏吗?想置我这个市委书记于何地?啊?"

　　另有一个沉闷的声音在含混不清地解释着什么……金克任赶忙离开书记的门口往回走,绝不可以让人看到他站在书记门外偷听里面的谈话,何况是牵涉到这么敏感问题的争吵,更不能在这时候闯进去让大家都感到尴尬,引起不必要的多心、多疑,他想回到办公室先给来明远打个电话再说。来明远的办公室在楼道的最里边,当他快走到楼道尽头的时候,听到后面的门响,他一下子来了个向后转,又朝着来明远的办公室走来。这样就不会被刚从书记办公室出来的人认为他听到了谈话,而是以为他刚来。在走道里他同面色难看的常以新以及法院院长吴惑走个碰头,相互只是点了点头就擦肩而过。金克任敲响了来明远办公室的门,沉了一会儿才听到里面应声说"请进"。他推开门,见来明远从办公桌上的一堆文件后面抬起头,见到他立刻满面春风:"克任同志,我正等着你哪。"

金克任也装作什么都没有听到的样子跟书记打着招呼,但在心里却不能不为来明远叫绝,演艺界对一个演员的最高赞誉就是称他为"千面人×××",如今当一个领导干部似乎也要掌握这种"千面功",面是面,心是心,金克任却格外加了小心,他知道书记的笑面后边正顶着一脑门子的官司哪!来明远指指办公室另一端的沙发群:"来,里面坐。"

金克任还是第一次到市委书记的办公室来,领导干部之间远比老百姓想象的要疏远,不是坐在一起开会的时候是很少碰面的。他看见了洁净的绿地毯上撒放了一堆堆的黄色耗子药,掩饰住自己的惊异,绕弯路,轻落脚,像走进地雷阵一样躲避着耗子药。来明远问他:"你的办公室里有耗子吗?"

"没注意。"这是实话,他呆在办公室里的时间太少了,跟耗子完全可以轮流坐庄,互不干扰。来明远抱怨:"我这里可是耗子逞凶,只好给它们布下天罗地网,即便毒不死它们,也让它们心存畏惧,收敛一下气焰。"金克任在沙发上坐下来:"管用吗?"

"管一点儿,"来明远热情地给他沏上茶,然后在金克任对面的沙发上坐住,"你在外面跑了一天,一定很累了,我们就开门见山,我想了解你分管的城市建设这一块的情况,比如城市规划、建设进度以及存在的问题,特别是你对平房改造的真实想法。"

金克任揣摩着书记的意图,先试探性地介绍一些无关痛痒的情况:"一座城市就像一个人,有自己独特的文化品格和精神气质,城市的个性是历史和人文的凝结,我们梨城,是一座最平民化的城市,老城厢、老河口、老平房,甚至在电视节目中人们一听到梨城人说话立刻就想到小市民、杂巴地。"来明远听得很认真,这引起了金克任的好感。他观察书记动静,见来明远没有插嘴,他就继续讲下去:"国家公开许诺,到二〇〇〇年实现小康,小康不小康,关键看住房,没有住房,何以小康?经济学和社会学家们几乎众口一词,认为住和行将形成中国人的第三次消费高潮,而住又是人们的首选目标。其实,中国的房改从一九八〇年就算开始了,那一年小平同志明确地提出了住房改革的思路,到一九八七年国务院组织班子全面设计房改方案,一九八八年颁发11号文件,核心就是改革低租金的住房福利分配制度,实现住房商品化……"

他抬出邓小平和国务院,并没有唬住市委书记,来明远打断了金克任的话:"据我所知,一会儿补贴,一会儿贱卖,一波三折,都告失败,反而导致房改成本骤增,使老百姓谈房色变。中国的任何一项改革,都需要国家财力的支持,以国务院的力量搞房改,尚且十年蹉跎,无功而返,因此我断定……"金克任讲话不喜欢被打断,谁打断他就让谁讲,来明远既然请他来就是想听他讲,他现在却摆出一副下级聆听上级教诲的样子,乐不得借机了解一下书记的真实想法。来明远刚才的亲切完全被严厉所替代,这可能才是他最真实的一面:"你们那个改造全市危陋平房的宏伟规划,只可能有两种前途:一种是惹出大乱子,那七百多万平方米的老房子你不动它,它还能平静地呆着,你一拆它,一二百万人无家可归,再跟企业大面积亏损,职工领不到工资联系起来,就等于我们亲手点燃了一个大炸药库。第二,闹出大笑话,根本不可能实现,中途流产,反被人误解为是好大喜功,是急于想在历史上留下一笔。"

金克任惊诧无语,并不完全是被来明远的理论慑服了,而是发现"欢喜佛"的不欢喜的一面。来明远显然是动了脑子、做了准备的,这是为什么?退休前的"余热膨胀、最后疯狂"?还是被卢定安的做法激怒了、激出了妒忌心？好好书记不再说好，平安领导不再平安，让金克任从心底冒出一股凉气，今后的事情可有麻烦了……来明远见金克任突然噤若寒蝉，于是脸上立马又恢复灿烂的阳光，缓和了口气："克任同志，你知道我们梨城市委、市政府眼前最大的压力是什么吗？"

金克任看着他仍旧不吭声。来明远只好自问自答："是把经济搞上去，提高群众收入。比起上海，我们人均收入低三倍，比北京，低一倍半，老百姓怨气很大，怪我们软弱，骂我们无能，难道你没有听到过吗？"金克任点点头，心里有点同情眼前这位梨城市的一号人物。来明远又变得极其诚恳，几乎是苦口婆心了："权力就是责任，一个城市的领导，要做老百姓需要你做的事，而不是只顾做自己想做的事。说要做的事，做说过的事。"

金克任咀嚼着书记话里的滋味："说要做的事，做说过的事……精彩。"

"克任同志，自从我上来之后一直觉得跟市长，跟政府配合得还不错，这不是我自作多情的错觉吧？"这是个陷阱，金克任最好不要评论市委和政府或者说是书记和市长的关系，便哼哼呀呀地只出音不出字，多动眼睛少动嘴。来明远继续说："可我觉得市长，或者说政府方面似乎对我有意见。"

金克任故作惊诧："这是从何说起？"

来明远仍在笑："就从平房改造说起，这么大的事，全市都轰动了，只有我这个市委书记还被蒙在鼓里！"

金克任越发地紧张了，市委书记终于跟他切入最敏感的话题了。而这种话来明远应该去跟卢定安谈，为什么要问他？现在问到了他，他又不能不答："我想卢市长可能认为这是政府行为吧？"

来明远："政府也要在市委的领导下！"

金克任心里一震，来明远原来是个胸有丘壑，变化莫测的男人。他本来用不着替卢定安解释什么，自己也没有必要激怒这位市委书记，但事已至此，他无法躲闪，只好试着往前走了："来书记您会同意平房改造方案吗？"

来明远斩钉截铁:"不,坚决反对!"

"我猜测……依市长的性格,他大概是不愿把您牵扯进来,想独自承担一切后果。"

来明远突然又笑了:"这是工作,是梨城的大事情,难道可以意气用事吗? 身为一个领导干部必须具备一种素质,没有什么原因是可以让他仓促行事的。"

在理论上来明远没有说错,但每个人的行事风格和人跟人之间的关系,要比理论复杂得多。金克任不想再这样替卢定安跟来明远矫情下去了,就含笑不语地望着对方,好像刚才跟来明远争辩的原本就不是他。

来明远也突然换了话题:"听说尊夫人是梨城市的第一辩才?"

金克任心里咯噔一下,他想到了让市委书记大光其火的简业修案子,赶紧解释:"那是人家挖苦她的话,干律师这一行容易得罪人,书记不可当真。"

来明远微微一笑:"改天我一定要认识一下这位大律师。"

简业修说要好好地睡几天,他还真的就一睡不起。但睡得很不安稳,翻过来,调过去,咬牙,皱眉,喘粗气。于敏真每天到公司打个晃,把非办不可的事情处理完就回来陪他,捞着这个空儿自己也正好歇一歇,她躺在丈夫旁边能睡就睡,睡不着就看着他,想亲热就亲热,不到该做饭的时候不起来。她感谢这场灾难,正是这场灾难拯救了她的家庭,牢固了他们的夫妻关系,不仅仅是久别胜新婚,好像有一种重生的感觉……直到儿子放学回来,她才起身,心里很高兴:"宁宁,晚上咱们陪爸爸出去吃饭好不好?"宁宁却没有往日一听说下饭馆就有的兴奋:"我今天的作业特别多。"于敏真夸奖儿子:"嗬,我儿子真是出息了,为了写作业都不愿意下饭馆啦! 好,就在家里吃喜面!"

她出去买来面条、鲜菜,手脚利索地做着晚饭,叫儿子把爸爸喊起来。宁宁用铅笔带橡皮的一头捅简业修的胳肢窝,简业修没有睁眼却把儿子猛地抱住,爷俩在床上滚了一会儿。宁宁说:"爸,你这样睡就不怕睡傻了吗?"简业修装出傻样儿:"傻了好,不操心不着急也没有烦恼。""那我和妈妈可麻烦了……你这胡子还留着吗?""你说呢?""别留着,这不像你。""像谁?""像好莱坞的警察。""你是想说像好莱坞的坏蛋吧?"宁宁笑而不答。"好,我去把它刮掉。"简业修起身到卫生间刮净胡子,又叫于敏真给理了发,冲凉后换上干净衬衣,又恢复了过去的英伟,但眼睛深处还有一种抑郁和不安。一家人坐在饭桌前,于敏真为自己和丈夫各斟了一杯葡萄酒,宁宁给自己倒了一大杯可口可乐,于敏真举起杯:"宁宁,我们祝贺爸爸回家。"她又对简业修说,"为你高兴,为你骄傲!"

简业修并不像自己想象的那么高兴:"为我骄傲?""对,为骄傲的爸爸干杯!"

简业修:"连累你们母子担惊受怕,对不起。感谢你当我的妻子,感谢你当我的儿子!"他们又一次碰杯,简业修又一饮而尽,他的眼里竟泪光闪闪。于敏真也跑到卫生间洗脸,擤鼻涕。待她重又回到座位上,简业修问:"区里一直没有来人?"于敏真摇头。简业修又问:"也没有来电话?"于敏真还是摇摇头。简业修咬咬牙:"这也好,我就可以铁心下海了。"

于敏真不禁一怔:"你说什么哪?""我说我只能下海了。""不行。""不行也没有办法了,这不是明摆着的吗? 建委已经没有我的位置,区里装傻充愣不理我,不下海还能干什么? 监狱那种地方,尽管我是被错抓进去的,再出来也不干净了,就像林冲脸上的金印。"

于敏真态度激烈:"绝对不行,咱们家有我一个人下海就足够了,我负责挣钱,你好好地走你的仕途。男人一下海就容易学坏,这个家就保不住了。"

简业修笑:"这是什么理论? 你下海没学坏,怎么我下海就一定会学坏呢?""正因为我下海了,才知道海水的肮脏,海里的男人们都是什么德行。""你这叫只许州官放火,不许百姓点灯。"

于敏真胸有成竹:"你好好地在家里养几天,工作的事不用你管,也许有一天河口区会来求你,咱还不稀罕那个正处级呢!"

简业修变色："你可不许找人活动,更不能去惊动卢定安或宁宁的姥爷,我简业修如果靠老婆去活动个小官当,那还真不如就呆在监狱里哪!"

他突然头疼发作,皱眉,咬牙,使劲掐太阳穴。于敏真和宁宁都吓坏了:"你怎么了?"

"没事,给我找止疼片来。"简业修吃过药躺到床上,二十分钟后他能感觉得到头疼在一点点减轻,他下了床对妻子说:"我得去看看父亲。"于敏真却被他吓得脸色还没有转过来:"你的头不疼了?"简业修晃晃脑袋:"好了,就是一阵,顶过去就行。""怪吓人的,这是怎么回事?""唉,审讯后遗症。""我开车送你去。""不用,我从那儿还得去上课,也许会回来晚一点。"于敏真的脸立刻掉下来了:"刚出来不好好养一养,还去上什么课!""我有好几个月没去了,应该写毕业论文了,得去看一看。""我看有个本科文凭够用的就行了,拿到了硕士又怎么样?""你是怎么回事? 当初不是你让我考的吗? 再说我老呆在家里也心烦,总得出去见见朋友。"

不错,当初是自己逼他去拿硕士学位的,她原该就依他本来的面目爱他,为什么老不满足,总想把他当成可塑之材,要重新塑一个新的爱呢? 谁又能保证这个新的简业修还会像过去那样爱自己吗? 于敏真心里不无悔意,嘴上仍然很硬:"哼,我就知道你上课是假的,想去看看那个女人才是真的。"

简业修刚回来不想吵架:"刚才还好好的,这是怎么啦?"

"你被关了那么多天,老婆孩子无时无刻不为你担惊受怕,好不容易盼你出来了,你可倒好,跟老婆孩子在一块就觉得心烦,心里只惦记着那个女人,就想快点见到她!"

简业修没有心思多解释,自顾收拾自己的课本、书包。"怎么不吭声? 是不是说到你疼处了?""你怎么说我都行,别带上夏教授,她只是我的导师,绝不是你说的那种人。"女人一生气,特别是吃起醋来,嘴里就什么解气说什么了:"你如果心里没鬼怎么知道我是说她? 什么教授,她妈妈不是国民党政客的女儿,解放后一下子又靠上共产党的干部吗？不然怎么会生出她这么个不清不白的东西！她妈能做得出来，她也就能做得出来。你头疼得那么厉害，还不让我陪不让我送，是什么勾了你的魂儿？"

"哎呀，你这不是胡嚼嘛！"简业修拿起书包摔门而去。于敏真满腹委屈，眼泪哗地下来了——突然伸手飞脚，把身边不值钱的东西大摔大砸了一通……

简业修掩藏起郁闷和沮丧，装出一副无所谓，甚至还有几分胜利者的姿态，骑车来到同福庄。但他极不愿意碰见熟人，越不愿意碰见越碰见，碰见了就得打招呼。这是他从小长大的地方，又是大热天，男女老少都坐在外面，在路灯下打牌的、下棋的，凑在一起家长里短嚼舌根子的，疯子、傻子、小偷、破鞋是胡同的风景。谁家出了什么案子，有了什么麻烦，是周围邻居的兴奋点，平房区的住户故事多，同福庄人也就有了永远谈不完的话题……简业修被抓的新闻还没让邻居们谈够谈透，他的突然出现又激起同福庄人极大的好奇，他一路走来，凡经过的地方人们一看见他马上都停住话头，向他行注目礼，他也只好一一向自己认识的或不太认识的人点头含笑，或说上一两句纯属废话的问候。但也有个好处，同福庄的流氓无赖们都知道他进过监狱，对他反而格外地客气和敬重。他拐进自己家胡同的时候碰上老蔫儿王宝光，老蔫儿跟他不一样，不看任何人，当然也就不和任何人打招呼，跟简业修走了个对面，眼睛离离奇奇地竟像不认识他一样，转头拐进了横着的小胡同。简业修喊他："宝光，宝光！"老蔫儿连头也没有回。

各家的门窗都敞着，他进了自己的家，看见父亲靠着枕头坐在床上，穿着长裤、汗衫，头上却没有一点汗，也没有感到热的样子。简业修从小就佩服父亲这一点，无论多热的天，都不穿着背心裤衩到胡同外面去呆着。老人虽然已经知道他从监狱放出来了，猛一看见他还是禁不住向前探直了身子，有些昏花的两眼在儿子身上来回端详……简业修先问老人的身体怎么样？热不热？他受不了父亲那带着关爱和苦楚的目光，就不停地说话，想把父子乍一见面的难受劲儿冲淡过去："今年够热的，我给您装个空调吧？"

　　听到他的说话声,大姐和外甥女小莹从旁边的屋子里过来,简业青说:"还空调呢,连电扇都不让开,咱爸有不怕热的特异功能。"小莹喊了声"老舅",简业修大惊小怪:"才过了几个月却恍如隔世,莹莹似乎长高了一大块!"不管怎么说儿子放出来了也是高兴的事,简玉朴的话也比平时多:"闹热的人都是心里躁,定不住神儿,心静自然凉。"简业修调侃:"我一直都认为,像咱爸这般有定力的人,竟当了一辈子工人,太奇怪了。"简业青接茬儿说:"你姐夫也这么认为,说咱爸的性格像个老学究。"简玉朴淡然一笑:"天生受大累的命,像什么都没有用。"老人又问起孙子,简业修解释说:"宁宁快考试了,作业特别多,要不就带他来了。"简业青多嘴:"你心里得明白,宁宁是咱爸惟一的孙子,又是咱简家的独根苗,天天念叨这个孙子,心里想得厉害,可又不敢叫他多来,这儿环境不好,怕敏真不高兴。"简业修在父亲和姐姐面前有了大丈夫气:"她高兴不高兴又怎么样? 一放假我就叫他过来住几天。"简玉朴忽然问儿子:"在号子里没少受罪吧? 挨打了吗?"简业修故意哈哈一笑,轻描淡写地把自己这几个月的经历说了一遍。老人似不大相信,继续打听自己想知道的事:"挨饿了?"简业修大大咧咧:"没有,你们把人民监狱想象成什么地方了。"老人不解:"那怎么瘦成这样?"业青插话:"你刚才说人民监狱? 我怎么没有听说过这个词儿?"

　　简业修顺嘴胡诌:"你又没进去过怎么会知道,人民监狱关人民嘛。"今天简玉朴似乎也有问不完的话:"你还回建委上班吗?"大姐向简业修使眼色,简业修含含糊糊地答应着:"对,对,爸,今天晚上有课,我得到学校去看看,改天再来看您。"他满身大汗匆匆跑出来了。老天哪,现在最让他头痛的就是审问,不论是外人的审问还是家人的审问。他走出胡同,蹬上自行车,立刻使自己变成了风,吹散了空气中凝聚的热力,显得凉快多了。他进了梨城大学,直奔夏尊秋的办公室,他知道每周有哪几天是夏尊秋指导学生的日子,要在办公室里呆到很晚。他敲开门,谢天谢地,屋里只有夏尊秋,已从电脑的键盘上抬起了头。

　　"教授。"

　　夏尊秋站起来,惊喜异常:"业修!"然后迎上几步,一瞬间两个人谁都没有准备地拥抱在一起,真诚而自然……简业修泪雨滂沱,难以自禁地热吻夏尊秋的脖子、面颊……夏尊秋一惊,想推开他,又怕伤了他的自尊,渐渐被这个男人的热泪感动了,开始回应他的热情,抚摩他的头发,他的脸颊,他的眼泪,最后吻了他,并推开他。分开后两个人才都觉得有点不自在,反而更显得拘束和尴尬。简业修傻傻地站着,举止笨拙,还深深地沉浸在刚才的激情里,仿佛还能感受到夏尊秋身上的温润和淡淡的清香,他磕磕巴巴地说:"对不起……我不知道刚才是不是冒犯了您,我在班房里最想的就是您,如果从此出不来再也见不到您了,我这一辈子最大的悔恨就是没有告诉您我爱您……不,我不配爱您,我只是想说我崇拜您,我不想亵渎您的高贵和圣洁。"

　　夏尊秋似乎也被这番突如其来的表白打动了,她又一次吻了他,雍容大度,有师长和大姐般的亲密和关切,并扶他坐在对面的椅子上,用干净杯子为他沏上热茶,理解而信任地看着他,让他自己慢慢平复情绪。她没有丝毫怪罪他的意思,刚才她的感觉也很好,他并没有亵渎她……夏尊秋也不提任何有关他被抓和被放的细节问题,以免让他难堪。他如果想讲,自然会讲出他想告诉她的事情。简业修双手捧着茶杯,低着头让热气嘘到脸上,使心跳渐渐恢复正常。当他抬起头再一次碰到夏尊秋的目光时,又赶紧将头低了下去,一个曾经是叱咤风云的据说在监狱里也是铁骨铮铮硬挺过来的男人,在她面前竟然这般局促不安、自惭形秽,让夏尊秋动心,且伴有一种女人的傲慢得到补偿的快意。她的宽容抚慰的眼光又让简业修想哭,想痛痛快快地倒出郁结于心的全部苦痛,真怪,他见到自己的老婆孩子时并没有这样的感觉,见到自己的父亲姐姐时也没有哭,为什么一见到跟自己年龄差不多的漂亮老师,自己竟真的变成了受尽屈辱的小学生……他的眼睛终于迎住了夏尊秋的眸子:"老师,我该怎么办呢?"

　　夏尊秋笑着,但口锋凌厉:"什么叫你该怎么办?"

　　简业修悻悻地:"我的锐气,我的自尊,都被打掉了,我的社会形象、道德人格被玷污了,我什么也不相信了,觉得自己的一生就这么给毁啦！"

"我知道你没有，"夏尊秋用自己细长、柔软的手，抓住了简业修的手，他的手在抖动，"一位历史上的知名人物讲过这样一句话，没有进过监狱的人生是不完全的。这话听起来似乎有些绝对，但他用近乎偏激的口吻道出了一个道理，你现在是更强大，而不是更脆弱了；害怕丢失的东西少了，也就是说心里的负担轻了，而不是包袱更重了；你的公众形象和人格力量也不会因此而受到太大的伤害。"

简业修的心里已经被说动，他原本也不像他自己说的那样糟糕，但脸上却只露出苦笑："社会上能有几个人会像您这样看我呢？"

"对周围一些世俗的偏见，和一些不怀好意的闲言碎语，你又何必太在乎呢？何必计较你并不看重的人怎样看你呢？"只有夏尊秋才能对他说出这样的话，这样一番话正是他最想从夏尊秋嘴里听到的，这样的话也只有从夏尊秋的嘴里说出来才最有说服他的分量。也许，他心里只在乎夏尊秋怎么看他，当他知道了她并没有误解他或蔑视他，他就什么都不怕了，可以面对所有人，面对整个社会，干自己想干的事了。他说："我不可能再像以前那样干了，别人看我不一样了，我也的确不可能再跟以前一样了……"

夏尊秋没有应声，但点点头以示赞同他的话，对他的变化也已经感觉到了——如果他没有被抓的经历，刚才是不会做出那番举动的……但她还吃不准，自己对简业修身上的这种微妙变化是喜欢还是不喜欢？尽管她欣赏他的才干，喜欢被一个高大的力量型的男人崇拜的感觉。她问："你想怎样改变自己的生活呢？"

简业修感喟不能自已，他的生活无疑发生了重大改变，但还没有找到出路，神情抑郁："目前还没有想好，想辞职已无职可辞，想下海自己的家里人又不同意，但我知道不变是不行了。"

夏尊秋："不着急，想好了再定，如果自己干，想干什么呢？"

"当然是干老本行，眼下的房地产开发商多如牛毛，许多人都是大外行，他们是一边先向我讨教应该怎么干，然后再去指挥下面的人去干，都是现趸现卖。赚钱的是他们，我还得在后面给他们擦屁股，我所依靠的体制和头头们，还要在后面怀疑我、算计我……我为谁卖命，又为什么要卖命啊？值得吗？不如趁年轻换个方式活一活。"

"据行家们估计，中国的房地产开发热将会急剧降温，但我以为梨城可以除外，我在芝加哥大学做博士后时的一个同学，现在是香港恒通财团的总经理助理，专门负责对中国大陆的投资，在广州、武汉都有大动作。你如果想自己成立公司，我可以叫他来见见你，看能不能搞一点合作。"

"那敢情太好了。"

就在他们谈得正热闹的时候，于敏真开着宝马车停在梨城大学斜对面的道边上，眼睛盯着灯光明亮的校门口，自己也说不清是来盯丈夫的梢儿，还是等他下课后用车接他回家，然后两口子和好。如果想盯梢，在这儿又能盯到什么呢？应该到夏尊秋的办公室或家里去堵他们，捉奸捉双……那也就把事情闹大了，也许连她自己也害怕真的看到那样的场面，实际上她也做不出来。她觉得像过了一年那么长，简业修才推着自行车出来，陪他一块走出来的不是个女人，而是一位男性老教授，他们走出校门，简业修把自行车扔在校门口，陪着教授到道边拦了一辆出租车。于敏真开车尾随跟上，汽车在灯河光流里穿街过巷，梨城的夜景扑朔迷离，在车窗外匆匆流过……最后在河口广场停下，简业修和老教授下了车。

河口广场灯火辉煌，辉煌的中心是公共服务大楼——十几个彩色大探照灯从不同角度自下向上地照射着大楼，楼前是草坪、花坛、喷泉，花影参差，水色荡漾。楼后是三河的交汇口，河岸一排排大树，一排排灯光，疏影横斜，清香盈溢。大楼四周的无数盏巨灯形成莲花状，众星捧月般烘托着公共服务大楼。楼前的广场上挤满了人，有散步的，有站的，有坐的，有自带凉席横躺竖卧的，有哄着孩子玩儿的，在草坪中央有乐队在演奏……由于人多，掩盖了于敏真，她尽量靠近丈夫，想听清他们的谈话。老教授是田才清，曾因开风水课在梨大轰动一时，公开出版的《建筑与风水》和《城市与风水》两大本专著一版再版，在社会上掀起了一股小小的风水热。由于他的身份是大学教授，而不是游走江湖的术士,更容易被人接受,俨然成了梨城的风水学权威。他似乎也对河口广场的夜景格外赞赏:"好地方,我还真没有在晚上来过这里,应该带学生来看看这个地方。"

简业修问:"您看这栋楼的风水有什么问题吗?"

田才清双目晶亮有神:"这是尊秋的得意之作,我看过多次了,目前是梨城风水最好的地方。"

简业修语气有点沉重:"我本来是不轻信异端邪说的,可自从房亮在他的楼顶上安了个'大将军',先是搅散了夏教授的领奖会,使第一次剪彩没有剪成,紧跟着我母亲又去世,在第二次剪彩时我被抓,心里就不能不嘀咕了……"

田才清淡然一笑:"你是学建筑搞建筑的,难道还不懂这个? 所谓风水,就是藏风聚气,得水为上,堪天舆地,明阴洞阳。即老子说的,万物负阴而抱阳,充气以为和。山环水抱必有气,你看这儿,梨城水秀这儿是第一湾,碧波翻逐,水环树绕,龙气充盈,大楼为首,高下相倾,前后相随,妙不可言!"

他们边说边围着大楼转悠,从各个角度对大楼品头论足了一番。当他们来到大楼的西部,田才清指着西北方向黑糊糊一座高楼说:"你说的那个'大将军'不就安在这栋楼的楼顶上吗?"

简业修点点头:"有没有破解的办法?"

"当然有啦,有矛就有盾,世间没有不能化解的矛盾。我可以在你的楼顶对着他的'大将军'装一套八卦镜,立刻就让他们的大炮变成一根废铁。"

简业修将信将疑,再说自己还能不能呆在这幢大楼里尚且说不准,就摆摆手:"等等再说。"

他们欣赏着河口广场的夜景,沉迷于自己的谈话,旁若无人,所以也就没有留意跟在他们身后的于敏真。有几次于敏真有意想让丈夫看见,简业修只想着房亮的大炮,对广场上的人全无兴趣。他们俩转悠够了,又乘出租车回到梨大校门口,下车后握手告别,田才清进了学校,在简业修去推自行车的时候,于敏真驾车驶上快车道,消失在前方的转弯处。当简业修来到道边,正要骗腿儿上车的时候身后似有人嘤嘤呼他:"简主任。"

简业修收住腿,回身看到树影下站着程蓉蓉,肩上披着如烟如雾的轻纱,人在暗处,瞳仁却幽幽闪烁,跳动着黑色的火焰,仿佛能向他喷射过来,烧灼着他的肌肤。他倒退两步,站到她近前:"你怎么在这儿?"

程蓉蓉痴痴地望着他,眼瞳里的火焰一直在燃烧:"我是从广场跟你到这儿来的。"

简业修奇怪:"这么晚了你去广场干什么?"

"想你,"简业修万万也想不到程蓉蓉会说得这么干脆,"干什么都没有心思,就一个人到处瞎转……到我家里呆一会儿吧?"

简业修身上颤了一下:"不行,太晚了。"

程蓉蓉仰起脸,祈求着:"不晚,就去呆一会儿还不行吗?"

简业修犹豫着,还没有想好该跟程蓉蓉保持一种什么关系,姑娘又问了一句:"你嫌我丑?"

这让简业修不能拒绝了,身上鼓荡起一股怜香惜玉的侠情,便爽快地答应了。程蓉蓉喜形于色地指给他路径,又叫他骑上车带着她,她一坐上后座就紧紧抱住简业修的后腰,将整个脸也贴了上去,简业修感到后背一阵热烘烘、香郁郁,怡神荡魄。程蓉蓉在后面还呢喃着:"这样真好,如果我们就这样一直骑下去有多好,如果能当你的小老婆该多好,你会要我吗? 你不知道我多想你,我喜欢男人比女人强,喜欢强大的男人,你的后背好宽好厚啊,真舒服……"

第 10 章

傍晚,宁宁在写作业,简业修坐在旁边检查儿子的各种作业本和已经考过的试卷,脸露喜色,拍拍宁宁的后脑勺:"好儿子,功课不错!"宁宁看爸爸高兴,要求奖励。简业修自出狱后还难得这般高兴,答应得非常痛快,叫宁宁自己提要求,他准备好好奖励儿子,却没料到宁宁只提了两项要求:第一项,拿出铅笔盒让简业修给削铅笔,他削的铅笔又尖又长还不断。这好办,简业修打开儿子的铅笔盒,里面有五六支铅笔,不是磨秃了就是削得深一刀浅一刀、短一块长一块,他想起上一次给儿子削铅笔还是在宁宁刚开学的时候……他削得很仔细,切口整齐,斜梢长而滚圆,到磨秃的时候用小刀稍微一刮擦就又可以使几天。学建筑的一生不知要用坏多少支笔,削铅笔是简业修的基本功。简业修削好儿子的所有铅笔,盖上铅笔盒:"好啦,第二个要求是什么?"儿子从作业本上抬起头,两眼偷睨着父亲,神情变得格外认真。简业修笑了:"怎么啦儿子?"

儿子眼中沁出了泪水:"跟我妈妈说话吧,求求你们别离婚。"

简业修倏地收了笑容,心内一凛:"谁说我们要离婚?"

儿子一副小大人的神态,决心要把憋在肚子里的话倒出来了:"你们两个成天谁也不跟谁说话,多难受……我妈妈可是个好妈妈,再说我也不愿意参加班里的'反后委员会'。"

简业修听得疑疑惑惑:"什么?你说什么委员会?"

"是'反后'。我们班有七八个同学的父母离婚了,有的跟着父亲找了个后妈,有的跟着母亲又嫁了个后爹,他们一没有事就凑在一起研究怎么对付后妈后爹,交流'反后'经验,所以叫'反后委员会'。"

简业修笑了:"老师不管?"

"老师管这个干什么?那些人的功课都不怎么样,如果你跟我妈妈出了事,我不加入'反后'会孤立,加入'反后'我就完了。"

简业修心魄愧疼:"宁宁,你想了那么多啦!我答应你,绝不会跟你妈妈离婚的。"

宁宁一脸郑重:"谢谢爸爸!""为什么要谢我?你刚才说你妈妈是个好妈妈?""妈妈对我好,也对你好,连老师都说我妈妈漂亮有风度,能挣钱,还不在外面胡来……"

这时候大门响动,于敏真提着大包小包进了门,宁宁喊:"妈妈回来啦?"于敏真答:"回来了,你饿了吗?"当儿子的说有一点,当妈的说马上做饭。简业修听着这母子的一问一答,心有所动。于敏真放下东西,见丈夫正望着自己,虽表情还有点僵硬,但眼含笑意,不像往常那样气哼哼地梗着脖子,她于是走进儿子的房间主动说:"业修,今天晚上不是要到市长家里去吗?我把礼物买回来了,你看看行吗?"简业修有点不自然也有点愧疚:"行啊,只要有酒,别的带什么都行。"于敏真高高兴兴:"那我快点做饭,我们早吃完早去。"

夫妻闹几天别扭,再和好后一家人会感到更亲密。高高兴兴地吃完饭,收拾利索,嘱咐了儿子几句,他们便带着礼物出门了,实际就是去道谢。第一站是市长家,为他们开门的是卢定安的夫人宋文宜,把他们让进客厅,简业修闻到了佛香的气味,轻轻抽抽鼻子……宋文宜刚才正拜佛,听到门铃响,以为是卢定安回来了急忙起身去开大门,忘了关小屋的门,让简业修两口子看见里屋迎面摆着佛龛,佛龛正中有一尊佛,佛前的香炉里插着三炷点燃的香,地上放着一块用来磕头的小毯子……一只大花猫趴在旁边,一动不动。宋文宜是位工人,脸上一团和气,善意迎人,眼睛盯着简业修左瞧右瞧:"好像瘦了,在里边没少受罪吧?"简业修笑笑:"我还能搪得住。"

宋文宜亲和可近:"自从你被抓进去,我天天烧香的时候都求菩萨保佑你快点出来。"于敏真及时地插进来:"谢谢大姐,您信佛?""就打定安当了市长,天天为他提心吊胆,你们知道他那个脾气,死犟眼子,容易得罪人,我烧香拜佛不求别的,就求他平平安安。""市长也信吗?""他不信,我拜佛也不能让他看见,一看见就说我。"宋文宜起身关上了小屋的门。

简业修由衷地:"宋大姐真是个好人,老头子当了市长自己还在工厂当工人的,全国也找不出第二个了!"宋文宜笑得朴实:"不行了,干不动啦,上个月办了病退。""卢市长每天什么时候回来?""哪有点儿呀?早了八九点,晚了十一二点,有时还到一两点。今天他知道你们来,会早回来的。"

正说着,大门响,卢定安夹着包进来了,看见简业修夫妇,那张硬涩的瘦长脸立刻现出一种亲近,简单地问候了几句便邀简业修夫妇一块吃饭,简业修说已经吃过了,难得市长高兴,吃过了也要他再陪着喝两盅。一见丈夫不嘟噜脸子,宋文宜也高高兴兴地张罗起来:"是啊,你们哥俩也好久没在一块坐了。"于敏真帮着把早就做好的饭菜端上桌子,简业修打开自己带来的酒,卢定安也不推辞。于敏真没有上桌,宋文宜给自己盛了多半碗米饭,上面放了一点菜,回到客厅陪她,大花猫"花花"跳到她身上……她真希望丈夫愿意见的人能多来几次,如果天天都这么松松快快的该有多好。

简业修举杯:"市长,先敬您一杯,谢谢您!"

卢定安斜楞着眼瞪他:"喝酒就是喝酒,谢什么。"

两人一饮而尽。简业修心有恻恻:"一般当了大官的人,碰上像我出的这种事,躲之惟恐不及,您身为一市之长,不忘旧情旧义,为了保我拍桌子发脾气,不避嫌,从心里敬您!"

两人又一干而尽。卢定安也心意耿耿:"避什么嫌?越避越嫌!你以为抓你就是冲着你?用老百姓的话说,这是给我戴眼罩!"简业修心里轰然一响:"噢,可从审问中我感到检察院是想挖出点土木集团的事情……"

"想借你这件事做文章的人太多了。"卢定安一仰脖子又自饮一杯,几杯酒一下肚,他脸上的线条变柔和了,话也多了,"我并没有保你,是你自己没有事,你真要有事谁也保不了你。我可以说是从小看着你长大的,心里对你还是有点根,保你也是应该的,不能老让只会说空话不干事的人专整干事的人。"

简业修眼珠子发红,举起杯:"您没有变,还是我过去的那个大哥!"

卢定安看看他,好久没有听到简业修这样称呼自己了,有一种亲近感,也有点别扭。是业修有了江湖气,还是自己当官当大了疏远了儿时的伙伴? 他急忙用话岔开自己不舒适的感觉:"我这也是跟老左们学的,不管他们多么可恶,却有一条优点,那就是抱团儿,当兵的敢干,出了事当头儿的死保部下。可有些所谓的老好人,一看到好人出事为什么就要躲得远远的呢?"

简业修又举起杯:"太棒了!""业修你喝得太多了⋯⋯"于敏真过来劝阻,想夺过丈夫手里的酒杯,简业修打开了她的手:"躲一边子去,管天管地你竟敢管到市长的家里来了! 市长是我大哥,我们哥俩好长时间没有在一块喝酒了,我高兴!"宋文宜拉着于敏真又坐回去:"你别管他们,好不容易赶上他们高兴,就叫他们喝个够呗。"

卢定安也发觉简业修变了。以前简业修见了他都是毕恭毕敬,一口一个市长。哪敢像这样在他面前大口喝酒,大声说笑? 想不到几个月没见,从监狱里放出来胆子倒变大了,人也撒得开了⋯⋯卢定安有意逗他:"你刚才说什么太棒了?"

简业修显然叫酒精烧得有点无所顾忌了:"您刚才那番话,还有您卢大哥的为人,都是太棒了!"

卢定安绷起了脸:"少拍马屁,快点找金克任报到,市政府已经成立了危陋平房改造办公室,他兼着主任,你给他当副手,具体事是你干。我这个市长最该干,也是最难干的一件大事,就是平房改造,这届政府的成败也在此一举,困难大得难以想象,可来自四面八方的阻力更大,老实说我心里也没有太大的把握,开会的时候各区都答应得挺好,要动真格的了却硬是推不动! 等你上来找片地方先打开局面,只要你一有成效,我看哪个区还敢推诿耍赖!"

简业修的头脑激灵一颤，马上清醒了，嘴上却说："市长，我……不想再干了。"

卢定安瞪起眼睛："什么？"

简业修压低眼眉："谢谢您的好意，我已经寒心了，何况身上也有污点儿了，就别再给您惹麻烦啦！"

卢定安"啪"一声把筷子摔到桌子上，坐在客厅里的两个女人吓得站了起来："窝囊，不就是在检察院呆了几天吗？一出来就升官，不是把脸一下子都正过来了嘛！"

简业修闷了一会儿，不敢跟卢定安硬顶，嘴里嘟嘟囔囔："官场险恶，人家说是绞肉机，一点不错。这回这么草率地抓我，而且是市委一把手亲自批示，还不是因为我给您提供了一个关于平房改造的调查报告？您刚才也说了，抓我是向您下刀子，您不早就深切地感受到高处不胜寒了吗？"

卢定安脸色又变得铁青了："你怕了？"

简业修低垂眼睑："我是蹲过班房的人，个人再也没有什么好怕的了，但替您忧虑，我在检察院里没说一句关于杜家的事，没想到这倒救了杜家，听说市委书记开始联合杜头儿，一块反对平房改造，他跟住平房的人又没有仇，反对平改还不是另有别的打算。一个是笑面虎，一个是老狐狸，下面有一大帮人，各个层次、各个部门都有他们的人，即便是市政府下面的各区局委办，就能都理解您的想法吗？从上到下给您布下了一个大陷阱，您还不到五十岁，把后半生的政治前程全押在平房改造上，冒的风险是不是太大了？只要您说这些问题早想过了，不改初衷，我没有二话，豁出去了！您从小就跟我大哥一样，我才敢说这种话，除去我也没有第二个人再敢跟您说这样的话了。"

卢定安闷头喝了一口酒，没有吭声。于敏真进来埋怨丈夫："业修你可真是不懂事，你到底是来感谢市长的，还是来惹市长生气的？"

卢定安挥挥手："没有的事，业修说的是真话，我生的哪门子气？业修，你也别受了点挫折就疑神疑鬼，我再跟你说一遍，我的决心早就下了，市长可以不当，平房改造工程不能停！想干点事的确很难，但干的过程中,特别是干成了,还有一种快乐和欣慰。不干事同样也不容易……"

简业修两眼直视卢定安:"我明白了……话说回来,您只有牢牢地坐稳市长的位子,平改工程才能进行到底。"

卢定安的口气硬得像钉子:"高处的寒冷由我顶着,你只管干你该干的事。"

简业修乘机提出自己的要求:"市长,既然您下了决心我就豁出命去干,但有一条,我不能光当个跑腿学舌的副主任,我想在危改办下面成立个公司,别人不干的我干,别人干不了的我干,等我做出了样子看他们还说什么。"

"好,我调你上来就是这么想的。"卢定安大喜,转头又嘱咐于敏真,"敏真啊,你督促着点,让业修快点到市政府上班。""您放心。"于敏真兴奋异常,答应得也干脆。她见男人们的酒喝得差不多了,时间也晚了,就拉着简业修告辞出来,回到自己的汽车旁,于敏真突然抱住丈夫吻了一下:"祝贺你,亲爱的!"

简业修冷冷的:"你有病啊?""我太高兴了! 想想吧,到市里当危改办副主任,是给金副市长当副手,起码也比区建委主任高出一到两级。"

简业修形体疲惫,满脸落寞:"你可真是官儿迷,一个女人为什么这么势利?"

于敏真今天真是高兴,不管丈夫的话多么难听也不上火:"对,我就是官儿迷,就是势利眼,我高兴。"简业修白了她一眼:"我刚才跟市长说的话你没有听见吗? 我真的不想干,从检察院放出来反倒升官了,你想想人家会怎么说他? 再说我也不想搅到高层的政治斗争中去。"连于敏真也猜不出他说的是不是真心话:"现在由不得你了,市长已经下令,你去也得去,不想去也得去啦!"

简业修懒得再答理她,只顾自己往前走。于敏真小跑几步追上他:"你不能走慢点吗? 远的不说先说眼前吧,你满身酒气,怎么去看许律师呢?""我在车里睡觉,你自己进去。""那怎么行? 我跟人家说好是两个人一块去,这也是礼貌。"

简业修不说话,找到一个地沟眼儿,他蹲下身子,把手指伸进嘴里,抠了几下就大吐起来,不仅把刚才喝的酒都吐出来了,把晚上吃的饭菜也都吐了个一干二净。

"你疯了!"于敏真心疼地跑过来给他捶背,"哪有你这样糟蹋自己的……"

她起身跑回车里,拿来一瓶矿泉水递给丈夫。简业修漱了口,喝了两口,然后把剩下的矿泉水全倒到脑袋上、脸上……于敏真又叫起来:"嗨,嗨,你又干什么?"

简业修扔掉空瓶子,用手掌狠狠地搓着脸:"酒气没有了吧?"

于敏真又气又笑:"这跟落汤鸡一样,怎么到人家家里去?"

他们来到汽车跟前,于敏真为丈夫打开车门:"好啦,这回你可以在车上睡觉啦,我跟许律师就说你叫市长给灌醉了。"

早晨,金克任的汽车来到简业修的楼下,司机按响了喇叭,简业修从楼里跑出来,司机为他打开车门,他却不想进去,新官上任怎么也得拿捏一番:"金市长,我非得去不可吗?"金克任含笑坐在车里不动:"那当然啦,你得赶快到位,以后再有这种活动我就可以不出面,全由你应付了。"简业修一下子还不适应自己的新职位,就寻找理由推托:"我的组织关系还都在区里,得等区里的头头通知我再找您报到吧?"听简业修这样说也不是没有道理,这对金克任倒无所谓,但简业修是市长点的将,也许将来是接自己这一摊子的,他决不能怠慢,就催促说:"快上来吧,调令很快就下到区里,我给杜华正打过好几次电话都找不到他,这些事你别管了,先干起来再说。"简业修万般无奈,至少是让金副市长觉得他是万般无奈地上了汽车。

他们赶到城厢区,还是区政府的那间会议室里,原来墙上挂着的各种稀奇古怪的"钱"字被全部拿掉,长条大会议桌中央摆着城厢区几大片平房改造的规划模型,四周坐满了房地产开发商,他们每个人的面前都有一沓印制精美的招商说明。前面还是那个全区行政区划投

影图,区房管局局长周原笑容可掬,信心十足地向开发商们介绍情况:

"……我们区的优势不用我说,大家都非常清楚,老城厢是咱梨城的城中之城,市中之市,全市的政治、经济、文化中心。而且前期的工作我们自己做,通煤气、暖气,通上下水,通电、通车等等,保证'七通一平',诸位老板相中了哪一片,只管按规划建房子,肯定会让大家有钱可赚。"

开发商们踌躇满志,神态各异,有的傲慢,有的矜持,有的爽朗,有的做作……但眼睛里都露出一种老虎看见肉的精光。区长顾全德陪着金克任、简业修,还有韩国半岛集团的崔太永和杜觉,走进会议室,大家目光都看着简业修,对他出现在这支队伍里感到无比惊异。顾全德对金克任介绍说:"在座的都是我们请来的房地产开发公司的老板,正在开招商座谈会。"他走到平房改造的规划模型前,向崔太永小声介绍城厢区的地理位置和平房分布情况……杜觉一眼看见大胖子房亮,用揶揄的腔调打着招呼:"房总,你好。"

"哪有你好啊,你现在是坐着飞机嫖娼——"房亮的嗓门在屋子里激起嗡嗡的回声。

杜觉变色:"你这是什么意思?"

"一日千里啊!"

屋子里有一多半人哄然大笑……因为有副市长和韩国人在,没有敢放肆大笑的人也笑得捂住了自己的嘴。杜觉的脸由白变红,却又无可奈何,倒是房亮,在大家的哄笑声中离座而去,周原眼尖,立刻跟了出来:"房总留步,怎么走呢?"房亮不提怕见简业修,却只说:"我见不得杜觉那小子,你们既然请了他来,我就走。""他给我们拉来了韩国的半岛集团,想吃同福庄这块大肥肉。但城厢区这么大,我们有近百万平方米的老平房需要改造,他胃口再大也独吞不下。他干他的,您干您的,干买卖何必怄气呢?""那小子太毒,他把你给卖了,你还得替他数票子。""在我这儿大家都是公平竞争……"简业修踅到屋外:"怎么,房总要走?"

房亮气很冲:"腿在我身上长着,我想来就来,想走就走,不可以吗?"

简业修不喜不怒:"是因为我?"

周原赶紧打圆场:"不是,简主任别多心,房总是不愿意跟土木集团的杜总坐在一块儿。"简业修对周原眼睛一闪:"周主任进去招呼其他客人吧,我负责给你把房总留下。""好,那就拜托您了,"周原又对房亮说,"房总,别走啊,等会儿我还要向您敬酒哪。"

房亮对简业修心存戒备:"你想跟我说什么? 是不是要显摆显摆你又高升啦?"

简业修笑了:"这要感谢你呀!"

房亮撇撇嘴:"你们这些当官儿的都是小肚鸡肠子,专门记仇,我在法庭上跟你道过歉了,也赔偿了你的精神损失,你还要怎么样?"

简业修神定气舒:"我指的不是那个,是你的'大将军'……"房亮变色。简业修仍旧笑模悠悠:"那家伙还真灵,如果你不抬出'大将军',我现在肯定跟你一样,大小也是个老板了。因为我已经准备好要辞职下海了,结果叫你一炮把我轰到了危改办,又得继续给你们这些大老板跑腿儿。"

房亮尴尬:"你这是得便宜卖乖吧?"

简业修收起笑容:"以前你跟我过不去是被别人挑的,通过法庭辩论我看出你这个人是炮筒子,可交。所以我想告诉你一个信息……""什么信息?""红庙区的铁山工人新村也要拆迁,那是穷地方,离市中心太远,开发商们都不愿意去。但是,我要是你就去铁山看看,那儿地价便宜,建筑成本低廉,新村里住的都是产业工人,有组织,有单位,老实听话,拆迁容易,没有后遗症。眼皮子浅的开发商不去,竞争不激烈,谁先去了谁就是大爷……你想想有没有道理?"

房亮动心,点着笨拙的大脑袋,伸出肉滚滚的肥手:"谢谢你没有记我的仇,我听明白了,你绝对是好心,我正好也不愿意在这儿扎大堆儿,此路不通仙,总有通仙路。"

"哎,同福庄你也先不要放弃,别管杜觉,各干各的,井水不犯河水嘛,仔细掂量掂量,再到红庙区去了解一下情况,然后作决定。"简业修连推带拥地又把房亮让进了会议室。

笼统的情况介绍已经完成,大队人马挪到同福庄实地勘查,韩国人崔太永还带来两个技术人员,蛮像那么一回事地又计算又丈量,崔太永则不停地向顾全德询问居民情况,实际上他们已无法做任何交谈了,被居民们里三层外三层地包围起来,居民们想问他们的问题比崔太永想问顾全德的问题要多得多,得不到解答就改问简业修,因为他是在同福庄长大的,同福庄人认识他:"简大主任,是要拆我们的房子吗?"

"简大哥,是叫外国人给我们盖大楼吗?"

"什么时候动工啊?"

"我们往哪儿搬啊?"

简业修的脸涨得通红,用手指指顾全德——他的意思是让大家问区长,他还不适应自己的新角色,整个上午都很少开口。有人在外面已经大喊起来:"哎——我们要拆迁喽!"在圈外边竟有人点响了一挂鞭炮……韩国人略显紧张,他的上眼皮和上嘴唇都长得过长,上眼皮盖住半个眼珠,总是让人看到过多的眼白,有些阴森之气,过长的上嘴唇遮住了上一排牙齿,给人看到的只有下牙齿。杜觉宽慰他:"没有关系,他们是好心。"崔太永疑惑不解:"这些人在看什么?"杜觉解答:"看金市长,看顾区长,也是看您,为的好记住这些给他们盖新楼的人。"

歇班在家的王宝光,听到吆喝声跑出来,把简业修拉到一边,他们小声叽咕了一会儿,王宝光突然转身就走,脚步飞快,几近小跑,他要将同福庄拆迁的消息告诉黄丽金,但不知黄丽金见不见他……

第二天,染整厂机修车间的下班铃声响过,老蔫儿王宝光换好衣服,站到女友黄丽金该走的门口等她出来。有女工告诉了正要外出的黄丽金,黄便从旁门溜走。又有好心的男工将这一情报告诉了王宝光,他疾步追了过去。黄丽金见甩不掉王宝光,两人这样像捉迷藏一样赛跑,更会惹得路人看瞧新鲜,她索性停下来等王宝光。见女友等他,王宝光又不敢靠前了,远远地也停了下来,黄丽金生气地回过身又走,王宝光也从后面又跟了上来。黄丽金干脆掉转头对着王宝光走过去,王宝光一愣,停住了步子,黄丽金生气地说:"咱们俩都散了,你还老跟着我干吗?"王宝光满面惶愧,不知该说什么……黄丽金口气软了下来:"我求求你别再这样了!"

王宝光胆怯:"你……真的不理我了? 我们那儿要拆迁了。"

"宝光,你是个好人,但我真的不能再跟你交下去了!"黄丽金为难,突然转身哭着跑开了。王宝光一阵呆愣,然后尾随而去。蔫人有蔫主意,他不敢靠得太近,也不让黄丽金把自己落下……不管黄丽金理睬不理睬,他一如既往地天天来找她,似乎只要看见她的影子就能心满意足。此后却连续两天没有见到黄丽金,他以为她病了,一女工不忍看他着急的样子,就告诉他黄丽金要结婚了,正在家里做准备。王宝光傻了:"她要结婚? 这么快?""我说了你可别生气,她家里人就是要让你死了这个心,是她哥哥给介绍的,只见过两三面就决定办事了。"

王宝光转头就跑,他先找到黄丽金的家,只有黄丽金的母亲和嫂子在家,说黄丽金正在收拾新房子。他问新房子在哪儿? 老人吩咐儿媳妇领他去看黄丽金的新房,儿媳妇以为婆婆是老糊涂啦,对老蔫儿瞒还怕瞒不严哪,让他知道了黄丽金住在哪儿往后还有个完吗? 老人也有她的道理,你看这孩子的眼神多可怜,让他看看黄丽金的新房不就死心了嘛! 就这么着王宝光被黄丽金的嫂子领到不远处的一幢住宅楼前,有两个年轻人正踩着凳子往楼洞口的两边贴大红"囍"字,旁边有一群大人孩子在看热闹。嫂子让王宝光在外面等着,她进去把黄丽金喊了出来,黄丽金神情紧张,小声埋怨:"你怎么到这儿来了?"

王宝光事到临头也急眼了,说话的语气也冲了许多:"丽金,你不能为了躲我就跟一个刚认识的人结婚哪!""这跟你没关系。""有关系,我们那一带就要拆迁了,我很快就有自己的好房子了……"

黄丽金的未婚夫走出来,骨架粗壮,满脸不屑:"这就是那个神经病? 你来干什么? 你被人家甩了,是不是想来闹喜呀?"

王宝光有点怵:"我要跟丽金说几句话。"

"她现在是我老婆,在我要结婚的日子里你狗胆包天竟敢来纠缠我老婆,我看你是肉皮痒痒啦!"那人在没有任何警告下迎面就给了王宝光一拳,并招呼他的哥们儿,"把这个癞皮狗给我打走。"那几个帮忙的小伙子,乐不得有这种打便宜人的好事,你一拳我一脚,嘻嘻哈哈地上阵了……

黄丽金大叫着上前拦阻:"你们干什么,别打了!"

她的未婚夫把她拖进楼里:"怎么? 你还心疼他?"

黄丽金的嫂子跑出来拦住那几个小子:"哎,打坏了人怎么办? 谁叫你们动手打人家了?"她从地上扶起了王宝光,王宝光摸摸额头的血,似乎没有丝毫的惊慌,他从很小的时候就嫌自己的眉毛疏淡,此刻便用手指引导着血流描眉,湿湿漉漉,温温热热,遽然生出快感,长笑而去……

众人惊愕。

第 11 章

在梨城大学校园深处的半心湖畔,古木森森,郁郁青青,有几栋教授住宅楼,掩映在绿树林中,远眺天青,俯瞰碧波,异常幽静。特别是夜晚,林幽水暗,虫鸣蛙叫,灯影杂星光,楼静月侵门。夏尊秋在自己家的工作间里,身穿蓝布工作大褂,闲适而专注地制作风筝——这是她的爱好。练手练眼,定心养神,又可达到休息的目的。她脚边静卧着一条大狗,外间一位年轻的姑娘在看书——是她的学生,定期到她这里来"帮工",主要是帮她打扫卫生,如果夏尊秋挽留,还可以住在这里做伴。凡有电话铃响,总是姑娘先接,回答也是千篇一律:"教授在工作,不接电话。是的,她晚上也在工作。"

这年月会发疯的不仅仅是老鸢儿王宝光,许久以来杜锟就时常神不守舍,渴望能好好看看夏尊秋,不管他以前曾经多么对不起她的母亲,也不管她现在表现得多么的绝情,杜锟相信只要他们见了面,夏尊秋就抵挡不了血缘上的亲情,有他这样的父亲并不辱没她。他没有过高的要求,也不指望她会公开认下他这个父亲,但他希望她在心里能接受他,允许他像一个父亲那样亲近她,也得到她的亲近。她孤单一人,他也处于半孤单状态,这种想望应该是合情合理,是能够得到夏尊秋理解的。所以,在一个晚上杜锟越想越忍不住了,就来到了夏尊秋的楼下,在楼前转悠了好一阵子,才有勇气摁了保险铁门的号码,传来姑娘好听的声音:"请问找谁?""是夏教授的家吗?""教授在工作,不见客。""我不是客,你告诉她我是杜锟。""对不起,杜先生。"姑娘关了对讲机。

　　杜锟站了一会儿,不甘心就这样离开,对他来说下这样一番决心不容易,又一次摁响了房门号,又是那一套:"请问找谁?""我还是杜锟,请问姑娘是谁?""我是谁对您无关紧要。""我想知道是谁挡着不让我见夏教授。""我是教授的学生。""你的老师在不在?""在工作。""我能不能直接跟她说几句话。""不行。""你知道我是谁?""您是谁对我无关紧要。"

　　"小姑娘,你怎么可以这样说话? 我曾经是梨城的市长、市委书记,现在是个老年人,你的老师难道会教你这么没有礼貌吗?"杜锟真是急了!

　　"那您首先就应该有教养懂礼貌,为什么我说过主人不见客,您还要纠缠不休?"姑娘又把对讲机关了。"我纠缠不休?"杜锟极为沮丧,又绕到楼的前面,抬头看着从夏尊秋房间里露出的灯光,许久才怏怏而去。

　　又是电话铃响,姑娘问:"喂,您找谁?""小亚,你好,我是吴虚白。"

　　"吴先生请稍候。"她推开工作间的门,"先生,香港吴先生的电话。"

　　夏尊秋摁下扬声器的开关:"你好,虚白。"

　　"我不好,经常想你,这是非常苦的。"

　　夏尊秋开心地笑了:"可我听人们常说,相思是美的。"

　　"疯狂更美,而相思很容易激发某种疯狂!"

　　"不管这话有多大的可信性,我听了还是高兴的。"

　　"天地良心,你还这样不信任我,我真该一头撞死!"

　　"别,我们离得这么远,我没法去救你。"

　　"放心吧,我做了决定之后,一定到你的门上去撞。"

　　"还用跑这么远? 香港没有这样的门吗?"

　　"在这个世界上我只对你一个人说过这样的话。"

　　"好吧,天各一方,我也只能相信你了。"

　　"你没听人家说嘛,真正的恋爱是没有距离感的,即使恋爱对象远在天边,也会无时无刻不觉得就在身边。"

"好嘛好嘛,"夏尊秋不再斗嘴,口气里有了一丝忧伤,"对不起,我从来没有那样的感觉,每当我想起你或者需要你的时候,都非常清醒地意识到你远在天边,而且有自己的家,一点也帮不上我。"对方沉默了一会儿后问:"你最近来不来香港? 或者到别的地方去?""不行,我太忙了走不开。""那我就去看你。"

"正好,我有个学生想成立一个房地产开发公司,起步艰难,你能不能来谈一谈,看有没有合作的可能。顺便说一句,我认为梨城的房地产业是有前途的。"

"只要你一声召唤,我立刻安排一下飞过去。"

城市的夜晚,神秘而又活跃。

杜觉的卡迪拉克的前灯在郊区的公路上投下两条光带,一只像田鼠类的精灵,没命地在光带里往前奔跑。四周都是黑暗,它的一双被车灯照花的眼睛,把光带以外的黑暗当做了墙壁,于是就只能顺着光带开出的这条惟一的道路往前跑,可它的四条小腿怎么能跑得过汽车的四个轮子,越跑感到后面的威胁离自己越近,就越发不要命地往前奔腾……杜觉戏弄够了,一加油门,车前的精灵消失了。卡迪拉克拐到了一扇厚重堂皇的铁门前,他没有停车,在车里按动遥控器,铁门便慢慢打开了……守门的警卫从屋子里跑出来,在门口站得笔直,向杜觉致意。铁门在他车后又慢慢地关上了。这里名为土木花园,实际是一座城堡,漂亮的围墙下面是三米深三米宽的小河,古称"护城河"——有不知底细的匪类,即使能翻墙而过,也会掉进河里。城堡里日夜有人巡逻,到夜晚,从武警部队买来的五条大狼狗也全被解开锁链,自由巡视,称王称霸。城堡分为三个区,红区有三栋别墅,另有网球馆、游泳池、高尔夫练习馆以及健美中心,建筑色调以砖红、暖红、浅红等各种各样的红为主。这个区以招待过从甚密的亲戚朋友为主。黄区有三栋别墅,目前还空着,建筑色调以奶黄、牙黄、杏黄等各种各样的黄色为主。蓝区是杜觉自己的居住区,他喜欢蓝色,也有三栋造型别致的别墅。三个区之间由小河隔开,又有拱桥连接,小河里流淌着活水,和外面的大河相连。每个区都有不同的曲径、回廊、荷塘、花圃……这里就不仅仅是用"豪华"两个字所能概括的了……

杜觉的车停在红区的一幢别墅前,狼狗们从黑暗中蹿出来跟他亲热。他抚摸、逗弄了它们一会儿,然后从车里拿出一包精肉抛给它们。他敲开了别墅的门,为他开门的是一位美貌惊人的年轻女子,女子显然以为是另一个人来了,看见杜觉大出意外:"是你……杜总。"

"你好,品芳。"杜觉倒十分客气,"以后叫我杜觉。"

"杜觉,里请。"

"你学得可真快。"

谢品芳嫣然一笑。别墅内富丽堂皇,暗香浮动,却只有从电视机里才能听得到人的说话声,偌大的一座宫殿,不知有多少间房子,全都空着,这使一所豪宅显得过于阴森冷寂了。所有这些陌生的空房间,在夜晚,对一个女人来说都会变得空洞空虚,幽闭而恐怖,依据她的想象力演绎成一个个极为古怪可怕的故事。杜觉问:"我老爸没有来?"叫谢品芳的姑娘只轻轻摇了摇头。精明如杜觉也有困惑的时候:"咦,这就怪了,凡我知道他能去的地方都找过了,还以为他一定会在这儿……"

谢品芳的嘴角露出一丝浅笑,晚上能在这栋房子里见到一个活人显然令她非常高兴。但笑得有点苦涩,杜觉使她觉得难堪,在心里有几分怕他。杜觉倒未显出多么的鄙视和仇视她,尽管她是他父亲养的女人。难道当儿子的能容忍威胁和伤害了自己母亲的女人?杜觉又问:"你知道我父亲还可能去什么地方吗?"

谢品芳生性颖悟,含而不露:"我不会比你知道得还多,我是不喜欢多问和多打听的。"杜觉赞赏:"这是你的优点,大概父亲就喜欢你这一点。"谢又笑,她笑得娇美迷人——这大概也是男人喜欢她的原因,光会笑而不多说少道的女人让男人感到赏心悦目,耳根清净。杜觉似有急事要找杜华正,进屋后一直不落座,在屋里四处打量:"这房子住着还舒服吗?""房子是没有说的……""噢,你是说住在这里并不是没有可挑剔的地方?"

谢品芳眼光一沉,似乎是下了什么决心:"再好的房子,没有人气,就是坟墓,可能比监狱更让人受不了。"

"哦?"杜觉终于坐了下来,他盯着谢品芳,谢不好意思地低下了头,"品芳,我这样称呼你可以吗?""谢谢你能这样待我。""你是满足于这样被包养几年,攒一点钱,然后远走高飞或嫁个人过安稳日子呢,还是真想介入我父亲的生活?原谅我问得太直率了。""你父亲帮过我的忙,他年纪又不是很大,会当官又会体贴人,我没有权利说爱上了他,只是对他产生了很深的依恋。正是有了依恋,才觉得这被包养的日子太难熬了,刚才我跟自己打了赌,今天晚上他若再不过来,我明天就离开这儿……"

杜觉点着头:"你离开几天,也许就该他想你、满世界地找你了。"他突然又一拍自己的脑袋,"他妈的,我们两个应该是天敌,倒给你出起主意来了。这就是漂亮女人的魅力。"

谢品芳巧笑横波:"我们能成为朋友吗?""好像已经是了,我对你的所有情况都一清二楚,没办法,我必须保护我的母亲,又不能对我父亲身边的女人一无所知。以你的性格和受过的教育,应该在工作上成为他离不开的心腹,那我们就可以合起来干点大事。""我该怎么办呢?""你好好想一想,你会有办法的。"杜觉起身,"我得走了。"

"杜觉。"谢品芳伸出手。

杜觉跟她握手的时候她迟迟不松开:"你能抱抱我吗?"

"我抱住你若是不想松开了怎么办?"

"我一个人在这里太害怕了。"

"我可不想让我们杜家重演《雷雨》的故事。"

他探身向前,在谢品芳的脸颊上轻轻一吻,松开手走了。

与此同时,在现代娱乐宫的歌舞厅里,灯光昏暗,色彩迷离,乐声震耳欲聋。这光线,这色彩,这乐声,挑逗一切,掩藏一切,男男女女或在场上扭作一团,或在包厢里窃窃私语、纵情欢笑。在这种氛围里没有情的说情话,越拘谨的越放纵,正派的疯狂,苟且的陷于偷情的偏执和妄想之中……东方电子集团的总经理于振乾,陪着几个南方客户,被小姐引导着从单间餐厅走下楼,进了大歌舞厅的雅座。在商量要什么饮料、水果和点心的时候,他无意间一眼看到自己的女儿于非和一个相貌粗俗、年纪又显然大她好多的男人,非常亲密地搂抱着在舞场上磨蹭。在大庭广众之下能这样搂抱的男女,就绝非一般的关系了……于振乾怒气攻心,血往上撞,立刻五官挪位,浑身抖动。此时此地,他却又无计可施——既不能走过去把女儿拉走,也不能叫手下人把那个家伙猛揍一顿,甚至还不能让客户看出他在这儿碰见了自己的女儿……他实在是丢不起这个脸! 他的办公室主任精明过人,故意用让客人能够听到的声音问他:"于总,您怎么啦? 脸色这么难看?"于振乾借坡下驴:"我的胃忽然疼得厉害,想吐……""会不会是刚才吃的海鲜有什么问题?"

于振乾越发做出一副难以忍受的疼痛状,对自己的部下说:"我先离开一会儿,你一定要陪着朋友们玩好。"他和客人们一一握手,"对不起,实在是抱歉得很。"

办公室主任把他送出来……客人们反而长出一口气,露出轻松状,于振乾架架棱棱放不下大企业家的派头,没有他了客人们只会玩儿得更自在更尽兴,现在只需要他的钱用不着他这个人了。

于振乾装着一肚子气回到家,钟佩似乎也刚进家门,平时在只剩下她一个人的时候就没有心思做饭,从外面买回来一角大饼,水萝卜蘸酱,又用暖壶的水泡了一袋方便面。她问丈夫:"你吃过饭没有?"

于振乾没有好气:"吃气就吃饱啦!"

钟佩抬起头:"怎么啦?"

于振乾突然爆发了:"你当初若是觉得当官比当母亲重要,就别要孩子,生了孩子又不好好管教,上学,上学不行! 就业,又不找个正经八百的工作,你知道她在外边干什么吗? 不是当娼妓就是给人家当小老婆!"

钟佩心里一抖:"你说于非?""说别人还对得起你那个宝贝闺女吗?""那怎么可能,她不是在一家服装店打工吗?""那服装店的老板叫什么?""我也不太清楚,在城厢区,是她自己联系的……""那么你这个当母亲的又清楚些什么呢？"

"我只清楚那年她没有考上大学，你叫她来年再考，她在家蹲了几个月，后来自己找了个工作，当时你不也同意了吗？怎么一出事就都是我的责任了？"

于振乾词穷，把手里的提包狠命地摔到沙发上，钻进卫生间去洗澡，冷水浇头能消火……再从卫生间出来就果然不跟妻子吵了，两个人似乎达成默契，等女儿回来问明白了再说。到凌晨一点多钟，于非才回到家，钟佩靠在沙发上闭着眼，于振乾怒视着女儿。于非有些虚怯："怎么还没有睡啊？"

于振乾腾地怒气攻心："你还管我们睡得着睡不着呀！"一看父亲的气色不对，于非就不再吭声，想回自己的房间。于振乾暴喝一声："站住！"于非看着他。

"你干什么去了？""玩儿去了。""玩儿什么？""唱歌，跳舞，还能玩儿什么？""跟谁？""我们老板。""他叫什么？""姚天福。""多大年纪？""四十多岁。""结婚了吗？""您这是干什么？查户口？"

于振乾咬着牙："我问你他结婚了吗？"

"结了，老婆孩子都有。"

"你跟他是什么关系？"

"老板和雇员的关系。"

"还有什么关系？"

"……他答应帮我，让我自己开个时装店。"

"我问你跟他是什么关系？"

"我爱他，这行了吧！"

于非的左脸重重地挨了父亲一巴掌，身子向右倒下去。

第 12 章

漫长的酷热期接近尾声,到下半夜已经相当凉快了,梨城人可以睡个好觉,城市便跟着醒得晚了。惟同福庄却早早地就醒了,或许它根本就没有睡,它已经大乱了!

最抢眼的有两种景观:一种是长长的队伍——同福庄已经闹腾好几天了,从今天开始办理拆迁手续,所以一整夜都没有消停,天不亮就排起了长队,大家欢天喜地,兴奋雀跃,交验老房本,领钱,办理购买新房子的手续,高声说笑,交流各种感慨和信息。在办理手续的长条桌旁边,贴着十几张放大的各种楼型和房型的图纸,许多人围在图纸前研究着、比较着……另一种景观是限令在九月二十日之前必须迁走的布告,前面围了黑压压一大群人,愤怒、焦虑、惶惶然。顾全德和周原分别被群众包围着,各种问题,无数咒骂一齐向他们砸过去,令他们听不清谁在说什么,因此也就无法解答,难以招架。有人递给周原一个电喇叭,他站到一堆破砖头上,不管大家听不听,他尽量稳住东摇西晃的身子,大声地做着解释工作:"大家静一静,听我好好说,这次拆老房子之前必须先拆掉许多老观念,树立新观念。要拆的第一个老观念就是,以后老百姓不可能再租国家的房子住了,国家没有房子了。要树立的第一个新观念就是,房子也是商品,大家都可以买房住,区政府经过实事求是的严格尊重客观现实的测算,拆你们一平方米的老房子,补贴给你们五千一百元。你们拿这个钱去买新房子,眼下新的住宅楼每平方米只售价千元左右,离市区远一点的地方不过几百元一平方米。你们拆一平方米得到的补贴款,可以购买四五平方米的新房,也就是说每一户动迁之后,至少比现在的住房面积扩大四五倍,如果谁还想住得更宽敞,你就得自己再加点钱……想想看,到哪里还能找着这么好的事? 你们还瞎嚷嚷个什么?"

大哑巴的嗓门格外奇特,对着他连比画带叫,周原听不懂,只好摆摆手,大哑巴也无奈地将双手一摊……周原则继续自己的演说,"九月二十号之前各家必须搬走,九月二十一号施工队伍就要进驻现场,到那个时候还不搬的就会被勒令强行搬迁……"

大哑巴突然看到被围困在中间的顾全德脸色煞白,整个身子瘫了下去,他大声怪叫着扒开人群,将顾全德拉出来,一弯腰背起来就跑进了由居委会改成的动迁办公室,将顾全德慢慢地放在凳子上。顾全德伸开两条腿,从一个黑书包里拿出针盒,他忍着疼痛自己往膝盖周围和小腿上扎针,每条腿上都扎了四五针,渐渐地疼痛似乎减轻了……他对哑巴竖起大拇指。居民们立刻又拥进顾全德所在的地方提问题……只听玻璃窗哗啦一声被挤碎了,还有人高喊:"碎了没关系,反正也要搬家了!"有两个人提着白灰桶,往临街的墙上写着大大的"拆"字,吸引了一大帮孩子跟在后面起哄……墙上背着个巨大"拆"字的房主人,表情都十分复杂,有的恼怒,有的不忍,有的高兴……

简业修是在天刚放亮的时候被姐姐用电话叫来的,一家人要商量一下父亲搬家的事,他被眼前的场景深深吸引、深深触动。当他拐进胡同要回自己家的时候,看见老蔫儿王宝光神情诡异,两条眉毛用墨涂得漆黑老长,昂头挺胸、目不斜视地走过。他迎面打招呼,王宝光竟不予理睬,甚至对胡同外面那搅翻了天的热闹景象也视而不见,大步流星地穿街而去。后边牵引着一大帮孩子,齐声喊叫:"哥哥大胆往前走,妹妹想哥泪花流……"小洋马杨美芬追上来,驱散了孩子,强拉硬拽地又把王宝光拉回到屋里去,她拥抱他,亲吻他,摸他的脸……表情体贴、圣洁一如一位母亲。王宝光渐渐安定下来,杨美芬用毛巾蘸水为他擦洗眉毛,王宝光突然抱住她,趴在她的肩上哭泣。大哑巴王宝发一步踏了进来,打个愣怔,随即哇哇叫着拉开杨美芬,举拳要打。

杨美芬迎着他的拳头挺胸不动,闭着眼,满脸是泪,哑巴的拳头终究没有砸下来。她对哑巴连说带比画:"你个死哑巴,老鸢儿是花疯,要有女人照顾他才会好……"王宝光又开始描眉……哑巴夺过毛笔一把掰断,扔出门外,王宝光随之又跑了出去。

简业修进了父亲的小屋。简业青摆上炕桌,一家人正要吃早饭,他自然也用不着谦让,先给父亲盛上豆浆,递过油条……禁不住赞叹:"城厢区就是厉害,河口区还一点动静没有哪,这里都拆上了。"简业青倒没有应有的兴奋:"快是够快的,可大伙儿还都没有准备好哪,你就说咱爸吧,是在别处买房,搬走就一劳永逸地不动地方了,还是仍旧买同福庄的房子,到别处凑合两年,等新楼盖好了再搬回来?"

简业修向老人扭过脸去:"这要看咱爸的意思?"简玉朴还犹豫着:"别看同福庄又破又旧,真要叫我离开还有点舍不得。"简业修就替老人拿了主意:"那就还买这儿的房子。"简业青问:"买多少呢?"

简业修想了一会儿:"我刚才看图纸,最大的房型是三室一厅,一百多平方米,就买那么一套行吗? 让咱爸下半辈子宽宽敞敞、亮亮堂堂的。"还没等老人吭声,简业青先沉不住气了:"那敢情好,但光靠拆迁补贴费就不够了,还得再搭上一大笔钱……"

简业修大包大揽:"别考虑钱,由我来出。"

简业青似乎松了口气:"敏真能愿意吗?"

这种话最能激发简业修的大丈夫气:"这跟她有什么关系? 钱是我的。"

简玉朴则最怕儿子愣充能耐颈,无论什么时候一见简业修对媳妇露出不满、不敬或不屑,就气不打一处来:"你的钱就不是她的钱? 你还瞒着敏真自己存了钱?""瞒她干什么,那是我坐班房挣的损失费,用来买房子不也算派上了正用场。"

老人嘱咐:"那也要跟敏真好好商量,不光是你受了损失,敏真和孩子也受了惊吓。再说我一个人住那么一大套房子干什么? 闹鬼啊? 顶多买个偏单元就足够了!"

一家人都看着老人,田超倒在用不着他说话的时候偏偏插嘴了:"爸爸讲得有道理。"简业青瞅了丈夫一眼,忽然明白了他的意思——

平时是他们两口子照顾老人,如果不搬迁,等到老人死了,这房子肯定就归他们了,简业修不会再好意思来争老人留下的破房子。倘若借着搬迁让简业修再添钱给老人买了大房子,一是容易让于敏真怀疑大姐是在算计她弟弟的钱,二是将来老人不在了这房子归谁呢?至少也得分给简业修一半……一到这时候别说是亲姐弟,就是亲父子也得算好自己的账。简业青立刻有了主意:"业修,咱爸说得对,你那点拿命换来的钱千万可不能动,你甭想借着给咱爸买房又跟敏真闹事。就依咱爸的主意,房子太多了也没有用,就买个偏单元,让咱爸住大间,我跟你姐夫住小间,这样一来再往里搭钱就有限了,我们家就能拿得出。"姐姐突然大转弯,让简业修发蒙:"小莹眼看就是大姑娘了,应该有一间自己的房了。"简业青接着解释,"你姐夫医院里还分给他一个独单元,换到一块不就行了嘛。"以简业修的脑子此时也猜出姐姐、姐夫的心思了,但面子上还要再坚持一下:"我出点钱没有问题,一步到位,豁豁亮亮的,我们来了也好住。"

简业青撇嘴:"打住吧,敏真有车,你们两口子什么时候用得着在这儿住?倒是宁宁可以在这儿住,正好跟他爷爷一个屋。这事就这么定了,赶紧说眼前怎么办吧,区里规定,还迁期是一年零八个月,要在外边经过两个冬天,咱爸怎么办呢?"

简业修没有迟疑:"当然是搬到我那里去,我那里房子宽敞,其实早就该搬过去了。我是简家惟一的儿子,不能只叫姐姐照顾老人。"简业青心里总是不踏实:"我照顾老人也是应该的,你跟敏真商量过了吗?"简业修又摆出一家之主的专断:"没问题!"父亲恰恰是对他这种专断不放心:"什么叫没问题,回去好好跟敏真商量完了再说。"

简业修提出要房本去办手续,被大姐拦下了,说这种事用不着他。那什么事才用得着他呢?心急火燎地把他喊来,却又什么事情都不让他干……他从家里出来路过崔娘的门口,见老人嘟噜着脸坐在门外,连两个一向只会呵呵笑的傻儿子也都蔫头耷脑,这哪像是要往新房子里搬的意思,倒更像是大难临头……他突然生出疑惑,老百姓真的是盼望拆迁吗?破家难舍,这一拆不知会拆出什么故事、什么麻烦来？他抬头想跟崔娘打招呼，却看见崔娘的屋里坐着不少人，有男有女，年龄不等，穿着体面，看上去像客人，却又不跟崔娘说话……大哑巴老远就冲着他哇啦哇啦比比画画地走过来，显然是在告诉他关于崔娘家里的事，不知是替崔娘抱不平，还是向他讲解一个古老的故事……非常奇怪，十哑九聋，大哑巴的耳朵听不到任何声音，但同福庄发生的事情没有他不知道的。丧葬嫁娶，红白喜事，各种民间大事的规矩没有他不懂的……大哑巴是同福庄的一个活宝！

东方电子集团的一片现代建筑，在红庙区格外显眼，总经理于振乾的办公室也相当气派，在外行人看来更像一间太空舱或电子指挥中心一类的地方。他为自己配备了两台电脑，坐在办公室里不仅能牢牢地掌握着全集团的营业运营，还随时跟世界电子行业保持着必要的联系。上午是他工作的黄金时间，效率最高，把开会、见客、应酬等等杂事都安排到下午。上班后，副总经理们以及各部门的主管，有事需请示他的陆陆续续地进出他的办公室，于振乾神采清明，雅博大气，处理问题明晰快捷。他的办公室主任带着一脸诡秘的微笑闯进来，竟一反常态地打断了头头们的谈话，走到于振乾跟前小声说："钟区长要见您。"

于振乾的心思集中在副手们提出的问题上，随口回绝："不见。"

"不见不好吧？"

"你怎么回事？我三令五申，一般的情况下在上午不见外人。"

"她不是外人，您不见恐怕不合适。"下边的人开始卖关子。

"谁呀？"

"钟区长。"

于振乾抬起头，他的属下笑了："就是咱的父母官、您的夫人，红庙区的钟佩钟区长。"他皱起了眉头："她来干什么？"

"这得您来问……肯定是有大事、有急事呗！不然在家里不就跟您谈了嘛。"

"真是添乱，叫她进来。"

他把该说的话说完,该布置的工作布置下去,集团本部的人都含笑退了出去。钟佩被引进来,进门就嗔怪:"见你可真够难的,连我都被蹲了这么半天。"

"我们这是企业,时间就是金钱,效率就是生命。""好像就是你们的时间值钱,就是你们讲效率……""你找到这儿来干什么?""这有什么办法,在家里跟你谈,你说家里不谈公事,只好登门求见,公事公办了。"

于振乾突然一阵厌烦:"还是那个平房改造的事?""没错,振乾你想想,目前你们企业的效益最高,是红庙区的龙头老大,我如果连你们都说服不了,还怎么去做其他企业的工作?""咳,这也不是你吃大户的理由啊!""你这是什么话? 怎么叫吃大户呢?"

"看看你们制定的政策,铁山工人新村有四排的老平房当初是我们东方厂出钱盖的,也就是说产权属于我们所有,现在你叫我们把这些房子的产权交出去,每间房子还要再倒贴给你们一万元钱,天下有这么算账的吗? 这不跟劫道一样吗!"

"看看你这性子,上次不等我把话说完,就这样断章取义地把话打断了……我们不要你的产权,你那一万块钱也不是给我们区里,而是作为搬迁费发给你们自己的职工,我们区里要搭的钱比你们更多。每个拆迁户每平方米差不多要得到四千元左右的补贴,你们铁山新村的房子平均每间十二平方米左右,你算算要多少钱? 然后再用这笔钱去购买带产权的房子。听明白了吗? 我们区里出大头,你们出小头,给你们的职工补贴,让你们的职工从你们企业里把产权买走。"

"何必要绕这么多圈子呢?"

"我们经过反复核算,目前这是惟一能行得通的办法。不信你自己算,如果你们集团自己出资改造产权属于你们的那些危陋平房,至少需要资金五千万,按我们的规划跟着区里一块改造,只需两千万就够了。你算算哪个合算?"

"你们算得准确? 不会把我们套住之后再层层加码吧?"

钟佩把材料推给于振乾:"你自己算算看。"于振乾在自己的电脑上一阵噼啪乱响,得出数字后脸上有了笑意:"好,我被你说服了,但还要在公司调度会上讲一下。"

钟佩长吐一口气:"说服我丈夫比说服十个别的企业家都更困难。"

于振乾突然转了话题:"于非有消息吗?"妻子对他摇摇头。"刚才我还以为你是为这件事来的呢?"

"后悔了吧? 这么大岁数,还是这种性子,不管她有多大的错,也是那么大的姑娘了,你怎么能下那么重的手打她?"

"你区里有公安局,就不能叫他们帮着给查一查?"

"噢,你还嫌事情闹得不够大?"

梨城郊县有个玉河乡,在这个乡靠近大浪淀水库的边上,有一片过去几十年无人敢靠近的"军事禁区",当地人管它叫"大白墙"——四周高墙,电网,树林茂密,里面做过兵营,关押过战俘,梨城解放后成了一家兵工厂的试验场,后来成了仓库。占地数千亩,依然保持着历史留下来的神秘和森严,人们只有在附近经过的时候才敢好奇地远远望上几眼,平时很少看见有人出入,更没有人敢动它的脑筋,因此保护了里面的树木和动物——大树参天,荆棘横生,野草齐腰。还有人说,里面有活了四百年的蟒蛇,有成精的狐狸和黄鼠狼,经常有人听到里面有野狼的嚎叫声……在"深挖洞"的年月,梨城这家兵工厂撤到西北大三线,丢在"大白墙"里的仓库也就形同虚设了,越发地成了天然野生动物园。近年来还是农民的胆子大,脑筋转得快,花花点子多,玉河乡靠卖地发了大财,自然也不会再让眼皮底下的"大白墙"闲在那儿成为蟒蛇、野兔的乐园。竟利用"大白墙"的优势,把它改成了狩猎场,对外称"国际森林俱乐部"。里面除了一部分野生动物,还放养了鸡、兔、羊,鹿,专供当官的和有钱的人来消遣,收费很高。

杜华正和另外一男两女,在"大白墙"内叽叽喳喳,胡乱扣动扳机,赶得鸡飞狗跳……杜华正人长得白,服饰、发型也经过精心地挑选和修饰,非常考究又很合体,显然是这一组人的中心,那一男二女哄着他转。他们过足了枪瘾，却收获不大。乡长赵光义提溜着八字脚出场了，别看他土头土脸，却带着一种漫不经心的傲慢，或者说是对城里人的蔑视。从头到脚，一身高价行头，非常讲究又穿得非常邋遢，与他的气质、身份不协调又很协调。他亲自出面并不说明他低下，只是给杜华正一个面子，玉河乡和河口区经常打交道，杜家父子让他赚过大钱，他也让杜家父子捞过大的好处，赵光义可是脸面上的人物，和上层许多人物都有着非同一般的交往……从他跟杜华正一见面的那个熟悉劲儿，可以知道杜区长是这里的常客了。

杜华正把另一个男人介绍给赵光义："这位是南方万顺集团的王总，大老板，来梨城好几天了，找不到可玩儿的地方，今天就看你的森林俱乐部能不能给王总留下个好印象了。"赵光义知道今天是谁出钱了，随即又把两只眼睛转向两个年轻姑娘……杜华正补充说："两位小姐是王总的部下，南方佳丽，也让你们这儿的人见识一下，娱乐场配小姐应该是什么标准。"

其中一位小姐果然操一口绵软的南方口音："杜区长说笑话了。"

另一位是杜华正带来的谢品芳。赵光义阴笑："欢迎，欢迎。杜区长口味高，对我们这儿的小姐一个都看不上了。"

杜华正也把赵光义介绍给同来的人："这位不用我说，你们想必已经猜出他是谁了，这儿的地头蛇、大名鼎鼎的赵光义赵乡长，也是在全国挂了号的乡镇企业家。"他转头又煽呼赵光义，"把你的绝活儿拿出来让客人瞧瞧。"

"我这儿都是绝活儿，哪一项活动都是别处没有的。"赵光义晃悠着脑袋，把杜华正一帮人领到一个特殊的小狩猎园，这里面的小羊羔和鹿，都是用绳子拴住的，保准让狩猎者能够打中，他介绍说，"这些小羊羔全是从新疆运来的，决不膻气，谁打中了可以带走，不想带走等一会儿就给你们烤全羊，煮全羊汤。打中了鹿立刻趁新鲜喝鹿血，炖鹿鞭，累了晚上就住在我们这里，安静，空气新鲜，洗温泉澡，房间也绝不亚于城里的星级宾馆。"

杜华正问："一只羊羔多少钱？"

"五百。"

"一只鹿呢？"

"两千。"

"你宰人可真够狠的！"

"杜区长，从你的嘴里要说出一个宰字就太掉价儿了。你知道到药铺光买一条鹿鞭是多少钱吗？我的鹿肉等于白送，而且我的鹿鞭是鲜的。"不轻易开口的王总打圆场："小意思啦！"

"好啦好啦，你满嘴里鞭呀鞭的，就不怕小姐们恶心？我们就一样打一只怎么样？"杜华正跟王总商量，王总自然是听他的了，而且让他先打。杜华正连开三枪，那只鹿仍然顽强地站立着。王总又打三枪，不知是故意的还是真的枪法不准，那只鹿仍然没有倒下。小姐们相互推让，不敢也许是不忍扣动扳机，杜华正就叫大家一块上，一阵乱枪响过，那只鹿算难逃活命了。然后这几个人又把枪口瞄准那只羊羔，杜华正说："这回王总先打……"在别人打羊的时候，他突发怪想，如果想自杀或想杀人就到这个地方来，约着仇家一块打猎，然后突然掉转枪口……他真的就转头问赵光义："赵乡长，你这里有没有误伤了人的？"

赵光义连忙摆手："没有，杜大区长，您别给我造这样的舆论，我们这儿是狩猎场，不是决斗场！"杜华正和赵光义这样一问一答，大家都想到了走火，想到了身上或脑袋上被穿了一个洞……手里的枪变得沉重和不那么好玩儿了，对打猎有了恐惧感。于是又四个人一齐上，用排枪把羊羔打死，悠悠地返回了休息室。工作人员立刻端上两碗鹿血，还拿来一瓶药酒，杜华正闻闻鹿血，皱眉咧嘴："这个能喝吗？"

赵光义说得有情有致，甚是得意："老赶了吧？你没看过《雍正皇帝》？他打猎渴坏了，喝了一碗鹿血，立马就浑身燥热，该硬的地方硬得像铁棍一样受不了了，找了个乡村丑闺女，当时在他眼里就成天仙了……就是那次怀上了乾隆。"

杜华正一眴一睥都带着嘲弄的神气："赵大乡长，这都是野史，不足为信的，你就说这里面有没有细菌或寄生虫之类的东西吧？"

"绝对没有，我们的鹿都是经过检查的，人家许多大人物来了都喝,没有一个不说好的。你如果嫌腥,可以对一点药酒,这药酒也是用鹿鞭泡的。"

"好吧,一到你这儿就离不开鞭了,那就上你一回当。"

"你上一回当就知道它的妙处了,下一次来我要不给拿这些东西你会跟我没有完!"

杜华正对了药酒,还真的把一碗鹿血喝下去了,再用药酒漱了口。王总也学他的样子一饮而尽,两位小姐则坚决谢绝。然后,他们便利用烤羊羔和炖鹿鞭的工夫去洗温泉。森林俱乐部里有十几个单间浴池,深入到地下,可以泡澡,可以淋浴,每个单间里有一位小姐在伺候——所以叫"美人温泉浴"。杜华正有自己带来的姑娘,让小姐走开了。谢品芳问杜华正:"身上热了吗?"

"早就热了。"

"真的?"

"从跟你一出来就热了。"

谢品芳突然往他身上一扑,两个人嘻嘻哈哈、打打逗逗地进了里间……

享受完"美人浴",他们来到餐厅。吃饭前,杜华正所在单间里的电视机里正播放本市新闻:"韩国半岛集团和本市土木集团,今天签署一项和城厢区共同改造同福庄危陋平房的协议,仅半岛集团就先期投资一亿五千万元人民币,副市长金克任出席签字仪式并讲话。"

赵光义说闲话:"杜区长,你的儿子怎么不帮河口区,倒胳膊肘向外扭呢?"

杜华正不语,眼睛继续盯着电视屏幕:"城厢区出台货币安置的平房改造政策,受到市政府和国家建设部的重视,也受到群众的热烈拥护,拆迁工作正在热火朝天地展开。目前我市危陋平房的改造工程已全面展开,红庙区政府联合企业共同承担改造铁山工人新村的任务,首批动迁户已开始做搬家的准备工作……"杜华正脸色难看,但他很快就调整过来:"来,大家就座,先喝蛇胆酒……"

　　服务小姐端上绿色的蛇胆酒,给每个人的酒杯里倒满,杜华正说:"光在市里吃海鲜已经不新鲜了,所以今天我要的全是野味。"尽管杜华正不停地找话说,想逗趣,但谁都看得出来他已经心不在焉了,刚才无意间看到的电视新闻把他的玩儿心打乱了,吃过饭立刻就要走,赵光义大感意外:"杜区长刚吃完鹿鞭,这么早回去干什么? 再玩儿一晚上,明天早晨从这里直接去机关上班不是很好吗?""不行,区里事太多,借着这点鹿肉的劲儿还得回办公室处理点工作。"

　　赵光义笑了:"真的假的? 八成是看到别的区上了新闻,有点着急上火了吧。""在你这里吃的东西,没有一样是不上火的。""我要吸取个教训,得把各个单间的电视外线全掐了,领导同志们是来散心的,一看到新闻节目,关心起国家大事来,这心还散得成吗?"他叫人拿来两大包东西,放进汽车的后备箱:"这是两条鹿腿,还有一瓶鹿血酒,带给杜老,让他老人家也补一补。"

　　"谢谢。"杜华正钻进了汽车,两个小姐一边一个挤住了他,王总坐在前面。

　　杜华正没有回自己的家,而是来到他父亲居住的黄埔花园,保姆开门的时候告诉他老爷子病了。他一愣,严厉地向保姆追问老爷子是怎么病的? 保姆担不起责任,实打实地告诉他是前天晚上去了趟梨城大学,热身子扑冷风,大概是受了点凉,回来就躺倒了。杜华正知道老爷子得的是什么病了,又责怪保姆为什么不早通知他? 保姆委屈,说到处打电话都找不到他,只好告诉他的家里人了。心里却想,杜区长的家里人为什么也不给他个信儿呢? 这是一户什么人家哟?"哦,我没有回家,"杜华正解释了一句,同时把手里的鹿腿交给保姆,"这是内蒙一个朋友送来的野味,先放到冰箱里,明天给老人补补身子,清炖也行,红烧也行,涮锅也行。"他抱着那瓶鹿血酒上了二楼父亲的卧室,房间宽大舒适,灯光幽暗,一室的沉寂,杜锟闭着眼似睡非睡,他走到近前轻轻地叫了一声,杜锟闭着的眼微微睁开,有些陌生和怪异,杜华正低下身子问:"您哪儿不舒服?"

　　杜锟声音细微:"唉,浑身没有舒服的地方。""要不要到医院检查一下？"杜锟摇头，又闭上眼睛，似在自言自语："不用,去哪里也没有用。""有病光这样熬着也不是办法呀！"

"熬着？往后恐怕光剩下熬着了。"杜锟心情极端晦暗,生病既结束功劳,也结束错误,人一旦接近死亡便面临过去的全部错误,以前的所有失误都翻腾出来折磨他……

杜华正很少见老人这样,真的感到了不安："爸,我看得送您去医院……"

杜锟瞿然开眼,清醒而又坚定："不必,就是头痛脑热,没有大问题。"

杜华正不敢向老爷子询问去找夏尊秋的事,只能空洞地劝解："爸,您要活的年头还长着哪,自己得多注意,凡事得想开。"

杜锟叹息："咳,还能活多少时日又有什么关系？关键是在今后的年月里还有多少生命力！没想到退下来的日子最难熬,说说道道大半生,在自己感觉还很好的时候,猛然间就剩下混吃等死了,一个人孤单单地看着自己的生命力,毫无作为。"

杜锟强硬一辈子,在病中跟儿子说了软话,借以隐瞒他去看夏尊秋被拒的郁闷。杜华正却正好可以打听老爷子跟卢定安谈话的结果了,以便决定自己区里的平房改造是马上动手呢还是再等等看……就说："您真的听了来明远的话去找卢定安了？"

杜锟恨恨地："我是自取其辱啊！""他怎么说？""他什么也不说,一个地道的蔫头匪类,任你说下大天来他想怎么干还是要怎么干。"

杜华正一下子觉得自己曾不可一世的父亲,现在是这样虚弱,这样可怜。他能猜得出,卢定安不是没有说什么,一定是让老爷子着着实实地吃了个大窝脖儿,只不过老爷子羞于承认罢了。他又叮问了一句："是叫卢定安给气病的吧？"

老人叹了口气："现在还谈什么气不气呀？你在台上时,无法观察那些正在观察你的人,现在可以了,我可以从从容容真真切切地观察那些过去拼命想跟随我的人,可惜我现在观察出结果也没有用了。"

"为他那种人生气可不值得。"

"是啊,这只证明他确实是个扶不起来的阿斗,不务正业,是用胆子而不是用脑子来当领导,这正好成全了来明远,人家以书记给市长补漏洞的旗号大张旗鼓地着手抓经济,将来有讨巧买好的事全是来明远的。等着瞧吧,卢定安有来求我的那一天,我还有时间等着看他的笑话。"

杜华正却在心里叫苦,各区都动起来了,平房改造想收也收不住了,自己该怎么动呢?杜锟不愿多谈卢定安了,病中只想孙子:"小觉这些日子在干什么?"

"他没有来看过您吗?这小子!"杜华正打开手机,拨通儿子的电话,"小觉吗?你在哪里?快到爷爷这里来,你怎么可以十天半月地不来一趟?爷爷想你,身体也有点不舒服。"他关了电话又替儿子在自己的老子面前解释:"对现在的年轻人是真没法办,我有时一两个月也见不到他的面,想找他还得提前打招呼,请求被儿子接见一下。"

谈起孙子,杜锟脸上有了笑容:"小觉脑瓜灵,再让他玩儿两年,还得想办法到政府里去担任个职务。"

"到时候再说吧,还得看他个人的心气如何。"杜华正岔开话题,"我带来一瓶鹿血酒,您喝一杯提提精神吗?"杜锟晃晃头。杜华正的手机一打开,电话就一个接一个打进来,反正他跟老爷子已经没有许多话好说了,眼下又不能离开,索性就接电话……

杜觉终于来了,进门就喊:"爷爷,您怎么啦?"

杜锟见到孙子比见到儿子亲热多了,他抓住孙子的手:"没事,已经好了。"

杜觉逗老人:"我一直觉得您比我都壮。""外强中干,年纪不饶人了。"

杜华正的手机又响了,是金克任询问河口区危改的动静,实际是责怪他河口区的危改为什么没有动静……他拿着手机离开房间,一边听着对方说话,一边往楼下的客厅走,然后就假装疯魔地虚呼起来:"哎哟,难呀,太难啦!市里偏偏又把简业修调走,能不能留住他一条腿,把三义里当做市危改办的试点?"

　　他忽然为自己刚被逼出来的这一招儿得意起来……河口区最大的一片危陋平房区就是三义里,把这块烂肉推给简业修,就可以把他拴住,看他还能高升得起来……从此后,三义里的危改不论再出什么问题也怪罪不到区里来了……杜觉鬼精鬼灵地也来到客厅:"是简业修的事? 您失算了吧? 他不仅没有被打下去,反而一升两级。"杜华正心烦,看看儿子没有出声。儿子今晚的心情似乎不错,继续逗弄老子,"我知道您现在是怎么想的,一个副市长担任主任的机构,副手就应该是正局级,至少也给人这样一个印象,好像简业修从检察院放出来倒成了香饽饽了。如果他在这个位子上干得好,以后岂不就成了理所当然的副市长人选,那他就由您的部下一跃成为您强有力的竞争对手……这都要归功他的后台硬——卢定安是个不顾一切的、讲义气的工人,根本不在乎官场规律,不管别人怎么说,专破高层争斗中的花花肠子。"

　　杜华正想掩饰被儿子戳破的小心眼儿:"小觉,你将来吃亏一定会吃在自作聪明上,锋芒外露。"杜觉果然不再逞口舌之快。杜华正维持住了做父亲的尊严,立即转题:"你给城厢区拉去一笔外资?""他们给的条件好,我也给河口区拉来一笔好买卖……"

　　"什么买卖?"

　　于是杜觉讲出了要买染整厂地皮的计划。杜华正是什么人物,儿子一开口他就明白了,这小子算盘打到他老子头上来了:"染整厂可是我们最大的区办企业,这不是又要给我惹事吗?"

　　"惹不了事,这是响应市政府改造老平房的号召,合理合法,只会给河口区添彩,保证比您现在采取的跟卢定安对抗的政策要强得多。"

　　"谁说我跟他对抗?"

　　"这不是明摆着的吗? 全市都动起来了,只有您的河口区还按兵不动,眼下梨城的谣传太多了,您不可能没有听到?"

　　"什么谣传?"

　　"为平房改造的事,市长和书记闹翻了,我爷爷站到书记一边,批评了卢定安。说爷爷当初选择卢定安是武大郎开店,不是看中他有能力,而是看中他平庸无能,希望他活在自己的阴影里,不破坏自己定下的老规矩,自己可以永远当太上皇,在幕后遥控梨城市政府。没想到卢定安发动的这项民心工程,恰恰暴露出爷爷当政时的弱点,不给群众办事,不体贴老百姓的疾苦,您恰巧又是我爷爷的儿子,对平房改造至少是不积极,能不叫人家多想吗?目前您还是区长,跟市长拉开这样的架势顶,有您的好处吗?"

杜华正真的有点冒汗:"下边还有什么闲话?"

"闲话多了,有的可听,有的不必听。您刚才说得对,我还太年轻,缺少大智若愚的沉稳劲。但是,染整厂这笔买卖,您可千万不能让别人拿走啊,何况要买这块地方的人您也认识了……"

"谁?"

"陪着您打猎的王权王老总啊。"

脑子里"轰"的一声,杜华正恼羞成怒:"你这小子,跟你老子也玩儿这个!"

杜觉嘻嘻哈哈:"这有什么关系,生意场上无父子嘛!"

第 13 章

梨城的早晨有了凉意,秋天不是好季节,万物结束活动,马路上落满枯黄的树叶。杜华正正欲加衣出门,秘书打来电话告急:区政府门前有人闹事,围了许多人,抗议河口区政府为什么不进行房改?还有发不出工资的亏损企业的职工……这才叫怕什么来什么,杜华正的脑袋一下子膨胀起来,秘书在电话线的那一头像叫魂儿一样"喂喂"了好几声,他才缓过神儿来,叫秘书务必把简业修找来。秘书不解,这时候大火上房,找简业修来干什么?杜华正在家里暗憋暗气地坐了一会儿,自觉已经定住神了,就戴了一副变色眼镜,头上压了顶礼帽,出门来到自己的汽车跟前。他的变色镜被阳光一刺激几乎变成了墨镜,司机迟疑了一下才认出他来,慌忙打开车门让他上车。汽车驶到离区政府还有一个路口的时候,他下了车,却叫司机继续往前开,而且还要开慢点、进正门,一到区政府门前,他的空车果然被围住了。杜华正则趁闹事的人乱乱哄哄围车的工夫,从旁边的小门进了院子,不回头地直奔楼内,从身后传来一阵阵叫嚷声:

"你们自己住着好房子,就不管老百姓的死活啦?"

"真是饱汉子不知道饿汉子饥呀!"

杜华正一进办公室就不怕了,怒冲冲向秘书下达了两条指示:一是让河口区公安局立刻把闹事的人驱散;二是把副区长李强叫来。今天区政府的干部来得格外齐整,大家都蹲在办公室出不去了……李强仍然一副心宽体胖、火上房也不着急的神态,这让杜华正的火气就更大了:"门口那些人是怎么回事?"李强嗫嚅无语,不知一把手何以明知故问。但他毕竟是副区长,且资格也比杜华正老,杜华正不得不把口气稍微缓和了一下:"群众有意见是可以理解的,别的区平房改造工作都动起来了,为什么我们还按兵不动?"

李强怔怔地想:呀?你不动谁敢动?但说出嘴的话却是:"我们还不太清楚区长的想法,不知该怎么动?"

"呃,这么说你们不动的责任还在我了?"杜华正目光锐利,"要知道你是分管这项工作的副区长,如果你推不动,有什么具体困难,可以跟我讲,不能既不讲,又不动!"

李强诺诺:"资金没有着落,不好动。"

"别的区是怎么弄到钱的? 为什么人家都有办法,就是我们没有招儿?"

"红庙区联合本区的企业一块干,那就省劲多了。城厢区占尽地理优势,寸土寸金,开发商们上赶着去那儿投资。我们区既无大企业相助,又不占地理优势,现在的人都想锦上添花,哪有人愿意雪中送炭?"

"你这是怎么看问题? 我们区也有自己的优势嘛……"杜华正突然止住话头,生气地一摆手,"你先去处理一下门口闹事的问题,叫各单位来领自己的人,多做解释工作,不要轻易许愿。另外,今天上午十点钟你召集跟平房改造有关的各部门负责人开会,我也参加,一定要研究出办法,无论如何也不能叫其他区把我们落下太远。"

李强一走,杜华正恨恨地骂道:"老滑头!"

不管杜华正发多大火,说的话多么难听,李强根本不往心里去,就好像刚才挨骂的是别人,他甚至还有点幸灾乐祸的样子。在楼道里意想不到地迎面碰上简业修,便嘻嘻笑着伸出手去:"哈,你倒养胖了!""您也不错,老是这么红光满面的。""我这个人胡吃闷睡,没心没肺,就等着平安降落,回家逗孙子去了。"

简业修笑着竖起大拇指。

李强纳闷:"你怎么偏赶上今天这个时候冒出来? 是来看热闹?"

"有热闹为什么不看?"简业修故意逗老头儿,"杜头儿找我,说是十万火急。"

李强摇头晃脑:"哦,明白了,听说要委你以重任。""我是从局子里放出来的,不堪重任。""快进去吧,杜头儿正烧心哪!"李强神秘地一笑,掉头走了。

杜华正看见简业修,立刻像换了一个人,出奇的热情,还带着亲近,用力握手,拍打简业修的肩膀:"嗯,气色还不错,对不起啊,业修,早就该去看你,这些天一直被缠在会上。你很清楚咱们这个体制的工作方式,开会布置,开会落实,开会推动,开会检查……上一轮的会议还没有开完,新一轮的会议又开始了,离了开会就寸步难行。怎么样? 身体恢复过来了吗?"

"没事,还行。"简业修脸带苦笑,心里却很警觉,甚至是怀着几分厌恶在看着区长怎样向自己表示亲热。"你最近跟金副市长联系过吗?"

简业修略一沉吟,决定实话实说:"见过两次面。"

"你被检察院带走以后,我找了书记、市长,找了政法部门的朋友,嘴皮子都快磨破了,我对你还不清楚吗? 到处打保票……真是一言难尽啊,这也太不像话了!"

简业修索性只看着对方表演,不再搭腔。"今天叫你来,是商量一下你的工作安排问题。"杜华正观察简业修的反应,简业修仍旧看着他不吭声,"市里对平房改造抓得很紧,你不在了,建委必须还得有个主事的人,区里就让孙石接了你的班。其实他就是不占你的位子,你回来后也不必再回建委了,你将来得到区里来。要到区里来你还缺一道程序,到下面镀镀金——也就是到街道里挂职,正好三义里街道办事处主任刚退休,位子还空着……"

简业修静静地听着,不知道杜华正这是在绕什么圈子,谁会信他这一套鬼话,他杜华正就没有到下边当过街道办事处主任,不也当了区长嘛! 杜华正继续自拉自唱:"区里本来已经决定叫你到三义里街当主任,你可不要以为这是一种下放,是变相的降职,街道主任的级别跟建委主任的级别是相同的,同时你还得兼着咱们区平房改造领导小组的组长,本来这个组长应该让李强当,可他干不了,他也不想干了。这个架势一摆出来你自然就明白了,别的人一看也会明白了,就是让你等着接替李强了,等于变相地给你平反……"简业修嘴角有了笑纹,眼里露出锐利的智慧,脑子里急速捉摸着杜华正这番话的真实意图。杜华正还在滔滔不绝地说着:"你肯定早就知道了,就在这时候市里要调你走,区里如果把着你不放吧,怕影响你的前程。放你走吧,三义里的平改又没有人管,最后跟市里达成协议,你照样去市里当你的副主任,三义里街道主任你还得兼着,就像金副市长还兼着平改办主任一样。"

简业修终于忍不住笑了:"我哪有这么大的本事,到底算哪儿的人,以哪头为主呢?""以市里的工作为主,把三义里的拆迁当成你在下面试验的一个点儿。""这……我得考虑一下。""没有时间考虑了,今天上午必须到三义里街宣布,已经火烧眉毛了。"

简业修不笑了:"宣布完再烧,就不烧区里而是烧我了?"

这回该轮上杜华正笑了:"你到市里一上任,三义里这点活儿还不是小菜一碟。你又是从咱区里走的,区里还能不沾你一点光吗?"

"三义里可不是一碟小菜,河口区最大的一片危陋平房就在这个街里,你杜区长轻轻巧巧一句话就把这个大难题推给了我,我怎么担得了这个责任?"

"这不过是临时的,等到把三义里的平房都拆掉了,居民四分五散,三义里街办事处自然也就不存在了,你不就可以一心一意地在市里当你的官了吗?"

"这就是说,我这个街道办事处主任的任务就是取消自己的街道办事处?"

"这样说也未尝不可,走吧,现在我先陪你去三义里。"

"干吗要这么着急?"简业修不笑了,转瞬间他神态中那种下级干部的谦卑没有了,口气完全是平等的,"杜区长,你真的认为我会接受这个安排?"

杜华正对简业修的变化感到极不舒服,却也无法再居高临下地表演圆熟的权力戏法儿了,也不得不严肃起来:"业修你这是什么意思?"

简业修神色冷峻:"我简业修走到今天,全是靠自己一步一步地干出来的,这些年主持河口区建委的工作,是非功过应该是有目共睹的,你区长大人如果不是故意抹杀也会心里有数。我不像有的人那样谦虚,那样会说话,说自己没有功劳也有苦劳,我是既有功劳也有苦劳。结果如何呢?别人不明白我想你心里很清楚,我是为什么被抓进去的?检察院抓的是我,但他们真正想办的案子并不是我那点事。我让他们失望了,没有让他们当枪使,但他们不会就此罢手。经过这样一番洗礼的人,还会去当你那个兵头将尾的吃力不讨好的街道办事处主任吗?"

杜华正连牙缝里都丝丝冒凉气:"这么说你是只准备到市里去上任了?"

"那也不一定,我倒希望区里能有理由阻止这项任命。"

杜华正一时猜不透简业修的心思,以为是在试探他,就说:"我不干那种事,怎么能破坏你的大好前程呢!"

简业修笑了:"一个坐过班房的人还谈什么前程。"

杜华正彻底明白了,简业修再也不是过去那个可以任由自己摆布的手下干部了,但他又不甘心昨夜煞费苦心想出的万全之策付诸东流:"你到底打算怎么办呢?"

简业修跟杜华正打交道这么多年,还从来没有这么痛快过,再逗他一下:"你真想知道?""我当然想知道,别忘了你目前还是河口区的人。""我永远都不会忘记河口区的,所以我有个建议供你参考……""说说看。"

"刚才你给我封了三个头衔:第一个,河口区危陋平房改造领导小组的组长;第二个,三义里街道办事处主任,这两个我一个也不敢接。第三个我接受,就是把三义里当做市危陋平房改造办公室的试点,我已经得到了金副市长的同意,要注册一个房地产开发公司,暂时就挂在市危改办。如今城厢、红庙几个区都动起来了,我替你解决个难题,开发三义里,这也是河口区危改中最难啃的一块骨头。至于那个正空缺的街道办事处主任，有没有都意义不大了，由副主任或李副区长跟我配合就行了。你给的头衔我不要，你的活我给干，你想想看，到哪里去找这样的美事？"

以杜华正的老谋深算也难以马上揣度出简业修这样做的真实目的，但也想不出这样对自己有什么坏处……他需要时间，需要静下心来好好地权衡一下，从简业修嘴里他得到的信息可是够多的了，眼前他需要把握的一条是不能太得罪简业修，这家伙已经由羊变成了狼，虽然跟他不可能再成为朋友了，最好也别成为公开的敌手。最后他终于接受了眼下明摆着的一个事实：简业修已经跟他平起平坐了，甚至在气势上还略占一点上风。他笑着伸出手："听你的，就这样定了，等会儿先给你开个欢送会，然后我陪你去三义里转转，把这个想法跟街里打声招呼。"

"欢送会就免了吧，群众堵住了你的大门口，快去办正事吧，我也得去清理一下自己的东西。"简业修一边说着一边就离开杜华正的办公室，匆匆走出河口区政府的办公楼直奔建委，一路上净碰到熟人，凡河口区的干部哪有不认识他的，碰上谁，谁都想跟他多说几句……他感到政府大门口一有人闹事，政府的普通干部们一不是焦虑，二不是生气，三不是同情，四不是想怎么解决，反倒有一种奇怪的兴奋——现代人的心理真是难以捉摸。

在他还没被抓走之前已经决定将河口区建委搬进公共服务大楼办公，他一出事就没人再提这码事了，新大楼空着，老楼里挤得满满登登。他一进去，不大一会儿工夫，全建委的人差不多都知道了，都要跟他握握手，都要跟他说几句话，即使靠不上前儿的也要站在外边看看他，听听他说什么……他早知道会有这样的场面，如果自己不是到市危改办公室当副主任，好歹也算是升了一点，就永远不会再踏进建委的门。他走走站站地来到自己过去办公的屋子，像滚雪球一样跟在他后面的人现出了尴尬的神情，自动停住步子，让他一个人上前推开门。他原来的办公室大变样了，新主任孙石占了这间房子，也占了他的办公桌，他愣在了门口，孙石从办公桌后面站起来，圆脸青紫青紫的也有点不自然,嘴里乌乌涂涂:"是简主任回来啦?"简业修倨傲自矜:"打搅了,我是来拿我的东西,看来这儿已经没有我的东西了……"

孙石讪讪地一指墙角:"我都给放到纸箱子里了。"

简业修转身,看到门后面确有两只大纸箱子,上面堆着废报纸、脏饭盒等杂物,他说:"谢谢,像我这样的人也没有什么隐私可保了,你给装好箱子就省我的事了。"

"是啊,检察院的人给翻了个乱七八糟,是我给归置的。"孙石的语气里有了一股豁出去的狠劲,反正已经占了你的位子占了你的屋子占了你的桌子,怎么着都没有好了,索性就小人当到底,不说软话。

简业修向里屋探头:"还有一套被褥……"

孙石接口说道:"我也给捆好了,在墙边立着哪。"

建委负责规划的工程师杨静和几个年轻人进来帮着把纸箱子和铺盖卷搬出去,简业修也从后面跟了出来,孙石始终没动地方,在后面蔫声蔫气地说了一声:"不送了。"

杨静一到楼道就骂上了:"小人得势,你看他那张官脸,活脱脱一只沙皮狗!"

简业修摆手:"打住! 把铺盖卷扔掉,把纸箱子打开,书和有些资料保留,其他东西都不要了。"他刚才仿佛经历了一场奇迹,孙石曾被公认是建委领导班子里最老实窝囊的一个,平时连句整话都说不利索,怎么会突然变得刁顽自信、伶牙俐齿了呢? 是他以前藏得太深,还是建委主任的权力像烈酒一样让他亢奋、让他恢复了自然的本性?

杨静把简业修的东西都抬到了自己的办公室,然后关上门,几个年轻人帮着他一块清理。杨静说:"简主任,这回您算扬眉吐气了。"

简业修拿自己打趣:"我不过是由一个专管建房子的改为又管拆房子又管建房子,眉如何扬,气怎么吐?""市政府危改办公室副主任的头衔谁还敢小瞧!""嘿,你刚才又不是没有看到,我原来的助手就敢小瞧我。"

叶华撇撇嘴:"别说他了,怪恶心的。听说杜区长原想让您去三义里当街道办事处主任,是真是假?"

简业修干咽了一下唾沫,喉结扭动:"确有此事,被我拒绝了。杜头儿的厉害之处就在于,让大家都知道我这个市政府的平改办公室副主任不过就相当一个街道办事处主任,虚升实降。其实他并不一定非要我去三义里,就是要寒碜我,同时把最棘手的一项危改工程又推给了我,等于把市里下的任务又踢回给市里。"

杨静冷笑:"这一招儿的确够损的,又把您给剃下去了,还得叫您给他干活,同时又拉住了您上升的后腿,限制您的前程,这就叫一石三鸟。"

简业修心里倏然一震,这些刚毕业没几年的大学生们还真厉害:"我们有古训,君子或许不能兼而有才,大凡小人莫不有才,包括孙石,以后你们要小心了。"

叶华外妍内秀:"我们正想跟您商量这件事。"

"什么事?"

"我们想辞职……"

简业修没有太当真:"你们说辞职就跟闹着玩儿一样。"

杨静素来心志高傲:"在这儿已经没法干了,孙石是武大郎开店,却没有武大郎的厚道,容不得比他强的人,凡他认为会看不起他的人都打入了另册,怎样判断谁是看得起或看不起他呢? 就以您画线,把过去跟您不错的或被您重用的人都列为排斥对象,我和叶华自然是首当其冲。"

简业修愣住:"这么说是我连累你们了……"

叶华连连摆手:"不是不是,跟着这样的头儿,在这样的单位里,再干下去也没有劲了,就说公共服务大楼吧,这么好的条件闲在那儿,自己不敢用,招租招不来,这是多大的浪费,一年光是维护费就得几十万!"

简业修点头:"到底是财务科长,有朝一日我也许会把这栋大楼买下来……你们辞职后想到哪儿去?"

"还没有想好,等着看您有什么打算。"

程蓉蓉推门进来:"简主任,李副区长打电话来,政府那边的欢送会马上就要开始,叫您快点过去。"

简业修躲避着程蓉蓉的眼睛："别管他,他们愿意开就开,与我何干?"

程蓉蓉眼波溶溶："电话还没有撂哪。"

"你告诉他先开着,我马上就到。"简业修继续刚才的话题,"你们先稳住神儿,我正在戳一个房地产开发公司,金副市长同意我在外面找合适的地方租房子办公,这样我的屁股就可以经常坐在下面。你们如果有兴趣,明天上午来找我,咱们仔细谈。"

杨静兴奋："好,我们一定来。"

叶华认真地询问："程蓉蓉也想跟我们一块走,您想不想要她?"

"她?"简业修不知道这个女孩儿到了自己的身边会有什么样的结果,他想拒绝,或者至少做出不情愿接受的姿态,"她能干什么呢? 将来我们的公司可不是大锅饭哪,虽然挂靠在一个政府部门,一开始我就想搞成股份制,你们要想加入都可以入股,短了两年,长了三年,我保你们能买得起房,买得起车,我们有了钱也可以救济穷人,但公司内部不养闲人。"

叶华眼睛里笑意盈盈,不知是真想拉上程蓉蓉,还是别有心意:"不管什么公司总得有个人把办公室那一摊子顶起来,程蓉蓉有韧劲,是是非非的事也少,挺能干的。"

简业修突然想打听程蓉蓉的为人："她跟孙石处得关系如何?"

"不好啊,如果孙石喜欢她,她还会走吗?"

简业修还是留了个活话："等公司戳起来再说。"

他把想要的东西装了一箱子,先存放在杨静这儿,就赶到政府的大会议室。桌上还残留着吃剩下的饮料、水果、瓜子和糖块,杜华正兴致勃勃地开始作小结："好啊,业修来啦,咱们这个欢送会总算没有白开,否则举行了半天婚礼却没有看见新郎官儿,算怎么一回事! 我们天天开会,不胜其烦,惟今天的这个欢送会,大家轻松欢快,说的都是真心话,温暖、融洽、热烈、动情,这也足以证明业修同志的人缘好,他主持的区建委业绩卓著,有目共睹,大家对他都很留恋。但业修是高升,我们想留也不能留,好在我们以后还会经常碰面打交道,况且他还要拿出很多精力负责三义里的危改工程。说到这儿我顺便再强调一下,我们区危陋平房最多,改造任务最重,在座的各部门必须全力以赴,配合业修同志,支持危改工作,尽快拿出办法,大张旗鼓地行动起来。业修,你说几句吗?"

简业修站起来只说了两个字:"谢谢。"

杜华正宣布散会,然后就拉上简业修下楼。河口区的头头脑脑们感到新奇,这两个人什么时候变得这么亲热了?大门口异常清静,闹事的人一个都没有了,杜华正让简业修上了自己的车赶往三义里,在主街口下了车。

接近晚秋的中午,太阳火辣,三义里平房区仍然非常热,他们走在三义里的主街上,颇为招摇。杜华正不停地要跟他说点什么:"业修,我可提醒你,表面上李强还占着副区长的位子,也曾经是你的上级,但他是怎样的性格你清楚,在三义里的危改工作上,你既是上级又是下级,最好多当他的上级,少当他的下级,大主意自己拿,干好了是你向市里交账,出了问题是你坐蜡。"

简业修忽然明白了,杜华正亲亲热热地非要陪他到三义里来看看,就是想给区政府的干部和三义里的居民造成这样一种印象:区长带着新的街道办事处主任走马上任了。简业修也想逗逗眼前这位机关算尽的区长,却意料不到地看见了离家出走的于非,她跟着一个中年男人来三义里推销男女内衣。穿着小背心、大裤衩,或光着膀子、下身穿小裤衩的男男女女,围着服装摊儿冷冷地看着,但没有一个人掏钱买货。简业修犹豫着要不要把于非拉回家,在这大街上,又当着那么多人,特别是还有杜华正,强拉硬扯等于让于非出丑,一个姑娘家恐怕不会轻易顺从他这个姑夫……他决定先不惊动于非,一会儿给她父亲打个电话就行了,谁家的事还是让人家自己家里的人来解决吧。

那男人说得唾沫星子乱飞:"咱们这儿的女人最亏的就是一回到家就成了大裤衩子,上街或上班的时候反倒穿得人五人六的,你们就不想想,外出穿好的给谁看,给不相干的人看,那有什么用?碰上坏人说不准还会惹出麻烦,被占了便宜,被偷钱包。内衣漂亮是穿给自己喜欢的人看,那劲头就不一样了,一家人爱看,越看越爱,夫妻快乐,越活越年轻。"

大鞋底子撇撇嘴:"你这些东西都是样子货,能穿得出去吗?"

"怎么不能?"那男人让于非脱去外面的连衣裙,露出漂亮的三点式内衣,在货摊前走了几圈。看傻了围观的男人,镇住了女人们,她们开始骂自己的男人:"看什么看?别看到眼里拔不出来……"

大鞋底子有些喜欢,看看价钱,最后还是还给了老板,转身走出人群回家。当她拐进胡同的时候,眼睛被从后面伸过来的一件东西蒙住,她拿掉那东西,发现那件东西到了自己手里,正是一套刚才自己喜欢的紫色内衣、内裤,这个慵懒、糊涂又没有原则的女人眼睛一亮:"什么意思?"

"给你的,"形貌粗豪的赵勇在她身后说,"我知道你想要。"

"你怎么知道?"

"你那点小心眼儿还能瞒得了我?这个就送给你了。"

"你今天哪来的这么好心?"

"我对你多咱不好过?"

"真的给我?"

"你穿上一定好看,不信现在就去试一试,穿上让我瞧瞧。"赵勇赤裸着上身,满身琵琶虾闪烁着青光,一双贪婪的贼眼珠子,在大鞋底子身上扒来扒去。

以大鞋底子的泼辣,都顶不住赵勇的眼睛,不接他的信号,以攻为守:"你是怎么弄来的?偷的?"

"咱从来不干那种事。"

"你会花钱买这个东西?"

"别管我怎么来的,你要不要吧?"

"你白给,我为嘛不要。"大鞋底子再一次欣赏手里的内衣、内裤。

赵勇趁机抓住了她的胳膊:"天下哪有白给的事……"

大鞋底子并不挣扎,反用另一只手拍拍对方的脸颊:"傻小子,我可比你大呀!"

　　"我就爱吃大的,你如果正好爱吃小的,咱们俩就最合适。"赵勇抖抖发达的胸大肌,上面刺着的琵琶虾似乎在蠕动。大鞋底子斜瞟他一眼,打掉他的手,头前往自己的家里走,脑后颠簸着一团狂野的波浪,赵勇从后面跟上去。

第 14 章

推土机、吊车、汽车，正向铁山工人新村集中，轰轰隆隆，尘土飞扬。新村里像过年一样，有锣鼓声，有鞭炮声……与同福庄不同的是，排队办手续的居民很有秩序，没有吵闹和打架骂街的。

靠近铁山工人新村，原属于棉纺厂的一间废弃的库房里，卢定安正在召开市长现场办公会，这样的会不是经常召开，他好像顶着一脑门子的官司，到会的人都格外小心，秘书罗文端着装满茶水的大玻璃瓶子放到他眼前，他虎着脸宣布开会："大家都知道，天要冷了，拆迁的事十万火急，房子一揭盖儿人没有地方去，不急行吗？可是红庙的一些非办不可的事情扯了人家好几个月了，就是拖着不办。今天就是今天了，再不办谁也甭想过去，等一会儿牵扯到哪个单位，你不想办请摆出理由，说不出理由就马上办，不办好谁也不许吃饭，包括我，大家就在这个棚子里等着。"棚子里一阵喊喊喳喳，心里有病的人都毛咕了。

卢定安气冲嗓门也亮："今天的办公会就是三项议程，第一项是清场，参加今天会议的单位，不管是哪一级，也不管是哪儿管的，凡不是共产党领导的请退场。"棚子里一片错愕，鸦雀无声，这家伙今天的邪火怎么这么大？别是吃错药了吧，谁敢退场！"好，没有退场的，说明这里没有阶级异己分子。现在进行第二项议程，共产党员的宗旨是什么，不知道的请举手！"实话说，叫他这么一镇唬，大家都有点蒙，还能说出共产党员宗旨的倒不多了，但没有人敢举手。他又叫好："这么说都知道，谁能大声说出来？"

还是有清醒的，壮着胆子说："全心全意为人民服务。"

卢定安高声叫好："很好,今天就用这个宗旨现场办公。下面进行第三项,解决实际问题,先请红庙区的钟区长出题。"

钟佩开始汇报红庙区危陋平房改造的进程和困难:"我们准备以铁山工人新村为试点,第一批先拆迁二十四万平方米,按计划后天开始动迁,眼前有这样几个大困难:第一,除去东方电子、梨城客车等十几个大企业的资金给划过来了,其他企业还一分钱没掏。有的企业确有难处,有的企业日子还过得可以,只是不想出钱……"

卢定安叮问:"都是哪些企业?"

钟佩迟疑了一下,被逼到这儿也不得不点名了:"钢铁总厂、铸造厂、链条厂、棉纺厂、毛织厂、毛巾厂……"

卢定安抬起眼睛:"钢总的厂长。"苏敬联,一个白白净净的与钢铁给人的印象截然相反的中年人站了起来。"你们那么大的企业,这个新村里有一多半住的是你们的职工,为什么对危改反而不积极?"

苏敬联十分镇定:"市长,平房改造绝对是大好事,党心民心总算想到一块了,我们举双手拥护。铁山新村有我们厂近千间房子,区里叫我们每间房交一万元,还要让出产权,是不是要得多点了? 区里不能借着平房改造刮擦企业,我们毕竟不能跟东方电子比,人家是朝阳工业,财大气粗,我们是夕阳工业,朝不保夕。况且东方电子的于总是咱们钟区长的爱人,他们拿钱也是没有外卖啊。"

有人偷笑,有人捂住嘴,企业的头头们害怕归害怕,跟自己的利益有关决不会胡子麻黑地掏冤枉钱,纷纷给苏敬联帮腔,撺掇挑唆:"是啊,要得太多了。""要是非叫我们交钱,我们还自己改造哪。""这年头都是无利不早起……"

卢定安用铅笔敲击水杯:"大家静下来,钟区长,讲讲你的账是怎么算的?"

钟佩并不慌张,爽明豁朗地一笔笔算来:"我的账跟各企业的领导反复讲过多次了,他们不肯相信,老觉得区里无利可图就不会这么积极。今天市里各部委局办的领导和专家都在,我把账再算一遍,看有没有偷手。新村的人口密度太大,大家都看到了,出房率只有百分之四十,也就是说只有百分之四十的房子可以卖,这个出房率比城厢区的同福庄还要低得多。出房率百分之百,每平方米的造价是一千一百元,现在的造价则达到每平方米两千四百元。而卖给市民,每平方米只能收一千六百元,这是市里计算了市民的经济承受力之后规定的限价。第一期工程二十四万平方米亏损一亿九千二百万,我们搞了危改储蓄,集资四千多万,市里大配套贷给六千七百万,这是企业的房子,也应该承担一部分。如果企业自己改造这些房子,你们负担会更重,以钢铁总厂为例,一千间房子,现在只要拿一千万就够了。如果你们自己改造,以每间房子十平方米计算,你单是付给住户的拆迁费就是四千万,你还要再花六千万才能建成新楼,对你们来说哪个更划算?你们一定会问,区里为什么要干赔本的事呢?没办法,这是因为市里把这个任务交给了区里,我们才无利早起,赔钱早起。"

有人为她鼓掌。卢定安觑着眼问:"你们几个厂,听明白了吗?"

"听明白了。"

卢定安毫不含糊:"既然是听明白了,回去拿钱,我们在这儿等着。"

那几个厂长站起身,有的到外面给厂里打电话,有的支票就在身上带着,到外面转了一圈儿回来,把支票交给了红庙区的收费处。会场上乱了一会儿,很快又安静下来。棉纺厂厂长举起了手:"市长,刚才钟区长算的账我非常明白,也很愿意拿这笔钱。可厂里实在没有钱,这个月职工的工资还没有着落呢!"

卢定安高声问:"实在拿不出钱的还有谁?"毛巾厂厂长也举起了手,他数点着厂名,"棉纺、毛巾,还有吗?好,铸造、链条、毛织……确实拿不出钱的企业,由市里平房改造基金会贷给你们,这个钱只用于危房改造,直接划给区危改办公室。"卢定安转头找到了为会议做记录的简业修,"业修,你负责协调落实这件事。"

简业修答应着,他又接着问:"钟区长,讲你的第二个困难。"

副区长袁辉坐在钟佩旁边,今天他的装束非常朴素,在小声地跟钟佩嘀咕着什么……钟佩的注意力却在市长身上:"我们的设计图纸报上去一个多月了,据上面的审批人员说还得两个月才能批下来,可是开工在即……"

卢定安又叫好:"规划局长,建委规划处长。"

那两个带"长"字的人物知趣地站起来:"批,马上就批。"

"好,我们在这儿等着。"卢定安又示意钟佩。钟佩继续说:"还有防火费、人防费、环卫费……要得太多了,不交钱就不让开工。比如,我们用环卫局的运土车,每拉一车土要六块钱,用私人的运土车每一车才要四块钱,施工单位要降低成本自然想雇用私人运土车,可是环卫局不给开运土证明,私人运土车就不能动,土运不出去怎么施工?"

卢定安拧着眉毛,强抑制住烦躁:"人防、防火、环卫……等等各种苛捐杂税,在平房改造上就免了吧?任何一个配套部门,都不得以不给办手续阻碍危改工程,可以吗?"环卫局长站起来:"市长,我们是国营企业,要养退休职工,成本自然就高。个人运输户没有负担,所以他们运一车只收四块钱,我们如果不采取点措施怎么能竞争得过他们呢?""竞争要公平啊,你卡了私人运输户不就等于卡了危改工程嘛!说吧,通行证你到底是开呀还是不给开?""既然这样那就开吧。"

钟佩知道时间拖得不短了,她加快了说话的速度:"还有就是新村北头那个水泥厂的铁道口,市长是知道的了,天天塞车,从早塞到晚,群众怨声载道,我们协调了三个月,开过八次会,各单位都为自己的利益争得面红耳赤,多是不欢而散,这个嗓子眼儿打不通就卡住了新村的危改……"

卢定安高喊:"设计院,你们要多少设计费?"

设计院的人低声商量:"三万"、"五万"……

"给你们十万。"卢定安好像在发狠,"扩建这个道口一共需要多少费用?"

"一百零七万。"

卢定安语带揶揄:"今天怎么开价这么低呀!我看到你们的报告可是要四百多万啊!好,给你们一百一十万,限一个月施工完毕!"

有人递给袁辉一张纸条,他看过后又交给钟佩。卢定安催促:

"钟区长,你接着讲。"钟佩站起来带着满脸的感激和歉意:"感谢市长和市里各部门的领导到我们红庙区来开现场办公会,刚才袁副区长提醒我,说我在市长面前告大家的状,得罪了各部委局办的领导,得罪了各关系户的领导,得罪了各企业的领导,今后我们红庙区还想活吗?"

大家终于忍不住一阵哄笑,连卢定安也笑了,真是难得。袁辉也趁机站起来,这样的场合他不能不露一下:"下面的困难我们自己想办法克服,实在过不去了再去求市长、求大家,今天多有得罪,我代表钟区长给大家鞠躬了……"

趁着中午阳光温暖,同福庄人在大搬家。不管贫富,不搬家的时候还都像个家,一搬家看上去就不像个家了,家家户户从屋子里搬出来的仿佛都是破烂儿,摆在街上看不见一件像样的东西。办手续的人还在继续排着长队,一个二十多岁的外地年轻人快排到了,他身边一个小姑娘飞跑进崔娘的家,对一个上了年纪的男人说:"爷爷,到我们的了。"那老人又对一位比自己年轻的女人说:"玉妹,你是数钱好手,你去吧。"

女人说:"这是十几万哪,又都是现金,这儿人多手杂,还是大家都去,保险点。"

最年轻的一个男人说:"好,我们都去。"这三个人一起来到办手续的地方,女人把房契递给工作人员,办手续的女出纳看看他们:"曾树仁?"然后把房契递给站在身边的周原:"周局长,这就是崔娘住的那两间。"周原把曾家兄妹招呼到旁边,女出纳开始给后边的人办手续。那女人有点着急:"为什么不给我们办?"年长的男人也问:"我们的房契有什么问题吗?"

周原解释:"房契没有问题,也不是不给你办,得容我问问清楚,你们是曾树仁的什么人?""我们是他的儿女。""有证件吗?"这时候周围开始聚拢看热闹的人,曾氏兄妹把证件交给周原。

周原板着面孔:"曾凡,老先生是教授。曾浩,嚯,您是工程师。曾玉,会计师。都是有文化有身份的人,都在外地工作?"曾凡答:"是的,我们在北京,还有两个弟弟在美国。"“你们跟曾树仁一样都姓曾,我也愿意相信你们就是他的后人,但天下姓曾的多了,总得有个文件能证明你们的关系呀?"

曾家兄妹还真被他给问住了。看热闹的为崔娘气不过:“是啊,今天来了三个姓曾的把钱领走了,明天要又来了三个姓曾的要钱,怎么办?"

“老资本家的儿子,不是教授就是工程师,有的还在美国,还在乎这点钱?"

“你们把钱拿走了,叫一个孤老太太领着俩傻儿子住到哪儿去?"

“来,咱们到屋里谈。"周原把曾氏兄妹领进拆迁办公室,一群人正围着顾全德吵吵嚷嚷,周原叫人把那些人赶走,待屋里安静下来,周原向顾全德汇报,“区长,这几位自称是崔娘房主的后人,要来领拆迁费。"

曾凡:“你们可以把崔娘叫来,她过去是我们家的……保姆,她可以证明我们和曾树仁的关系。"顾全德对周原说:“你去把崔娘喊来。"然后问曾家兄妹:“你们想必已经商量好怎样分这笔钱了?"

老大还顾点大体:“当然……这是我们的私事,我们共有兄妹五人,会分好的。"

小妹却精明自私:“在美国的老二老三不算数,这里没有他们的份儿。"

老大不悦:“你怎么能这样说话? 他们是你的亲哥哥。"

小妹不让:“听母亲说送他们出国的时候变卖了家里不少东西,他们已经把该分的那一份儿早就拿走了。"

当哥哥的挂脸了:“不能这样说,你也不是没有花过家里钱,难道也能说你把你那一份早就领走了? 我们不能为了这么一点钱,伤了骨肉手足之情。他们两个写信来,认真委托我替他们办这件事,我们有什么理由不分给他们呢?"

提前排队办手续的那个年轻人,显然是曾玉的儿子,说话站在曾玉一边:“我看是大舅想拿三份。"曾凡恼怒:“你……怎么可以这样说话,这里哪有你说话的份儿!"最小的弟弟曾浩自觉脸上无光,出来打圆场:"好了,这是我们家的私事,回到家你们再吵吧。"

顾全德接过话头:"这可不是你们曾家的私事,你们想过怎么安置崔娘吗?"

曾凡脸上还带着火:"那是你们区政府的事,我们是按照法律继承父亲留下的遗产,名正言顺,合理合法。"

周原把崔娘领进来了,顾全德起身,给她搬椅子让座,对她非常客气:"崔娘,解放前您是在曾树仁家当过用人吗?"崔娘不抬头,只点头。他又问,"这三个人您认识吗?"老人仍旧不抬头,不看他们就说:"认识。""他们都是曾树仁的儿女?"老人还是只点点头。曾凡松一口气:"行了,这回可以给我们办手续了吧?"

顾全德却照旧不慌不忙:"别着急,你们有没有曾树仁的遗嘱或其他文字证明,证明这两间房子属于你们? 虽然他是你们的父亲,但也有可能把这两间房子送给了别人。"

曾家兄妹异口同声:"这不可能!"

顾全德又问崔娘:"大娘,这既是曾家的房子,自打解放后为什么都是由您住着呢?"

"梨城快解放那会儿,东家让我给看着房子。"

周原和屋里屋外看热闹的人一块跟着着急,已经是死无对证、查无凭证的事,全在崔娘自己怎么说了,干吗实话实说呀? 你咬死了,就说东家是把房子留给了你,或是让给你了,你看不出连区里都直给你使劲吗? 那样一来这两间房子不就真成你的了! 都说崔娘一辈子不正经……摊上事最能看出一个人的德行,这时候看崔娘倒是个老实本分的人。

跟崔娘住在同一排的有十七户都被拒绝办手续,需重新丈量老平房的面积。拆迁办公室派出了毛荣和马奎办这件事,他们手里拿着皮尺、底账,把十七户人家召集起来宣布政策:"布告上都说得明明白白了,凡是一九五八年翻修的时候改动过居住面积的,一律不算,以我们重新丈量的数字为准。"

居民们知道了官面儿上的意思,一个个面色凝重,呼啦一下散开后就各想各的招儿。猪往前拱,鸡往后刨,各有各的盘算,当毛荣、马奎丈量到谁家,谁家就捣捣鼓鼓地往他们的口袋里塞东西,有的是一盒烟,烟盒却是打开的,露出里面用钱卷成的香烟,即便是用十块一张的人民币卷的,这不也是二百元吗?每人送两盒就是四百元,可毛荣、马奎一高兴,稍微一马虎多量出一平方米,政府就多给五千一百元的拆迁费,还是出点血划算。都说老百姓谁都可以欺负,但老百姓也有老百姓的办法。他们用眼睛示意两个手里有皮尺的人:"你们可看好了,这不是一般的烟!"嘴里却说着另一套好听的话:"二位辛苦,抽盒烟吧。"有的住户一时现钱不凑手,就趁他们在自己屋里的时候往他们口袋里塞东西,这东西得小巧、精致、值钱,不比送现钱便宜,嘴里还得百般客气:"一点小意思,别见外。"前边有人一送,后面还没有丈量到的人家就慌了,谁家不送都怕自己吃亏,给你少量出一平方米就损失五千一百块!前面出了血的人家,果然都对丈量的结果比较满意,高声说着感谢的话。他们丈量到哑巴家,门上挂着锁,毛荣大声喊叫:"这是谁的家?"

"王宝发家。"小洋马从旁边的门里出来搭腔,并掏出钥匙替他们打开了门,两个人进屋拽着皮尺草草一比画便报出一个数字:"七平方米。"

小洋马叫起来:"啊,怎么才七平方米?明明是八平方米半嘛!"

毛荣生硬而又傲慢:"是你说的算,还是我们量的算?"

小洋马可不是轻易能被镇唬得住的,索性扯开嗓子嚷了起来:"你们这一打马虎眼,人家可就少拿万八千块钱,你们缺德不缺德?这不是欺负人家不会说话吗!"

周围的邻居都知道她和大哑巴的关系,也在一旁帮腔:"有你二姐替哑巴哥俩说话,他们真是烧高香啦!""别看哑巴不会说话,逼急了可比有嘴的人厉害。"有一户在前边已经丈量完的人家,知道数字已经改不了了,就又觉得送钱太亏,憎恨两个拿皮尺的人,想制造点事端让他们把钱再退回来,也躲在人群后边甩冷腔:"这两个人的心也太黑了,人家哑巴没打点就给人家少算尺寸……"

毛荣心里嘀咕嘴上强硬:"你们别瞎矫情,我们可是代表政府。"

小洋马追问:"哪个政府?"

"政府还有几个?"

"国民党也有政府。"

"哄"的四周暴出一片叫好声,还是马奎聪明:"别跟他们浪费时间,今天量不完就甭想办手续,下一户。"

"下一户就是我。"小洋马和他们将上了,别说她送不起钱,就是送得起也不送了,脸上连点笑模样也没有。毛荣和马奎也犯了怵,他们原不想再得罪这个泼娘儿们,但这间房子跟哑巴的房子是一模一样的,如果给她量多了岂不正好证明给哑巴量少了吗? 他们丈量的结果也是七平方米。这下就惹得小洋马在胡同里骂开了,"大家快来看哪,政府专门欺负哑巴,欺负老娘儿们,一样的房子,谁家给他们好处,就给谁家量成八米半,谁家没有往他们口袋里塞钱,就给人家量成七米。政府瞎了眼啦,没有王法啦,没有老实人的活路啦……"

周围拥挤着随声附和也跟着一块骂大街的人,也有得了便宜的人家则悄悄说小洋马的坏话:"这个骚货,她看见谁给量房子的人塞钱了?"

立即又有人替小洋马坐劲:"她又没点你的名儿,你心虚什么?"

"谁说我心虚了?"

小洋马转脸骂过来:"不心虚你接什么茬儿啊? 你接茬儿就是行贿了,吃里扒爬的货!"

一场混战眼看就要发生,人群忽然又静了下来,起哄看热闹的人自动让开一条道,是大哑巴王宝发下班回来了,手里还提着把瓦刀。他是个瓦工,每天上下班都不会空着手,总要带着件瓦工的工具,或瓦刀,或抹子,谁也不知道这是为什么? 他不看别人,只冲着杨美芬哼唧了两声,那意思是问她出了什么事? 小洋马飞快地向他打着手势,这个出了名的刀子嘴,舌头像羊尾巴一样一刻也不闲着的女人,此时就如同一个地道的聋哑人,手势熟练而优美,邻居们都看迷了,大家都跟哑巴天天打头碰面,谁也没有学会这两下子,不被人尊重的小洋马倒有过人之处。大哑巴的眼睛慢慢地转向毛荣和马奎,脸色越来越白,腮帮子鼓起了棱子,显得诡异阴森。不要说两个惹事的人,就是看热闹的人也感到惶惧,自动往后闪,哑巴一动起手来没轻没重,别被他伤着自己。王宝发身躯高大,强健有力,动作却又异常轻捷,人们还没有看清他是怎么一伸手,就死死地揪住了毛荣的脖领子,他不想动手的时候爱哇啦哇啦乱叫,真要动手的时候却悄无声息地突然出击,人群哗啦一下子闪开,马奎不敢上前帮忙,看到王宝发的左手里还拿着把瓦刀,不知他会不会劈下来。只有毛荣吓得吱呀怪叫,声音都变调了:"你要干什么?"大哑巴根本听不见,一派神勇,揪住毛荣就像拎一只小鸡,往胡同外面走,谁也不知道他要干什么,纷纷躲避。

今天该着毛荣这两个人倒霉,在同福庄没有人敢惹大哑巴,连地痞流氓和黑道上的人物都让他三分,他不欺负人,也决不受气,由于他耳朵听不到声音,一下手就是狠的,自己不怕死,打人也往死里打,打坏了人到警察那儿还都向着哑巴……小洋马家底不好,人又长得水灵,且泼泼扯扯地什么都不在乎,想欺负她找她便宜的男人太多了,自从跟大哑巴好上以后,再没有一个人还敢打她的主意,敢动她一指头。此时杨美芬成了大哑巴的军师,一溜小跑地跟在旁边向他打着手势,嘱咐他别打人,到头头那里去讲理才能解决问题。大哑巴还真就听她的,把毛荣一直拎到拆迁办公室,像扔一件东西一样把他拽到顾全德跟前。这时候他开始哇啦哇啦地怪叫,把瓦刀摔到顾全德的桌子上,动手翻毛荣的口袋,毛荣拼命挣扎,嘴里也在大喊大叫:"你干什么,你这浑蛋!"无奈他那点力气降不住大哑巴,身上的几个口袋都被大哑巴翻过了,里面有现金,有装着钱的烟卷盒和其他小东西……被当场翻出了这些东西,毛荣和马奎立即蔫了,屋里屋外看热闹的群众则起哄叫好,把顾全德和曾家兄妹的谈话也给搅了。哑巴王宝发越发嚷嚷得欢了,小洋马杨美芬上前替他一翻译,他立刻不叫了,静静地望着杨美芬。杨美芬对顾全德说:"哑巴说,区长你都看到了吧,你们这个毛干部,还有那个张口闭口就代表政府的马奎马政府,量房子的时候,谁往他们口袋里塞的钱多,就给谁家多量出一点面积,我和哑巴没有给他们塞钱,八点五平方米的房子给量成了七平方米。"

毛荣也不依:"胡说,你诬赖好人,谁口袋里还没有点钱? 这能说明什么问题!"

哑巴从马奎手里夺过皮尺摔到顾全德的面前,又喊叫了一通……杨美芬继续翻译:"他叫你去量,如果是七平方米他把自己的脑袋割下来!"

顾全德对周原说:"你把毛荣、马奎带走,叫他们把老账新账全亮出来,收了多少贿赂都退出来,没有收受贿赂,拿出证据来……"然后对杨美芬说:"你告诉哑巴,我会调查你们反映的问题,如果真像你们说的那样,一定会严肃处理,你们的房子我会派人重新丈量。"

杨美芬向哑巴打手势……

梨城大学外宾楼的门前停着一辆大客车,参加国际建筑师年会的各国代表,走出大楼,纷纷登车。夏尊秋站在楼前,手里拿着几张纸,看见匆匆赶来的简业修便迎了上去,主动伸出手:"对不起,知道你新官上任一定很忙,还把你给请来真是不好意思。"

简业修用力握着夏尊秋的手,眼睛定定地流露着不想掩饰的热切:"我正求之不得,非常希望能见到您。"他们俩的关系忽然倒了个,原来恭谨卑怯的简业修变得胆大富于进攻性了,身上传达出一种危险的信息……倒是夏尊秋低头躲开了他的目光:"会议安排今天下午的日程,是让代表们参观梨城有代表性的建筑,我想来想去请你来见见代表最合适,你在建委多年,现在又是危改办的主任,对梨城的各种建筑以及平房区都了如指掌,在现场一边看一边给他们说要比在会场上对他们空讲好得多,你说呢?"

简业修略感失望,他原以为是夏尊秋想见他才找了一个这样的借口,梨城大学里难道还找不出一个解说员吗? 孰料她还真是出于公心……他嘴里仍然答应得非常干脆:"没问题,您有个大致的路线吗?"

"没有,听你安排。""您跟着一起去吗?""我请你来带队就为的给自己省出半天时间,我还有许多事情要处理哪。"

简业修不忍:"操办一个会议太耗费精力了,有些杂事应该让手下的人去干。"

"我要处理的一些事自然是别人无法代替的,"夏尊秋很快就恢复了优雅和从容,"还好,会务上的许多具体事我都不管,今天晚上闭幕,你也留下来吧。"

"今天?"简业修犹豫了,"等会儿再说……"

"不能再说,这都是一些当今世界上有点名气的建筑师,你接触他们一下,听听他们的一些观点,不无益处。"夏尊秋把手里的几张纸递给简业修,"这是代表名单……怎么样,出任平房改造办公室的主任高兴吗?"

"高兴?"简业修摇摇头,现出一脸苦相,"您怎么会认为我能高兴呢?"

这并不一定是简业修的心里话,但夏尊秋相信了。这就是女人,无论她多么的聪明,总是喜欢相信自己信任的男人说的话:"但我为你高兴,你想自己办公司的事还干吗?"

"干,这是我的条件。"简业修斩钉截铁,露出了夏尊秋喜欢的那一面,"不答应我成立一个自己的公司,再大的官我也不当!"

夏尊秋笑了,有点意味深长。简业修见代表们都上车了,他跟导师点点头也向大客车走去,夏尊秋又喊住了他:"业修,上车后跟代表们作一下自我介绍。"

简业修答应着登上大客车,这样的差事他干得多了,只不过陪同的对象不同罢了。他没有带外国人看平房区,只有半天时间光是梨城精彩的地方就看不完,再加上自己的讲解,他相信梨城留给这些国外建筑师的印象一定是历史久远,个性突出,且非常美好——这就对了。他准时把客人带回梨城大学,夏尊秋要留他吃晚饭,他答应过一会儿回来参加晚会就先走了。他太忙了,危改已经全面铺开,仅这一摊子就够他受的,像救火一样到处奔命,同时还要筹办自己的公司,那是自己真正想干的事,也不能不抓紧。他已经有一个多星期每天都不能睡足四个小时,今天这一下午浪费得太不值得了!要不是夏尊秋找他,他怎么会干这种事?他深知自己最大的弱点就是拒绝不了女人……当他赶回办公室把非办不可的事处理完,借着去政府找金克任又回家往肚子里扒拉了点东西,再回到梨大小礼堂的时候,晚会早就开始了,他坐下来没有一会儿,就知道自己又上当了……

世界各国的建筑师们,有的在交谈,有的在跳舞。邀请夏尊秋跳舞的人很多,几乎不让她闲着。就是不跳舞的时候,她身边也总是围着许多人,全无障碍地用英语交谈着,轻松欢快,不时地发出阵阵笑声……她美得炫人眼目,眉目转盼间神采流溢,却无暇顾及简业修。简业修本是她请来的,也许她把这一点早就忘了,这让简业修感到妒忌,甚至有几分恼怒。也让他清醒地意识到,夏尊秋永远都不会属于他,特别是在这样的场合,他根本够不着她,明显地分出他们之间的差别……也许她根本就不在意他,或许从来都不曾在意过他,他只不过是她许多学生中的一个,他也尽量不去看她,更无法去请她跳舞……简业修坐在那个角落里始终没有动过,也有那么一些外国建筑师不喜欢跳舞,或相互交谈,或偶尔也向简业修提一两个问题,简业修用磕磕巴巴的英语应付着。更多的时候是一个人坐着,他满面通红,血脉贲张,陷于一种很尴尬的境地。他后悔到这里来,他感到自己很不适应这样的气氛,他不能挥洒自如,他骨子里很想把夏尊秋拥在怀里像其他人那样大大方方跳一曲,只要他有足够的自信和勇气,是有机会的,是能够去跟别人争夺夏尊秋的,他留下来就是为了这个,结果却是坐在角落里跟自己怄气……他对自己很不满意,甚至有几分鄙视,他那种莫名的自卑越来越强烈,恍恍惚惚,怅然若失……选了一个不被人注意的时机溜出去走了。

当夏尊秋发现简业修已经不在了的时候,心里生出一种失望,或许是歉疚。当又一支乐曲响起,她起身想躲出去找一下简业修,借这个巧劲,一只男人的手臂扶住了她的腰身,并在她的耳边轻轻说:"该和老大哥跳一曲了!不要拒绝,那会显得你失态。"这个男人是杜华正,她也只好跟着他走起了舞步。这回轮上她浑身僵硬了："你总是这样乘机胁迫女人吗？"

杜华正眼里闪耀着快乐的光芒："说得太难听了，我不用这种办法怎么能请到你跟我跳舞呢？但我没有他意，因为你是我妹妹。"夏尊秋厌恶地把自己的脸扭开，杜华正在手臂上加了力量，不让她脱身而去。他风度翩翩，面带微笑，却不顾一切地说着自己想说的话："尊秋，你太漂亮了，这张脸美得就像所有男人梦想中的脸，身材好得就像你自己的精心设计一样，简直是个奇迹，优雅，纤巧，完美无缺。"任他说什么，夏尊秋都不再应声，现出一种绝丽的冷艳。但她在心里也不能不承认杜华正很有风度，很会讨女人的欢心。她甚至突然意识到，要想报复杜家父子这样的流氓是不可能不伤着自己的……"尊秋，你为什么老躲着我呢？上一辈的恩恩怨怨跟我们有什么关系呢？就是退一步说，人间复杂的恩怨总有烟消云散的时候，只要能留住一份亲情，一点愉快，成为不灭的纪念，不是很好吗？"杜华正不错眼珠地盯着夏尊秋的脸，冰冷、华贵、忍耐，还有点不屑或强力压制着的愤怒。他笑了："我真不明白，简业修那小子何德何能，竟让你看上了！但他缺少风度和自信，在这样的场合他感到自卑。因为他是在老平房区里长大的工人后代，是蹲茅坑长大的，这儿的人都是从小坐马桶长大的。所以他连请你跳舞的勇气都没有，早早地就溜了，他也只有偷着溜走，留在这儿不是活活地受洋罪吗？他根本配不上你……"

"你经常这样在背后说别人的坏话，或躲在暗处窥探别人吗？"

"别人我不管，你的一言一行都在我的视野里，你对我好点，我就会放过姓简的小子，你若还是拒我于千里之外，我就把那小子整死！"

夏尊秋侧脸看着他，这真是个残酷而又擅长眩惑的男人："你们杜家的人都是这么卑鄙！"

杜华正毫不在意，甚至还优雅地一笑："没办法，在你这样的美人面前，任何男人不是当天使，就得当魔鬼！"

第 15 章

老天也似乎有意跟危陋平房改造工程过不去,今年冬天来得格外早,连续几天的西北风,气温一降再降,连河里都上了大冻,工地上骤然滴水成冰,水管冻裂,施工难度加大,进度迟缓,一片叫苦连天。金克任一天不拾闲,四处忙于应急,以他的体魄都累得有点撑持不住……大北风又是呜呜地叫了一夜,早晨一睁开眼,他浑身酸疼,情绪不高,便有意把电视机的音量开得很大,电视里正在播放梨城早间新闻……女儿就像跟他比赛一样,房门大开,摇滚乐声震天价响,她随着乐声在做健美操,家里变成了歌舞厅。金克任直脖子瞪眼地盯着电视屏幕,然后又坐到饭桌前翻看当天的报纸……许良慧在忙活早饭,金克任高声叫喊:"哎,大律师,我被市里的舆论工具封杀,你可有什么好主意帮我?"

许良慧端着一碟红烧肉从厨房出来,先走到女儿房门口通知她该吃早饭了,并顺手关上女儿的房门,客厅里立刻安静了许多。她把红烧肉放到桌上,又回身把电视机的音量也调小,这才问丈夫,"你刚才说什么?"金克任把报纸扔到一边:"有人告诉过我,说书记跟市长在争新闻,争电视的上镜率,争报纸的头条,当时我还不大相信,留意了一下,这一段时间关于平房改造的消息几乎从梨城的报纸和电视上消失了。昨天市政府召开抗寒冷保证工程质量的现场会,市长也参加了,应该说会开得不错,今天的早间新闻连市长的一个影儿都不给露一下,今天的报纸上也只字不提,这一块工作正好又是我分管的,我岂不是被卡在他们两个中间成了夹肉馅饼了吗?"

许良慧也坐了下来:"在梨城这已经是公开的秘密了。"

"大律师可有妙计救我?"

"别夸大其词,快吃你的红烧肉就大葱吧。"金克任心不在焉地吃着早饭……许良慧继续宽慰丈夫,"你只是个卖傻力气干活的人,谁当一把手都得拉你,需要你卖劲儿,目前两个大头头之间的明争暗斗还不会伤及到你的。"金克任摇头:"但这让我难于做人,来明远已经跟我谈过了,老实说他讲的也不是全无道理,你碰到过被告和原告都有理的案子吗?"

"理有公理私理,正理歪理,真理伪真理,还有强词夺理……理的完整才是法。法可不是公说公有理,婆说婆有理。"

"天下的理很多,我只是不明白一个理,为什么来明远不能当个太平书记? 不操心,不受累,支持市长工作,你好我好,大家都好,何乐而不为! 他本来就是这样的一个人,现在不知怎么上来一股邪劲,非要跟卢定安争锋不可?"

"你是装傻充愣,还是故作天真? 正因为党政一把手的不和,才能保持权力的均衡,进行权力的交替,维护权力的继续。"

金克任表情夸张地看着妻子:"哦,律师的尖刻! 这倒让我想起来,那天来明远跟我说的许多话,都应该由他自己当面讲给卢定安听,他不去跟市长当面锣对面鼓地叮当,却想让我给卢定安传信。"

"你没给传吧? 最好别搅到他们的斗争中去。"

"你错了,他们之间既不斗又不争,来明远用的可是太极神功……"

"什么?"

"打太极拳有个最基本的要领,就是怀里永远都像抱着个太极,双手之间始终像夹着个圆球,不管如何闪转腾挪,都要对着圆球发力,球在手掌间被旋来转去,推来挡去,两只用力发力的手却始终不相碰。我就是书记和市长中间的那个球。"

许良慧突然笑了。金克任发愣:"你笑什么?"许良慧笑得更厉害了,金克任忽然有所悟,也敞怀大笑,并用手指点着妻子……

女儿换了衣服出来,不无惊讶地看着他们。

河口区街办企业泰和染整厂厂长郑京年,一上班就被召到区长的办公室,杜华正对他相当客气,从自己专用的矿泉壶里亲自为他倒了一杯矿泉水,先问他在染整厂干了多少年,又问他多大岁数,然后以非常实在的口吻完全站在郑京年的立场上说:"老郑啊,这些年你干得不错,趁厂子眼下还说得过去,赶紧挪个地方,过了五十岁再想动也不好安排了……今天叫你来就是想跟你商量这件事。"郑京年眼珠发光,立刻来了精神:"是啊,染整厂那么大,却只是个科级单位,我为这事可没少跑道,就是没有人理这个茬儿,还是区长想着下边……"杜华正打断他的话:"你怎么那么死心眼儿,给一个单位提高级别太难了,给一个人提一下级别就比较容易了。"郑京年屏住呼吸等待区长的下文,"我想把你调到区里来,到工业局当副局长,先升成副处级再说,到换届的时候就看你的运气了,能扶正更好,万一扶不了正,到退休的时候也可以弄个正处级巡视员。而且在局里旱涝保收,也算是平安着陆啦! 你干了这么多年总不能让你白干哪,你觉得怎么样?"

郑京年自然感激不尽:"谢谢杜区长!"

"别谢我,这种事也不是我一个人就能定的,有的领导同志提出来,叫你把染整厂的屁股擦干净了再上来。"郑京年就知道没有这么便宜的事,区长是肯定有条件的。杜华正告诉他染整厂得搬迁到市外去,郑京年抱怨设备陈旧,一拆可就哗啦啦了。杜华正说正好趁机更新设备嘛。可哪来的钱呢? 于是引出卖地皮的事,厂子一迁走地皮不就可以卖钱了吗? 事情十分紧急,郑京年一下子往哪儿去找买主,杜区长也为他焦急,提拔人的事夜长梦多,把迁厂的事早办利索了好早到区工业局报到,自然而然就为他找到一个买主,杜华正摁下电话的扬声器,熟练地拨了一串号码,"是杜觉吗?"立刻拿出了一副严厉的居高临下的口吻,"你知道三义里旁边有个泰和染整厂吗? 市里的平房改造任务十万火急,你能帮着给它找个买主吗?"杜觉倒摆出一副公事公办的口气:"不行,那个地方不值钱。"杜华正对着电话火了:"不行也得行,你怎么帮着城厢区拉来了外资呢?你别动啊,我叫染整厂的郑厂长马上去找你!"

杜觉叫苦不迭:"哎,我不是你们区里人,您怎么硬拍呀?"

杜华正啪地把电话挂了。

一直到下班之后,钟佩才抽出时间来到老城厢临街的一片店铺前,这里紧挨着同福庄,受拆迁的影响,闹闹哄哄但生意萧条,每家店铺的墙上都用白粉写着一个大大的"拆"字,在"拆"字的外面还画着个白色大圆圈——像山区的农房上吓唬狼的标志。店铺的老板们满脸阴云,钟佩找到"天福时装店"走了进去,店里死气沉沉,姚天福一个人坐在柜台前愣神儿,对钟佩进店没有在意。直到钟佩盯着他走到了近前:"你就是姚老板?"姚天福抬起头,"是我,噢,您是……哎呀,看我这眼神!"姚天福急忙展露笑脸,起身相迎。钟佩神色凝重:"我是于非的母亲。"姚天福赔着小心:"伯母,您好。"钟佩口气冰冷:"我说过了我是于非的母亲,叫钟佩,是来找她回家。"

姚天福赶紧拿凳子,让钟佩坐下,然后解释:"钟区长,这全是一场误会,那天我们不过是在一起跳跳舞,唱了几首歌,被于总碰见就闹成了这样……""以前的事我现在不想谈,只想见见我的女儿。"

"哎呀,她不在这儿……她在深圳,开了一家非非时装商店,我的货都是经她的店进来的。"钟佩疑惑:"今天上午还有人看见她跟你在三义里卖内衣嘛!"

"那一定是看花眼了,"姚天福从抽屉里拿出三沓百元的人民币,"您来得正好,不然今天晚上我还得到您的家里去,这是给于非的货款,她叫放在您那儿,明后天她回来取。"

"她要回来?"这显然勾住了钟佩,但她不看那几沓钱,"我不管你们的事情。"

"这笔钱她要得很急,我明天一早就外出,见不到她,您不给带上怎么办呢?"

钟佩犹豫了。姚天福嬉笑:"这又不费您什么事,于非又是您的亲女儿,她的买卖不就跟您的买卖一样吗? 现在这年月还有给钱不要的吗? 我要是滑头,给您不要就再也不给了,着急的是于非,她还得一趟趟地来求我……"既然女儿要回来,她就不愿再听眼前这个粗俗的家伙饶舌:"好吧,这是多少钱?"

"三万,您数一数。"钟佩看了看,还带着银行数过的印记,就放进自己的包里。姚天福拿过一张纸和笔:"您得给我写个收条,这是财务手续,好下账。"钟佩迟疑着,却也不能再从包里把钱拿出来。既然收了钱写个收条也是很自然的,就问:"怎么写?"姚天福把纸和笔放到钟佩面前:"随便怎么写都行……要不就写收到姚天福现金三万元。"钟佩略加思索在纸条上写了"替于非代收姚天福归还的货款叁万元整",然后签上自己的名字交给他,仍觉得姚天福的神情有点不对头。

同福庄小学放学了,在众多结伴行走的同学中间,姚雷、李小朋、二虎拦住了各自要抢劫的对象:"你带钱来了吗?"被拦住的同学乖乖地交上早就准备好的钱,赶紧跑开了。其他同学像躲避灾祸一样远远地避开这三个小瘟神,有胆小的又跑回了学校,有个白白净净的男孩子躲闪不及被姚雷堵住了:"丁浩,我找你要的钱带来了吗?"

丁浩嗫嚅:"我没敢向家里要。""你就敢违抗我?"姚雷上前一步猛推丁浩,丁浩一个屁股蹲儿摔倒了,姚雷一把抢走丁浩的书包,"今天便宜你,明天拿钱来赎你的书包。"丁浩哀求:"我还得写作业哪……""写个屁,先完成我的作业再说!"

三个小子歪脖子仰脸,摇摇摆摆地走了。一年级的老师站在校门口目送自己的学生回家,看见了他们的恶行,赶忙返回到教研室向简业青告状:"姚雷那几个人又抢你们班的钱了……"简业青放下怀里还抱着的一摞作业本,转身想追出去,校长进来拦住了她:"简老师,下午你到区教育局去开个会。""什么会?""我们学校要拆迁了嘛,商量把学生往哪儿分,老师们往哪儿分。"

简业青诧异:"这样的会怎么让我去听?""还有一项内容,居住环境和青少年犯罪的关系,你是高年级组的组长,又一直住在同福庄,熟悉情况。"

简业青不快："我宁愿不熟悉这种情况。""怎么啦？""我……实在受不了了，过去要不是图离家近早就想办法调走了，就是刚才，姚雷、李小朋他们还在大街上抢同学的钱！有的同学说，管着我们这个学校的不是校长、老师，而是几个学生流氓，同学们最怕的也是他们……"

校长很少见简业青如此激动："我也听到了一些反映……"

简业青仍旧气愤不已："小学生怀孕的事，出在我们学校，少年犯罪率，我们学校在全市不算最高也排在前几名，打架斗殴、偷偷摸摸，那是常事，造成这个局面不是您校长的责任，也不是我们当老师的不负责任，这个地方的根太臭了……不论一家几辈儿、老少多少口，都挤在一间平房里，大人们干什么事都瞒不了孩子，造成小孩子性早熟，甚至从小就性扭曲……"

年轻的女老师接过话头："有人反映，我们的学生还要向姚雷等几个霸道的家伙交纳安全保护费，多则三十元，少则十元，不交钱就挨打。学生哪来的钱？还不是回家向家长要，或者到别的地方去偷吗！"

还是校长会疏导："你把这些情况带到会上讲一讲不是很好吗？也让教育局的领导明白我们学校落后的真正原因。"

就在老师们还谈论姚雷的时候，姚雷已经回到家，没有吃午饭，又开着他父亲的蓝色大发车跑了，在三义里西面的一个湖边停了下来，中午太阳暖和，许多小学生在湖面的冰上溜冰，极少数的人穿着冰鞋，大部分人穿着普通的鞋在冰上玩耍。姚雷、李小朋下车来到冰上，他们相中了一个穿得花花绿绿的小姑娘，她正是大鞋底子李素娥的女儿，姚雷喊她："哎，你叫什么名字？"贾兰兰的性格也很冲："干什么？"

"我叫姚雷，他叫李小朋，问问你叫什么名字有什么关系？"

"我叫贾兰兰。"

"贾兰兰，我们请你去吃麦当劳，去不去？"贾兰兰有点犹豫，李小朋过来拉她："走吧，他会开汽车，一会儿就回来。"贾兰兰仰起脸顺着李小朋手指的方向瞧，果然看见湖边停着一辆汽车，犹犹疑疑地跟着他们走出冰面……

　　下午,吴虚白乘出租车来到梨城大学半心湖畔,这位香港恒通财团的投资部经理四十多岁,与人们见惯了的面孔白皙、神采俊逸的香港老板很不一样,他面色黑红,相貌粗粝,但气度严整,温厚沉实,更像风硬水凉的北方汉子,他来到夏尊秋的楼下,摁响了大门报话器,里面传出女主人的声音:"请问找谁?"

　　当吴虚白开口说话的时候,就露出了浓重的广东口音:"尊秋,我是吴虚白。"

　　大门嘭地一声开了,待到吴虚白走到三楼的时候,夏尊秋的房门已经打开,她站在门口把他迎进去,两人相互凝视:"我想你。""我也是。"拥抱,轻吻,有一种重逢的欣喜,也有一种自然的优雅。吴虚白专注而诚恳:"你真美,似乎更年轻了。"夏尊秋含睇一笑:"谢谢。"

　　吴虚白炫目动情:"那天我听到你的电话留言,为你担了一份心,同时又有点振奋……"夏尊秋却佻脱诙谐地逼问:"幸灾乐祸,还是想乘人之危?""因为你太优秀了,以前我觉得你从来不需要我的关心、我的照顾,或者是我的感情,一旦听到你说你需要我,当然兴奋,我知道你改变主意了。"

　　夏尊秋稍一迟疑:"什么?"吴虚白从口袋里掏出个精致的首饰盒:"这次我特意选了一枚戒指,希望你收下,别再让我失望了。"夏尊秋笑着把戒指戴在无名指上,她的手指很长,柔洁敏感,她举起来欣赏着,不知是欣赏那钻石戒指,还是欣赏自己的手指?"这颗钻石真漂亮!"她嘴里称赞着戒指,却把它从自己的手指上摘下来,放进盒里,又塞进吴的口袋。吴虚白变色,呆呆地任她帮自己脱下外衣,挂到衣裳架上,在这一连串温雅的动作中,夏尊秋的眼睛里现出一种不易觉察的犹豫和距离。

　　吴虚白抓住了她的手:"尊秋,出了什么事?"夏尊秋躲避着他的目光:"你指什么?""我指的那个人是谁?"

　　夏尊秋摇摇头:"没有你说的那样一个人。"

　　"不对,我认为你实际上已经答应跟我结婚了,怎么我来了你又变卦了？"

"对不起,我还没有准备好……"

吴虚白轻叹一口气,坐到沙发里:"我们是不是分开得太远也太久了,我越来越猜不透你是怎么想的了？"

"我只是没有把握。"

"我有把握,你现在过得并不快乐。"

"是的,常常感到孤独,有时还会变成难以排遣的痛苦。"

"在孤独中创造,在优雅中痛苦,或者说在痛苦中优雅。"夏尊秋抚摩吴虚白的头:"别这样,你不是刻薄的人。"吴虚白无奈:"唉,我真怀念在芝加哥的那几年……"

"芝加哥也是一座巨大而忧郁的城市。"夏尊秋想岔开这种太过敏感的话题,"先不谈这个,你想喝点什么？ 是喝茶,还是喝咖啡？"吴虚白现出明显的不悦:"不用了吧,我坐坐就得走。"夏尊秋惊诧:"你生气了？"吴虚白看着她:"我有资格吗？"

夏尊秋感到歉疚:"别这样,虚白,你是厚道人。"

吴虚白不免愤愤:"我发现人太厚道了就会被欺负。"

夏尊秋坐在他身边:"这说明你并不想我,我还有话要跟你说哪……"

吴虚白伸出右臂把她揽进怀里,低头吻她,饥渴加上愤懑,他吻得贪婪,吻得狂烈,越吻越深,越深越不满足,双臂箍住她的后背,把她柔软隆起的胸拉贴在自己的胸前揉搓,以配合他唇的探求。渐渐他感到对方的唇也有了探求的渴望,娇躯扭动激烈,抱住他脖子的两只手越来越用力,他箍着她从沙发上站起来,然后一躬身把她扛上肩,走进卧室。

第 16 章

同福庄的绝大部分房屋已经被推倒,在早晨的阳光里变成一片巨大的垃圾场。北风搅扬着尘土,白色垃圾随风在半空中飞旋。许多房子被主人揭走了屋顶上的塑料布,就露着天儿了,推土机轻而易举地把早已破败不堪、惨不忍睹的所谓平房夷为平地。人们像蚂蚁一样搬动属于自己的东西,搬空一排,推土机就推倒一排……最后只剩下二十多间破房子,孤零零地在北风中摇晃——这些人家叫"钉子户"。拆迁办公室成了"钉子户"们围攻的孤岛。电话铃响,顾全德摁下扩音键:"喂,哪位?"

"你是那个王八蛋区长吗?"

"你是谁? 怎么这样说话?"旁边一个小伙子替区长解气:"哪个王八蛋这么混账? 王八蛋找区长有什么事?"

"我家老少七口人,一间屋住不下,自己搭了一间小屋,为什么不算面积? 你们就会算计老百姓,等着吧,我跟你没有完!"

周原在这时候领着许良慧进了拆迁办公室,顾全德起身让座,周原向区长报功:"许律师太忙了,硬是被我给绑架了一个小时。"顾全德一边说着感谢的话,一边吩咐身边的小伙子说:"你去把崔娘和曾家那哥几个叫来。"他又对许良慧说:"您一来我心里就有点底了,咱代表政府,不能做在法律上站不住脚的事,也不能让一帮高智商的知识分子钻了空子,扔下一个孤老太太和她的傻儿子没有人管。"许良慧为难:"我没有吃透案情,先在旁边听听再说……"

顾全德还想说什么,却看见崔娘和曾氏兄妹进来了,她的两个傻儿子也在后边跟来瞧热闹，他于是改了口气："你们都看到了，同福庄的拆迁到了最后期限，明天所有的房子都得推倒，没有正当理由不想迁的也要强制迁走。对你们的要求我们考虑了一个方案，今天特意把我们区的法律顾问也请来了，许律师是我们梨城挂头排的大律师。对我们的想法你们同意更好，不同意以后慢慢协调，房子必须今天拆掉。周局长，你先讲吧。"

周原沉着脸，一嘴官腔："先要声明一点，我们改造危陋平房的目的不是为了购买你们的产权，而是为了改善像崔大娘这样的大批平民百姓的居住条件。按我国的住房条令，只要崔大娘在里面住着，你们就无权出卖房子的产权，房子是曾树仁的，他走的时候并没有留下遗嘱，说清这两间房子归谁，但明确地说出叫崔大娘看管，这一看一管就快五十年了，漏雨、透风，一次次维修，应该是房主负责，可你们谁也没有管过，都是崔大娘自己干的。"曾玉抢话："崔娘没有通知我们，如果告诉我们，我们会出钱的。"周原眼光霍地一跳："连工带料，这是一笔不小的费用，如果你们肯出钱现在也来得及。"

曾凡瞪了妹妹一眼："你先不要打断周局长的话。"周原接着说："这几十年来，经历过许多政治运动，这房子如果不是崔娘住着，恐怕早就充公了，你们应该能想象得到。"曾凡一个劲地就合："是的，我们兄妹是非常感激崔娘的。"周原自管往下说，"崔大娘过去是你们家的用人，但又不是一般的用人，跟你们的父亲生过孩子，你们兄弟中有崔大娘的孩子，因此你们也有抚养崔大娘的义务。总之，我们的意见是，先把崔大娘和她的孩子安顿好，剩下的钱你们兄妹分，至于怎么分我们不管，但不把崔大娘安置好，你们一分钱也拿不到。"

曾家兄妹你看我，我看你——崔娘不知是感激周原这番话，还是因为周原的话勾起了心里的旧事，老泪滂沱，用双手紧紧捂住了自己的脸。曾浩眼睛也有点红，神情尴尬，为了掩饰自己窘迫急忙先表了态："区里想得很周到，我同意。"这激起了他大哥的不满："你同意就用你那一份安置你的生身母亲，与我们无关。"曾玉响应："对，我同意大哥的意见。"周原压住他们："不行，我们的意见是先安置崔大娘，你们后分钱。现在你们想先分钱,如果曾浩分得的那一份不够安置崔大娘的,怎么办呢?"

曾凡一惊:"啊,这还要用多少钱? 总不能把十几万都用来安置她吧?"

"这就要看崔大娘了,"周原问,"崔大娘,您是想买个偏单元,还是三室一厅的大单元?"崔娘低垂着眼睛:"我就要个偏单。"周原提醒:"您可想好了,还有两个儿子哪!"崔娘抹抹眼泪:"偏单就行了。"周原站起身:"行啦,一个偏单六万多块钱,我领您去看房,同意了就办手续领钱。"崔娘神色木然,看不出有什么高兴劲,更没有感谢的话。周原又征求曾家人的意见:"你们还有什么意见?"曾玉心有不甘:"一个偏单元六万多是不是太贵一点了?"

"行啦,行啦,我们同意。"曾凡看见始终还没有说话的区长脸色灰白,额头虚汗淋淋,他怕再出意外,拿多拿少都是白捡的,就向弟弟妹妹示意,相继走出拆迁办公室去办手续。

许良慧也被顾全德的样子吓一跳,等曾家兄妹一离开她就凑过去询问是怎么回事,顾全德说:"没事,您快去忙您的,谢谢啦,谢谢!"他说着话就掏出针包,一根根地往自己的腿上扎,因他正处于极度疼痛之中,扎针的这点皮肉之痛就显得微不足道了,扎得大大咧咧,不像是扎自己的腿,更像是扎一根木头棒子。许良慧心惊肉跳,不敢多看,匆匆告退。顾全德刚把针扎好,大哑巴王宝发背着小洋马的丈夫刘玉厚,侧楞着身子挤进了办公室,然后将身子一蹲,把刘玉厚放到了顾全德面前。刘玉厚原想给区长跪下,身子一瘫顺势抱住了顾全德还带着针的腿,这下可疼得顾全德大叫起来:"哎呀——"

刘玉厚吓得急忙松开胳膊,但他瘦弱的膝盖支持不住自己挺立起来的腰身,只好又用手抓住顾全德的脚脖子……有气无力地说:"区长,我的矽肺病已经到了晚期,不光看病厂里不给报销医药费,还四个月没发一分钱的工资,一家四口就全靠我老婆卖冰棍糊嘴,天气一上冻,冰棍也不能卖了,我到哪儿再去弄一万多元买新房? 我这一辈子也没有见过这么多的钱! 即便有钱,又到哪儿去呆上一年零八个月呢？不拆迁我还有个窝能凑合着过日子，政府一办好事，倒让我们无家可归，无处可去了……"

"刘师傅快起来，有话好好说，我们决不会让一户过不去。"顾全德想把他拉起来，却没有拉动，一是他腿上扎着针使不上劲，二是刘玉厚死活不起来："顾区长，你不给我解决问题，我就不起来啦。"

从外面传来一阵噼里啪啦的摔打声，有人喊叫："你们的干部叫人给打了！"真是乱套了，这哪是拆迁，活活是一场动乱！顾全德赶忙取下腿上的针，扶着桌子站起来，然后跟跟跄跄地冲出去。大哑巴也像保镖一样又把刘玉厚扶起来，走到门口，他看见右边围了一大群人，吵吵嚷嚷……又有几间房子被推倒了，连崔娘那两间大高房子也没有了，同福庄好像就剩下简家和他跟哑巴的两间小破屋子了，居民们差不多也快搬光了，四五台推土机的脑袋都对着他们的房子，虎视眈眈……

简家并不是"钉子户"，一切都因为简业修太忙了，实在是顾不过来，好在简玉朴也不着急，他就想慢悠到最后，亲眼看看自己住了一辈子的同福庄是怎样从这个城市消失的，先把邻居们都送走了再说吧！简业青那间屋子里的东西早就都搬走了，到了搬迁的最后期限，简业修才请来了搬家公司，小伙子们一看简玉朴小屋里的这点东西就乐了，简业修却连这点东西都嫌多，他对老人说："爸，这些破烂儿就别要了，将来搬回新居的时候再买新家具。"

"旧的能用为什么非要买新的呢？"老人一样也不让丢，真正让他不放心的是另一件事，"业修，你真跟敏真商量好啦？"简业修直觉得脸上挂不住："行啦，您就别管了。"把简玉朴小屋里的东西都搬上车以后，简业修请老人跟着车一块过去，老人却叫他先走，简玉朴知道他一离开，房子即刻就会被推倒，心里有说不出的留恋和难受，嘴上说的是想跟刘玉厚两口子和大哑巴兄弟再打声招呼，老人也替他们犯愁……简业青对弟弟说："你先回去收拾一下，等一会儿我陪咱爸爸坐公共汽车过去。"

还是大哑巴心胸开阔，既不为自己的处境发愁，也不为与老邻居告别伤感，表情极为生动地跟简玉朴哇哇地叫着，简玉朴似懂非懂地点着头，间或还对哑巴比画两下。平时咋咋呼呼的杨美芬，竟眼圈发红,不知是因为简玉朴搬走,还是因为以后再见简业修可就难啦！她认为简业修耗到搬家期限的最后一天才离开,就是够情够义,不愿意把她们一家孤零零地甩在这儿。但他毕竟是官面儿的人,还能怎么样呢？她对简玉朴说:"简大爷,您这一走我们可就显着孤单了,以后再也没有福气跟您做邻居了。"

"你可没少照应我们。"简玉朴说的也是真心话,尽管他在心里从来没有敬重过杨美芬。儿子小的时候他曾鄙视过她,老怕她把简业修教坏了,后来见儿子很有出息,并没有学坏,才相信杨美芬和业修的要好不过是小孩子过家家的游戏,觉得自己作为邻居和长辈对杨美芬做得太过分了。简玉朴喜欢跟刘玉厚亲近,而此时的刘玉厚却快要愁死了,给区长下跪都没有解决问题,他再也没有招儿了,闭着眼在床上侧歪着身子。简玉朴看着他心里难受,将脸凑近了说:"玉厚,我走了,你要多保重,天无绝人之路,我就不相信共产党的政府会不管你这样的好工人！"刘玉厚说不出话来,在同福庄简玉朴可能是惟一在心里还把他当人看的邻居,现在也要走了,他感到自己被这个世界彻底地遗弃了⋯⋯

生活讲究,极爱干净的于敏真,下班回来一进家门,看到满屋破烂,登时就对简业修火了:"你这是从哪儿弄来的？"简业修明明心里发毛,嘴上却挺硬:"我爸爸要住在这儿。"于敏真一愣:"你怎么也不提前跟我讲一声？"

"讲什么,这不是我的家？这点事我还做不了主？"

"你说话怎么带刺儿？这也是我的家,我也做得了主。告诉你,这不行！"

"不行也得行！"话赶话地僵在这儿了——再进行下去就又得吵,又得骂,又得打了。怕就怕话赶话,火激火,于敏真有过教训,虽然自己也在气头上还是让了一步:"那就再等几天,我负责给另找房子。"简业修却以为逮着理了:"来不及了,既然你还承认这是我的家,我的老人为什么不能住在这儿？"

于敏真身子一颤,声音也高上去了:"我还有老人哪,如果都住在这儿,我们还过日子吗?"毕竟老父亲马上就到,不能让老人看儿媳妇的脸子,不管怎么说没有提前跟于敏真商量是自己的不对,简业修想先糊弄过去再说,口气又缓了下来:"敏真,你是有文化的人,不能胡搅蛮缠,我从来没有照顾过父母,正好有这样一个机会,你不也好尽尽做儿媳妇的责任吗?"

"我怎么没有尽责任? 我给钱,应该是我们的房子给了你大姐,姐照顾老人得房子、得遗产,这不是很公平吗?"简业修被噎得接不上话儿:"你?""我怎么啦? 再说光是老人来还好办,你弄这么一屋子破烂儿来,这还像个家吗?"

简业修把声音压低:"我也不想把这些东西弄来,可老人对这些旧家具有感情,你怎么就不能凑合一下呢?"于敏真的声音反倒又提高了:"不凑合,你快把它们弄走,哪怕将来我再为老人买新家具哪!"

"那好,你如果不愿意跟我父亲在一起住,那就请你走吧!"

"这是我的家,我凭什么要走?"

宁宁害怕:"你们别吵了,让爷爷跟我住一个屋吧。"

简业修有点不管不顾了:"于敏真,我可告诉你,我一忍再忍,一让再让,这回我爸在这儿是住定了,你要是给我爸一点脸色看,你我的夫妻情分就算到头了!"

于敏真怒极反笑:"干什么? 你想拿离婚吓唬我? 到头就到头! 这可是你说的,儿子得跟着我。宁宁,收拾好东西,跟妈走!"宁宁哭:"妈……"

于敏真拉着儿子刚要出门,原来门是开着的,简玉朴和大姐简业青都站在门口。

简玉朴脸色苍白得像窗户纸:"敏真,你先别走,听我说一句,业修过来,给我跪下!"简业修怒不可遏:"爸。"

简玉朴强压着火气又重复了一遍:"跪下!"简业修无奈,给父亲跪下了。简玉朴气得抖抖瑟瑟:"业修,你听我说,敏真对咱简家有两件大功:第一,当年她父亲是市经委的主任,人家不嫌弃住在同福庄的工人的儿子,肯嫁给你,肯进咱那破房子,这太委屈她了。第二,敏真为我生了个孙子,让咱简家有根有后。她有这两件大功,就是咱简家的恩人,你对她一不许骂,二不许打,三不许提离婚这俩字,你要想离她,先得离开你爹!"

于敏真大哭着也跪了下去:"爸……"简玉朴又说:"我跟你姐姐、姐夫已经商量好,住到你姐家去,你姐夫的医院里还给腾出一间房子,我们就是来告诉你们这个的。"业青插嘴:"咱爸说了,这些破烂东西扔到楼下送给收破烂儿的算了。业修,向敏真认个错。"

简业修无语,也无地自容。简玉朴逼问:"你莫非要逼你爸给敏真赔罪吗?"

于敏真火上浇油:"爸,他提前一个字不跟我讲,就是找茬儿跟我吵架,因为他有了外心……"

老人冲着儿子一巴掌打去,自己却摔倒了。

在一座离三义里不远的写字楼里,简业修临时租了两套带卫生间和厨房的大房子,装修简单实用,但配备了齐全的现代办公设备。一套房子门前挂着梨城市危陋平房改造办公室的牌子,另一套房子的门口则挂着九河房地产开发有限公司的铜牌,公司里加上简业修才只有五个人,他情绪复杂,有点兴奋,也有几许伤感或曰失落:"好了,从今天起我们九河公司就算正式挂牌营业了,不请来宾,不搞庆典,不放鞭炮,不事张扬——这就是我们公司的风格,叫偷着长肉,悄无声息地赚钱。我从毕业就分配到建委,在官场蹭蹬十几年,最后落的结果就是一个人出来办公司,没有落下好,也没有交下人。对上不可谓不忠不勇,自问为河口区是卖了命的,上面却要置我于死地。对下不可谓不诚不信,如孙石,我待他不薄,建委的人有目共睹,我的为人如何建委的人也应心里有数,到头来却落得如此下场。这是我的失败,但我又感谢这失败,随着危改工程的启动,梨城的房地产业将大热,我给公司定了一个最保守的利润指标,第一年拿下五百万,每人要平均给公司赚到一百万。你们几位都是近几年才到建委的,感谢你们对我的信任,加盟九河公司。"

这算是开业贺词,还是就职演说?不管算什么他都把几个年轻人的热情鼓动起来了。杨静浓眉明眸,带着现代年轻人无所顾忌的锋锐:"官场没有永久的朋友,只有可以或不可以利用的人,孙石如果不反您,又怎能买上边的好,取代您的位置呢?"叶华是学财会的,头脑总是非常冷静:"简主任,我们不放心的是,原谅我的直率了,您今后到底是以当官为主,还是真想干好这个公司?"

简业修以问代答:"平改办的副主任算不上是什么官了,但上边交下的工作还得干,我的性格你们都很清楚了。可是我不会再愚蠢到对官场、对自己的仕途还抱什么希望了!"杨静心气很高:"有您这句话就足够了。不过,世界上许多伟大的人物都进过监狱,坐牢有时是一笔雄厚的政治资本,比如南非的黑人律师曼德拉,如果不是坐了二十多年的牢,能轮上他当总统吗?"

"问题是我喜欢的是工程,不是政治。像我这种小萝卜头式的干部也不可能可笑到会有什么政治抱负。我真正想干好的就是这个九河公司,这几百万的启动资金全是我找私人筹措来的,暂时只能先挂靠在危房改造办公室,等条件成熟就要独立出来,眼下我不可能不接受市里的任命,这对我们办好九河公司只有好处没有坏处。在梨城这样的环境里,如果没有这层色彩九河公司也很难有所作为……你们说是不是?"

杨静看看叶华,显出一种兴奋:"不错,我们是危改办的下属企业,干起工程来就方便多了。"简业修站起来,走到两张规划图前:"你们看,三义里人口密度太大,出房率低,谁会愿意到这儿来开发呢?所以连杜头的儿子都宁愿到城厢区去做好事,也不给他老子的脸上抹彩,原因就是在三义里赚不到钱。"沉稳干练的叶华插进来问:"那我们为什么要在这儿干呢?"

简业修详细解释自己的想法:"有其弊也有其利,这儿地价便宜,成本低,且又紧靠市中心,一旦我们先在这儿把路修好,把基础设施搞好,三义里就会变成黄金地段。到那时我们出三等价钱买的地方,别人用一等的价格还抢不上,开发商们会求我们分给他们一杯羹。"叶华不愧是算账的:"搞基础建设的费用哪儿来?"简业修早已成竹在胸:"我跟金副市长商量过了,由市里出一半钱,区里出一半钱,先搞基础建设。你们想想,我如果不是危改办的副主任怎么能做这样的协调工作呢?"

杨静和叶华对视,点头。简业修走到另一张图前:"你们再看这儿……这是翠湖,市里的规划要在这儿建新住宅区,属于安居工程,可以向国家安居工程局贷款。我计划和香港恒通财团联合开发,那儿没有老住户拆迁的问题,先把房子建起来,然后将三义里的大部分居民疏散过去,腾出地方建商厦,盖写字楼,无形中等于提高了三义里的出房率,使这个现在人们眼里的贫民区一变而成为寸土寸金的高级商业区……你们以为如何?"

杨静禁不住赞许:"高!"程蓉蓉坐在叶华的身边,始终不吭一声,只是静静地以信赖的眼光看着别人,听着别人讲,她矮小纤细,柔和温润,不漂亮,但很受看。三个年轻人显然都被简业修的计划鼓舞得情绪高昂,他们对这个刚刚成立的公司有了信心和希望。这时候简业修派司机去接的客人到了,是梨大建筑系的一位老先生和一位农村打扮的妇女,他为大家介绍:"这位你们都认识了,是梨大建筑系的田才清教授。"他看看田才清带来的农村妇女,不知该怎样称呼。田才清把话接过来:"这位女士是灵鸽,有奇异的预测能力。"

简业修又对田才清说:"我再给您介绍九河公司的成员,杨静,天大建筑系毕业,是我们的工程部负责人。叶华,我们的财务部经理。程蓉蓉,负责办公室。司机小常,您已经认识了,他兼管公司的接待和杂务……目前我们公司就只有这五虎上将!""好,精兵强将!"田才清和大家握手寒暄,程蓉蓉给两位客人斟上茶水……

那个村妇向田才清唧咕了几句别人听不懂的话……田才清翻译说:"灵鸽说你们选择这个开业的日子很好,一会儿就有贵人来。"

"是吗?"几个年轻人相互看看,将信将疑。

简业修对杨、叶等人说:"我陪田教授去看看翠湖的现场,中午回到这儿来吃面条,庆贺公司开业。"说完他就带着两位客人下楼去了,他为自己配备的汽车是一辆崭新的被称作"沙漠公狼"的吉普车。上了车,田才清对简业修说:"你不用指路,叫灵鸽带路,看她能把我们带到哪里去。"简业修问:"她来过梨城吗?"田才清说:"这是头一次。"简业修抱着一种好奇心指示司机:"她叫你往哪儿开你就往哪儿开。"

那女人坐在司机的旁边,闭着双眼,开始给司机下达指令:"往前,往右,往左……"汽车驶出城区,七拐八绕,最后在郊外西南方的一片田地边上停住了车。出了汽车,简业修一脸惊讶:"这正是我想带您来的地方,真有点神了!"

田才清得意地笑笑。

一夜的西北风,被崭新的太阳给暖化了。但太阳自己却失去了应有的清亮,混混沌沌,外面罩了一个浑黄的风圈,田才清看了看四周,看了看位于东北方向的城市,在附近转了好半天,又和灵鸽交换了意见……才对简业修说:"不错,是块好地方,正处于城市的上风头,梨城一年的主导风向是西南风,城市的烟尘以及各种飘浮的污染物全被风吹向东北方向,而这块地方正好在城市的西南方,它的西南方则是原野,空气新鲜,阳光充足,还有这柳河、翠湖,更是神来之笔。"

简业修经田才清一说立刻觉得精神清爽,头上浮云白柔娴静,眼前岸树郁郁飒飒,冰面风来,轻曼清香,眼界为之一宽,襟抱徒然开阔。他说:"其实,所谓风水好的地方,不懂风水的人见了也感到舒服。

"所谓风水之法,得水为上,藏风次之。气之来,有水以导之;气之止,有水以界之;气之聚,无风以散之。无风则气聚,得水则气融,内气萌生,外气形成,内外相乘,风水自成。"田才清深吸几口长气,触景生情激起了浓浓谈兴,向简业修滔滔不绝地卖弄他的风水学。神秘的女人又向田才清唧咕了一些什么,田才清解释说:"灵鸽讲,你将在这儿成就自己的梦想,但也要埋在这儿……"田才清有点怀疑地看看女人,又重复了一遍:"他要埋在这儿?"

女人点点头。

"埋在这儿?"简业修一惊,他用手指狠掐自己的太阳穴,感到头又开始作疼……从检察院出来以后,他养成了掐太阳穴的习惯性动作,外出也总是随身带着止疼药片,脑袋一感到不适便立刻从小瓶子里倒出一粒放进嘴里,从汽车里拿出矿泉水送下。然后冲着田才清问:"她是说我会死在这儿?"

田才清摇头,又去问了灵鸽,才对简业修说:"她说你可能要埋在这儿,并没有说你什么时候埋在这儿,如果到八九十岁死了后,因为你对这片新区的贡献,破例让你埋在这儿,岂不是永垂不朽了!"

简业修释然:"现在死了人都要火化,不可能让我在这儿给自己修座坟墓。我也不想那么干,这么好的地方应该多给活人盖住的房子。"移动电话铃响,他边接电话边用充满惊诧的眼光看着灵鸽,关上手机之后才对田才清说:"夏尊秋教授和一位香港客人到了公司,希望我们快点回去,他们大概就是灵鸽所说的贵人吧?"

"嗯……"田才清似也颇感意外。

简业修陪着他和那个始终不知其姓名的神秘女人又返回公司,夏尊秋为他们和吴虚白一一作了介绍。乍见之下,吴虚白的相貌和风度给了简业修一种好感,也许正是这种好感使作为主人的他反倒有些局促……因为有夏尊秋在场的缘故,令他对吴虚白生出一种莫名的忌羡,不免又有些自惭形秽。办公桌上摆着吃面条的菜码、啤酒、酒杯……这实在不像个公司的样子,越发地让简业修脸红。他对夏尊秋说:"夏老师,中午我请吴先生和你们大家到外面的饭店里去吃顿便饭吧。"

吴虚白有一种自然而大度的随意:"简先生,你的面条才是最好的便饭。"夏尊秋也说:"业修,你不必拘泥于虚礼,饭店的菜谁也不是没有吃过,难得虚白来得巧,正赶上你们的公司开业,大家在一起高高兴兴地吃顿喜面,不是很有意思吗?"

夏尊秋以一种能替吴虚白做主的口气说话,两个人应和自然,却很令简业修的心里不自在:"这不像是待客之道,太不好意思了。"

吴虚白讷讷若虚:"感到不好意思的应该是我,不请自到,贸然登门。"

夏尊秋曼声说道:"好了,你们两个都不要再客套了,业修,讲讲你公司的情况吧,在这么短的时间里居然能把开业的一切手续都办好了……"

简业修却没有刚才的心绪了,想用几句话应付过去:"我毕竟干这一行干了这么多年嘛,多少认识几个人。"吴虚白不骄矜做作,看上去像个轻松随和的游客,却一直在观察简业修,他指着墙上的三义里和翠湖住宅新区的两张规划设计图问他:"简先生,九河公司先从哪一个地方下手呢?还是两个地方同时下手?"

简业修心里暗说,厉害。这正是他还在犹豫的事,被吴虚白这样一问他倒突然有了主意:"先从翠湖新区下手,这儿是市里的安居工程示范区,享受各种政策优惠——您理解政策优惠的含义吗?"

"理解,那将意味着节省一大笔钱。"

"不错。"交谈起来,简业修感觉不像刚才那么拘谨了,"中国的传统观念是人因宅而立,宅因人而存。宅是人之本,人以宅为家,居若安,则家代昌吉。过去农民勤恳劳作的目的就是盖几间新房子娶媳妇,所谓两亩地一头牛老婆孩子热炕头,热炕头就是指房子。现代城市里居不安的也大有人在,所以国家搞安居工程,人能正家,社会才能安定。"

年轻人们已经把面条和菜码准备停当,除去黄瓜、豆芽、菠菜、笋丝等新鲜菜码,拌面的有三鲜打卤、炸酱、麻酱,还鼓捣了几样下酒的小菜,红红绿绿地摆了满满一桌子,碗、筷、盆、碟,也全是新的,用滚水烫过之后,大家自己动手,各取所需,吃得淋漓尽致,气氛变得非常轻松了。吴虚白问田才清:"听说田教授的两本论风水的大著很畅销啊?"田才清欣然一笑:"已经印到第三版了。"吴虚白又问:"翠湖住宅新区的风水如何?"

"很好。"

"有您这一句话就确定了翠湖的前途,简先生显然是个广采博收又不失商人精明的官员。"

"大陆人将他们这样的官员简单明了地称为官商。"

细致的叶华怕简业修不悦机智地转了话题:"吴先生,您相信风水吗?"夏尊秋又含笑看看为简业修解围的叶华,简业修很讨女孩子们的喜欢是显而易见的。吴虚白答:"干我们这一行,自己信不信无关紧要,社会上信这一套,客户信这一套,这就制约着房地产业必须在风水宝地上建造风水好的房子,如果哪一座建筑物被传说成凶宅,人人都躲避着它,这座建筑物以及它的主人还会有钱赚吗?"年轻人似乎对这个话题更感兴趣,杨静说:"我们梨城就有一座金豹大厦,被田教授定为凶宅,承建公司的一把手死了,拥有大厦的那个单位的一把手也死了,还经常闹鬼……"

田教授口气激烈地把话接过来:"金豹刚一建的时候我就公开讲了,三年内他们的一把手必死无疑,而且是横死,就是说死于车祸或坠楼,到了三年他若不死我宁愿去死!"吴虚白忽然弯下腰对那村妇的肚子大声说:"灵鸽,你说我能活多少岁?"村妇从腹部发音说话,唧唧咕咕,村妇用外乡口音翻译说:"你能活到八十六岁。""噢,谢谢,我平时该注意些什么?"村妇的腹部又一阵唧唧咕咕:"少吃牛肉,牛肉吃多了会花心。"

众人哄堂大笑。

饭后,简业修的车送田才清和"灵鸽"回大学,田教授啤酒喝得多了一点,跟简业修告别的时候仍然拉着他的手雄辩地在讲着什么,吴虚白坐在夏尊秋的车里,眼睛看着简业修说:"原来威胁到我的那个人就是你的这位得意门生!"夏尊秋并不辩解,笑着反问:"你这个人还会吃醋吗?"

"在恋爱中的男人有一种直觉,它告诉我,简崇拜你,你对他也相当欣赏。"

"别忘了,他是我的学生,我们之间是不会有故事的。"

"我不信,故事好像已经发生,似乎还会继续下去。"

简业修终于送走了老教授和灵鸽,夏尊秋招呼他:"吴先生要去你的三义里和翠湖看一看,上车吧。"吴虚白已经坐在了副驾驶的位置上,他对夏尊秋说:"要不要我来驾车?"

"你喝酒了,还是我来吧。"

"不好意思,那就辛苦你了。"

简业修坐在后面又有点不自在起来……

221

第 17 章

郑京年晕晕乎乎,满脑子都是自己要调走的事,如今在企业里干太累太难了,你干好了上下左右四面八方都来吃你拿你,像亲娘老子一样叫你孝敬。一旦你的企业不行了,上下左右四面八方一下子都成了你的后娘,打你骂你恨不得把你掐死!每月光是给一千口子人发工资就能把你给逼疯了……他才四十九岁,看上去跟五十九岁差不多,头发花花点点,有了成绺成绺的白发,再加上又粗又硬又厚,活像个狮子头,许多人都劝他染一染,正好给自己的染整厂做个广告,都被他一次次地拒绝了。如今总算熬出头了,能体体面面地升到区里去自然是求之不得了。但说老实话,他心里还有一点舍不得,这个厂就像他的孩子,是他一把屎一把尿地拉扯大的……算了,撒手闭眼吧,俗话说舍不得孩子套不住狼,胆大的走天下,小心人咫尺间,他从一个修自行车的能走到今天,不就是靠胆大吗?他在外边跟杜觉谈好条件,定好时间,匆匆赶回染整厂,把党总支书记解云峰和副厂长韩星叫到会议室,他说:"我早就嘀咕的事现在来了,市里把我们这一片规划成商业住宅区,限令我们搬到东郊工业区,一会儿买我们这块地的人就来……"

韩星留着高平头,粗眉长眼,浑身透出一股精干,却愣没有反应过来:"迁厂?这么急?"郑京年好像急得有点坐不住屁股:"区里催得急呀。"韩星长眼瞪成了圆眼:"这可不是小事呀!"郑京年撇撇嘴:"一个区办厂子,谁拿咱当回事!"

"别人不把咱当回事,咱得拿自己当回事啊。"韩星毕竟年轻,沉不住气,在他跟厂长叮叮当当的时候,解云峰却一语不发,只在一边冷冷地观阵,咂摸着郑京年话里的滋味……他们还没闹明白是怎么回事呢,买主杜觉和王权居然神采飞扬地进来了,杜觉的骨子里藏着一种优越感,先为他们介绍了王权:"这位是广东万驰集团的总经理王权先生,他是来和城厢区谈一个项目,因为河口区危改落后了,挨了市里板子,被我强拉了过来。等一会儿市长还要请王总吃饭,咱们得快一点,按照郑厂长的要求,王总拟定了一个合同书,你们看看,没有问题今天就得签了,明天王总就离开梨城。"王权拿出两份打印好的合同,交给郑京年一份,解释说:"千篇一律的话就不用念了,只说要点吧,按市里的规定,平房改造占用了企业的地方,每平方米一千元,你们的建筑面积不足两万平方米,就按两万算,共计两千万元。空地每亩十万,不到七十亩地,就算七十亩,共计七百万,加在一起是两千七百万元。先付百分之二十,三个月内搬迁完毕,再付剩下的百分之八十。"

韩星嚷了起来:"这么便宜,厂长,还不如我们自己干哪。"郑京年呵斥:"别瞎说,我们自己怎么干?"韩星不服:"这么一大片地方,盖成楼净赚一个亿也打不住。"杜觉撇着腔叫板:"怎么样?郑厂长,要不你们自己干吧,我们撤出。"

"别,别,我签。"郑京年着急,径自在合同上签了字。王权跟着也签了字,然后交换,杜、王跟着就起身告辞,郑京年送他们出去。解、韩两人呆坐着未动,闷了一会儿,韩星才咬着牙根似的质问解云峰:"你这个书记怎么一声不吭?你们俩是不是事先捏估好啦?"

解云峰七窍玲珑,反问:"你刚才倒是说了不少,管用吗?"

"不管用也得说,这点钱只够到东郊买地的,买设备呢?盖新厂房呢?好好一个厂子这不就完了吗?今后千来号人吃什么?"

"天塌了有高个儿的顶着,我看郑厂长肯定是拿到上方宝剑了……"这些年的"改革开放"无一例外地成就了厂长、经理们的权威,企业搞得好的,厂长有功,说一不二。把企业搞黄了的,厂长有胆,同样也可以说一不二!私营企业,职工端的是工厂主的饭碗,任厂长作威作福,无法无天,下边的人不敢牙迸半个不字,即便是集体的或国营的企业,职工找集体不知往哪儿去找,找国家更是摸不着大门,挡在职工与集体和国家之间的是厂长,操生杀大权的是厂长。厂长独断专行惯了,所以郑京年签署了迁厂卖地的合同书以后就全力以赴地去跑自己升迁的事,由于他太心急了,杜华正还没把这件事拿到常委会上去研究,因此河口区工业局也就百般推诿,他想当然地又得挨个到头头们的家里去拜,动脑筋送让头头们高兴的礼物……无论如何不能让这事黄了,工厂已经卖了,自己若再升不上去,岂不鸡飞蛋打?

就在郑京年急了眼在外边为自己跑官的日子里,红黄黑蓝绿……各色俱全的泰和染整厂停产了。工人们走出车间,扎堆成伙儿,哪儿干净、哪儿背风便挤在哪儿议论厂里的形势——什么邪乎的谣传都有了,更有不少不安分的人到处游动,拣些家里用得着的东西带回去,显得厂区里游人、闲人特别多。年轻的副厂长韩星在厂门口被一群人围住了:"新厂还没有建,怎么就把这老厂给卖了呢?"

韩星眼睛发红,一拨浪脑袋,仿佛是发着狠一样从牙缝里挤出来三个字:"不知道。""给大家发半年的工资回家呆着,半年后怎么办?"韩星又是一拨浪脑袋:"不知道。""为什么不开职工大会,不跟工人商量,说卖就把厂子给卖了呢?"韩星还是拨浪脑袋:"不知道,不知道,我还不知道去问谁哪?也许我连自己都叫人家给卖啦!"

围着他的人愣住了,真正感到了事态的严重。韩星气呼呼骑车出了厂,他敲开了九河公司的门,要找简业修。程蓉蓉声音柔和:"简主任不在。"韩星一副火燎眉毛的急相:"从哪儿能找得到他?"程蓉蓉把他让进了屋,问他找简主任有什么事?他嘟囔着:"是大事,也是急事,火上房了!"

杨静从图板上抬起头:"我负责工程,能跟我说吗?"

"跟你说你主不了,不跟你说你们是不是就不告诉我简主任在哪儿?"韩星沉吟了一下,"你知道泰和染整厂那一大片地吗?杜家少爷领来一个南蛮子,只花了二千七百万就买走了……"杨静站起来:"这么便宜?等于白捡呀!""所以我越想越不是味儿,与其便宜给外人还不如让给你们哪。"

"我们给你翻一倍,五千四百万都合算。"

"不用,你们只要给的比他们多一点就行,但我有个条件,给我半年到一年的时间,容我把新厂建起来,或者你们不用给我们钱,在工业区给我们建起厂房,再给我们一千万购买设备,就行了。"

"走,咱们去找简主任。"杨静领着韩星来到三义里,虽然时近中午,天气仍然很冷,可三义里的许多男人和孩子仍端着饭碗在当街吃,他们吃的还大都是面条——还有人在十字路口焚烧纸钱、纸房子,有的人家正烧香上供。武术学校的教练、人称"北侠"的高登海,趁中午暖和,在门前拉开场子,让家门口的弟子们练武,好武的一些成年男人在摔跤……三义里和染整厂正相反,洋溢着一片喜气。简业修在拆迁办公室里正召集有关拆迁的座谈会,他看见杨静在外面向他招手,便收了场:"今天就先谈到这儿,谁有什么想法或听到什么意见,可以随时到这里来反映。"三义里的各色人等退了出来,杨静和韩星走了进去,简业修伸出手:"韩厂长,什么风把你给吹到这儿来了?"

韩星一脸愁苦:"西北风,大寒潮!"杨静等不急就先说出正题:"杜觉介绍了一个广东的开发商,用二千七百万买走了染整厂的那一片地,韩厂长觉得太亏,想让给咱们。"简业修急问:"签合同了吗?"

"签了。"

"哎呀,签合同之前你为什么不来通个气呢?"

"我一点风声都没有听到,郑厂长找我谈这件事的时候,话还没有说利索,人家就拿着合同书来了,前后没用一个小时,签了字,交换了合同书就走了。"

简业修直嚼牙花子:"这就要费点事了……你们厂的那块地没有居民,没有拆迁问题,这要节省一大笔钱,等我把三义里的路修好,这一带的地价至少还会翻一倍。"

杨静插话:"这买卖做得太精了,几乎就是抢,巧取豪夺!"

简业修沉吟着,这件事表面上是南方的开发商在买,背后一定有土木集团在操纵,他们什么都不用做,一转手就能净赚几千万。但是,要想让他们把已经吃进嘴的肥肉再吐出来,可就不那么简单了。韩星还不死心,继续烧火:"简主任,我找你除去心里有气,不想把便宜让给

225

骗子,还想救这个厂。郑厂长决定职工领半年的工资放长假,留下一个二三十个人的迁厂领导小组,最怪的是他不当组长,让解书记当组长,现在的书记都恨不得管业务,解书记立刻提出留一少部分钱叫我到东郊去搞基建,他拿着两千万去海南淘金,等从海南发了财再回来建新厂,您说这个厂子不就完蛋了吗?"

简业修为难:"韩厂长,我理解你的心情,也不想看着杜觉为了自己赚钱就这么轻易地毁了一个企业,但事已至此,又怎么帮你们呢?"

"我如果让那个合同作废,你们能接着吗?"

"没问题,你跟那边一解除合同我们就兜起来,九河公司做你的后盾。但你不能胡闹,反让人家抓住把柄,我怀疑杜华正是不是也知道这件事? 你不能轻易地提出终止合同的执行,那你们要花一大笔冤枉钱包赔人家的损失,应该动用法律手段,证明这份合同不合法……"

韩星直勾勾地盯着简业修:"我明白,如果厂子真的黄了,我能不能到九河公司来打杂混口饭吃?""说到哪里去了,你是能人,请还请不到呢。"简业修起身,"走,到公司吃点便饭再回去。"

中午,于振乾从荷兰回来,钟佩破例到机场去接,于振乾意气飞扬。办公室主任问他:"上夫人的车吧,下午好好休息一下,晚上市政府有个酒会,您得去参加。"他顺便把请柬和一堆材料放进钟佩的车里。于振乾装作不满:"你给我这么一大抱文件,还说叫我好好休息。"夫妻上了车,钟佩摸着丈夫的手:"看你的气色还不错,累不累?"

"还是有点累,日程安排太紧张了,但很值得。FLP是荷兰的王牌公司,以他们的技术和牌子,跟我们合资后他们负责国际市场,国内市场我有把握拿到百分之三十五的份额,东方集团就具备了东西两方的优势,将成为日不落集团。"

"唉,别头脑发胀,步日不落帝国的后尘。"

"这不就是跟老婆瞎吹嘛! 看见钟大区长亲自接机,无比感动,因而头脑发胀。"两人都感到十分亲近。

他们进了家,钟佩问:"在飞机上吃了吗?"

"吃了一点,飞机上的饭你还不知道是怎么一回事嘛。"

"那就再喝点稀的,我给你熬了鲫鱼汤。"钟佩摆上饭菜,她自己可是还没有吃中午饭呢。于振乾问:"于非有消息吗?""在深圳哪,上一周就说要回来。"丈夫刚回来,最好在这个话题上不要多谈。也许于振乾也是这么想的,又开始问别的事情了:"你那些平房拆得怎么样了?"

"这要感谢你带了个好头,第一批动迁户已经搬走了,有录像,我放给你看。"钟佩放下碗筷去摆弄录像机——于振乾调侃:"是不是就为这个才去机场接我?"电视上出现了铁山工人新村搬迁的场面,还没有轮上搬迁的住户,站在道边上看热闹,露出妒忌、羡慕的眼神⋯⋯门铃响,钟佩去开门——女儿于非和他们最不愿意见到的姚天福一同进来了,手里大包小包地提了不少东西,他们可真会选时间,也许是早就掐算好了。于非强笑,一身的局促不安,柔声说:"爸,妈,天福让我陪着他回来看看你们。"

于振乾一股邪火直撞脑浆子,强自控制着:"不敢当,姚老板,你如果就是来看看我们,现在你看到了,我们也不留你了,请自便。"

姚天福本来就是矮个子小骨架,现出一种畏怯:"于伯父果然是大企业家的气势,快人快语,我也就不拐弯抹角了,您女儿跟我的关系你们也知道了,他爱我,我也喜欢她,现在我想跟我老婆离婚,跟非非结婚,我们今天来就是求你们两件事⋯⋯"

于振乾极端厌恶地看着姚天福:"我可真佩服你,你不仅敢登门来见我,还敢张嘴求我们办事!"姚天福最初的畏惧一消失,就又现出皮松肉紧的痞劲儿,嘿嘿一笑:"第一件是希望你们能答应让我们结婚;第二件,同福庄一拆,我的商店就没了,请钟区长跟城厢区打个招呼,在繁华地段给我找三间门脸的房子,我的生意干好了,你们的女儿不也跟着享福吗? 再说,这对您来讲真是太容易了,不过就是张张嘴打个电话的事。"

于振乾站了起来:"两件事全不答应,你走吧。"于非央求妈妈:"妈,您就给说句话呗。"钟佩连头也不抬:"不行!"

姚天福并不着急,仍然嬉皮笑脸:"你们恐怕没有选择,非非的肚子里已经有了我的孩子……"

"什么？"于振乾怒不可遏，问于非："这是真的？"于非怯懦地看一眼父亲，极不情愿地点点头。于振乾抢掌要打，于非躲到姚天福的身后。姚天福眼睛里忽然闪出了凶狠的光："别着急，她有了我的孩子，我们一结婚不就什么事都盖住了吗？如果你们实在不同意我们结婚，给我解决三间好门脸的房子，我也可以不声张，跟你们的女儿一刀两断。"于非一惊："你说什么？"

于振乾轻蔑地看着眼前这个无赖："流氓，你还有资格谈条件！"

"我说到做到，这些年你女儿至少花了我二十万元，如果你们不给我调换门脸的房子，我就告你们的女儿拐骗我的钱财，叫你们又丢人又丢钱……何况我手里有一张钟区长受贿三万元的纸条。"

钟佩愤怒至极："你说的是还给于非的货款，不过是让我转交。"

姚天福咄咄逼人："问问你女儿，她什么时候开过商店卖过货？我又什么时候欠她的货款，到法院也没有人信你的话。我是个体户，什么都不在乎，你们可是有头有脸的，丢得起这个人吗？不如咱们好好商量。"于非怒极，挥手给了姚天福一记耳光："姚天福，你这个浑蛋！"

于振乾打开了门，暴喝一声："滚出去！"

姚天福摸着脸颊却露出了笑意："我滚出去没有关系，你们一家子好好合计合计，我等着你们的行动，于非知道在哪里能找到我。"

第 18 章

晚霞一抹,把国际展览中心的背面映得通红。同晚霞一样绚丽的是展览中心门前悬空的气球,和无数条从上至下斜挂着的多色绸带,在寒冽的微风中飒飒抖动。横空一幅大标语:"热烈庆祝一九九三年梨城国际商品交易会隆重开幕",轻轻鼓荡,两旁彩旗飘飘,花团锦簇。交易的季节,国内外客商云集,也是作为工商业大都市梨城的节日。展览中心的里面更是五彩缤纷,熠熠生辉,在餐厅部的每一个单间里,客人们早已坐好,这些都是交易会上比较重要的客人,要么级别高,是外地省市级的领导人物;要么钱包鼓,是交易会上的大客户,或者手里有投资、有项目。他们是梨城哪个部门请来的,就由那个部门的负责人作陪,但每一桌上都空着一个位子,是给市长留的。按惯例这样的场合市长最好能够出面,现代人格外讲究规格,人家到梨城来能被市长出面邀请吃一顿饭就算是享受到最高规格了。市长不出面你就是花了钱请客,人家心里也不痛快,还会心情舒畅地把兜里的钱撂在梨城吗?大家都心不在焉地东一句西一句地搭讪着,在无谓地耗时间,等待卢定安的出现——在同一个晚上,这样的饭局有好几处。

卢定安终于露面了,他进门先表示歉意,负责在本桌作陪的梨城市代表忙着起身介绍:张副省长、王市长、李总裁……然后一一握手。卢定安尽量真诚地看着客人,说着由衷的欢迎词,反复表达着友好和感谢,但是,谁都知道他不会记住这其中的任何一个人。酒菜摆上,酒杯尚未斟满,小姐似乎相当熟悉卢定安的习惯,低声问他要不要先上碗米饭,他点点头,小姐立刻就给他端来一碗白饭。他不客气,不谦让——这又不是度荒时代,面对一碗白饭根本用不着谦让和客气。他一边和客人说着话,同时端起饭碗,三下五除二先把那碗白饭扒拉进肚子,客人们看得目瞪口呆,却又不便说什么。当每个人的酒杯斟上酒之后,卢定安便起身向客人敬酒:"真心地欢迎诸位来到梨城,我们搭台,大家唱戏。如果前台、后台有了漏洞,慢待了诸位,请及时提出批评,我先敬一杯,先干为敬。"小姐又为他倒上一杯。"我再罚自己一杯,因为我不能陪着大家慢慢喝,交易会明天开幕,今天客人都到了,我得挨桌去敬一圈儿酒。"说完又一饮而尽。

客人们赞叹:"卢市长真是爽快人。"

他见好就收,合掌拱手,谦谦而退。到了下一个地方,仍是如此这般地表演一番,只是不用再吃一碗米饭了,有了第一桌的那碗米饭垫底儿就足够了。有时就干脆不落座,不动筷子,喝下两杯酒就出来。客人们并不是都住在一个地方,分布在梨城的各大酒店,于是卢定安就像演员走穴一样,在两个多小时里几乎跑遍了大半个梨城市,把梨城"最高规格"的待遇送给每一个希望能得到它的客商,最后卢定安的肚子里除去那一碗白饭之外就都是酒!

晚上八点半钟,卢定安赶到了梨城大酒店的多功能厅,市政府要在这里举办招待会,集结了梨城市政治界和经济界的头面人物,邀请了来参加交易会的海内外一些大公司的老板和代表……门口两边的长条桌上摆着饮料,大厅四周布置了介绍梨城的历史、现在和今后规划的图片资料。将要主持这场招待会的副市长金克任,西装考究,风度无可挑剔,却不停地看腕上手表,显得焦急不安,卢定安也看看表,走过来小声问他:"客人来得差不多了,怎么还不开始?"金克任像牙疼一样咝咝往嘴里吸凉气:"等来书记。"

卢定安有些意外:"他会来吗?"

金克任不能不多说几句:"我想这样的活动不通知书记一声也不好,你通知了他可以不来,但不能因为他可能不来就不通知,免得事后让书记知道了会多想。是我亲自给打的电话,他答应得很痛快,说一定会来,这我们就不能不等了……"

"你去催一催,不能让这么多客人等得太久。"卢定安说完便走开去和熟识的人打招呼。金克任自己走不开,他在寻找一个合适的人去催一下来明远……真是麻烦,他不知道市长听了他刚才的解释会作何感想,他为什么要给来明远打那个电话呢?是想讨好书记?他不敢说一点这样的意思也没有。是想弥合市长和书记之间的裂隙?好像也还有这么一点公心……不管他出于什么动机,这件事肯定是办砸啦!不通知来明远,他要怪罪也只能找卢定安。现在,假若会上出点问题,两个人都会怪他,反搞得自己两面不够人。试想,这种场合历来都是市长唱主角,来明远即使来了又该怎么办呢?他讲不讲话?要不要让他一让?他如果讲话就会喧宾夺主,不讲话就只能给市长捧场,他会心甘?但这样的场合难得有一回,梨城各界的头面人物都来了,还有这么多的海内外客商,市委书记真若不露面从哪方面说都是个遗憾,让市长独占了无限风光倒没有什么,大会则显得不够圆满。但是,只要市委书记一露面,至少也把市长的风光分走一小半,卢定安会高兴吗?哎呀,上边两个大头目有摩擦,就让下边的人难做了……

金克任找到了对外经济贸易委员会的主任邢立,邢立何其精明,眼珠一转将双手一摊:"不行啊,这种场合我得保市长,他要问什么问题,有什么吩咐,我必须随时都在市长能够看得到的地方。"金克任没有生气反而笑了,是啊,这时候谁愿意自己找病,或找上门去挨狗屁呢?凡能躲开的人又怎么会愿意去蹚这种浑水?其实作难的并不只是金克任一个人,此时在招待会大厅旁边的小休息室里,宣传部长胡光表情异常严肃地向两个电视记者交代注意事项:"今天这个场合非常重要,也非常敏感,书记和市长都在,你们肯定得拍特写,距离、镜头要一样大,也就是说在明天的电视新闻里,书记和市长的脑袋要一样大,一律都拍到第二个纽扣,要正脸都是正脸,要侧脸都是侧脸……"

一电视记者:"拍不拍整身的?他们长得可不一般高呀?"

另一电视记者:"是呀,这太难了,实际上他们的脑袋长得并不是一般大……"

胡光生气,声音更尖更细了:"我不管实际,我只管你们的新闻效果，甚至把他们的表情也要拍得差不多，不要一个是笑的，另一个则哭丧着脸。"

记者们感到这太难了："部长啊，这您得找个人经常向头头提个醒，让他们说笑一块笑，说哭丧脸也要一块哭丧脸，拍出来效果才能一样。如果一个笑一个不笑怎么办？或者派个小姐随时准备去抠领导的胳肢窝！"

胡光火了："住口，这时候你们还有心思开玩笑？要记住，人以及宇宙间的万事万物，都有一种制约关系，不遵守这种关系就会出现异常情况。不许你们给我制造异常情况。"

电视记者——在现代传播媒体中最受宠的无冕之王，被这一通吓唬，看来像是失去了职业的快感和荣耀感，变得如履薄冰，如临大敌，拍摄和采访成了摸老虎屁股……至少他们得装出胆战心惊的样子。其实，现在的年轻人真正害怕这一套的不多，他们感到的是一种幽默。

成了这场招待会大难题的来明远，这时候还远在自己的办公室里磨蹭着，一点都不着急，他想起了一个好主意——把杜锟拉去。只要这位老爷子在会场上一露面，理所当然会成为主角，能把别人的道行都打下去多半截！他略微考虑了一下措词便给杜锟打电话："杜老吗？我是来明远哪，您怎么还在家里？招待会还等着您开始呢！"杜锟根本不知道什么招待会，于是来明远又抱怨下面的人不得力，"国际商品交易会明天开幕，政府经贸委竟然没有给您送请柬？哎呀，这些人哪！好吧，我现在就去接您，咱们一块去……"杜锟也不是傻瓜："算了，既然他们不想让我参加，我还是知趣一点，回避为好。"来明远坚持："别，别，我马上去接您。"杜锟也觉得自己再参加这样的活动不合时宜："不用，谢谢你的好意了，明远同志，我已经退下来了，真的不想凑这个热闹了。"来明远仍不死心："今天到场的客户有许多是您的老熟人、老朋友，大家都想见见您，您不露面会让许多朋友失望的。"杜锟在电话里哈哈大笑："他们已经失望了，真要还有没忘记我这个老家伙的，会到家里来看我的，谢谢啦。"

无奈，来明远只好硬着头皮只身赴会了，若以他以前的性格，这种场合肯定是能推就推,乐不得坐在家里看电视,这又是何苦呢？就在大家等得正焦急的时候,有人走到金克任跟前报信,来书记到了！他赶紧到门口迎接,来明远一路上已经准备好,在众人的护卫下神采飞扬地走进大厅,他来到公众面前就像一个早就准备好要接受大家欢迎的名人一样,向熟识的人点头、微笑、打着招呼,神态轻松,说话幽默,甚至还非常得体地开个玩笑,显得俏皮和随意……卢定安也迎上几步,两人像客人一样满面春风地握手,来明远说:"我来得晚点了,杜老没有接到请柬,就在电话里多说了几句。"

卢定安不拾这个话茬儿:"等一会儿你讲几句吧。"

来明远真诚而友好地摆手拒绝:"这种场合大家要听你市长的,当仁不让,你我就用不着谦让了,快点开始吧。"他沉稳、谦虚,却让人感到一种更具权威性的信心和力量。在这样的场合用不着说大话、说空话、说硬话,甚至用不着多说话,有时一个领导者说话就是多余的,用权力领导并不是巧言令色依仗嘴皮子领导,当一个人夸夸其谈的时候必定是想表白什么或想掩饰什么……

金克任宣布开会,他先向参加招待会的客人一一介绍了梨城市的领导人物,然后才说:"请卢定安市长致辞。"

卢定安从口袋里掏出讲稿:"女士们、先生们、朋友们、同志们,在一年一度的梨城国际商品交易会开幕的前夕,感谢大家肯赏光来这里一聚,我们是实实在在地只准备了薄酒一杯,为远道来的客人接风洗尘,让大家先认识一下。新朋联谊,老友话旧,商品交易最重要的是信息的交流,精神和情感的沟通,希望在座的诸位都能轻轻松松地过一个愉快的晚上……"

杜觉深知一个人在这种场合的心态——最怕没有人理睬。特别是领导干部,最好眼前总是围着一大帮人,老有人上前打招呼说话,就不会有被冷落的尴尬。而来明远在这样的场合是最容易被冷落的,一来是商人们认识他的不多,二来是人们对高级政治官员有一种天然的戒备和生疏感,特别是在市长讲话的时候,他站在一边心里是不会好受的。杜觉知道这是他结识市委书记的最好时机,便领着韩国人崔太永来到来明远的跟前，先小声作了自我介绍，再介绍韩国人："崔先生是韩国半岛集团的中国公司经理。"他转脸又对崔太永说："我们来书记下月初将率领友好代表团访问日本和韩国，到时候能不能请崔先生给以协助，多介绍认识一些韩国政治、经济界的朋友？"

崔太永嘴一咧，只露出雪白的下牙齿："很好，到时候我会回到国内，专门迎接来书记。"来明远果然十分高兴，甚至还称赞了杜觉几句……大厅里一阵掌声响起，卢定安结束了自己的讲话。然后是邢立介绍这届梨城交易会的特点，还有客商代表讲话……最后是文艺节目，金克任说："我们只准备了一些小节目，一是给大家助兴，二是为了抛砖引玉，非常欢迎来宾们的即兴表演，或说，或唱，或舞，或举荐别人。"

这些小节目有京剧清唱，无伴奏小合唱，二胡、笙等民族器乐独奏，小提琴、手风琴独奏，哑剧，曲艺……表演者都是梨城演艺界一些顶尖人物，节目小而精，不闹不噪，不影响人们交谈。实际上，许多到会的人不是为看演出而来的，对节目的兴趣不大，端着酒杯，寻觅自己想结识的人交谈……这是一个猎场，大家都是猎人，又都是猎物。

在这样的热闹场合，夏尊秋却穿了一件本白的长袖短身绸褂，外套一件羊绒背心，下身是浅紫樱的及地长裙，素净淡雅，仪态端庄。站在她身边的是完全美国化了的表妹夏晶晶，正处于花信年华，一身装束上松下紧，上面是砂洗的海蓝宽松套头衫，波折起伏，随意在身上荡漾，下面则是海蓝色的紧身牛仔裤，紧绷绷把两条腿包裹得修长而浑圆，头上戴着一顶洋红的圆形小帽，如顶着一团灿烂的朝阳，韶颜皓齿，形容婀娜，成为招待会上格外引人瞩目的人物——因为她们的相貌、气质，也因为她们的家庭和身份。夏尊秋把她的舅舅、美国华人投资公司的董事会副主席夏阳春介绍给副市长金克任。到此时金克任才算松一口气，显得松弛多了："据说世界上的华人游资有几万个亿的美元，哪个国家能够成功地吸引这些游资，对推动其经济发展就有无可估量的作用。"

夏阳春含笑表示赞同，这位老者有着华美的气质，在深冬里穿一身浅色西装，愈衬得他皮肤洁净白皙，闪着象牙般的光泽，显得如许高雅,还非常年轻。夏尊秋对舅舅说:"金副市长是道桥工程师,负责城市建设和经济贸易。"

夏阳春表现出有节制的热情和兴趣:"梨城变化很大,我已经转了两天了,基本同意尊秋的观点,梨城的房地产业是有前途的。"夏尊秋紧接着问:"那您是想来投资了?"夏阳春佯装惊讶:"尊秋你是做学问的,是拿了政府的津贴吗? 怎么这样起劲地为梨城拉投资? 金副市长大概知道,我们只对投资大陆的能源和基础设施的建设有兴趣,比如道路、桥梁……不过我倒有个想法,副市长能够准许我重修黄埔花园吗?"

金克任沉吟着未敢答应:"夏先生的所有想法我们都可以商量,要不要我陪您去认识一下我们的市长?"夏阳春欣然点头,跟着金克任去见卢定安……

在多功能大厅的另一个角上,韩国人崔太永向杜觉打听谁是东方电子集团的于振乾,并希望杜觉能介绍他认识。杜觉用眼睛找到了正和于敏真说话的于振乾,把崔太永带到于振乾的身边,为他们作了介绍。崔太永对于振乾表现出异乎寻常的尊重,深鞠躬,扬笑眉,两个人谈在一起……

于敏真化了淡妆,细眉修目,高挽发髻,一身深色套装,在这样一个热闹场合显得沉静且略有一点忧郁。她从一进门就在寻找简业修,这样的招待会他不可能不在场,却真的就看不到他,倒看见了夏尊秋……她现在不是见不到丈夫,就是见到了他也不理她,她曾自以为非常了解自己的丈夫,甚至可以说简业修是她按着自己的心意塑造出来的,今天她不得不承认对简业修思想深处的东西知道得太少了! 当哥哥于振乾被韩国人拉走后她就陪着自己的老板黑村正树结交应付着应该结交和应该应付的人,眼睛则一直追踪着夏尊秋,远远地打量她,对她做着种种猜测……她才丽气爽,风神秀异,果有一种不可抗拒的魅力……忽然有个浓妆艳抹的女人非常热情地走过来跟黑村打招呼,于敏真便得以脱身走近夏尊秋和夏晶晶:"您是夏教授?"

"您是?"

"于敏真,简业修的妻子。"

"噢,你好!"夏尊秋显露出热情和坦诚。

"业修老提起您,感谢您对他的照顾。"

"照顾?"夏尊秋摇着头笑了,她的笑像阳光,一刹那间消除了于敏真脸上的寒色。这时袁辉走过来,神态装束炫人眼目:"对不起,夏博士,那边有几位客人一定要认识您。"夏尊秋对于敏真无奈地一笑:"我们等一会儿再聊。"说完即被袁辉抢走了,夏尊秋是这个招待会上最受欢迎的女人,理所当然地要被男人们抢来抢去,于敏真心里有一种刀割火烙似的痛楚,她强忍着,回想夏尊秋刚才的神态,似乎还算自然,对她也不像有多大的敌意……这个女人如果不是个会演戏的高级婊子,就是跟简业修还没有发展到明铺夜盖或谈婚论嫁的程度——她似乎格外相信自己的直觉。由于长时间生闷气失眠,白天还要在公司强撑着,身体虚亏,现在突然地情绪刺激,再加上大厅里太热,她耳鸣目眩,情思昏昏,身体一阵晃动,夏晶晶轻轻扶住了她:"您怎么啦?"于敏真睁开眼:"我没事,谢谢。""您的脸色很难看。"

"这里乐声太吵了……"于敏真遮掩着,"您是?"

"我是夏尊秋的表妹,夏晶晶。"

于敏真的话里有软刺儿:"嗯?表姐妹为什么会同一个姓?"

"姐姐是姓她母亲的姓。"夏晶晶大大咧咧笑得有些刁顽:"今天所有跟我结识的人都提出了这个问题,大陆人都好刨根问底,追查祖宗八代……我是开玩笑,您别介意。我表姐随她母亲的姓,她母亲跟我父亲是兄妹,我们自然就是姓同一个姓了。"她说话时又摇头又抖肩,异常活泼,杜觉走过来,先冲着于敏真点点头:"您好,您能把夏小姐让给我一会儿吗?"

于敏真还能说什么,只好说:"请便。"杜觉于是把夏晶晶也拉走了。于敏真只好又回到黑村正树身边,听到旁边的大哥于振乾也在跟韩国人讲夏尊秋,便大为不快地插嘴说:"这里的人整个晚上都在谈论夏尊秋,你们是不是有病啊!"

"崔先生叫我讲一讲夏尊秋和夏阳春是什么关系,为什么会受到市长那么热情地对待。"于振乾笑着解释了一句,而后继续刚才对崔太永的谈话,"夏家过去是号称梨城四大家之一,黄埔花园就是夏家的私宅,是梨城最有名的小洋楼之一,解放后就由市里的主要领导人居住,上台住进去,下台或调走就要搬出来,自从您的朋友杜觉的爷爷杜锟搬进去以后,就没有再搬出来,我不知说清楚了没有?"崔太永深施一礼:"谢谢,说得非常清楚了。"

不知为什么大厅里的客人忽然都向台口望去,一位香港客商十分招摇地走到台口的扩音器前,大声说道:"刚才听了卢市长的讲话,很受感动,改造破旧平房,让现代人有个现代居住环境,实在是一件大好事,功德无量。我叫宋显扬,跟卢市长是相识多年的老朋友了,我提议请卢市长给大家唱一首歌,我愿意为危陋平房改造基金会捐献一百万元人民币。"

全场欢腾,都把目光对准卢定安。卢定安先惊后呆,几个正在跟他交谈的客商把他推拥到台口,他真的有点不知所措:"我从来没有唱过歌,一句也不会……在座的谁要说听到我唱过歌,哪怕是哼哼过也行,我一定唱。"宋显扬是属于那种人来疯式的活跃人物:"正因为从来没有人听到过市长唱歌,所以市长的歌才最珍贵、最值钱!"

在场的梨城市的头头脑脑们都为卢定安感到难堪。他也显得尴尬异常,脸红脖子粗地憋了一会儿,突然摆开了豁出去的样子,这大概是他胃里的白酒在起作用:"感谢宋先生如此看得起我,更感谢他看得起梨城老百姓,为平房改造基金慷慨捐款,无论我是会唱不会唱,看来是死活都要唱了。小时候在家乡常听戏,就给大家哼哼几句河北梆子吧。"

"好!"大厅里掀起了一股热潮。所有的人都没有想到卢定安真的要唱,哄过之后场里极为安静,来明远也停止跟围着他的人说话,表情古怪地看着卢定安。

卢定安又有点怯阵了,想了好半天,才说:"就唱几句《劈山救母》。"

又是一阵起哄声。卢定安猛然运气喊出了一串高亢的尖音:"罢了啊,啊啊——"

声腔苍凉幽慢,直可裂石穿云……开头就激起满堂喝彩声。有了这碰头彩,他勇气大增,继续唱下去:

> 凭着这雨顺风调
>
> 观海潮波浪滔滔
>
> 遵师命救母行孝
>
> 此一去地崩山摇
>
> 俺俺俺,俺沉香好似火焰喷
>
> 炼炼炼,炼仙斧息我恨
>
> 有有有,有众仙来帮定
>
> 何何何,何惧那二郎神

卢定安的声音劈劈拉拉,却正合河北梆子的乡音野调,拖腔长曳,高音尖厉,倒是动情动心,引来掌声阵阵。他唱完后刚要往回走,新加坡巨富方南又跑到前面拦住了他,对大厅的客人们高喊:"卢市长唱得好不好?"

"好!"

"再唱一段要不要?"

"要!"

"我也不能让市长白唱,卢市长再唱一段,我捐二百万!"

人一拉开脸皮,就豁出去了,卢定安又唱了一段《卧龙吊孝》。于振乾对于敏真说:"不能让他们自以为有几个钱就这样耍弄市长!"于敏真给哥哥打气:"你们东方电子财大气粗,出个大数给市长抬抬面子。"于是,于振乾走到前面:"我们东方电子集团有将近五分之一的职工住在铁山工人新村,为了支持市里的平房改造,我们为平房基金捐赠五百万元。"杜觉也上台捐了五百万元。后面又有几个企业捐款……招待会的主持人金克任站在台前发傻,谁能料到晚会会开成这个样子,有人会不会认为这是他在下面策划好的?这是好事,还是丢了梨城的脸?他用目光在搜寻来明远的反应……

第 19 章

就在这座酒店楼上的一个房间里，有两个也应该去参加市长招待会的人却没有去——他们是简业修和吴虚白，两张请柬扔在门后放热水瓶的玻璃柜上。吴虚白是简业修派车从北京接来的，他从吴虚白手里接过委托北京广场律师事务所制订的合同书，沉甸甸如同托着一本厚厚的杂志，简业修见过的合同不算少，像这般精细、规范，既百般维护委托人的利益，又滴水不漏、无可挑剔的合同书，却不多见。他对吴虚白说："我请您到餐厅吃点东西吧？"

吴虚白很坦直："我看您现在急于想吃进去的是这份合同书，老实说，没有两三个小时是吃不透它的，不如我打个电话，让餐厅把饭送到房间里来，您可以边吃边看，我们也可以边吃边谈。"

"这岂不是对您太简慢了？"

"如果要排场就莫如去参加市长的招待会。"

"您去吧，我留在房间里研究合同。"

"如果您简先生都可以不去，我有什么必要非到那种地方去呢？要知道我是您简先生请来的合作伙伴，这叫客随主便。"

"我很怕那样的场合，"简业修斟酌着词句，"我想招待会上会有许多人，包括我们市里的领导人物，大概都想认识您，还有夏教授，您不想见见她吗？"

吴虚白眼睛看着简业修，口吻像是开玩笑，又像弦外有音："我想见她，但不是在这种场合，她太出众，在这种场合她没有时间跟我说话，我又忍受不了其他男人看她的那种眼光，岂不是活受罪？"

"您可以当护花使者嘛。"

"今天晚上有人扮演这个角色了,她的舅舅还有一个机灵鬼表妹也来了。"

简业修心里涌起一股不自在,吴虚白不在梨城,可关于夏尊秋的任何事情他都了如指掌……可见他们的关系之密切,似乎每时每刻都保持着联系。吴虚白见他走神儿了就问:"简先生,你不参加这样的招待会,有人不会怪罪您吗?"

"也许会的,以前我对别人的看法很在意,现在不太在乎这些了。"

"会上也许会有一些您想认识的客户?"

"我想认识的已经认识了,就在这间房子里。"

"哈哈……一个人的目的决定他的注意中心。"吴虚白笑得很畅快,"这是好兆头,没想到我们两个人还能谈得来,这对能否成为合作伙伴很重要。"他拿起电话,问简业修,"您想吃什么?"

"要简单,便当。"

"炒饭可以吗?"吴虚白打电话要了两份儿炒饭,两份儿汤,很快就送来了,简业修用眼角扫着吴虚白,他吃得很快,把盘子擦得很干净,显然是饿了。这不免让简业修暗自感动,原来香港的老板也可以如此简便,动辄敢投资几个亿或几十个亿的人在个人生活上又如此节省……两人用过餐,吴虚白把房间里惟一的一张写字台让给简业修,自己则脱去外套,解掉领带,一屁股坐在地毯上,在两张单人床之间的空当打了地摊儿。床上、地上,铺的全是图纸、资料,原本放在窗前的地灯被他拉到自己眼前。简业修静下心仔细阅读合同书,越读便越焦躁,甚至还有几分恼怒,不觉就把铅笔往桌上放的劲头大了一点,惹得吴虚白抬头看看他:"业修兄,累了可以休息一会儿,读合同书是十分枯燥的事。"

"不是枯燥,而是可怕。不是累,而是从脚底板往上冒凉气。"

吴虚白不解:"嗯?"

"这个广场律师事务所是北京人办的,还是香港人办的?"

"北京人办的,怎么了?"

　　"他们替你们想得太周到了,把你们有可能冒的风险、有可能造成损失的漏洞全给堵死了,把所有责任和风险都推给了我!"吴虚白却很开心:"谢谢,这说明我的钱没有白花,我花钱雇他们,他们当然要维护我的利益。"

　　"唉!"简业修叹气摇头,"我听说今年六月,你们恒通财团的大老板陆邦召先生游览长江三峡,三天里闭口不谈业务,只是饱览两岸风光,到武汉上岸后,大笔一挥,一口气签了八个合同,总额十几个亿,那是何等气势!"这显然是巧妙地抱怨吴虚白做不了主,太斤斤计较了。吴虚白却并不生气:"你可知道那三天三夜我在船舱里基本就没怎么合眼,游了一趟三峡,却根本不知道三峡是什么样子。"

　　"哦,当时您也在船上?"

　　"还是在一九九〇年的春天,正是学潮风波之后,在大陆的外商纷纷撤离,我们则进来了,先在广州的北环高速公路、珠江电厂、福来花园和二沙岛度假别墅区等工程上,一下子就投了四亿美元,当时差不多相当于四十亿的人民币。一九九二年又在北京西单投资四个亿兴建恒通电子大厦,紧跟着在北京的通县和武汉投得就更多了……这些项目的前期运作都是我负责的,也同样都是请广场律师事务所起草的合同书。"

　　简业修不禁赞叹:"这才是大财团、大运作。"

　　吴虚白欣欣然:"陆先生对大计划、大项目、大工程情有独钟。"

　　"你吴先生也大出我的意料,见第一面时给我的印象非常强烈,按一般规律像您这样的人物应该是风流倜傥型的,您却是凝重朴厚,给人以信赖感,但怎么也想不到竟是这样一个办事认真、作风强硬的工作狂人。貌似脾气随和,却有着沉毅坚厉的意志,佩服佩服。"

　　"谢谢。"不知从什么时候开始,他们互相称呼不再用"您",而直接用"你"。简业修想转移刚才对合同书的反感,意想不到地问了句题外的话:"你爱夏教授吗?"

　　吴虚白警觉地抬起眼睛:"爱!"

　　"为什么还不跟她结婚?"

"我求婚了。"

"她答应了?"

"还没有……你还有机会。"

"我?"简业修的脸变紫了,似乎赌气般地抬起头迎住吴虚白的目光,"不会有那种事。"吴虚白大笑:"业修兄,你不是个自卑的人。告诉你,正因为她是我的人,我对她身边男人的目光格外敏感,所以在第一次见面时几乎就看出来你也喜欢她。"

"不,我只是敬重她。"

"但是,我提醒你不要打她的主意,否则我会把她带走的。"

"她会听你的吗?"

"你想冒险试一试?"

有人敲门,吴虚白提高嗓门:"请进。"

进来的是夏尊秋,两个男人愣住,随后吴虚白带头大笑,简业修也跟着笑了。

夏尊秋疑惑:"你们笑什么?"

"我们刚刚谈到你……"吴虚白迎上去,他们拥抱,吴虚白亲了她的脸颊,简业修低下脑袋后退到床铺边上,让吴虚白拥着夏尊秋高抬脚,轻落步,躲过地上的图纸资料,坐到里面的沙发上。吴虚白则坐到对面的床上,两个人膝盖相抵。吴虚白从夏尊秋一进屋的那一刻起就忘记了简业修的存在,眼睛一直跟着夏尊秋转:"我想你应该是这个招待会上的皇后,怎么能溜得出来?"

"你到了梨城,又住得这么方便,还能不上来看看你?"夏尊秋看看简业修,"你们何至于搞得这么辛苦,要不要下去休息一下,结识一些人?"

吴虚白显出一种踏实有力的风格:"我明天一早就得飞到武汉,今天晚上必须跟简先生把细节谈好。"

简业修却实在太尴尬了,他站起身:"吴先生,你陪夏老师坐一会儿,我下去看一看再上来。"他不等夏尊秋说话,就匆匆开门逃了出来。简业修怎么可能再去参加招待会? 这不过是给吴虚白和夏尊秋留空的借口。他没有心思去招待会上露面,对能否跟吴虚白合作成功也失去了原有的信心,夏尊秋又半截闯进来,弄得他心烦意乱,不觉走出了酒店,转到后面的马路边上,先数酒店的楼层,数到七层又计算哪一间是吴虚白的706房,然后盯紧房间的窗户。他希望房间的灯光不要灭,如果房间里一直亮着灯至少还让他有理由不往那种最恶心的事情上想……那么自己躲出来又是为什么呢?难道不是为了成全他们,而是要站在马路边上听墙根儿、嫉妒他们怨恨他们?寒风飕飕,冷彻脊骨,他忽而蹲下,忽而站起,更多的时候是在原地走来走去。心里忽而滚热焦烫,忽而又寒战透心,总之是乱麻一团,后悔离开了房间,憎恨自己的卑猥……便反身走进酒店的酒吧,为自己要了一杯苏格兰威士忌,一仰脖子灌下去了。当他喝第二杯的时候,一年轻的坐台小姐带着一团浓郁的香气凑过来,在他耳边轻轻地说:"别喝得太急,您现在需要的不是酒精,而是一个伴儿,一个能听您诉说,并愿意理解您的伴儿,愿意跟我说说吗?是情场失意了,还是官场失意了,抑或是商场失意了?"

小姐的谈吐博得了他的好感,他侧身打量对方,绮靡柔媚,香润圆劲,美如妩媚的阳春,而且跟他靠得是这么近,让他牙根"嗖"的一阵酸麻……他让小姐也要了一杯自己喜欢的饮料,故意斜着眼说:"小姐因何这样瞧不起人,焉知我不是正春风得意?"

小姐搔首一笑:"正春风得意的人都在市政府的招待会上哪,哪有您这样的?"

"厉害,不过干你们这一行应该是喜欢得意之徒,为什么还要招惹我这个失意之人呢?"

"不,来的都是客,而且帮助失意者开心能让我有一种做好事的感觉,冲淡职业的自卑感。"

简业修满脸严肃地恭维:"哦……你在学雷锋。"

小姐掩唇大笑:"不敢。"

"听小姐谈话似乎有很不错的修养,原来这种地方还是藏龙卧虎啊。"

"您也很会说话,我知道您是想打听我的故事,我去年从外语学院毕业,在等待出国签证,趁这个空给自己挣点去美国留学的学费。"

他对小姐的坦率产生了敬意,一时竟接不上话茬儿了。小姐的一只手从后面勾住他的背,将身子贴了上来,他激灵一下,体内酥地产生了鲜活的欲望……小姐的香唇几乎吻上了他的腮:"现在心里好一点了吗?您还需要全身心地彻底放松,我在这个酒店的十楼有一间房,跟我走吧。"

要动真格的了简业修又有点紧张,他怕被人抓住闹出丑闻,毁了自己,这叫色大胆小,但又羞于向小姐说出口……小姐是何等精明,已经将他拉了起来,吊在他身上像一对情侣一样出了酒吧,冲着电梯间走去,做出极亲密状在他耳边轻语:"放心吧,五星级酒店是不允许随便检查客人房间的,我能在这里长期包房,就说明我跟酒店是有默契的……"

这一晚,梨城的百姓都从电视里看到了卢定安唱了两段戏就赚了几千万,杜锟把茶杯用力往桌子上一蹾,竟骂出了声:"丢人!"随即就抄起电话,他的腔调却有点阴阳怪气,乍一听像是打哈哈,实际却能听得出是气坏了,否则也不会这么急匆匆地主动给卢定安打电话。罗文对杜锟的电话不敢不接,既接了又不敢不传,便把手机递给了卢定安:"定安哪,你今天晚上可真是大出风头啊,身为一市之长居然能对着那么多海内外商人张开嘴卖唱乞讨……"

任何一个人都有演出欲,疯子傻子都有情不自禁想哼两口的时候,越是不经常登台演出的人,演唱过之后越兴奋,卢定安就处在这种当众演唱后的兴奋之中,蓦然被猛刺了一下,一时竟不知如何作答,结结巴巴地说:"……您的消息好快啊。"

"全市的老百姓都瞪大眼睛在电视上看你的光辉形象哪!你想过群众心里会怎么想吗?我知道自己已经退下来了,再说多了会惹得你们烦,上回我们不是没有谈完就不欢而散了吗?可以称得上是话不投机半句多!我知道你很忙,过后也就没有再去找你。刚才我是找明远同志没有找到,只有跟你直接谈了。我年纪大了,思想僵化而正统,跟不上潮流,说得对不对的只有请你多谅解了。"

卢定安吃了一顿抢白,没有再吭声就挂了手机。来明远就站在他身边,满脸堆笑,其口吻却不像是在恭维:"老卢啊,想不到你还有这一手?"他从出风头的兴奋中彻底冷静下来了:"逼鸭子上架,实在是丢丑。"

恰好金克任在前面说完一堆感谢的话之后就宣布招待会结束了,卢定安乘机离开来明远,强挤出笑容跟客人们告别,直到大厅里冷寂下来他才离开,快快不乐地上了自己的汽车。坐到车里就无法抑制满腹愤懑了,极想跟人发发牢骚,听几句赞扬的话,就问自己的秘书和司机:"我今天晚上是不是现了大眼?"

罗文今晚显然对自己的上司有了新的认识,因为他没有妒忌的心理,话也就说得真诚而客观:"恰恰相反,绝对是给招待会添了大彩,今晚的招待会能获得如此巨大成功,全靠您那一唱!"

司机也跟着帮腔:"市长,真没想到,您这两口梆子腔唱得有板有眼,蛮像那么回事!"

罗文意犹未尽:"不能说您唱得多么优美动听,但有一种河北梆子的原汁原味儿,真是想不到,这就叫不鸣则已,一鸣惊人啊!"

卢定安被两个小子夸得心里痒痒的舒服些了,刚才的不快变成了牢骚:"现在无论是发展经济,还是搞城市建设,缺的就是钱,没有钱一切都玩儿不转,而我们缺的恰恰正是钱。政府没有钱,银行不贷款,既然我唱两口戏人家就给钱,我为什么不唱?你们以为我是傻瓜,看不出人家是在出我的洋相?谁叫我是市长,市长是什么?是梨城的头号打工仔,一般的打工仔只有一个老板,梨城的八百万市民都是我的老板。我卖的是自己,但我是为这个城市卖唱,弄不来钱,什么事都干不了,叫老百姓骂街,那才是真正地丢人现眼呢!"

当简业修再回到吴虚白房间的时候,夏尊秋也走了,两个男人都不再浮躁,没有多少废话就直接进入实质性的谈判,各为其主,利益相关又相悖,你多一点我就少一点,渐渐起了争执——简业修红头涨脸,唇干舌燥:"老兄啊,我保证你百分之十五的回报率还不行吗?你不能要求我把所有的房子一间不剩地全卖出去。我们都到了这个地步,我完全可以跟你实话实说,我有两个担心,中国的城里人历来都是住公房住惯了,我们的房子盖得再好,价格再合理,愿意买房的人究竟能有多少,我心里还没有十分把握。第二,翠湖新区的风水最好,但毕竟是在市外,过去大家都是往市中心挤,想不想买市外新区的房子,我心里也没有绝对的把握。所以,我们既然是合作伙伴,你就得担点风险啊!"他急得像一头狼,在屋里走来走去,仿佛随时都会扑上去咬人家一口。

吴虚白盘腿坐在地上,仰脸迎着简业修的目光:"你不担保把房子都卖出去,又说保证我百分之十五的回报率,岂不是一句空话?合同书上写得非常清楚,只有把房子全部售出,我才能得到百分之十五的回报。你刚才说的问题我早就想到了,这就是风险,我把几个亿的钱投给你,这就是担着极大的风险!你把你应该承担的风险,还要让我再替你承担一部分,就叫不合理、不公平!"

简业修勉强一笑,转换了一种口气:"真是阎王爷好见,小鬼难搪,我在报纸上看到你们大老板的一段话,非常感动,他说,安居工程对政府来说是非赢利项目,对参与的发展商来说是微利项目,是一项公益事业,政府出土地,我帮他们建房,然后由政府以便宜价钱卖给那些市民,我们不指望牟大利,平买平卖。我记得不错吧?"

"不错,你的记忆力很好,但这并不等于我们可以赔钱,那样我们受不了,我们垮了也就帮不了你们。我们在武汉投资市政基础设施,回收期十年,回报率平均百分之十五到百分之十八。投资老企业改造,回收期五年,回报率百分之二十,所以我们要给那儿再新增加投资二百亿元人民币。那才体现陆先生的性格,不怕大,越大越有兴趣。"

"噢……"简业修似乎受到震动。

吴虚白谈到武汉,突然看看手腕上的表:"哎呀,六点多了,对不起,我们得打住了,我乘八点钟的飞机赶往武汉。"

"那我们的事怎么办？"

"你再想想啦……你是我在大陆遇到的最厉害的谈判对手，太精明了，又想要我的投资，又想把风险推给我。"

"没有你厉害，"简业修恢复了真诚和友好，"不过我跟你学到了不少东西，买卖不成仁义在，我非常敬重你，我们国家若是像你这样的人多一些就好了。"

"不是有你吗？"

简业修突然有一种失败感，有一种莫名的失落。吴虚白也在看着他，他们相互排斥，相互戒备，又相互吸引。简业修露出了歉意："真是对不起，折腾你一夜没有休息。"

"你不也是一样吗？在我来说这是常事，到飞机上可以打个盹儿。"

"我用车送你去机场。"

"不必，饭店的出租车非常方便。"

"那至少也得吃点早饭再走，不能累你熬了一夜，又让你空着肚子上飞机啊！"

"来不及了，飞机上会有饭的。"吴虚白忽然不无遗憾地又非常友好地拍拍简业修的肩，"业修兄，给你一句忠告——"

"什么？"

"在有鱼的地方钓鱼。"

简业修心一沉，却并没有马上明白对方的意思。吴虚白非常麻利地收拾好图纸资料，拨通一个电话，用肩和耳朵夹着话筒，腾出双手整理箱子："哎，是尊秋吗，对不起打搅你的清梦了，我立刻就要走了，过两个月再来看你，别忘了，我一直在等着你的答复……没有谈成，你这个弟子太厉害了，寸土不让。看来我们的钱只好花到别处去了。"

简业修送走了吴虚白，恢恢耿耿，垂头丧气，没有要车，而是慢慢地在大街上溜达着回公司，进了自己的办公室，闭眼想休息一会儿，却无论如何也睡不着，他被一种强烈的失败感所笼罩……阳光照射进来，还不到上班的时间，杨静和叶华却双双走了进来，原来他们也非常关心谈判结果。简业修没有正面回答他们的问话，却张口就骂："一句话,万恶的资本家!"

　　骂完了,他陡然清醒,像对两个年轻人,又像是对自己说:"不,我才是大笨蛋! 他说我精明说我可敬,全是对我的嘲弄! 武汉、广州跟他合作的人才是真正的高手,是大智慧、大手笔。我没有谈成,没有拿到投资,就是有一千条理由也是个大失败,没有钱我们就寸步难行,无论如何也应该把投资拿过来,把房子先建起来再说……"

　　他灵机一动,赶忙翻口袋检查了一下证件,拿上自己的皮包,又找叶华要了点钱,才对两个属下说:"我去机场了,如果追不上他,就乘下班机飞武汉,家里的事你们顶着,最多两天我就能回来。"

　　说完便叽里咕噜地下楼去了。

第 20 章

大片的房子被推倒,变成废墟的同福庄在冬天的夜里显得凄迷、冷森,乌涂涂,黑沉沉。有片低洼处还有波光闪烁……渐渐竟形成了一个大水塘,而且还在继续漫溢,水越积越深。一接到报告就赶来的顾全德,看到周原带着几个下属站在水边正不知所措……"还愣着干什么? 这有什么好犹豫的? 同福庄的地下不可能出泉眼,肯定是拆房子的时候把自来水管弄坏了,眼下至关紧要的是先得找到漏水的地方,要找到漏水的地方就得下水,看到哪儿冒泡哪儿就是跑水的地方。"顾全德一肚子火气,不顾一切地蹚进没膝深的冷水,双腿如乱针疾刺般痛彻骨髓,好在他对针刺的感觉已习以为常,尚能忍受,借着远处一点惨淡的光亮低头在水里寻找冒水泡的地方。拖着两条老寒腿的区长一下水,别的人哪还敢站在旱岸上,有必要和没有必要的都扑扑腾腾地冲进水里,大家黑灯瞎火地在水里乱撞,有冒泡的地方也不容易看出来了……

有人忍不住向顾全德进言:"区长,别瞎摸了,您快上去吧。别看这儿水深,出事的不一定就是这儿,也许是高地方的水管被推土机给铲断了,水都流到这儿来了。"顾全德大喊:"大家散开,仔细地找,这坏的不像是四分管,水这么多很可能是主管断了。"身边又有人嘟囔:"也许是哪个小子对拆迁有意见,有意扒断了自来水管!"

顾全德冻得全身打颤,下巴哆哆嗦嗦地呼喊:"周……局长……哪?"远处的黑影里有人搭腔:"我在这儿哪。""给自来水公司打电话了吗?"

"他们的值班室说,等明天上班后再说。"

"等到明天同福庄不就都被淹了吗?再一变天上大冻,还怎么施工啊!"

"要不我去找咱们区里的水暖工吧?实在不行就把这一片的水都掐了!"

"旁边还有几个小厂子哪,掐了水别影响人家的生产……不管怎么着先弄几个手电筒来。"还是顾全德的司机聪明,他把车停在没有水的高处,车头对着水塘,打开前灯,立刻照亮了水面,也照耀出顾全德他们这些人的蠢笨和狼狈,一个个在泥水里滚得像泥猴儿一样,有的人身上结了冰碴儿……

所幸小洋马杨美芬的房子离发水的地方比较远,但电线已被掐断,她的小屋子里点着一根蜡烛,尽管门窗都关着,火苗却仍被吹得歪歪扭扭。除去旁边房子的哑巴哥俩,周围就再没有别的房子了,她的破房子变得四面透风,冷飕飕,阴森森,像她一家人的命运一样诡谲难料了!今年这个冬天似乎特别难熬,杨美芬用磨刀石在打磨一口锈得不成样子的铁锅,吱吱啦啦——在空旷的深夜格外尖利刺耳。

刘玉厚躺在厚实的棉被窝里,眼睛里有一种特别的神采盯着老婆,但声气虚弱:"你这是干什么?"杨美芬虽然手在不停地忙活,脸上却有一种心不在焉的超脱神情,生动而迷人:"我得把锅打磨出来,都锈死了,夏天叫大雨泡了以后没及时收拾,这会儿可费了劲啦。"

"你还弄那个干吗?"

"天太冷,光卖烟卷糖果不行,还得炒果仁卖……你也给想想还能卖点嘛?"

"明天天一亮,这房子就要被强行推倒了,你还有心思想那么远。"

"我就不信,我们没有地方去,他们就真敢把房子推倒,把我们一家大小都给埋在里面?"

"你这个脾气……他们不会把你人拉出去,然后再把房子给你推倒吗?到什么时候胳膊也拧不过大腿!"

"那可没准儿,他的大腿真要犯在我手里,你看我拧得过拧不过?"

杨美芬说完自己也笑了。这种时候了她仍能笑得出来,而且还有心思筹划今后的日子,愧煞作为男人的刘玉厚,他闭上了眼,但愿下一辈子两人调换,让她当男人。

十一岁的儿子刘志跳下床:"妈,我不上学了,跟你去卖大果仁吧。"

"滚一边子去,你不好好上学,就会跟你妈一样没出息。"

"妈怎么就没出息呢? 人家都说你是全同福庄最漂亮的,哑巴叔也不认字,挣钱也不少。"当母亲的被儿子夸漂亮心里还是蛮舒坦的,嘴上却依旧斥答:"漂亮能当饭吃吗? 你是哑巴吗? 快上床睡觉去。"

"你吱吱啦啦的,叫人怎么睡。"

"你这么个小人还怕吵?"杨美芬把儿子轰上床。

刘玉厚露出似悲似爱的凄凉,伸出手搂过儿子:"别惹你妈生气,她不容易啊。你爸是个废物,咱这个家就全靠你妈一个人撑着了,她跟着咱爷俩算是遭了大罪! 你得听她的话,好好上学,将来就是没有大出息,至少也要能孝敬你妈,为她养老送终,记住了吗?"

儿子答应着,一抬脸看见刘玉厚眼里有泪:"爸,你怎么哭啦?"

"风大,太冷。"刘玉厚遮掩着,"把那杯水递给我。"

杨美芬也看了丈夫一眼,今天他可够怪的,居然跟儿子夸娘,真是太新鲜了,今儿个一晚上他说的话比往常好几年加起来说的话还多。她起身又往水杯里加了点热水,给刘玉厚端过去,顺便为儿子掖好被子。为了在床上省地方,儿子常年跟刘玉厚脚顶脚地睡……儿子刚躺下又爬起来:"今天让我妈头朝外,该我跟爸爸一头睡了。"

倒过头来的儿子抱住爸爸的脖子闭上了眼睛,刘玉厚睡在最里边,重新为儿子抻好被角,眼泪汪汪地看了一会儿妻子,他越看她越觉得俊气,溜肩细腰,双眼叠皮儿,真是委屈她了。他神色凄楚,今晚特别想叫她扔下那口破锅,上床来搂着他睡一会儿……最终却什么也没有说,从枕头下拿出一个药瓶,把满满一瓶药片全倒进嘴里,用水送下。

他再看看妻子,看看儿子,转脸躺了下去,泪水夺眶而出……

最后,还是周原找来了水暖工,才把跑水的管道截死。

　　时间估摸有凌晨两三点钟了，正是城市里最安静的时候，司机把顾全德送到他家的楼下，想扶他上楼却被他拒绝了，他叫司机快回去睡一会儿，早晨七点钟再来接他。他的双腿几乎没有知觉，扶着楼墙目送司机走远了，自己便运气提腿，却硬是没有迈动步子，不得不咬紧牙一点点往楼里磨蹭。眼前一片黑洞洞，摸摸索索刚上到第二个台阶，由于上身用力过大下身使不上劲，身体失去平衡猛地向前扑倒，他已经控制不了自己的身子，摔得非常重，头上立刻有血流了出来。奇怪的是他只觉得头昏眼花，并未感到有多么的疼痛。但是，他再想站起来已不可能了，只好一个台阶一个台阶地向上爬，黏糊糊的血从脸上滴到楼梯上……这很像是一个梦，他经常做这种走不动逃不了的噩梦：面临绝境想逃生，或生死关头被追杀，自己却想跑而跑不动，想走而提不动腿……

　　清晨，老蔫儿把眉毛涂得像两条黑虫子，在显得空荡荡的同福庄转悠，围着那个一夜之间冒出来的大水洼转圈儿，水已经渗下去不少，表面结了一层薄冰。还有一些搬走后离此不是很远的老居民，也利用遛早的机会又回来看看，不知是留恋，还是凭吊。连大哑巴王宝发也安静下来，他站在自己的小屋跟前，神情像头孤独的野兽，他确实是被城市、被人群抛弃了，整个同福庄只剩下他和小洋马两户人了，连拆迁办公室都拆走了。他愣愣的，不知是该去上班，还是等着有人来把他的房子推倒……杨美芬跋山涉水般从老远的地方买来一小锅豆浆，向哑巴动动眼眉努努嘴，是问他喝不喝豆浆？哑巴晃晃脑袋谢绝。她钻进自己的小屋子就大声招呼丈夫孩子快起来吃早饭，手脚利落地强挤着摆上小炕桌，把豆浆分了三碗，拿出昨天吃剩下的馒头，又从一个瓷盆里捞出两个自己泡的茶鸡蛋，儿子和丈夫一人一个，再一次催促刘玉厚："你又怎么了？快起来，吃完了再躺着。"

　　丈夫仍然没有动，她吩咐儿子："刘志，快把你爸扶起来。"

　　刘志拉了一下刘玉厚，没有拉动，抓到的胳膊梆硬冰凉，他掀开被子，看见爸爸脸色蜡黄，黄得奇怪，嘴张着，眼睁着，却不出气，不活泛，样子十分吓人。他喊了起来："妈,快来,看我爸怎么啦?"

　　杨美芬一个惊悸,爬上床去拉丈夫:"玉厚,玉厚……"刘玉厚浑身僵硬,显然已经咽气多时了。"玉厚你怎么啦? 你怎么啦? 你不能这样!"杨美芬的喊叫变得凄厉瘆人,她掀起丈夫的枕头,看见那个已经空了的药瓶,更加死命地推搡丈夫,炕桌翻了,豆浆洒了……生命吊诡,变起仓促,一下子把杨美芬打蒙了。刘志害怕地跑出去把大哑巴叔拉进来,王宝发用手掌试试刘玉厚的嘴还有没有气,又摸摸胸口……整个人都已经冰凉了。他摇头,撅嘴,看着杨美芬,不知是出于对她的安慰,还是真不死心,弯腰背起死者就往外走,刘玉厚身体已经有点发硬,他几乎蹲下了身子才出得了门口,出了门就向医院飞跑,杨美芬跑在后面跟着,刘志又跑在妈妈的后面……不从医生嘴里听到那个死字,连心连肉的人怎么会放弃万里有一的希望呢?

　　大哑巴把刘玉厚背到医院,放到急诊室的一条长凳子上,就哇哇吼叫着从楼道里拉来一个穿白大褂的人给刘玉厚检查,那医生只看了看刘玉厚的眼睛,就冲着哑巴摆手。杨美芬急问:"大夫,还有救吗?"

　　医生摇头:"不行了,已经死了好长时间啦。"杨美芬的嗓子里有了哭音:"大夫,耗子药也能毒死人吗?"医生冷静而刻板,似乎还有责怪杨美芬无知之意:"那当然啦,烈性耗子药一两片就足以致命!"

　　杨美芬瞪着眼呆愣了一阵,才低头扎到丈夫的身上,她没有撒大泼嚎叫,只是呜呜地抽泣,双肩剧烈抽动,导致浑身抽搐。刘志惊恐地拉着妈妈……大哑巴用手掌胡噜刘玉厚的双眼,希望能帮着死者把眼闭上,可刘玉厚的两眼就是闭不上,哑巴粗糙有力的手掌刚把他的眼皮胡噜上,手一离开眼皮就又翻上去了……大哑巴索性拉起杨美芬,让孩子扶着妈妈,自己又背起刘玉厚出了医院。

　　他们回到同福庄,门口已经有了围着看热闹的人,大哑巴将死者放到床上,自己出来蹲在门口。这回,杨美芬的泪水再也止不住了,从颊边一泻而下,在屋里抱着丈夫的尸体撒了大泼:"玉厚啊玉厚啊,你窝囊了一辈子,我可没想到你会来这一手啊,你怎就这么想不开呢? 我们这一堆一块,还怕他政府拆房子吗? 我就是领着孩子要饭也饿不着你呀！你是活活叫政府给逼死的呀，我跟他们没有完，就是滚钉板告御状也得给你出这口怨气。你这一辈子没有过过人的日子，你活得苦，死得苦啊！你这哪是治他们，纯粹是治了我们娘俩呀……"

她一哭起来，一数落起来，多少年的委屈、存了多少年的话都借着这个机会哭诉出来了："我一直都把你当成废物，现在好后悔啊，你走了我才明白，我们娘俩不能没有你呀，哪怕你什么事都不干，什么事也不用你操心，只要你有口气躺在床上就行。你一直都认为我嫌弃你，你冤枉了我，我心里有你、疼你呀，我要是不疼你我干吗不走啊……"哑巴走进屋想拉开她，她推他、打他："你滚，我不用你管！"

哑巴跟她比画，叫她把刘玉厚的新衣服拿出来，他要给死人换衣服，准备办理后事。杨美芬不理他，甚至恨他，她这时候什么也不想做，就是要守着丈夫的尸体，她要大哭大骂，先骂自己，然后是骂爹娘、骂命运、骂拆迁、甚至也骂刘玉厚，她的哭骂声渗溶着无边无际的悲凉和幽怨："没有人不说你是老实人，天下的好名声都叫你占了，所有的坏名声都叫我背了，可我这一辈子倒霉就倒在你这个老实名声上了，妈妈就是看上你老实才把我许给你，不然你一个臭翻砂匠能娶上我这样的大闺女？这都怪我的根儿不好，从小生在窑子窝里，越是长得像一朵花越找不到好人家，指望嫁个正经八百的工人改换门风，谁知道你是半条命，是个不中用的好人。我知道我不是好女人，我经常骂你是窝囊废，你是堂堂正正的职业病，不到厂里去闹，却挤对自己的老婆苦熬苦挣，我的性子不好，一不高兴了就跟你摔摔打打……"

渐渐地她没有力气了，哭号变成了一种诉说，一种哀怨——再到后来她不哭也不说了，一脸悲酸，就那么呆呆地看着刘玉厚的脸——人一死就简单了，这口气咽下去以后立刻恢复常态，脸色甚至比活着的时候还好看一些，黄中有点白，变美了。这张活着的时候老是担惊受怕的脸，此时现出了一种大度的宁静与安详，突然间有了一种近乎圣洁的光芒，这光芒装扮着他的面容，使得这个普通而平常、老实巴交地活了一辈子的人，显得高贵而动人了。杨美芬仿佛从来没有这样认真地看过丈夫的脸，没有这么长时间地守在丈夫身边跟他说说话："我不正经,我靠人,我养汉,我叫你丢人现眼。我知道你藏着耗子药,我以为你是为我和哑巴预备的,你有这样的气性还让我高兴了好一阵子,谁想到你竟是给自己准备的!你干吗不毒死我?你恨哑巴也应该,却不是他的错,要怪你就怪我,你要有灵就让小鬼把我抓走。哑巴是好人,他是残疾人,他听不到别人的闲言碎语,他不属于这个搬弄是非嚼老婆舌头的世界,他反而最强大,他不需要嘴和耳朵,所以他敢怒敢打敢拼命,是他经常保护我们娘俩,有了事我指望不上你,不就得靠他吗?没有他这些年我怎么拉扯孩子?你撒手闭眼了,是想着法儿地在整治我啊,让我一辈子都觉得对不住你……"

老邻居都搬走了,没有帮忙的,只有一些孩子和闲逛到这儿的人堵在门口听她跟死人说话……快接近中午的时候,大哑巴王宝发才用自己的钱买来寿衣以及死人铺的盖的。他不再管杨美芬是否同意,女人可以帮着别人料理丧事,当自己摊上丧事就会分寸大乱,指望不上了。大哑巴从自家的热水瓶里倒了半盆热水,再对上点凉水,然后到隔壁,推开杨美芬,把刘玉厚抱出来,放到自己的床上,把死人身上的衣服脱掉,用毛巾蘸温水从头到脚把刘玉厚擦洗干净,再给他穿戴好崭新的寿衣。可刘玉厚的四肢都像棍子一样,一个人是无论如何也给他穿不上的,杨美芬也过来帮着穿,眼泪哗哗地又下来了,口中念念有词:"玉厚啊,穿新衣服了,很快你也能住上新房子了,这一切都是哑巴给你干的,他给你送终,就是天大的错你也不能怪他了!"

给死人穿好了衣服,大哑巴来到杨美芬的屋子,七丘八叉将他们家的大床给拆了,选出两块整齐的床板,对着门口搭了个小床,铺上死人用的黄褥子,冲门口的一头放了个死人枕的枕头,又到自己的房间把刘玉厚抱过来,让死人的脑袋冲着门口,上面盖上黄布单子……因为房子小,刘玉厚的脑袋差不多就顶到门口了,大哑巴在门外摆上炕桌,上面放了馒头,他又拿来一只盛了半下米的花碗,在里面插上点着了的香——他自己首先在刘玉厚的灵前烧了纸钱,然后按"人三鬼四"的老习俗,给死者鞠了四个躬。

杨美芬领着儿子向大哑巴王宝发磕了头,并嘱咐儿子要守在灵前,自己撕开白布为他做了孝衣……

顾全德昏倒在楼梯上,早晨被邻居发现通报给他的家人,才把他送到医院。区里来看他的人很多,嘴也很杂,讲出了刘玉厚自杀的事,他震惊非常,起身一把扯掉吊瓶,穿上防寒服戴上帽子就出了医院,到门口拦出租车赶到同福庄。

他走得很急,脚下的同福庄高高低低,磕磕绊绊,布满白色污染物,昨天跑水的地方覆盖着一层干冰……他觉得自己是这一切后果的罪魁祸首,同福庄现在这个样子就是他几乎把命搭上的结果吗? 此时的场景,在他眼里还不如过去那一大片破房子更好看一些。他气嘟嘟地埋怨急匆匆赶来的周原:"出了这么大的事,你竟然还瞒着我!"

周原也不容易,似也存了满肚子的委屈:"哪敢告诉您呀,医生说您浑身没有一处好地方,昨天晚上是白捡了一条命!"

"那也不能成为逼死人命的理由!"

周原吓了一跳:"哎,区长,这可不能乱说呀! 他是自杀,跟我们没有关系。"

顾全德恼怒:"唉……我们如果不拆迁他能死吗? 昨天他去求我如果我当场答应了他,他还会自寻短见吗? 现在说什么都晚了,给他家的房子找好了吗?"

"找好了。"

"如果我们早解决了这件事,刘玉厚还会走这一步吗?"

周原不服:"这事早了不能办,你给他一解决,别的居民也都找来了,我们应付得了吗?"他说得也有道理,顾全德没有再说话。他们来到杨美芬的小房子前,闲下来的推土机包围着这两间小房子,却不能再前进半步。其实,只要把机器都发动起来,震也能把这两间破房子震塌! 顾全德来到刘玉厚的灵前,摘掉头上的帽子,露出脑袋上还缠着的白纱布,周原和几个工作人员也在他身边规规矩矩地站好,他们按着向遗体告别的规矩冲着刘玉厚的亡灵鞠了三个躬,刘志也给他们磕了头。

顾全德心里一阵酸痛:"你妈妈呢?"

刘志摇摇脑袋,顾全德忽然有了某种不安。他努力向蹲在旁边的哑巴打哑语,用手比画比画自己的头发,捏捏自己的耳垂,意思是说长头发的戴耳环的——这显然就是指女人了,女人当然就是杨美芬了……大哑巴噘着嘴摆摆手,不知是没有看懂他的意思,还是他也不知道杨美芬到哪儿去了。周原进了哑巴的房子,大声问黑眉毛的王宝光:"你知道旁边的杨美芬到哪儿去了吗?"王宝光似听非听地摇摇头。

顾全德又对周原说:"留下两个人帮助料理丧事,你去派出所打听一下杨美芬有没有亲戚,要想办法找到她,带她去看房子,我去叫公安分局给查一查。"他走了几步又回来,从身上掏出两三张十元的和一张五十元的票子,交给一个留下的干部:"照顾好刘师傅的孩子,给他们买点吃的。"

大概也为找不到杨美芬而打了蔫的大哑巴,注意地看着这一切。

夜晚的北京,灯火明亮。由于天气寒冷,游人不多。

北风寒冽透衣,杨美芬来到金水桥上,披麻戴孝,把一个镶有刘玉厚照片的镜框立好,在镜框前面摆上一盒蛋糕,点着了纸钱,趴在地上磕了三个头,然后放声大哭:"玉厚,你死得委屈,我到天子脚下来替你告状了,给你送魂儿,让国家知道你是个老实巴交的工人,为国家出过大力,是替国家干活得下的大病,到了却被逼到这个下场。因为穷,因为花不起钱买房,就被逼死,扔下孤儿寡母自己先服毒蹬腿了!你任劳任怨一辈子,从来没有大声说过话,没有跟人吵过嘴打过架,但我知道你心里憋屈得慌,你死了我就替你闹一闹吧!你可别怪我,别嫌我又给你丢人,我一辈子没少惹你生气,没少给你丢人,这辈子我是改不了了,我欠你的,只要你愿意,我下辈子还你……"

她悲酸难禁,泪水纵横,哭得撕心裂肺。恸到深处,便死命用头往地上撞,眼前鲜血一片。巡逻的武警战士,飞快地跑过来,听到她的哭诉后,并没有疾言厉色地驱赶她,态度极其温和地扶起她,拿着她的全部东西,向西走去。

第 21 章

"满勤"——连工人对这个词都非常生疏了。它的本意就是一个班组、一个工段、一个车间、一个工厂,没有缺勤的,全部人员都到齐。还有一种定义是指一个职工在一个月或一年当中,不迟到不早退不旷工不请假,干满点儿,出满勤。时下在国营或集体企业里这有点像神话了,怎么可能呢?工厂不知从什么时候开始,就没有"满勤"这一说了。这一天正是染整厂发工资的日子,一个月当中,只有这一天到厂里来的人最多,能让人想到"满勤"这个词儿。但是,人们领到手的钱并不是半年的工资,而是只有当月的干工资,不带奖金。停产后显得破破烂烂、死气沉沉的染整厂,有了某种躁动不安,很快就有一种消息像旋风一样在厂里传开,说这是最后一个月的工资了,下个月还不知道到哪儿去领钱哪!于是领了工资的人并没有马上离厂,工人们聚集起来问干部,干部们到厂部问头头,他们能找到的头头只有一个韩星……

韩副厂长的办公室快要被挤破了,连楼道里也站满了人。韩星却抹搭着眼皮一言不发,他脸色难看,双唇抖动。有人骂街了:"别问了,问下大天来他也不会说,当头儿的还不知从中间拿了多少好处哪,他能告诉我们吗?"

韩星到底年轻,被人一戗火就站起来了:"你们真想知道实情?"

"想听你说句痛快话,我们是不是都被你们当头的给卖了?""对,不能老把我们蒙在鼓里!"

韩星双眼圆睁如对鬼魅,周身散发出一股不顾一切的怒气:"那好,你们至少把全厂百分之八十以上的人召集到大食堂去,我当着大家的面说。"

"好,早就该这样了!"人群叫喊着呼啦一下子散去,有几个平时跟韩星关系不错的人没有走,有人不无忧虑地想跟他说点什么,又被别的人拦住。还是从"文革"时期保存下来的厂内高音大喇叭响了起来:"请全体职工赶快到大食堂去,韩厂长召开全厂紧急职工大会!"

一遍又一遍地重复着。韩星一惊:"怎么能这样说啊?"身边的人咧嘴苦笑一下:"大伙都红眼了,怎么刺激怎么说呗。"韩星面如白纸:"但这样一广播可把我给卖了!""这时候谁还顾得了那么多。"韩星摆摆手发了狠:"也好,一不做二不休,走吧!"

他们出了屋,看见人群从四面八方向大食堂拥去。所谓大食堂,也是染整厂的礼堂。叫食堂实在是不算小,足可以称大,叫礼堂就不能说大了。长方形,一头是卖饭的窗口,另一头是舞台,腰上是对开的门,染整厂的全厂性活动都在这里边进行。大食堂的饭桌被搬到外面,凳子摆好了,话筒接好了,一会儿工夫,人就坐满了——经历过"文化大革命"的人对这一切太熟悉了,不用人指挥,七手八脚,喊哩咯嚓,眨眼的工夫就把一场紧急群众大会的"紧急气氛"造足了,韩星也不客气,直接上了台,大食堂里立刻安静下来。他气度端肃:"首先声明,这个会不是我要召开的,是你们在办公室里非逼着我说清楚,但我说不清楚! 你们都知道,我是郑厂长提起来的,他这个人也不错,这两天找不到他,你们的火气就都冲着我发,全厂九百张嘴,一千八百只耳朵,我只有一张嘴,两只耳朵,向谁说,说给谁听? 不如我们集中到这里,当面锣对面鼓,你们什么都可以问,我尽自己知道的据实相告。可是你们想想,今天这样的阵势一摆,我和郑厂长的关系就算掰啦! 但我不是小人,这关系着九百多人的出路,我们的厂子好不容易撑持到今天这个地步,不能说垮就垮了,你们有权利知道实情。好,现在谁有什么话就说吧。"大食堂里有了火药味。

有人站起来大声质问韩星:"不是说要发半年的工资吗,怎么只发了一个月的? 而且只有光杆工资,一分钱的奖金都没有!"

韩星心里没有鬼,说话硬气:"很简单,没有钱。"

"钱呢?"

"工厂停产了,哪来的钱?"

"卖厂的钱呢?"

"人家先付给百分之二十,五百四十万,解书记带到海南去了。"

"去海南干什么?"

"据说海南发财容易,赚了钱补贴我们停产迁厂的损失。"

"如果赔了呢?"

"问得好,我也这样问过,好像决定这件事的领导没有想过还会赔的问题。"

"鬼才信哪! 反正赔了是厂子的,不管赔赚自己肯定都捞足了!"

又有人站起来:"我们的新厂什么时候能够开工?"

"不知道。"

"你当头儿的不知道,谁还知道?"

"我相信没有人能知道。"

"这是什么话,难道我们就永远在家里呆着了?"有人吼叫,有人骂街,会场乱了。提问题的人跳上台子:"大家别嚷嚷,叫他给我们说清楚。"事关每个人的饭碗,大食堂里立马又安静下来。

尽管厂事如一团乱麻纷纷涌上心头,韩星却表现出应有的定力,不回避难题,也不夸大:"我上周去东郊征地,人家知道咱们有污染,不愿意要,如果市里下令,不要不行,地皮要价也特别高,而且有附加条件,先建好处理污染的设施才能建厂开工。咱们卖厂的那点钱,光应付这些个都不够,还拿什么建新厂?"

"叫你这么说,这厂子一卖等于散摊子啦?"

"如果不采取紧急措施,确实就跟你说的一个样!"

"什么紧急措施? 你们当头的想出来了吗……"谁也没有想到厂长郑京年得到报告,气冲冲地赶到了会场,嘈乱的哄叫声戛然停止,大食堂里蓦地袭来一股凉意,众人心里一缩,气氛紧张到了极点。他走上前台,异常恼怒地指着韩星就骂上了:"我怎么也没有想到你是这种人,背着我煽动职工闹事,这是干什么? 搞'文化大革命'? 造反夺权？你不就是想当厂长吗？告诉你，还就是不能让你这样的人得势。我现在就撤销你副厂长的职务，你最好马上离开染整厂，别再让我说出更难听的话。"

大食堂里死寂一般安静。

韩星的脸涨得通红，愣了一会儿说道："很好，谢谢郑厂长解脱了我。但我有个要求，在我离开之前请你当着全厂职工的面儿说清楚，你卖厂迁厂的事与我无关，我事前不知道，事后不同意。"

郑京年白发抖动，先轻蔑地哼了一声："是不是就因为这个你才闹事？这种大事你想决定还没有这个权力哪！这事是我和杜区长决定的，我才是这个厂的法人代表，我有这个权力。"他将脸转向群众，"你们又不是不知道，由于我们厂紧靠近市中心，为了污染的事打过多少官司？跟附近的居民闹过多少麻烦？早早晚晚都得迁走，眼下借着平房改造有这么个机会，我们还能得到一大笔钱，如果政府下令让我们搬，一分钱不给，我们不也得搬吗？你们对厂子有感情，我就没有吗？我来厂子的时候这儿只是个街道办的小作坊，是我把它干成现在的规模。说句不客气的话，没有我郑京年就没有这个厂！你韩星算什么东西，敢这样从背后捅我的刀子！"

韩星也真恼了："你重用过我，我也为这个厂出过力，在座的哪一个人没有为这个厂出过力？现在你把我给开除了，我不欠你什么，请你嘴里放干净点。"他说完下台就要走，被几个中层干部拦住了，为首的是销售科长大胡："别急着走，有些话说明白了再走，免得日后后悔。"

"对！谁也不能走！"台下有人响应。

大胡嗓门粗哑："你韩厂长说卖厂是坏事，会毁了染整厂。你郑厂长说卖厂是好事，你们今天当人对众地都说清楚，坏，坏在哪里？好，好在哪里？别再把我们全厂职工当傻小子耍了！"

韩星嘴角绽出一丝冷笑："这样吧，我向郑厂长问几个问题，他能答上来，你们就都清楚了。郑厂长，你敢回答吗？"

郑京年冷电似的目光逼视着韩星："笑话，有什么敢不敢的？你敢开地问吧！"

"第一个问题，你说卖两千七百万是捡了个便宜，我立刻就能找来一个公司，愿意出高一倍的价格，就是五千四百万买我们这块地，而且不催得这么急，帮着我们在那边建起新厂，再拆这边，最多停产一两个月。你能去撤回合同吗？"

"已经签了字，怎么能再撤回？我根本不相信你说的，这是煽动群众情绪。"

"你如果答应撤回合同，我一个电话就叫那个公司来人，当着全厂职工的面签合同，你敢吗？"

"这么严肃的事，你想用怄气打赌的办法解决。"

"好吧，我相信会说的不如会听的，大家一定都听懂了。我再问第二个问题，迁厂是谁迁？"

"你……解书记负责。"

"解书记去海南做买卖去了，再说他是个刚来半年多的外行，能建成一个新的染整厂吗？"

职工似乎听出了一点什么："对呀，怎么郑头不管呢？"

事已至此，韩星只有兜老底了："我来告诉你吧，在你和解书记心里，染整厂已经不存在了，下一周我们的厂房一被推倒，你就到区里去当工业局的副局长，解书记拿着厂子的钱在海南经商，一个是卖厂求官，一个是卖厂发财……"

不等他把话说完，大食堂里群情激愤，一下子乱套了。

天已经很黑了，简业修和几个年轻人正要离开公司，房亮一步闯进来，手里拿着一瓶茅台酒，进门就咋呼："哎呀，这个地方真不错！厉害，厉害，你们九河公司真是后来居上！"

年轻人看见他进来，大惑不解，简业修起身迎上去："房总怎么突然大驾光临？"

"明天我们就要在铁山破土动工了，这些天我快忙死了，就今天晚上有空，想请你好好地喝一顿。"他扬起手里的酒，"我不敢再给你送现钱了,送瓶酒还是没有问题的吧?"说完不管别人笑不笑,他自己觉得很幽默就先哈哈大笑起来。

简业修搬过一把椅子先请他坐下,然后慢慢解释:"你的心意我领了,今天晚上我有安排了。"房亮一屁股坐下去:"真的假的? 还是不想给我这个面子? 别忘了我去铁山可是你的主意!"

杨静开腔了:"嘿嘿,你们两位什么时候变得这么亲热啦?"

"这你就不懂了,学着点吧!"房亮开心地大笑,但倏忽间又严肃下来,"这就叫不打不成交。"

简业修知道不说实话是打发不走这位房大胖子的,就告诉他:"我必须马上赶到梨城大学去参加我们这个硕士生班的毕业典礼,你如果不相信就跟我一块去,当我们的嘉宾,结束后我请你吃夜宵。"

"你还是饶了我吧,"房亮假装妥协地提出一个交换条件,其实这才是他来找简业修的真实目的,"为了证实你对我的诚意,明天上午九点钟来铁山参加我的开工典礼,顺便给我拉上一两个头头来,怎么样?"

"好好好,我尽力而为。"简业修答应着陪房亮一同下了楼,分手后他便直奔梨大,走进教室后又略感失望,教室里跟往常一样,没有特殊的布置,看不出有丝毫毕业典礼的喜庆气象,夏尊秋也像往常讲课一样坐在前面的讲台上,被几个学生围着在谈笑。

其实是他把自己的这次毕业太当一回事了,学校和夏尊秋也许根本就没有把这个班的毕业与否放在心上。他们这个班共有三十多人,学生的年纪都在三四十岁之间,仔细看每个人身上都有一股或藏或显的志得意满的傲气,因为他们是这个时代的宠儿,是现实的既得利益者,大多是各单位掌点实权的头头。这里面真正拥有正规大学本科学历的不过五六个人,其余的都是初中毕业或高中毕业,但对社会的变化有足够的敏感和精明,当升迁需要文凭时,他们利用社会提供的方便拿到了大专毕业证,当大专学历不再值钱时他们又搞到了本科文凭,现在本科生太多,又有贬值的倾向,他们将适时地成为硕士。每周上两次课,占一次个人的业余时间,和一个属于国家的工作日,共读三年,每年由单位给缴纳一万元的学费,这些人不参加答辩,因为硕士学位答辩是很正规的,其要求和研究生院里的正式硕士毕业生同样严格,他们不可能获得通过。但能拿到硕士毕业证,有了这个毕业证对提高自己的身份、升官和增加工资已经足够了。中国人完全可以满怀信心地等待着,再过几年,社会上将到处充塞着没有读过大学的硕士和博士。这就可以理解,夏尊秋为什么会单单喜欢简业修这个学生了,因为他是那五六个读过正规大学的人中的一个。那么,夏尊秋既然并不是十分看重这个班上的大多数学生,她为什么还要办这样一个班呢?一句话:"创收"。就是赚钱。是学校下达的任务,各个系都有这样的班,有的系还不止一个这样的研究生班……

教室里灯光明亮,今天晚上学生来得最多,夏尊秋看看时间,让大家归位,她站起来,似乎比平时讲课还要随意:"今天是你们这个班的最后一堂课了,祝贺你们坚持下来终于拿到了毕业证,也预祝想拿学位的人能顺利通过答辩。人们都在抱怨城市的建筑太难看了,建筑变成了新闻通稿,大家抄来抄去,千篇一律,甚至庸俗低劣,是因为建筑师缺乏才气。大学给每一个跟上班的学生发毕业证,给所有优秀的学生授予学位,却不能给每个拿到了毕业证和获得了学位的人授予才华。落后、封闭,产生差异,进步、发达,使共同的东西增多了。地方的、民族的差异在逐渐缩小,但建筑的个性反倒突出了。人类社会发展到什么形态,建筑就会发展到什么形态,建筑是与社会形态、社会需求和物质技术水平相和谐的,具有强烈的物质技术性,是住人的机器。但是,它还要有文化感和可识别性——以上的话就算是我的临别赠言,祝各位在创造中获得快乐。"

大家鼓掌,起立。然后照相,先是照合影,再自愿组合,特别是要跟夏尊秋合影……跟任何一个会议结束的时候差不多,折腾了一个多小时才开始陆续撤走。还有几个人围着夏尊秋又提出一些建筑上的问题,或许是借着这个话题多跟她在一起呆一会儿:"夏教授,怎样理解和应用'弯弯房屋咀咀坟'?不就是山不相抱之处宜建房,岗阜高亢之处宜修坟嘛!""夏先生,古人选择理想的建筑环境为什么先强调'龙要真'啊？"

简业修站在后面，心想这哪像是一群已经毕业的硕士，更像是刚考试完就急于跟老师对答案的中学生。他也想跟夏尊秋讲几句话，但无法近前，更插不上嘴，目光遮遮掩掩地犹豫着，等了一会儿，还是准备先走，好在他若想见夏尊秋并不困难。夏尊秋却叫住了他："简主任，请等一等。"

老师称呼学生的官衔儿，也是这个班的一大特点。夏尊秋一边收拾讲台上的东西，一边对他说："香港的吴先生有一份材料让我转交给你，放在我的办公室，请你跟我去拿。"

还在围着夏尊秋的同学只好跟她告别。从教室到夏尊秋的办公室还有很长一段距离，简业修陪着自己的导师抄近路走湖边小道，幽静而空灵，空气清冷，沁人肌髓，湖面上轻轻寒烟缥缈无定。夏尊秋问："整个晚上你都没有说一句话，好像有点伤感？"

"也许吧。"

"为什么？"

"不知道……也许跟毕业了有关系。"简也修确实说不清楚自己的感觉，每当在许多人面前他想跟夏尊秋接近的时候，就会不自然，总是别别扭扭。

树枝抖动，从湖上吹来一股冷风，夏尊秋穿得单薄，身子似乎哆嗦了一下，简业修趁机伸出长臂搂住夏尊秋的肩膀，柔软娇媚，一股芳馨透鼻。他紧张而又热血奔涌……夏尊秋没有躲开，也不再说话，只感到简业修的臂膀把她搂得越来越紧，他的脸也半侧过来，轻轻压着她的头发。毕业了，也许今天晚上该给自己的老师上一课了……

几近子夜，卢定安才回到家，他悄悄地打开门，悄悄地走进屋，却闻到一股烧香的味道，供佛的屋子开着门，他看见妻子正跪在地上向佛磕头，大花猫"花花"趴在门口，听到动静霍然睁开双眼，熠熠闪光，喵喵地向卢定安打着招呼。他把包往桌上一丢："深更半夜你烧的什么香拜的哪门子佛？你自己不好好睡觉，搅得佛也不能休息，你越这样折腾佛越怪你。"

宋文宜站起身，退出屋子赶紧关上房门："你可不能胡说八道啊！"

"哪一天外人一步走进来，看见市长的老婆烧香念佛像什么话！"

"要不是你当市长，我还用得着成天价担惊受怕吗？"

"我当的是市长，又不是强盗，你担的什么惊，受的什么怕？"

宋文宜一指墙上的挂钟："你看看都几点了？吃饭了吗？"

"再喝点汤吧。"妻子进了厨房，把早已做好的汤再加热。

电话铃大响，花猫噌一下跳到沙发上。卢定安拿起听筒，答上话刚听了几句便骤然阴了脸，是市委副书记常以新打来的，他答应着马上就到，并让常以新尽快把简业修也找来。他的外衣还没脱，鞋子还没换，一转身就又走了。等宋文宜端着热气腾腾的面汤从厨房出来，丈夫已不知去向，只有忠实的大花猫冲着她喵喵叫着……

卢定安走出大门正要给司机打电话，却看见自己的车就停在道边，连车门都为他打开了，他感到奇怪："刚才你怎么没有回家？"司机告诉他，刚走到半路接到了常副书记的电话，知道出了急事，就掉头又折回来了。

夜深，人静，车稀，卢定安的车很快就来到同福庄，他刚一出车，被西北风抽袭得身上一激灵，黄色的月亮悬在西天，像一张得了痨病的脸，周匝起了风晕，将迷蒙不清的辉光洒落下来……大哑巴不知从什么地方引来一根临时电线，一盏一百瓦的大灯泡，把两间小屋的前面照得通亮，摆放几个花圈和花篮，使四周的废墟显得更黑更暗了，夜风凄寒，诡秘阴森。

常以新、顾全德、周原，还有几个警察，一块迎过来。顾全德抢前一步："市长，千错万错责任都在我，给市里捅了大娄子，您怎么处分我都认头……"突然一阵风把他头上的帽子吹掉，露出了缠裹着的绷带，在灯影下格外刺眼。卢定安心头簌地一震，弯腰为顾全德捡起帽子，替他戴上："这时候先别说这个，你准备叫谁去北京领人？"

顾全德不安地缩了一下身子："我想叫周局长去。"

常以新似乎有一种当仁不让的建议权："市长，还是应该由公安局派人去更牢靠些……”他的话被一阵轰鸣声打断，有一辆越野性能非常好、号称“沙漠公狼”的吉普车开着大灯冲过来，像坦克车一样全不把同福庄的废墟当回事，摇荡颠簸着一碾而过，直开到杨美芬的小房子跟前，简业修从车上跳下来，先扑到刘玉厚的灵前，掀起盖脸的黄布看看死者的遗容，眼睛似乎在四处踅摸什么……

卢定安把简业修喊过来，接着刚才的话头说：“公安局不能出面，不能动硬的，杨美芬是烈性子，不吃这一套，惹急了说不定还会做出别的事儿。业修，你跟周局长去一趟。”

简业修答应着，但惶然懵然。

卢定安继续嘱咐：“抓紧时间马上出发，详细情况到车上让周局长告诉你，我们跟她是多年的老邻居，你了解她的性格，平时不是叫她二姐吗？她提任何条件都以你个人名义先答应下来，别激火，别吓唬，你跟她说，是我这个市长没有当好，原以为进行危改是为老百姓办好事，谁料想会弄出这样的事，等她搬到新房子，我一定去家里看她。告诉她这不算什么事，不就是到天安门烧了点纸钱，哭了一场吗？丈夫自杀了，悲哀过度，做出点出格的事也是人之常情嘛，记住，绝对不能再出差错，不惜一切手段也要把她好好地哄回来！”

没有想到卢定安居然没有发火，没有大骂顾全德，倒说出这样一番冷静熄火的话。顾全德被感动：“业修同志，那就辛苦你了。”卢定安摆摆手：“行啦，客气话就别说了，这也是他那个危改办公室应该管的事。快走吧！”

“放心吧，我们会把杨美芬平平安安地接回来的。”简业修要上汽车了，又回转身走到卢定安跟前小声说：“我得到了比较可靠的消息，染整厂要出事，不是上街游行，就是到市政府门前静坐，您最好有个准备。”

卢定安一噤，满脸错愕。一刹那间他内心纷乱，一如眼前这废墟上纷乱的灯火……

简业修和周原钻进“沙漠公狼”，又像坦克一样轰轰隆隆地驶出同福庄的暗夜，一上公路就如同进入光的隧道，眼前一条笔直的光明。

周原尽自己所知道的告诉了简业修,然后就锲而不舍地向简业修打听有关杨美芬的情况,同福庄对她的传说太多了,到底有多少是真的?简业修对杨美芬的感情微妙而复杂,有着最美好最珍贵的回忆,也有令他失望甚至是厌恶的东西……但有一点可以肯定,他永远都不会伤害她,或在背后说她的闲话。便反问周原都听到了什么传说?深夜开车,又是在笔直的车辆稀少的高速公路上,已经非常疲劳的司机,最容易懈怠、麻痹甚至会闭眼打盹儿,坐车的人最好是不停地说话讲故事,给司机提神儿。周原猜测简业修不可能不懂得这个道理,对车上的三个男人来说最提神儿的话题莫过于谈女人,而杨美芬正是那种极富挑战性和刺激性的女人,可谈的东西太多啦……

既然简业修的口风把得很严,周原就只好先讲,看能不能拿话把简业修知道的故事引出来:"人们都传小洋马的父亲最早是给租界地送牛奶的,长得一表人才,细高挑儿,白净脸儿,被一个法国女人相中,每天让他把给别人的奶都送完了,最后一个再给她送,好留他吃饭,然后给他洗澡,洗干净了就玩弄他,并不是真正地跟他交媾,而是用嘴用手把他的精华搞出来,往自己的身上脸上涂抹,营养皮肤。尽管这样,杨美芬的父亲也觉得自己占了大便宜,在那个时候的中国男人看来,女人用嘴伺候男人比用身体伺候男人更下贱,更富有牺牲精神,也会让男人更感动,更有征服感和满足感,何况那还是个高贵的法国娘儿们。梨城解放后租界地仍然是高级住宅区,有些外国人并没有马上撤走,其中就有那个法国女人,大概是通过那种特殊的美容游戏跟送牛奶的中国小伙子产生了真感情,后来生下了杨美芬,把她送给同福庄一个曾当过妓女的不能生养的女人。所以杨美芬的外号叫小洋马,你们说她长得是不是确有外国味儿?"

司机问:"她父亲呢?"

周原的口气里似还有一点惊羡:"'文化大革命'前跟着那个洋女人回法国了。"

司机调侃:"那现在可以叫小洋马找她的亲生父亲回国来投资啊,我们搞危改不是正缺钱吗?"

周原一笑:"你以为凡是离开了中国的人就都发了大财……"

简业修始终没有搭腔,也没有笑,闭着眼睛装睡觉,听着周原跟自己的司机在前面胡数既不插话也不更正,脑子里却都是杨美芬,他反复拷问自己一个问题:杨美芬——当年全同福庄最漂亮的姑娘,落到今天这样的境地跟自己有没有关系?应该说他们从小就算得上是青梅竹马,凡玩儿过家家儿,杨美芬总是让他当爸,自己当妈,如果是跟别的孩子玩儿其他游戏,杨美芬必定把他跟自己分到一拨儿。当他朦朦胧胧意识到特别喜欢跟杨美芬在一块玩儿的时候,父母则开始严格管束他,只要放学回到家里,不经允许他是不能轻易出门的,尤其不许接近杨美芬,怕他学坏。两个心心相印的小搭档的接触开始转入地下,趁父母和姐姐不在家、不留神或支使他去干什么事的时候,两个人便偷偷凑到一起玩儿一会儿,他有了好吃的东西或多余的铅笔、练习本之类的东西都会偷偷地塞给杨美芬,她的家太穷了,就靠她母亲卖香烟火柴为生。两个人原本很正常的关系一变得不能公开了,就越加神秘和好玩儿,使两个人反而更要好了,还有了某种默契。他放学回来必定路过杨美芬的门口,她也一定会开着窗户等着他,小声跟他说上几句话。她要想找他玩儿就到他放学的路上去截他,他只要不回到家就有的是理由跟父母交代,比如课余活动啦,打球啦,打扫卫生啦……他的学校是梨城解放后新建的,著名的解放中学,学校后面不远就是苗圃、稻田地,还有夏天可以游泳的河沟、水坑,令他至今不忘的是上初中二年级的时候,有一天下午只有两节课,放学后跟几个同学到苗圃旁边的小河沟里去游泳,玩儿得差不多了正准备上岸穿衣服回家,河岸上走来一个年轻的女人,穿着粉色的小褂,胸脯挺得很高,戴着大草帽,草帽下一对大眼睛那个亮啊,笑模幽幽地站住了脚看着他们。简业修的同学纷纷爬上岸,抱着自己的衣服和书包跑了,只有他无法从水里站出来,因为他裆里的那个家伙硬邦邦地自己挺起来了,怎么能让她看见?从那一刻起杨美芬在他眼里由一个小姑娘成了女人,她才大自己三岁,怎么一下子就那么大了?她问他为什么还不上来,他脸红红的,眼睛不敢看她,却发了脾气,让她快走开,否则他就永远不上去,也不再答理她。他其实是生自己的气,她被他骂走了,等他上岸后穿好衣服她又回来了,两人躲进苗圃,第一次像情人那样拥抱和接吻。但他的感觉并不好,总觉得杨美芬的情状像是在吻一个孩子、一个小弟弟,不是在吻一个自己喜欢的男子汉……一上高中,他就像气吹的一样,身体开始拔高、长大。高中毕业考试结束以后,她约他到稻田沟里去抓小螃蟹,那种螃蟹小的像大枣,大的像核桃,裹上面糊用油炸,非常好吃。那天还没抓多少螃蟹就赶上了一场大雨,两个人躲在一个破窝棚里,浑身精湿却突然进入了火的状态,那就是渴望和满足,说不上谁主动谁被动,她把自己给了他,他同时知道了什么是女人也唤醒了自己身上那种男人的奥秘,那一刻好像把自己的魂儿和全部的生命力都揉搓进了她的体内……他感激她,她却抱住他在棚外猛烈的雨声伴奏中号啕大哭,他开始害怕、愧疚,不停地安慰她,信誓旦旦:等我大学一毕业,能挣钱了就可以自己做主,一定会娶你的,你好好等着我……听了他的誓言杨美芬反而哭得更凶了,抽抽搭搭地说:我没有那个福气,我们门不当户不对,你的爸爸妈妈是不会要我当儿媳妇的!我妈妈病了,也许很快就得给我找一个不知是什么样的臭男人!都是住在同福庄的穷人,有什么门不当户不对的呢?那个年代还是越穷越吃香呢,比较起来杨家更穷啊?但她是一个旧社会的妓女收养的弃儿,而他的父亲是劳动模范,是当时的工人贵族。正像杨美芬自己估计的那样,他刚一上大学她就结婚了,不知是她因为结婚变了,还是他因为上大学变了,等他放假回家再见到她的时候,她变得埋汰了、蔫了、冷了,双方好像都找不回过去那种非常亲密的感觉了……他不怪她没有等他,她似乎至今也不怪他从来就没有真心打算娶她,如果她真的等着他,甚至赖上了他,他也真的娶了她,现在会如何呢?

他们找到了天安门警卫班,完全不像卢定安、常以新估计的那么严重,警卫战士非常客气,看了简业修的证件,让他在一个很普通的本子上简单地登记下姓名和工作单位,就从里间把杨美芬领了出来。杨美芬也没有反抗,没有撒泼,没有提任何要求,只是一见到简业修就哭了,哭的声音不高,没有胡数白数,却非常委屈,柔弱而慌乱,令人心痛。简业修架着她,感到她的整个身子都瘫靠在自己身上,到了吉普车跟前他几乎是把她抱上去的,她问:"你要把我带到哪里去?"简业修掏出自己的手绢给她擦泪:"还能去哪儿? 当然是回家了。"

"你不是要把我送进公安局吧?"杨美芬尽管这样问,却并不紧张,甚至还有一点满不在乎。简业修安慰她:"别胡思乱想了,等天一亮就陪你去看新房子。"

"如果把我送进去,你能照看我的儿子吗?"

"哎呀,你想到哪儿去了……"简业修扳过杨美芬的脸,借着外面的路灯观察她的神色,生怕她精神出毛病,"他们打了你没有?"

"没有,人家对我挺客气,比拆房子的人好多了。"

司机偷笑,并看看旁边的周原。周原心里憋气,却一言不发,惹祸的精这工夫倒成了祖奶奶,他这个受大累的这时候反倒成了孙子。简业修替他问杨美芬:"你怎么想起跑到这儿来闹这一出呢?"杨美芬不禁又恨恨的:"就为的出出这口怨气,要不就太冤了! 你能来接我太好了,再怎么处治我,我也不在乎了。"

"没有人敢处治你,卢市长还叫我代表他向你赔礼道歉哪,他承认是自己工作没做好才让刘师傅走了这一步,这回你心里的气应该出来了吧?"简业修把座位后面袋子里一瓶矿泉水拿出来,拧开盖递给杨美芬,她仰起脖子咕咚咕咚一下子喝下去多半瓶,把剩下的又塞回到袋子里,身子靠着简业修,将脑袋放在他的肩上。他问:"你太累了,抓这个空睡一会儿吧。"他伸开胳膊把她的上身揽进自己的怀里,让她舒舒服服地躺好……现在他们的关系自然了,安全了,不管他们当众或背人做出什么亲近的举动,也没有人会猜忌他们之间能有什么不正当的事情发生。也许她幻想过不知有多少次能躺在他的怀里睡觉,反正他以前做过拥着她睡觉的美梦,谁料竟是在这样的背景下、在疾驶的吉普车里圆了过去的梦!

杨美芬很快就睡着了,简业修在心里骂道:真是个没心没肺的娘儿们。把上至市长下至局长都折腾得火冒三丈,六神无主,她可倒好,说哭就哭,说笑就笑,你叫她休息一会儿她就实实在在地睡上了。

骂归骂,在心里又疼她,为了不惊醒她就只能保持一个姿势,渐渐他也迷糊了,等到被颠醒的时候已经回到了同福庄,同时杨美芬也醒了。他先钻出吉普车,然后扶杨美芬下来,一阵寒风抽来,他浑身嗖地打个冷战,赶忙把自己的围巾摘下来套在杨美芬的脖子上,用长胳膊扶着她回到自己小屋跟前,大哑巴王宝发坐在死人旁边,刘志依偎在大哑巴的怀里睡得正沉。天光渐白,灯光发黄,刘玉厚的灵前空空荡荡,冷冷清清,寒风把盖着他脸的黄布掀了起来。杨美芬一见这份凄凉,又勾起自己的委屈,一头扑到刘玉厚的身上又哭起来,用手拍打着丈夫僵硬的遗体:"玉厚啊,你死得可好惨哪……"

简业修看着也伤情,跟着落下泪来,他没有擦自己的眼泪,却把杨美芬拉了起来:"二姐,二姐,"他的声音里也带着哭腔,在杨美芬的耳边劝解着,"你不能再这样哭了,你足对得起玉厚,他活着应该感谢你撑起了这个家,他不在了也为你感到欣慰,你是个轰轰烈烈、多情多义的好女人。你一天没吃东西,再这样哭下去怎么受得了,玉厚也受不起,刘志你也不想要了?"杨美芬转身抱住他,把脸埋在他的怀里,哭得越发地凄楚:"我可怎么办哪……"

简业修就用自己的衣袖为她擦着鼻涕眼泪,然而自己的眼泪却又滴到她的头发上和脸上,他并不是哭刘玉厚的死,而是被眼前这个女人的凄绝感动,不管周原就站在身边,紧紧拥着杨美芬继续劝解:"你是我的好二姐,今后有我吃的就有你们娘俩吃的,有我花的就有你们娘俩花的……"

韩星匆匆赶来在简业修耳边说了一些什么,简业修抬起头,用手掌给杨美芬抹抹眼泪,语气变得严重了:"听着,染整厂近千人在市政府门前坐了一夜了,我得赶紧去现场,你可不能再哭了,先吃点东西,然后跟着周局长去看房,满意就说满意,不满意就实说不满意,但不许闹,等我回来再说,一切由我给办,听懂了没有?"

杨美芬立刻止住了哭声:"听懂了,你快去吧。"简业修把口袋里的钱都掏了出来,不薄的一沓,都塞到杨美芬的手里,杨美芬没有打鼓,就紧紧地抓在手里。她反而相当冷静地嘱咐简业修:"业修,不管出了什么事都别着急,不用为我的事担心!"

她忽然又追上几步,用简业修的围巾替他擦擦脸,用手还理了理简业修的头发。

周原走过来小声跟她商量:"你是歇一会儿,还是现在就跟我去看房?"

杨美芬也许是个天不怕地不怕的女人,但不是个胡搅蛮缠、四六不懂的人,堂堂城厢区的房管局长忽然变得这么低声下气地跟她讲话,反让她不好意思,以她的心气恨不得立刻就离开这个万恶的同福庄,以后永世再不到这个鬼地方来,当然也愿意早一点见到要给她的新房子,她还满腹疑虑,心里七上八下地打鼓哪。于是拉上大哑巴王宝发,跟周原乘车来到一片"文化大革命"以后建起来的住宅区,周原先打开一楼靠角上的一个偏单元,一大一小两间房,厨房、厕所一应俱全,他对杨美芬说:"你告诉王宝发,这是给他们哥俩的,一人一间,将来结婚也不用愁了。"

周原一边说着,杨美芬就一边翻译给大哑巴。实际上大哑巴也许从周原的口型和神态上已经读懂了他的意思,竖起大拇指,高兴地哇哇乱叫。周原便把大门的钥匙郑重地交给大哑巴。随后从口袋里又摸出一副钥匙,打开旁边中单元的门,里面比偏单元要好一些,两间卧室都朝阳,而且都是大间,周原对杨美芬解释:"对不起刘师傅,全是我的错,其实这房子一周前就定下来了,不敢告诉你们,怕其他钉子户咬扯,反而坏了你们的事,因此才害得刘师傅想不开……"

杨美芬已经知道这是给她的房了,但还是想再砸实了:"你说这是给我的?"

"如果你觉得行,就是你的了。我特意选了个一楼,一楼的缺点是有点乱,但你做小买卖方便,前面还有个小院子,向外开个门不就是个商店嘛。你跟哑巴哥俩是老邻居了,哥哥是残疾人,王宝光的精神又受了刺激,让他们跟你挨着,也好有个照应,你觉得怎么样?"

杨美芬泪流满面,趴倒地上给周原磕了个头。

"哎呀,快起来!"周原赶紧拉她,"你想想,还有什么要求?"

　　杨美芬的脸上生出稀少的恭敬之容:"求政府出个车,帮我把玉厚拉到这新房子里来,后边的事就不麻烦公家了。"周原却习惯于给人出主意:"我们帮你在老房子里把丧事办了多好,然后利利索索地搬到新居来,重新过日子。"

　　杨美芬神色凄寒:"他活着没有住上新楼房,死了也叫他来呆几天,反正天凉,尸体又坏不了。"她说着就又要哭,周原急忙劝住她:"那咱就回去赶快搬吧。"心里说,老天爷呀,越快越好,一把他们请出同福庄就算万事大吉了!

第 22 章

漫长又很不平静的夜晚就要过去了,来明远凌晨起来,洗漱完就躲进自己的收藏室里欣赏古钱币,每临大事有静气,别人躁他不能躁,别人急他不能急,别人乱他不能乱! 这间屋子的四周摆满高达屋顶的文物架,架上摆放着一些珍奇古玩,但更多的是精美的布匣,大概有几千枚之多,上面贴着黄纸条,写明匣内所藏何物。在文物架没有遮挡的墙壁上挂着几幅古人字画……来明远戴着雪白的丝绵薄手套,拿着放大镜,在仔细把玩一枚枚古钱币——收藏古钱币正是他的爱好。一钱一匣,有的一套一匣,有刀币、布币、方孔圆钱,松花绿,宝石蓝,砂晶状的朱红,乌黑闪亮的墨光……来明远痴迷其中,这期间他不接电话,也不许被人打搅。他每天上班前、下班后,洗完澡之后必定到这间收藏密室里呆一会儿,纵有天大的烦恼,他一走进这间屋子就全忘了……他称自己的收藏室为"健身房"、"洗脑间"。但是,今天他的这些规矩可能都要打破了,外面的电话铃声响个不停,他只好摘掉手套,走出收藏室。

历来,人们都认为早晨是空气最新鲜的时候。可当今城市的早晨,却最是空气醒眯,路面肮脏——因为所有的污染源都随着人的苏醒而开始起动,汽车拥挤,摩托成阵,每一辆机动车都是一个移动的烟囱,污浊的烟气在低空弥漫。梨城的早晨还有一景,清洁工跟上班的人流一块出动,挥动着大扫把将马路搞得尘土飞扬,只是苦了行人和骑自行车的人,姑娘们用纱巾把自己的脸部严严实实地包裹起来,更多的人戴上了口罩。

但,有个人不怕这些——他就是用浓墨描了两条长眉毛的王宝光,昂头挺胸,穿街走巷,凡路过之处都引得上班的人回头看他,议论纷纷,指指戳戳,甚至有人向他吹口哨,高声叫喊:"老蔫儿!""长眉二哥!"他旁若无人,大步流星,走到市委大楼的前面却被挡住了……大楼前面坐着黑压压一大片人。在这些静坐的人中可以看到许多熟悉的面孔——他们在染整厂的大食堂里愤怒地呼喊过,现在却非常安静,也很规矩,不吵,不闹,并未阻断大道,是看热闹的人越聚越多,阻塞了交通。

染整厂的人只是静静地坐着,按理说没有丝毫的热闹——但在梨城人看来,那么多人凑在一块坐着就是一种热闹,人看人就是热闹,静坐的人不热闹,看静坐的人也可以成了热闹。静坐的人无声,站着看静坐的人却不甘寂寞:

看这阵势得有上千人吧,不知头头能拿这些人怎么样?

我看怎么样不了!你看看他们的牌子,这里边有高人!

静坐者们神情肃穆,他们相互不说话,也跟四周包围着他们指指点点的人不交流,在他们中间竖起三块牌子,申明了他们静坐的原因和要求:要工厂、要工作、要吃饭!

简业修被韩星拉着挤过一层层看热闹的人群,在能看到静坐者态势的地方站住了脚,他们默默地看了一会儿,韩星可比圈子里边静坐的人紧张多了,跟简业修小声嘀咕:"简主任,你看这会捅出大娄子吗?"简业修也拿捏不准:"这可很难说,谁知道事态会怎么发展?他们提的三个口号倒是很冷静,也很策略,远远地躲开了政治。""如果公安局动用防暴队把他们都抓走,我就起诉,在梨城告不了,我会到北京去告,你能说服许良慧出来为他们辩护吗?"

简业修把韩星拉出人群,找了个好说话的地方,诚恳叮嘱:"最好不要闹到那一步,眼下你还能跟静坐的人通上话吗?劝他们别再往大里闹啦……"

"众目睽睽,怎么通话?"韩星焦虑,"问题是大家都僵持在这儿,没有台阶下,想收也收不了。"

"好吧,我去找市长,看能不能通过市里压杜华正撤销合同,你守在这儿,一有机会就立刻劝大家收摊儿,千万不要闹到无法收拾的地步!"简业修嘱咐完韩星就直奔市政府,本来就没有多远,他一溜小跑来到市长办公室门前,正要举手敲门,听到里面闹闹嚷嚷,他便放下手轻轻推开了门,见到里面有一屋子人,还有一屋子烟,大家听到门响都回头看他,卢定安面色青灰,目光冰冷,使屋子里的温度更低了,烟雾仿佛也凝结成了幔帐。金克任走近简业修轻声问:"杨美芬怎么样?"

这实际是替市长在问,他敢肯定卢定安也想知道简业修去北京的结果。

简业修点点头:"接回来了,一切顺利,请放心。"

卢定安又把目光转向染整厂厂长郑京年:"你接着说吧。"

郑京年满脸惶惧,委顿不堪,却又不甘心地嗫嚅着:"肯定是韩星在背后煽动的,我敢拿脑袋打赌。"杜华正呵斥道:"行啦,你那个脑袋现在一钱不值。"他转而又抬头看着卢定安:"市长,惹出这场乱子的前后过程大体就是这些,是我们的工作有失误,该检讨该处分先得等着把眼前静坐的事处理完了再说,您觉得怎么样? 我们听您的指示。"

卢定安正想说话,杜华正的手机响了,卢定安闭住嘴,脸上的肌肉在跳。杜华正站起身接电话:"噢,来书记,我正在卢市长的办公室里商量这件事……是,是。"

卢定安盯着杜华正,声音略带喑哑:"这个事件根本不该发生,完全是领导的贪心、私心造成的,你杜区长把郑京年引见给你的儿子,你的儿子又引来了一个南方客商,钻危改的空子,发危改的财,给危改添乱! 你郑厂长,为了官升一级,不顾近千名职工的死活,仨瓜俩枣地就把厂子卖了,才激起这场乱子,是不是这么回事?"

杜华正小声说:"市长,刚才来书记打电话指示我,决不能去向静坐的工人服软,怕引起连锁反应。"

"什么连锁反应?"

"这一次政府输了,答应了他们的要求,以后其他单位会纷纷仿效,想个歪词都可以上街啦!"郑京年似乎也来了精神:"这倒也是啊!"

卢定安叮问:"叫你说应该怎么办呢?"杜华正试探着说道:"现在似乎是个上街的时代,诬告无罪,告状有理,上访更是家常便饭,不能这么轻易地答应他们的条件,至少把背后负责组织、挑动和带头闹事的骨干整治一下。"

卢定安在心里掂掇着轻重:"你想激化矛盾?还嫌事情闹得不够大?"

杜华正一看自己吃不了就赶紧向外扒拉:"市长,这可不是我的意思,是来书记叫这样干。"卢定安目光阴沉,转向分管政法的副书记常以新:"老常,你的意见呢?"

常以新已经早就想明白了来明远跟卢定安之间的矛盾由来,他们不是因为意见不合而对立,而是因为双方的对立而意见不合。无论碰到什么事情他们都不会合的,一个只要说了向东,另一个就必然会说向西,在这种对立中他的处境最危险,因为他不具备单独跟卢定安抗衡的能力,他想要的是在书记和市长的矛盾中得到自己应该得到的好处——这就是打击卢定安的霸气,阻止他到换届的时候过渡成为市委书记,甚或由市长兼任书记。在中国似乎有这样一种惯例:市长干好了就当书记,霸道一点的人就会把市长和书记都由自己包下来,如上一届的杜锟。常以新为自己设计的策略是在群众面前扮演被夹在书记、市长中间的鲜肉馅饼,万不可被当成挑拨两个大头头起矛盾的小人。他看着卢定安耍了个滑头:"要不我再去当面请示一下来书记再说?"

卢定安声调沉缓:"我是问你这个政法书记自己的态度!"

常以新本来是个非常厉害的角色,此时却变得吭吭哧哧了,主要是在揣度卢定安的心思:"……牵涉到的人太多,我们又不知道背后的组织者是谁,怎么个整治法呢?当务之急是先平息这场事端。"

卢定安又问金克任:"金市长,你认为呢?"

以金克任的角色是卢定安的副手,回答自己顶头上司的问话不能模棱两可、含糊其辞:"我的意见是尽量不要把事态闹大,处理得越快越好,把影响控制在最小的范围。"

卢定安似乎要一个个地都问过来:"业修,你说呢?"

简业修正等着这一问哪,他知道自己是这一屋子人中最没有顾虑的了,就亢声而答:"市长,首先要弄清这场静坐的性质,不是工人闹事,挑起这场事端的是那份卖厂合同,工人向领导反映过,召开职工大会讨论过,也抗议过,一切合法的手段都用过了,都不奏效,或者说根本就没有人理,这才采取了这种不得已的办法。这是个近千名职工,也可以说是近千个家庭吃饭的问题,兔子急了还咬人哪,工人被逼无奈才走这招险棋。但人家没做过头,要工作,要饭吃,保企业,合情合分合理合法,这么多人,你怎么整治?用警车都抓走?抓得过来吗?派防暴警察?那不要酿成一场乱子吗?再说这也不是根本解决问题的办法,这些人丢了工作,丢了饭碗,终究是政府的负担,早晚还会闹的,你就是抓走了他们也还是要面对工厂怎么办的问题,所以应该撤销那份不合理的合同,答应工人们的要求。"

卢定安扫一眼满屋的人:"谁还有什么不同的意见?"不被他点了名字,谁还愿意在这种场合出头?大家都一声不吭地看着他。他开始作结论:"好了,事不宜迟,我们速议速决。工人提出的三条要求是正当的,一会儿请杜区长出去处理这件事,该检讨的检讨,该承担的责任敢于承担,要承认那个合同是不合理的,公平竞争嘛,如果再没有人出更高的价了,职工们不也就无话可说了嘛。要答应工人的要求,让职工们自己选举厂长,新的工厂领导班子根据工厂和工人的利益重新安排迁厂的事。"他的眼睛转向郑京年,提高嗓门,加重语气,"你郑厂长赶紧去海南追回那笔定金,少了一分钱你自己包赔或者负法律责任,追回定金,退还给杜觉,撤销原来的协议。总之,必须让静坐的人尽快离开,我在这儿等着。杜华正同志,我可提醒你,这件事如果处理不好,拖久了,闹大了,你可兜不了!这种时候,大家都要放下斤斤计较的小心眼儿,百姓为大!"

散会后人们纷纷向外走,常以新却顶着人流来到卢定安的跟前,小声说:"明远同志提议下午开个常委会,让我征求一下你的意见。"

卢定安心里一动:"什么议题?"

常以新却说得平淡而轻松:"是我分管的这一块,政法,治安。"

卢定安沉了一会儿:"我可没有准备,你们要觉得已经准备好了那就开吧。"

"那我就通知常委们了。"常以新走了以后,办公室里就剩下金克任和简业修了。金克任显出某种不安,犹豫一阵才对卢定安说:"在开常委会之前您是不是先找来书记谈一谈?"

卢定安低着头,嘟嘟囔囔地说:"怎么谈呀?"他心里陡然产生了一种从未有过的冷漠情绪,来明远什么时候见了他都是笑呵呵的,好像挺随和、挺亲热,给别人的感觉也似两人的关系还不错。其实大家都很清楚他们的心里隔着一个冰窖——这种笑里藏刀、心照不宣的战法,着实让他别扭。他抖抖脑袋,似乎是像抖掉头发上的脏东西一样摆脱头脑里的种种不快,对简业修说,"你去现场盯着,有什么意料不到的情况及时告诉我,绝不能让这件事影响全市的危改工程。"

简业修答应着也向外走,金克任在后面叮嘱他:"别忘了十点钟去翠湖啊!"简业修扔回一句:"忘不了。"

办公室里只剩下卢定安和金克任,金克任显然是有话要说,却迟疑着始终没有开口,转身也向门口走去。卢定安叫住了他:"克任。"他停步转过头来:"您还有事吗?"

"你不是有事要跟我说吗?"

"哦……我对下午的常委会有点不安。"

卢定安低下头,默默无语,显然他也正为此感到了不安。金克任又问:"您真的认为只是讨论治安吗?"

"这还用说吗,以讨论治安为由头,否定危陋平房的改造。"卢定安明白了金克任的不安,他作为副市长也夹在了市长和市委书记中间,得罪了谁都够戗。如果常委会上议论到危改问题,他不发言是不行的,该怎样表态呢?卢定安抬起眼睛定定地看着金克任:"你跟小罗碰个头,把你们两个人手上的有关危改的资料凑齐,给我一份儿。"

金克任不躲避地迎住了市长的目光:"好吧。"

外面空气冷沁,寒魄动心。市委大楼周围各条路口都有警察把住,看热闹的人被驱赶到远离静坐人群的地方,现场越安静,气氛却越紧张,杜华正来到静坐的人群前,他清了清嗓子:"大家辛苦了,你们是为了解决问题来的,不能老这么坐着啊?郑厂长已经没有资格处理你们的事情了,我亲自来解决这件事……我叫杜华正,是河口区的区长,请你们领头的出来,咱们谈一谈。"静坐的人都盯着他,眼睛里带着明显的不信任,没有一个人应声。"你们总有代表吧?总有人张罗、通知这件事,请这些人出来咱们商量个解决的办法嘛!"

仍旧没有人搭腔。沉默可能是怯懦的掩体,也可能掩藏着一种危险。

杜华正被晾在众人面前,有些尴尬,有些恼怒:"你们总得有人说话呀,不说话问题怎么解决呢?"

供销科长大胡高声说:"我们这里没有头,没有代表,大家一块都没有饭吃了,你有话就对大家说吧。"

"我看你就可以当代表。"

"我说我不是代表,你要非拿我当代表,我也没有办法。"大胡站起来问静坐的人,"我是你们的头儿吗?"

众人齐应:"不是!"大胡又坐下了。杜华正碰到了简业修冷冷的似有几分幸灾乐祸的眼光,他突然改换腔调,声音里有了明显的热情:"好吧,我就对你们大伙说……"

北方的深冬,郊外的绿色就只剩下道路两旁的冬青了。但,即便在北方,也许多年没有那种呵气为霜,滴水成冰,地面被冻出许多大裂子,让人伸不出手来的冬天了。冬天反而成了进行土木建设的大好季节,天高无雨,空气干燥,格外显示出人的惊人能量,连接环城高速公路和翠湖新区的八车道大路修通了,新区的南部有几十幢建筑已拔地而起,有的正在封顶,有的建了一半,有的刚刚看到像甘蔗林一样拱出了地面的钢筋……

夏尊秋领导的建筑系承担了翠湖住宅新区的部分设计工作,她每周都到工地来一次,每逢她来都会有参与设计的老师和学生陪着,夏晶晶出人意外地也在这支队伍里,格外招眼。夏尊秋头戴着安全帽,在现场检查施工质量,纠正和修改某些指数,她眼前摊着一片图纸,神情颇为激动:"这么好的自然条件,全无阻碍,就像一张洁净的白纸由我们在上面作画,再画不好,我们建筑系的牌子岂不就让你们给砸了!"

她的眼光从图纸上转向建筑:"建筑是空间存在,其全部奥秘就在于把握空间,和环境虚实相间,相辅相成。千万不可靠山不见山,临水不近水,完全与自然环境隔离。你们看,这是一座大商场,两边是餐饮、邮电、娱乐等行业,建筑物就要体现出热闹、繁华、兴旺!"夏尊秋又带领学生来到一幢建了一半的大楼前,"眼下西方建筑界正讨论两个新概念,一个是'生命建筑',就是给建筑以生命。他们提出建筑物和建筑材料再也不是哑巴、聋子和瞎子,而要让它们以生物界的方式感知内部的状态和外部的环境,并及时作出判断和反应,比如能预报建筑物内部的隐患、整体或局部的变形和受损情况,在灾害发生时能保护自己,继续存在下来,等等。第二个是防止'建筑暴力',俄罗斯的医生发现,住在城里大型预制板房住宅的居民,近视眼发生率是农村地区的两倍,有三分之一的人患有易怒、激动、紧张和焦虑等心理疾病,犯罪率高,至于未老先衰、智力发育滞后等现象就更普遍了,英国王子查尔斯甚至指责建筑师给伦敦造成的损害甚于德国法西斯的炸弹。大自然按照自己的条件塑造了人的眼睛,眼睛是用来看树的枝叶,起伏的山峦,大片的草地,蓝天绿水以及一切赏心悦目的东西。人类曾凭感觉建造适合自己的建筑物,可如今我们却把人装进了一个个毫无个性的钢筋混凝土的盒子,把人送入了他们本不适应的环境,建筑本身成了伤害人类自己的暴力!"

就在夏尊秋跟老师和同学们讲解、分析设计的时候,简业修和金克任陪着国家安居工程调配局的局长、梨城银行的行长,也来到现场。金克任做个手势,让大家别吭声,悄悄站在后边听。这些学生都是未来的建筑师,不同于那些主要是为了拿文凭的官员硕士生们,听得认真,记得认真,夏尊秋也讲得认真:"后面那一片是学校,有中学也有小学,建筑格调要雅致、轻捷、活泼,眼前这一大片是住宅区,也是翠湖的主调,这就要宁静、幽闭。中国人对居住环境的选择,是尚静,深山养性,禅宗修性,苦思悟性,都以静为要义。为了深化建筑意境,静有时需要动来补充。你们看,轴线的纵横转换,空间的内外渗透,庭院的形长闭合,远近的形势变化……这是安居工程的样板住宅区,那个角上是小康人家的居住地,也可以叫高级住宅区,要有别墅的清幽,凝固一种高洁和温婉的气韵。"

金克任带头鼓掌。夏尊秋蓦地回眸凝视,脸上立刻绽出微笑:"您好,我们在讨论设计。"金克任一脸轻松:"我陪参观的客人来过多次,还是第一次听翠湖的设计者讲翠湖,味道就是不一样了。"

"哪里,"夏尊秋趁机为自己现场教学作点注脚,"关于建筑和环境的关系,在现场一看胜似在教室里讲上半天。"

简业修为大家作了介绍,给每个人发了一本印刷精美的翠湖新区说明书,图文并茂,还有不同楼型的房间平面图。他指着说明书作解释:"翠湖的布局共有十个园,第一期工程先建五个园,最早的一批房今年春节前完工进住,全部建成需要五年的时间。"

李行长凑趣:"好地方,张局,买一套吧,退休后在这儿养老多好。"

张局长果真有些动心:"的确不错,环境好,设计得也好。"

他们品评着眼前的建筑特点告别了夏尊秋,在翠湖走马观花地兜了一圈儿,中午回到梨城大酒店,有一道程序是绝不能少的,那就是金克任宴请诸位财神爷。张局长耸耸肩膀故作惊恐:"李行长,今天金市长这顿饭可不好吃啊,有点鸿门宴的味道。"

金克任先给自己找退路:"不是我的饭,是简主任做东,再说您手里掌握着几十个亿,对付我们不是小菜一碟嘛。"张局长官脸一拉:"老兄也太厉害点了吧?"

李行长在一旁敲边鼓:"这叫先下手为强,会用人,动手早。"还没有吃饭金克任就有点心急火燎了:"怎么样,张局,至少给我们六个亿吧?"

张局长夸张地瞪大眼睛："嚯,你可真敢张嘴,全国总共才五十个亿!"

金克任既然开了口就一钉到底："您不能搞平均主义,别处还没有动静哪,您看到了,我们这里已经全面铺开,搞到一半了就是缺少资金,就等着您来雪中送炭哪。"

"金副市长真厉害,还滴酒未沾哪张口就要六个亿!"张局长突然做出一副豪爽样,"那好,你喝酒吧,三杯一个亿。"金克任有点怵:"……我实在不会喝白酒,再说下午还有常委会,能不能罚我吃肥肉?"

"哈哈,吃肥肉是你的特长,你想得倒好,又解馋,又得钱。"

简业修想代喝,想到自己的身份,恐怕没有资格代副市长喝,话到嘴边又咽下去了。金克任突然站起来:"说话算数?"

"一言九鼎。"

"好,"金克任真的往肚里灌酒,一看就是不会喝的样子,喝到第四杯时呛住了,脖子老粗,涨得通红,连眼珠子都通红了,咳得哩溜歪斜,逗得大家哈哈大笑。简业修站起来:"您都看到了,金市长的确是不能喝酒,他酒精过敏,一杯就醉,很快全身都鼓起红疙瘩……能不能让我代他喝?"

张局长斜眼一瞟:"你要想替副市长喝,就不能还是老规矩了……"

简业修敢充大头就得任由人家提条件:"您说怎么喝吧?"

"第一轮,我喝一杯你喝一杯,第二轮我喝一杯你喝两杯,第三轮我喝一杯你喝三杯,第四轮我喝一杯你喝四杯……这样依此类推,直到我说不喝了为止。"张局长是位喝家,连说带笑,喝到第六轮的时候才停住,简已经喝了大概有二十多杯了,他紧跟着又敬李行长:"李行长,您叫我怎么喝,我就怎么喝。"

李行长摇头摆手:"咱们俩就免了,你不就是搞了个住房贷款吗?我看早晚都得走这一步,没问题……"

简业修强力控制着自己,直到送走了领导,他才歪倒在台阶下。身材娇俏的程蓉蓉不知从什么地方悄没声地闪了出来,现出非常心疼的样子:"你怎么可以这样不要命地喝啊!"

简业修嘻嘻哈哈："想要钱就不能顾命。"

"这样就能拿到钱吗？"

"是啊,我就是这样把钱拿到手了! 哎,你是从哪儿钻出来的？"

"街里可是出事了!"

简业修一瞪眼推开程蓉蓉的手,自己一溜歪斜地走进卫生间,趴在马桶上面用手指使劲抠自己的咽喉,哇哇地大吐……程蓉蓉略一犹豫也进了男卫生间,替简业修捶背,脸上洋溢着无限温存。

进出卫生间的男人们先被吓一跳,继而用异样的眼光打量他们。简业修从马桶上抬起身子,眼火闪发,满嘴白沫："你快出去!"他趴到洗脸盆前用冷水漱嘴、冲头……痛快淋漓地折腾完,却掏不出可供擦水的手绢,程蓉蓉把自己的手绢递给他,架着他走出卫生间。

第 23 章

下午两点钟,在梨城市委会议室,来明远召集了梨城市委常委会。

虽然参加会的不足三十人,却体现了梨城市权力的最高峰——全市的重大政治决策都是通过这个会形成决议并出台。所以,它才真正代表着梨城的高度。一个个常委们的脸,深沉凝肃,由于政治上的过分成熟略显木讷。在外人眼里,似乎很难分辨出他们谁是谁,一张张不同的脸变成了相同的政治符号。但是,常委们自己对其他每一个常委的个性、态度以及将会怎样发言都非常清楚,决不会混淆的。相比之下,卢定安的脸倒显得轮廓明晰,棱角突出,朴实而生硬。

常委会是书记的舞台,来明远是这个政治高峰上的制高点。今天他收敛了那著名的微笑,因为今天要讨论的内容是令人笑不出来的。相反,在他一副修养精深的优游气度中还略显出一丝焦急、气愤和一种不易觉察的"我早就知道会有今天"的高傲和自信。他语调平板而从容地开场了:"这是一次紧急召开的常委会,事情的确非常紧急了,在我的记忆里自'文化大革命'结束以后,梨城还从来没有像近几个月这么紧张,已经闹出了不算小的乱子,这正是近期我们最担心的事情,如果再不采取紧急措施,也许还会闹出更大的乱子,到那个时候就不可收拾了。下面就请分管政法的副书记常以新同志介绍一下情况吧。"

常委们的猜测得到证实,这实际上是一场书记和市长,或者说是市委和政府的"摊牌会"。这让常委们就得掂量了,哪一方有理固然重要,更要考虑哪一方强大或更有政治前途,从而斟酌自己的发言和表态——这并不困难,不必担心他们谁错谁对,谁有理或谁没有理,肯定是双方都有理,而且听起来谁的理似乎都不错。

常以新则无须掂量,他早就做好了准备,这是一次难得的机会,卢定安不可能毫发不伤了。这时候的他,跟早晨在卢定安的办公室里被逼着表态时的他可不一样了,眼睛闪光,口风犀利,因气愤或忧虑声音有些嘶哑:"有些同志昨晚通宵没睡,来书记一直跟我保持着电话联系,我知道定安同志也是一夜没有合眼。快十二点的时候,中央警卫局来电话,叫我们派车到北京接个闹事的人,可真是把我吓了一大跳!这个外号叫小洋马的女人,居然到金水桥上借着祭奠她服毒自杀的丈夫告御状,又搞了一场小天安门事件。天安门那个地方是世界的窗口,说不定已经被外国记者录了像,成为今天的全球新闻,我们梨城也算出了大名啦!直到凌晨五点钟,总算顺利地接回了小洋马,刚想眯瞪一会儿,河口区的泰和染整厂,有近千名职工到市政府前静坐,其实他们的要求很简单,废除卖厂合同,更换厂长,允许他们恢复生产,在不毁掉厂子的前提下把工厂迁到郊区去。直到上午十点钟,由河口区区长杜华正同志出面答应了他们的条件,静坐的人才散去……大致的情况就是这样的。"

常以新先客观冷静然而又是热热闹闹地把事情的经过叙述了一遍,喝了口茶,仿佛茶里有某种刺激物,口气一转变得强硬而激烈了:"事件的表面过程看起来是如此,但它在人民群众中造成的影响、给梨城乃至给我们党带来的政治损害是非常严重的。我相信这还仅仅是对我们的一个警告,一个卖冰棍的弱女子,敢深更半夜跑到北京闹了一场天安门事件,是因为平房改造逼死了她的丈夫嘛!城厢区发明了只售不租、货币还迁的新政策,报纸、电视上已经大肆宣传过了,她丈夫是个对党忠心耿耿的老工人,就因为企业不景气,拿不出购房款,政府又不给他调换,还要限期强行拆房,这不是逼得人无路可走了吗?还有一个因素,他没有钱贿赂拆迁办公室的干部,所以就处处刁难他,在限令拆房的最后一天夜里吞服了过量的老鼠药自杀了。这是什么做法?这是为老百姓办好事吗?这能说是什么'民心工程'、'党心工程'吗?同志们,什么叫民心?信任和理解变为对党的支持才是真正的民心。什么叫党心？爱民不扰民才是党心。我们难道还不应该反问一句，我们要做的事情老百姓信任吗？理解吗？如果群众既不信任又不理解，岂不是违背了民意！我们这样做到底是爱民，还是扰民？你如果是爱民，老百姓还会到北京闹事吗？"常以新又有意停了下来，给大家留出思考的时间。会议室里非常安静，常委们本来就被这几天的事情闹得蒙头转向，在下面听到了许多闲话，大多都同意常以新的话。真正感到意外的是卢定安，他没有想到讨论政法的常委会一上来就朝着危陋平房改造工程开炮了，也无法估计这个会的结果……他真的听得脑袋有点涨了。

常以新有恃无恐，这是他的职责所在，谁也不敢说他不该管或管得不对，他干好了明年兴许就能升一个格，顺理成章地接替来明远，干僵了也还是副书记，自己丢不了什么。他看看大家，抖擞精神继续说下去："还有那个泰和染整厂，一个好好的集体企业，养着近千名职工，产品的牌子也很响亮，每年可以向国家上缴几百万元的利税，现在这样的企业已经不多了，非要借着平房改造的机会把它整垮，限令拆迁，贱价拍卖土地，砸了职工的饭碗，他们能不上街吗？你不让他活，他能让你活得好吗？必然会铤而走险。我这里还有一份城厢区五十家商店的联名告状信，"他抖抖手里的几张纸，又喝了口水，"有国营商店，有集体的，也有私人的，甚至包括粮店——同志们，是粮店！在拆房运动中把他们的铺面都给拆了，他们不能做买卖了，政府也就无税可收了。现在不要说我们梨城，全国上下都在大抓经济，把经济搞上去是重中之重，我们却在毁坏经济，破坏经济的发展。这才刚刚拆了几万平方米的老房子，就惹出这么多事端，如果拆到七百多万平方米，群众会不会把我们梨城给拆了？至少市委、市政府大楼是不保险了。"常以新讲得很动感情，逻辑严密，极具说服力，常委们被感染了，有人不安地看着卢定安……卢定安脸孔紫涨。来明远和常委们显然在等着他开口，认为以他的脾气听了常以新这番话肯定会按捺不住的，可他就是不出声，双手捂着自己的大罐头瓶子，手背上青筋虬现。

来明远平静而温和地试着点将："定安同志，你讲点吗？"

卢定安硬邦邦地顶回来："让大家先说吧。"

"也好。"书记的眼光随即转向了常委们，"本来，在动迁过程中有些区的工作有疏漏也是可以理解的，但刚才以新同志提出的问题恐怕远远不是疏漏的问题了。我为这个问题专门找克任同志作过长谈……"有些常委不动声色地把目光瞄向金克任，令他感到如针芒刺来，原本饱满而生动的脸变得不是颜色了。来明远这么信口一带可是太厉害了，给常委们的感觉好像金克任这个分管危改的常务副市长出卖了自己的顶头上司卢定安，转而支持了市委书记的意见。市长本人肯定也会对他生出怀疑、心存芥蒂，此时他又百口难辩……

来明远继续说下去："杜锟同志曾提醒过定安同志，杜老也批评我对此事干预不力，现在看老同志的担心不是多余的，平房改造工程目前至少存在着四大弊端：第一，破坏社会稳定，超出了眼下人民群众的承受力。第二，阻碍经济发展，社会不稳定必然影响经济发展，大拆迁毁坏商业，加重企业负担。第三，滋生腐败，会毁了一些干部。第四，也是最严重的一条，丑化党群关系，激化干群矛盾。既然我一个人说服不了定安同志，就请常委们讨论一下，形成个决议。"

常委们开始一个个地发言，也就是表态。在这样的会上第一个发言的人非常关键，他一定调子，后边的人大多都会跟着顺杆儿爬。有常以新的气势和无懈可击的理论镇着，又有来明远定下了"四大弊端"的调子，常委们很容易就顺着这根杆儿爬了，只不过有的口气激烈一些，有的和缓一些，再滑一点的是向着书记说话，又不过分地刺激卢定安，太得罪市长也犯不上。常委会的构成本来就是市委的干部占大多数，又是在这样的气氛中讨论这样一个议题，卢定安这回可惨了……会议室里烟气腾腾，与危改没有直接干系的常委们基本都发过言了，脸上现出轻松后的倦意。还没有发言的人就剩下卢定安和金克任了，看样子卢定安是注定要到最后再开口了，或者为自己辩解，或者低头认错。那么下一个该轮上金克任了，他的身份跟其他常委不一样，如果像别人那样发言，就会彻底得罪卢定安，倒戈投靠市委书记，以后还怎么当副市长？他如果跟前面的发言大唱反调，又会开罪来明远和常以新，将来也够他喝一壶的……

金克任知道常委们都想听他怎么发言,便有意慎乎到最后再说,他不能公开反驳来明远,也不想简单赤裸地为卢定安摇旗呐喊,就选择了一个角度:掉书袋。简业修关于平房改造的调查报告给他提供了足够丰富的知识和资料,博闻强记正是他的特长,又可镇唬一下那些学历不高的常委们。他不紧不慢地开口了:"市政府分工是由我负责抓危陋平房改造,如果说刘玉厚的死,他妻子跑到天安门去祭灵,以及染整厂职工的静坐等事件,都是因危改引起,理应由我承担责任,我向常委会检讨,愿意接受批评或处分——这是我要说的第一层意思。还想说一层意思,危陋平房的存在就是梨城最大的不安定因素,就像一枚炸弹,你碰不碰它,它永远都是炸弹,只是不知道会什么时候爆炸。你一碰它有可能会提前爆炸,也有可能拆除它,不让它爆炸。我们不妨回顾一下城市的历史……我国曾是世界上城市最发达的国家,在十九世纪中叶以前,包括唐代的长安、宋代的汴梁和临安、清代的北京,都是当时世界上最大的城市。中国的城市不完全是西方概念上的城市,它们不是松散的行政联合体,而是统治着较大地区的政治中心。中国又是个有城墙的国家,城市的平面图形基本是正方或长方,以'天圆地方'的观念进行规划布局。中国历史进程的一大特点是频繁地改朝换代,使整个社会都随着朝代的改换而缓慢前进,因之不同朝代的城市便具有不同的特色。在被现代人称为'都市化病'发生以前,城市的生态群落以及人的心态,构成了和谐的都市生物圈,人口适量,交通便利,住宅宽敞,并保有与乡村联为一体的自然风景,那是大城市的黄金时代。随着大城市的'都市化',和谐的生物圈逐渐瓦解,都市生活的消极面日渐凸显:住宅难、交通难、用水不足、贫困、犯罪、疾病、灾害,穷人向城市集中,富人向郊外逃避。美国最先成了一个郊区化的国家,而且证明,郊区化的过程过去是,现在仍然是城市增长的一种功能。一个城市的个性是一种历史的产物,更是那个城市里的人的文化气质和心理特征最为鲜明直接的表现。有着特殊文化品格和精神气质的城市总是会给人以深刻印象,如北京的大气,上海的奢华,南京的伤感,深圳的欲望,精致的苏州,火爆的重庆,平民化的武汉,男性化的大连……等等。我们梨城的特点是什么呢? 人们一谈起来还是梨城的小洋楼。解放快半个世纪了,我们盖了许多房子,却没有一片住宅能与外国人盖的'小洋楼'媲美,能形成'小洋楼'那样的人文景观。梨城最早起源于内河运输,粮盐的转运促进了市镇经济活动。解放后,一九五一到一九五二年,一次拨地八千亩,建设了铁山、中门、丁家楼等七大工人新村,为硬山木檩平房,苇箔草泥青灰盖顶,十三平方米开间、行列式。仅一九五二年一年就建成工人住宅五万五千余间,合九十多万平方米。一九五三到一九五七年,提高民居建筑标准,改平房为三层砖木结构楼房,打破单调的行列式而采用周边式或周边与行列结合的布局,共建成住宅楼一百八十五万平方米。这时候的梨城,蓬蓬勃勃,年均工业产值递增率为百分之二十四点六,超过京沪,其他经济效益指标也居国内前列。可惜好景不长,从一九五八到一九七八年,在三年大跃进、三年经济困难、十年动乱和大地震的冲击下,梨城变成了一个严重病态的城市。不顾梨城百余年来形成的优势和特点,打乱已有的城市规划,片面提出变消费城市为生产城市的城市建设决策,把四百个工业项目安排在市区,使市区人口急剧膨胀,工业与居民混杂,城市规模失去控制,在拥挤的市区内还见缝插针地大量挤占商业民居用房办工业,旧城闹市区的商业网点成了职工宿舍。新建住宅也大幅度降低建筑档次,成了不堪入目的简易楼,楼内居室改单元为筒子房,厨房为公用的'加热间'。低矮潮湿的临建棚触目皆是,上面烟尘弥漫,下面水质污染,大雨后马路成河,数十万马路居民被淹,交通堵塞,抢案迭出……建筑是全人类的语言,当你进入一个陌生的城市,首先跟你对话的就是建筑,以这个城市最特殊的又是能让所有人都能听懂的语言向你讲述这个城市的风格、历史、文化和风俗,以极强的穿透力进入你的心灵。你对一个城市的印象如何往往就取决于它的建筑……"

　　常委们似乎都听得懵懵懂懂满头雾水,但来明远却蛮有兴趣甚至是怀着几分好奇地极专心地听着,因为他本人也喜欢读杂书,得空便纵论天下大事。惟有常以新的忍耐力快接近极限了,早已显出了不耐烦,不停地看表、喝水,好像随时都会打断金克任离题万里的发言。金克任非常不喜欢在自己讲话的时候被打断,就决定自己收场,他故意看看手表:"哎呀对不起,我占的时间太长了,但我不认为我讲的这些跟今天要讨论的内容没有关系。好了,就此打住。"

他把一场紧张激烈的常委会变成了学术讨论会,冲淡了尖锐对立的气氛,转移了大家的注意力,他公布了一些新鲜的资料和数字,害得自认有学者气的来明远听得津津有味,身为会议的主持竟一时也回不过神来,接不上茬儿,或许他是在评估金克任的智慧而走了神儿。沉了一会儿他才重新振作起精神:"克任同志真是给我们上了一课……好了,大家都发表了很好的意见,多数同志的看法是相近的,我看可以形成个决议了……"

卢定安拦住了他的话:"明远同志,常委讨论是有必要的,任何意见都是有价值的,可以避免今后出现更大的失误。但是我建议不要急于形成决议,因为工程已经铺开,拆了的房子必须要盖起来,搬走的住户要还迁,贷了款要还贷,签了协议的要履行,已经停不下来了,更不能因为个别的工作失误就彻底否定危改工程!"

来明远笑了,他能在最不容易笑出来的时候笑得自然、和善、优雅,像阳光一样照亮了整个屋子,却又让人毛咕:"哎呀,定安同志,常委们讨论了这么半天,可谓苦口婆心,你怎么还是这样固执?我们知道你是好心,由于自己在低矮的旧平房里呆过,怀有一种平房情结,这些都可以理解。但你怎么不竖着多想一想,横着多比一比,人家上海、北京、广州的棚户区也不少,而人家又是什么财力,上海光是公基金就有一百八十亿,住房基金二百亿,更不要说强大的财政支持,可人家每年就拆那么二三十万平方米,北京也是这个数。人家的口号是建设现代国际大都市,这才是大思路、大举措,谁有粉不往脸上擦!香港富不富?鸽子窝式的房子也很多,普通居民的平均居住面积也并不比我们梨城高。贫富差距是历史造成的,今后还将存在一个相当长的时间,它是自然形成,也需要一个自然循环的过程,欲速则不达,何况我们是个什么样的家底呢？每年用于市政建设的费用不过几个亿,你拆迁七百四十万平方米要耗资四百亿,到哪儿弄去？这不是天方夜谭吗？"

卢定安接过来说："过去有许多该干的事情没干,就因为是关在屋子里算账,怎么算怎么没有钱,账永远都算不下来,以至于错过时机,造成历史遗憾甚至留下骂名。大路子想好了就应该先干起来,在行动中算账,一切都会有办法解决。"

"你这是什么理论？把三思而后行变成三行而后思？"

"实践是检验真理的惟一标准嘛!"卢定安打出这个旗帜,把来明远噎了一下,"你光算了我们出的账,还有入的账呢？盖了新楼卖出去,不是要回收一部分款吗？城厢区发明只卖不租、货币还迁,是伟大的创造,意义深远,你们不信等着瞧,有一天全国都得这么干,这是他们对改革的重要贡献。上海是靠大投入,势是人造出来的,政府投资架桥修路,搞基础设施建设,然后带动市政建设,带动经济。北京是靠高需求、高消费,带动城建,带动经济,因为北京有得天独厚的政治、经济和文化条件,外商云集,国内大公司也都在北京设办事处,高投入带动高产出。我们的确不能跟他们比,不像上海政府那么有钱,能搞大投入。也不像北京的外向需求那么大,能带动城市发展,我们的地价只是北京的十分之一。但是我们可以调动巨大的民间潜力,国家没有钱,政府没有钱,但是老百姓口袋里有钱,全国的民间存款几千个亿,不是被金融界认为是个大老虎吗？让老百姓的钱投向住房,就会潜力无穷。真是一贫如洗的人也有,只是少数,大部分人家还是多少有点积蓄,你只要到棚户区走一走就会发现,住的房子很破,家用电器齐全,没有电器的人家不多。"

来明远似乎也被激起了谈兴："既然定安同志谈到了宏观上的一些问题,我就讲一讲我们眼前应该关心什么,我们工作的重点应该放在什么目标上。我们已经进入以经济为中心的时代,经济工作才是重中之重,这是党中央指定的大方针。纵观世界经济发展史,五百年前,世界贸易中心开始从地中海移到大西洋,今天又从大西洋向太平洋转移,十九世纪末美国国务卿约翰·海就说过,地中海是昔日的海洋,大西洋是当今的海洋,太平洋则是未来的海洋。亚洲的环太平洋地区正像当年年轻而生气勃勃的美国一样在逐渐起飞腾空,而且规模更宏大,比欧洲和美国加在一起还大一倍,在人口上占世界的一半,到二〇〇〇年将占到三分之二。亚洲还拥有三万亿美元购买力的市场,每周购买力的增长额是三十亿美元。无论从地理、人口还是经济的角度衡量,太平洋地区对世界都是举足轻重的。海洋如此重要,而我们正好是渤海湾的龙头,就应该借这个大好机遇建设环渤海大经济圈——这才是我们应该有的大思路、大举措。也只有这样我们梨城才会有大的发展。而不是违背这个潮流,白白地丢弃这么好的机会,干一些劳民伤财、让后代子孙唾骂的事情。时机不同于时间,时间天天有,而时机是不可能天天有的。也就是说我们改造旧房子的时间今后还有的是,而发展经济的时机错过了就再也没有了!"

来明远雄辩滔滔,博闻强记,或许是受金克任的启发,突然也甩出了这么一大堆材料和数字,常委们一下子被镇住了——这也是他正式地提出了与危陋平房改造工程针锋相对的理论和主张……大家听得发蒙,没有人能够反对这样的理论,甚至想表示赞成也不知道该如何说。只是佩服来明远知道得很多,记性很好……

来明远见常委们被说傻了,就把话又拉回来:"所以,定安同志,在这样的大形势下,我们不能让危改毁了梨城!"

卢定安像怀疑自己听错了:"你说危改会毁了梨城?"

"你以为不会吗?"来明远不愿再争下去,他思虑周详,该说的话说了,该表的态度也表明了,又没有干碍祥和之气,影响整个市委班子的名声。他想趁自己的理论在占上风的情势下,给这次常委会作结论,"好吧,既然定安同志是这样的态度,我们强行作个决议就显得太僵了,我们这个班子向来合作得不错,尽量认识统一以后再形成决议。但是,常委会的意见大家心里都有数了,对大规模改造平房的工程基本上是持否定的态度,等于常委会干预过了。我明天就得出国了,家里出了这么多事情,实在不想在这个时候出去,原打算取消这次出访,但对方把一切都安排好了,就别再把我们的家丑张扬成国际事件了。

所以还是按计划出行，在这段时间里，市委的日常工作就由常以新副书记主持。"

按惯例，市委书记不在，市委工作应该由排在最前面的副书记卢定安主持。但书记这样宣布也不算错，只是含义丰富，给常委们乃至给整个梨城留下了太多想象、猜测和议论的空间。

散了会，正好到下班时间，卢定安离开办公室就回家了。夫人宋文宜大惊，继而大喜："哟，今天是怎么啦？"卢定安不搭腔，进门换上拖鞋，脱了外套，拽下领带，直奔餐厅。宋文宜在后面跟着解释："饭还没有做哪。"

每天晚上，她都是看完中央电视台的新闻联播才动手做晚饭，做好饭以后等着卢定安回来。卢定安不论在外面是否吃过了，回到家总还要再吃一点，至少要喝点汤，吃几口菜，或者再喝上两杯自己喜欢的酒，在他看来世界上最好吃的饭菜在自己的家里，睡上去最舒服的床也在自己家里，今天他突然早归，让妻子措手不及。便自己动手从柜子里拿出一瓶白酒，餐桌上有一个方形的铁盒子，掀开盖子里面是炒果仁，他又从地上捡起一根黄瓜，到水龙头下冲洗了一下，开始自斟自饮起来。

宋文宜抿嘴一笑："就馋到这个地步？"然后到里屋给儿子打电话，"小沛吗？快家来吃晚饭吧，今天你爸爸回来得早，也叫上甘英……"电话突然没有声了，原来是卢定安把主机的电话插头给拔了，又从包里拿出手机也关了，宋文宜才知不妙，她看看那瓶白酒，眨眼的工夫小半瓶下去了，便上前按住酒瓶："你又喝闷酒！一喝闷酒就醉，把人活活吓死！"宋文宜确信今天丈夫有了异乎寻常的烦心事，她坐到餐桌前，希望能为他解忧，让他跟自己说说心里的烦恼，他们毕竟是夫妻，她的意见即使没有什么太大的价值，至少也不会有坏处。可随着他的官越当越大，两口子的话就越来越少，宋文宜只要一见到他那阴沉沉的脸色，就什么主意都没有了，什么话也不敢说了，只能等他自己开口。他原本笑起来是很好看的，那坚实有力的白牙，那宽阔的大嘴，现出一派天真,说话风趣——那得是他开心的时候,可他就是开心的时候太少了。卢定安伸手拿酒瓶子没有拿过来,就到柜子里又翻出一瓶新的,宋文宜不等他打开,就主动用自己手里的酒给他斟上,千方百计逗他说话:"求求你告诉我,出了什么事?"

卢定安翻她一眼:"你是什么意思?"

"今儿个怎么回来这么早?"

"好像我就不能按正常的下班时间回来。"

"太阳从西边出来了。"

"现在正是太阳从西边落下去。"

宋文宜怕的是卢定安一声不吭,他一张嘴说话就好办了:"你先等一会儿再喝,我去做饭,给你炒几个菜,一会儿儿子也回来,爷俩坐一块,一边说着话一边喝着酒多好。""别做了,一会儿到外面吃去。"

"你是不是说酒话?你敢陪我到外面去吃?到哪里人家认不出你来?"

"是啊,你说我当这个市长有什么意思?连带着老婆到饭馆吃顿饭都不行!那就不吃啦。"

她赔着小心:"不吃还行,今天是谁惹你生这么大的气?"卢定安突然又来了邪火:"你还有完没完?我在外边烦,回到家你又烦我!"他心里恍恍惚惚,满腹郁勃,愈想排遣愈是盘结于胸。对老婆一喊叫,立刻又对自己生出鄙视,赶忙闭住嘴。他喊叫的时候宋文宜从来不激火,反而拿来一条热毛巾让他擦擦脸,他借机拍拍妻子的手背:"没什么,就是有点心烦。"

宋文宜一脸愁苦:"我知道你心烦,那就少喝一点。"

"那怎么行,我这一生就只有两个最忠实的朋友,永远不会背叛我,一个是你,一个是酒。"

"胡说,你把我看成跟酒精一样的东西!"

"不是这个意思,有人心里烦还可以回到家跟自己的老婆说一说,我烦心的事连老婆也不能说,你想想,我在外边挨了大批判,还能回到家再烦你吗?只有跟酒诉诉委屈,酒不语,却有情。"

老伴一惊:"你挨了大批判?"

"我是说着玩儿的……你说我是在工厂的时候好,还是现在好?"

"这不能比,你以为现在当个工人或当个厂长就容易吗? 也是天天为钱发愁。"

"照你这么说,当个市长还不是最倒霉、最难受的?"

"我看你今天喝得够多了……"宋文宜正在为难,看见儿子卢沛领着未婚妻甘英进了门,赶紧向儿子使眼色,并小声嘱咐,"快坐下来陪你爸爸说话,他喝得可不少了,别让他喝闷酒。"

卢沛嬉笑着凑上来:"爸今天怎这么闲在?"

"想你们,什么时候让我抱孙子?"

"爸,您别给我们施加压力好不好,如果生个女孩怎么办?"

"那也没有关系,我在外边心烦意乱地一回来,孙伙计立刻扑上来,喊爷爷,接我的包,递给我拖鞋,给我倒酒,那是什么境界!"

"好,那我们就快点办,您的意见我们是大办啊? 中办啊? 还是小办?"

"何谓大办?"

"酒宴不能少于四十桌,接新娘的车队不能少于八辆豪华轿车,四平八稳嘛。沙漠公狼在前面开道,顺便负责摄像,打头的是加长的林肯,披红挂彩,后面的也不能低于四环,每辆车上都悬挂大红气球……"

"我跟你妈坐第几辆?"

"这个车队里没有您的份。"

"那中办呢?"

"打头的不一定是加长林肯,用奔驰、凌志、劳斯莱斯也都行。"

"还有卡迪拉克。"

"那不行,卡迪拉克是黑社会首领坐的车。"

"还有这一说?"

甘英帮助宋文宜把刚炒出的热菜端上桌,她笑得富有灵性:"爸爸喝点酒之后太可爱了,完全变了一个人,以后我每次来都要带酒来。

爸爸您喜欢喝什么酒？"

"太贵的喝不起,衡水老白干就行,而且还没有假的。"

卢沛调侃未婚妻:"行了,你这样当儿媳妇,保准能让老公公满意。"

卢定安舌头已经有点发直:"小沛,不管你们的喜事是想大办、中办还是小办,我都要求你们俩到危陋平房拆迁现场去看一看,看看那些人住在什么地方,是在什么环境下生存的,看看他们的家里都有些什么东西……然后就知道你们的事该怎么办了。"

卢沛虚张声势地喊叫:"甘英,快过来,爸要忆苦思甜了。"

第 24 章

早晨在去上班的路上,于振乾带着女儿于非绕到九河公司,没有找到简业修,又来到三义里拆迁办公室,见里面吵吵嚷嚷已经挤满了人。讲究秩序和效率的于振乾很少见识这种场面,皱皱眉招手把简业修叫出来:"这儿可真热闹啊,你每天就在这样的环境里工作?"简业修倒是一副自得其乐的样子:"是啊,也许真正热闹的还在后头哪。"

于振乾叹息:"你可能是全梨城最忙的一个人了,难道你有三头六臂呀?"

"不干不行,不自己玩儿命就得被别人掐死,我老感到后边有一条狗在撵着我。"

"身兼数职,手里抓着好几摊子,忙活得过来吗?"

"其实不管有多少摊儿,归根结底还是建委主任那一套活儿,每项工程都有具体的负责人,我只管拿大主意,处理一些应急的、救火之类的事务。"

"我来找你就是在电话里跟你说的那件事,把于非先放在你这儿,你一定要管严点,但愿不要给你添乱。"于振乾拉过于非,叫她喊姑父。简业修答应着,送走于振乾后把于非交给了叶华。于非今天穿得很朴素,因刚做完人工流产,脸色有些憔悴,或者说是忧郁,加上北风寒冽透人,冻得她直吸溜鼻子。这里也正缺人手,叶华还来不及详细跟于非讲解工作性质,就先拉她当下手投入了工作……三义里大街上矗立着翠湖住宅区的彩色照片,反射着耀眼的阳光,由于是把模型拍成照片放大,效果逼真,漂亮得令棚户区的居民们欲望大开……照片

下面配有大字说明:"梨城第一住宅特区——翠湖新城"。杨静站在照片前讲解翠湖新区的种种优点,回答居民的提问:

"什么叫住宅特区?"

"什么是特区你们理解吧? 先进,现代,享受特殊的优惠政策,等等。翠湖新城,是国家安居工程的第一批试点工程,设计是目前最先进的,建筑质量最好,价格低廉,是所有住宅新区中的特区。"

"你能说得具体点吗? 它特在哪里呢?"

"居住环境你们都看到了,安静优美,没有污染,交通便利,房型适合现代人的居住习惯,大厅、大厨房等等。你们就想想吧,我们这个国家凡试点的房子,重点工程,都错不了! 而且买翠湖的房子可以不必在外边等两年,第一批到今年年底就能住进去,第二批明年春节前后也能搬进新房,你们都应该有经验,中国的事赶前不赶后,一步赶不上步步赶不上,过了这个村就不会再有这个店了!"在他旁边,办手续的人排成长队——但这儿的气氛跟同福庄拆迁时的气氛不一样,带着某种紧张不安和火气……长着满脸一波未平一波又起的红疙瘩,粗鄙而骄横的赵勇,走到排在第一位的妇女跟前:"吃饭前我就在这儿占个了,对不对?"

那女人看看他的凶样子没敢吭声,于是,赵勇成了第一个,他把房本递给叶华。叶华仔细看了看,又把房本还给了他:"你的房本涂改了。"

"是房管站给改的。"

"跟我们的底账不符,你整整多出一间房来,这十一平方米在哪儿呢?"

"那不,那间肉铺子是我的。"

"那可是丁怀善的房子。"

"我们合伙开肉铺的时候他让给我了,一直是我住着。"

"那你们先去办理过户手续。"

"你把底账一改不就等于过户了吗,省得我再去跑了。"

"不行,我们不管过户。下一个……"

　　"我看看你的底账，"赵勇欲拿叶华面前的账本，叶华一挡，赵勇抓住了叶华的手指下力一掰，疼得叶华叫了起来："哎哟，你干什么？"赵勇嬉皮笑脸："你这细皮嫩骨头的，像小葱儿一样，哪经得住我这一掰。记住，下次再跟我动手动脚的，可就没有这么便宜了。"

　　杨静跑过来："怎么啦？"赵勇又要冲着他来："我要领钱。"杨静看了赵勇的房本："这不行，你有问题到办公室去谈，别影响其他人办手续。"赵勇大叫："不让我办，谁也别想办！"

　　队伍中一些神头鬼脸的人趁机拥到前面，秩序大乱。叶华赶紧把钱和账锁进柜子，来看热闹的夏晶晶也帮忙紧紧护住钱柜。赵勇一见搅散了办手续的队伍，又转身冲进拆迁办公室，李强今天早晨出来得急，还没顾上吃早饭，好不容易把几个居民打发走，长出一口气刚要从包里拿点吃的东西，赵勇手提一个破脸盆往自己的脸上猛磕，直待鲜血流出来，他才扔掉脸盆，上前抓住李强的脖领子，将他揪出办公室，冲着人群大喊："大伙快看，区长打人了，我可没有还手啊！"

　　人群呼啦一下子围住了李强。赵勇趁势嚷嚷起来："我的房本也是国家房管站发的，为什么你们说它不算数？ 现在什么都弄虚作假，你们的底账谁知道作没作假？ 就是作了假我们又怎么知道？ 你们是弯着心眼琢磨老百姓，大伙说对不对？"

　　"对！"人群里有人响应。

　　李强紧张："你松开手，大家有话好好说，我们可以再仔细核对……"

　　群众乱哄哄，哪还有人听他解释，这时候谁嗓门高谁就有理，赵勇又喊："人家同福庄拆一平方米给五千一百块，咱们这儿一平方米为什么只给四千二百，一平方米就差九百块，这得是多少钱啊！ 这些钱都到哪儿去了？ 是不是叫你们给扣下了？"

　　李强努力辩解："这是区里和开发公司共同商议后定的标准，大家如果有意见我们可以再研究一下。"

　　赵勇大叫："你们可都听到了，区长说了可以提价！"

　　围着叶华喊叫着要领钱的人，呼啦又过来围住李强——现场是真正地乱套了！简业修得到信儿一溜小跑地赶过来,见叶华捂着自己的手指疼得直掉泪,就让杨静立刻送她去医院,然后满脸怒气地冲进人群,叫工作人员收好钱柜、文件,先回公司去,他捡起刚才赵勇用过的破脸盆,跳上一辆三轮车,用棍子狠力敲打,当当当当……夏晶晶拿着照相机,在人群里不停地拍照,对眼前的景象充满了好奇。待人群静下来,简业修说:"改造这些老房子是你们要求的,对不对？政府作了很大的难,到处借钱想为你们改善居住环境,大家可要想明白,不要受少数人煽动挑拨坏了自己的大事。如果你们一致反对改造,我立刻把人撤走!"

有人喊了起来:"别,千万可别,我们拥护改造,我们是要求办手续的。"赵勇又喊了一嗓子:"但是要提高房价!"众人响应:"对,得涨价!"

简业修又敲击了一通破脸盆:"你们这样乱嚷嚷瞎起哄,什么问题也解决不了,如果真想解决问题,就派个代表站出来跟我对话,我有问必答。"

静场。

有人小声嘟囔:"谁愿出这个头,得罪了官面儿,还不是自己吃亏。"

"是啊,好好的事就叫赵家四虎给搅了。"

简业修长身挺立,继续叫板:"怎么,刚才闹得那么热闹,现在却没人愿意当代表？那你们为什么又不好好排队办手续呢？"

"我问你,"赵勇站了出来,他刚才闹得那么凶,再不出头在三义里就算栽了。他满脸血污,他的大哥赵强,两个兄弟赵武、赵文站在身后给他撑腰,"我蹲过六年大狱,老子什么也不怕!"

简业修怒从心起,一身铮劲:"你在监狱里呆了六年,想必是真的犯过罪,我一点错都没有犯,还被抓进去关了好几个月哪,该见识的全都见识过了,现在出来还不是得给你们盖房子!你有问题就说吧。"

"房管站给我们家改了房本,扩大了住房面积,你们为什么不承认？"

"房本不能涂改,涂改的房本无效——这是国家规定。如果是房管站给你们增加了居住面积,会发给你新房本,也会把底账改过来,我们的底账也是房管局提供的。还有问题吗?"

"同样都是梨城市,城厢区每平方米给五千一百元,我们为什么只给四千二百元?"

"城厢区在市中心,地价高,人家是寸土寸金,开发商都愿意到城厢区去。我们这儿历来都是贫民区,地价低,房价自然也要低一些,这都是经过反复测算的,现在给你们的这个数,已经是高得无法再高了。"

"刚才区长都答应了,你算老几!"

"这是不可能的,李区长就站在你们中间,不信你们问他。"李强大声表白:"我什么时候答应你了? 我什么也没有答应过。"赵勇喊叫:"你刚才答应了!"

简业修又敲了几下破脸盆:"不要说是区长,就是市长来了也不敢答应,谁答应谁给钱,我愿意每平方米给你们一万元,办得到吗? 你们都扪心想一想,这里有不少房子还是国家的,对不对? 国家要把属于国家的破平房拆了,每平方米还要给你们四千二百元,世界上还有哪个国家的政府会这样办? 翠湖城的新楼房,平均每平方米才售价九百五十块钱左右,拆你一平方米的破房子,可以买五平米的新楼,你们会算账吗? 你们还有心吗?"他讲着讲着真的动了肝火:"你们到底想怎么样? 想改造盼改造,改造来了讹改造! 把改造讹垮了,吃亏的是谁?"

"你住的房子交钱了吗?"

"我父亲住同福庄,跟你们一样也得交钱。我自己的房子要想买下产权,也得交钱。"人群开始松动,简业修灵机一动,"我再宣布一条规定,谁先办手续谁就可以优先到新区挑选房子,前四天内办手续的户,每户一次性奖励一千元。"

人群哗啦一下子拥向办手续排队的地方。从夏晶晶的眼睛里可以看出,她对简业修有了一种新鲜的好感,程蓉蓉却又用很奇怪的眼神看着她……简业修并没有下令办手续,而是让排队的人选出代表,自己维持好秩序,发号儿。又让所有工作人员都到拆迁办公室集合,先开个会然后再办手续。

他在现场维持了一会儿秩序,最后一个回到拆迁办公室,对大家说:"今天算开场不利,我得宣布几条纪律:第一,耐心解释,多做说服教育工作,不激化矛盾,不要小看小人物,正是小人物有时能干惊天动地的事,他们敢跟你拼命,特别是商品社会,你不知道哪一个小瘪三跟什么达官贵人勾连着。"他的话引起一阵哄笑,把刚才的愤懑和郁闷冲淡了。他接着说,"也不要太看重大人物,有些大人物也许是下三烂!第二,决不后退,不许愿,不答应超出规定以外的要求,你给一个人额外照顾,其他人又会反悔,那就乱套了,没有可比性就会安定,一不公平就有事了。第三,不能让老实人吃亏,不能让能打能闹能争能抢的人占便宜,真有困难的放到后期解决,我们也不能让实在有困难的人过不去。第四,尽量不要一个人单独行动,下户、办手续、接待来访,都要有两个人在场……谁还有什么要提醒大家注意的?李区长……"

李强摆摆手。他刚要宣布散会,看见市长卢定安带着政府职能部门的负责人和各区的区长走了进来——大声向在场的人道着辛苦!这是市委常委会之后卢定安采取的第一个行动,大张旗鼓地到拆迁现场慰问,给下边的人打气鼓劲,向全市的老百姓宣告危改工程并没有下马!简业修向李强示意,这种场合应该由他向市长汇报,简业修此时扮演的是开发商的角色。但李强推辞,跟他小声叽咕:"还是你说吧,你熟悉情况。"

卢定安情绪很高,不知是故意装给人看,还是一到下边来就真的心情舒畅,他打着哈哈:"你们两个怎么回事?谁先说都行,有什么问题,有什么困难,都可以提,我们既然是来慰问就不能空着手光拿嘴对付。"

简业修已习惯于转换角色,他说:"感谢市长率领这么高规格的慰问团到拆迁现场慰问,危改需要资金,但我们眼下更需要政府在精神上、法律上以及道义上的支持。这个三义里街不同于红庙的铁山新村,那里都是地道的产业工人,搬迁那么顺利,真是令人羡慕。也不同于同福庄，城里的人文明，就是不满意也是温和的，动蔫的动损的，不会轻易来硬的。"顾全德苦笑，小声插话："小洋马不是你从北京接回来的吗？哪儿都有硬茬子。"

简业修摆出一副忧心忡忡的样子接着说："三义里过去是黑旗队的大本营，民风剽悍演化成现在的不骂街不说话，打架斗殴是常事。有北侠高登海，四十多岁了还是光棍一个人，教了一帮徒弟，天天舞刀弄棒。赵家四虎也是这儿的一霸，兄弟四人有三个进过监狱，刚才就是四虎中的老二，公开威胁工作人员，扭断了我们财务部长的手指头，自己打破脑袋，然后围攻李副区长，最坏的是他威胁居民，他办不了手续也不许给别人办，居民们都怕他，结果就真的一个也没有办成……"

这是河口区的地盘，杜华正不能不说话，不然风头就都让简业修占了，好像三义里就是九河公司在改造，于是把话头接过来："这么说吧卢市长，干平房改造这种事，活活累死，累不死也得急死，急不死会把你气死，气不死还把你冤死，反正叫你不得好死！"他的话引起大家一阵笑声，杜华正得意地看看顾全德，"对不对呀，顾区长？"

顾全德苦笑一声："还是你总结得好。"

卢定安借题发挥："这就提醒我们，尽管是为老百姓办事，也要有如履薄冰、如临深渊之感，说句到家的话，我们睡觉都要睁着一只眼，否则就容易出事！业修，你们有什么措施？"

"我们提了四句话，吃透政策，以理服人；廉洁清正，以正感人；换位思考，以情动人；耐心细心，以诚待人。"

卢定安没听清楚："第三句是……"

杜华正接过话头："换位思考，就是跟老百姓换个位置看问题想问题，急群众之所急，想群众之所想。"卢定安点头："好。千万别花言巧语试图取悦每一个人，只有自己有信心，才能让别人相信你。东郊区有个乡长说过一段话，对我教育很大，他说老百姓养一头猪一年能换几百块钱，养一只鸡一年能下一篮子蛋，当干部吃的是农民种的粮食，花的是群众上缴的税收，如果不替老百姓办事，都比不上一头猪、一只鸡。"

简业修忽然小声对杜华正说："杜区长，我有个要求，能不能让咱们区里的公安局、检察院、法院都到现场来办公？邪不压正，他们一来就可以辟邪，谁犯了法当场办案，工作人员的底气就足了。"杜华正看着市长……卢定安应允："我看可以，各区也都可以这样办，不能再出乱子。现在上访闹事太容易了，打个旗子就上马路，闹不好会影响整个危陋平房的改造工程。我讲两点：第一，怎样看待刁民？顺民、刁民都是民，这时候老百姓光想自己的利益，为了私利跟你吵，跟你争，是好事。如果他们都不关心自己的利益，一切都叫你给安排，那就更麻烦了，又回到大锅饭、平均主义去了，你们说是不是这个理？"他停了下来，似乎是组织自己下面的思想，也让听的人有时间消化一下，"第二点，怎样看待政府职能，现在的老百姓为什么不像新中国刚一成立的时候那么信任政府？他们认为政府不会公正，当老实人不争不闹不讹就会吃亏，你硬政府就软，会哭的孩子有奶吃。对政府对领导的不信任，也就失去了信仰，铁山工人新村，住着几万户工人，只有一个副科级的干部。不是说四十多年来那儿没有出过更大一点的干部，而是出一个干部就会分到一套好房子搬走了。就以处级干部为例，可以分到三室一厅的一套房子，按眼下的价格也值二三十万元，也许比他一生的工资收入都多，而分不到房子的人就等于比他少享受二三十万元的福利，这公平吗？群众有意见实在也是脚上的泡——我们自己走出来的。我们欠老百姓的太多，让人家说几句、骂几句，也是应该的。只要不影响其他群众的利益，不破坏危改工程，我们个人受点委屈就别计较了，到最后我给你们发奖。"

农贸市场上早晨的购买高峰已过，钱包里有了垫底儿的摊贩们便稳住了神儿，吆喝声减弱，开始喂自己的肚子。许多年前，大兴经商之风的初期，人们经历了三年灾荒的极度饥饿和十年"文化大革命"的极度压抑，突然的精神放松带来胃口大开，对物质的需求猛烈起来，掀起了一次又一次地抢购高潮。城市里的许多地段和街巷，特别是历来为商家必争的所谓"风水宝地"，理所当然又热闹起来了——卖烧烤的烟熏火燎，卖各种小吃的叫卖声高，卖青菜、水产品和鲜肉的挤到一起，卖服装百货的摊挨摊,来买东西的更是人挤人……词汇丰富的老百姓管这种地方叫"自由市场"。市场而冠以"自由",让人想起了列宁对小生产者的著名比喻:"汪洋大海"。有卖的自由,有买的自由,有赚钱的自由,也有赔钱的自由,让人享受到一种社会解冻、经济开放、自由活跃的空气。在这样的"汪洋大海"里鱼龙混杂,深浅难测,时而平静,时而凶险……

推小车的肉贩丁起,埋头在案子上用刀剔排骨,他的左前方摊放着半扇好猪肉,右前方放着一堆鲜排骨。他的合伙人赵武,坐在他身后的凳子上,身子靠着墙打盹儿。有个四十岁左右的男人转悠到他的案子前边来,此人相貌堂堂正正,身上却不干不净,头上戴着顶老式的前进帽,在丁起的肉案子跟前转了几圈儿,趁丁起弯下身子到案子底下找东西的工夫,他抓起扯皮连筋的一嘟噜排骨放进帽子里,刚想转身溜走,迎面却冷不丁挨了重重的一拳,都没有看清拳头来自何方,身子一个趔趄,排骨掉在地上,没容他回过神来,脸颊又被左右开弓地一顿猛抽,热热辣辣,火烧火燎,皮肉像裂开一样……

打他的是赵武,显然是打人的高手。刚才正闲得难受,这一下过足了打人的瘾——他先打对方的脸,而后又抓住对方的双肩,用膝盖猛顶腹部……那小偷不挣扎,不反抗,不叫喊,闭着眼睛被打得摇摇晃晃地瘫了下去。丁起吆喝赵武:"老武,别打了。"

"不打他他记不住,下次还偷。"

"唉,不就是几块排骨嘛,打坏了人麻烦可就大了。"围着看热闹的人也劝解:"行啦,打得差不多了。"

赵武终于松了手,那人摇晃着慢慢站起来,从肉案子上抄起一把又长又尖的捅刀,他似乎嫌轻,眼睛看看丁起手里切肉的大刀……见他这副拼命的样子,周围的人赶紧躲开,赵武却迎上去拍拍自己的胸脯:"哟嗬,今天碰上茬子了,来,往你爷爷这儿捅!"那人没有理他,倒转刀尖扬臂朝自己的肚子捅下去,但刀尖尚未捅进肚子,被赵武从旁边使劲一拳,那人又倒下了。赵武把那人揪起来:"你小子想要混混儿,要砸我的买卖啊?别不告诉你,你这一套爷爷早就玩儿腻啦!"

丁起给同伴消火："老武,这是滚刀肉,咱们惹不起,趁早交给派出所算啦。"那个人倒开口了："两位老板,你们要打要骂都行,谁叫我没出息哪! 别再送到派出所寒碜我了。"

赵武讥笑："你偷我的排骨,还嫌寒碜?"那人悔愧无置身之地,一个劲儿道歉："对不起……"赵武仍旧不依不饶："这是对不起的事吗?"

"你让他说,"丁起拦住了赵武,转脸对那个人说,"我看你不大像个小偷,到底是怎么回事?"

"唉,已经沦到这一步,还有什么可说的。"

赵武硬逼："你在这儿不说就只好送你到派出所去说了。"

那人沉了一会儿,开始干巴巴地介绍自己的情况："厂子黄了,没有别的招儿,我打扫所有的家底儿当本钱贩卖青菜,老看不好秤,算账也不利索,光赔钱,倒是能赚个天天有青菜吃,儿子刚上初中,挺招人喜欢,天天吃青菜熬打坏了,打上个星期就馋肉,我口袋里只有三块钱,就起了歹意……"他真的从口袋里掏出一共三块钱的零票儿。

旁边有个看热闹的人插嘴："对,想起来了,我说看着面熟呢,老在那个角上卖豆角、辣子……唉,难啊!"围着的人刚才为赵武助威喊打,这会儿又替小偷求情："是啊,老板,放了他吧。"

赵武摆摆手算开了恩,那人低着头转身刚要走,丁起喊了一声:"等等,"他手起刀落,从半扇猪肉上切下一大块后坐,塞给那个人,"回去给孩子炖炖吃吧。"那人推辞:"这不行……"丁起硬把肉塞给他:"什么也别说了,我也经常赔钱,我知道做小买卖的难处,拿着吧。"

看热闹的人也劝:"你就拿着吧,这位卖肉的老板真不错。"

"谢谢,真是对不起!"那人千恩万谢地走了,赵武对丁起嚷了起来:"嘿,合着我净扮那个得罪人的,好人都叫你当了?"丁起道:"唉,大家都是做小买卖的,挺不容易的。"

"你别忘了他可是个小偷啊! 再说那块肉有一半是我的,你送人情的时候征求我的意见了吗?"

"好好,分钱的时候从我那一份里扣掉!"

　　三义里的大鞋底子李素娥,斟了一大盆热水,把几件旧衣服扔进盆里,大声招呼女儿:"兰兰,把棉毛裤换下来。"她回到屋里,从箱子里拿出一条干净的红色棉毛裤,帮助女儿脱去外衣,当拿起女儿脱下的棉毛裤时,发现裤上一大片血,心里咯噔一下,"这是怎么弄的?"兰兰哇的一声哭了,她看了女儿的下身,疯了一样,"这是谁干的?"兰兰只顾大哭,李素娥给了女儿一巴掌,"快说,他们是谁?"

　　"姚雷、李小朋,还有个红毛……"

　　"他们是哪儿的?"

　　"同福庄小学的。"

　　李素娥浑身哆嗦着给女儿穿好衣服,然后从菜板上抄起一把菜刀放进经常买菜用的篮子里,一手拉着女儿,一手提着篮子,出了屋就疯魔颠倒地往街外跑。她眼睛红了,脑袋大了,一切都不管不顾了! 迎面走来的赵勇,故意挡住了李素娥的道,李素娥居然没有看见眼前有个大活人,一头就撞了上去,赵勇趁机张开胳膊抱住了她:"哎呀,我的姐姐,你这是要跟谁去拼命啊?"

　　"躲开,你别管!"

　　赵勇本来是闹着玩,想占点便宜搂搂抱抱李素娥,一看她的脸色,知道她真是出了事,就没有松开胳膊,强行把李素娥连抱带推地又弄回屋里。"你一个老娘儿们,想去送死呀?"

　　"我本来就不打算活了!"

　　"哎,至于嘛! 跟我说说,你兄弟我可是打架拼命的行家。"

　　李素娥看看赵勇那张年轻的肌肉结实的脸,因为有劲没处使,憋得长满红疙瘩,她稍微冷静一点了:"赵勇兄弟,你真肯替大姐出气?"

　　"没说的。"

　　"有三个小子欺负了兰兰。"

　　"是谁?"

　　"同福庄的,一个叫姚雷,他爸爸是个体户。一个叫李小朋,还有一个叫红毛的。"

　　"你说条件吧,是要他们的命,还是叫他们残废……"

　　李素娥的脑子轰隆一声,赵勇可是蹲过大狱的人,你叫他去杀人他说不定跟闹着玩儿似的就把人给宰了,但捅出大娄子自己能脱得了干系吗?凡三义里的人没有不怕赵家四虎的,在四虎里数赵勇最狠,他是从小被他爸爸打出来的,自从他妈跟着别人跑了以后,他爸爸喝完酒就打人撒气,别的孩子一打就跑,惟赵勇不哭不叫任他老子打,多咱老子打累了或儿子快被打得没气了,这一天的节目才算完,第二天再接着。以后赵勇也开始打人的时候比他爹还狠,他被抓进大牢就是因为帮着别人到饭馆打架,把人打坏了,别人都逃了,他继续在饭馆里喝酒,喝醉后就在饭馆门口睡着了,等警察赶来抓个正着。在局子里据说也被警察打了个半死,但始终不说一句软话,挨完打还敢找警察要烟抽……这样的人最好别沾他。李素娥彻底冷静下来:"二兄弟,你肯为大姐的事去拼命,大姐感激你,有你这份心就够了,我的事不用你管,不能再让你为我的事惹祸了,我到公安局去告他们。"

　　赵勇眉发浓粗,嘿嘿冷笑:"这你就不懂了,十四岁以下不受法律制裁,别说强奸,就是杀了人都不追究刑事责任。我在监狱里的时候,天天没事就是研究这个,你告到公安局又管个屁用?不狠狠教训教训这帮王八蛋,他们还会随时来欺负兰兰,还以为你好欺负哪,就吃出了甜头儿!"

　　李素娥突然哭了:"那我就跟他们以命换命!"

　　"真是老娘儿们,撒大泼行,动真格的就软了……你甭管了,我自己做事自己当,捅了天大的娄子我兜着,与你无关!"赵勇走了,李素娥搂着女儿不知该怎么办。

第 25 章

下班后杜华正出了大楼,走向停在台阶下的汽车,前车门从里面推开,他没有迟疑,动作娴熟地上了车,坐到他一向喜欢坐的副驾驶的位子上,一股熟悉的女人香气透骨穿髓。他扭头看着驾驶员,不再是自己的那个男司机,而是换了一位姑娘,浓发高挽,削肩长颈,眼睛上戴着墨镜,越发显得泼俏风骚,缓缓起动车子,出了政府大院才摘掉墨镜,转过笑脸:"您好,杜区长。"

杜华正惊喜过望,驾车的竟是从他身边消失了好久的谢品芳:"真想不到……"谢品芳极尽娇柔:"是没想到我会开车,还是没想到我居然开上了您的专车?"

"都没想到,这些日子你跑到哪里去了? 不辞而别,还以为你再也不会露面了哪!"

谢品芳酸溜溜的:"那您为什么不找我?""怎么找? 在报纸、电视上登寻人启事?""不用您找,我是死得屈自然会回来的。"

杜华正疑惑:"你怎么开上了我的车? 可有正式的驾驶执照?"

姑娘笑了:"放心吧,现在学开车太简单了,了解一种机器的性能比了解男人的心要容易得多,只要下工夫就可以彻底弄清一辆汽车的构造。但是,不论下多大的工夫,都永远不能彻底了解一个男人的心思。"杜华正接嘴:"女人也一样,你怎么会成了我的司机呢?"

姑娘解释了她成为区政府司机的过程,让杜华正吃惊不小。原来这非常简单,像区政府这样的机关在老百姓眼里是很庞大很严密的,在杜华正的眼里一向也是这么认为的,实际上却很松散,可钻的空子很多,她走点关系打听到你们这儿缺司机,其实什么叫缺?什么叫不缺?你想来,他想要,这就是缺。进了司机班再想给杜华正开车就更容易了,姑娘给了杜华正的司机一点钱,说有重要的事得求区长,他的司机就"病了"。难怪现在出事的头头,大多是窝里反,其中有不少是被司机出卖的。

一个姑娘为了接近自己竟肯如此费尽心机,这不免让杜华正动容:"这不太委屈你了?"谢品芳香触触,春霭霭,黑湛湛的眸子闪烁动情:"正相反,能天天跟您在一块,当您的腿,驮着您到处跑,这是我最大的满足。"

杜华正神怡魄荡,伸出手开始在她的身上抚摩,谢品芳拨开他的手:"规矩点区长大人,开着车可不行。""我看你开着车的这个俏样儿可真受不了。"

"受不了也得受,"姑娘目视前方,端起了架子,"过去您让我几十天甚至几个月见不到您,我就受得了吗?我想来想去,您真正天天离不开的东西只有两样,一样是手机,一样是汽车,我不能变成电话,却可以掌握汽车。"

杜华正越发地情兴暴涨:"你快停车。"姑娘一愣:"干什么?"

"把座位后移,我坐到位子上,你坐在我的腿上开车。"

谢品芳娇笑着骂了一句:"大坏蛋!"

"快点呀!"

"不行,那太危险了。"

"但也太刺激了,男女之间要的不就是这份儿刺激吗?"

"那会出事的。"

"要不你就把车开到一个没有人的地方停下来。"

"中国的公路上哪有没人的地方!"

杜华正装得很丧气:"原来你是报复,是故意来折磨我。"

"快说吧,区长大人想到哪儿去?"

"我哪儿都不想去了,全叫你给搞乱了。"

"是不是想去一个不想让我知道的地方?"

"这两天心烦,找个地方喝酒,然后睡大觉。"

"那好,有个更心烦的人,需要您去看一看。"谢品芳驾着车开进土木花园,然后向左拐,过小桥,停在蓝区——杜觉的住所前。谢品芳叫开了门,领着杜华正进了一间大卧室,他显然也是第一次来,为自己见到的奢华惊诧不已。卧室的正面墙上挂着一幅大照片,那是他未来儿媳妇雪儿的玉照,床上躺着的白雪却已经被打得不像人样了,脸肿得像倭瓜,身体盖在被子里,见到未来的公爹也不能动弹……杜华正大惊:"雪儿,你怎么了?"

白雪哀怨地看着谢品芳:"谁叫你告诉区长的?"谢品芳气愤地代白雪说:"被杜觉打的,他也心烦,心烦的理由大概跟您一样。"

杜华正是情种,看到漂亮女人被打成这样确有几分心疼,尤其是在自己喜欢的姑娘面前,把这种情感表现得更激烈,就张嘴骂上了:"这个畜生,这不是有点变态吗?心烦就这样打女朋友?我去找他!"

谢品芳拉住了他:"他可能是真的有点变态,但您可千万别告诉他您知道这件事,那样雪儿可就活不成了,您的儿子可不像您,心狠手辣,一点也不怜香惜玉。"杜华正愤愤地在房子里转了几步,谢品芳幽幽地说,"我让您来是想叫您阻止他别干傻事,他歇斯底里不就是因为到了手的两千万让简业修给抢走了吗?他是个记仇的人,对自己的未婚妻都这么狠,能放过简业修吗?简业修可不是一个弱女子,要惹了大祸可不得了……关键是不值得。"

"我知道怎么办。"杜华正安慰白雪一阵,嘱咐了一些好好养着的话,便和谢品芳一块出来,回到红区谢品芳曾经住过的房子。

在公安学校的训练馆里,一高一矮两个头上戴着防护罩的人在对打,忽而使剑,忽而用棒,忽而手搏……个头矮的不顾一切往上攻,攻上去就被高个儿的打倒。高个儿的喊了好几次:"行啦,行啦!"矮个儿的还是一副拼命的攻势……高个儿的显然被激怒了,狠狠地又回敬了几个回合,直到矮个儿的精疲力竭,两个人才停手摘下面罩,矮个儿的正是杜觉。两个人都喘着大气,头上热汗蒸腾,高个儿的问:"你今天是怎么啦？想跟我拼命？"杜觉不答反问："大刘,在你办的案子中,有没有碰上过这种情况,对方很高明,既杀了人,自己又不负任何法律责任。"

大刘迷惑不解："没有,案子一破,杀人者怎么可能不受到法律的惩罚呢？"

"有没有破不了案的？"

"有,太少了。"

"怎样杀人才能成为这太少的破不了的案子呢？"

"你什么意思就快说吧。"

"我有个朋友,想除掉他的一个仇人,自己又不想负责任,该怎么办？"

大刘看出来,想这么办的就是杜觉,便坚决地摇头："那是不可能的。"

"制造车祸呢？"

"在我们国家,那太容易查清了。"

"雇用黑社会的杀手呢？"

"告诉你的朋友,千万可别转这个脑筋,中国的所谓黑社会,祸害老百姓有本事,没有西方黑社会的纪律和死不背叛的忠诚,抓到他们,稀里哗啦就把雇主全吐露出来。"

"叫你这么说就没法报仇了？"

"在中国能行得通的办法是写黑信,告黑状,造谣,诬陷,栽赃,捉奸……总之是借刀杀人,能害就害,害不了对手自己也能全身而退。"

到处都是仇恨,都是报复。当夕阳映红了冰面,十几个放了学的孩子们又来到三义里的湖上,姚雷开着蓝色大发车也来了,车上只有一个李小朋,他们在湖边停了车。赵勇说得对,他们是吃惯甜头儿了,来找贾兰兰,碰不上贾兰兰别的女孩儿也行。因为他们还是孩子,如果他们是成人罪犯就会暂时躲起来,听听风声,看看动静,会等一段时间再露面。李小朋拉开车门刚跳下车,迎面被一记重拳又打回车里。

姚雷从前面下车,听到后面有响声,等他绕到车门口也受到了同样的袭击,整个人被扔进车厢,赵勇随后也跳了上去,关上车门。他探身到前面拔出汽车钥匙,放进自己的口袋,然后就坐在座位上,点着一支烟,等着两个小子醒过来。两个小子只是被打蒙了、摔蒙了,并不是真正的昏迷,他们很快就睁开了眼,被眼前一张血糊糊恶狠狠的脸吓傻了……赵勇刚才到自由市场宰鸡的地方要了一点鸡血,给自己化了一下妆,他龇了龇牙,一字一顿地说:"我刚杀完人,现在来收拾你们这两个小浑蛋! 你们知道犯了什么罪吗?"

李小朋早就吓瘫了,点头不已。赵勇厉声喝问:"什么罪?"

"跟贾兰兰玩儿。"

"玩儿? 把裤子脱下来!"

李小朋脱了裤子,浑身哆哆嗦嗦。赵勇拿起一根一头削尖了的棍子,猛抽了一下李小朋的屁股:"撅起来!"赵勇一手掐住李小朋的脖子,把削尖了的棍子用力捅进了李小朋的肛门,那小流氓像被杀的猪一样喊叫起来,赵勇顺手抄起李小朋的裤子塞住他的嘴。他坐下开始抽烟,看李小朋浑身颤抖,似要瘫倒了,他才拔出棍子,上面都是血,扯下李小朋嘴里的裤子,自己格格笑着又傻地收住:"这被玩儿的滋味怎么样?"

李小朋佝偻着身子趴在车底板上,不敢做声。赵勇凶狠无比地逼问:"你是想死,还是想活?"李小朋的小脸疼得青一块紫一块,抖抖瑟瑟,结结巴巴:"活,我想活。"

"想活就答应我一个条件,去抢也好,去偷也好,每天必须给我弄到五十块钱,每天的这个时候给我送到这个地方来,还不许把这事儿告诉别人,一天不送来,或者让别人知道了这件事儿,轻了我用棍子捅你的屁股,就像刚才这样,重了就要你的小命! 记住了吗?"

"记住了。"

"拿上你的裤子,滚吧!"赵勇一脚把李小朋给踹下了车,又转过脸对姚雷阴笑着:"现在该轮到你啦!"姚雷早就吓瘫乎了……赵勇居然从口袋里掏出一部手机,交给姚雷:"给你爸爸打电话。"姚雷拨通了家里的电话,刚喊了一声:"爸爸,快来救我……"就大哭起来,赵勇夺过电话,一只手抠在姚雷的两腮下面,他立刻就哭不出声来了,赵勇对着电话说:"姚天福吗?你儿子强奸我十一岁的外甥女贾兰兰,姚雷,告诉你爸爸有没有这回事?"姚雷对着手机承认:"有……"

赵勇继续恶狠狠地说:"姚老板,这件事要是公了,我把你儿子交给公安局,弄到少管所关几年,你儿子就会彻底学坏,这一辈子都完了。黑道也有黑道的规矩,我想给你一次机会,你带五万块现金,到三义里湖边来赎你的汽车和儿子,两个小时内我见不到你和钱,就把汽车和你儿子一块烧了!明人不做暗事,现在我告诉你我是谁,三义里二虎,你可以去警察局报案,三天内我定烧你的家,再杀你两口!"

手机里传出姚天福急切的求救声:"别别别,二虎我知道你,你别伤我孩子,我马上送钱去……"

宁宁已经睡觉,一阵又一阵极有耐性的电话铃声,把正在洗澡的于敏真从卫生间里拉出来,她头上戴着浴帽,匆匆披上浴衣,手里还拿着一条毛巾在擦脸,摁下电话的扬声器:"喂,"从扬声器里发出一个轻佻的男人声音:"你是于敏真吗?""是我,你是谁?""先别管我是谁,我是一个关心你的人,我知道你丈夫已经有好长时间不回家了,这个时候正跟他的姘头颠鸾倒凤呢。我告诉你到哪里可以堵上他们,一是到他的办公室,再有到梨城大酒店1016房间,还有是他情妇的家里,告诉你你也进不去。只是可惜,你正是如狼似虎的年纪,一个人夜夜独守空房怎么受得了……"于敏真的腔调大变了:"你是谁?到底想干什么?""哈哈哈……别害怕,我是你的朋友,就是想去陪陪你,解除你的寂寞。"

咔嚓一声于敏真把扬声器关了,她愣在厅里,抬头看看墙上的挂钟,刚指向十点半。电话铃又骤然响起,吓了她一大跳,犹豫着拿起听筒,还是那个男人:"喂,宝贝儿,别撂电话,我就在你附近……"于敏真扣掉听筒,拔下电话线的插头,甩掉头上的浴帽,检查家里的所有门窗,上好插销,挂好保险链,又从厨房拿出一把锋利的水果刀放在手边。然后脱掉浴衣,穿好衣服,才坐下来想这件事……

她从自己的一个挎包里掏出一根细长的女式香烟点着，手有些抖。忽然又决断地接好电话线的插头，翻开桌上的梨城市电话本，拨了一个号码："您是电话局服务处吗？刚才有人给我打恐吓电话，我怎么能知道这个电话号码？……哦，要办理来电显示，到哪里去办？……再换个录音电话……哦，好，好，谢谢。"她试着拨通了梨城大酒店的总机，话务员却不给1016房间转电话，非要问她的姓名以及她要找的客人的姓名，她当然不会暴露姓名就只有挂掉电话。她又往简业修的办公室打，电话铃响了好一会儿，才有一个姑娘接电话，她怕对方听出自己的声音只好又挂断了……是谁这么晚了不回家，在他的办公室里还能有好事吗？简业修身边的几个姑娘她都熟悉，便努力猜想那是谁的声音，肯定不是叶华，但又有一点熟，柔柔的，有点甜……程蓉蓉！她脑子轰轰山响，是她，那个一无所长的丑小鸭会战胜她夺走她的丈夫？她不抱希望地又拨了丈夫的手机号码，居然通了，从里面传出的却不是简业修的声音："喂喂……"于敏真没有搭腔，捂住自己的嘴，眼泪哗地流下来了，他把手机给了别人，新机子的号码都不告诉家里，就是不想让她找到他……

自从简业修打了她，又被父亲逼迫给她下跪认错之后，他借口拆迁紧张责任重大就不再回家住，夫妻俩也就基本不说话了，她也不再服软，两个人就这么僵住了劲。眼下她想找个好朋友来做伴，倒倒心里的苦水，却不知该找谁。她已经不敢再向简业修的大姐或父亲抱怨，也不愿意向娘家人讲……这时候她才明白，结婚后跟过去的好朋友渐渐地都关系疏远了，把全部心思和情感都投在丈夫和孩子身上，已经没有可掏心的朋友了，于敏真拔掉电话线，趴在桌上放声大哭！

——城市的夜晚就是这般热闹。

由于年关将近，有了零零落落的鞭炮声，一辆熄了火的白色面包车躲在一片住宅楼的黑影里，车里除去司机，还坐着大胖子房亮，在黑暗中不错眼珠地盯着对面的楼洞。看到前一拨送礼的出了楼洞，他对司机说："轮上咱了，动作快点！"他推开车门，脚还没有沾地，看到又有两三个搬箱子抬包的人进了楼,像突然从地缝里钻出来的一样,他赶紧又收回脚,关上车门。房亮小声地骂上了:"他妈的,这是什么世道,送礼还得排队,跟做贼似的!"司机也提醒老板:"排队倒不怕,就怕送礼的这么多,袁头记得住谁对谁吗? 如果闹混了,我们费了半天劲,人家根本不知道是谁送的,那不是瞎子点灯——白忙乎吗?"

"不会的,现在的头头,即便记不住送礼的,但绝不会忘记不送礼的,那你就等着挨治吧! 再说,你也得看看是谁来送、送什么? 我房大胖子一来,谁会记不住? 我送的东西也一准叫他忘不了……"前一批送礼的终于也出来了,他们赶紧搬着箱子下车进楼,房亮上到三楼,敲开了袁辉的房门:"袁区长,提前给您拜年!"

"也给你拜年。"袁辉的热情带着客套和距离。他的房子装饰堂皇,靠门口的厅里摆满大箱小包,主人显然还没有来得及收拾,房亮的司机把两个大纸箱子也搬进屋,袁辉明知故问,"这是干什么?"

"拜年哪有空着手来的,日本原装的 VCD,还有一批好莱坞的电影光盘,知道您有文化,品位高,不敢给您送俗玩意儿。"房亮又从口袋里掏出一个大红信封,"听说您有个宝贝儿子?"袁辉喊了一声:"小笛,过来。"从里屋走出一个四五岁的小男孩。袁辉教导儿子,"叫房叔叔。"孩子学舌:"房叔叔。"房亮答应着,把大红信封塞到孩子手里:"这是房叔叔的见面礼。"袁辉绷脸:"房总,这可不好。"房亮装得大大咧咧:"什么好不好的,过年要说吉利话。再说,我也有事得求您哪……"

"什么事呀? 请讲。"

"你们机关再有两天就放假了,请您下令赶紧把工程款给我拨过来,要不然我这年关就过不去啦!"

"好吧,我明天就让他们办这件事。"

"那就告辞了,祝您新年快乐,万事如意!"

整个过程流畅自然,只用了几分钟的时间,相互间没有一句废话,可见大家都是高手。房亮下得楼来像发射子弹一样往地上吐了一大口痰,不再说一句话就登车而去。

从早晨一起来宋文宜就神情紧张，各屋子找猫都没有找到，伺候卢定安吃了早饭，又开始"花花"地到处呼唤，往常只要她叫上一声，花猫会跳到她身上来，今天她里里外外找遍了所有的地方，就是不见花猫的踪影，见卢定安拿着包要出门，愣愣地问："你干什么去？"卢定安诧异："咦，还能干什么去？当然是去上班喽。"

宋文宜有些六神无主："等一会儿再去不行吗？花花一夜没回来，你帮着我找找。"

卢定安不耐烦："不用找，这几天它发情，肯定是跟着哪个公猫跑了，过几天自会回来。""我老觉得不对劲儿。"

"你就喜欢疑神疑鬼。"卢定安没有工夫跟她废话，转身就向外走，听到妻子还在身后唠叨，"晚上早点回来！"他刚出大门，眼睛在找车，脚下被绊了一下，赫然看见花猫死在了门边，心里悚然一震，弯腰托起死猫又回到屋里。宋文宜接过死猫大惊失色："花花，花花……"她呼喊着，泪流满面，瘫坐在地板上，"你怎么啦？是谁这么狠心害死了你！"卢定安也心疼，心疼猫更心疼老伴儿，不管怎么说花猫也是一条性命，养得时间长了，即便像他这样从来没有对花花表示过亲近的人，实际上心里也对家里有只猫感到习惯了，猫的突死毁坏了这种习惯与和谐，暗暗神伤，他蹲下身子，劝解妻子："哎哎，你怎么啦？这不过是一只猫……"宋文宜目光呆痴："花花，他们为什么要害死你？"

卢定安烦了："哎呀，花花不是别人害死的，肯定是它自己不小心从楼上掉下来摔死的。""你听说过猫还有被摔死的吗？它是吃了人家的毒食，爬回自家的门口才死的。""那就是因为它叫春吵得人家睡不好觉，才给它下了毒。"

"是谁这么狠毒？"宋文宜嘟嘟囔囔，"这可不是好预兆，老卢啊，你可千万多注意呀，能不发脾气的就不要发脾气，能不批评的就别批评人，少说话，少得罪人，花花报警，可能还会出大事，你赶快给小沛打个电话，他听你的，叫他不能再自己开车了……"

"你又来啦，死的是猫却又跟人硬扯到一块儿了！"卢定安直起了腰，"我若是给儿子打这样的电话，他今后就不会再听我的了。"

"你不打我打,反正我也得叫他回来帮着我到公园把花花埋了。"

"什么?还埋到公园去?"卢定安看看表,不再跟妻子啰唆,夹着包匆匆向门外走,迎面正撞上刚要进门的于敏真,他一愣,"敏真?有事吗?"没有事谁敢登他市长大人的门口?没有大事都下不了这个决心。但现在一个门里一个门外,让于敏真能跟他说什么事,就含糊其辞地推说没有什么事,只是来看看大嫂,卢定安求之不得地说,"你来得正好,快进去劝劝她吧!"

他说完自己先走了,于敏真反身给关好门,疑疑惑惑地往里走,她也几乎一夜没有睡,面色青白,眼泡浮肿,刚才趁儿子吃早饭的时候化了点妆,随后送儿子到学校,再到电话局交费办理了"来电显示"的服务项目,买了一部能够录音的新电话机,这才开车来到卢定安的家,主要是想跟宋文宜念叨一下无法跟别人说的痛苦,借宋文宜的口再传给卢定安,目前也只有卢定安的话也许还能约束一下简业修。想不到宋文宜自己也成了这副模样,神色凄楚,眼泪汪汪,见了她连句客气话都没有。她不知道发生了什么事情,在客厅里上下左右地仔细打量,才发现横躺在宋文宜脚边的那只大花猫,于敏真吓得叫起来:"哟,它是怎么死的?"

宋文宜还在呜呜咽咽:"被人毒死的。""是谁这么狠毒?"于敏真的眼圈也开始发红,她倒不是疼猫,而是另有让自己伤心的事。

不管因为什么,有于敏真陪着一掉泪,宋文宜心绪反而好多了,开始大谈她是怎样把花花从很小的时候养到这么大,花花又是怎样的聪明可爱……于敏真假装认真而又感兴趣地听着,还适时地随声附和地哼唧几声,直到宋文宜哭够了、说够了,才提出让于敏真陪她找个好地方把花花埋了。于敏真怎敢不答应,宋文宜抱着死猫,又找了把小铁锹交给于敏真,两人出门上了车,于敏真让宋文宜把死猫放到后备箱里,宋文宜却坚持要在自己怀里抱着,并指使于敏真往西郊开,走到半路宋文宜才忽然想起,于敏真不是闲人,平时也没有串门的习惯,来找她一定是有什么事,就问:"你不上班来找我,有事吧?"

这一问可真的勾出了于敏真的心事,抽抽搭搭地哭了:"宋大姐,简业修有了外心,好长时间不回家了,也不跟我说话,他想抛弃这个家……"宋文宜一时还不相信:"怎么会有这种事儿?"或许是她不愿意相信,在她的眼里,简业修和于敏真如此天造地设的一对,没有任何可以闹出丑闻的理由,男的能说能干,长得高大气派,女的漂亮专一,能挣钱会理家……宋文宜的不理解越发地让于敏真感到委屈,她开始诉说着自己的不幸,而每一个陷于痛苦中的女人不仅有诉说的愿望,似乎还都是天才的叙述者,她说着说着竟委屈得哭出了声,腾出一只手用绵纸擦眼泪:"现在只有卢市长说话他也许还能听,他好面子,还不能让他知道是我来求的市长……"

宋文宜忽然闭上眼睛,神情变得十分古怪,口中念念有词:"对,他是有了别的女人,这不是你,一个高个儿,挺瘦的,一个比较矮……他还,哎呀……"宋文宜急捂自己的嘴,死猫掉在了她的脚底下,她也不去拾,惊恐地又睁开眼,侧脸看看于敏真。

于敏真见她眼睛离奇,神色诡异,一阵毛骨悚然,立刻收住眼泪:"您怎么了?"宋文宜不答,又闭上眼试试,很快又睁开来,显然她也被自己闭上眼看到的东西吓坏了:"敏真哪,我是不是让花猫附体了?我一闭上眼就看见好多吓人的事,自己以前不知道的,还没有发生的,我想知道谁谁就来,包括我那个死老头子……"

于敏真无比惊诧:"花花的死让您有了特异功能?您看见是谁毒死了猫吗?"

宋文宜变得神神道道:"在我们家后边的一个院子里,有一个白白净净的人,官也不小,他老婆穿戴也很讲究,就是他们下的毒!"

"是来……"于敏真一惊,没有说出来下面的话。

两个女人都不做声了。

她们来到市郊的一片树林旁边停了车,于敏真从汽车的后备箱里拿出小铁锹,宋文宜从车里抱出死猫,在树林中找了块地方,掘坑把猫埋了,上面还堆起一个小坟头,宋文宜坐在猫坟前没有再哭,而是默默地在叨咕什么,也许是在跟心爱的花花告别,也许是跟花花诉说关于附体和特异功能的事情……

于敏真离开猫坟,独行踽踽地向树林深处走,地上落满枯黄的树叶,幽雅清寒,四周极为安谧,目之所及一派平和与恬静。忽然微风拂面,有林木的清香流溢其间,浸润着她的眼和鼻,从前面传来沉厚悠远的钟声,心里为之一动,不由自主地寻着钟声走去,她找到一座基督教教堂,在教堂外站了一会儿,忽然被一种奇妙的宁静感动了,空灵缥缈,神魄怡和,顿觉心里舒朗了许多,她毫不迟疑地走了进去。

第 26 章

天黑下来,拆迁现场也安静下来,大家集中在办公室边吃晚饭边开碰头会。晚饭是由饭馆送来的盒饭和汤,这有点像野营,像一个气氛融洽的大家庭,这种气氛本身就让年轻人兴奋和情绪高涨,也体现了九河公司的风格和实力——他们非常辛苦,盒饭也相当高级,每天不重样,而且免费。碰头会则是总结这一天特别值得记取的经验教训,提请以后注意的事情,三言两语,有话即长无话即短,但无话的时候很少,话说不完的时候多,因为每天都有新鲜事,新鲜事不一定非得是好事,恼人的烦心的事也是一种刺激,给人以挑战,让人紧张。

程蓉蓉上午没有来,给叶华打电话说是去医院看病,要叶华代她向简业修请假。下午一露面让同事们吓了一跳,她原本就是个小个子,一下子又缩了一圈儿,脸色惨白,身子虚弱,大家都问她是怎么回事,一夜之间怎么就能病成这个样子? 她躲躲闪闪,只说有点贫血⋯⋯她不愿意多说,别人自然也就不便多问,到吃晚饭的时候分给她的盒饭也基本没有动,一个人躲到旁边去清理下午收上来的房本,简业修有一种说不出来的不安,端着饭盒坐到她跟前,小声问:"你是怎么啦?"

程蓉蓉满眶都是泪,不抬头也不吱声。真是烦,简业修知道这是个难缠的主儿,又问了一遍:"你到底怎么啦,不行就快回家吧!"又过了许久,程蓉蓉才嘤嘤说道:"我上午是去做流产了。"

简业修肃然动容,心里一拱一热,有多少风流韵事的败露都是因为女方怀孕,并借机要挟男人,致使两败俱伤,声名狼藉,想不到这个小小程蓉蓉竟是这么的艮！他一时不知该如何表达自己的敬重和感激,就用一种火炭般的目光盯着对方,程蓉蓉被他看得脸颊上泛出一丝潮红,恹恹疲损,更觉多情,她乘机把一个小纸块递给简业修。

简业修起身用筷子敲敲饭盒,把大家召集到一起,先把夏晶晶介绍给大家:"这位夏晶晶小姐大家都很熟悉了,美国生美国长,目前正攻读硕士学位,主修东方文化,想在咱们这儿呆一阵子,做一点考察,谁有可派给她干的活儿就不用客气,也要多关心一下她的安全,别让她碰着伤着。"大家热情地拍了几下手掌,都以为她是放假跟着父亲来旅游,图好玩儿才留下看热闹,想不到这个看上去还像个高中生的女孩儿,竟是个硕士研究生!

下面就是大家碰情况,叶华抢着说:"一般的拆迁户捣乱、弄虚作假还好对付,今天有个姓刘的警察,就是三义里派出所的,造了个假户口本,想多要一间房,态度还挺横。"杨静插嘴:"警察也是人,你没听到顺口溜是怎么编的吗? 刑警队案子没破先喝醉,治安队赶走嫖客自己睡,交通队站在路边收小费,防暴队认识的都是黑社会。"他见夏晶晶往自己的小本子上飞快地记着什么……"哎,晶晶,你可不能把我说的这些拿到国外去发表啊!"夏晶晶俏皮地一笑:"我如果拿去发表一定会先购买你的版权。"叶华没有心思跟他们斗嘴:"简主任您说怎么办?"

简业修反问:"你是怎么处理的?"

"我当然不能给他办。"

"他自造的那个假户口本扣下来了吗?"

"没有,他不给我。"

"没有关系,警察是有严格的组织纪律的,怎么也比老百姓好办。他再捣乱就及时告诉我,找公安局,或找到他的派出所,一下子就解决了。谁还有问题?"

杨静嘴里正嚼着东西,连汤带水地说:"主任,现在的进度太慢,这样下去肯定会误我们的大事,我建议分片包干,两三个人一组,每组负责二百户,深入到户里去,有人扮红脸,有人扮白脸,限期完成动迁。"

　　"不错,大家认为怎么样?"一阵电话铃响打断简业修的话,他拿起听筒原来还是卢定安打来的,习惯性地张口就问:"您有事?"卢定安似乎心情不错:"没事就不能给你打电话? 你现在干吗哪?"简业修告诉他正在开碰头会,一会儿就完。卢定安约他到铁山新村去一趟,他哪敢怠慢,大事说完就离开了,打开车门坐在了后面,而没有按往常的习惯坐在前面副驾驶的位子上,并叫司机小常打开车篷子上的灯,说是要看个材料。他从口袋里掏出程蓉蓉的纸块,打开来是一封信,没有头也没有尾:

　　　　我感到疲劳极了,我想躺下来好好歇一歇,但又害怕一躺下便永远不会再起来了,那将是永久的平静的安眠。我生于大地,还要回到大地,那是我的归宿,我渴望着它。但在这之前我仍然思恋着一位最知心的爱人……

　　　　这次怀孕不是一次失误,而是一场精心策划的阴谋,因为我想在自己的体内孕育你的骨血,只有这样才能永远地拥有你,但我又怕激怒你或因此而失去你。我是那样地爱你,非常非常地爱,没有你的爱我没法活。与你接触越多,你的形象越美好,感到你的爱是那么真挚、那么切骨、那么毫无保留,我简直是在无情地榨取你的爱,变得那么贪婪,连自己都十分吃惊,我怎么会是这样一个人? 我找到保护人了,突然产生了被有人保护的安全感和幸福感。

　　　　跟你在一起的时候真好,世界仿佛都不存在了,只有我们两个,生命重新开始,那是一个混沌初开的时刻,真美! 我感到你既强大又渺小,小到我可以把你一口吞下,大到能置我于死地! 人就应该这样,这才叫人的生活,我恨不得把你整个揉进我的肌体里。啊,亲爱的,你不知道你有多么的可爱! 那时我也感到自己非常庞大雄壮,你是在我的魔爪之下,我吸取你的精华,你使我进入那个无与伦比的境界,我们在那里又相逢了,那里只有我和你,谁也进不来,谁也无法进来,连上帝都没有办法分开我们! 我的

325

嫉妒心在那一刹那间才得到升华，我想对一切宽容，包括所有的罪恶。然而，当我们又回到现实的时候，虽然你面对着我，我却忽然觉得我们之间那么遥远，像隔着一道天河，我对你又可望不可即了，我的心开始发慌，自己跟自己开始语无伦次地嘟囔些什么。当然，你仍是那么高大、英俊，可是已经变得十分神圣了，我想改变这一切，扑到你的怀里，证实我抱着的仍然是你本人，可是不行，你仍然离我是遥远的，似乎失去了实体之感。多么可怕！我感到无助、心酸、恐怖！亲爱的，是我的神经出了毛病吗？没有，我好好的，多么令人揪心的感觉，所以我想让自己活在你的血液里，让你活在我的生命中，这就是怀上你的孩子，我就可以经常地倾听你的心声，这难道不是一种幸福吗？我可以在自己身上延续你的生命，使两个人的生命合成一个，这样的好事何乐而不为？但我最后还是决定将自己渴望得到的孩子打掉……

程蓉蓉的感情似乎是控制不住地流淌而出，简业修只看得忽而感动忽而后怕，一会儿热一会儿冷，当吉普车一闯进铁山新村，他赶忙把手上的信叠好放进口袋，然后跳下车。

夜静如冰，空气冷沁。卢定安已经在铁山新村工地等着他呢，看来他是真的没有什么急事，就是想找个能谈得来的人聊一聊，他们随意在建筑工地上转悠……城市的天空白天不白，黑夜不黑，新月似钩，若隐若现，星群散落，迷蒙无光。卢定安似乎是长出了一口气："这个地方总算也启动了，现在就剩下城厢区了，他们动得最早，却走得最慢，你要多往城厢区跑一跑，不能老扎在三义里。"

"好的。"简业修感觉得出市长今晚的兴致很好，"这段时间您的精神不错。"

卢定安的确心情舒朗："最近的工作比较顺。"

"来头儿一不在就风调雨顺一顺百顺六六大顺，只要他到哪里，哪里空气就紧张，搞得所有人都不自在。不如我们市里多出点钱，就让他成年在国外转悠算了。"

卢定安高兴,嘴上却故意说:"你这家伙,我发现在检察院呆了几个月学坏了,嘴变得刻薄了,什么话都敢往外扔,不像以前那么老实厚道了。"

"这要感谢党的信任和栽培,正应了《易经》上说的,变则通,通则久。其实我说的是大实话,不明白我们为什么老干共产党打八路军的事,您放眼五湖四海,各地两个党政一把手有多少是能尿到一个壶里的?"

"这就叫平衡,大自然中有天地、日月、阴阳、生死等相辅相成,相反相成。美国有民主、共和两党,西方大国基本也都是两大党轮流坐庄,中国有党有政也属自然,全世界各地的正常家庭都是一男一女的夫妻店,这就叫相互制约。"

"您乐意接受这种制约?"

卢定安忽然叹了一口气:"没有办法,位置的代价很高,负的责任越大被制约的因素就越多,当一个人受到公众信任时,他就应该把自己看成公共财产。"

"哎哟,那可就太惨了,现代人已经不怎么爱护公共财产了! 这种理论是不是有点陈旧了?"

"陈旧? 那什么才是新的? 其实,世界上所有的东西都是旧元素,新组合。"

简业修点点头:"嗯,这话新鲜。"

卢定安今晚的谈兴确实很高:"比如危改工程,刚开始的动机就是为老百姓办好事,我们住过危房,体会最深,无家可归、或归的不是家,是人的真正困境。后来有人一反对,而且是激烈反对,直至上街闹事,他们不再是对事,而是对我这个人来的,各种手段无不用其极,这就等于较上劲了,为百姓办事有了个人成败的因素,就更要干成这件事了!"

"全梨城的人都看得明白这变成了一场较量,到目前为止您至少已经有了七成的胜算。"

卢定安转头看着他:"你是这么认为的?"

"当然,要我说说依据吗?"

卢定安却忽然把话岔开:"你知道眼下我最担心的是什么吗?"简业修茫然不知从哪里猜起,没有接茬儿。卢定安突然用手指点着他说,"是你!"

"我?"简业修心头一震。

卢定安站住了脚:"不错,你是不是跟老婆分居啦?"

简业修恼怒:"于敏真又跑到您哪儿去告我的状了?"

卢定安耐着性子训诫劝导:"还用敏真告状吗?社会上关于你的传言可不少,不用我一个个地数你给听了吧?"

简业修想打马虎眼:"传言怎么能相信呢?这些鸡毛蒜皮的事您就别往耳朵里装啦。"

"鸡毛蒜皮?你难道不知道现在有多少人在盯着你,把你视作我们这个链条上最薄弱的地方,明着收买暗着算计,就是盼着你倒台,通过你打我。事实证明,你没有被金钱收买,但是被感情收买了,这更危险,因为谁也不知道感情的价钱,倘若你在这上面跌了跤,值得吗?"

简业修压着眼睑,口气已经硬不起来了:"不会的。"

"不会?你后院已经起火了,离着闹出丑闻和身败名裂还能有多远?当事者迷,不管你多么精明也无法从后面看到自己的样子,具体细节我不愿意多讲,只给你规定几条:第一,不管多忙,不管多晚,不得以任何理由不回家睡觉。第二,不能离婚。第三,不动声色地疏远那几个女的,保持正常的男女关系。俗话说朋友劝赌不劝娟,但咱们不是一般的朋友关系,我不仅劝,你再不听我还要采取强制措施,你知道我做得出来!听明白了吗?"

简业修不服,即便是市长也不能这样说话,他慎悠着不搭腔。卢定安嘘着寒气,再提高声音逼问一声:"嗯?"

简业修瘟头瘟脑:"这还能听不明白吗?"

卢定安斜觑一眼:"听明白了就得做到!"

"站住!"在他们毫无防备的情况下,突然从黑暗中跳出来一群人把他们围住,几支大手电照到卢定安的脸上,"别动,你们是干什么的?"简业修用身子挡住卢定安,大声呵斥:"你们是干什么的?"

"哎呀,这不是简老弟吗?"大胖子房亮走过来,他转身训斥自己的工人,"叫你们抓小偷,谁叫你抓咱们危改办的主任啦! 快走吧,快散开。"简业修恼不得也笑不出:"房老总,你这搞的什么把戏?"

"对不起,我的建筑材料丢得太多了,不得不组织看夜的。"

"谁会偷你的砖瓦灰沙石啊?"

"这儿的住户太厉害了,当初你说他们都是产业工人,老实听话,谁知个个是贼,工地上有什么,他们就往自己家里拿什么!"

"他们拿这些建筑材料又干什么用?"

"没有用也拿,中国人都贪小,爱占便宜,这你还不知道吗?"

"好啊,刚才骂工人,现在把整个中国人都骂上了!"简业修转过脸对卢定安介绍,"这位就是开发铁山的民信房地产的总经理房亮。"不等市长搭声房亮倒先大叫起来:"哎呀,还是卢市长啊,罪过,罪过!"

卢定安取笑:"你好像专门喜欢制造误会。"房亮拱手赔笑:"我请市长吃夜宵,算是赔罪,不知市长肯赏脸吗?"卢定安自然不会接受:"不用了,你给工人盖房子,何罪之有?"房亮难得碰上这样的机会,却不可能不诉诉苦:"是简主任把我引荐来的,现在我坐了大蜡,他却不管我了。"

简业修讥讽他:"你坐了什么蜡?"房亮鬼鬼祟祟地把简业修拉到一边:"区里欠着我的工程费不好好给啊!"简业修不信,这些人嘴里虚的东西太多:"不会吧? 他们有钱呀,市长为资金问题专门在这儿开的办公会,是我给落实的。"

"我知道他们有钱,但头头太黑,我上一次供就给我拨一点,老是欠着我的。"

"你是说钟区长?"

"不,那倒是个挺好的女人。"

"袁辉?"

房亮急忙辩解:"我可没说,你千万可别给我捅出去! 我信得过你,才叫你给我出个主意……"

第二天上午钟佩刚一到办公室就被房亮拉到了铁山新村的施工现场,在白天就看得非常清楚了:原来的工人新村分成了两半,一半正在建新楼,有的已经盖起两三层高了,另一半仍旧是破烂平房。在这两个世界中间,建筑公司垒起了一道砖墙,但被推倒了好几处,砖却不翼而飞了,房大胖子向区长告状:"您自己看,钟区长,这工程没法再进行下去了,我们在工地上放什么丢什么,你们工人新村的居民拿钢筋,搬水泥,见什么拿什么,我们垒起一道墙,他们把墙推倒,将砖偷走……这建筑成本还有办法计算吗?"

钟佩皱起眉,房亮怕她不信又陪着她来到旧房区,凡是门前还有空间的人家,都码放着新砖,整袋的水泥,见缝插针地竖立着的钢筋……房亮得理不让人地继续抱怨:"还有啊,钟区长,前期的工程款是我先垫付的,你们的资金再不到位,我就得停工了。"

钟佩觉得更邪乎了:"哎,这是怎么回事? 我们的资金早就拨过来了!"

"没有,我向袁副区长不知催过多少次了,催一次给一点。"

"我再问问。"钟佩疑疑惑惑,心里乱糟糟地找到新村居民委员会,里面没有人,也堆放着不少建筑材料,她拦住一个老人,想问什么,老人耳聋,跟她摆摆手径自走了。她只好又找到郭保民家,郭保民住的这一排房前并没有存放建筑材料,她感到有些奇怪,喊了一声,"郭师傅在家吗?"

老郭迎出来:"哟,是钟区长,屋里坐。"

他们进了屋,不坐到床上去,地上就显得太挤了,脱鞋上床又太麻烦了,钟佩赶忙说明自己的来意:"你们这一排住户,好像没有存点建筑材料?"郭师傅苦笑,并不搭腔。她又问,"我看到许多人家拿了工地上的建筑材料,想干什么呢?"

"政府既然不管了,有能耐的人家准备明年春天自己翻盖房子。"

钟佩一惊:"这怎么可能? 政府没有说不管啊!"

"叫我们搞住房储蓄我们搞了,搞完了也没有动静了,看到前边的大楼一点点地盖起来了,大家心里不平衡,都是工人,一新一旧两种日子。"

"后边这一大片放在第二批……"钟佩也觉得这种解释连自己都不想听。

"中国的事,第一拨赶不上,后边还有没有就难说了。剩下的这些住户,大部分单位已经黄了,拿不出钱给危改,国家还会管吗?"

钟佩更像自言自语:"一定得管!"

"我也琢磨,政府无论如何不会见钱眼开,看人下菜碟吧?"

邻居听说区长下来了,都凑过来想听点消息,进不了屋就堵在门口,越堵越多。

已经拆掉房子的同福庄却陷入了另一种麻烦,由于迟迟没有施工,无人照看,这么一大片天然的空场,糟蹋起来太容易了——变成废墟的同福庄又成了垃圾场!附近的单位和居民随心所欲地往这里倒脏土,丢弃废物,夜晚在上面大小便……天天都有从这儿搬走的老住户回来看看,看新楼是否有动静,却就是老没有动静。老住户们在自己的老地基上越聚越多……渐渐形成惯例,每天早晨同福庄的老住户们,都要在同福庄的旧址上碰头,交换信息,商量该怎么办。一传十,十传百,参加这种聚会的人越来越多,像赶早市一样,这其中也有简玉朴,人们自然就喜欢向他打听消息:"简大爷,您也着急呀?"简玉朴叹息:"唉,没法子,跟闺女一家三口挤在一间房子里,害得女婿天天晚上住在医院的值班室里。"

"是啊,当初让我们搬迁的时候催得那么急,还把老实巴交的刘玉厚给逼死了,等我们走了,他们也走了,一晃四五个月过去了,一点动静都没有!"

"把我们糊弄走了,新楼又不建了,这不是麻子不叫麻子——坑人嘛!"

"闹不好还真就是一场骗局!"

有爱多事的人站了出来:"简大爷,您的儿子不是升到市里专管拆迁嘛,卢市长跟您的关系也不一般,您替咱大家跟他反映反映行吗?"简玉朴赶忙向外推辞:"我跟业修说过多少遍了,卢市长也知道这件事,他们很着急又不好插手,听说耽误在韩国人手里,得是咱区里去催……"有人煽火:"别听那个,只要心齐就好办,染整厂一千人到市政府门前一坐,半天的工夫什么都解决了!"

"咱们得先找区里去问个明白,区里不行再找市,怎么样?"

"对,就这么办。"急公好义的、愣头青胆子大的以及愿意出头的人还是不少:"谁跟我去?"响应的也不少,有人叫号:"简大爷,您算上一份儿吗?"简玉朴退缩:"我身子骨不好,明天这个时候还是到这儿来听你们的消息吧。"有人高喊:"简大爷可不能不去,您去了有分量!"简玉朴想再说几句,已经没有人听了,被大家架着拥着挟裹着就走了……城厢区政府得到了这个消息还不慌了神吗?顾全德出面做解释工作,态度诚恳,作揖拱手,他在城厢区原本口碑就不错,许愿一个星期后一定给大家一个确切的答复,最后还真把想闹事的人给哄散了。周原喘过气来就赶紧去找杜觉,运气不错,在土木集团豪华的总经理办公室里堵上了杜觉,杜觉却对他搪塞:"我也很着急,有时一天要给崔太永发五个传真,光是国际电话费至少花了我有一万多元了。"

周原心焦:"韩国人是什么意思呢?"

"他们老强调算不下账来,这样上马会赔钱。"

"当初他们答应接这个工程的时候是怎么算的呢?"

"总之,韩国人不是东西,跟他们打交道最麻烦,好合作的还得说是美国人,欧洲人也可以……"

"他们是不是想打退堂鼓?"

"他们不开口,咱就不能给他这个台阶下呀!"

"但也不能老这样拖下去,居民们情绪激昂,经常到区里去质问,万一再闹出染整厂那样的静坐事件,我们可就惨了,这您应该能够理解吧?"

最后周原总算逼得杜觉答应尽快叫韩国人给个肯定的答复。

答复还没有得到,同福庄又有了新变化,有些进城做买卖的外地农民,看见有那么一块空地方老闲着没人用,而且又在市中心,就搭起了棚子,又存货,又当落脚的地方。中国的事,有一个人干,就会有一千个、一万个人跟着学,呼啦一下子就搭起了一大片。更要命的是里边还有外区的拆迁户，一时找不到住的地方也到同福庄这块难民营般的地方支起帐篷落脚……同福庄的老住户看见这个哪受得了，以为这样一来动工就更无望了，每天在那儿聚会的人又增加了许多……周原跟杜觉通过电话之后就急急忙忙来找顾全德，自打拆迁以来他就很少向区长报好消息，而按着老百姓的说法，不断向头头报告坏消息的人是不会有好结果的。他把敲门当成了一种形式，不等里面应声就径自推开门走了进去，而且进门就嚷嚷："区长，这下可麻烦了，在同福庄又搭起来许多新窝棚，闹不好将来我们还得搞二次拆迁！"

顾全德显然已经知道了，他只问杜觉那里有没有消息？周原告诉区长，韩国人正式答复说不干了。

"不干了？一句话就想推个一干二净？哪有这么轻巧！走，我们去找他。"顾全德起身急，心里想往前迈步，两条腿却没动弹，身子一歪，向前扑了下去。周原手疾眼快架住了他，他不好意思地嘟囔着，"没事，活动活动就行啦。"他双腿慢慢地挪动，一俟能迈步了，就赶紧向外走……他们找到杜觉的办公室，杜觉显得疲倦而冷漠，勉强挤出一点礼貌的笑意并伸出手："哎哟，是顾区长，真是稀客。"顾全德没有心思寒暄："听说韩国人不干了？""没办法，商人嘛，就是以赚钱为中心。他们怎么盘算都赚不到钱，我们催得又急，就只好打退堂鼓了。""他不能这么上下嘴唇一碰，说不干就不干啦？"

杜觉抬起眼睛："您的意思是……"

"韩国人耽误了我们近半年的时间，害得我们把所有能调动的资金全都投进前期拆迁了，当下可以说是弹尽粮绝，把空地晾在那儿，他们怎么可以这么轻巧地说不干就不干了呢？他们若早说不干，我们说不定又找到其他合作伙伴了，你知道影响有多坏吗？老住户已经开始串联集会，还不知会闹出点什么事来……"顾全德焦灼异常，越说越气。

周原口气较为和缓："杜总，韩国的半岛集团跟我们有协议书在，签字的时候连副市长都在场，全梨城的人都见到了，他们单方撕毁协议，要不要包赔损失呢？"

杜觉一副世事练达的神态："那协议狗屁不值，因为他们连一分钱都没有投进来,我们奈何不了他。何况他现在又靠上了市委来书记,正准备跟东方电子合资哪!那是多好的买卖,现成的产品,现成的市场,合进来就等于坐地分钱,他干吗还要到你们这里冒这么大的风险?"

"依你这么说,同福庄就只好晾着啦?"

"我知道你们的难处,这样吧,我既然管了这件事就管到底,有两个补救办法,不知你们的态度如何?"

顾全德非常讨厌他这种时候还卖关子,就逼他快说:"第一个……"

杜觉斟酌着词句:"因为我的资金叫别的工程占着了,只能先给你们开发一万平方米。但是,只要我的施工队伍一开进现场,把那些新搭起来的棚子户全给赶走,同福庄的老住户就安定了。"

"你什么时候能动工?"

"只要你们同意,三天内就可以进现场。但是,价格上你们要在原来的基础上再优惠给我百分之十,我选中的是东南角靠近大道的那块四方地。"

周原急了:"杜总,在这种时候你还好意思再宰我们一刀!"

杜觉表白:"我这可不是乘人之危呀,我也难哪。"

顾全德轻蔑地挥挥手:"好好好,就这么定。第二个办法呢?"

"把美国的华侨投资公司请来,让他们啃剩下的那一大片。"

"能请得来吗?"

"只要我答应一个条件,准能请来。"

"什么条件?"

"让出黄埔花园……"

顾全德眼里刚刚闪现出来的光芒又立即黯淡下去,黄口小子,口气太大,这是你能说了算的事吗? 但还是抱着一线希望请他给试一试,杜觉当然不会白帮忙,顾全德正在气头上,杜觉提出的任何条件都答应了下来。

第 27 章

住在三义里的丁怀善一家,借着吃晚饭的时候都聚在一块儿了,正好可以商量家庭大事。丁怀善坐在床里边,手里举着一份晚报读得很认真,忽然叫了起来:"哎,起子,这不是那天挨赵武打的那个人吗?你看看这报上是怎么说的,他拿着你送给他的那块肉,回家掺毒药炖了,把老婆孩子都毒死,自己跳楼自杀了!"

"啊!"惟一的儿子丁起坐在他旁边,接过报纸惊恐不安,"这不等于是我害了人家一家吗?"

"这不能怪你,他一心想死,你不给他肉他还会有别的招儿。咳,难啊!"一家人传看报纸,感慨不已。两个女儿把饭菜端上来,丁怀善的两个女婿坐在下手的床沿儿上,两个女儿站在地上,从桌子上把菜夹到自己碗里,再坐回到凳子上吃,但要经常出出进进,四个男人吃一碗她们给盛一碗。

"今天把你们都招呼来,合计一下房子的事……"丁怀善不再为别人唉声叹气,开始谈自己家里的大事,但开了场却又不往下说了,只顾闷头喝酒吃菜。小女儿嘴快:"我一来张婶就告诉我,赵家老二把咱们开肉铺的那间房子想算成他们家的,多亏人家办手续的没有把钱发给他。"丁起也愤愤不平:"赵家这哥几个也忒不是东西了,挺好一个肉铺也败在他们手上,人家都怕他们,没有人敢到我的案子上去买肉,不叫他们跟着还不行,他怀疑你会多分多拿。"大女儿也随声附和:"都怪咱爸,当初非要跟他们联合开这个肉铺,还把房子也拿出去,要不是人家手里有底账,一间房子就这么飞了,也是四五万块钱哪!"

丁怀善仰脖喝了一大口酒："话也不能这么说,当年我跟他们的爹拜过盟兄弟,两人说好,他生了闺女给我当儿媳妇,我生了儿子给他当女婿,这话可以当戏言,也可以当婚约。后来他生的都是儿子,我一上来先生了你们两个闺女,可你们长大后心气高,他的儿子们却偏不争气,就是那一次赵勇喝了酒跟你姐姐动手动脚,还说早晚都是他的人,他想什么时候要就什么时候要,真惹恼了我,下决心不能往火坑里送你们。可这么多年过去了除去赵强凑凑合合从农村说了个媳妇,那三个小子还都打着光棍,也正因为赵强娶上了媳妇,在家里反而受那三个兄弟的气,什么事也做不了主,才弄得家不像家,我总觉得欠了他们父亲的一份人情……"

女儿们却说他是操瞎心,赵家乃流氓窝,说不上媳妇跟旁人没有关系。她们很庆幸没有落入虎狼之口! 要求快点去办手续,早办不是还有一千块钱的奖金嘛。丁起大包大揽要在夜里十二点就去排队,争取明天头一个。大姐问他想买哪儿的房? 丁起向父亲努努嘴,丁怀善似乎早就想好了:"我想买翠湖的房子,离赵家远远的,以后谁也不碍谁的事了。我去翠湖看过了,那楼盖得真叫好,九级地震也没有事。"儿女们最关心买多大的,这里有个钱的问题。丁怀善接着交底,"我打算买个两室一厅的就足够了,春节一搬进去就给你办喜事,你们住大间,我住小间,冬天有暖气,冻不着,这样有七万块钱就够了。我们这两间房子的拆迁费差不多能拿到九万,给你两个姐姐一人分一万……你们说我这样考虑行不行?"

一听说他们也能分到点钱,两个女儿女婿的脸上都露出了笑意。

丁怀善又嘱咐儿女们:"害人之心不可有,防人之心不可无,这两天你们一下了班就都到这边来,等起子把手续一办好,咱们就搬走,我看夜的那个单位有间库房闲着没用,我跟头头说好了先借用半年。"

丁起问:"还要跟赵家打招呼吗?"丁怀善却叹了口气:"起子你太老实,你不想想一打招呼还会有好话吗? 反正已经得罪他们家了,咱们办咱们的,办完手续就走,如果赵家人找茬儿,能不理就不要答理他们……"

第二天没有风,阳光明媚,深冬季节还能这么暖和,也算是老天作美。三义里等待办手续的居民早早地就排起了长龙,丁起果然排在队伍之首,赵家四虎到处游动,他们身上穿得都很单薄,时不时地会露出发达的胸大肌和刺在上面的稀奇古怪的活物,不知他们是想炫耀自己的霸气,还是显示身上文出来的动物的邪恶和凶猛。他们恶狠狠地看着丁起,由于柜台前站着一个警察,才没有冲上去搅和。

三义里一说要拆迁,不知一下子哪来那么多拣破烂儿的,里边肯定还有不少小偷,像苍蝇一样,虎视眈眈地盯着要搬走的人家。金钱的事叶华自己把着不松手,一位老会计负责发钱,她亲自核对账目,简业修的司机小常,长得膀大腰圆,站在叶华身后起到一点保镖的作用,夏晶晶则给她打下手,登记造册,表情认真得有些滑稽,惹得居民们格外开心。于非负责检验房本、身份证、户口簿……姑娘们都穿得单薄,却忙得脸庞红扑扑的。在翠湖和三义里未来的规划图前,杨静和两个年轻的工程师被选房的居民们包围着,解答各种各样的问题。丁起办完手续,抱着两万多块钱的现金和翠湖新区的住房卡等文件,眉开眼笑地离开了队伍,他二姐提着个兜子在旁边等候,他把手里的那一抱东西放进二姐的提兜,两人一块往家走,赵勇、赵武拦住了他们。

赵勇没有好气地讥讽:"这么美,是不是捡了个大元宝啊?"

丁起顶了一句:"元宝倒没捡着,买了套新房子。"

赵武也插进来,两兄弟夹住丁起:"你把咱的肉铺也给卖了?"

"那是我的房子。"

"那咱们的买卖呢?"

"房子一拆,买卖自然也就完了。"

"是你把它搅黄的,你得包赔损失!"

"有什么损失?咱们两家合伙开肉铺,我白出房子,一分钱不多分,你们哥俩白住了几年的房子,还没找你们要房费呢。"

赵武一把抓住丁起:"你还得便宜卖乖!"

丁起的二姐嚷起来:"你们要干什么?"

警察跑过来:"怎么回事?"

"没事,闹着玩儿。"赵勇嬉笑着让兄弟松了手,走出几步又回头对丁家姐弟说,"这事没完!"

小常兜里的电话响,他听了几句就冲出人圈儿,找了个清静的地方:"喂,我是小常,于总,您说……"他听着听着脸色大变,向拆迁办公室急步挪动并大声叮嘱于敏真,"于总,您别动,我们马上就到!"他跑进办公室,简业修和李强正向几个居民讲解着什么,他不客气地打断了:"对不起,简主任要去处理一点急事。"他将简业修拉出门才解释,"刚才于总来电话,这些天家里经常受到匿名电话的骚扰,今天早晨又接到了恐吓信,不敢去上班,也不敢叫孩子去上学,从窗户里看,楼下围着许多人不知是干什么的,您快回去看看吧!"

简业修回屋跟李强交代了几句,趁这个空小常又把简业修家里出事的情况告诉了杨静,当简业修上了自己的吉普车,杨静也跳上了一辆停在拆迁现场的警车,那是河口区公安分局的车,关副局长在车里坐着,准备随时办案。在杨静向关副局长介绍情况的时候,夏晶晶探进头来听,然后也跳上了车,警车追上简业修的车,然后超过去,在前面响起了警笛开道,向简业修的家急驶狂奔。他们来到简业修的楼前,果然看见围着一大群人,下车分开人群,见到楼口两侧摆着四个大花圈,上面的黑带子上写着:

简业修该死!

简业修速朽!

但纸条上的字不是手写的,是电脑打印的。

有人看见简业修,就过来打招呼:

"嘿,你这不是好好的吗?咳,这是哪儿对哪儿!"

"这是哪个缺德鬼干的,玩笑开得也太过火了……"

夏晶晶把花圈和看热闹的人都摄入镜头,关副局长叫司机将花圈扔进警车,他们上了楼,敲开门,见于敏真一脸的疲惫和惊惧,把一张白纸递给简业修,杨静也凑过去看,上面用电脑打印了几行字——

简业修:

　　你拆房扒屋,民怨沸腾,我们要让你断子绝孙,不得好死! 也告诉你的老婆孩子出门小心着!

三义里愤怒的群众

简业修把恐吓信交给关副局长。宁宁扑过来抱住爸爸哭了:"爸爸,这些天你为什么不回家,把妈妈都吓坏了。"简业修给儿子擦眼泪:"别怕,我不会让任何人伤害你和妈妈!"站在一边的于敏真听到简业修并没有把她排斥在他的保护之外,眼圈有点红了。宁宁又说:"爸爸,今天上午的后两节要考语文,我得快点去学校。"

"一会儿我就送你去。"简业修安慰着儿子,眼睛却看着关副局长,关副局长拿出警察的派头:"好啦,这个案子交给我,我估计有两种可能:一是坏人搞恶作剧,就是想吓唬吓唬你们;二是他们也许真会动手。我们要做最坏的准备,先查出是谁干的,这些天你们家的成员外出要格外小心,最好不要单独行动,有什么情况随时跟我联系。"

于敏真轻声问了一句:"我得赶紧去公司,宁宁怎么办?"杨静仗义地挺身而出:"简主任,你去送于总,我去送宁宁。"简业修看看妻子,于敏真却说:"我有车,不需要送。"她径自下楼去了。

杨静推推简业修:"主任,于总吓坏了,有您跟着也好镇定一下情绪。"

宁宁也说:"爸爸,我不要紧,你去送我妈吧。"

简业修嘱咐儿子:"在学校里要多注意,别在没有人的地方呆着,放学后别一个人回来,我会去接你,我去不了也会有别的叔叔去接你,记住了!"宁宁答应着,简业修锁上大门,几个人一起走下楼,看见于敏真的白色宝马车已经开出楼群消失了。

宁宁见妈妈一个人走了就急得又要哭……关副局长看看孩子,对

339

他说："坐在车里一般是比较安全的。"然后吩咐简业修的车去送孩子上学,自己去跟着于敏真的车。

简业修拉着儿子上了沙漠公狼,上车后却默默无语。妻子今天自始至终没有跟他说一句话,表现也跟以往不大一样,按于敏真的脾气会借这个场合主动跟他说话,会哭会闹,会恨不得要他去送她上班……倒是杨静想得周到,他掏出一张自己的名片,在上面又写上自己和司机小常的电话,交给宁宁:"宁宁,咱得订一条规矩了,从今天起你不能一个人上街,上学、放学,你爸爸如果不能来接你,我和你常叔叔肯定会来,你想去哪儿都行,只要给我们打个电话,我们立刻就到。怎么样?"他掏出自己的手机,递给宁宁,"放在书包里,有事就用它给我们打传呼。"

宁宁不接:"我不要,我不会用这个。""一学就会,我教你。"宁宁相当固执,连看都不看那个手机:"不,我不要。"

简业修也拦住杨静:"用不着,小孩子带着个手机不是好事。一会儿我去跟他的老师说一声,让宁宁能使用学校的电话就行了。"

宁宁一个劲地看手表,有些心事重重又有点心不在焉,仿佛车里谈的事与他无关。

赵家四虎在分头活动,想拉拢、煽动起一帮人,共同闹一闹,就会有好戏看。赵勇找到大鞋底子李素娥,她一个人正收拾东西,赵勇变腔变调:"都不打声招呼,这就要搬走?"

"今天收拾好,明天一早搬。"李素娥没抬眼皮,没有停下手里的活儿,也没有要让赵勇进屋的意思。

"我替你把那几个小子收拾了,你怎么感谢我?"赵勇的眼睛在李素娥波涛汹涌的胸部剜来刮去。

李素娥惊问:"你是怎么收拾他们的?"

赵勇没有提他勒索来的五万块钱,只举起那根带血的棍子:"看见了吧,我也让他们尝了尝被强奸的滋味!"

李素娥咧着嘴,唬得一个惊悸:"二兄弟可真做得出来!"

"他们今后再也不敢打兰兰的主意了。"

"我该怎么谢你呢?"

赵勇一双眼睛盯着她:"你知道我想要什么。"

大鞋底子故意岔开:"我请你吃饭。"

"我就想吃你。"

"滚一边子去,没正格的。"

"就数这是正格的啦,别的都是瞎掰!"

"你就不怕我那口子回来把你给宰了?"

"这话应该倒过来说,你应该好好哄着我,要不然我会把你那口子给宰了!"

李素娥心里一抖,这小子是说得出做得出的,她正想躲出去,赵勇却上前一把抓向她的大胸脯:"我就要你这个……"

李素娥使猛力推开了他:"你想干什么?"

赵勇来了气:"呀,我给你办了事,你倒跟我来假正经。"

李素娥庆幸当初拒绝了赵勇帮忙:"当初我也没有求你给我办这件事。"

"嘿,提起裤子就不认账了,还没离开三义里呢,人就变啦。"

"我恨不得今天就离开。"

"看把你美的,还没住上新楼就神气起来了。"

李素娥仰起脸,迎着赵勇阴毒的目光:"这回算叫你说对了,我打心儿里向外美,用这么三间小破屋子换了一套三楼的两室一厅的大房子,还富余一万块钱,你说,到哪里去找这么美的事!"

"小心,别美得屁股眼子里掉大鸡巴。"

"赵老二,你嘴里给我放干净点!"

赵勇往前凑合:"我就是不干净。"

"不干净不行,你以为老娘还怕你?"李素娥也不示弱,她原本是滚刀肉,平素谁也不怕,不知为什么就怕赵家四虎,现在要搬走了,管他虎啊狼啊,又能奈她何?

"你以为快搬家了我就不敢收拾你?"

"你敢动老娘一指头？公检法都在这儿,你就省得找房子了,直接搬到监狱去吧。这次能躲开你们家这一窝子狗食,算烧高香了,就冲这一点,我也应该把富余的一万块再捐给政府。"

"你要不捐就不是人揍的。"

"我要不捐就叫我生出你这种狗食羔子!"

赵勇恨恨的,却又真的无法动手。

赵武来到老知青王恩柱的家:"王大哥,你也没办手续吧?"

"人家不给办……也都怪我疏忽了,回城后没有地方住就自己搭了间房子,搭了房子不要紧,应该到房管站办手续领个房本,没办手续就等于是黑房,这能怨谁?"

"反正他们怎么说都有理,这帮王八蛋忒不是人揍的了,专门欺负老实人……"

王恩柱锁上房门,赶紧躲了:"我还有点事,改日再聊。"

赵武往地上啐了口唾沫:"尿海!"

其实王恩柱也是一肚子意见,但不愿与赵家兄弟为伍,却希望赵家四虎独自站出来闹一闹。老大赵强又找到北侠高登海:"高师父,搬不搬?"

"不搬。"

"好,我也不打算搬,有您做伴就好多了。"

高大侠不再说话,威严地坐在门口,看着眼前乱糟糟有喜有忧的场面。这时候夏尊秋十分招眼地来到三义里接夏晶晶,看到表妹灰头土脸便忍俊不禁:"晶晶,你怎么弄成这副样子?"夏晶晶却兴奋不已:"这个样子不好吗？我的收获非常大。"

"比如……"

"我的硕士论文将是独一无二的,全校肯定只有我才有这样的一段经历。"

"要不要跟我回家,洗个澡,吃顿热饭,然后睡上一夜,明天再来感受这不平常的经历?"夏晶晶一听到洗澡,立刻浑身痒了起来,她抖肩扭臀,逗得夏尊秋大笑。她说:"可晚上故事最多,也最精彩。"

"我晚上再把你送回来。"

从右边的平房里传来吵闹声,夏晶晶跑过去……赵勇把点了一半的煤球炉子堵在了丁家的门口,煤烟灌了丁家一屋子,丁怀善的大女儿高声呼喊:"是谁这么缺德?"

赵勇从自己屋里走出来:"你嘴里给我放干净点。"

"你干吗把炉子堵在我们家门口?"

"哪是你们的? 卖房的钱你都拿到手了,这房子已经不是你们的了,今天晚上我还要到里边拉屎尿尿哪!"

"流氓!"

"你敢骂我?"赵勇上前就是一巴掌。

"你敢打人!"她的丈夫和妹妹、妹夫都出来了,赵家四虎等的就是这个时候,从屋里蹿出来一齐上手,混打在一块。

丁怀善正往家里走,有人告诉他:"快点吧,赵家四虎把你闺女给打了!"他血往上涌,跑到胡同口正看见儿子推着卖肉的小车往家里赶,从车上抄起那把尖而长的捅刀就冲进人圈儿,一见赵家四虎果然在痛打自己的女儿女婿,数赵勇最狠,正抡着一根捅炉子的铁筷子,没头没脸地抽打他的大女儿,他就抡着刀冲上去,朝着赵勇一阵乱捅……丁起一看这阵势也拿起剁肉的刀冲上去,看见老爸浑身是血,便紧紧抱住了正跟他爸爸拼命的赵勇。

在附近维持秩序的警察大叫着跑过来:"住手! 住手!"

丁起一松手,赵勇像一摊死肉一样倒在了地上。

丁赵两家的人都被警察带走了,三义里显得特别安静,大家说话都压低了声音,排队等着办手续的人兴奋而又安分。简业修把夏晶晶拉到夏尊秋跟前:"现在跟你姑姑回去,否则明天就不准许你再到现场来了。"夏晶晶显然被刚才亲眼目睹的恶斗所刺激,也顺从多了,坐进了夏尊秋的车。

天黑下来了,工作现场被一千瓦的大灯泡照得雪亮。居民们都想在前四天里办完手续,既有奖金又可以优先选房,何乐而不为呢? 这是能够拿奖的最后一天了,排队者摆出了不办完手续不罢休的劲头,到晚上十一点多钟了,等着办手续的人还排着长队,他们都是全家人替换着轮流站队,何况还被领钱和买房的兴奋刺激着,既不觉得累,又不觉得冷。工作人员就不同了,已经熬了几天了,手冻僵了,身上穿着棉大衣,还冻得发抖……现在轮上群众哄他们了,生怕他们收摊儿,有热心人在他们的身边点起了火堆,不仅可以取暖,还增添了一种野趣,大家的精神振奋了一下,反正地上的烂木头很多,烧到天亮也不愁。简业修却突然一惊,赶紧下令扑灭火堆:"快点,把火弄灭!"

并叫杨静写了号,按排队顺序发给大家,他大声说:"今天不办了,把工作人员累垮了,到明天也是麻烦事!明天早晨八点钟准时开始,有号的人仍然算今天办的手续。"

他把精壮的小伙子留下,让司机小常用车把女干部们一个个送回家。他对留下的男人们说:"刚才有人一点火,可真吓了我一大跳,还记得去年春天那场煤气大中毒吗?眼下这个季节,风干物燥,如果谁家的炉子没有看好,引起火灾,就会火烧连营,我们将前功尽弃!今天夜里大家辛苦一下,一个角上站一个人,明天我专门安排防火看夜的人。"

杨静提醒他:"简主任,夜里您可不能呆在这儿,得回家给那娘儿俩壮胆。"

简业修说:"小常去接宁宁了,等一会儿我回去看看。"

大家分散开来,在一片黑乎乎的破旧平房上,每个角落上都闪动着手电光。在简业修所站的地方不远,有一辆黄色大发出租车,整个晚上这辆车似乎都悄悄地不远不近地跟在他后面,他慢慢走到大发车跟前,用手电一照,车里果然还坐着司机:"简主任,您要回家吗?"

"你认识我?"

"住在三义里的人,哪有不认识您的。"

"你好像老是在跟着我……"

"您别多心,我跟小常不错,我们家第一天就把手续办了,这是大好事,不能又得便宜又骂娘。我听说有人要对您下黑手,其实,我们住不住新房子有您的嘛？从今天起，我就跟着您，您想用车也方便，如果有人想害您，我也好伸把手。"

简业修大为感动："谢谢，你贵姓？"

"免贵姓王，叫我王建就行。"

有人用闪光灯拍照，简业修喝问："谁？"

"我——夏晶晶。"

"你怎么又回来了？"

"这是个聊天的好机会，我有些问题想跟您请教。"

"你表姐会担心的。"

"我是得到了表姐同意才出来的。"

"你在美国也是这样任性吗？"

"不光任性，胆子还大。用一句东方的话说，这叫人小鬼儿大。"

简业修看她唧唧索索："你怎么只穿这么一点衣服？冷不冷？"

"有那么一点，但是我很禁冻。"简业修只好脱下自己的棉大衣给她披上。"谢谢！"她仰起脸，并抱住简业修，在他腮边吻了一下……眼波在夜光中脉脉泛彩，然后又消失在黑暗中。简业修正冲着夏晶晶去的方向愣神儿，司机小常领着宁宁来了，从后面一喊，吓了他一跳，简业修问儿子："你怎么来了？"

"我想去找妈妈。"

简业修一惊："你妈妈没在家？"

"没有，她一直没有回来，只给我打了电话，说她今晚有事就不回来了。"宁宁有了哭音，"妈妈是不是也不想要这个家了？"

小常站出来："主任，我在这儿替您值班，您带着宁宁回家吧。"

情势困厄，简业修想不答应也不行了。小常招呼王建："王建，你在这儿顶一会儿，我去送简主任，马上就回来。"

简业修拦住："不必，你在这儿顶着，让王建送我就行。"

下班时间早就过了，于敏真还在自己的办公室里磨蹭着。黑村正树悄无声息地推门进来："于小姐，今天出了什么事情？"于敏真目光闪闪烁烁:"没有什么事。"

黑村一脸关切:"不要再瞒我了,你是一个上班从不迟到的人,今天却迟到近两个小时。你是一个爱家庭爱孩子的人,下了班却又不急着去接孩子,不急着回家做饭,还说没有事,看看你近来的脸色,看看你红肿的眼泡,我们是朋友,我有责任关心你。"

于敏真哭了。黑村走近抚摸她,她站起身扑到他的怀里大哭起来,黑村紧紧抱住她,吻着她的头发……好半天,于敏真才恢复平静,离开黑村的怀抱,用桌上的纸巾擦干眼泪,仰起头看着黑村:"好吧,我不想回自己的家了,今天晚上你就好好地陪陪我,我们出去先找个地方吃饭,然后到歌厅痛痛快快地玩儿一玩儿。"

黑村犹疑着:"对不起,我的太太来了……"

于敏真如遭电击,羞愧难当。黑村又抱住她:"这样吧,你先到梨城大酒店以我的名义开个房间,我一定会找到理由过去陪你。"

于敏真推开他:"不必了,真对不起,弄脏了您的衣服。"她简单地收拾了一下东西,拿起自己的手包走了,"您走的时候请替我锁好门。"

于敏真驾车在梨城的大街上转悠,她看见了希尔顿饭店的招牌,就把车慢慢开到前门,待服务生走上前准备为她开车门的时候,她的车却犹犹豫豫地没有停下,又缓缓地开走了,害得服务生慌忙后退两步,诧异地在后面看着她的车影消失在前方大道的车河里。这种高级饭店的酒吧里外国人多,中外合资企业里的管理人员多,而在这两种人里很容易会碰到认识她的人,于敏真可不想一个人在那样的场合碰到熟识自己的人。她开着车转来转去,最终找到一家名为"梦巴黎"的中档歌舞厅,她停好车走了进去。大厅里彩灯旋转,暗影幢幢,她找了个位置不太靠前的包厢坐下,要了几样零食和水果,一杯据服务员说是"梦巴黎"价格最昂贵的法国红葡萄酒,她决心要放纵一下了,或者说麻痹一下损害一下报复一下自己……舞厅里人不少,大都成双成对,或成帮结伙,单身到这个地方来的女人大概不是"三陪小姐"就是娼妓之类的人物,她们的特点是浅薄虚华,含笑弄姿,眼光带钩,不停地四处寻觅猎获对象,一旦发现目标就会主动出击。只有于敏真一个人静静地坐在包厢的角落里,体味着自己的心情,没有人为她唱歌,没有人请她跳舞,她也还没有勇敢到能主动找陌生男人搭讪的地步……

乐声轻曼,在前面能跳舞的地方挤满搂抱着的一对对红男绿女,慢悠悠地在耳鬓厮磨,旋转的彩灯把他们变幻得时而鲜艳,时而阴森,俨然如一群妖怪。在她周围幽暗的包厢里,有缠绵忘情的,有旁若无人地动手动脚的,有嘻嘻哈哈打情骂俏的,有借着唱歌鬼哭狼嚎求宣泄之痛快的……惟于敏真一个人独坐,时间长了就感到了无聊,感到了尴尬,她甚至后悔到这种地方来。看来一个像她这样的女人,想放纵自己也并不是那么容易,她正要招呼服务员结账,两个匪里匪气的年轻男人不请自来地坐进她的包厢,一个端过她的酒杯,把她喝剩下的一点酒一仰脖子倒进自己嘴里,咂舌啧啧有声:"好酒,好酒!"另一个抓起她的零食就往嘴里塞,眼睛还挑逗似的盯着她,她也看着他们,终于有伴儿了,只要有人陪着就比一个人呆着好一点。喝她酒的小子开口了:"小姐,一个人傻坐着多没劲,跟我跳个舞吧?"

于敏真站了起来,那个小子把她搂得很紧,她却一副无所谓的神态。那小子终于忍不住问她:"你不害怕?"

她反问:"怕什么?"

"你不怕我?"

"为什么我要怕你? 倒应该是你们怕我才对。"

那个男的一咧嘴:"嘿,我会怕你?"

"你是活人,我是死人,死了的不知道害怕,活着的才会惧怕。"

那小子突然感到脊背发凉,一抖搂松开了手,眼睛离离悸悸地瞪着于敏真:"哎呀我说姐姐,你可别吓唬我!"他回到包厢拉起同伙匆匆走了,一边走还一边回头打量于敏真。

于敏真苦笑,结了账也离开"梦巴黎"。她开着车继续在已经清静的大街上转悠,她不知该到哪里去,自己的家不想回,回娘家免不了又得让父母着急生气,她还不愿意让人知道她选择简业修是选择错了……她不知不觉地又来到市郊的基督教堂,大门关着,里面漆黑,只有守门的小屋里亮着灯。她并不指望在这种时候还能进去,但她又太累了,她曾经是个不知疲倦的工作狂,如今却对生活产生了一种深深的疲惫感,她下车走到大门前,双手抓住门上冰凉的铁杆,仰脸望着教堂黑乎乎的轮廓,教堂的上端顶着皎洁的明月,清辉熠熠,恍兮惚兮,她心里登时产生了一种特殊的静谧,不再憎恨,不再沮丧,也不再渴望,只体验着这份难得的宁静,一刹那间俗虑尘怀仿佛爽然顿释……

门柱上的灯悄悄亮了,于敏真通身沐浴在明亮的辉光之中,她没有动,看见从旁边的房子里走出来一位老者,须发皆白,但白得干净透亮,轻轻站到她的对面,没有呵斥,没有发问,只是静静地看看她,又顺着她的视线看看夜空,轻轻地说:"这儿的月亮要比市内的亮。"于敏真也没有转头,怕破坏这奇特的氛围和这种让她感到非常舒服自然的交谈,轻轻地问:"是吗?"

老者的声音极其柔和:"有些大家都认为是正确的话不一定就真的正确,比如,外国的月亮并不比中国的月亮圆,天下乌鸦一般黑,等等。我去过乌拉圭,那儿由于接近赤道,月亮的确比中国的月亮又大又圆,泰国就有一种白乌鸦,还有一种花脖儿的乌鸦。"于敏真惊异地看看老者,那脸容和眼神很吸引她,此时她渴望交谈,不想让已经开始的谈话中断,便说:"这样静静地看看月亮真好,我不知道有多长时间没有看过月亮了。"老者说:"人能在世上生存,全赖上帝赋予的奇妙官能,例如一双眼睛,就像一部精巧而又极端复杂的照相机,如果利用现代科学技术造一部具备眼睛功能的照相机,体积要像成人的身体那样大。眼睛还具有属天的本性,人类只有用眼才能超越地球的局限,许多伟大的思想和理论是由观察天空开始的,最初的哲学家都是天文学家,从看天知道了地球是圆的,还能自转……"

于敏真脸上平和下来:"听您的谈吐不像是个一般的守门人。"

"我是个退休的医生,自愿到这儿来为寻找基督的人开门。"

"医生?您有家吗?"

"有,一大家子,老伴儿和儿女们也都活得平安喜乐。"

于敏真忽有所动:"真好,人一生最重要的不就是能平安喜乐吗?这四个字看似很普通,要做到可太难了,现代人相爱容易相处难,想白头偕老就更难乎其难!"

"因为你在怀疑中,所以更需要信任,需要信心。"

于敏真一惊:"您说什么? 您认识我?"

老者摆摆头:"亲人们总是习惯于在善意下相互误解和彼此伤害。"

老人无疑是个智者,她请教:"您能告诉我男人心目中理想的妻子是什么样的吗?"

"理想的妻子就是拥有理想丈夫的女人。"

"哦……"于敏真没有马上能理解这句话,"我无法想象您的全家那种平安喜乐的生活状况是怎么维持的?"

"你能想象它,它就会发生。"夜风寒冽,老者见于敏真穿得单薄,抱紧了肩膀,就问,"你是想就这样站着谈下去,还是想到里边来坐一坐?"

她不好意思了:"对不起,我是不是打扰您了?"

"你可知道我是多么希望被到这儿来的人打扰啊!"

"我可以到教堂里面呆一会儿吗?"

"当然。"老者说完就把大门打开了。

第 28 章

清晨,金克任走进自己的办公室都来不及落座,弓着腰翻看桌上的文件,一只手端着滚烫的瓷杯在吸溜吸溜地往嘴里喝着热茶水,另一只手则飞快地翻着文件,有些文件稍稍一翻就被他扔到办公桌下面的铁筐里,心里已经在骂骂咧咧了:"越是无聊的单位文件越多!"还可以再加上一句:"越是没有事干的单位越喜欢发文件!"他生气地把最后一个文件摔掉,放下茶杯,拿起文件包要出门,恰在此时桌上的电话铃响了,他反身不是先拿电话,而是先抓起刚才没有喝完的茶水,然后才摁下扬声器的开关:"喂,"扬声器的声音很大,像小喇叭:"是金副市长吗?""是啊,您是哪位?"其实他已经听出对方是谁了——"我是常以新,来书记今天上午回来,你得跟我到机场去接一下。"

金克任哼哼唧唧地想托辞:"哎呀,真是不凑巧,我今天上午有活动,你应该早通知啊……"

"克任同志,不管你有什么活动都得推了,你想想,书记出国回来,市长不去接,你若再不去,这合适吗? 叫书记会怎么想? 有些事不能做得太明了吧?"

"你说不能做得太明了是什么意思? 我怎么听不明白?"

常以新可能自知失言,赶紧遮掩:"明白不明白都别想那么多了,快一点吧,我在机场等你。"金克任关掉电话,喝着茶水磨蹭着……这就叫武大郎服毒——喝也死不喝也得死,他只能下楼登车,直奔机场。

你瞧来明远回国挑选的这个日子,寒潮催动着沙暴滚滚而下,大风呼啸,天气奇冷,阳光被包裹在黄沙里,黯淡而阴沉,仿佛这位书记一回来,梨城就要闹地震,或有其他灾难降临……飞机披着沙尘从天而降,金克任他们站成一排在机场里面迎候,为首的常以新身着海军蓝大衣,一派首长架势,金克任则把自己包裹在鼓鼓囊囊的防寒服里,数胡光穿得最单薄,西装笔挺,被冻得唧唧索索,嘱咐记者们要多拍一些书记的特写镜头,今天没有对比,记者们的工作要容易些。来明远神采焕发,浑身一尘不染地走下舷梯,中国人从国外归来,身上总像镀了一层金粉一样,有种莫名的矜持和满足。他眼光精亮地搜索来欢迎他的队伍,没有看到卢定安,眼皮不易觉察地抹搭下来,嘴角轻轻抽动着,常以新赶快伸手向前,先道辛苦,再问身体怎么样,第三项是以肯定的口气设问:"收获一定很大了?"这是欢迎任何一个从国外归来者的统一试题。

来明远满面春风:"收获非常大,揽了几个大项目,有些投资数目惊人,比如半岛集团,想给我们投二十个亿的美元……"

常以新故作惊讶:"好啊,找个时间听您讲一讲。"

以来明远一贯的从容和智慧都显得颇有些踌躇满志,或许这也是他的一种姿态:"是得碰一碰情况。"

常以新又关切地说:"先好好休息两天再说。"

来明远依次和来迎接他的人握手,按规矩后面的人就不要再轻易问话了,因此握手很快,然后各自上车,该去哪儿的奔哪儿。

对卢定安来说,并未跟市委书记公开吵过架,说双方矛盾有多大未免夸张,但要说跟来明远关系融洽、配合默契显然也不是事实,这种别别扭扭已经够让他挠头的了,如果还要赔着笑脸装作什么事情都没有发生过,那更比宰了他还难受,他已经不愿意再用装腔作势表示亲热或弥补裂痕……来明远出访归来并不是什么令人愉快的好日子,他自然要躲出去,躲到梨城港,这是一座雄浑壮阔的集装箱集散地——展开的码头像弯曲的长臂拥抱着烟波浩渺的海湾,巨轮,塔吊,五颜六色的集装箱排列成一个个方阵,组合成四方四角的铁山,上下呼应,错落有致。一片片犹如现代国际建筑博览会一样的厂房,远近相峙,意境各异。在一片开阔地的周围,有几台挖土机和推土机摆好了要工作

的架势,中间搭起一个临时的牌坊,上贴一行大标语:

美国环球电讯公司奠基典礼

牌坊下集结着一大群人——几位中外贵宾背靠牌坊,更多的人是面向牌坊。滨海经济新区规划局长姜明,风度翩翩,喜不自胜,跟上次挨卢定安骂的时候判若两人。他和一个美国人共同主持这个奠基典礼,美国人用英语报完程序,他再用汉语重复一遍:"环球电讯(中国)公司,奠基仪式现在开始,请环球电讯公司总裁戴维斯博先生致辞。"

戴维斯博深沉老练:"非常感谢尊敬的市长先生能出席今天的仪式,据说中国有这样一句老话,叫做好马不吃回头草。环球电讯是一匹快马——电讯的最大特点就是快!我们最早相中的就是这个地方,中途又很遗憾地离开了梨城,这次回来就是吃回头草,但我很高兴我们终于又回到了梨城。这里环境优美,交通便利,经济发达,我对环球电讯(中国)公司的未来充满信心。再一次感谢卢市长和各位贵宾!"

大家鼓掌,姜明又宣布:"下面请梨城市长卢定安先生讲话。"

美国人带头鼓掌。卢定安眉头舒展,矜持自重:"我热诚地祝贺美国环球电讯公司落户梨城,并坚信戴维斯博先生今后绝不会为这个决定后悔。亚洲的太平洋沿岸地区比美国和欧洲加在一起还大一倍,人口占世界人口的一半,到二〇〇〇年将占到三分之二,而欧洲届时只占世界人口的百分之六。亚洲拥有三万亿美元购买力的市场,每周购买力的增长额为三十亿美元,无论从地理、人口还是经济的角度衡量,这个地区对世界都是举足轻重的,世界贸易中心从大西洋向太平洋迁移的动力,就是亚洲的经济奇迹。中国还有一句老话,叫没有梧桐树引不来金凤凰——这一片滨海地区,以北方最大的集装箱集散地梨城港为龙头,以在全国名列前茅的梨城经济技术开发区和保税区为骨架,已经形成一个以新兴产业和外向型产业为主导、高度开放的现代经济新区,我们梨城最大的经济增长点就在这儿。我欣赏并感谢戴维斯博先生的眼光和对我们的信任,祝愿环球电讯发达兴旺！"

除去死了的赵勇,和被认为是杀人凶手的丁起,其余赵、丁两家被抓走的人都放出来了,赵武还没有进自己的门,就冲着丁家又骂上了:"我们赵家人丁兴旺,死一个还有哥仨哪！丁起那个王八蛋杀人偿命,叫你这个老浑蛋断子绝孙！"丁怀善在屋里拦住女儿女婿,自己站出来了:"小子,是不是还想打？你有种想要我这条老命就动手吧！"

警察走过来吆喝:"刚放出来,又想夺刺儿,嫌死一个太少是不是？"

赵武和丁怀善相互仇视一番都回头钻进了自己的小屋。丁怀善对两个女儿女婿说:"你们立刻各回各的家,把这屋里的东西能拿的都拿走,我有事自会去找你们,你们没有事不要到这里来了。"两个女儿哭哭啼啼:"起子怎么办？他还没结婚哪……"

"我会救他的。"丁怀善到拆迁现场找到简业修,把他拉进自己的家,未曾说话先掉泪了:"简主任,是赵家找茬儿先打的人,我儿子不该死啊！"简业修发蒙:"您跟我说这个是什么意思？"

"听说你认识咱们梨城最好的律师,求你给我写个纸条,我去求她。"

"您是说许律师？"简业修有些为难,推托着,"没有这个必要,她很好说话,你直接到办公室去找她就行……得空儿我给她打个电话。"

丁怀善催他:"你不能马上就打吗？这是人命关天的事,耽误不得。"

简业修的电话本放在办公室里,正要回去,自己身上的移动电话却响了,打开来是杜华正的声音,气愤而焦虑:"你拆迁的地方有个叫胡义的瘫子吗？正在市政府门前绝食,你快点弄辆面包车把他接回去,越快越好！"简业修反感:"哎,杜头儿,他是你区里的居民,这是你区里的事,为什么给我打电话？"杜华正的嘴更不饶人:"简大主任,都这时候了你我就别再分得那么清楚啦！是你拆他的房子他才出去闹的,你们危改办的工作要是能再做细一点,还会出这种事吗？染整厂静坐的屁股我们还没擦干净,求你千万别再给我们区捅娄子啦!"简业修越发地不快:"杜大区长,我们开发三义里可是帮你区里的忙,你如果这样倒打一耙,我可不管啦!"李强也满头大汗地跑过来:"你知道啦?"简业修顺势把电话交给了他:"杜头儿跟我发不着火,你跟他说吧。"李强接过电话一味地"啊啊"了半天,不知杜华正又跟他说了些什么,挂了电话他还在犹豫着:"业修,还是请你辛苦一趟吧,你处理这种事有经验,就算我求你还不行吗?"简业修嘴角吊着一抹冷笑:"我可以出面处理这件事,但责任要分清楚,你们河口区不能还没有过河就拆桥。"

李强苦笑着叹口气:"算了吧,老弟,谁是怎么回事大家心里都很清楚,眼下十万火急就别抠字眼儿了。"

简业修神情爽然:"好吧,我陪你一块去。"

李强却还要耍滑头:"你知道胡义不讹你专讹区里,我一出面他乱提要求反而不好办,还是你带拆迁办的人去,我在家守摊静候佳音。"

简业修做出一副无奈的样子:"好吧,我多受点累没关系,关键是要把责任分清楚。"

李强直作揖:"我心里有数,你老弟是个顾大局的人。"

简业修叫上两个警察,坐王建的大发车来到市政府门前。所谓绝食的瘫子叫胡义,四十多岁,并非半身不遂,而是双腿从大腿根处截掉了,他眼前围着一圈人,地上还扔着一些零钱,显然人们是把他当成要饭的了。他其实也真像个要饭的,浑身脏兮兮……王建把大发车径直开到他跟前,正好大发车的车门宽,简业修和两个警察跳下车,不跟他废话,一使劲,连胡义带他的轮椅一块搬上车,胡义挣扎、叫喊:"帮我把地上的钱捡起来!"简业修笑笑,又弯腰去替他捡散落在地上的几枚硬币。

夏晶晶也乘出租车来到,举着相机添乱……简业修把她也赶上了王建的车,自己才最后一个跳上去,劈面就问胡义:"看你这个嘻嘻哈哈的样子,是在这儿绝食,还是要饭?"胡义蓬头垢面,倒很开朗:"有人扔钱咱能不捡着吗?"简业修不耐烦:"咱们不都说好了吗,你的问题先去跟厂子商量一下再说,怎么又跑到市政府门前出洋相?"胡义吐吐舌头:"简主任,我不出来不行啊。"

"为什么？"

"我老婆逼我，她不给我好脸子看，甚至不给我饭吃……"

整车人全都笑了："怎么还有这样的老婆？你就这么听她的？"

胡义自嘲："咱不是没有腿嘛，降不住人家。"

回到他的家门口，警察把他抬进屋，他老婆不抬眼皮，也不给警察让座，简业修说："胡大嫂，你们有困难说困难，但不能再逼老胡出去闹事，他在外边惹出事来不也是你的麻烦吗？不是给你丢人吗？"

胡妻眼光阴沉，脸上都是横线条，一看就是个相当难惹的角色，冷了半天场她才张嘴："都混到这个地步了我不怕丢人，这家里也没有他呆的地方，我们的困难跟别人家的困难不一样，他是工伤，是为国家把两条腿轧掉的，国家就应该找地方养着他！"

简业修也没有好气儿："那是他厂子里的事，实际情况不也是国家在养着你们全家吗？我们只负责拆你住的旧平房，按政府规定再给你们安排新的住处。"

"政府要真想解决我的困难，就得满足我的要求。"

"你的要求是什么？"

"要是给平房，就得给我三间，要是给我楼房，就得是三室一厅。"

屋子里外看热闹的人都笑了："你可真敢要价，也不怕闪了舌头。"

胡妻眼睛一翻："管好你们自己的舌头吧，这里有你们嘛事？我不能跟他住在一间屋里，他一间，我一间，孩子将来长大了不也得用一间房结婚吗！"

"这得跟老胡的工厂商量，如果工厂肯出钱，你要五间我们也没有意见。如果你靠我们解决，只能根据你现在的居住面积，适当给一些照顾。但我告诉你，要想解决问题，就别再逼老胡上街闹事了。"简业修说完就走出了胡家的屋子，他用不着也没有工夫跟这样的女人多费唇舌，两个警察却留在了胡义的门外，以防他再被老婆赶出来……等外人一走，那个女人果然在屋里又跟胡义吵起来了："你这个窝囊废，你被人家关起来了，你就不闹？难道你就认了？"

又是一个崭新的早晨,三义里的墙上新贴了用毛笔写的大字布告:

今天是搬迁的最后一天。明天,施工队伍将进驻现场!

王恩柱在布告前拦住简业修:"简主任,我是共产党员,不想闹事,也不想当钉子户,可我拿不到一分钱的拆迁费,自己虽然有点积蓄,但离着能买个独单元还差得不是一星半点,政府总不能拆了我的住处,眼看着我连个藏身的窝都没有吧?"简业修语气诚恳:"我根本就没拿你当钉子户,问题是像你这样自己搭小屋的人家特别多,如果给你一算面积,那些已经办完手续的人呼啦又都回来了,我们就没法办了。我有个主意,但不知你是什么心气?"

王恩柱立刻燃起一线希望:"您说。"

"你给自己买个独单元,有多少存款拿出来,不够的部分由九河公司先给垫上,以后慢慢归还。如果你想这么干就去找那位叶部长要一张表,填上每月能还多少,多长时间还清,到单位盖章,这个工作很快就移交给银行办理了。"

王恩柱不语。其实,谁手里都有点存钱,能赖就赖一点,万一赖到最后捡个大便宜呢?简业修这个办法可够绝的,他又催问:"怎么样?这是从国外学来的,借钱买房,钱会不断地贬值,而房子是不动产,会逐渐升值,我看早晚中国人也会明白这个道理,都得走这一步。"

"好主意,我这就去办。"王恩柱盘算一番之后终于下了决心,刚转身要走,又回过头来伸出手,"谢谢!"

迁走一户少一户,简业修带着人一户一户地做钉子户的工作,他来到北侠高登海的房子前,刀枪剑戟等诸般兵器虽然还摆在外面,但上面挂满了尘土,在强大的推土机面前,似乎已很难再起到示威的作用,反倒显得微不足道了。简业修开口先笑:"高师父,想好了没有,选择哪一种方案?"大侠似乎是下了狠心:"我想一步到位,将来不再折腾了。"

"好啊,要这样就是让您看过的那个独单元了。"

"真的不能给我一个偏单元?"大侠仰着硬邦邦的头颅露出央求之意,"你看我这些家伙一间屋子怎么摆得下?"简业修苦笑着继续磨嘴皮子:"这么多年您不就在这十平方米的房子里放着吗? 再说请您看过的独单元建筑面积是四十多平方米,是这儿的四倍,如果您真的还嫌小,就自己再加一点钱买套大点的房子。""我一个练武的哪来的钱?"大侠长叹一声,见简业修丝毫没有要松口的意思,只好自己找台阶下来,"行啊,既然你们不想给大的了,我也就只好要那个独单元了。"简业修又松了一口气:"您是有头有脸的人,如果您同意了,我建议您早搬,别耗到最后,好像有点被强迫搬迁的意思,显得没有面子。"

"我想等着看看赵家的案子怎么判……"

"您先搬走,然后回来轻轻松松地看审判。"

"也对,可我还没有找帮忙的人哪。"

"这好办,我叫拆迁办公室的人来帮您。"

王建把大发车开到高登海门前,车上跳下来一帮年轻的小伙子,哪有拆迁办公室的人,都是闲着没事干自愿来帮忙凑热闹的人,他们高高兴兴,舞动着兵器,连闹带玩儿地把高登海的东西装上了车。

有人喊:"要不要放挂鞭?"

"放! 该有的程序一个也不能漏下。"

杜觉来到三义里拆迁现场找到了夏晶晶,为她的样子和变化吃惊不小,她穿一身紧绷绷的牛仔服,显得双腿修长而结实,青春躁动的屁股被箍得滚圆,格外突出,短发扦挲,带着野气,惟大眼长睫仍闪射出勾魂摄魄的魅力。他近前招呼:"夏小姐,你好。"

"你好。"夏晶晶显然已经不记得他是谁了。"你不记得我了? 那天在市政府举办的招待会上……"杜觉自信只要是梨城的女孩子凡见过面的就都不会再忘记他了,而在这位美国小姐面前他们两人的记忆力却正好倒了个儿。

"噢,"夏晶晶仍然想不起来,"你找我有事?"

"请你到另一个拆迁现场看一看,帮那个区一点忙。"夏晶晶大眼澄明,露出温煦的微笑,并用手指点着自己的鼻头:"我? 你找我帮忙?"

"很简单,我在跟你父亲通电话的时候你只要如实地把你看到的情况告诉令尊就行了。"

夏晶晶疑惑:"我得请示一下我的领导。"

"你也有领导?"

夏晶晶把他领到简业修跟前,杜觉还隔着老远就站住了,定定地望着简业修。简业修一见杜觉也心火蹿升,他明着没有跟任何人讲过,但心里一直猜疑给他送花圈写恐吓信就是这小子,即便不是他亲手所为也是他指使人干的。他居然还敢找上门来,是想探探他的虚实,还是想看他的乐子? 两个人都没有先说话,这有点仇人相见分外眼红的架势——眼睛是一种奇妙的器官,人的七情六欲都可以通过它放射出来,两小团黑白分明似水似肉的黏性物质,却可以通灵,用来杀人、骂人、恨人、侮辱人……夏晶晶大概也感觉到了森森杀气,便插在中间说:"你们两个原来不认识啊?"她指指杜觉,"我无法介绍你,只能跟你介绍我的领导简主任。"

杜觉冷酷而平静:"我认识他,但他不认识我了。"他主动上前伸出手:"你好,简主任。"

简业修不想让夏晶晶看到自己太没风度,也伸出手:"又是什么风把你给吹来了?"

杜觉索性挑破两人之间的隐秘:"你毁了我朋友的买卖我还没有跟你算账哪。"

简业修沉着脸:"这是从何说起?"

"别装傻,要买染整厂那块地的是我朋友。"

"噢,是你和你那个朋友的心太黑太毒了,惹出了那么大的事件,那件事好像还没有完哪! 怎么,你就是为这件事来的?"

"完没完那是你的事,对我来说那事已经过去了,其实那件事本来就跟我没有多大关系。今天我来是想借你的一个人用一下。"

"谁？"

"夏晶晶小姐。"

简业修一时没听明白，杜觉解释："韩国人不守信义，中途撤火，把城厢区坑了，其中不也包括你简主任老父亲的房子吗？当然也把我这中间人给撂在旱岸上了。我想把晶晶小姐的父亲请来救火，不过你可不能利用跟晶晶的关系再把夏先生拉到你这儿来，你这里要风有风，要水有水，人才济济，美女如云，不能吃独份的，要让大家都有口饭吃。再说你现在的身份是负责全市的危房改造，心里不能光有一个九河公司和三义里。"

杜觉虽然语带讥讽，但讥讽中又透出和好的意思。但"美女如云"四个字就像给了简业修一拳，打得他心口剧痛："我也得提醒你，三义里归河口区管，河口区的区长正好是令尊，我的九河公司实际是在帮你杜家的忙，你应该感谢我才对，再在暗中拆台我可就不客气了。"杜觉大度一笑："你多心了，我们是多年合作的老朋友，我什么时候拆过你的台？好了，书归正传，你到底是借不借人？"

简业修实实在在地信不过杜觉，却又没有理由阻拦，便问夏晶晶本人："你愿意干这件事吗？"夏晶晶笑得很甜："我知道你要说什么，注意安全！"

杜觉拍胸脯："安全包在我身上。"

简业修看看杜觉，那神情分明是说，最不安全的因素就是你。他问夏晶晶："你认识他吗？"夏晶晶摇头，杜觉慌忙自作介绍："我的名字很好记，叫杜觉，也就是说我姓杜的很有觉悟，觉悟很高。还有个解释就是杜绝一切腐败和不正之风！"

简业修嘴角一撇："谐音是断子绝孙的绝。"这正是恐吓信里的话，他说出来观察杜觉的神色。杜觉打岔："多难听啊，你至于跟我有这样的深仇大恨吗？"他转脸对夏晶晶说，"小姐，既然你的简主任同意了，咱们就快走吧。"

夏晶晶对简业修说："我马上就会回来的。"

简业修本来就没有道理阻拦，话说到这个地步，也只好做个顺水人情了:"既然晶晶小姐愿意帮这个忙,我有什么理由阻拦。"杜觉跟简业修告别:"老兄,你早就答应过我,找个机会我们聚一聚,不要发了大财就忘了老的合作伙伴!"

简业修勉强一笑,没有作答。跟杜觉用不着耍嘴皮子,今天已经把两人间的那层虚伪捅破了,心里倒也感到一阵痛快,今后再不必顾忌杜家的势力,反正跟他们没有好了,能这样豁出去也许反倒会让杜家惧怵三分……

杜觉驾车拉着夏晶晶先来到同福庄,他们没有下车,透过车窗看见在老平房的废墟上,又零零散散地搭起几十座不规则的窝棚——有帆布的,有竹帘子的,有用砖头垒起来的……废墟的中央清理出一块较为平整的地方,坐了有一二百人。夏晶晶好奇:"天气这么冷,那些人坐在这儿干什么?"杜觉为她讲解:"他们认为是政府欺骗了他们,要在这儿静坐绝食,直到看见破土动工为止。"

"是政府欺骗了他们吗?"

"不是,是韩国一家公司撕毁了协议。因此,我想请你父亲来开发这块地方,也是帮助这些可怜的百姓……"

夏晶晶很俏皮地说:"你很会……走后门。"

于振乾的办公室主任向他禀报,刚接到市委办公厅的电话,市委书记来明远要到东方集团来视察,车队已经出发了。"书记的车队?"于振乾叮问了一句。下属告诉他电话里的确是这么说的,而且特别强调不是市长是书记。"书记真想亲手大抓经济?"

于振乾放下手头的工作,带了几个人准备到大门口去迎候,他刚下楼,市委书记的车队就进了大门,这是一个庞大的视察队伍,市委副书记常以新,市政府的经济委员会、计划委员会、体制改革办公室、技术协作办公室、统计局、外汇管理局……等等跟经济有关的委、办、局的负责人都到齐了,另外还有两个韩国人,一个是于振乾已经认识的崔太永,来明远把另一个介绍给他:"这位是韩国半岛集团的副总裁李哲三。"

　　真是奇怪的视察、奇怪的组合。常以新跟着就是抬轿子来的，自然先说明来意："来书记刚从国外回来，时差还没倒过来呢，就来看你们集团，可见对东方电子是多么重视和关心了。"于振乾点头赔笑，平时这位气度不凡、自我感觉不错的"老总"，感到腻烦，心里说，从日本、韩国回来有什么时差可倒？他问来书记是先到接待室休息一会儿，还是先看企业？来明远风风火火地表示要先看企业，于振乾便陪着他们先下去。他们到下边又能看出什么来呢？无非是看看表面自动生产线，看看车间内是否整洁有序，有没有闲人……倒是韩国人提了许多很具体的问题，于振乾拣该说的做了回答，最后他带着这群莫名其妙的参观者回到集团总部的贵宾接待室。来明远温重、严肃，大概因为有外国人在场的缘故，不愠不火地始终保持着一种顶尖人物的权威感，还有一种给东方电子集团办了一件大好事的满足感："于总啊，我请的这两位韩国朋友之所以来考察你们集团，是准备跟你们合资……"

　　按理说，市委书记能给一个企业拉来合资伙伴，确实不是坏事。可于振乾却感到震惊，非但不买账，还怕来明远再说出更不得体的话就急切地打断了书记的话："谢谢，不必了，我们已经跟荷兰的FLP公司合资了。"

　　说好听的这叫不识趣，说难听的就是给脸不要脸，不识抬举！来明远好心好意却吃了个大窝脖儿，心里大不悦，脸上却微微一笑，他早年是当秘书出身，学会了用笑表达各种各样的情感，同意或反对，喜欢或厌恶，都可以笑出来，绝对和对方激不起火来，谁如果对他有火就只好找个没有人的地方去跟自己发，骂自己没有修养……常以新代书记答："听书记的，从大局着眼，或许跟韩国的半岛集团合资更好一些。"

　　"也许是，但一个姑娘不能同时嫁两个婆家，我们跟FLP的合资已成定局，从明年的元旦起就要挂牌子，不能变了。"于振乾还相当固执。来明远在下级面前并不总是好好先生，口气不很生硬却有了命令的意味："没有不能变的事，世界天天都在变，成功就永远属于那些能够享受变化并能进行自身变化的人。"

于振乾知道来明远是在动真的,他不能再当着韩国人的面跟书记争了,求助地看看那些跟来的各经济部门的负责人,那些人却躲避着他的眼睛⋯⋯真是可悲,如果说来明远不懂,他们还不懂吗？于振乾毕竟是主人,只好自己先转移话题:"来书记,晚饭是在我们集团吃,还是到外面去吃？"

来明远倒是不忘主题:"不要在吃饭上浪费时间,我们还有两三个企业要看,你跟李、崔二位先生商量一下关于合资的具体事宜,是到他们下榻的饭店里去谈,还是在你们这里谈？"李哲三赶紧说:"还是请于先生到海湾大酒店 666 房间去谈更方便些。"

于振乾脸一沉:"我没有什么不方便的,就在这里谈吧。"

来明远起身,立即又是满面阳光了:"那好,我们先告辞。"

于振乾先送走了市委书记率领的视察队伍,来明远在上车的时候又一次小声嘱咐于振乾:"振乾同志,对合资要有诚意,从大局着眼,我们急需外资,急需域外的合作伙伴,原则上先答应下来合资,至于具体条件以后再慢慢谈。"

于振乾大惑:"不管人家提什么条件都先答应下来？这还叫谈判吗？"

来明远高高在上地提醒到:"总之先不要谈崩。"

"必崩无疑!"于振乾没有说出声,直到他回到贵宾室还有些心不在焉,对来明远他不敢发火,对这两个韩国小子他就毫不客气了:"恕我冒昧,你们半岛集团为什么忽然对我们东方电子发生了兴趣？据我所知,由于你们单方面撕毁了开发同福庄的协议,害得那里的居民天天在冰天雪地里静坐哪!"

李哲三敏感高傲:"于先生真是爽快人,我也就不绕弯子了,你们梨城渴望外商来投资,我们恰好有资金想投,经过一番比较,觉得把钱投到老房子的改造上,不如跟你于先生的东方电子集团合资更好一些。"

"你们的条件呢？"

李哲三逼视着于振乾:"我们占百分之五十一的股份,你们现有的员工只保留百分之四十五,合资后的产品一律使用半岛的商标……"

于振乾笑了。

"于先生笑什么?"

"没什么,我们正好想到一处去了,我们合资的先决条件也是所占的股份不得少于百分之五十一,我们的员工一个不能裁,无论产品销往国内外一律使用东方的商标。看来关于我们两家合资的事是话不投机半句多喽!"

李哲三显然没有想到于振乾会不顾市委书记的一再嘱咐,态度竟强硬如此,想把话再拉会来:"不要这么匆忙下结论。"

于振乾却站起了身子:"对不起,我还有些别的事情要处理,恕不奉陪了。"

李哲三似乎胸有成竹:"那好吧,我们先告辞,改日再谈,我有信心于先生是会转变态度的。"

两个韩国人走的时候于振乾没有出屋,脸色青白,愤怒无比,他的副手想替他消气,用轻蔑的口吻调侃:"真不知这两个韩国人的信心从哪里来的?"

于振乾忧心忡忡:"这你还看不出来? 我们的市委书记就是他们的信心,以前只听说韩国人做我们上层领导人的工作是无孔不入、不惜本钱的,今天一见算是服了。"

"关于我们跟谁合资,这不是书记能下令的事。"

"可他已经下令了!"

第 29 章

几天后,于振乾就被请到了市委书记的办公室。来明远对他很客气,先问了他许多闲白儿,诸如年纪多大,身体状况如何,孩子几个,参加工作没有……于振乾假装为书记的体恤下情而感动,实际是并不认真地胡乱应对了几句。他很清楚来明远也并不是真正想了解这些情况,你即便很认真地告诉了他,他一转脸就忘,下次见了面还会再问这些问题,也许等一会儿就会第二次重提这些问题。他只是内心焦躁却又不得不很有耐性地等待书记说出叫他来的真实意图:"振乾同志,听说你们企业对跟韩国半岛集团合资的事顶劲很大。"

"是的,大家想不通,而且那两个韩国人这两天竟然又去了几次,胡乱提问,指手画脚,俨然已成了东方的主人,惹得职工很反感。"

来明远感叹:"这就是人家的作风,踏实、负责、锲而不舍,想干的事一定要干成。"于振乾发愣,他没有想到书记是这样看同一件事。实话说,于振乾敬重的只是市委书记这个职位,就是把个稻草人放在这个位子上,他也得礼让三分。从他心里对来明远本人并不太看得起,平庸无能,不干自己该干的事,对一些不该管的事却偏偏要一杆子插到底,还是过去给头头当助手当秘书养成的毛病,凡事都抓得很具体,专抓该让别人去干的小事。人不是坏人,如果当个普通百姓可能是个好好顺民,身为一个大城市的一把手岂不是误国误民嘛!因此他跟来明远说话就直来直去:"来书记,他们这一招儿很阴毒,想不费吹灰之力就毁掉一个竞争对手,夺走了我们的市场,同时也是想占个大便宜,这些年我们的效益一直很好,合进来就等于坐地分钱。"

　　话已经说到这个份儿上,于振乾以为谈话可以结束了,不料来明远根本不为他的话所动,继续和声细语地坚持自己的思路:"人家选择合作伙伴当然要挑选效益好的,我们同样不是也在利用他们的市场、资金和技术嘛。"

　　"那不一样,他们提出的条件太苛刻了……"于振乾忽然觉得跟来明远谈话非常困难,眼前这个出了名的大好人原来极端固执,他的表情让于振乾想到一种白花花黏糊糊的菌类,是动态的,却无情感、无灵性。领导人有野心不怕,只要他还有原则,就怕这种所谓好好书记,虽然没有野心,但也没有原则,更是要命!

　　他又错了,没有野心怎么能当得上市委书记? 而且来明远也有自己的原则,他严肃地告诫于振乾:"跟韩国的半岛公司合资我已经答应了,没有商量的余地,因为半岛准备给我们梨城投资二十亿美元,我们现在就是缺这笔钱,而人家就是以跟东方电子合资为先决条件,从大局出发,就是牺牲你们东方电子也值得!"于振乾几乎要叫起来,你市委书记有什么资格替一个企业答应与人家合资的事? 就是你答应了也没有权力压我们买账! 尽管他一向自认是位绅士,此时口气中也带着明显的不屑:"从长远看,我们自己赚到这个数也不难,甚至还不止这些……"

　　"振乾同志,你这账是怎么算的吗? 合资后我们的效益也只会增加而不会减少,你让人家赚钱,我们也才好赚钱嘛。为什么能够跟荷兰合资就不能跟韩国合资呢?"

　　"他们的条件完全不同!"于振乾快要疯了。来明远的气色还是那么平和,觍着一张永远没有高潮的脸,不厌其烦地做着说服工作:"那就看是什么条件了,给你们的小条件好你们就干,市里找的合作伙伴,给全市的大条件好你们反而不干,到底是为谁合资? 你们的班子里谁不同意就换人,换了新的领导班子也得合。"

　　这说服中夹带着明显的警告。

　　于振乾被激怒了:"如果市委下这样的命令,再出了什么事情我这个总经理可就负不起责任了。"来明远仍有耐性跟他讲解其中的利害:

"你不负责谁负责？你如果实在怕负责任，我想偌大一个梨城市或东方电子集团不至于再也找不出一个敢负责任的人吧？我也不相信我这个市委书记就连这点小事都决定不了，不过我还是要提醒你，关于合资的理由不必跟职工群众讲得太细，以免话传话造成误会，引出不必要的麻烦。"

于振乾觉得自己闯进了肉头阵，他想破破不了，想逃逃不掉！

杜觉难得在大白天走进黄埔花园，他明显地带着一副着急的样子，熟门熟路直奔杜锟的书房，老爷子戴着眼镜在看一摞"红头文件"……杜觉进门就嚷嚷："嘿，您累不累呀，看了一辈子文件还没看够？"

"没办法，这是老习惯了，几天不看文件心里就总觉得缺了点什么。"杜锟嘴上抱怨着。孙子略带讥讽："行啦，这是政治待遇，三天不给您文件看您就会受不了。"

"你这个时候来，不会是关心我看什么文件的吧？"

"是请您搬家。"

老头儿警觉地摘下眼镜，用古洞一样深邃的目光盯着孙子，神色也立即恢复了领导者的威严："为什么？想让我往哪儿搬？"

"我在土木花园里留出一套别墅，建筑面积不小于六百平方米，那是真正的花园。目前可以说是梨城最豪华的住宅了，建筑的基调全部是牙黄色，按中国传统就是帝王之色。讲现代文化，则具有欧式的高贵和典雅，只有您去住才压得住，您可以在里边养老了。"

杜锟把脸往下一掉："我哪儿也不去，我当过市长、当过市委书记，理应住国家的房子。"

"土木花园也是国家的。"

"你和你爸爸都以为我是聋子、瞎子，听不到人家对你们有什么反映吗？"

"干事就会有反映，这才是正常的，您当年管事的时候就没有人反映您吗？"

"别打岔，我的住房问题轮不上你来找我，叫卢定安来跟我谈。"

"哎呀，您就给我一个面子吧，美国的资金是我拉来的，由土木集团承建，所以您就当帮您孙子一个忙嘛！"

"你有什么资格代表市里给我安排住房？"

"这不是市里的意思，而是我的意思，因为这是人家投资方的要求。"

"哼，我早就知道是这么回事，夏阳春以买下黄埔花园作为投资的先决条件，这是对共产党，对我，对梨城人民的侮辱！这黄埔花园原来就是他夏家的，曾经被我们赶走的国民党旧参政院院长的儿子，仗着有钱，以投资为名，实际上是实施私人报复，是还乡团式地反攻倒算！偏偏我们这些革命干部的子孙也不争气，见钱眼开，惟利是图，只知道人家有钱，就低三下四，要什么条件都答应，真是人穷志短啊！"

在他爷爷最激愤的时候，杜觉笑了，笑得像个无赖："您说对了我的爷爷，人穷志短是一般规律，古今中外，少数精英人物偶尔也许会有人穷志不短的时候，当一个国家一个民族，处于贫穷和落后的状态时，普遍现象必然是人穷志短，从上到下，从内到外，随处都可见到人穷志短！"杜锟被气个半死，被噎个半死："这是什么怪论？你们不能什么都卖，革命的尊严、我们这些老家伙的尊严，也能卖吗？"

杜觉却从容答对："对呀，您再问一句，为什么人家拿钱能够买到尊严？这说明没有钱就没有尊严。你们老一辈当年曾经靠枪杆子维护尊严，现在是靠钱维护尊严，我用钱还能够买到您用枪打不下来的东西，因为时代变了。"杜锟神色迷惘："时代变得只认钱不认人了？"杜觉步步紧逼："既然人必须得崇拜点什么，崇拜金钱又有什么不好？"杜锟简直不知道该说什么好："小觉，你是我们杜家的子孙吗？"

大买卖要耽误在自己的爷爷身上，杜觉也有些来气："既然这是国民党遗老的房子，您为什么又这么留恋这儿呢？之所以舍不得这个地方，大概也恰恰因为这儿曾是夏家的老宅吧？您在这儿有着太多的回忆，住在这儿便于怀念过去的许多事情……您难道就不知道您在这儿住一天，梨城人就会议论一天吗？"

"议论什么?"杜锟气仍然很粗,却已经不敢面对孙子的眼睛了,这小子嘴冷,为了钱什么话都敢往外扔,当爷爷的叫孙子揭了老底儿,那老脸可真没有地方搁了。

"爷爷,这还用我说吗?"眼下的形势显然是爷孙颠倒,孙强爷弱,在杜觉的强悍中还有一种爽朗的洒脱,"为了您不愿意搬出黄埔花园,同福庄就像是梨城的一道大伤口一样长期晾在那儿,老百姓能不骂街吗? 上边能不怪吗?"杜锟打个寒噤:"你说不说都没有用,想叫我搬家得走正式的渠道,我就是走也绝不会去住你那个什么土木花园。"杜觉冷酷,且全无顾念:"爷爷,您可真是老了,跟自己的孙子什么话不好说? 还不就着台阶下来,等卢定安下了令您不也得搬吗? 如果跟他闹得太僵,把过去的老故事倒腾出来,您丢了晚节,老脸往哪儿放? 如果再影响到我爸爸当不上副市长,砸了我的买卖,您想想,为了那点旧情值得吗?"

"你给我走!"

"我走可以,只是可悲可叹,不管何等人物都一样天生拒绝真话,亲近谎言。"

晚上,简业修回到家,宁宁在做功课,抬起头喊了他一声。于敏真坐在儿子旁边看一本很厚的书——那是《圣经》,知道他回来了连头也没有抬,宁宁又问了一句:"爸你吃饭了吗?"简业修闷声回答:"还没有,你们吃了吗?"宁宁先看看母亲,然后才说:"我们早就吃完了。"

于敏真仍旧没有动地方,甚至也没有让眼睛离开《圣经》。简业修放下包,看见餐桌上没有给他留菜留饭,他进了厨房,厨房里也干干净净的已经收拾好。自从"花圈事件"之后,每天不论多晚他都要回家睡觉,晚饭也尽量回家来吃,但早晚就难说了。过去他给于敏真写的检查已经作废,眼下两个人正处于冷战阶段,相互基本不通话,更谈不上电话联系,他回来早了,赶上人家母子正在吃着,他坐下也跟着吃是顺理成章。像今天这样回来晚了,可就尴尬了,人家也不知道他是不是回来吃,没有给他留饭也是合情合理……他决定先去洗澡。他一进了卫生间,于敏真也放下书来到厨房,从冰箱里拿出剩菜剩饭,重新上锅加热。她面无表情,但手脚麻利,等到简业修从卫生间出来,餐桌上已经花花绿绿、热气腾腾地摆好了,菜是菜,饭是饭,汤是汤。于敏真又回到儿子的房间,该做的她还做,但是没有话和笑脸——这更厉害,比撒泼胡闹更具震慑力。在她刚才离开儿子房间的时候,宁宁就放下了笔,从书包里掏出一个黑色的类似手电一样的东西把玩不休,这个东西前面有两根突出的黄色铜棒,捅到什么地方就会爆出一团刺眼的电火花,发出"劈劈啪啪"的响声,于敏真吓得一哆嗦:"这是什么?"

宁宁炫耀着举起手里的宝贝:"电击枪,你看,没事的时候可以当手电用,遇到坏人这么一捅,他就受不了啦!"

"你从哪儿弄来的?"

"小常叔叔从警察局给我借的。"

"你不能带这个,明天还给小常叔叔。"

"为什么? 碰上坏人怎么办?"

"真的碰上坏人,恐怕你这个电击枪电不着坏人,反而让坏人夺过去在你身上试验。"于敏真翻开她刚才看的《圣经》,念道:"你听着……于是那些人上前拿住耶稣,有跟随耶稣的一个人伸手拔出刀来,将大祭司的仆人砍了一刀,削掉他一个耳朵。耶稣对他说,收刀入鞘罢,凡动刀的,必死在刀下。"宁宁凝神听得很仔细:"耶稣? 我好像听老师讲过这个人的故事。"

于敏真忽然感到一阵欣慰:"好儿子,不能老是想着别人的恐吓,你无时无刻地不在担忧什么时候会碰上坏人,还能专心读书吗? 还能考上好学校吗? 那正好上了写信人的当。坏人之所以躲在暗处写黑信吓唬我们,就因为他胆怯,强大自信的人在患难中要保持信心和喜乐,应当一无挂虑,在别人的错误中看到自己的责任。我喜欢一首母亲祝福儿子的歌,里边是这样唱的:祝福我的儿子,使他够坚强,能认识自己的软弱;使他够勇敢,能面对惧怕;使他知道,认识自己乃是真知识的基石;学会在风暴中挺身站立,心地清洁,目标远大。"

宁宁把电击枪收进书包里:"妈妈,你变了。"于敏真问:"你喜不喜欢妈妈的变化?"宁宁想了想才说:"也喜欢也不喜欢。"

"嗯?"

"喜欢你不再跟爸爸吵架,不喜欢你不答理爸爸。"

"罪过,小小年纪就沾染了男人的偏见,你为什么不怪你爸爸不答理妈妈呢?"

宁宁突然摆出一副大男人的架势:"他不答理你也是不对的,今后谁敢欺负你我都不饶他!"于敏真摸摸儿子的脑袋:"谢谢,好儿子!"

梨城金融中心里的股票交易大厅,像一个巨大的蜂巢,几百只蜜蜂在属于自己的格子间里工作着。跟大厅相通的有一间贵宾厅,里边坐着六七个人,在他们前面的电视屏幕上,正显示着香港股市的行情……空气沉闷,卢定安的心情像闪耀跳动的电视屏幕一样烦躁多变:"这件事我布置有三个多月了,为什么还捏不起来?"屋里的人都低着脑袋不吭声,也有人仰着头面露得意之色。部属们摆出的肉头阵更让卢定安恼怒,"以前是国家不让我们到香港上市,现在好不容易开了绿灯,你们这些天天指责别人思想不够开放的大老板,为什么不懂得利用香港资本市场来集资,以壮大自己呢? 还要叫我说多少遍,资本市场是现代货币经济一个非常重要的部分!"

金克任想缓和一下房子里沉闷的气氛:"在我们还认为市场经济是资本主义的时候都能说得头头是道,批判资本主义几十年了,谁肚子里都有几套词儿。现在要说市场经济也是社会主义,就有些犯傻,当初说过1+1等于1,甚至等于3、等于4。现在该说1+1等于2了,大家反而不敢开口了。"

房子里凝结的空气有点活泛,机械总公司的头头彭开诚,长着一个四棱四方的大脑袋,憋不住先出声了:"市长,香港的形势恐怕没有您想象的那么乐观吧? 我可是听说许多香港人正把资金抽调到国外去,名人们掀起了一股到国外定居热,我上个月刚从那儿回来,各大超市都在甩卖,这时候只有去香港买东西还比较划算,弄几十个亿去……可别肉包子打狗——有去无回呀!"

"你别净看那些小报消息,不就是几个电影明星吗? 去好莱坞,去加拿大,那跟我们有什么关系? 你们为什么不关心一下香港的股市行情?"卢定安手指电视屏幕,"你们看,香港本地的以及外来的投资者,对中国大陆的国营企业在香港上市是持欢迎态度的,甚至有点追捧,上海的实业上市这才一个多月,升幅已经超过一倍了。融资是经济发展的一条高速公路,我们早晚都得上去跑一跑,上去晚了可不如早点上去,早上去早占道,早上去早适应,技术不行提高技术,车不行修车或换车,这条高速公路通向世界,不到这样的高速公路上去跑车,我们还想跟世界对话,跟世界接轨吗?"

金克任补充说:"估计到一九九七年回归之前,香港会大热,股市也必然会跟着上升。"

化工集团的总裁关豪才终于讲出了真话:"这个道理不用说了,谁都懂,但是能不能让我们单独上市? 这样把化工、机械、城建、市政……都捆到一块,有点强拉硬拽,大家不是一个心哪!"卢定安斩钉截铁:"不行,叫你单独上市你上得了吗? 我们就是要搞捆绑式火箭,把梨城的几大优势产业,捆绑到一起,力量强大,优势突出,一下子发射成功! 这事已经议论过许多次了,别再徒费口舌白耗时间,就这么定了。由克任捏总,就叫梨城发展控股公司,一个月内必须上市,谁想挡道,就请谁让开。"

关豪才噤了一下,白净脸被噎得通红:"金副市长捏总可不能把钱都捏给城建和经委啊!"金克任慢慢地抬抬眼皮:"关总,我早就知道你在转这个小心眼儿,连我们自己都相互信不过,怎么捏成拳头到国际资本市场上去竞争?"

"谁还有什么问题?"卢定安看看表,忽地站起身,又把房间里的人挨个叮问了一遍,"好,既然没有问题了,回去就得办。克任,时间到了,你去宾馆接陆老先生,我在翠湖新城等他,嘱咐下面,这次对陆邦召一定要接待好……"

金克任答应着,送走市长后又和那几位"大老总"磨了半天嘴皮子才算达成协议,制定了实施计划,然后去梨城大酒店把香港恒通财团董事局主席陆邦召和他的助理吴虚白接到翠湖。

新修的大道宽敞整洁,视野开阔,低洼处还残存着干硬的积雪,阳光灿灿,冷冽的南风中已经夹带着潮湿的早春气息。陆邦召走下汽车,深吸几口郊外清凉的空气,老先生银发银眉,面色红润,两眼极有精神,骨子里带着一种纵横捭阖的气度,却又不缺少挥洒自如的随和。吴虚白则谦恭地跟在老头儿旁边,不时地介绍一点什么,陆邦召是来检查他决定的投资项目,他心里再有把握也还是有那么一点紧张……卢定安和简业修在翠湖新区的道边迎候,吴虚白先把市长介绍给陆邦召。卢定安脸上有了笑容,尽管还有点僵硬:"欢迎啊!"

陆邦召谈笑自如:"谢谢市长和副市长的盛情。"

卢定安为了打破刚一见面的拘谨就不停地找话说:"您以前来过梨城吗?"

"这是第一次。"

"第一印象如何?"

"没有想到梨城会这么漂亮,市内的几条河太好了,河对城市非常重要,大凡世界上优美的城市都少不了优美的河流。"

卢定安渐渐开朗自然起来:"很高兴陆先生对梨城有如此印象。"

吴虚白又把简业修介绍给陆邦召,老人眼光含笑却又十分锐利地盯着简业修看了一会儿:"原来简先生这么年轻,虚白对您可是赞誉有加,而他又是很难轻易佩服一个人的。"简业修恭敬地一笑:"陆先生过奖了。"

大家都在太阳光的照射下眯起了眼睛,身上也微微有了暖意,翠湖新城一派生机,一大片各种形状的楼房已经像模像样,新的住宅区规模已经看出来了,简业修为陆邦召和市长讲解工程进度:"左手这一片是梨城最大的教师村,十五万平方米,可住五千八百户,已售出近百分之八十。翠湖新城的第一期工程全部完成,还需要三年,总建筑面积一百八十五万平方米。目前工地上有三千五百人的建筑队伍,住宅设计以人为中心,大方厅,大厨房,大卫生间……按小康标准设计的商品楼,也卖出了百分之七十。"

陆邦召迎着太阳,眼瞳闪烁生光:"虚白先生向我介绍这一情况时,我还有点不敢相信,梨城在中国并不是最富有的城市,为什么购买住宅会这么踊跃呢?"

"原因很多,首先是这儿的房屋建筑质量好,价格便宜,因为土地是市政府无偿划拨的,并且免除二十七种税收。还由于市政府下决心进行危陋平房的改造工程,出乎意料地激活了房地产行业,近几年内要拆掉七百八十万平方米的破旧平房,近两百万人要买新房,最底层的人有了自己的房,让大量有钱的中产阶级眼热,他们就拿钱为自己买好一点的商品房……"简业修一进入专业话题就显得轻松自如,侃侃而谈。陆邦召听得直点头:"噢,大陆人的观念开始改变,这种改变又带动了买房热。"简业修继续介绍:"我原来也没有想到房地产市场的前景会这么好,全国目前的空房有七千多万平方米,仅上海就占了一千万平方米,广州大概是一千三百万平方米,梨城却只有不到一百万平方米,空房率不到百分之十。从目前的售房情况看,我敢拍胸脯了,恒通的投资利息加上回报保证能达到百分之十七点五……"

陆邦召被感染,显得很兴奋,吴虚白出了一口气,偷偷向简业修做了个手势。他们看了规划图,在现场走了一圈,然后驱车去三义里。

简业修领着市长和香港的客人来到危改办公室和九河开发公司的总部,这里已今非昔比,他们买下了原来租用的房子,又买下了顶层的一层楼,站在顶层套房向南的阳台上,可以俯瞰三义里动迁现场——陆邦召和吴虚白可能在电影上,在电视画面上见到过各种战争的场面,却从未看到过如此真实、壮观的大动迁!

今天正是三义里动迁的高潮——推土机在前面把搬空的房子推倒,挖土机跟在后面开掘,在一片密集的烂房子中间开出了笔直的主干道,和一条条十字交叉的辅道——同墙上悬挂的三义里规划图上道路设计是一样的。机器隆隆,尘土搅动,在漫天的尘雾中,鞭炮声响成一片,此起彼伏。人们欢天喜地,大声喊叫,大声说笑,大多是用三轮车、手推车、自行车在搬运东西,还有的是人拉肩扛。在推土机开出大道的地方,人们就开始用汽车搬运了,但他们搬运的好像都是破烂东西,旧式床铺,快散架的家具,更多的是蜂窝煤、煤球、大白菜、劈柴,还有许多分不清是什么的一大团一大抱的日常用物——真是破家难舍,什么都不想丢掉,使拆迁现场,看上去是那样地庞杂、散乱。

阳光从正南方撒下来,满目金煌,一片辉光闪耀。陆邦召感叹不已:"这种场面难得一见、难得一见,虚白兄,你以前见过吗?"吴虚白老实承认:"没有。"

卢定安对陆邦召解释:"过去梨城有顺口溜,叫做北门富,南门穷,东门贵,西门贱。银行、珠宝店、大商号都在北门,是富商们最集中的地方。东门是孔子庙、娘娘宫、贵族和文化名人居住的地方。三义里在老城的西南方,即所谓的贱,就是最底层的穷人聚集的地方,这里住的大多是卖苦力和卖手艺的,比如拉胶皮的,所以您看到的净是用三轮车搬家的,还有耍三把刀的,剔肉的刀,也就是屠夫;瓦刀,泥瓦匠;剃头刀,理发匠。您看他们搬家搬的东西就能知道他们的经济状况了。"

陆邦召眼里有了敬意:"能让这么多人住上新房子,是件了不起的工程,功德无量。"

卢定安也觉心志豪壮起来:"现在梨城的房屋总量是五千五百七十五万平方米,平房改造工程完成以后可达到八千万平方米,人均住房面积能达到八平方米,新增高层建筑四千栋。"

简业修则指着墙上的梨城地图对吴虚白说:"吴先生您看,老城区是我们梨城的梨核儿。但是,梨最好吃的地方不是梨核儿,梨核儿发酸发涩,最甜、水儿最多的是梨肉,三义里就是梨城最里边的梨肉。等我把这儿的路修好,基础设施搞好,三义里就会寸土寸金,您信不信?"

陆邦召侧身注意地听着。金克任点头:"妙,难怪河口区的地理位置明明不如城厢区,却弄得比城厢区火爆多了。"卢定安微笑:"你这家伙,这套梨核儿梨肉的理论可不要跟城厢区的人讲噢!别忘了你可是梨城市危陋平房改造办公室的副主任,手心手背都是肉,怎么光站在九河公司的生意立场上?"

陆邦召却赞赏道:"大陆喜欢尼克松,他说我们处在一个新思想层出不穷的世界上,要想成功就必须有自己的思想。事实上,每一个成功者无不是自己成功思想的产物。"

吴虚白小声问简业修："这里修路和搞基础设施的资金已经有了？"简业修回答："市里出一半，区里出一半。其他区一开始都不干，认为路就应该由市里修，为什么还要区里拿钱？三义里这么一干，他们后悔了，再想这样干市里又没有那么多钱了……"

陆邦召不住地点头："虚白，你要盯住，有一天如果简先生想跳槽的话，希望他把恒通公司作为首选单位。"简业修赶忙用开玩笑的口吻说了声："谢谢。"

他们又从楼上乘电梯下来，走进拆迁现场……吴虚白意外地看见夏晶晶坐在一辆推土机上，她在感受亲手把房子推倒的滋味，干得非常认真，看得出眼前这个完全陌生的世界使她激动莫名，吴虚白走过去跟她打招呼："哎。"

夏晶晶跟他扬扬手，说了句什么他没有听清……简业修仿佛是替她解释了一句："她似乎是为她的好奇心和硕士论文在搜集资料。"

陆邦召对卢定安说："应该承认，调度这么混杂庞大的队伍在同一个时间里大拆迁，也只有在大陆才能办得到！"卢定安收起笑容："对我们来说，远比您所看到的更复杂、艰难得多。"陆邦召表示理解："那是一定的。"

简业修一出现在现场，立刻就有一大堆人和一大堆事围住了他，许良慧提着个沉重的律师包也在找他，卢定安跟许良慧打了招呼，对简业修说："你去忙吧，我和克任还要陪着陆先生去看看红庙。"简业修和他们握手告别，陆邦召说："我们还有时间要详细谈一谈。"

把领导和客人一送走，许良慧对简业修说："今天下午开庭，我得跟我的委托人谈一谈，你能给我们找个谈话的地方吗？"她用手指指丁怀善的家，简业修立刻明白了，她根本就无法进入丁家，丁家门口被一口大黑棺材堵住了，棺材两侧还摆了许多花圈、花篮之类的东西，简业修请许良慧进了空空荡荡的拆迁办公室，对她说："这里也马上要被推倒了。"一听说律师要找丁怀善谈话，连警察带老百姓呼啦都围上来，简业修请一个警察去找丁怀善，他一眼看见了河口公安分局的关副局长,便顺口问:"关局,我那个案子有眉目吗?"

关副局长不好意思地咧咧嘴:"你也知道,这些天我的精力都下在丁赵两家的杀人案上了,刑警科的崔科长领着几个人在调查那件事,他们排出了不少嫌疑人,但一个也没有查实,只能等那个家伙再有行动时再说……"

简业修咧嘴苦笑:"如果我们被动地等那个家伙再有行动,就像他恐吓信里说的,那我的老婆孩子不就出事了吗? 就像丁赵两家一样,非得等杀了人,你们才能破案吗? 到那时你们即便再抓住凶手不也晚了吗?"

关副局长脸子拉下来了:"不会的,据我们分析,那个坏蛋就是对拆房子不满,对你家搞点恶作剧,未必真敢行凶。他只要真敢动手,不等他得手我们就先抓到他了。这一点请你简主任相信我们,或者你有什么高招儿也可以告诉我……"

简业修不再说什么,这让他想起杨静那天说的顺口溜……如果真是像顺口溜说的那样,他忙得忘记打点办案的人了,警察怎会认真地查案破案呢? 还会关心他的老婆孩子的安全吗? 许良慧问简业修:"你夫人和儿子还好吧?"

"能挺着,天天神经紧张。"

"这是难免的,你那个儿子很可爱。"

"谢谢。"简业修岔开话题,"丁家的案子下午就能够了结吧?"

许良慧点点头,简业修松了一口气:"这还行,把您一抬出来就是不一样。"

丁怀善被警察带来了,尽管搬家很忙,但再忙也不能影响中国人的好奇心,一下子就把拆迁办公室围了个水泄不通,一场谈话变成了一场公开审讯——丁怀善非常紧张,许良慧却和风细雨:"别紧张,我是你的辩护律师,不是要抓你的警察。"

"您能救我的儿子吧?"

许良慧口气非常肯定:"能! 因为赵勇并不是你儿子丁起杀死的。"

丁怀善低下了头。许良慧脸上的笑容消失了："所有的证据、证词，包括凶器和验尸报告我都仔细研究过了，卖肉的车子上有三把刀，一把是剔肉的小弯刀，像月牙儿一样的，一把是捅刀，一把是切肉的大刀，比普通的菜刀略大一点……"许良慧从包里拿出这三种刀摆开，"当时的过程是这样的，你听到别人告诉你赵家四虎在打你的女儿，先从小车上拿了一把捅刀迎上去，就是这一把。"许良慧拿起了那把又尖又长的捅刀，"丁起随后拿了切肉的大刀，就是这一把，也赶到打架现场，他怕你吃亏，一到近前就先抱住了正挥动铁条打你的赵勇，实际上丁起拿着刀却并未用刀砍人，情况是不是这样？"丁怀善磕磕巴巴："我当时已经打红了眼，眼睛只盯着赵勇打疯了的那双眼，别的人是怎么来的怎么走的我真的记不清了。"

"是这样，可以理解。你听我说，你儿子身上沾满了死者的血迹，但都是蹭上去的，如果赵勇是你儿子杀死的，他身上的血迹应该呈喷溅状……这是一。第二，致赵勇于死命的是刺进心脏的一刀，刀口长二点六厘米，深二十八厘米，而丁起手里的刀，宽十厘米，长二十二厘米，按常识，刀口只应该比刀大，不应该比刀小，对不对？十厘米宽的刀怎么可能捅出二点六厘米宽的刀口呢？所以，赵勇不是你儿子手里的那把刀捅死的。"

丁怀善浑身抖动，老泪纵横："许律师，我对不起我的儿子，那天晚上赵家一口咬定是丁起杀了人，当时儿子也看了看我，他知道如果他不担起来我就得被杀头。我也有私心，我在外边可以想办法救他，他在外边不一定能救得了我，其实赵勇是我捅死的……"

简业修和屋里的人都听得大出意外……许良慧劝慰丁怀善："所以我要来提前告诉你，让你有个准备。"丁怀善想到自己要去偿命，突然激动起来："许律师，那天是赵家先动手，如果我不把他捅死，他们也会打死我家的人……"

"我会在法庭上为你辩护的。事实上，最后结果是你杀死了他，法律重事实，重结果。你在美国电影上看到的律师，为本来有罪的当事人辩护得无罪释放算本事，中国的律师要尊重事实，尽管是你雇的我，我也不能让无辜的丁起替你去背着杀人的罪名。"

"我会被判死刑吗?"

"有这个可能,但我会尽力为你陈词,希望能被判个死缓……你准备好了吗?"

"没有什么可准备的。"

"那就走吧!"警察走近他,把丁怀善押上了警车。

副区长袁辉办公室可比区长钟佩的办公室堂皇多了,分里外两间,外面的大间有办公桌、大书架,墙上挂着名人字画,网球拍、小提琴也摆在显眼的地方,显示了主人的业余爱好。里屋有一张床,还有一台电视机,电视里正播放股市行情……袁辉很兴奋,用计算器计算了一番,抄起电话给他的妻子下达指令:"秀菊吗? 是不是正在看今天的股市行情? 我们的股票又升了,今天可以有三千元进账,晚上做几个好菜等我。还有,你把发电的股票抛一千股出去,再买进一千股新石化……别忘了! 吻你。"

钟佩敲了老半天的门,他才听到,关了电视,满脸喜气去开门,钟佩怀里抱着一大摞文件,对袁辉的神态感到诧异:"你好像有什么喜事?"袁辉掩饰:"哦,没有,刚才一个老同学在电话里开了几句玩笑。"

"房亮向我抱怨,我们没有按规定付足他的工程费,这是怎么回事?"

袁辉得意地笑了:"现在的行情您还不知道吗,欠债的是大爷,我们若把钱给了他,他就成大爷了。钱在我们手里,用一点给他一点,老欠着他的,主动权就永远在我们手里。"

"他扬言要停工啊!"

"那是吓唬您,别理他,他一停工,钱就拿不到了,您说他会停工吗?"

"我不明白,我们明明有钱,为什么非要欠着人家的呢?"

袁辉的神情让钟佩感到自己是他的下级,甚至是他的学生:"这您就不懂了,钱在我们手里可以有好多用处,存在银行里还生利息哪。最关键的是,这些商人只有用钱才能治得了他们,建筑出了质量问题,只要我们手里欠着他的钱,叫他怎么干他就得乖乖地怎么干。钱一给足了,他就不听你的了,这就是俗话说的狗喂饱了不抓兔子。这一摊子事由我负责,他再找您,就往我身上推。"

钟佩用一种奇怪的眼光看着袁辉,他笑得神采飞扬:"有个事正想跟您汇报,简业修在市危改办下面办了个九河公司,光是开发翠湖新城就发了,他不还是您的亲戚吗?"

"是我丈夫的妹夫,你想说什么?"

"我想说这是一个信息,机会来了,我们区也要办一个开发公司,跟香港一个老板合资,搞住房集资。目前把钱存到银行的利率还不到六,我们的利率从十五给到二十七,比银行高出两到三倍,社会上有钱的人多的是,光是国内的游资就有几万个亿,只要我们一开张,不用做广告就会财源滚滚。您搞那个住房储蓄,费了九牛二虎的力气不过才凑了四千多万,我这个住房集资一出台,凑几个亿跟闹着玩儿似的。我劝您把家里的闲钱也投到这里来,付给您百分之二十七的最高利息,就算您投一万元吧,一年就得到回报二千七百元,如果您投十万,一年就净赚二万七千元,四年就连本带利翻一倍还多,到哪里去找这么好的买卖?"

钟佩凝神静听仍听得发蒙:"你脑袋没有毛病吧?"

"我脑子从来没有这么清醒过。"

"你给人家那么高的利息,钱从哪儿来?"

"我们有地皮,有房子,有不动产作抵押,您怕什么?"

"我怕出大娄子,我记得什么地方因集资出了大问题……光是听你这套算账的办法就觉得有点悬。"钟佩沉吟着,"你要真想在咱们区里这样干,得在区长办公会上好好讨论一下。"

"如果我把这个公司放到下面一个企业里呢?"

"那也要慎重,危改是实实在在的工程,我总觉得用唾沫粘家雀的办法赚钱靠不住。"袁辉大度地笑了,但钟佩从他的笑容里读出了不屑:老娘儿们,不足与谋!但没有时间再跟他耍贫嘴了,她是来叫他一块去铁山新村,袁辉本来想找借口拒绝,一听说是卢定安亲自陪着香港客人来,便叫区长先走,换了一件上衣就在后面匆匆赶去,他们几乎是跟卢定安前后脚地到了铁山工人新村,市长把他们介绍给陆邦召和吴虚白……

铁山新村已经拆掉的一少半建起了新楼,越显得剩下的一大半平房更加低矮破旧,拥挤不堪。原来两排平房之间走人的通道,由于人口膨胀,也都搭建起临时小屋,使通道变成弯曲的堆满杂物的羊肠子小路。陆邦召问:"为什么叫工人新村?这里住的全是工人?"

钟佩回答:"是的,都是地地道道的产业工人。"陆邦召对工人新村提的问题还不少:"那这些房子也都是解放后盖起来的吗?"钟佩反问:"您是不是觉得破损得太厉害了?"卢定安口气沉重地把话头接过来:"一九四九年,新中国刚成立的时候,城市人均住房面积三点七平方米,解放后重生产轻生活,最著名的口号是'先治坡、后治窝','先生产、后生活',但人口膨胀又很快,到一九七六年,解放近三十年,城市人住房不仅没有增加,人均住房面积反倒下降为三点六平方米……"

"噢,是这样?"陆邦召似乎闻所未闻。

卢定安接着说:"欠老百姓的房太多了,'文化大革命'以后政府开始还账,七七年到七八年,试行低工资低租金,国家大量投入,却收不回来,很快就投不起了。八一年,搞商品房试点,每平方米售价一千元,老百姓仍然买不起。八四年搞了个三三制,即建新房国家出三分之一,单位出三分之一,个人出三分之一,单位又叫苦连天,国家也负担不起,不了了之。八九年,我们学习新加坡的办法开始搞住房公积金……目前梨城在全国排第二位,住房公积金搞了八十七个亿。"

陆邦召为之感佩:"卢市长,从您这番谈话我可以感觉得出来,您是个老百姓的市长。"卢定安苦笑着摇头:"惭愧呀,老百姓不过是渴望一种实干的领导作风。"

有几个老工人走过来,认出是卢定安便大呼小叫:"市长来了!"

在工人新村流传着不少关于卢定安的故事,说他在红庙的现场办公会上把平时惯爱跟老百姓耀武扬威的干部怎样骂得不敢抬头,说他是怎样揪着一些企业领导人的脖子让他们为危改拿钱……郭保民带头走到卢定安跟前:"市长,在过去我们工人都是一样的,现在的工人分出了富的和穷的,您看见了吧? 有钱的工人就要住新楼了,剩下我们这些厂子亏损的,几个月发不出工资来的,连吃饭都快成问题的工人,哪还有余钱买房?"

旁边的另一个老人帮腔:"是啊,盼了多半辈子,好不容易赶上市里要进行平房改造,难道就不让我们这些穷工人搭上这趟车吗? 市长,不能把我们丢下呀!"

卢定安不安:"谁说要把你们丢下了?"

旁边有一年轻人,张嘴就带刺儿:"改造危房是公家的事,怎么还让我们自己交钱呢? 几十年来都是由国家给分房住,当头的都有好房子了,他们交过钱吗? 为什么偏偏赶上工厂不景气了,却叫我们当工人的自己交钱买房了?"他的话立刻引来一片附和声:"对,当头的少占一套房子,少吃喝嫖赌一点,少贪污受贿一点,就都有了!"

郭保民对着那年轻人大喊:"你给我住嘴!"

卢定安脸红筋暴:"吃喝嫖赌、贪污受贿是腐败,不干事、不负责任、决策失误更是腐败! 我如果还让你们老住在这样的房子里,就是不吃喝嫖赌、贪污受贿,也是极大的腐败!"

郭保民高声叮问:"市长你说话算数?"工人们想借机把市长的话砸死:"钟区长,您也听到了,市长可是答应啦!"

郭保民又问:"什么时候让我们搬迁?"

钟佩一下子怎么能说出具体的搬迁日期? 她有点支吾……工人们又慌了,有人高声煽动:"今儿个就是今儿个了,不让区长说出准日子咱们不走!"

"对! 区长给个准日子吧!"

领导干部们和铁山新村的居民僵立着,形成一种对峙。有位头发花白的老工人打破僵局,颤巍巍地说话了:"市长,好不容易趁着您在这儿,应该给我们个准信儿,求您啦!"说着竟跪了下去……

他这一跪不要紧,后面的人以及从后面不断拥来的人呼啦都跪下了:"求求市长啦!"一片头颅低伏下去。

卢定安慌了："大家快起来,有话好好说……"

"我们见一次市长不容易,得不到拆迁的准信儿,怎么起来?"

卢定安惶恐、无奈,尤其是当着香港富翁的面……他羞得脸成了猪肝,不得不提高声音："是我这个当市长的对不起大家,政府早就该解决你们的基本住房需求,我请你们快起来!"

钟佩也像疯了一样,一边叫喊着："快起来,快起来!"一边用力拉跪着的人。

跪着的人没有动,仍然坚持着："请市长给我们个准话!"

卢定安眼睛通红："要跪也应该由我给大家下跪,向大家请罪!"

但他没有跪倒,只是冲着矮下去的人群深深地弯下腰,垂下头。既然不能把群众拉起来,说话又没有人听,钟佩和其他几位干部也学市长的样子鞠躬请罪。现场渐渐安静下来,跪着的人都抬头看着市长,离卢定安最近的人有了不安的感觉,想上前搀扶卢定安。金克任趁机高喊："大家快都起来吧,市长已经给大家鞠躬赔罪了,难道你们忍心逼他也给你们下跪吗?"

钟佩招呼袁辉一边一个用力把卢定安拉起来,只见他满脸是泪,在场的人突然都受到震动,老工人们都悄没声地相继站了起来。陆邦召被深深地感动,显出大老板的识量与风度,他抓着卢定安的手高声说："卢市长体恤百姓,你们有这样的市长应该感到幸运,卢市长也应该为有你们这样的市民感到欣慰,我是第三者,可以为此作证,也可以向卢市长交代一个态度,我在外边拉到的钱,不要一分利息也要投到你们这里来。"

卢定安脸面紫红,悔愧不安："我保证,只要我当一天市长,就一定把这些已经无法住人的房子都拆了,让你们住上早就应该住的好房子。"

陆邦召低声说："您身为一市之长,能这般诚心待民,仁心处事,真难能可贵,真太难为你了,请接受我的敬意。"

卢定安无地自容："不敢当,让您看到这样一幕实在是惭愧得很哪!"

他们的参观却无法再进行下去了，居民们在他们跟前越围越多，还有更多的居民听到了市长下跪的事，正放下手里的活儿往这儿跑，堵得他们都没法说话了，卢定安只好送陆邦召和吴虚白上车回宾馆。

香港客人一走，钟佩就神情紧张地走到卢定安跟前解释："真对不起，卢市长，我没有想到会弄出这样的事……"

"这有什么对不起的？是谁对不起谁呀？我们本心做人，真心做事，问心无愧。"不管陆邦召讲的做的多么诚挚和得体，卢定安总觉得脸上火烧火燎，他倒没有责怪钟佩的意思，只是不理解，"这儿的住户怎么会认为政府要把他们丢下不管呢？"

钟佩："剩下的这些企业的确是拿不出钱来了，我们区里的钱也都刮擦净了……但是您放心，我一定会想出办法的。"

钟佩脸红红的，仍然非常地紧张不安，市长在她的地盘上被围攻，被群众集体下跪弄得很难堪，而且还当着香港客人的面儿逼得市长自己也差点跪下了……即便市长不怪她，她自己也难辞其咎。

第 30 章

午后，吴虚白来到梨城大学建筑系，他情绪很好，见面就调侃夏尊秋："博士先生，你不能老把自己关在书本里和课堂上……"夏尊秋用怪异的眼神看看他，然后自嘲："不能跟你比呀，我为自己选择的就是书本和课堂。"吴虚白忽然又正经起来："到三义里的拆迁现场看过吗？"

夏尊秋想，高兴的男人就像小孩子："我去过三义里，但没有看他们拆迁。"

"不可不看，那种场面以后也许很难再看到了，上午把陆先生都感动了。"

"嗨，别忘了我是搞建筑的，搬家可是见多了。"

"那不是一般意义上的搬家，可以解释为拔穷根！我知道这个国家有多穷，老百姓经历了多少灾难，但上午见到了那种场面还是难以想象。二十世纪快要结束了，在这个地方居然还有那么多人住在那样不可想象的房子里，成千上万的人，抱着一堆破烂儿欢天喜地地或愁眉不展地或骂骂咧咧地或寻死觅活地离开破破烂烂的老窝，像一群欢乐和悲壮的难民，这也是一种大逃亡，且伴随着一定的痛苦，痛苦地逃离贫穷，逃离过去，逃离肮脏和破旧……"吴虚白竟不由自主地有些心驰神往。

夏尊秋作出一副不胜惊讶状："嗨，梨城的平房改造怎么把你改造成诗人了，我一直认为你已经变成一个地地道道的冷血商人啦！"吴虚白故作震惊："有那么严重？原来你一直是这样看我的？"夏尊秋盈盈一笑:"开玩笑嘛,别装出一副被伤害很重的样子。"

"应该承认,当今商场上多是势利之交,时间长了却也能交出朋友,交出道义,并非都是见利忘义之徒。比如,你那个简业修,我们原本是敌手,现在就变成了朋友啦。"

"我怎么听着这话里味儿不对啊?"

吴虚白转题:"应该说,被改造得最彻底的,还数令妹夏晶晶,上午见到她的时候像着魔一样,坐在推土机上,神气得很,完全变成三义里街的一个野丫头了。"夏尊秋也笑得很开心:"是吗? 我看你情绪这么好很开心,看来大老板对你在梨城的投资眼光表示了赞许。"

"这还不是多亏你的引荐。"

"下午大老板放你的假了?"

"老先生太累了,要在宾馆里休息一下。"

夏尊秋简单地收拾了一下桌上的图纸、资料,陪着吴虚白走出办公室,驱车直奔三义里。他们在能停车的地方下了车,然后溜达着进入面目全非的三义里。他们没有目标,是地道的旁观者,随着人流、听着吵嚷声,哪儿热闹往哪儿凑。今天下午是三义里拆迁的最后期限,愿意搬走的人家正纷纷撤离,不想搬走的人家政府要强行拆房,因此看热闹的人格外多,许多已经搬走的人又特意回来看大拆迁最后一天的好戏,看看是不是真有人敢硬抗到底? 拆迁办公室是不是真敢对坚持到最后的人家强行扒房? 人们围拢来看拆迁,不就是想看到点刺激的场面吗? 于是,夏尊秋和吴虚白被一阵阵嬉笑声吸引到胡义的门前,胡义的妻子见瘫痪的丈夫彻底指望不上了,就用铁链子把自己锁在屋内的柱子上,钥匙丢进屋外的垃圾堆里,要誓与自己的破房子共存亡。男人们不便动手,正式的女干部们都很忙,就只有夏晶晶和于非在一个警察的指挥下,拉着钢锯在那女人的肚子上锯铁链,那女人手脚乱动,嘴里像杀猪一样大喊大叫,害得两个姑娘无法下锯……警察又找来两个人摁住女人的手脚,并拿着一条毛巾吓唬她:"你要再叫喊我就把你嘴给塞上!"

其实,女人挣扎喊叫一会儿自己也感到无趣,她知道大势已去,自己哭过了、骂过了,该说的也都说过了,现在连正式的工作人员都不再答理她了,就让两个帮忙的丫头在这儿鼓捣,稍一不留神这还不锯破她的肚子吗?有这么多人围着取笑,把她当成了什么?只好闭上眼一语不发,听任摆布。两个姑娘就在她肚子上下了锯,她们那架势根本就不像个干活的样子,笨拙而滑稽,逗得看热闹的人大笑不止,还七言八语地对她们指手画脚,这个叫她们把锯端平,那个教给她把劲使匀……指导两个妙龄姑娘是一件乐事。两个姑娘干得很认真,全身用劲,脑门上冒汗,但锯得很慢,简直就是一场小品表演,对躺在下面的女人可就成了一种漫长的刑罚!

吴虚白轻声对夏尊秋说:"简业修这家伙,用这么两个人干这样的事,不是草菅人命吗?"夏尊秋示意他不要出声,免得让两个小姑娘听到了会分散注意力。夏晶晶和于非倒是越干越熟练,像演员一样有了舞台感,对周围的笑声和各种各样的指指点点也适应了,一边拉着锯子一边小声聊着天,全不在乎锯子下的女人也在听着,人家听着她们的谈话会有什么样的感觉……就仿佛她们锯子下躺着的不是个大活人,而是一段木头或钢筋之类的东西。夏晶晶问:"于非,你有男朋友吗?"

"有过,散了。"

"咳,爱情中人,冷热循环很快,既然一见钟情是正常的,一拍屁股说再见也是正常的,女人大概就是在这种冷热循环中成熟,谁学不会成熟就得死。"

于非用眼翻翻她:"你年纪轻轻说话倒像个过来人,你有这方面的经验?"夏晶晶俏皮地努努嘴:"你心里是想说我很疯吧? 我来大陆听到的最多的评语就是说我太疯,但又不足以把我送进疯人院。"于非想了想,这回是由衷的:"你的疯是一种美丽,雀跃欢乐,无忧无虑,我们都欣赏你的疯,因为你疯的同时又很成熟,我真羡慕你。"

"你要真羡慕为什么自己不疯起来?"

"环境不一样,条件不一样,疯是学不来的。"

夏晶晶向锯子下的女人努努嘴:"她不就很疯吗?"于非不屑地撇

撇嘴：“她的疯跟你的疯不一样。”

“现在我们在相同的环境里啊，快乐不需要条件，美国七十多岁的老太太照样疯，年轻有年轻的美，年老有年老的美，关键是你们太矜持，无时无刻不矜持就变成冷漠，冷漠是最扼杀希望和活力的。”

“是啊，还没有来得及疯，人就老了。”

“女人的青春是很短的，不能老气横秋地慢慢磨蹭，要成长得比时间更快。”

“是啊，要像你一样生活在美国的速度里。”

“其诀窍就是赶快再找一个男友，女人只有在有人爱有人疼的时候才是充实的，充实的女人才美，当别人不再注意你时，你就不可能漂亮了。”

于非突然以问代答：“晶晶你有男朋友吗？”

“当然有，告诉你，我在这儿还找到了一个我喜欢的人。”

“啊？”于非不相信似的抬起眼睛看她，两个人没注意却已经把铁环锯开了，锯弓子一下子砸在了胡义老婆的肚子上，她又大叫起来：“哎哟，你们锯到我的肚子啦！”

两个姑娘吓得跳起来躲到一边，警察过来把胡义老婆拉到屋外，腾出屋子向外搬东西。夏尊秋走近表妹，看着她笑而不语。夏晶晶得意地问：“我干得怎么样？”

“你希望我夸奖你几句？”

“我以为你会羡慕我，我在给居民做工作的时候，也可以使用这样的语言，我是代表政府来的！”

吴虚白揶揄：“嚯，尊敬的夏政府你代表的是美国政府，还是中国政府？”

夏晶晶一本正经：“三义里街政府。”

吴虚白请教夏尊秋：“街道里还有政府吗？”夏尊秋摇头：“不清楚。”

夏晶晶骄傲地讲解：“这你们就不知道了，大陆的街道办事处，就是中国城市里最基层的一级政府。”夏尊秋含笑点头：“你还真长了不

387

少见识,这就是你的收获?"

"收获很多,也有一些搞不懂的问题……"

吴虚白凑趣:"比如……"

"比如,这一条小胡同里只住着一百多户人家,却有二十七个在智力或精神上有重大缺陷的人,诸如疯子、抑郁症患者、白痴、癫痫病人等等。"

这引起了夏尊秋的兴趣:"你说的这个数字准确吗?"

"非常准确,是我自己调查的,一个一个地数的。"

夏尊秋问:"为什么住在平房里的人,会有这么多弱智和精神有障碍的人呢?"

夏晶晶现出困惑:"是啊,这正是我要问的问题。我请教了许多人,没有一个人能给我一个圆满的权威的解释。"

"这应该请教人类学家或社会学家。"

"而人类学家和社会学家是不会到这种地方来做调查的。"

夏尊秋有些认真了:"你如果能就这个问题作出自己大体准确的答案,我看就是你此行最大的收获。"夏晶晶一本正经:"我正在努力做。"吴虚白鼓励:"哎,有了答案别忘了告诉我一声。"

此时,失去了双腿的胡义,坐在轮椅上指挥帮忙的人从屋里往外搬东西,帮忙的人是由拆迁办公室派来的,王建的大发车就停在胡同口上,他们和胡义有说有笑:

"老胡你这家伙没安好心,看着你老婆拿铁链子锁自己,就不拦一拦?"

"我敢拦吗?"

"你是不是怕她把你也给锁上?"

"敢!"

"她要真锁上你倒好锯了,拿气割,一分钟,保证割断。"

"去你妈的,我两条腿没有了,再把我肚子割破了,你还叫我活吗?"

吴虚白看看夏尊秋,夏尊秋也无法向他解释,这就是拆迁现场的一大景观,在海外住久了的人很难理解这种心态,眼前有人闹死闹活,却并不妨碍其他人嘻嘻哈哈,而且还敢拿闹死闹活的人找乐子,使闹死闹活的人想死死不了,想闹又闹不起来……两个姑娘把胡义的老婆扶上车,王建吆喝:"先走一车!"他开着大发车一走,就有人放起了鞭炮……

简业修和三个警察从这儿路过,看见了夏尊秋和吴虚白,便和他们打招呼。吴虚白对他说:"陆先生让我转告你,第二笔投资准备放一个亿,要我跟你谈细节。"

"什么时候谈?"

"听你的,"吴虚白看看周围,"看样子你帮着老百姓离开了水深火热的居住环境,眼下你自己却正陷在水深火热之中。"

"今天晚上,我到饭店去找你,方便吗?"

"哎呀,又得夜战通宵哇!"

夏尊秋提醒:"业修,晚上你不得在家里值班吗?"吴虚白感到稀罕:"家里还要值班?"简业修发窘:"夏老师开玩笑,我会去宾馆找你的。"

胡义门前的鞭炮一响,让准备死硬到底的赵家人更心慌了……三义里不同于同福庄,简业修是靠修好了路再招商建楼,施工队伍已经进了现场,前面把房子推倒,后边就挖地掘沟,埋管下线——这种气势给还想再跟简业修叫叫板的赵家三虎以强大的压力。老大赵强,提着一只扑扑棱棱的鸭子从屋里走出来,将鸭子摁在门口的木凳子上,手起刀落,鸭子的脑袋被剁掉了,他提着掉了头但还在扑扑棱棱的鸭子,把血洒在自己的房门口,嘴里骂骂咧咧:"死一个也是死,死俩也是死,谁敢动我的房子我就叫他跟这个鸭子一样!"他这一耍把,又引来一大群看哈哈的人——这却让拆迁办公室和赵家都下不来台了。简业修和警察来到赵家门口,赵武突然从屋子里蹿出来,腰里绑着炸药包,一只手里举着打火机,喀嚓一声打着了火:"谁敢往跟前来我就点火,谁不叫我好活,我也不让他好死!"

警察警告:"赵武,你这可是犯法啦!"赵武阴森暴戾:"丁怀善杀人还犯法哪,为什么不枪毙,才给个死缓?"警察搪塞:"那是法院的事,你不服可以上诉。"

"上诉有个屁用!"

简业修语气回缓:"赵武,我再最后跟你谈一次,现在什么事都还可以商量,如果还不行,拆迁办公室可就不管了,由公安局出面跟你打交道。你也知道,公安局一出面可就不像我这么好说话啦。"赵武已经红眼了:"我不管是谁,拆我的房就得还我的房。"周围那么多人盯着,简业修也不能说软话:"可以啊,我们给你找了房,你们也看过了,为什么还不搬呢?"

"那房子太小,我们兄弟四个怎么住得下?"老大赵强把话接过来,他还是四个四个地说惯了,忘记眼下已经只剩下兄弟三个了。

"那你们就自己拿钱买大的。"

"胡义一家三口,你们都给他一个偏单元,为什么就不能给我们一套三室一厅的?"

"胡义是因工致残,工厂给了补贴,不是我们多给了他房。"

"他不过是因工致残,我二哥因为你们拆房子都被丁家给捅死了,你们政府就这么狠心?还觉得死一个人不够是吧?"

这时候有两个警察,从另一个方向冲开人群,用救火用的高压水龙头猛滋赵武,他手里的打火机被水龙给滋掉了,身上的炸药也全被浇湿了,警察趁机冲过去把他铐住:"你危害社会治安,有行凶杀人的嫌疑,现在跟我们走吧。"

老四赵文和赵家惟一的一个女人、赵强的媳妇从屋子里跑出来⋯⋯赵强也扔掉手里的刀和掉了脑袋的鸭子,央求警察:"别,别。"

但警察还是把赵武给带走了。赵强的媳妇转而央求简业修:"简主任,我们马上就搬,您跟公安局说个情吧,老二刚死,这个家已经不像个样子了,还真的再把老三也给押起来吗?"简业修此时也无能为力了:"唉,说实话,我们也不愿意闹出这样的事,凡事都可以商量,没有不可以解决的问题,这三义里比你们家困难更大的也有,不都高高兴兴地搬走了吗?问题是你们这哥几个从来没有用商量的口气跟人说过话,骂骂咧咧,打打杀杀,老是拿着犯法当儿戏⋯⋯你主得了他们的事吗?"

"这个家从来就没有人主过事,如果有个能拿主意、说话算数的人,也不会弄成今天这个样子。现在我反正是有主意了,立刻办手续搬走,他们愿意跟着就一块走,不愿意跟着就由着他们爱怎么闹就怎么闹吧!"

简业修又问赵强:"你是老大,你的态度呢?"赵强完全蔫了:"就这么办呗。"

"那好,你拿着房本跟叶部长去办手续。"

到傍晚,三义里算是从地平线上彻底消失了,简业修终于长舒一口大气,陪着夏尊秋和吴虚白边说边往九河公司走:"先到公司坐一坐,然后我们找个地方去吃饭。"

吴虚白真算开了眼,也知道简业修是如何工作的了,对眼前这位合作伙伴又有了一些新的认识:"去坐一坐可以,吃饭就不必了,我还要回饭店陪陆先生。"夏尊秋也凝视着简业修:"你就是这样当危改办公室主任的?"

简业修一时没能明白她的意思:"您是认为这样做不妥?"

吴虚白看着夏尊秋:"你的导师大概是同情你的处境,认为你是在浪费才华?"夏尊秋挽住吴虚白的胳膊:"不是这个意思……"

夏晶晶自作聪明:"我理解姐姐的意思,当一个男人因爱上某种工作并肯为之献身的时候,会不由自主地心醉神驰,沉迷其中,他的神态显示出来的坚毅与执着,是一份高贵的美好。"

吴虚白和夏尊秋都吃惊地看着夏晶晶,谁也没有说话。简业修手抠太阳穴,已经顾不得听他们在说些什么了。实际上,他的头疼病又发作了,他身上的止疼片已经用光,回到办公室拉开自己办公桌的抽屉,发现药瓶子里也是空的,赶紧叫于非去买药,在等药的时候头疼加剧,已难以忍受了,他用手指死死抠住头皮,脸因疼痛而扭曲变形了。从未见过这种场面的夏尊秋和吴虚白被吓坏了,夏尊秋惊问:"刚才还好好的,怎么说疼就痛苦到这般地步?"

简业修想维持体面已经做不到了,头疼病一犯起来,生不如死,心灰意冷。其他的人又不能跟他多说话,眼睁睁看着他尽力忍受着难以想象的疼痛,大家都无能为力,一点也帮不上他。夏尊秋抱住简业修的脑袋,企图帮助他……吴虚白看看夏尊秋,简业修烦躁地躲避着夏尊秋。直到于非买来止疼片,他一下子吞了两片,十几分钟后他渐渐恢复了常态。夏尊秋非常担心:"业修,你到医院检查过没有?"简业修面带苦笑,十分不好意思:"不用,就是在监狱里熬鹰熬出来的,我心里有数。"

吴虚白奇怪地看着简业修,他有同情,也有不解,欲言又止……

同福庄也有动静了,顾全德、周原陪着夏阳春来到工地看开工,天气阴沉,异常寒冷,工地四周却围着一大片等着看开工的居民……顾全德感到奇怪,却不愿意说出来,一没下通知,二没发消息,群众是怎么知道今天下午开工的?老百姓被糊弄怕了,已经不愿意再听信别人说什么,只有自己亲眼看到破土动工心里才会踏实。周原看到有这么多围观的人,就灵机一动向顾全德建议:"区长,绸子、剪子都是现成的,要不要搞个开工仪式,您顺便给大伙讲几句,鼓鼓劲儿。"

"打住!以前我们讲过,没有算数,现在还是少说为佳。"顾全德急忙摆手,并转脸征求夏阳春的意见,"夏先生,这些人都是从此地搬走的老居民,将来还要回到这儿来住,他们天天到这儿来看新楼动工没有,您想跟他们说几句话吗?"

夏阳春也摆摆手:"无话可说。"

周原露出歉意:"还得再等等杜觉……"

顾全德看看表,有些不耐烦。周原想拖延时间,只好没话找话:"就是天不作美,气候太冷了!"顾全德自嘲:"是啊,半年前气候好,可我们没有按时开工啊!"

夏阳春语义暧昧地说:"看得出来,顾区长非常关心老百姓的疾苦。"

"非常关心谈不上,说没有关心冤枉我,在许多情况下是力不从心,如履薄冰。好在同福庄的改造总算启动了,我下个月鞠躬下台也有个交代了。"周原一愣:"您的岁数还没到啊?"

"可我感觉自己好像七八十岁了。"

"都是叫危改给闹的,拆迁搞完了每个人都至少老十岁。群众有顺口溜,叫天不怕地不怕,就怕共产党拆房子。其实这个顺口溜应该由我们说,天不怕地不怕,就怕给老百姓拆房子!"周原的顺口溜没有取得应有的效果,顾全德和夏阳春都没有笑,不是他们缺少幽默感,就是认为这个顺口溜具有政治讽刺意味,不便随声附和。周原为了摆脱窘促又问顾全德:"您准备去人大,还是到政协?"

顾全德心灰意懒:"哪里也不去,直接回家。"

杜觉来了,年轻轻的不管什么活动他总是晚到,还若无其事地和人们一一握手。顾全德迫不及待地让周原下令开工,周原对施工现场的负责人一打手势,垂挂在掘土机挖斗上的两挂近丈长的红色鞭炮点响了,各种施工机械开始发动,掘的掘,推的推,建筑工人们进入工地。杜觉对周原说:"周局长,不剪彩,不讲话,不伦不类,你搞的这是什么开工典礼?"

"这就行啦,老百姓只想看实的不想看虚的了。"

杜觉转头又对顾全德说:"顾区长,您看我那栋楼,八层,三千七百平方米,已经出地面了。"土木集团在最好的地段用最便宜的价钱承建的那栋楼进度确实够快,只是跟整个同福庄这一大片相比显得太微不足道了。

当钟佩精疲力竭地回到区政府的时候,偶然一抬头看见马路对面一片晃眼的高大玻璃门,门前呈"八"字摆开两排花篮,彩灯过早地点亮,带着逼人的炫耀。她感到纳闷:"对过又怎么啦?"司机告诉她:"饭馆改超市,发啦!"她不以为然:"改成超市就发?""光这栋房子就卖了七百万!""就这么个两层小楼,能卖这么高的价钱?"钟佩的心里被牵动了一下。司机带着明显的艳羡:"别忘了这儿是咱们区的黄金地段,连接市区和工业区的嗓子眼儿,是整个东半城的金融商贸中心,要是在这儿趸两间房子,什么也不干就能发大财!"

"是吗?"钟佩下了汽车,"你先回去吧。"

她对着玻璃门左看右看愣怔了好一阵子,又回过身来看自己的政府大楼,虽不花哨,但高大巍峨,在这一带显得格外地突出和壮观,她看得有点痴迷——从楼前看到楼后,从楼左看到楼右,围着大楼绕了一圈儿才疾步走回办公室。她的办公室相当宽敞,但很简朴,跟整个红庙区的风格相近。她拿起桌上的茶杯喝了几口冷茶,不仅没有让自己冷静下来,反而越发地亢奋了,在有足够空间的办公室里转着磨磨……然后迟疑着给简业修拨了一个电话,先问他这几天家里的情况,再嘱咐他千万要让敏真和孩子多注意,又问他这会儿在哪里,说话方便不方便……经过这么一番铺垫才说到正题:"我有个事想跟你咨询一下,暂时你先不要给声张,我们区的政府大楼,当年盖的时候花了近四千万,若是现在卖的话能卖多少?"

电话那一头的简业修不胜惊讶:"您想卖政府大楼?"

"别嚷,我只是这么想,危改没有钱,把我都快逼疯了! 今天你不在,群众集体下跪,当着港商将市长的军,我这个区长还当个什么劲啊? 砸锅卖铁都得给市长争回这个脸!"

简业修沉了一会儿:"那件事不算什么……你的楼卖好了能拿到一个亿。"

"真的? 那可是管大用啦! 你是干这一行的,认识的人多,能帮着找个主儿吗?"

"您真想卖呀? 红庙区政府的人还不把您给吃了!"

"不光是区政府,还有区党委、区纪律检查委员会、区人大,四套机构都在这一个楼里办公。"

"我可以帮着您找到买主,但最好的办法是做通内部的思想工作,然后公开拍卖,那样容易卖个好价钱。"

"我再想想,你也替我想想,先别张扬。"

电话里传来简业修的笑声……她问:"你笑什么?"

简业修遮掩着不肯说,钟佩自己替他说了:"什么没什么,你以为我猜不出来,女人就是女人,房改弄不到钱,卖楼又嘀嘀咕咕……"

简业修笑得更厉害了,钟佩也笑着放下了电话。

这两口子似乎都没有做好梦,钟佩的丈夫于振乾,这时候也快急疯了,到晚上七点多钟,才在中医医院的"高干病房"里找到卢定安。市长躺在病床上,一脸病容,只有秘书罗文作陪,医生、护士进进出出,嘘寒问暖,于振乾猜测自己可能是第一个知道市长住院的人,他一直都觉得卢定安的个子挺高的,大概是老看见他坐在主席台上或站在前面讲话造成的错觉,现在看他,蜷缩在床上那么窄的一条,本来是带着一脑门子官司来的,满肚子火气霎时变成一团晦暗——真没劲。但不管怎样总也得说几句问候的话呀,就问:"怎么突然躺到医院里来了?"

"没事,有点感冒,再打一针就可以出去了。"卢定安声音沙哑,鼻音很重。

"我空着手来看病号,有点不好意思。"

"我不算病号,你肯定也不是来看病号的。说吧,什么事?"

于振乾犹豫着:"还说吗? 您发着烧,干吗还要再给您添堵!"

"我的鼻子和心里反正已经堵上了,也不在乎你再堵一次。"

"来书记让我们跟韩国合资的事您知道吗?"

卢定安看着他点点头:"有一点耳闻。"

"仅仅是耳闻? 这就怪了,这么大的事居然不跟您市长正式地商量?"于振乾一讲起这件事,火气也跟着又蹿上来了,口吻完全变成发牢骚,"您是知道的,我们跟FLP公司合资是最佳选择,FLP的信誉好,技术先进,在当今世界上的电子行业算是一流的企业,而且您也接见过他们的总裁,参加了我们合资的签字仪式。不知为什么,来书记从韩国回来后横插一杠子,非要我们蹬了FLP公司,改和韩国的半岛集团合资……这不光是我们东方集团不守信义,FLP还提出疑问,梨城的经济工作到底是谁说了算? 这让我们无法解释。"

卢定安听着听着闭上了眼睛——不知是因为烦躁,还是怕眼睛流露出来的情绪让于振乾看见。罗文向于振乾摆手,于振乾则向他甩手……他想,既然已经开了头,无论如何也得把话说完了:"市长,如果仅仅是合资,跟荷兰人的条件相同,由我们坐蜡,向FLP说好话,赔礼道歉,也未尝不可。问题严重在韩国人居心歹毒,他们要占大股份,产品用他们的商标,还要裁掉一大半员工,把年轻能干的素质高的留下来,把包袱甩给我们……这哪叫合资? 这是抢我们的企业,抢我们的市场,毁我们的产品商标! 我不理解的是他们有恃无恐,傲慢强横,来书记一向是个挺好的人,怎么一下子好像变成了韩国人的书记,一再压我让步……"

卢定安的眼睛依然没有睁开,但额头两侧青筋鼓胀,挥手让于振乾出去。罗文轻轻打着手势把他往病房外推……于振乾勃然大怒:"哼,这算怎么一回事!"

"嘭"的一声,他重重地摔门而去。罗文跑出病房追上他:"于总,别这么大的火气,有事说事……大家本来就快成斗鸡眼儿了,你再把两个大头头的火激起来,夹在中间好受吗?"

"你以为现在我就好受吗? 大不了不干啦!"于振乾的修养和风度全没了,他雷霆震怒急转身的时候险些撞上两个人,是杜华正和漂亮的保健医生何月琴,手里提着两大包东西,杜华正只向于振乾点点头就进了卢定安的病房。

杜华正的消息太灵了,凡梨城发生的事,只要是他应该知道和想知道的就绝对瞒不了他。他一来跟于振乾来可就大不一样,卢定安在病中本来就浑身难受,心烦火盛,于振乾还来火上浇油,卢定安最烦什么他偏要提什么。杜华正一进病房就先让罗文回家吃饭,大包大揽地说晚上由他来顶班照顾市长,然后向卢定安介绍自己带来的漂亮医生:"这位是我们区康复医院的王牌大夫小何,出身于名医世家,针灸按摩得过真传,治感冒发烧有绝活儿。"他为一个年轻动人的女人做完这样一番广告之后,下面就由这位小何大夫上场了,她温言软语询问病情,有没有做过全面的检查,想吃点什么东西,顺便讲解了治疗感冒发烧应该注意的事项……在这样一番医学理论指导下,女医生让卢定安喝下一小杯自己带来的在市面上绝对见不到的能治感冒的营养品。再把珍奇水果削了一点让他尝尝鲜。杜华正做得自然、得体,他认为只几分钟的工夫就能让卢定安感到温暖、轻松。假如在此之前卢定安对自己有什么误解或不满的话，在这时候最容易消除，能使两个人的关系一下子变得亲近许多——人在病中都是软弱的，你对他好一点最容易化解胸中块垒，增进感情。特别是像卢定安这样的人，平时架架棱棱，令人不敢接近，却又都以为他成天被人包围着，什么都不会缺少，其实他很孤单，很缺少正常人的亲热和普通人的友情。杜华正见卢定安已欣欣然接受了何月琴为他所做的一切，脸上全面解冻，就对女医生说："医院的饭没法吃，附近有一家饭店的炖品非常好，我去弄点吃的来，你趁这个空儿给市长做一下全身按摩，让他浑身轻松一下，感冒保准就会好一半儿。"

他的这些话实际是说给卢定安听。卢定安说："你打住吧，我只想喝一点家里的面汤，一会儿就会送来。谢谢你们，快陪着何大夫走吧，这里有人家医院的大夫，你横插一杠子会惹得人家不高兴的。"

杜华正叫起来："哎呀，我的市长大人，都病成这个样子了就别操那么多心啦！"

他说完就想撤走，打算把卢定安交给漂亮的女医生料理。刚才被杜华正打发走的秘书罗文，是何等精明，哪敢自己回家吃饭，恰在这时候陪着市长夫人，提着饭盒推门进来了……

于振乾离开医院后却越想越气，飞车赶到梨城第一律师事务所，仗着自己面子大，把下班后还在和同事们碰案情的许良慧约了出来，进了梨城饭店的咖啡厅，他殷勤有加："您喝点什么？"许良慧见怪不怪地等待着："如果非喝点什么不可的话，那就喝咖啡吧。"于振乾再问："还要点儿点心和水果吗？"许良慧急忙摆手："不，于总，您就别客气了，最好直接进入主题。"

于振乾实际上已经迫不及待了："谢谢您肯原谅我的冒昧，我不能在您的事务所里谈，主要是怕给您惹出麻烦，因为我想委托您替我们打一场十分棘手的官司……"

"什么官司？"

"调查韩国的半岛公司是怎样向市委书记来明远行贿的,或者说调查来明远是怎样接受韩国人的贿赂,然后严重损害国家和我们集团的利益,强行逼迫我们跟半岛合资!"于振乾一讲起这件事就激动起来,"我没有吓着您吧?"

许良慧轻轻一笑:"没有,您最好也不要吓唬自己,无论想起诉谁,关键不是他的头衔和国籍,而是依据事实。"

于振乾说出了上面的话,情绪似乎也稳住了:"那好,我尽量简短把事情的全过程告诉您……"

自从被孙子抢白了一顿之后,杜锟病倒了,他对保姆遮掩说是自己老了,不服老不行啦。但心里很清楚,由孙子出面赶他离开黄埔花园,让他这老脸没处放,胸口这团闷气出不来! 他在等待市里给他以正式的通知,市里却迟迟没有动静……这似乎说明让他搬家并不是市里的意见,而是自己孙子的主意,真是作孽! 他希望儿子能带着孙子来给他赔罪,到那时一定要好好地数落他们一顿,让心里窝着的这口气放出来。

在一个温暖的下午,杜觉真的来了——不过不是来给他爷爷赔罪的,而是陪着夏阳春、夏尊秋还有夏晶晶,来看黄埔花园。这是一座集合欧洲多种风格特点的折中主义建筑,造型孑然不群,以骄人之姿傲视四周;体态厚重深沉,流溢着一种铺天盖地的压抑感和威慑感;穹顶高耸尖利,体现着当年设计者或楼房主人极度膨胀的欲望;红墙白柱,白花岗岩基座,庭台小榭,雕塑柱廊,极尽奢华。只是没有经得住岁月的磨蚀,形体破损,色泽黯淡,有了太多的沧桑感。他们从各个方位查勘了这栋著名的建筑,粗略地计算了它的占地面积,也到楼里上上下下看了一遍,惟杜锟卧室的门关着……最后他们来到院子里,夏阳春却意犹未尽,还不想马上离开,就问夏尊秋:"你对这栋房子还有印象吗?"

夏尊秋远没有她舅舅那样的兴奋:"没有,如果说还残存下一点印象也都是阴毒、罪恶和丑行,甚至以今天冷静客观的眼光看待这栋建筑,也觉得它过于笨拙和黯淡了。"

外甥女这样议论这栋黄埔花园,让夏阳春心里很不舒服:"恰恰相反,这个院子、这栋小洋楼留给我的全是最深刻、最美好的回想,包括在这里发生的一些灾难、罪过和龌龊,现在也变成了一种珍贵的记忆。因为我的童年是在这儿度过的,这里的每个角落我都记得非常清楚……尊秋,你能把我们两人这种截然不同的感觉糅合在一起,重新给这儿设计一栋建筑,一定能出新。"

夏尊秋可没有舅舅心气那么高:"其实这个黄埔花园之所以这么出名,主要是历史和政治的原因,在建筑上它并没有什么惊人之处。"

"你在设计的时候可以突出它的历史感,建筑不是讲究历史加感情加理性吗? 这也叫天地人同步。"

"建筑的本质是人性,有人的地方就必有房子,因为人需要象征性的东西,需要作为生活情境具现的环境。"

"建筑还是人与时间对峙的一种存在,它象征着人类对永久的向往。"

"还有对过去的回想,"夏尊秋笑了,"您不是想把华人投资公司在大陆的总部设在这里吗? 它主要功能应该是用于办公吧?"

"不错,仅仅是海外华人的历史,华人的轨迹,就有多少内容可参考? 将来这幢建筑不仅在梨城是独一无二的,在世界上也应该是独一无二的,它要熔铸华人最主要的精神……在地球上,除了赫赫武功之外,惟有建筑最足以表现人的精神和气概了。"

夏尊秋看着舅舅,突然对自己不是很有信心:"我只能试试看,您想赋予这栋建筑的意义太多太庞杂了……"夏阳春也有了某种担心:"但愿没有惹你不快……我相信你。"一直没有出声的夏晶晶此时开口了:"表姐,您不要光听爸爸的,这个地方充满了一股陈腐之气,您的建筑应该体现出一种崭新的强盛的生命力,它是属于未来,而不是凝固过去。"

夏尊秋更正表妹的话:"尼采说过,建筑学是一种力量修辞学。人们一直力图在建筑物中表现自己的权力意志,但能战胜重量和地心引力的却是美观。"

夏阳春给外甥女打气:"在生活中似乎有这样一条规律,如果你只接受最好的东西,那你就常常能得到最好的东西,建筑师就应该是这样的人。"

在夏家的人讨论重建黄埔花园的设想时,杜觉站在旁边一言不发,他插不上嘴,人家也没有征询他的意见,视他如不存在,这令他生出一种莫名的妒忌和羡慕……他在揣度眼前的这三个人,他们的关系并不单纯,可他们交谈起来却是这般和谐、机智,因为他们都有很好的修养,他们是生活在另一个层面上的人……

当他们要离开的时候,保姆叫住了杜觉,他的爷爷叫他留一下。杜觉只好跟夏家的人告别,目送他们上了夏尊秋的车离去,才重回楼内来到杜锟的卧室,装得就像什么事情都没有发生过,情绪欢快而亲热:"爷爷,外面天很暖和,您干吗闷在屋里,不出去换换新鲜空气……"

杜锟失去了往日的威仪,声音苍老而浑浊:"你还当我是你爷爷吗?"

杜觉愕然:"又怎么啦?"

"我还没有死,还没有答应搬出这栋房子,你就带着夏家的人来看房了,想气死我吗?"

"爷爷,这又何必!"

"想不到我的孙子跟夏家的儿子联合在一块来赶我走,向我示威!"

杜觉焦躁,他感到自己的爷爷真正老了,大势已去:"您这是想到哪儿去了。"

"你做的事,还叫我往哪儿想?"

"那好吧,我就告诉您,我跟夏阳春的合作已成定局,我从这项工程中至少能拿到七百万的利润。土木花园的房子永远都给您留着,您要实在不想去,就只有住办公厅给您找的房子了。"

"我就不相信,他们不跟我商量,不征求我的意见,就敢让我搬家!"

"您又来了,人家征求您的意见您还能说不搬吗?其实在您刚一下台的时候,如果再聪明一点就应该在正式下台之前,从这里搬出去,何必非要把活鱼摔死了卖呢?"

"你,你为了七百万就卖你爷爷,恨不得立刻把我气死……"

"这本来是非常高兴的事,您偏偏要生气,我有什么办法?我早知道您想见夏尊秋,刚才她就在这儿,出去见见她该有多好……"

杜锟腾地一下坐了起来,胸部一阵痛楚又躺了下去,他已经没有权力所需要的体力和智力了。其实,他连权力也没有了,只是不敢或不愿意承认这一点,觉得自己至少还有余威,用眼下流行的词句叫"余热"……杜觉口吻恶毒:"您看,我就知道您想见她,却非要把自己关在屋里怄气,就是跟夏阳春说几句话又有什么不可以?当初你们进来他们走,现在他回来您走,这有什么关系?风水轮流转,你方唱罢我登台,历史不就是这样的吗?对我来说就更简单了,不过是做生意,不管你们谁走谁来,谁谢幕谁登台,只要我有钱赚就行……"

"生意,什么都是生意……"杜锟忽然什么也不想说了,倒头又躺了下去。

杜觉为爷爷掖了掖被角:"把什么都看成是生意,比把什么都看成是政治要轻松多了,您好好养着,下一周我来帮您乔迁。"

这小子气死人不偿命,且心黑手狠,对外人是如此,对自己的亲人也如此。杜锟知道自己是拗不过杜觉了,波澜壮阔一辈子,除去自己的孙子再没有第二个人敢这样毫无顾忌地当面奚落他蔑视他……

住在危陋平房里的平头百姓,处在社会的最底层,似乎家家都有自己的难处。大概他们很难想象,平时高高在上、人五人六的达官贵人们,居然也有气得生病愁得睡不着觉的时候。素来很让人羡慕的于振乾夫妇,一个是非常体面的大企业家,一个是一区之长,深更半夜了还在床上烙大饼,时间已是凌晨一点钟左右。外面极其安静,屋里却不太安静,一会儿钟佩向左翻个身,一会儿于振乾向右翻个身……钟佩终于忍不住开口了:"你睡不着就不能躺好了静静地忍一会儿,翻过来掉过去,老这么折腾还能睡得着吗?"于振乾有气:"是你老翻身搅得我睡不着,怎么反而倒打一耙? 你们这些当官的没有一个是讲理的!"

一场夜战眼看就要爆发,钟佩却含笑换了口气:"咳,相当于正局级的于老总,心里有气别往老婆头上撒,你没见我这个当官的也愁得睡不着觉嘛!"

于振乾索性拥着被坐了起来:"我现在理解了,为什么中国一些非常出名的企业家,突然携款外逃了,要不就是通过正当渠道把资金转移到国外去,给自己安排好退路,还有的干脆贪污受贿,把钱存到国外……我如果在境外有存款,明天一跺脚,带着于非就走了,再也不给这帮王八蛋官僚们又卖命又受气了。"

"那我呢?"

"你愿意当官就留下继续当你的区长,你如果也看明白了就跟着我们一块走。"

"我也可以选择第三条路,现在就给市委书记打电话……"

"你想跟他说什么?"

"臭骂他一顿,把一个每年能给国家上缴十几个亿利税的企业家,逼得走投无路,只能深更半夜跟自己的老婆胡说八道。"

"来明远一定是收了韩国人的重礼,不然他不会这么为韩国人出力。我在想要不要跟他公开顶,或者公开跟他打官司,或者给中央写信控告他? 可我手里确实又没有他受贿的证据……"

"老于呀,咱都这么大岁数的人了,不能意气用事,来明远平庸无能是尽人皆知的,但他在梨城又是个出了名的好人,一贯地谨小慎微,遵法循良,这样的人未必会拿韩国人的好处,他很可能也听到了老百姓不少抱怨的话,想在退休前大干一番,为自己留下点好名声,偏巧市长一门心思去抓危房改造,他就认为责无旁贷应该把经济工作揽过来,搞合资,拉项目,接见外商,参加商务谈判,好像他弥补了市长的漏洞,取代了市长的职权。他的兴趣是干具体的事,梨城凡有个脑袋的人谁看不出来,你一脑袋电子怎么还会被这点事蒙在葫芦里?"

于振乾扭头瞪着夫人："你呀你呀,说你心地太善是恭维你,说你官官相护,可能又有点委屈你,老百姓有这样一句骂人的话,叫做蔫蔫鸡巴操死人! 来明远就是这样的蔫蔫鸡巴,你挨坏人整,大家都同情你,我让来明远玩儿了,还不能说他不好,你说了人家也不信,连我的老婆都说他是个好人,这不是哑巴叫狗操了——有苦也说不出了嘛!"

钟佩笑了:"能把我的先生逼得满口粗话,可见事态是非常严重了!"于振乾叹气:"这些年我费了多大的劲,才把东方电子搞成现在这个样子,让他毁于一旦,真是咽不下这口气!"

"你可以跟荷兰商量提早挂牌,造成既成事实。"

"不行啦,我们集团内部有了内奸,我一举一动来明远都知道。"

"谁?"

"党委书记就同意跟韩国合资,我想来明远肯定是找他谈过话了,所以公司的人都劝我别再跟市委顶了,再僵下去,很可能会调我到党校去学习,或者调到经委、计委之类的衙门去,明升暗降,把东方的权力交出去,党委书记正乐不得地等着接替我的位子哪!"

钟佩伸出胳膊爱抚丈夫……于振乾突然掀掉被子,拉着妻子下了地:"起来,穿衣服!"

"干什么?"

"去跳舞。"

"你疯了?"

"自己再不疯,就会被别人逼疯啦!"

钟佩一狠心:"也好,反正今天夜里是睡不着了。"

他们穿上衣服下楼,路灯明亮,冷风飕飕,于振乾领着钟佩来到一家通宵的"迪厅"——全名是"大地震迪斯科舞厅"。他买了票,领着满脸狐疑的钟佩走进去,里面热浪翻滚,烟气蒸腾,乐声地动山摇,震耳欲聋。于振乾不管三七二十一地拉着妻子就下了场——这里没有人注意他们,各自沉醉在自己疯狂的扭动中,他们扭着扭着也有了感觉,开始一件件地脱衣服……钟佩大声对丈夫叫喊:"这叫老夫聊发少年狂!"

于振乾也把嘴凑到妻子耳边叫喊："你知道我爱你哪一点吗?"

"不知道。"

"幽默感,要不是你刚才的幽默和忍让,咱俩今天夜里肯定会大吵一架。"

"你常来这种地方吗?"

"这是第一次。"

"骗人,没有来过怎么知道这儿夜里还开门?"

"我的办公室主任来过,他鼓动过好几次,叫我来放松一下。"

"于是你就带着个小姑娘来了……"

"有时也带个老姑娘来。"他紧紧地抱住了妻子。

钟佩也忘情地搂住他的脖子……

第 31 章

　　一个飘着零星雪花的清晨,老莺儿王宝光出了家门。他的邻居杨美芬家的大门留着一条缝,老莺儿一出来,杨美芬也出来了,悄悄跟在后面,王宝光意外地没有描眉,身上没有穿厚衣服,走路很快,一往无前。杨美芬可惨了,看看老莺儿快没有影儿了,就紧跑几步,能看见老莺儿了就歇下来喘几口气……她跟着老莺儿来到一片住宅区,楼群中间有个小公园,老莺儿躲在晨练的人后面,眼睛盯着一个门洞。他向来掐时间掐得很准,不一会儿黄丽金从门洞里走出来,老莺儿不紧不慢地从远处跟着,一直跟到汽车站,看着黄丽金上了汽车。老莺儿又甩开大步顺着汽车驶走的方向蹿了下去……杨美芬走到近前看看汽车站牌,是108路,通向城东工业区。她纳闷了……但也只好从后面跟上去。然而要想跟上老莺儿又谈何容易,他走路好像是一种快乐,一种生命本身的需求,轻巧、有力,双腿有一种赏心悦目的弹性和柔韧性……杨美芬没有表,不知道走了多长时间,穿过一片旷野,她以为是到了郊外,却突然看见工厂又多了起来。老莺儿走到一家刚建了一多半的工厂前,开始围着工厂转圈儿,转够了又顺原路往回返……杨美芬已经猜到这是什么地方了,这里更像个工地,可是已经盖好的车间里显然正式投入生产了,四周没有围墙,在一个临时的大门口前面,她看到了泰和染整厂的牌子……不用再追赶王宝光了,她知道老莺儿到这儿来的原因了。工厂门前有许多卖小吃的摊贩,她肚子很饿,却不想在外边买早点吃,便找块石头坐下来,她需要好好地歇一歇,实在是一步也不想动了。她坐在石头上看风景,过了一会儿,看见有辆座座实实的吉普车从大道上拐过来,跟那天夜里简业修到北京接她时坐的车一样,吉普车没有进厂门,在东面一幢正建着半截的房子前停下来,从车里走出三个人,里面果然有简业修,另外两个人是杨静和韩星。杨美芬的脸上立马有了喜气,起身走过去招呼:"大兄弟!"

简业修甚感意外,"二姐? 你怎么会在这儿?"杨美芬笑得拍手打掌:"唉,别提了,我是当特务跟踪老蔫儿跟到这儿来的。"

简业修很长时间没见她这么疯魔颠倒地自说自笑了,看来已经从丈夫去世的阴影中走了出来,或许对她来说根本就没有过那样一个阴影。但简业修说话仍加着小心,害怕再勾起令她伤心的旧事,就顺着她的话问:"老蔫儿怎么样?"

"好多了,不描眉了,每天早晨护送过去的对象到这个新厂来上班,然后他围着厂子转一圈儿再走回去,闹不好下班的时候他还会来接。"

简业修惊诧不已:"真的? 这一趟可不近哪!"

"可不是嘛,累得我身上一点劲儿都没有了。"

简业修感喟:"可惜呀,如今这么痴情的男人不多了!"杨美芬不笑了,眼珠一转脑子又跑到别处去了:"简大爷怎么样?""还是那样,天天为房子的事发愁,你能一步到位,不必再等同福庄的房子算是做对了。在新地方住着还习惯吗?"

"只要房子可心,我住在哪儿都习惯。"杨美芬的眼睛只盯着简业修,"还没有问你哪,大清早跑这么老远来干什么?"

"厂房建筑上有点问题要商量。"

"业修,这个厂子是你给建的?"

"是啊。"

"那你一定认识这个厂的厂长了?"

简业修看看韩星:"认识,有什么事吗?"

"你跟他们厂长说说,得让老蔫儿上班儿啊,他没有工作怎么再找对象呢?"

"有道理,二姐真是热心人。"

"都不管他,他可怎么办呢?"简业修把韩星介绍给杨美芬:"这就是染整厂的韩厂长。"

韩星对杨美芬说:"您叫他找我一趟,我先跟他谈谈,看他能不能回车间上班,如果回不了车间,我看他还能不能干点别的活……没问题,这事包在我身上了。"

"那我就替老蒍儿谢谢您啦!"杨美芬浑身带着一股爽快劲儿,又把眼睛转向简业修,"你没有事吧?"

"没事,你要回去? 等会儿跟我的车走吧,我也正想到你家里去看看。"

"你先忙你的吧,我自己慢慢地往回溜达。"杨美芬说话快动作快,话一说完人也转过身去了。简业修望着她的背影,想想当年两人曾有过的旖旎情韵,真恍若隔世! 但她拿得起放得下,说好就好,说散就散,哪怕在她最艰难困苦的时候也没有向他张嘴要求过什么,她有一颗平常心,是个极普通的女人,却是个完整的女人! 韩星问正在愣神儿的简业修:"看样子您跟这个二姐挺亲热的。"

"老邻居了,从小就这么叫,我也不知道是怎么排的辈儿。"简业修回答着韩星的问话,眼睛还看着杨美芬,见她没有去汽车站,而是顺着大道要走回市里,便把司机喊过来,"小常,杨美芬很可能身上没带钱,你把她送回去,顺便看看她住在哪里,他们娘儿俩现在以什么为生,如果她能出来工作,可以到九河公司来,打扫卫生啊,帮着做饭啊,都行,她是个很能干的女人。"

韩星揶揄:"简主任真是多情多义。"

简业修怅然若失,没有还嘴。

到傍晚,正是城市里塞满下班人流的时候,杨美芬在108路汽车终点站等到了黄丽金,满脸堆笑地喊了她一声。黄丽金一时没有反应过来,杨美芬就看着她也不再吭声,等待对方慢慢认出自己,黄丽金终于出声了:"噢……你有什么事?"

杨美芬察眼意懂眉语:"你猜我是怎么知道你就住在这儿的? 我

是偷着跟在王宝光后边找到你的,他每天早晨都来送你上班,跟在汽车后面一直走到你们的新厂再回来。"

"还有这事?"黄丽金被震动,"他怎么样?"

"一住上新房子就好多了,你们厂长也答应叫他明天上班,我来找你就想叫你跟他谈一谈,断了他的念想。"黄丽金犹豫:"我们俩没有关系了,还谈得着吗?"

杨美芬压下心里的不快:"你不能这么说,宝光的心还拴在你身上,时间长了这不也是你的一块病吗?"黄丽金心活了:"我得跟家里说一声。"

"说什么,一会儿就回来,你真格连这点自由都没有!"

杨美芬拉着黄丽金拦了一辆出租车,黄丽金打个愣,对一个过日子的人来说十块钱可是能买不少的东西,如果买菜能够吃一天的,便随口说:"还打的呀?"

"你别管,该花的钱就得花。"杨美芬扶着黄丽金上了车,两个人都坐在后面,她一直拉着黄丽金的手,黄丽金则显出不习惯,她问:"你的气色可不好,怀孕了?"

黄丽金摇摇头。

"唉,你呀你呀,像宝光这样的男人,过了这个村可就没有这个店啦! 这也都怪我不好,是我和哑巴吓着了你,要不你和宝光也不会散。"到了自己的楼前,杨美芬掏出十块钱塞给司机,拉着黄丽金下了车,她敲开了哑巴哥俩的房门,开门的正是王宝光,两个人一下子都愣在门口。杨美芬把他们往里推:"别堵在门口,到屋里坐。"屋子里收拾得很干净,虽谈不上豪华,但都是新家具,王宝光住在向阳的那间大房子里,桌上、墙上到处都摆着、挂着黄丽金的照片,她看见这一切眼里有了泪光。王宝光低头不语,神情还略有一点呆板,杨美芬对黄丽金说:"你们两个慢慢谈,我去给你们烧壶开水。"

她出来躲进了另一间屋子,留着门缝,听着外面动静。不大一会儿的工夫就听到了走动声,她赶快出来,看见黄丽金正向外走,她过去拦住:"才多一会儿就走啊?"

黄丽金脸红红的不说话,杨美芬央求她:"你不能走,好不容易来一趟,你得把他彻底治好了,他也好再找对象呀!"

"他不吭声,你叫我跟他说什么呀?"

"他是童男子,害臊,你是过来人,主动跟他亲热亲热嘛!"

"什么? 你叫我干那种事?"

"哪种事? 你把他害成这样,现在你又不是大姑娘了,就是把身子给他一回还不是应该的! 再说他对你那么好,这不是你的福分吗?"

"你……"

王宝光走出来说话了:"二姐,你让人家走吧。"

"让她这么走了你还会老想着她,干了她你才能忘记她!"

黄丽金使劲推开杨美芬,开门跑了出去。

夏晶晶身着雪白的夹克衫,海蓝的厚呢长裙,精妙灵秀,风姿隽爽,放射着强劲的生命感。她肩上挎着个小包,手里提着一个鼓鼓囊囊的大包,夏尊秋还帮着她背着一个旅行袋,磕磕绊绊地走下楼来。夏尊秋看着她发笑:"你来的时候行李很简单,怎么回去的时候增加了这么多?"夏晶晶有些心不在焉地随口答道:"这就对了,中国人去美国采购,美国人来中国买东西,这就是物资流通,货币交换。"

初春的阳光暖洋洋的,如少女脸上的笑靥,轻描淡写地就把残冬的灰暗和惆怅驱散了。她们披着满身的阳光上了夏尊秋的汽车。夏晶晶说:"我得到九河公司道个别。"夏尊秋颦着嘴角似笑非笑:"你出来这么早,我就知道会有这个程序。"夏晶晶不接表姐的话茬儿,眼睛望着窗外:"表姐,我觉得梨城比我刚来的时候漂亮多了。"夏尊秋说:一座城市不可能在这么短的时间里会有这么快的变化,是你对梨城的感觉,或者叫感情,跟刚来的时候不一样了。"夏晶晶突然问她:"您喜欢梨城吗?"

"这不是喜欢不喜欢的问题,我就属于这个城市,至少眼前是这样。"

"您觉得对这个城市有责任?"

"更确切地说是有联系。"

"搞建筑的总是觉得自己的责任是对本质负责,可首先要弄清楚自己的真正需要。"夏晶晶动动嘴角,忽然哼哼咧咧地唱起来:

> 充分享用为所有人准备的生命和爱情
> 我以自己的青春诱惑世界
> 又被花花世界所诱惑

"这是什么歌?"

"告诉你也没有用,你从来不听流行歌曲。"

夏尊秋感叹:"这正是我的缺憾,流行引导女人,女人推动流行,我不接受流行的引导,更无法推动流行,是不是不正常? 在你的眼里我是不是一个变态的老姑娘?"

"您是没有时间流行,还是拒绝流行?"

"没想过。"

"女人大都是多变的,也是感性的,正好与流行相吻合。"

"你承认流行的东西大都是肤浅的吗? 流过之后便烟消云散,留不下痕迹。"

"正是这样的流行充实着女人的生活,也消耗着女人的生命。"

——她们有一搭没一搭地谈着女人谈着流行,其实这不一定真是她们想谈的,汽车却已经来到了九河公司楼下。夏尊秋把汽车停好,上楼进了办公室。九河公司的人似乎知道夏晶晶要来辞行,她想见的人或想见她的人都在,夏晶晶先站在门口停了一会儿,脸上显出难得一见的伤感和娴静,语调也是轻轻的:"我要走了,跟你们说声再见,我会想你们的。"

叶华首先站起来:"我们也舍不得你走,什么时候再来?"

夏晶晶到底是夏晶晶,进门时的突然伤感转瞬即逝:"你结婚的时候,或者三义里新楼落成的时候。"于非有点恋恋不舍:"祝你一路顺风!"

"谢谢,也祝你顺利和快乐。"

公司的姑娘们拥上来围住她,惟程蓉蓉在自己的座位上没有动,只是静静地看着夏晶晶。叶华又说:"晶晶,你出嫁的时候带着新郎到大陆来旅行结婚吧。"

"你麻烦不麻烦?我干脆在大陆找一个多省事儿。"

"你再回美国怎么办?是把他甩了,还是麻麻烦烦地带着他一块儿走?"

"我也真希望你们能到美国来旅行……"她和办公室里所有共过事的人拥抱告别,夏尊秋站在门口含笑看着她表演。当夏晶晶走到简业修跟前的时候,简业修伸出了手——晶晶双目闪闪,委屈地大叫:"嗨,我给你当部下的时候那么卖力气,要告别了就不能热情一点?"简业修略显困窘,夏晶晶却已经张开了双臂,简业修笨拙而僵硬地拥抱了她,夏晶晶则趁机吻了他,并在他耳边说:"我喜欢你。"搞得他满脸通红,办公室的人都含笑看着这一幕,甚至连程蓉蓉都无法妒忌夏晶晶——都知道她呆不长,都怀疑她只是闹着玩儿,因此她也就不拘不羁地完全耍把开了。

当这个已经彻底美国化的姑娘快要走出九河公司的时候却哭了,眼含泪花和大家挥手告别,想说什么已经说不出声了。夏尊秋紧紧抱着她进了电梯。九河公司的姑娘们也都有点眼睛发潮,一直把夏晶晶送上汽车。上了车,好半天两个人都没有说话,夏尊秋看看晶晶,腾出一只手摸摸她的胳膊:"晶晶,你是不是真的爱上了简业修?""他很有味道,是个海阔天空、气象万千的男人,如果我留在大陆,或者他在美国,我们两个之间说不定真会发生点什么事情。"夏尊秋点头:"我相信,他在你面前展示的是一个正常男人的魅力。"

"他在您面前表现的不正常吗?那正说明他爱上了您……"夏尊秋只顾开车,没有搭腔。夏晶晶可不甘心:"表姐,你对吴虚白和简业修更喜欢哪一个?"夏尊秋沉吟着,似有不少话横溢心头……夏晶晶眼睛里透出灵气和慧黠:"不想跟我说。"

"实际上不能跟任何人讲的话,都可以跟你讲,只是一时不知该怎样表达得更准确……"夏尊秋斟酌着词句,"吴虚白是很好的朋友,好朋友很容易被对方甚至被自己误解为是爱上了,但是好朋友之间很难再相爱了。对简业修是喜爱、是欣赏,他却当不了情人,更当不了丈夫,在我面前他永远是学生,也许女人都不能免俗,我也喜欢这种被崇拜的感觉。"晶晶叫起来:"怪论,谬论,狡猾之论,你并没有回答我,是永远做个天才的独身者呢,还是准备走向婚姻?"

"一个婚姻顺利的普通人,要比一个天才的独身者幸福得多,问题是我还没有碰上能跟他走向婚姻的人,也许我命中注定不会走向婚姻。"

晶晶大惑:"你身边有那么多优秀的男人崇拜你,竟然找不到一个可以跟他走向婚姻的? 你八成是得了婚姻恐惧症吧?"

"我也想过这个问题,母亲情感生活的不幸给我的影响太深刻了,我接受的遗传就是惧怕或憎恨男人和婚姻,一到关键的时候就退却,这也是我喜欢被男人崇拜和当做朋友对待的原因,只有这样我才有安全感。"

"你应该去看心理医生,或者由我来当你的心理医生也行。"夏晶晶一脸正经:"学我这个专业都要修大量心理学课程,我太清楚像你这样的心理特征了,咄咄逼人的女人常常心里最脆弱,再漂亮的女人骨子里也有先天带来的自卑,所以女人比男人爱虚荣,没有男人自信。"

"也包括你?"

"那当然,人们都说,女性的美貌加上智慧是致命的组合,这两样武器可以致别人的命,掌握不好也可以致自己的命。咱们来看看世界顶尖美女的人生轨迹吧,费雯丽盛年发疯,玛丽莲·梦露中年被杀,凯瑟琳·赫本寂寞一生,格丽泰·嘉宝情感历程悲惨,英格丽·褒曼命运坎坷不幸……为什么? 她们都太看重男人,太看重爱情,还有,太看重名气了。"

"要分手了你想开导我?"

"你需要开导,我为什么就不能对你履行开导的责任? 你说惧怕婚姻,实际是太看重婚姻了,在婚姻上是不能追求完美的,任何婚姻都是有缺陷的。相反,情人倒比夫妻更亲密,对配偶隐瞒的事情可以告诉情人,情人间更渴望信任、沟通和理解。"

"错啦,小姑娘,情人这个词并非如你想象的那么美妙温馨,而是残酷又猛烈。无论男女,在情人面前比在配偶面前更虚伪,只表现自己好的一面,掩藏坏的一面,成了配偶则可以看到更真实的一面,而真实往往是丑恶和可怕的。"

"您完了,我的姐姐,您没有出路了,找情人是残酷猛烈的,结婚是丑恶可怕的,您就守着您的美丽和幽雅,美丽而幽雅地看着自己变老。"晶晶突然又哼了起来,"荒寒的风凄凉地吹走自己,在欲望的丛生和残破中老去……"

夏尊秋一笑即收:"鬼丫头,不要再给我上课了,这个问题留待以后讨论,现在还有点时间,你还想去哪儿?"晶晶又像很伤感的样子:"咱们从三义里绕一圈吧。"

三义里几乎让她们认不出来了,横平竖直的大道已修好,原来乱糟糟的一大片废墟,已经规划成无数个街段、园区。有的在挖槽,有的在打桩,有的地方钢筋已经钻出了地面……晶晶问:"您还敢说这儿变化不大吗?"

夏尊秋不觉也有了几分伤感:"建筑学就是用凝固体现世界的变化。"

下午,红庙区政府的中层以上干部,挤满了大会议厅,他们大概已经知道了会议的内容,会议尚未正式开始,大厅里就分成许多堆儿议论上了:"我们区本来就穷,只有这栋大楼还值点钱,再把它卖了,政府不就等于黄了吗?""这叫政府大楼,卖大楼实际上不就是卖政府吗?""连政府都没有个像样的办公地点,还能指望老百姓会信赖政府吗?看来败家子不光是男的,女的终究还是不行,打了盆说盆,打了碗说碗,你不能拆东墙补西墙,用买油的钱打醋啊!""听说袁头儿正在搞住房集资,年利息比存在银行高两三倍,他集了那么多钱怎么还用得着卖政府大楼呢?"

坐在前面的袁辉含笑听着干部们的议论,他听不清下面的人在说什么,但他能猜到大家在说什么。也有干部为钟佩愤愤不平:"你们都是瞎掰,我看钟区长了不起,她至少没有私心,眼看就要换届了,当官的谁不想干点颜面上的事买好啊,她竟敢在这个时候下卖楼的决心,就是说她不想再往上升了,闹不好连区长也保不住,这样的人现在可不多了!"有人接茬儿:"是啊,现在当干部,对上级要捧着抬着,得罪了怕穿小鞋;对下级要拢着哄着,得罪了怕丢选票;对同级要防着踩着,免得被绊倒……钟区长一个女人敢这么干,我赞成,大楼卖了又有我们的嘛!"

坐在前面的钟佩提高声音宣布开会:"大家静一静,等一会儿有大家说话的机会,在这之前我请示了区委书记,也跟几位副区长反复交换了意见,要卖掉我们的政府办公大楼,这个决心可不容易下。所以我们召开这次干部大会,广泛地听取大家的意见,卖楼这个主意是我想出来的,但我对这幢大楼跟你们一样也充满了感情,当年盖它的时候我是副区长,给老区长当助手,当时就想把政府办公的地方建得体面一些,它好歹也是一种象征,是我们红庙区的脸面嘛!非常感谢上一届政府,感谢老区长,给我们留下了这样一幢大楼,当我们走投无路的时候还有东西可卖。我这一届区长是最无能的,既愧对红庙区的老百姓,又愧对政府的各级干部。那天在铁山新村看到群众和市长相对一跪,怎么拉也拉不起来,让市长难堪,当着香港客人的面下不了台,还口口声声地说向百姓赔罪,我真恨不得一头撞死!"

大会议厅里才算真正安静下来,干部们停止交头接耳,都看着钟佩:"其实,政府的办公楼用不着建在金融商贸中心的黄金地段上,我的想法是卖了这儿的大楼,在工业区和市区的结合部再建一座新的办公楼,那儿地价便宜,大道畅通不塞车,这样可节省出七八千万,再加上市里贷给几千万,第二期危陋平房的改造工程就可以启动了。铁山新村的老住户之所以给市长下跪,就是怕搭不上这班车,他们已经等了快半个世纪啦!以前我们的政策给老百姓就造成了这样的印象,头一拨儿没赶上后边就没有戏了,这一次无论如何不能再让有了希望的群众又一次失望了。眼前我们最难的又是最必须干的工作就是危改,其他的事情还都有个商量和缓转的余地……我要解释的就这么多,下面听大家的,谁有什么想法都可以发表。"

大厅里沉寂了相当长的时间,钟佩不着急,她知道这不过是农历除夕夜零时之前极短暂的安静,只要第一声鞭炮一响,后面的鞭炮紧跟着就会炸了锅、乱了营。第一个放鞭炮的人站起来了:"我提个问题,刚才听钟区长讲,卖大楼的钱一多半要投入危改,拿出一小部分到工业区建一栋新办公楼,在老楼卖了和新楼尚未建好之前,政府机关、区委机关、人大、政协等这么几大摊子在哪儿办公? 过去讲究国不可一日无君,现在叫不可一日无政府,这段时间最快也得多半年,一般情况下一拖就是一两年,在这么长的时间里如果红庙区的四大班子处于瘫痪状态,那岂不是说明我们区的四大班子今后也就没有存在的必要了吗?"

这挂鞭太厉害了,它是麻雷子,炸得大家耳朵嗡嗡山响,后面的鞭炮声真的就连上了:"我说,我们堂堂红庙区政府真的就缺这七八千万块钱吗? 还是以卖大楼做广告,让老百姓感动一下,理解我们当公仆的多么不容易,让市领导也感动一下,多给我们拨一点钱?"

"市政府领导对我们卖大楼是什么态度?"

"如果有人能搞到七八千万,是不是就可以不卖大楼?"

"政府马上就要换届了,能不能把卖楼和保楼作为问题交给下届政府? 谁能保住大楼,又能进行危陋平房改造,就选谁当区长!"

"我能不能向袁副区长提个问题?"

袁辉在台上沉稳自信,顾盼风生,对举着手点名叫号的人点点头:"当然。"

"谁都知道咱们区建委和香港光华财团合资,成立了一家红光房地产开发公司,搞了一项住房集资,在全市都轰动了,大款、富婆、老板、明星、名人,每天送钱来的人挤破了门槛子,听说连外地许多有钱的人都带着钱找上门来。请问集的这些钱不用来危改还想干什么用? 如果这些资金都用于危改,为什么还要卖大楼?"

袁辉对钟佩说:"区长,我是不是先解释一下?"

被鞭炮声轰得昏头涨脑的钟佩正不知如何收场,她甚至后悔听了袁辉的主意召开这样一个"大鸣大放"的会,现在袁辉主动要说话就顺水推舟地看看他怎样表态:"好啊,大家有这么多的疑问,你就讲讲吧。"

袁辉的语调里充满感情:"钟区长是我们区政府的好班长,清正廉洁,勤勤恳恳,都是我这个分管基建的助手没当好,逼得区长不得不出此卖楼的下策。刚才大家的意见是对我的批评,对我的鞭策,别的话不多说了,我只表个态,区委区政府的领导都在,我请求给我一个月的时间,从目前红光集资的势头看,一个月内集到一个亿应该是没有问题的,一个月后我如果拿不出一个亿,我们再商议卖大楼不迟,铁山的老百姓总不至于连一个月的时间也等不了吧?"

大厅里爆发出热烈的掌声。钟佩愣愣的,袁辉私下里从来没有跟她下过这样的保证……可这又怪谁呢? 她压根就不相信集资真能集出那么多钱,现在却只好成全袁辉的辉煌了。

晚上,土木花园的室内游泳池畔暖意盈盈,周围那几株高大的棕榈、芭蕉,更给它点染了几许热带风情。杜觉和他的女友在池里嬉戏,优哉游哉,谢品芳走了进来:"二位好兴致啊!"杜觉挑逗:"你为什么不跳下来? 只要跳下来就有好兴致。"

"我真想也跳下去。"

"有谁在拦着你吗? 或者你应该把我那位老爸也拉来。"

谢品芳嘘一口气:"你还不知道他吗? 要换届了,他不会轻易再到你这个土木花园来了,也暂时告别了所有娱乐场所,上班早来晚走,下班一定回家。"

杜觉畅笑:"为人别当差,当差不自在。"

"可凡是当过差的人就都不想再下来,还削尖脑袋一个劲地往上钻,尽量要当大差!""权力是很大的诱惑!"杜觉说着跳上岸,披上厚毛巾坐到椅子上,又为自己从茶几上倒了杯饮料,"因此掌握权力的人迟早会陷于不义。"谢品芳反问:"那商人呢?"杜觉斜眼看着她:"你现在完全是站在爸爸的立场上说话了。"

谢品芳脱去大衣,露出了新潮的皮短裙、花衬衣:"这里边可真热。"杜觉看着谢品芳:"看样子你是受命而来?""区长正在黄埔花园等着你哪,他叫你一块儿陪着杜老吃晚饭,向老人赔个不是,然后沟通一下情况,商量一些非常重要的事情。"

"所谓非常重要的事情就是区长怎么当副市长的问题喽?"

"这你比我清楚,杜老的影响力很大,目前不仅区长需要这种影响力,你也需要,孙子给爷爷赔个不是不算什么……"

杜觉怪笑:"谢品芳,这口吻听起来怎么像我的后妈?"谢品芳被羞得满面绯红,杜觉仍然不依不饶,"你现在真的成了我老爸离不开的心腹了,当初还是我给你出的这个主意,我这才叫自作自受,今后我不仅要听爷爷的、老爸的,还得要听你的吩咐。"谢品芳无比窘迫:"我可没有这个意思……""有这个意思又有什么关系?"杜觉站起来,"好吧,我这就去完成你的指示,你陪着雪儿玩儿,两人还可以说点知心话。"

谢品芳怕把关系弄僵,不能或不敢拒绝了:"我没穿泳衣。"

"在这儿穿什么或不穿什么都没有关系。"这话让谢品芳有点不自在,杜觉却心情不错,也并不急于要离开这两个年轻的女人,继续对谢品芳说,"知道吗,女人穿衣服是为了取悦自己,脱衣服则是为了取悦男人,懂得取悦自己和取悦男人的女人,才是最健全的女人。这儿没有你要取悦的男人,所以不想脱衣服?"

谢品芳的脸更红了,她看看池子中的白雪,生怕引起她的多心:"你胡说什么?"杜觉却冷不防把谢品芳推下了池子。

"哎哟……缺德鬼!"

"快把外边的裙子脱了。"

两个女人在池子里叽叽嘎嘎,拍水击浪……杜觉在池子边上站了一会儿才向门口走去,走到门口他扬手把游泳池的灯全关了。雪儿大叫:"你干什么?"

杜觉在门口高喊:"你们可以摸着黑裸泳。"

谢品芳小声咒骂:"这个魔鬼!"

杜觉赶到黄埔花园,一副没事人的样子。原来今天是杜锟的七十岁大寿,杜家的人都来了,杜华正旁边坐着他的妻子,化着浓妆,穿着鲜艳,拼命想往年轻里打扮,但脸色憔悴,皱纹细密,可见活得很不省心。杜华正举杯:"来,我们祝爸爸健康长寿,快乐如意!"寿星老似乎并不是很快乐:"长寿就是长受,活得越长,受的罪越多。"

杜华正的妻子喜欢抢话:"爸爸,这种日子可不兴说不吉利的话,您是贵人,会多福多寿的!"杜锟并不理睬儿媳妇的话,倒显得越加伤感:"什么是福?多少是多?一个人到了晚年才看清自己真正想要的。"

虽然杜华正明明知道他的父亲真正想要什么,却还是问:"您还想要什么?您这一生还有什么没有得到?"他老婆接上茬儿:"是啊,您达到的高度他们也许永远达不到,您剩下的就是享受晚年的安逸,怀念过去的辉煌,现在天也暖和了,找个地方让人陪着去散散心,痛痛快快地玩儿一玩儿。"

杜锟却一味地给自己煞风景:"这都什么岁数了,还能玩儿得痛快吗?就是玩儿痛快了也挡不住老啊!"杜觉偷觑一眼,也高举酒杯:"爷爷今天怎么净说扫兴的话,您是那种不怕老、老了也不怕的人物,因为您已经载入史册,人只有在他是历史的时候才是现实的。"

孙子的话果然搔到了杜锟的痒痒处,脸上立刻有了喜色:"这恐怕是我在这个黄埔花园过的最后一个生日了!"

杜华正看看儿子,两个人都没有敢接茬儿。其实,杜锟说这话的意思是告诉儿孙他已经不再坚持不离开黄埔花园了,他以往很擅长在生活中选择对自己有价值的东西,现在他的生活本身都失去了价值,还有什么可选择的呢?非要再选择什么、坚持什么,就显得荒唐而愚蠢,不如省却这些烦恼,今后他的生活里只剩下让步了。他说:"小觉,过完生日我就搬出黄埔花园,你的生意想怎么做就怎么做吧。"杜觉似乎被感动了:"谢谢爷爷。"

杜锟又转换了话题："咱们杜家就这么几口人,太少了,太冷清了,我活着还能看到第四辈人吗?"杜华正向儿子努努嘴："小觉,听到了吗? 你跟白雪什么时候结婚呀?"杜觉嬉笑："爷爷要的是重孙子,我们不结婚也可以生孩子。"他的妈妈借机抱怨："这时候的年轻人真不知道是怎么想的,可以胡闹,可以同居,可以朝秦暮楚,就是不正儿八经地结婚生孩子。"

杜觉想偷梁换柱："爷爷说的冷清不是这个意思,他老人家在台上的时候,周围净是谄媚的脸,每逢过生日,一整天甚至连续几天人不断,院子里都站满人。现在,当年那些赔着小心赔着笑的面孔变成了狡诈的、蔑视的、冷冰冰的,怎不让他老人家感到一年比一年冷清。"

杜华正狠狠地瞪了儿子一眼："今年不能怪他们,下个月就要换届了,头头们都在盘算自己是高升,是留任,还是挪窝,该下台的考虑怎样到人大或政协再挂个衔儿,光我们区这些天想找我谈话的就排成队,连干活都没有心思了,谁还会想着你爷爷的生日呢?"杜觉像哄孩子一样在虚张声势："这正是他们的愚蠢之处,爷爷虽然不在位子上了,但在人事安排上说话还是很占分量的!"杜锟自饮一杯："你们不要瞎说,白天来明远来过了,卢定安也派他的秘书送来了蛋糕。"

杜觉洋洋得意："怎么样,我没说错吧? 都在争取爷爷这至关紧要的一票!"杜华正对妻子说："你到厨房看看,该煮面条了。"他的妻子乖乖走了,杜觉不满："您还防着我母亲?"

"我不是防你母亲,而是她的嘴太快,老娘儿们凑在一块不经意地就会坏事。"杜华正将脸转向父亲,"爸,来明远年龄已到,肯定要下来了,您看卢定安是继续当市长呢,还是有可能去市委当书记?"

杜锟仰起脸,略一沉思："关键是看上边对常以新怎么安排,如果提他当书记,以他跟卢定安的矛盾,卢留任的可能性就不大了,很有可能被拿开或拿下,因为危改他得罪人太多了。比较起来金克任似乎口碑不错,不是没有顶上来的可能。如果是卢定安获胜,也只能当书记,很有可能让金克任当市长。"

杜华正深以为然,老爹成精了,梨城人事的这盘棋全在心里装着哪。杜觉似不以为然："爷爷,咱先别管他们谁走谁留,爸爸当副市长的事您跟他们提了吗?"

杜锟昂头一笑："不用我提,今天来明远主动向我提了。"杜觉对杜华正说："只要您当上了副市长候选人,下边的事情我来做,因为是差额选举,最关键的是人大代表们的投票,我要让每一个组里都有一个我们的人,分头做代表们工作,要保证万无一失。但是,目前您千万可不能把宝押在任何一个头头身上,要广结善缘。"

杜华正看看儿子,儿子看看爷爷……杜锟对孙子的话很生气,他明明对政治一窍不通,却偏要用生意人的那一套来搞政治,真是造孽。在这样的日子他又不愿意跟刚刚和好的孙子再争执怄气,就抹搭着眼皮不出声,也尽量不听他们的满口胡言,很快就如老和尚入定一般睡着了。商议这么重要的事情,关系着独生儿子的升迁大计,老头儿竟然会打盹儿,这让儿子很失望,惹得孙子小声抱怨:"爷爷真是老了。"杜华正已经有所警觉,在儿子面前要尽力维护老子的尊严:"这些天你爷爷一直心情不好,刚才又多喝了两杯……"

杜锟抹搭着眼皮突然开口了,嗓音依然带着悠扬沉浑的韵味:"是啊,七十岁的人了,脸上不再挂着责任感了,这是你们的事,该你们自己操心喽。"

杜华正和儿子一脸错愕。

又过了几天的一个上午,杜华正没有事先通知就突然走进了九河房地产开发公司,这可是稀罕事,三义里拆迁闹得那么热闹他都从来没有进过九河公司的门,他跟简业修的关系尽人皆知,这又是什么风把他给吹来了呢? 而且装得就像是简业修的好朋友一样,在公司里走来走去,到处都看个遍,办公室里还坐着几位等着见简业修的人,只有程蓉蓉一个人在照应,她也为杜华正沏上茶。他问:"业修呢?"程蓉蓉低眉顺眼:"去现场了,马上就回来了。"杜华正继续搭讪:"你们干得很火嘛!"程蓉蓉非常谨慎:"还可以吧。"

杜华正气势张扬,全不顾屋子里还坐着许多外人:"简业修是个非常能干的人,不过,你们也要有个准备,如果业修再高升一步,你们的公司怎么办呢?"程蓉蓉只是笑而不答,简业修一步闯进来给她解了围。杜华正一见他就打哈哈,把其他等简业修的都甩在一边:"你这儿蛮不错嘛!三义里的招商情况怎么样?"

简业修没有急于回答他的问题,却先向那些在等他的人歉意地笑笑:"对不起啊,让你们久等了,我马上就过来。"他示意杜华正跟他来到隔壁自己的办公室,"杜区长大驾光临,肯定不是来关心我们招商情况的吧?"杜华正一脸诚恳:"咱们得长话短说,我跟卢市长定好了,一个小时后还得赶到他那儿。我想开个大会,把平房改造的经验总结一下,把好人好事热热闹闹地表彰一番,你觉得如何?"

简业修在琢磨杜华正想打什么主意:"是不是早了点?"

"不早,再晚了就不赶趟了。"

"赶什么趟?"

"这个会主要是为你开的。"

简业修吃惊不小:"为我?""这次换届我提出让你回来当区长的候选人,目前还有点阻力……"

简业修有了动物看见陷阱般的警觉:"杜区长,我可不要那个,更不需要表扬……有户居民要给我送匾,都被我坚决给挡回去了!"

"不光是你,还有人家公、检、法和其他一些部门,都跟你配合得不错吧? 以及积极拆迁的住户,该表彰的都要表彰,有利于推动今后的平房改造嘛。老百姓给你送匾是表达了群众的一种心意,你私人不好接受叫他们送到区里来,或者送给市里嘛。"简业修看着他,暗自揣度这位杜大区长怎么忽然又对平房改造热情高涨起来……杜华正继续说服简业修,"这个会由区里来操办,以三义里的改造为重点,而改造三义里的主角是你简主任,所以说是我搭台,你唱戏,到时候主要是听你讲。时间定在下个星期,至于表扬哪些部门,给模范人物发什么奖品,奖金给多少,这些杂事,我让老李先拿个方案出来再征求你的意见。"

简业修心里突然水似的清亮了,杜华正要把三义里拆迁的全部功劳归于自己,于是态度强硬地拒绝:"不行,我有后遗症,一听开大会就头痛。你们区里愿意开什么大会那是你们的事,我绝不去讲什么话。"

杜华正的态度却更强硬:"你只要不反对开这个会就行,到时候我把市里领导和各区区长都请到,只要市长一去谅你就不能不去,到时候点到你的名字,不怕你不讲。我可提前打招呼了,到那时别怪我搞突然袭击,我劝你还是早点做好准备吧,要讲得精彩点。"他说完起身握手,笑呵呵像来的时候一样又匆匆走了。

杜华正急急地赶到市政府,准时敲开了卢定安办公室的门,进门就先道喜:"卢市长,恭喜,恭喜!"卢定安发愣:"你这是道的哪门子喜?"

"还装傻哪,最近您有两件大喜事:第一是偷着娶了儿媳妇,连秘书和司机都给瞒住了。第二,咱们市股票在香港上市头一天就涨了三块,昨天已经长到十七块了,十五亿港币已经到手了,大家背后议论,要是早听您的,再提前上市半年,至少还再多拿六个亿!"卢定安也是凡人,听了顺耳的话浑身舒服,眉开眼笑:"中央一再强调,我们这些人要经历三种考验,执政的考验,改革开放的考验,市场经济的考验。"他从抽屉里抓出一把水果糖扔到杜华正面前,还故作矜持,"你不会就是为道喜来的吧?"

杜华正立刻正襟危坐:"汇报两件事,最多占您一刻钟。一件是关于简业修的事,他的能力是有目共睹了,又年轻,在危陋平房改造中功不可没,我们区有相当一部分人希望他能重回河口区当区长,我于是提议让他接替我,只有我们区的书记不大赞成,其理由还是老调子,认为我们的检察院没有抓错的时候,错了也是对,无风不起浪,不管怎么说也是简业修的污点。请您跟市委组织部关照一声,我们区现有的几个副区长能力都差一点,如果勉强提起来,对区里的工作可没有好处,今后几年的危改任务可就惨了!"杜华正当然知道简业修跟卢定安的关系,他这一手至少可以达到两个目的,一是讨好卢定安,表明他对简业修的态度,倘若今后在简业修的安排上再出了什么问题都跟他杜华正没有关系了;二是阻止简业修被提到市里当副市长候选人,以至于成为自己的竞争对手。

卢定安没有表态，又问下一件事："第二件事呢？"

"您也知道，我们区的危陋平房改造任务最重，条件最差，现在却数我们区走在最前边了。红庙区拆了那么一点，还嚷嚷着要卖政府大楼，城厢区急急火火地把居民赶走了，地皮却亮了半年才启动，您也不能不承认我们现在是全市第一。为了推动下一步的危改，我们想召开一个总结表彰大会，下个星期四的下午两点钟，您无论如何都得挤点时间去说几句，因为有个老住户要给市政府送块大匾，人家就想看看您……"

一谈危改就搔到了卢定安正痒痒的地方，他边想边说："这个会不错，是有许多经验教训该总结一下了，让各个区负责危改的头头也都去，听听你们的经验，也可以让他们讲一讲，对下个阶段的危改只有好处……你们要准备得充分一点，我会去的。"

杜华正目的达到，又马不停蹄地去找来明远，他展开这一系列的公关活动，就是要万无一失地赢得副市长的提名。不论卢定安和来明远这一对冤家谁升谁降、谁走谁留，他都不能得罪，不可介入他们间的矛盾……他是区长，对政府各个头脑的办公室都不陌生，却是第一次走进市委书记的办公室。这间办公室谈不上有多么的豪华，只是大得像个小礼堂，崭新的绿色地毯上撒了许多米黄色的老鼠药——他像所有第一次到来明远办公室的人一样感到奇怪，难道连市委书记身边的耗子也大一辈儿，并不偷偷摸摸地躲在阴暗的角落，不出来则已，要出来就像书记一样堂而皇之地走官道，大大方方地在书记经常站立和进出必经之地活动？杜华正只好也高提腿、迈大步，躲开老鼠的势力范围，走到沙发前坐下。他暗自感叹，在梨城，老鼠见市委书记似乎比他这个区长还要更容易和更方便一些，他故作轻松地想说句笑话："老鼠居然搅和到这里来了！"

"太猖獗了……"书记对老鼠表现出无可奈何。

"办公厅怎么不想办法治一治？"他真正想说的意思是办公厅一帮废物蛋，治人有一套，却连个老鼠都治不了。

"这不,发给我一包又一包的老鼠药。"

两个人先就老鼠发了一通议论——这似乎也是惯例,凡第一次到书记办公室来的人开场总要先谈谈耗子,通过耗子进行客套,消除拘谨,由耗子引导渐渐进入主题。杜华正表情严肃:"耽误您一会儿时间,有两件小事相求。一件是公事,泰和染整厂搬到郊区,新厂房盖成了,完全是现代国际上流行的样式,很漂亮,污染也治住了,厂里的领导和职工非常感谢市委,觉得书记处理他们静坐的事情极有水平,没有抓人,没有开除人,挽救了一个工厂和近千名职工的饭碗,还保住了一年几百万的利润……也纠正了我们在工作中的偏颇,当时只顾拆平房,忽略了发展经济这个大局。他们厂里想搞个新厂开工典礼,希望您去给剪彩,由于他们厂子太小,不敢张这个嘴,求我先来探探风。"

这正是投其所好,大抓经济正上瘾的来明远自然很高兴:"没问题,他们厂子很小,可这件事的意义不小,什么时间?"

"您同意了,选一个您方便的时间,我再通知他们。"

"我同意了,你跟我的秘书定时间吧。还有什么事?"

"您可能也知道了,黄埔花园卖给了一个外商,这两天我父亲就要搬家了,办公厅给他另找了一处房子,这都没有问题,只是到目前为止,只有办公厅管房子的人跟他联系过,我是希望您在方便的时候给他打个电话,表示您知道这件事,给老头儿一个台阶下来。因为全梨城的人都知道您平易近人,肯为下面排忧解难,俯察民意,所以才敢提这个无理要求。"

"哎,这怎么是无理要求!"来明远脸色沉了下来,"这未免有些太不像话了,难道我们就缺少卖黄埔花园的那点钱吗?"杜华正显出紧张:"书记,我可不是这个意思,黄埔花园绝对该卖,再没有资金动工城厢区要出大乱子了,我父亲早就该搬出黄埔花园了。"

"定安同志没有去跟杜老谈这件事吗?"

"唉,我没把话说明白,这事用不着惊动市长,我原来是想找办公厅,请他们主任、副主任,或者处长、副处长,正式通知老头儿一声就行了,走到半路上改了主意,我反正也要见您,求下边还不如求上边,其实这都是多余,现在的人只挑房子好坏,才不在乎这些形式哪。老人嘛,死板,不挑房子,住什么地方都行,专门挑礼。"

"这个礼挑得对,古人讲,势利之交出乎情,道义之交出乎理,情易变,理难忘,我明天就去看杜老。"

"真对不起,您这么忙,给您添乱了。"

"应该如此。"

"如果您亲自去看他,还希望从侧面劝劝老头儿,他最近在给中央写一封长信,不让我看具体内容,他在中央有一些老战友、老同事,有些领导同志到梨城来也都去家里看看他,甚至对梨城的工作以及干部安排也都愿意征求一下他的意见,这都是礼节,是一种客气,他已经离休了就不要再干预政府的工作,特别是在人事安排上,乱提建议乱表态,会让别人难办,自己尴尬……我一劝他就跟我发脾气,目前在梨城好像只有您的话他还会格外尊重一些。"

来明远似被触动了什么:"噢……我会去跟杜老好好聊聊的。"

"给您出难题了,我该走了。"杜华正谦恭地离开了书记办公室。

翠湖新城已成规模,临近宽阔大道的是四幢摩天大厦,已经建起了二十几层,护卫着后面六区十八街的砖混结构的住宅楼。住宅楼已经竣工,一少部分还在进行内装修,但大部分新楼都可以进住了。楼口贴着大红"囍"字,地上铺着厚厚的鞭炮爆炸后的纸屑……在住惯了平房的人看来,翠湖的所有建筑物造型都十分别致、新颖,商店,学校,草坪,花坛,令搬家的人眼花缭乱,喜笑颜开,一天到晚,鞭炮声不绝于耳,如同过年。

大鞋底子李素娥的新家,宽敞,整洁。天一黑就把所有房子里的灯全部打开,光明通亮,她从来没有占有过这么多的房间,没有见过电灯的形状会有这么多花样儿,在这样的灯光下活着真是美死了!厨房、卫生间……光是自己家里就有好几个水龙头,洗脸的白瓷盆、洗澡的大浴盆、涮拖把的水泥池子,太方便了。她常常正干着半截活儿,会突然把一切都放下,像着魔一样挨个屋子看一遍……越看越亮堂,心也像这新房子一样亮堂起来。即使是黑更半夜了,她也会一次次地打开大门,楼道是黑的,她的脚一迈上去,楼道里的灯会"刷"地亮起来,她兴奋得像个傻子,穿着漂亮的花拖鞋,呱嗒呱嗒地往楼下跑,她跑到哪一层,哪一层的灯就自动放亮。她在楼外等到楼道里的灯全灭了,又轻轻走到楼洞口,脚步不动,探进身子双掌一拍,啪的一声像打开了楼灯的开关。她疯魔颠倒地拍着巴掌又跑回到楼上自己的家里。李素娥兴奋不已,打开新柜子的抽屉,拿出还剩下的那七千元拆迁费,用大红纸把它包好。帮着她收拾屋子的妹妹眼睛一直盯着她,这时候忍不住问:"姐,你真要把钱捐出去?"

李素娥自从搬进新房子显得严肃正派多了:"我得捐,要不心里老像存着个事儿。"

妹妹心疼:"这可是七千块,不是小数,够你挣好几年的,你要真不想要,送给谁不好,兄弟姐妹、亲戚朋友会感激你一辈子,干吗要白捐给政府?"

"这钱本来就是政府的,当初我跟赵勇是发了毒誓的,他为了多要点钱把命都搭上了,我更不能留下这昧心钱。"

"现在谁还把发誓当回事⋯⋯"

"赵勇不是好东西,可他对我挺好,我欠他的,就只当是给他烧纸钱吧!"李素娥眼睛湿了,不知是为赵勇,还是由于住上好房子?

她妹妹怪模怪样地看着她:"你没有病吧?可别住上了一套好房子,高兴过头美出一场病来!"李素娥擦擦眼角:"去你的,我没花一分钱能住上这么好的房子,真是天天做梦都笑醒了。就是这笔多余的钱成了我的心病,好事不可以都叫我占全了,我一定得把它捐出去!"

同福庄真是多灾多难,已经建成的大楼又出了问题,麻烦还在于这些问题不是区里发现的,也不是施工部门自己检查出来的,是将来要住进这栋大楼里的居民找出来的,想瞒瞒不住,想改来不及,眼看又要酿成一桩事件。顾全德赶紧打发周原去请金副市长,结果跟周原一块来的只有简业修,他不免有些失望,迎头就问:"怎么金副市长没有来？"简业修并不在意："您不知道市里正在准备换届吗？领导同志太忙了，大家的心思都很微妙，想得太复杂，金副市长为人不错，这种时候您就饶了他吧，搅腥擦屎的事就别让他掺和了。"

顾全德作难："可……"简业修一语挑破他的顾虑："您想说，我来顶什么用？"顾全德不好意思："不不……我没有那个意思。"简业修满不在乎，还挺严肃："我官小一身轻，换届与我无关，说不定倒能给您出点有用的主意。"

土木集团承建的那幢八层住宅楼已经封顶，只剩下一些收尾工作，在楼的前面自上而下地垂挂着白纸大标语，像两条挽联：

土木无心　安居不安！
百年大计　半年就裂！

简业修怪笑，大标语——真是一种奇妙的东西，代表了一种特殊的中国文化，官方用它，民间也用它，办喜事用它，办丧事也用它，褒奖可以用它，诟骂也可以用它。人们对有些标语熟视无睹，对有些标语又格外敏感，就像炸弹！那幢危楼的四周，围着许多人，主要是将来要住在那栋楼里的老居民，还有一些看热闹的人，吵吵嚷嚷，不许建筑工人进楼施工，工程已被迫停止。周原领着简业修和顾全德来到楼前，居民们闪开道，让他们钻进大楼，里面类似蜂巢，房间很多，也很零碎，通道狭窄，最不能忍受的要属卫生间了，周原表演给顾全德和简业修看，屁股坐在马桶上，脑袋却伸出了门外，一居民在旁边骂闲街："请你们领导同志看看，这样的卫生间人一进去就关不上门，能卫生得了吗？儿媳妇拉屎，公公往哪儿呆着？又得到外边大街上转去，那不跟住平房一个样吗？盖这样的房子缺德不缺德！"

更糟糕的是建筑质量太差了，有的单元大墙从上到下出现了裂缝。居民领着他们上到八楼，有一面墙被扒开了，砌砖的沙子里没有搅拌水泥，一层层的砖单摆浮搁，居民不费力就把砖一块块地拿了下来："顾区长，您看这是人干的活吗？这样的楼能住人吗？不要说抗八级地震,就是二级地震也抗不住,一晃悠就散架,这八层楼的砖一齐砸下来人不就成了肉饼子吗? 可跟住平房不一样啊!"顾全德也是第一次看到这种情况,懊恼异常:"怎么会是这样呢? 当初的设计图纸是怎么审查的? 施工中不是有质量监督吗?"

简业修是搞建筑的,对楼房的各种建筑质量问题应该说见得多了,像这样纯属因偷工减料造成的质量事故,还是让他感到震惊,一时竟无法表态,后悔刚才说话不知轻重,解决这样的问题恐怕不是他能做得了主的。顾全德简直是被气傻了:"我们怎这么倒霉啊,这怎么办呢?"

"还能怎么办……"简业修看看身边跟着的居民便改了口,"我们回办公室再商量吧。"他们走出楼洞,听到老住户们正冲着施工队的人骂大街,声音很大,显然是有意要让他们听到:"要了咱的钱就让咱住这样的房子,住到这里边不是糠虾酱嘛,还不如过去的老平房哪!"

"谁盖的叫谁来住,他们要不敢住就得退给咱钱!"

"光顾赚钱,真是缺了八辈儿的德了。"

"他们盖房子顾头不顾腚,叫他们生孩子没有屁股眼儿!"

周原高声说:"大家别乱吵吵了,骂街能解决问题吗? 如果骂大街管事,你们就在这儿骂吧,我们不管了!"有人出来维持秩序:"大家静一静,别干扰领导检查。"

简业修和顾全德只有装作听不见,又检查了其他正在建造的住宅楼,一走进去立刻就显得宽敞多了,他们检查到一间屋子里站住了,屋里只有他们几个人,简业修问周原:"这问题是谁最先发现的?"周原回答:"这儿的老住户,人家将来要搬回这个楼里住,一天不知要到这儿看几次,对建筑质量格外关心。"

"这是谁的楼?"

"土木集团。"

"又是土木集团,好事是他们,坏事也是他们,通知杜觉了吗?"

"他知道了,他说建筑质量由建筑公司负责。"

顾全德问:"我们要不要组织个调查组啊? 请专家们鉴定一下,住宅楼的各项标准都是有明文规定的。"周原不敢看区长的眼色:"已经查过了,开发商为了降低成本,提高出房率,在原来的设计标准上把什么都缩小了一块,该出三间房的地方硬是挤出了四间,而且中间的承包商扒皮太狠,施工单位只能靠偷工减料赚一点钱,在底层沙子里掺一点水泥,越往上水泥掺得越少,到最后一层干脆就码干砖了。不信我们一层层地扒开检验,准是这么回事。"顾全德气愤难平:"这不行,不能平房改造还没有进行完,又要搞楼房改造,真是黄鼠狼偏咬病鸭子,怎么办呢?"

简业修声音很轻,像是跟自己商量:"恐怕只能炸掉重建。"

顾全德却如闻疾雷:"炸掉?"周原也慌了:"那损失呢? 那时间呢?"

简业修语气变得坚定了:"当然是谁的责任由谁包赔损失,至于拖延了居民的入住时间,当然也要按规定给予一定的补偿。"周原挠头:"话是这么说,杜觉肯定会把责任推个一干二净,施工单位哪赔得起这么多钱? 很可能是要命一条,要钱没有,最后倒霉的还不是我们区里!"简业修突然换了一副口吻:"如果你们认头了,你们区里也拿得出这笔钱来,我就没有什么可说的了。"

顾全德赶紧往回拉:"业修老弟,我们怎么会认头,你打死我区里也拿不出这笔钱。你是危改办副主任,不能见死不救。"简业修盯着他的眼睛:"你们肯听我的建议吗?"顾全德硬着头皮:"你讲。"

简业修目光凛凛地扫视着他们:"这栋楼是不能住人了,对不对? 不管谁包赔损失,这栋楼是非炸掉不可了,对不对? 问题是这栋楼不是你城厢区的,也不是土木集团的,是这栋楼的住户的,是人家花钱买的,你们不豁出命去跟事故责任者打一场官司,住户就要跟你区政府打官司。眼前正是全市大换届的时候,住户要闹起事来你顾区长兜得住吗? 这可比杨美芬北京哭丧、染整厂市委静坐要厉害得多。我劝你们连夜起诉土木集团,让执法部门查封他们的财产,只有他们才能赔得起你们这栋大楼,而且也应该由他们包赔。还要召开记者招待会大造舆论,杜觉正为他老子竞选大把撒钱,这件丑闻一传出去势必会影响他老子的官运,他宁愿用钱堵死你们的嘴,也不想把事情闹大,事情闹大,杜华正升官还会有戏吗?"

周原兴奋:"好主意。"

简业修又特意强调一下:"这只是我的个人建议,回去后再向金副市长汇报,也可以在今天找个时间,我们一起去见副市长,大家三头对面地把这件事定下来。"

顾全德仍然悬着心:"那再好不过了,你先跟金副市长去定时间,我们等你的信儿。"

第 32 章

阴沉了许多天终于有了结果,已经开春变暖的天气突然又奇寒奇冷起来,从傍晚到第二天的清晨,大雪飘飘扬扬、漫天飞旋地下了整整一夜,是几年没有见过的一场大雪,盖住了垃圾污浊,更换了城市面貌,天地皆白,空气洁净。冬天该下雪的时候没有雪,害得北方人越来越稀罕雪了,天一冷就盼着下雪,希望下得越大越好,下雪成了真正的节日,人们雪后的心情就像雪后的天空一样清新、开阔和明朗,大街上充满欢声笑语。

惟钟佩愁眉苦脸,便道上的雪埋到她的踝子骨,她专拣平静的还没有被别人践踏过的雪面走,她的脚印又同样龌龊地破坏了雪的平整和完美。她的汽车在旁边跟着她,路面上的积雪被轧成了冰,车开得很慢。钟佩来到铁山工人新村——前村的一片新楼已经盖成,看样子很快就能进住了。后村一片低矮破旧的平房被层层叠叠的白雪所包裹,所堆压,反而显得单纯和干净了。就在这高高低低的白色之中,有许多黑点游动集中到平坦开阔的地方,他们是赏雪和玩儿雪的人,这群人看见了钟佩,就怀着雪后的欣喜迎上来,把被大雪带来的兴奋都用到她身上了:"自古大雪兆丰年,钟区长一来必有好事。""钟区长,听说您为了危改想卖掉区政府的大楼啊?"

钟佩赶忙解释:"不用卖了,资金解决了。"众人仍赞叹不已:"能有这份儿心就难得呀!红庙区政府才真是人民的政府啊!"钟佩尴尬而又懊恼:"行啦,你们就别再寒碜我了。"

居民委员会主任是位老太太,听到信儿手里拿着个电喇叭也赶来了,离老远就咋呼:"钟区长,看您给带来的这场大雪,居民们这是在欢迎您、感谢您呀,要不看您是个女的,非把您给抬起来不可!"老太太又站到凳子上煽呼,"大伙儿说对不对?"

人们高声响应。钟佩也只有大声说:"你们还有心思闹着玩儿,这场大雪可把我给愁死了!"人们乐不可支地大喊大叫淹没了她的声音,她只好从居委会主任手里要过电喇叭,也站到一个高地方:"现在资金有着落了,是袁副区长他们用高息集资来的,每天光利息费就是几十万元,可以说是我们借了利滚利的高利贷。这钱拿在手里可是烫得慌,一天也拖不起,必须立即投入运行……"

有人嚷叫:"那就快点拆迁啊!"更多的人随声附和:"是啊,我们更急呀,越快越好。"郭保民摆手让大家静下来:"听钟区长说。"

钟佩大声解释:"政府实在没有能力再给大家解决周转房了,只能各打各的主意,或投亲靠友,或租房,或找单位想点办法……谁知天不作美,这冰天雪地,让你们往哪儿去呢? 如果冻坏了人岂不是把好事办成了坏事! 原想再等个十天半月的,反正天有暖和的时候,可又担心,那么多的资金是不能放着不动的,得先干别的用,一旦干了别的被占住了,到天气暖和过来我们能够拆迁的时候,钱又拿不回来了怎么办呢?"

人群立刻乱了,喊什么的都有……郭保民对钟佩说:"那可不行啊,钟区长。现在千难万难最难的就是没有钱,既然有了钱立马就得拆! 不就是一年零八个月吗? 在道边搭个棚子也能凑合下来。"居委会主任跳上了凳子:"大家别吵吵了,我说个办法,同意立刻拆迁的举手!"

呼啦啦,在场的人似乎都举起了手。

"要求等到天气转暖再拆的请举手!"老太太看看四周,"一个也没有。钟区长,什么时候办手续?"钟佩仍是一副满腹心事的样子:"这儿的人能代表全部老住户吗?"

"大部分人家都有代表了。"

"你们居委会再把工作做细一点,到每一户征求一下意见,登记下来打算往哪儿搬,下午跟区里通个信,如果没有大的变化,从明天上午开始办手续。"

金克任办公桌上的两部电话同时响起来,他的两只手只好左右开弓,一边拿一个话筒堵住了左右两只耳朵,可惜他只生了一张嘴,只能先对着左边说几句,再扭向右边哼哼几声……赶巧这时候又有人敲门,他的嘴摆正了大喊:"进来。"

简业修拿着一沓文件进来,看他这副样子脸上露出一种古怪的笑容。

金克任的脸色却不大好,待他把两个电话都应付完,没有好气地问:"你笑什么? 今天怎这么喜兴?"简业修装傻打岔:"外面下雪了。"

"好雅兴,跟阁下没法比呀。"

"您是经常在下边跑的人,今天外边风景好啦,怎么反倒在办公室里蹲着呢?"

金克任似乎有焦心的事,咧咧嘴没有答声。简业修不再笑了:"我感到奇怪,今天一上班我跑了许多部门,梨城的上层机关里似乎没有人干活了,仿佛这些天大家的话都格外多,每个办公室里都说得热热闹闹,人们却又心不在焉,都想打听点什么,在等待着发生点什么事情……"金克任神色黯然:"不错,我也感觉到了,真不知道人们哪来的这么多闲话。"

简业修把手里的文件送到金克任面前,请他签字。金克任低头看文件,在上面签字,似乎是随口问道:"你都听到了什么议论?""除去换届的事还能有什么新东西……"简业修突然意识到自己的身份,立即收住嘴,这反而引起了副市长的疑心,金克任抬眼看看他:"你听到了什么?"简业修不觉讪讪的:"没有什么。"

金克任把笔往桌上一丢:"你什么时候变得这么吞吞吐吐、藏头露尾了? 难道你也相信那些无稽之谈?"简业修打个愣,一下子没回过神来。金克任愤愤:"甭装傻,你不可能没有听到关于我的闲话,说我为了自己当市长就加入书记的联盟反对卢市长……你不至于也相信这套鬼话吧？"

简业修受惊似的心里一颤，以金克任的智慧和能力，对副市长这个职务向来是能胜任愉快的，想不到今天竟气成这个样子，可见名渊利薮，清官不易，清心更难！他不敢搪塞，收摄住心性坦诚相告："确实有这样的一股舆论，那又怎么样？当下群众除去说闲话还有什么权利？每逢换届，头头们争官做，群众可不就靠说闲话取乐呗。大头有大闲话，小头有小闲话，您如果连一点闲话都没有就一定是好事吗？这两年梨城人说我什么的没有？一开始差点没把我气死，还觉得没有脸见人，您知道现在我有多轻松？万人如海一身藏，藏在人群中就是藏在闲话里，说吧，爱说什么说什么，老子都进过监狱了，还在乎几句闲话吗？"

金克任想想倒也是这么个理，就指着眼前的一份报告换了题目："同福庄这栋坏楼的事什么时候商量？"

"听您的。"

"能够拖到换届以后再处理吗？"

简业修迟疑着："就怕等不到换届以后就出事，事情已经闹大了，而且正在越闹越大，有几种势力都想利用这个事件在换届的时候做文章……"金克任惊疑："会有你说的这么邪乎？"

"杜家的人没有找您吗？"简业修反问，他猜不透金克任眼下是什么心思，平时配合不错，一临近换届就像换了一个人，难道这位副市长对他也有所戒备、有所猜疑？是因为他跟卢定安的关系，还是因为他有可能成为副市长提名，对金克任构成潜在的威胁？就是看在许良慧的分儿上简业修也决定实话实说，"杜家父子上下活动，提出返修加固，降低售价，给买户退钱。但当地居民激烈反对，人家怀疑这栋楼从基础到房盖儿就没有一处是没有问题的，根本不是返修的问题，再说谁还相信敢盖成这种楼的人会修好这栋楼呢？下面比较一致的意见是炸掉重建，但是这两天突然有一股来自上边的强大力量，既反对炸楼，又不让返修，要拿这栋危楼当反面样板，检查所有自危改工程以来建成的新房子……这一招儿可太损了，全面清算危改工程！只要那栋破楼立在那儿,就是抽危改的嘴巴,抽卢市长的嘴巴! 这本来是土木集团的失误,却变成整个梨城危改的失误……"金克任也很不客气:"这是你的想象,还是真有什么根据? 你主张炸楼是完全出于公心,还是也有一点想看杜家笑话的小心眼儿?"

简业修没有恼反而平静下来:"恰恰相反,我这是在帮杜家父子……这个以后再说。我现在还是危改办副主任,您借给我一个胆子也不敢胡乱猜疑,谎报军情,我刚从顾全德那儿来,法院态度急转弯,原来他们积极性非常高,站在区政府和当地居民一边,准备判土木集团包赔一切损失,炸楼重建。现在则态度暧昧,甚至想拒绝受理这个案子,说这是个大事件,市里可能要专门讨论,法院不要急于介入此事。"

"卢市长知道了吗?"

"我猜他即使知道得不详细,也该闻到点味儿、听到点风了,这是一箭双雕冲着你们二位来的……"

"嗯? 跟我有关系吗?"金克任笑得奇怪,显然并不相信简业修的话。

"以这栋破楼为契机大摆危改的弊端,甚至宣告危改失败,在换届中卢头还能连任市长吗? 您是分管危改的,又怎么能逃得了干系? 现在就造出您要当市长的舆论,一是离间您和市长的关系,造成人大代表们对您的误会,实际是想断您当市长的路。您只要想想历次换届的经验,凡是早就放出风要当什么的,最后保证当不上,因为大家早就把枪口瞄准了他,准备好了弹药,准备好了黑材料,往往是那些不声不响地躲在后面的人,到时候突然站出来取而代之。好啦,既然有人想让现任市长下台,让常务副市长不能顺理成章地晋升为市长,那就是他本人想当市长,或者另外选一个他喜欢的人当市长,我相信梨城市委和市政府的干部们,对这一点早就看得明明白白了,如果您还将信将疑,那就是当事者迷了。"

金克任冷汗淋漓,想摆脱被简业修说中心事的窘境,一下子改用轻松的语调:"你什么时候变成政治分析家了?""这叫旁观者清。"外面又响起了敲门声,金克任只好打住话头:"请进。"

进来的是常以新,神满气足:"你们谈得好热闹。"

简业修心里对这位绝不该得罪的副书记怎么也喜欢不起来,一有机会就犯愣:"我们根本还没说话哪,是你心里觉得只要有两个人在一起就一定会热闹,或者会说点热闹的事。"常以新进门时的笑脸立刻吊起来了,且不说他是副书记,就单指他分管政法这一项,还不足够敢得罪他的人喝一壶的吗?其实简业修应该尝到过他的厉害了,这年头谁敢保证自己或亲戚朋友不出点事?如果想查你,想在你身上找点事,谁能真正经得住查?何况他还分管组织,梨城的干部们想要被提拔重用谁敢得罪他这一票?惟简业修,仗着跟市长的关系就敢如此狂傲无礼,他反刺一句:"你简业修的邪火老是这么大呀!"

简业修眼下正抱着不哭的孩子,甚至有点幸灾乐祸地看着大小头头们都这么紧张地盘算着等待着换届,他根本就不把常以新当棵菜,或者说一见了曾经暗算过他的人就有一股抑制不住的恶感,便用一种同福庄痞子的腔调说:"在常书记的眼里所有的人都是邪的,只有你自己最正。其实啊,地球是椭圆而不是正圆,围着太阳转还要自己转,凡是双脚站在地球上的人都是邪的,没有一个是正的。"

常以新被噎在了当间儿,他是干政工的出身,耍贫嘴哪斗得过简业修。金克任赶紧解围:"业修是来跟我商量城厢区那栋危楼的事。您找我有事吗?"常以新吭吭哧哧……简业修见状拿起桌上的文件:"我先走了,常书记,祝你们说得热闹。"常以新一直看着简业修顺手带上了门,才晃晃脑袋:"这个人怎么这样呢?"

金克任没有接茬儿,心里还在想着刚才简业修提供的消息,只是默默地看着常以新等他说明来意。常以新说:"昨天来明远同志告诉我一件事,说你的夫人正在调查他跟韩国半岛集团的关系,说白了就是查他是否收了韩国人的贿赂……"

金克任色变:"会有这种事?"

"你不知道?"

金克任摇摇头。常以新的神情似不大相信:"来书记说他问心无愧,不怕调查,更愿意接受来自各个方面的挑战,并叫我支持这种调查,不要从政法口干涉许律师的工作。"

金克任惊悸未定:"为什么要跟我说这些?"

"来明远同志叫我也跟你通个气,他对你的能力和作风非常赞赏,希望不要因为这件事影响你们两个人的关系,也叫你不要干涉夫人的工作。"

"谢谢你和来书记的好意,并请转告明远同志,我夫人的工作我干涉不了,她也不受我的干涉。"金克任嘴上是这么说,心里的滋味却够受的,要讲邪火,他的肚子里算装满了。

勉强挨到下班,把所有事情一甩就回家了。许良慧还没有到家,女儿倒回来了,关在自己的房间里不知是在享受说英语的快乐,还是在经受英语的折磨。他没有兴致像往常一样去跟女儿打声招呼,爷儿俩逗上几句嘴,哈哈大笑一番。就一个人气鼓鼓地坐在厅里看电视,看见夫人回来也不抬眼皮,不吭声,这对他这个爱说爱笑的人来说是极少有的。许良慧觉得新鲜,就问:"今天怎么回来得这么早?"

金克任终于有机会爆发了:"往后我天天都可以回来得这么早,甚至还可以整天地呆在家里不出去,你满意了吧?"许良慧愣住:"你是什么意思?"

金克任"噌"地站了起来:"你是什么意思?竟敢调查市委书记,你想一鸣惊人我不管,怎么也该告诉我一声!"

"哦,是有人委托我作这样的调查,我还没有答应,也根本没有开始调查,这跟你又有什么关系?我接触的案子多了,为什么都该告诉你?"

金克任喊了起来:"因为我是你丈夫,我们是拴在一根绳子上,自从有人传开我要当市长,政府里许多人看我的眼神就变得古怪了,实际上,他们是认为我在换届的紧要关头背叛了卢定安,搞得我们两个人的关系真的变得有点微妙和别扭了。今天上午,来明远又叫常以新跟我谈话,讲了你调查他接受韩国人贿赂的事,实际上是暗示我阻止你,或者说是警告我,这不是搞得我里外不是人嘛!"许良慧放下包,在丈夫对面坐下来:"这件事情调查起来很困难,我已经打算拒绝了,听你这么一说我对它有兴趣了,准备接这个案子……"

"你给我打住! 不要以为律师高于一切,能够包打天下,请你也为我想一想。"

许良慧安慰丈夫:"你放心,你能不能当市长不是来明远和卢定安能说了算的,这件事不会影响到你的前程。"这话刺激了金克任:"现在已经影响了! 我不在乎前程,不想当市长,甚至连副市长也不想干了,但我不能让人家误认为我是个不择手段往上爬的卑鄙小人!"

女儿小洁从房间跑出来大叫:"休庭! 休庭!"

金克任脸色煞白,并不抬眼看女儿。当父母吵架的时候,大多数的儿女都愿意站在母亲一边。小洁数落父亲:"您既然对当不当市长不在乎,为什么还要发那么大的脾气?"母亲也开始配合:"不过是嘴上说说罢了,一旦尝到了权力的滋味哪有愿意放弃的,都恨不得官儿越升越高,权力越来越大。"

小洁这个现代姑娘有了机会教训老子,话头竟收不住了:"我也希望您一路凯歌高奏,当上总理才好哪,但不能在家里官大脾气长,咱们家是妈妈在操持,收入比您高,干的活比您多,你们共产党的高官不是天天在喊反腐败嘛,调查一下市委书记为什么就不可以?"

"你们还有完没完?"无论是谁当到了常务副市长还表白说不想当市长,那一定是假的。但由副市长,哪怕是常务,过渡到市长,也不像由处长升局长那样有规律可循,复杂得很,最主要的还是取决于上面。让妻子、女儿这样一数落、一消呵,他怎么受得了! 金克任越想越气,猛地把手里的茶杯摔到地上,开门出去了。

小洁身子一哆嗦,她知道自己得寸进尺反而把事情闹得更大了,反身抱住了母亲。

东方电子集团分成了两种颜色、两种天下。主要生产车间跟韩国合资了,挂牌为:梨城半岛电子集团。挑出三千七百名精壮能干的员工,使用原来的设备,采用原来的技术,生产原来的产品,贴上半岛的商标……所以总经理还是于振乾,除去董事长是李哲三,副总经理是崔太永,再加上几个高级管理人员也是韩国人外,其余的高、中层管理人员还都是东方电子的原班人马。这班人马同时还领导着合资后挑剩下的那五千多人,也仍然保留着东方电子集团的招牌,为半岛提供一些配套性服务——据说这很时髦,叫"一套班子两块牌子"。合资的车间封闭起来,由专职保安人员把守各个大门口,员工一律穿白色制服,每月的收入也比没有合资的人高一倍。没有合资的那一大部分人,还穿原来的天蓝色工作服。穿白衣的人可以到没有合资的地方去,穿蓝衣的人却绝对不能进入白衣区。问题是合资的车间并不是挨在一起,无法封闭成一整块,整个厂区像一盘下了一半的棋局,蓝中有白,白中有蓝,还要一厂两制,两种等级,两种颜色,两种待遇,员工间的摩擦可想而知少不了⋯⋯两个推着一摞纸盒子的蓝衣人,不想绕大弯,要径直从合资的车间里穿过去。门口的白衣保安阻拦,蓝衣工人还挺横:"这都是中国的地方,哪儿不能走!"

"这是半岛的地盘,东方的人就是不能走。"

"今儿个老子就非要从这儿走不可!"

"车间里要丢了东西你们赔得起吗?"

"呸! 韩国的看门狗!"

"你他妈找倒霉⋯⋯"保安动了手,从车间里又跑来几个保安,把两个推车人一顿臭揍。一个逃脱,回到自己车间招来了三四十个人,把合资车间的保安又打了个半死,合资车间的员工却只顾干自己的活,没有一个出来帮手。蓝衣们看看将对方打得差不多了,就有人吆喝:"行啦,这回就是教训教训他们,下次再敢挡道就往死里收拾这帮狗!"他们推着纸盒子大摇大摆地走了。

有些合资企业里工人不闹事老板还弯着心眼治工人哪,尤其是韩国、日本的老板,对待中国员工最苛刻,这些企业里的劳资关系也最紧张,何况东方集团的工人们捅了这么大的娄子! 但,韩国人要惩治合资的那部分员工很容易,要想管束没有合资的蓝衣工人就难了,得通过于振乾,而于振乾又是最难打交道的中方总经理! 他坐在自己的办公室里,眼前摊着几本外文杂志,旁边放着两本厚厚的外文书,他似乎看得津津有味，但谁也不知道他看的是什么东西，谁也不知道他在忙些什么……不断地有人出出进进，请示或汇报各种问题……财务处长："于总，咱们出去催账的人来电话说，长信的那笔款子还是赖着不给，上个星期请您给他们总裁打个电话，您打了没有？"

"哦，没有打，还是你们去催吧。"

财务处长非常着急："这笔款子拿不到，集团这边这个月的工资就没有着落了！"于振乾却一点都不着急，也许根本就没有把处长的话听进去："再想想办法。"财务处长奇怪地瞪着于振乾，于振乾也看着他，口气非常温和："还有事吗？"

"啊……没事啦！"财务处长气冲冲走了。

于振乾又端起了外文书，崔太永风风火火地闯了进来："总经理先生，你们东方的人打了我的保安！"于振乾看着他，脸上挂着笑："我们东方是谁？你的保安又是谁？""你们的包装车间，几十个工人把我的三个保安打得很重，这样的事已经发生过不是一次两次了，你应该严肃处理肇事者，并保证今后不能再发生类似事件！"于振乾仍然不紧不慢："你为什么要跟我说这件事？"

"你是总经理啊？"

"你是什么人？"

"我是半岛的副总经理……"

于振乾宽厚地一副大人不把小人怪的神态："一个副总经理能够这样没有礼貌地命令总经理吗？"

"你……于先生，我不是在跟你开玩笑！"

"我难道是像跟你开玩笑吗？"

崔太永翻翻眼皮，扭身摔门出去了。

"诡谲小人！"于振乾骂了一声，又端起了那本厚厚的精装外文书，他竟念出了声：

求你转向我，怜恤我，因为我是孤独困苦。

我心里愁苦甚多，求你救我脱离我的祸患。

求你看顾我的困苦、我的艰难，赦免我一切的罪。

求你查看我的仇敌，因为他们人多，并且痛痛地恨我。

求你保护我的性命，搭救我，使我不至羞愧，因为我投靠你。

愿纯全正直保守我，因为等候你。

有人敲门，他就改用英语念……

崔太永见找于振乾不顶用，就拉着东方电子集团的党委书记严江来到包装车间。严江找到车间办公室："刚才是哪些人跑到半岛去打架了？"车间主任一脸糊涂："打架？不会吧？听说这个月的工资还没有着落呢，谁还有那份心思！"严江神色严厉："你把人召集起来，查一查！"

已经用不着了，车间的工人停下手里的活儿，都围过来了，车间主任问："刚才谁到半岛去打架了？"

"我去啦！"

"我去啦！"哗啦啦举起了一大片手臂，并大声叫喊起来："韩国书记，你把我们都开除吧！"

其他车间的人也往这里跑，东方集团似乎要出大乱子……

于振乾仍然坐在办公室里读书养性，东方的副总经理、办公室主任，还有刚从于振乾这儿离开的财务处长，一齐来到他的办公室，纷纷向他报警："于总，要麻烦……"于振乾抬起脸，听着他们说："严书记听了崔太永的鼓动，到包装车间要处理那几个打架的人，一下子全车间都不干活儿啦，派出人联络其他车间，大家本来就窝着满肚子的火，这要出大事的！"

于振乾问："会出什么大事呢？"

"砸了半岛，打崔太永，甚至上街闹事……"

于振乾摇摇头。

"于总，您还是到现场去看看吧。"

于振乾仍然摇摇头："严书记不是在那儿吗？"

"职工都知道他是合资派,心里对他正有火哪!"

"他的职责就是消火。"

财务处长终于耐不住了:"于总,您怎么变得这样了?"

于振乾似乎提起了一点兴趣:"这种变化好不好?"

大家心急火燎,不知如何作答……于振乾气度优游,全身松泰:"几位请坐,咱们聊一聊,我以前脾气很大,在单位雷厉风行,常常是说一不二,在家里上来邪火打女儿骂老婆。为了顶住与韩国的合资,顶撞市委书记,跟市长拍桌子,结果如何呢?你们看到了,合资照样进行,一个好好的东方集团弄成现在这样一大锅夹生饭,我若再闹下去就会把我搬开,跟韩国的合资却不会因此而受影响。这时候我要想保全脸面,只有一条路,离开东方,我有个同学,是深圳鼎鼎大名的宏远集团的头,他叫我去给他负责一个公司,年薪十万元,一套四室一厅的房子,一部车,条件还可以吧?最后我还是拒绝了,通过这件事我认识了自己,我舍弃不了在国营企业的这段历史,什么工龄、档案、党票、成就、荣誉等等,我也许是这个国家里最后一代正统的知识分子了,这就逼得我必须想通一件事,既然舍不得离开东方,就是个没有囊气的人,怎么可能再像个有囊气的人那样说话办事呢?"

那几个人听得都有点泄气,但刚才的焦躁却没有了。

河口区危陋平房改造工程总结表彰大会进行得很热闹,区政府的礼堂不是很大,舞台却不小。舞台大就便于演出——演员们在台上要把得开,开会的时候头头们可以都上主席台。杜华正陪着市长、副市长,以及市里有关部、委、办的头头脑脑们坐在第一排。第二排坐着兄弟区的区长和副区长。第三排是开发商和关系单位的来宾。简业修坐在第四排的角上,他的脸色很难看,一个原因是头不舒服,他临出来的时候才吃过止疼片,却没有真正止住疼痛,另一个原因是他从心里不愿意在这样的场合讲话,显得情绪不高,跟大会的调子不协调……大会由李强主持:"下面一项议程,由原三义里居民李素娥同志向平房改造基金会捐款七千元,并向市长献匾。"

在掌声中李素娥手里拿着那个大红纸包,从台下走到台上,她身后跟着两个小伙子抬着一块大匾,上写八个大字:

百姓政府
平民市长

李素娥深深地冲着卢定安鞠了一个躬,然后把手里的红纸包递上去。卢定安接过红纸包,和李素娥握手。金克任和杜华正代替市长把匾接过来,立在台口。

李强宣布:"下面请市危陋平房改造办公室副主任简业修同志讲话。"

大家鼓掌,所有的眼光都看着简业修。他站起身,眼睛突然看不见东西了,他不敢往前迈步,像瞎子一样伸出了两只手……真是变起仓猝,祸在肘腋之间,他神色恐惧,额头上冒出冷汗。李强过来扶他:"你怎么啦?"

简业修惊恐万状:"我看人不清楚……"

钟佩过来握住了他的手:"你的头疼吗?"

"不是很疼,但近来老是觉得看东西模糊。"

卢定安下令:"赶紧送他去医院查一查。"

台上一阵混乱,杜华正抢过话筒:"业修同志因劳累过度,头晕眼花,他的发言就免了,以后还有机会听他讲。下面,就请卢市长给我们作指示,大家欢迎!"

台上台下一片掌声……钟佩、李强等人扶着简业修出了河口区礼堂,程蓉蓉像从地缝里钻出来一样突然出现在简业修跟前,急赤白脸地呼叫着:"简主任你怎么啦?"用力架住他手臂,替下了李强。钟佩吩咐:"正要叫他讲话的时候突然眼睛看不见东西了,快去总医院!"司机小常也从吉普车里下来,扶简业修坐在他平时喜欢坐的副驾驶的位子上。程蓉蓉变得精明干练:"谢谢二位区长,由我们送简主任去医院就行了。"

简业修也稍微稳住点神了:"你们快继续去开会吧。"钟佩不放心,也跳上了吉普车:"快走,天天开不完的会,少参加一两次没有关系。"

吉普车路过一段拆迁区,颠簸得很厉害,程蓉蓉嘱咐司机:"小常别着急呀,开稳当点。"钟佩关切地嘱咐着:"业修,你抓好了扶手。"吉普车好不容易驶出了拆迁区,车后座上的两个神经紧张的女人听到简业修在前面"嗯"了一声,只见他晃晃脑袋:"咦,我的眼睛好啦!"他回头看着身后的两个女人,由于惊喜自己的重见光明,眼瞳灼灼,亮而犀利,又有了逼人的锐气。

钟佩惊诧不已:"你刚才不是为逃避讲话有意装的吧?"

简业修嬉笑:"装能装得那么像吗? 小常,掉头送钟区长回会场,哦,很快就得叫您钟书记了,应该恭喜呀。"钟佩不以为然:"这有什么喜可恭啊? 我们区的老书记到了退休年龄,转到人大去当主任,可不就把我拉上来呗,说心里话我还是愿意在政府干。"简业修反过来又开导她:"当区长太累了,如果想得开甩手让区长干,当区委书记就可以省心多了。"

"我乐不得当个甩手书记,就怕不让我省心。"

"准备让袁辉接区长的担子?"

"是啊。"

"那家伙会来事,运气也好,正赶上换届他搞了个大集资,保住了政府大楼,赢得了民心。"

"我正是对这一点不放心,那么高的利息怎么还呀? 危改赚不出那么多的钱,背着这么沉重的包袱,将来如何是了?"

"您管他呢,钱是他弄来的,他又是区长,有蜡他自己坐呗。"

钟佩没有一点当了区委书记的喜兴劲儿:"别谈这个了,还是说说你吧,刚才可真把我吓坏了,你还是到医院检查一下吧。"

简业修近来特别不愿意多谈自己的病:"没关系,我心里有底。"

钟佩是个好女人,就是对他不放心:"这几天你是不是太累了? 血压高不高?"

简业修还是那两个字:"没事。"

第 33 章

在一个星期天的下午,杜华正的汽车驶进梨城大学,在建筑系大楼前停下来。他经过调查并往夏尊秋的家里打过电话,证实她这时候正在自己的办公室里,便直接上楼敲开了门。夏尊秋甚感意外,一时愕然无语。杜华正也难得地显出一丝局促:"对不起,我事先打电话怕再被拒绝,所以没打招呼就贸然闯来了,只占你几分钟的时间,求你答应一件事……哦,我能不能进去说?"

夏尊秋还能怎样?只有闪开身子让他进屋。杜华正好奇地打量夏尊秋的办公室,如同走进一个小型图书馆,满眼都是书,哪个角落都是书,还有各式各样的建筑模型、建筑物照片,墙边立着已经完成和尚未完成的绘画作品——那显然是出自夏尊秋的手笔。有一张办公桌,还有一张大型绘图桌,每张桌子上都放着一台电脑,办公桌上放的是笔记本电脑,显示器上映出一种奇怪的图形……夏尊秋虽然猜出几分杜华正的来意,却仍然用奇怪的目光盯着他,并不说破。杜华正把目光收回到夏尊秋的脸上:"这事很难启齿……但,我想用不着再翻旧账了,索性直话直说,我的父亲年纪大了,最近身体突然不好,他有个愿望,就是想见你一面,跟你说几句话……你能不能从同情一个老人的角度出发就见见他,见了面你想说什么都可以。"

夏尊秋面沉似水:"想见我很容易,我只是不理解杜老先生的目的何在,这样的会面对他又有什么好处呢?"杜华正露出近似油滑的笑:"老人情结,也许人老了都会这样。"夏尊秋想快点结束这种会面,直截了当地问:"你希望怎么安排这次见面呢?"

"老头儿已经搬出了黄埔花园,请你到他住的地方去显然不大可能,他去过你的家,也叫不开门,所以他现在就等在楼下的车里。"

"噢,那就请上来吧? 要不要我下去请?"

"不用,你就在办公室等着。"杜华正说完又反身下楼去了,好像怕夏尊秋再变卦一样。他的确不是个好打发的角色,一切都出其不意地设计好了,让夏尊秋无法拒绝。事发突然,搅动了几十年的悲酸苦痛,纵然是夏尊秋也难以保持泰然自若。她脸色发白,眉心微蹙,心跳顿然加剧,一时想不好该以怎样的态度接待这位不速之客……她坐在办公桌前闭上了眼睛,直到又响起了敲门声,她才起身去开门。杜华正没有跟上来,进门的只有杜锟一个人,他似乎很紧张,或许是激动,全无在别人面前的气势,动作迟缓地在夏尊秋对面的一把椅子上坐下来。两个人都没有马上说话,他从一进屋就想好好看看夏尊秋,却又不敢正面盯瞧,只有在夏尊秋不看他的时候才把眼睛盯住对方。最终还是夏尊秋打破了这难堪的岑寂:"您几次三番地要见我,想说什么呢?"

杜锟目光霍地一跳:"我就想看看你,听你说说话……"这话突然激起了夏尊秋的憎恨和厌恶,如春云舒展的长发丝丝抖动:"您是不是认为我会被感动?"杜锟一脸茫然,皱纹密集:"我没有脸求你原谅,可就是想你的母亲,没有一天不想……说来可悲,我到老了才明白这一辈子最亲近的人还是你的母亲,她在我这一生中才是最重要的。"

不管怎样绝情,面对这样一个人不可能不想到自己多苦多难的母亲,夏尊秋的眼里有了泪:"不,您并没有真正明白,到今天您还是张口闭口地讲您的感受、您的所谓怀念。您从来没有问过我母亲的感受如何? 她是不是愿意让我见到您? 我不见您是因为我蔑视您,同时也可怜您,我不愿让一个上了年纪的人不得不当面承受我的蔑视。当初您利用权势,哄骗、欺辱和霸占我母亲的时候,大概也说过许多甜言蜜语,像您这样的人如果不是利用特殊的历史和政治机缘,怎么可能俘获得了像她那样才颖情高而又孤绝的女人! 也正是像您这样的人才不懂得珍惜她,当事情要败露的时候,就为保全自己而把她一个人推了出去。您应该很清楚她遭了多大的罪,忍受了怎样的耻辱,但她至死也没有说出那个糟害了她一生毁了她全部生活的男人是谁。"

她缓了一口气,见杜锟仍然不出声,就继续说:"我跟您没有任何关系,我不相信我身上会有您那么自私、卑怯和丑恶的血。如果是那样的话,我早就对您进行报复了,我只要说出我亲眼见到的您在我母亲身上所做的一切,就会使您身败名裂,您的儿孙也不会有现在的地位。但我是我高贵母亲的女儿,您甚至不配得到我的仇恨和报复。"夏尊秋终于倒出了多少年来暗自咒骂过许多次的话,她也曾计算过各种各样的报复方式,但面对面地见到了杜锟却一样也施展不出来。

杜锟神思恍惚,这个自以为曾波澜壮阔地享受过生命盛宴的人,最终感悟的却是生命的吊诡,他被负疚和思念击垮了,无论夏尊秋怎样谴责,他都愿意接受下来,惟一的心愿是希望夏尊秋能拥抱他,搀扶他,喊他一声爸爸。他像是自言自语:"我是这样一个人,正像你所蔑视的那样,可我现在非常后悔,怎么才能赎回我的罪过呢?"

杜锟乞求地在寻找夏尊秋的眼色,夏尊秋并没有看着他,一只手在抚弄办公桌上的一个镜框,镜框里镶着一张女人的照片,姿貌雍容绝美,眼睛里却渗露出无边无际的悲凉和幽怨,痛苦给她带来深刻和丰富,这种深刻的美越发地成全了她的幽雅。杜锟望一眼照片,蓦然寒魄动心,喊了一声"秋之",便冲着照片哆哆嗦嗦地跪了下去……

夏尊秋脸色渐渐霁和:"您还是起来吧,如果您真想跪的话就到我母亲坟前去跪吧。我在万松公墓给她买了块地,把她的骨灰和生前用过的东西都埋到墓里了。"

杜锟惊喜,夏尊秋将自己母亲的墓地告诉他,他以为她原谅他了:"尊秋,不管怎么样你都是我的女儿,谢天谢地,你更像你的母亲,而不是像我。我感到欣慰,感到骄傲。你可以恨我,不认我,但干涉不了我的这种感情。"

夏尊秋拉开门:"您走吧。"

杜锟不甘心就这样离开:"我以后还能再见到你吗?"

"不能。"夏尊秋说得很决绝。

杜锟无奈,郁郁离去。

夏尊秋关上门,悲酸难禁,把脸往门上一贴,呜呜而泣……

钢铁宾馆的大门口上方,横扯着一幅大标语:"热烈祝贺红庙区人民代表大会胜利闭幕!"有几个人站在大标语下面焦急地在等待着,代表们像潮水一样涌出来,那几个人像洪流中的木桩被淹没或冲到边上去了,他们挣扎着,不甘心地紧盯着人流,希望不要错过要找的人。代表们胸戴徽章,每人手里提着一个漂亮的大袋子,可想而知那里面装着大会发的礼品。宾馆门前的广场上停着几辆大客车和一片小轿车,广场边上是一圈儿自行车,代表们有的登上大客车,有的钻进小轿车,有的骑上自行车,像退潮一般眨眼工夫向四面八方散去,门口又显露出那几个木桩式的人……钟佩和袁辉最后走出宾馆,那几个人立刻迎上去争相跟袁辉握手,说着祝贺的话:"祝贺您当区长啊!""袁区长,恭贺恭贺!"

袁辉仪表修整,俊采飞扬,嘴里连声说着谦虚和谢谢之类的话。那几个等得心焦的人把袁辉拉到一边,小声嘀咕着什么,被冷落在一边的钟佩只好自己先走了,她回头看一眼袁辉,觉得袁辉和那几个人的神情都有点特别,或者说有点鬼祟,那几个人中有红庙区建委的头头,跟钟佩是很熟的,怎么她一不当区长了那些人就像不认识她一样了……司机把车开到她跟前,她上车前又看一眼那几个人,轻声自语:"真怪,他们有事为什么不回到区里再讲?"

司机嘟囔:"我们区出大事啦,哪还等得及!"

"什么大事?"

"红光公司集资的款都被港商提跑了。"

钟佩头皮一炸:"这怎么可能?你是怎么知道的?"

"区里都轰动了,人家早就盘算好了,利用领导都在这儿开会的工夫下的手。"

"停车!"钟佩下了车又走回那一伙人跟前,其他人吓得不敢吭声,袁辉脸色焦黄,鬓角冒汗,跟刚才作闭幕词的袁区长判若两人,用哀怜的目光求救地看着她。她知道司机所说是真的了，便问："港商真的把款拐跑了？"袁辉一脸大难临头的晦气："我们该死，太大意了！"

"拐跑了多少？"

"全部，大约一个亿。"

"跑了和尚还能跑了庙吗？"

袁辉指指他的部下："他们查了，香港没有这个光华财团，他们的全部文件都是假的。"钟佩的脑袋立刻也蒙了："报警了吗？"袁辉答："还没有，怕传出去让集资户知道了找来闹事，明天市人代会就开幕了，这可怎么交代呀？"

"最难交代的是铁山新村的住户都把房子拆了……"钟佩叹息，"先回到区里再说吧。"

他们回到区政府，集中到袁辉的办公室里瞎饿饿了半天，除去怨恨、骂街，没有想出一条有用的扑救措施……钟佩头昏脑涨地走出来了，下楼来到院子里，回头看看想卖而没有卖成的区政府大楼，即使现在再卖了它也晚了，还不够堵上亏欠集资的窟窿！那一亿多元大部分是私人的钱，人家把钱借给你是指望发一笔小财，不客气说这都是一些看重钱、甚至有点财迷心窍的人，你不仅断了他们的发财梦，还把人家的老本也给弄丢了，谁会善罢甘休呢？这可不是小数目，牵扯到成千上万的人……钟佩愁死了，也悔死了，她一开始就觉得这种事不牢靠，却就是没有下狠心阻止。说到底自己才是大财迷，老盼着能有天上掉馅饼的好事，她心慌意乱，想找个人说一说，帮着理出个头绪，又不知该去找谁，就漫无目的地走下去，天已发暗，她竟不知不觉地走进了铁山工人新村——大部分居民已经搬走，热热闹闹拥挤了近半个世纪的工人新村安静下来，显得空荡荡，破败而零乱。她顺着工业区的铁道慢慢走，又渐渐走出了新村，看见铁道边用旧砖头新搭起了一间小屋，孤零零格外显眼，她猜测这可能也是拆迁户，走过去还没等她敲门，呼呼扇扇的小门竟自动开了，屋里昏暗，有个老太太在抱怨："良子，这个门你还得拾掇拾掇。"一个小伙子的声音："该拾掇的地方还多着哪！"

钟佩打招呼:"大娘,是从工人新村搬出来的吗?"

"是呵。"在屋里床上躺着的是郭保民,他探起身子,"钟区长?"

钟佩走进屋,小伙子正用旧报纸糊墙,正是那天跟市长辩论的年轻人,郭保民的老伴在摆弄炉子,赶紧给她让座。郭良插嘴:"爸,钟区长现在是书记了。"

郭保民语调幽幽地说:"我担心的正是这一点,钟区长一离开政府,就不知这新房子还能不能建起来?"钟佩内疚,口气也不是很坚定:"建不起来还行,郭师傅是不是病啦?"

郭保民全不在意地说:"没事,老毛病了。"他老伴唠叨:"还不是搭这间小房子累的,心脏病犯了。"钟佩打量着这间小屋岔开话题:"住在这里行吗?"郭大娘叹口气:"不行有什么办法? 没有钱租房子,老郭又不愿意求人,拆房子拆得到处都是旧砖头,求谁也不如求自己,搭间小屋凑合两年呗。"

钟佩无地自容:"郭大娘,对不起你们哪! 像郭师傅这样的老模范,辛辛苦苦地为国家工作了一辈子,到老了还住这样的房子,明年还有一个冬天呢!"郭大娘是个心直口快的人,说起话来几乎没有郭保民插嘴的份儿:"有你区长这句话,能进到我这小破房子里坐一坐,我们就知足了,当区长的要是都像我女婿那样,可真是让人寒透心了……"

"您的女婿也是区长? 是哪个区的?"

"就在你的手下呀!"

"我的手下? 谁呀? 袁辉?"

站在凳子上的郭良喊了一嗓子:"妈,您别提他行不行!"钟佩无比惊讶,转脸问郭保民:"袁辉真是您的女婿?"郭保民说话没有太大的力气:"他跟我女儿是同学……"钟佩似有所悟:"怪不得呢,今天倒帮我解开了一个误会,我一直认为他对平房改造不是很有信心,原来是怕被人误解有私心,为了给自己的岳父解决住房困难……"

郭良年轻刻薄:"钟书记,您千万可别往廉洁清正上想他,我那个姐夫是不愿意承认是工人新村的女婿,更不愿意让人知道他是工人的女婿。"钟佩苦笑:"小郭,你的嘴太尖刻,袁辉今天下午被选为我们红庙区的区长了,他绝不至于像你说的那样。"郭良大呼小叫:"哎哟,惨啦惨啦,红庙区算没有希望啦。"钟佩老是不缺少热心肠:"我去跟袁区长说,他们三口人住着一套三室一厅的大房子,你们完全可以搬到他那儿呆两年。"

郭大娘说:"您钟区长说句话他也许肯听,当初他相中了我们闺女,可没有相中我们这个家,说不准还会认为给他丢人。咳,说媳妇嫁闺女千万可不要高攀,就因为找了这么个官女婿,等于把闺女也丢了,如果嫁一个肩膀头一般高的男人,即使女婿不认丈人家,闺女还可以经常回来看看……"钟佩将信将疑:"怎么会呢?袁辉是个非常聪明的人……我去找他问一问,如果真像你们说的这样,我会批评他。"

郭保民急得摆手,狠狠地瞪了一眼自己的老伴:"钟区长,清官难断家务事,您千万别跟袁辉提这码事,就装得什么都不知道,我也哪儿都不去,住在自己搭的小屋里自在!"

"我看您病得不轻,我用车送您到医院看看吧。"

郭保民不再说话,只是摆手。郭大娘又把话接过来:"他就怕看病,到现在厂子里还欠着他好几千块钱的医药费没给报销哪!"

梨城宾馆就是梨城的人民大会堂,四周彩旗招展,北面正门的台阶上、大厅里、门口、走道,四处都游动着记者,扛着摄像机,举着照相机,调度场面,启发感情,抓拍精彩瞬间。人人喜笑颜开,镁光闪烁,把一个隆重大会的气氛造足了。梨城市的人大代表和政协委员们,带着一种矜持,一种自得,一种急剧制造出来的热情,喧哗着走进大礼堂,相互打着招呼,握手,说笑,堵住走道,然后像蚁群一样四下散开去寻找自己的座位。凡是坐下来的人却立刻就不吭声了,埋头在看一份早就放在小桌上的材料,有人面前的小桌子上没有这份材料,就两个人或三个人同看,大概是材料不够一人一份,隔三岔五地才放上一份,这更调动了大家的胃口,反而保证了每个人都能看得到——因为这不是大会公开分发的材料,而是一份传单,或者叫小字报,其内容具有爆炸性：

让卢定安下来　使梨城市上去

——十问卢定安

　　材料共有两页，用问话的方式揭发了卢定安的老底儿，一问他是个什么样的人，凭什么当的市长？他原本是个工人，自身素质之差尽人皆知，根本不具备当一个大城市市长的条件。老婆成天烧香念佛，死了个猫还要修坟烧纸，哭天抹泪，跟过去的地主恶霸修鹰坟筑狗墓有什么区别？二问卢定安当了市长以后都干了些什么？自己不懂经济就不抓经济，自己缺少文化就不重视文化、不重视科技，致使梨城的工作一落千丈。且刚愎自用，拉帮结派，把一个好好的梨城拆了个乱七八糟，扒了危陋平房盖成危陋楼房，给骗子开绿灯，逼死老百姓，重用贪污犯，包庇释放犯……"十问"就是十大错误，或者叫"十大罪状"。更让人震惊的是这样一份大批判材料是怎样冒充大会文件堂而皇之地摆在了代表们的面前？要知道光是筹备这个大会就花了两个多月的时间，被视为"梨城市人民政治生活中的大事"，政府要拨款四五百万元，组织工作严格、严密，有条不紊，是谁能做这样的手脚呢？

　　大礼堂里急速地安静下来，一种紧张感扫荡了喜庆景象，空气中凝聚着越来越多的火药味……钟佩和袁辉等在大礼堂东侧，要上主席台的领导人物都要走这个门口的，他们先等到了金克任，钟佩把红光公司的事只简单说了几句，金克任的脸色立即变了，他又出面拦住了公安局长、检察长等要员，大家商量一下都觉得出了这么大的事不能瞒着市长，实际是谁也做不了主，或者说是不愿意做主，尤其是金克任。他招呼这几个人进了梨城宾馆大礼堂旁边的贵宾休息室，自己守候在外面，把刚下车的卢定安请了进来。

　　卢定安并不知道大礼堂里发生的事情，脸上刮得净光，且挂着作了充足准备的笑容，头发也梳理得格外整洁。但一见休息室的阵势，就知道出事了，不然这几个人不会凑在一块，更不会在这种时候来打搅他——等一会儿他就要作政府工作报告,谁都可以想象得出他此时哪还有心思关心别的事呢?等钟佩扼要地叙述了事件的大概情况,卢定安事先准备好的笑容和风度全没有了,神色阴森,一腔怒气,他低头翻看钟佩刚刚递给他的集资户名单……休息室里比外面大礼堂的气氛更紧张。新当选的红庙区区长袁辉面如死灰,垂头丧气,大气不敢出,一切都仰仗钟佩在前面替他挡着了,偶尔拿眼偷觑一下市长、副市长和其他高级官员,大家都面面相觑,等待着卢定安的发作。

钟佩悔愧交加,显得极为不安:"我知道这次我们可把祸闯大了,怎样处分都不过分,眼下最担心的是时候不对,正赶上人大会期间,我原想等想出了解决的办法再向市长汇报,可纸里包不住火,万一有人在大会上向市长发难,让市长措手不及,我们就错上加错了,所以赶在开会前向市长报告,真是给领导添堵!"

金克任写了一个纸条,传给公安局、检察院的头头们,他们也都在纸条上画了点什么。卢定安看看手表,他的手似在微微抖动:"金副市长,你的意见该怎么办?"

金克任非常谨慎:"钟佩同志能及时通报情况是对的,如果等到下边闹起来市长才知道那可就被动了,刚才我们几个人私下里交换了一下意见,"他把手中的纸条递给市长,卢定安接过来念出了声:"破产!"

金克任声音压得很低:"对,眼下只有这一条道最安全,亏了一亿多元哪!往哪儿弄去?一申请破产就了结啦!"袁辉抬起头,眼睛里有了亮光:"好主意,这叫破产保护法,国外早就施行用破产法保护自己了。"

卢定安眼睛幽幽闪光,抑制住厌恶,质问:"你把人家的钱敛过来,又说被骗子拐跑了,一宣布公司破产就完事大吉啦?"袁辉立即又蔫了:"可不破产又有什么办法?抓人抓不到,包赔我们赔不起……"卢定安并不听他说,低头继续翻着手里的集资者名单。金克任解劝:"市长,目前也只有一条道可行啊!"

卢定安抬起头,眼像刀子:"从这个集资者的名单上看,有许多是拿了几十万元,还有不少拿了百万元以上的大户,这都是私人的钱吗?很值得怀疑。当然更多的是几千元、几万元的小户,那大都是私人挤牙缝挤出来的钱,你因自己的失误坑了这些人的钱,用一句破产就能了结吗?你能心安理得、人家能善罢甘休吗?我讲三条意见:第一,不论出多少钱的,利息一律不给了,出资五万元以下的,本金退还,出资五至十万元的先退还本金的百分之六十,十至一百万元的,查清钱的来路,确实来路清白退还本金的百分之十。百万元以上的暂时不退。至于退还所需的这笔钱怎么解决,等人代会散了以后由市里帮助区里筹措。"

钟佩不禁憬悟,眼里有了泪光,轻声说:"谢谢市长。"

其他人也都肃然动容,不能不承认卢定安想得周到。开会唱高调时谁都可以把关心群众利益挂在嘴边,一旦真正出了事,特别是当政府利益和群众利益相抵触的时候,还能有几个人不把群众利益丢在一边?难得卢定安骨子里有一股平民意识,一事当前,尤其是大事当前,仍能先想到百姓利益……

他眼睛逼视着袁辉:"第二条,检察长正好也在这儿,由检察院牵头成立调查组进驻红庙区政府。袁辉从现在起停职接受调查,你在这个案子中有经济问题就负法律责任,即使没有经济问题出现了这样的错误也不能再担任区长了,区长的工作暂时由钟佩同志兼着。"钟佩欲言又止。袁辉冷汗下来了,众人神情紧张。

卢定安有了暴戾之气,声调中带着金属碰撞的颤音:"第三条,公安局立案侦查,我就不信他能跑到哪儿去!可以请国际刑警协助嘛!"有人从外面进来催促卢定安:"市长,开会的时间到了。"卢定安站起身:"大家还有什么意见?"

金克任由衷地:"没有,很好!"

众人也都响应:"没有!"

外面宣布开会的铃声大作。

卢定安走进大厅,整个大礼堂里一阵骚动,倏忽间又安静下来,代表们用各种惊奇的眼光盯着他。卢定安走上主席台,来明远等梨城市的头面人物已经齐齐整整地坐满了主席台,也都抬起头看他,当他回应每个人的眼光时,大家不是低头躲开他的眼睛,就是极不自然地笑笑,每个人仿佛都参与了这个阴谋。卢定安很快就知道大家表情异常的原因了,因为主席台上每个人面前都放着一份《十问卢定安》——他们享受优惠,无需几人同看或传看。卢定安坐下后自然也看到了这份材料……台上台下的人都在暗自观察他的表情。

开会的时间已到,大会执行主席早就看完了面前的批卢檄文,焦急地来到卢定安和来明远跟前,趴下身子请示:"怎么办呢?"

卢定安铁青着脸不吭声。来明远也收起了他那著名的微笑,满脸怒气:"这太不像话啦,这是我们梨城最高规格的大会,怎么能允许出这样的纰漏? 这是非组织活动,非法的,有意见到大会讨论的时候可以讲嘛,怎么可以搞这样的小动作,一定要好好查一查,严肃处理! 我建议让会务组的人先把这个东西都收起来,然后再开会。"

来明远的气愤是真实的,他内心有一种轻松也是真实的,这件事与他无关,严格地讲这个大会跟他的关系也不大了,谢天谢地他平平安安地到了鞠躬下台的年纪,不再参与竞争了……卢定安的悲剧在于他的虚荣,干了应该干的事,也干了不该干或至少眼前不该干的事,该干的没有干得十全十美,不该干的当然就捅了马蜂窝,结果必然是改造了旧房子却引来一片咒骂声。也许他就处在这样一个麻木的、不懂得感谢却喜欢抗上的时代! 执行主席看看卢定安,卢定安仍旧不说话,他便转身去布置。大礼堂里立刻乱了,会务组的人倾巢出动,挨个座位敛材料,交头接耳,喊喊喳喳。如果采取冷处理,暂时不予理睬,也许反倒会好一些,其实那份材料大家都看过了,收了纸收不走内容,这样大张旗鼓地一收缴材料,搅了会场,暴露了大会领导者的焦躁和无计可施,弄得会场气氛更紧张了。

看看材料收缴得差不多了,执行主席宣布开会:"今天上午的大会议程只有一项,就是请梨城市长卢定安同志作政府工作报告,大家热烈欢迎。"

卢定安在当天早晨现理了发,修了面,也可以说是进行了一番美容。因为他平时笑得少,每到上镜的时候就不会笑,或笑得不够自然,跟市委书记来明远坐在一起反差格外大,一个笑容灿烂,无论是上电视或照片登报纸,都显得亲切而富有魅力,他则永远板着一张硬邦邦的脸,他不是不想笑,不是不想让人喜欢,实在是不知道怎样才能笑得好看,笑得自然。每年一次的人大会不管是不是别人的节日,三个多小时的工作报告可是他的节日。今天这个节日算是砸啦,他表情僵硬,想作出满不在乎的样子都不行,脸颊的肌肉抽动,脑子嗡嗡山响,不知该怎么开头。按理说作这样的报告基本就是念稿子,可刚刚读完人家的"十问",被骂了个狗血喷头,原来准备的稿子哪还有情绪念得下去?如果回答"十问",等于变相地为自己解释,又不像是市长在作政府工作报告,说不定还会激起更多代表的反感……没想到代表们的掌声却出奇地热烈,一个高潮过后,他没有开口,大礼堂里又接着掀起更热烈的掌声……

在一间建筑队的工棚里,简业修的眼前摊着一大摞图纸资料,他似看非看地翻着,顾全德和周原坐在他对面,情态焦虑,他们又是在等候迟到的杜觉。简业修说着闲话打发时间:"顾区长怎么不去开人代会?"顾全德老是一副忧心忡忡的样子:"我哪还有心思去开会呀!"简业修也有些心神不定:"今天上午可是听市长作政府工作报告。"顾全德焦躁:"我自己的脑袋都大了,还不知道怎么向市长报告呢!"

周原忍不住了:"简主任,咱们别在这儿傻等啦,杜觉是不会来的。"

简业修看看他,非常肯定地说:"他会来的。"周原急得就差骂街了:"不信你问顾区长,杜觉架子大得很,我们每次找他都得到他的办公室去请。"简业修低着头晃晃手:"今天可不一样,不是我们求他,而是他求着我们了。"

周原还是将信将疑,恰在这时候杜觉一步跨进来了:"对不起,又让诸位久等了。"简业修抬眉展眼,显得心里踏实而平和:"没有关系,你不着急我们就更不着急了。"杜觉强挤出一丝笑容:"我非常着急,你们想必已经商量出办法了,我听着。"

简业修还在拿着劲儿:"这是你的事,我们都想听听你的打算。"

杜觉果然比以往客气得多："我是被告,你们是原告,当然得先听你们的。"简业修看看顾全德和周原,顾全德推让："别客气了,你简主任代表市政府危改办公室,就快拿意见吧。"

简业修一绷脸变得严肃了："这两天我也睡不着觉,给杜总想了三条道。第一条,按你原来的想法,把危楼修修补补,那你就要自己先买下最上面的一层或两层房子,稍加装修,一家老小都搬进来,我保证,有关这栋楼的各种舆论立刻就会平息……"周原耐不住了:"简主任,都这时候了你还有心思开玩笑,快说正题吧。"

简业修自管说下去:"这怎么是开玩笑? 不舍财就得舍命,只要杜总自己住进这栋楼,谁还敢说这是危楼? 杜总的命即便在梨城不能说是最值钱的,至少不比买了这栋楼的人更不值钱。"

杜觉几乎是咬着后牙槽:"第二条道。"

简业修仍是表情庄重:"收拾收拾东西和能带走的钱赶紧出国,不是我瞧不起阁下,以你现在的家底儿,到国外想当富翁不可能,或者读书,或者找工作,今后甭想再赚大陆的钱。以及杜锟同志的一世英名、杜华正同志的政治前程,或多或少地也都会受到很大的影响。"

杜觉白脸变青,眼光阴冷:"好,第三条道是什么? 该是我自杀了吧?"

周原神情紧张,想插嘴缓和一下气氛,却被顾全德用眼色止住。简业修继续保持激火的口气:"知道青岛有个海尔电冰箱厂吗? 是靠砸掉自己不合格的冰箱砸出名的。假如你既不想自己住进去,又不想逃跑,那么就只有一条路可走,炸楼! 你是聪明人,想想吧,炸楼的坏处只是损失一点钱,这点钱以你的财力完全能承受得起。但好处可就大了,挽回了土木集团的声誉,保住了杜家的名声,你还可以继续干下去,让所有不安好心、想在这栋危楼上大做文章的人一下子都闭住了嘴。只要这个楼存在一天,人们一看到它就想起你们杜家……孰重孰轻,你难道还掂量不出来?"

出乎顾全德和周原的意料,杜觉来了个大转弯,非常爽快地答应下来:"好,我接受,不管你简主任出于什么动机,我相信这个方案是可行的。"

简业修转换口气："我的动机就是炸楼。专家论证,施工单位的交代,图纸材料,居民控诉,所有材料都准备齐全了,你不炸,市危改办也可以下令炸。但我炸跟你自己炸可不一样,我炸就成了你的过,你自己炸就是功,是不是这个理?"

"谢谢你的好意,什么时候动手?"

"越快越好,最好明天,最晚后天,不能让这栋楼成为人代会上议论的中心。"杜觉终于露出了笑意,但仍旧很冷:"我明白了,不能让它影响卢市长的选票。"

简业修露出一副怜悯状:"市长是等额选举,只要被上边定为候选人就差不多等于当选了。而令尊竞选的副市长才是差额选举,只要这栋楼在,就是令尊一张巨大的反对票,楼炸掉了,说不定就成为赞成票。"

杜觉又微微一笑:"不一定,看来你们还不知道,今天早晨大会出了问题,有人散发了倒卢控诉书,他能不能成为市长候选人就难说了。"

其余的人相顾愕然,这回轮上杜觉显出了快意。

晚上,简业修估计卢定安该到家了,就特意买了瓶好酒去看他,是市长的儿媳妇甘英开的门,卢沛正陪着母亲说话,这种景象还真不多见。他调侃:"今天小沛怎这么孝顺,竟然有闲空陪着大嫂聊天。"卢沛抱怨:"我说妈妈怎么老是对我不满意,敢情是您给挑拨的。"

"能被我挑拨成功,就说明你还是有毛病。"简业修的眼睛四处逡摸,"怎么,市长不在?"宋文宜显得有些不安:"是啊,都这么晚了……"简业修问:"他会不会住在宾馆不回来了?"宋文宜摇头:"他说了不住宾馆。"

卢沛现出焦虑:"会上出事了,您听说了吗?"

简业修点点头,坐下来拨电话,先给大会秘书处,再打到卢定安的办公室里,又跟市长的秘书通了话,还找到了金克任:"金市长吗?

我是简业修,杜觉同意炸楼了,明天就干,我要不要去当面跟您详细汇报……您在哪里?知道市长在哪儿吗?好的,您好好休息。"凡他认为卢定安能去的地方或有可能知道市长行踪的人都打过电话了,最后也没有找到卢定安。宋文宜更加不放心了,简业修安慰她:"大会上也有许多人在找市长,从下午散会后就没有见到他,金克任在家里,市长也没有跟他在一起……我想,我知道他在哪儿啦。大嫂别着急,我去找他,一找到他就送他回来。"

宋文宜越发着急了:"这么说他还没有吃晚饭哪!"

简业修让卢沛照顾母亲,自己匆匆离开市长家直奔同福庄,当他下车后走近那幢黑乎乎阴森而可怖的危楼时,很容易就猜到站在危楼暗影里的人是卢定安。他的脚步声橐橐而近,卢定安仍旧定定地站着,没有转身,也不问话,不知是正在走神儿没有听见他的脚步声,还是根据脚步声已经猜到了他是谁……简业修走到近前抓住卢定安的胳膊:"大哥,你没事吧?"

卢定安口气生硬:"我能有什么事?"

简业修急忙掏出手机给宋文宜打电话:"大嫂,我是简业修,正和市长在同福庄哪,马上就回去。"他收起手机默默地站在卢定安身边,肩挨着肩,周围静得出奇。卢定安问:"业修,危改是不是进行得不是时候?或者是我操之过急和太急于求成了,不然怎么会一件件地出这么多乱子?"简业修在寻找宽解的话:"好事多磨,这么大工程不出事故不死人才是不正常。"

"如果我下来了,你认为危改还能进行下去吗?"

"不能,您一下台危改工程必然半途而废,不是没有人干得了,而是没有人能顶得住这么大的压力,谁能甘冒这么大风险?我想上上下下对这一点也都非常清楚,所以不会就这样让您下台的。特别是在大会上散发了那封匿名信之后,尽管有些人的本意是要把您给拉下来,实际效果恰恰是帮了您的忙。"

卢定安转过脸看着他,等他作出解释,那张白天看着有点发黑的脸此时倒被映得惨白,宛若西天将要下沉的月亮。简业修对卢定安表现出足够忠忧的志量:"因为他们做得太过头了,谁也不是傻子,大家心里都有数,谁是干活的,谁是站在旁边看的,谁是挑刺儿捣乱的,谁有野心……中国的老百姓还有个特点,同情弱者,不信就到选举的时候看。"

卢定安沉沉说道:"也许他们还不了解我这个人的脾气,像这样的大事我下决心不容易,一旦决定了想让我打退堂鼓也不容易!"

第二天中午,危楼四周用麻绳拦了起来,麻绳外面有警察把守,不许行人和看热闹的人靠近。杜觉问简业修:"可以了吧?"

简业修点点头。杜觉又问顾全德:"顾区长,怎么样?""行啊!"顾全德略显紧张,心里祈求但愿不要再出什么差错!

杜觉向手下一个戴安全帽的人一摆手:"炸吧!"

惊天动地一声响,巨大的烟尘腾空而起,八层的大楼却在烟尘中原地坍塌成一堆瓦砾,简业修意外地被爆炸声震昏过去……周围一片慌乱,顾全德惊诧无比:"这是怎么回事? 是不是被碎石崩上了?"

周原叫嚷:"快送医院!"简业修的司机小常冲进来,背起他就跑,跑到吉普车跟前把他放到后坐上……

进了医院就由不得他们了,先办了住院手续,然后被放到白色的小推车上,把他从这个屋推到那个屋,从这一层楼推到那一层楼,做着各种各样的检查……由于他多年搞城建、搞拆迁,结交的人多,又是在那样一种场景下被震昏入院,消息传得快,来医院看他的人也非常多,不管什么人来了,他都不睁眼,不说话,一脸冷漠。

老天对他不公,这太让他寒心,让他绝望了,他不愿意看到别人对自己的同情、怜悯,更不要说是假同情、假怜悯,甚或是嘲讽、庆幸。当公司的杨静、叶华等几个年轻人闻讯赶到了,他脸上才稍许有了些热情,但仍然闭着眼睛:"公司里怎么样?"

杨静满腹焦虑却强自镇静:"您放心吧,一切都按着您的想法在一步步落实,听说市人大代表们,联络了几十个人共同提名,推举您成了副市长的候选人,明天上午就要投票了。"

简业修一脸愤怒:"他们拿我当陪衬,又想羞辱我,我已经打了辞职报告,辞去一切公职,专门经营九河公司,假如我还能活着走出这家医院的话……"

程蓉蓉和叶华泪如雨下:"没有假如,您肯定会没事的!"

在这同时,于敏真、简玉朴和简业青,来到简业修的姐夫田超的办公室。

田超向亲属讲解简业修的病情:"他脑子里有个瘤子,是什么性质的还不能确定,个头已经不小了,差不多有核桃那么大,因为它压迫视神经,所以导致眼睛看不清东西……"于敏真听到这儿昏了过去,大夫们开始抢救她……把她救醒过来。简业青还算镇静:"听说那天他在河口区开会也来过这一手,坐上吉普车一颠,眼睛就又好了。"

田超解释:"是的,坐汽车,特别是乘飞机,脑子里的瘤子受到震动移位,不再压迫视神经,眼睛就看得见东西了。但因外力震动瘤子移位,也可能正好压迫住视神经,就像在爆破现场发生的事故一样,他自然就失明了。"

简玉朴几乎要垮了:"还能救吗?"

田超仍保持着医生应有的冷静,在其他亲属眼里他的这种冷静有点可恶:"不幸中万幸的是瘤子的位置还不错,可以做手术。"

于敏真急问:"手术的危险性大不大?"

"脑子的手术哪有没有危险的,一切得等打开来看,最坏的可能也许就下不了手术台!"

于敏真想知道各种可能发生的情况:"如果不做手术,会怎么样呢?"

田超一反往日的木讷,语气果断且带有不容置疑的权威性:"那毫无希望,只有等着了,长了一年,短则几个月。"

简业修让杨静搀扶着推门进来,几乎是咬牙切齿地表明了自己的态度:"我要做手术!"

简业修住的病房是梨城中心医院里最好的,平时是给市里头头或外国要人预备的,眼下头头们都挤到人代会上去了,没有人还愿意呆在医院里,好病房就空了下来。再加上九河公司有钱,简业修的姐夫又是这家医院的主治医生,还能被亏待得了吗?他的这间病房十分宽大,病人一张大床,还有一张供陪伴人睡的单人床,于敏真和儿子都搬来同住,他们还有自己专用的卫生间和厨房,可以在医院里订饭,可以到外面买饭,也可以自己动手做一点病人想吃的东西……晚上,来探视的人都走了,宁宁占据着写字台在写作业,田超匆匆进来打开电视机:"快看,一套正在重播人代会的专题新闻。"他选好频道,电视屏幕上出现大会会场,代表们已经坐好,副市长的候选人都被安排坐在第一排,金克任、杜华正等脸色发白,神情拘谨。大会主席宣布:"副市长是差额选举,每个候选人要发表十五分钟的演讲,下面演讲的应该是简业修同志,由于他生病住院,代表们推举他的老师和合作者夏尊秋代表,介绍一下简业修同志的情况,大家欢迎。"

宁宁停下笔扭脸对着电视机,这一刻应该说是于敏真梦寐以求的,此时却出奇地平静,她拿眼瞄瞄丈夫,简业修紧闭双眼,脸上的肌肉绷得很紧,还有些微微抽动,他似乎很紧张。夏尊秋走上讲台,她定了定神:"我无法拒绝代表们的委托,但我实在不知道该不该做这样的介绍,因为我拿不准简业修同志是否愿意当这个副市长的候选人,原来拟定的候选人里并没有他,是近百位代表临时把他推举出来的,这非常了不起,令我感到这个大会的公正和可贵的责任感,我想简业修躺在医院里也会有同感的。他是我的学生,也许是最优秀的学生,去年刚获得了硕士学位,现在是建筑学的博士研究生,他为了这个城市的建设,为了完成市政府下达的危陋平房改造工程累病了,他是真正的积劳成疾……"夏尊秋的声音竟有些哽咽。

简业修在床上斜倚着被褥,突然怒气冲冲地吼了一声:"关掉!"

还在电视机旁边站着正看得专心的田超,被吓了一跳,赶忙关机悄悄退了出去。于敏真跟出来小声道歉:"对不起呀姐夫,他是叫病拿的,脾气越来越坏了。"田超憨厚地一笑:"没事,没事。"

于敏真又回到病房,看见丈夫的牙帮骨咬得死死的,两个眼角却有泪珠流下来。她上床用手掌轻轻地为简业修擦去眼泪,然后把他的头揽进自己的怀里……于敏真以及家里家外、上上下下的所有人,都认为简业修自从被检察院抓过之后就对仕途失去了兴趣,有点破罐儿破摔的味道。实际都被他骗了,他认为自己从班房出来以后才找到最佳生存方式,进入了最符合自己个性的年龄阶段,因为他知道了自己来时的路有多长多艰难,也清楚自己要走向何方。过去他给人的感觉是雄心勃勃,前途无量,其实那才是一种很表面很肤浅的现象,不过是对自己权力和地位的责任感,那时他是有原则的。而原则第一是绝对爬不上去的!在经历了几十次的审讯、几十次的羞辱、几十次的妥协、几十次的想到过死之后,世上的一切原则、纪律、规范在他脑子里都变得模糊了,出来后他嘴上说不要的正是他想要的,他发现这样玩儿着干,干着玩儿,居然歪打正着地在官场一路顺风,自己也挥洒自如,得心应手。就在他一步步接近目标时,自己却倒下了,是老天无眼,还是老天有眼?

过了很长时间,宁宁写完作业也悄悄地爬到单人床上睡了,于敏真觉得简业修似乎也睡着了,就放下他的头,为他盖好被子,轻轻下床,在床边双膝跪倒,双手从脖领下掏出一个贴身的银十字架,默默祈祷,神情无比虔诚,双眼微闭,苍白的额头上横着一条含愁带怨的皱纹。女人是不可能真正会原谅背叛过自己的男人,却可以作出原谅的样子,有时甚至连她们自己也相信原谅了对方。其实把什么都还记在心里,一有不快就会翻老账。简业修突然被重病击倒,让她无比恐怖,不仅是怕失去他,还意识到这可能是对他的惩戒……她默念着:亲爱的天父,永在的神,我心里的愁苦你是知道的,我的心思意念你看得清清楚楚,求你怜悯我,求你赦免我一切的罪。这些日子我表面上还能容忍我的丈夫,迁就他的过错,心里却记恨他,不能忘记他给我造成的伤害和痛苦,我的心里没有喜乐,缺少爱,只有怨恨和绝望。主啊,你为救我们这些在罪中必死的人,谦卑你自己,亲自上十字架,受难受死,用你的血为我们赎罪,将永生的恩典赐给我们,使我们在这世上总有盼望,总有安慰。你这样爱我们,我们每时每刻地存活,都是靠着你的爱,我们却总不知道感激,还总是行各样的罪,败坏生命,亏欠你的荣耀。慈爱的主，你教我们爱人如己，宽免别人的债，可是我是如此软弱，没能将你的话做出来，实在不配做你的儿女。如今我的丈夫重病缠身，我是多么盼望他能好起来，重新开始我们的生活。父啊，只有你能救他脱离这病痛的折磨，求你怜悯他，求你彰显你的大能，医治他的身体，洁净他的灵魂。求你召唤他，不要因他的过犯抛弃他，求你宽宥他、帮助他，使他做完全的人、你所喜悦的人。主啊，求你垂听我的祷告，抚平我的忧伤，我知道没有什么能把我与主的爱分开，你的爱总与我同在。父啊，求你时时保守我们在基督耶稣里，常有平安和喜乐。这样的祷告全是奉靠我主耶稣基督的圣明。阿门！

她低眉柔婉，神情贞静，闪现出一种内在的光辉。

简业修睁开眼悄悄地看着她，似乎也受到一种命运的昭示，他立刻被感动了。她脖子上一直戴着他给买的项链，什么时候换成了这十字架？他居然没有发现，他对她太不关心了……于敏真祷告完，睁开眼看到简业修的眼睛，他好久没有用这种和好的带着歉意和温情的眼光看她了，她万般柔情从心上涌起，用手抚摩着丈夫的脸哭了，一边哭一边吻着他的额头、脸、耳朵……

简业修终于开口了，想用痞子腔让自己和妻子都轻松一点："你能不能别哭了，留点眼泪到送葬的时候用。"于敏真真的止住了哭声，但眼泪还流不完："对不起，业修，你是不是特别恨我？"

简业修无语。

既然能够交流了，于敏真就恨不得把这近一年来心里积存的话都倒出来："我知道你烦我，这么长时间你几乎不怎么答理我，我知道是我不好，我是家里的老闺女，从小被娇惯坏了。自从当了外方的代理以后，压力特别大，回到家里就恨不得扎到你怀里撒撒娇，叫你哄我，给我出主意，给我鼓劲，可你白天有忙不完的事，晚上还要读研究生，我又担心自己快老了，变丑了，不知为什么心里老有一股邪火，一见到你就想往你身上发，可我真的非常爱你，怕失去你。白天在公司里对那些不相干的人倒会赔笑脸，可见了你为什么会那样……我好后悔啊，我是变态，我为什么要去当那个总经理？为什么要去挣大钱？现在看,这些对我们又有什么用?事业也许是男人的生命,但家庭幸福才是女人的归宿。我一直都认为嫁给你是嫁对了,别的女人都喜欢你,更说明你优秀,我为什么不守着你,不照顾你,不让你高高兴兴的,我真是后悔啊,是我自己空了,成了一扇门,你才会出去,我逼着你把爱我当成一种义务、一种责任,这爱还能不死吗?但愿你脑子里的病不是跟经常生气有关……"

简业修伸出胳膊用力把妻子拉进怀里,一只手为她擦泪,心里惊奇于敏真的变化,刚才这些话是她过去绝对说不出来的!他也轻轻安慰她:"我跟你说过了,我的病是在检察院里给气出来的,跟你无关,不要瞎想了。我以前爱你,现在仍然爱你,平时对你照顾太少了……还有给你造成的种种伤害,你肯原谅我吗?"

"我从来没有真正地记恨过你,就在我们刚吵完架的时候,我也立刻就后悔,当时就原谅了你的所有行为和气话,这一段尽管我们相互不说话,其实我也默默地全盘接受了你的精神世界,你的生活态度。"

简业修的心里翻腾着对妻子的歉意,一遍遍柔声说着:"对不起。"

于敏真唏嘘不已:"我也一样,但愿我们能一切从头开始。"

简业修更是五内俱焚,向妻子坦陈肺腑:"我也不愿意现在就走,刚找到感觉能真正按自己的兴趣干点事了,哲学家说每个人都有适合自己个性的年龄,我就刚刚进入这样的年龄,可我也许明天就从手术台上下不来了……九河刚开业的时候有个灵鸽说我要埋在翠湖,当时不懂她的话,现在有点明白了。幸好翠湖建起来了,这几年还算没有白干,那些大楼就是我的纪念碑了。"

于敏真疯狂地吻他:"我爱你,我爱你,我不能让你抛下我……"简业修精神几近崩溃,尽力克制着内心的绝望和晦暗:"我已经体会到了,生命不过是一呼一吸,十分脆弱,不堪一击。"于敏真却反复说着宽心的话,好像也为了强迫相信:"你的身体很壮,会挺过这一关的。"

简业修想维持一种至死架子不倒的男人尊严,强撑着交代应该交代的事情:"死亡是最大的玩笑,每个人都知道总有一天会死,但谁也不知道什么时候死、怎样死。如果我过不了明天这一关,你太年轻,应该再嫁,但不要给宁宁改姓,爸爸太看重这个孙子了,我坑了他,让他断子就别再叫他绝孙了!"

于敏真捂住丈夫的嘴,又放声大哭起来……

第二天早晨,简业修的脑袋被剃得光光的,紧紧抱着哭得满脸模糊的儿子。当他在护士的催促下放下儿子,躺倒小推车上正要被推进手术室的时候,夏尊秋陪着吴虚白赶到了,吴虚白见状一下子有了哭音:"业修兄!"

"老吴!"简业修坐起来,两个人紧紧抱住,都哭了。

简的家属们以及夏尊秋也都是眼睛红红的。

好半天,吴虚白才松开手,哽咽着:"昨天我一得到尊秋的电话,陆老先生就叫我立刻搭班机赶过来,老先生临行时交代,不惜一切代价也把你的病治好!我在手术室外面等你平安出来,感谢你让恒通财团在梨城的投资获得成功,今后我们的合作还长着呢,我对此有绝对的信心!"

"谢谢你来看我,也替我谢谢陆老先生。"

"不,我不给你带这样的口信,等你当面去亲自跟他说。"

简业修把眼光转向夏尊秋:"谢谢夏老师。"

夏尊秋过来握住他的手:"你一定会没事的!"

简业修抓住夏尊秋的手格外用力:"我只是不甘心……"

"你还有时间,还会有机会的!"夏尊秋在他的脑门儿上亲了一下,松手扭过脸去擦泪。

简业修又转向老父亲:"爸,对不起,我几乎还没有尽过孝哪……"

老人泪水纵横。于敏真又扑上来,大放悲声。

众人拉开她,护士缓缓将简业修推走了。

1999 年夏

后 记

此生让我付出心血和精力最多的,就是建构了属于自己的"文学家族"。感谢人民文学出版社提供机会,能将这个"家族"召集起来,编成队列。

——这就是整理《蒋子龙文集》。

整理文集确实像召开家族大会。将我亲手创作的各色人物,聚集到一起,大大小小,林林总总,他们的风貌、灵魂、故事(即便是散文随笔中也有人物、事件和思想)……一下子勾起我许多回忆,感慨万端。

有的令我欣慰,有的曾给我惹过大麻烦。如今竟都让我感到了一种"亲情",不仅不后悔,甚至庆幸当初创造了他们。

将他们收拾停当,排出先后次序,送到人民文学出版社这个"大广场"上,像所有等待检阅的人一样,有兴奋,有期待,还有紧张。

首先将检阅我这个"家族方阵"的是责任编辑包兰英,然后是出版社的老总。他们是我写作上的贵人。而人民文学出版社则是我的文学福地。

"文革"结束后,我头一次住在出版社的招待所里改稿子,就是在人民文学出版社。

我在文学讲习所读书时,导师是人民文学出版社的秦兆阳先生,他看了我的《赤橙黄绿青蓝紫》后,给我写过一封长信,那是我收藏中的珍品。

我的第一部长篇小说《蛇神》在人民文学出版社《当代》杂志上发表;我下功夫最大也是自己最看重的长篇小说《农民帝国》,也是在

467

人民文学出版社出版。

　　写了大半生，能在人民文学出版社出版文集，我视为是一种"终身成就奖"。

　　由衷地感谢包兰英先生的举荐，感谢人民文学出版社的厚意。

蒋子龙

2012年12月31日于天津